有爱的青春陪伴者

惜华年

苏其 著

上

天津出版传媒集团

天津人民出版社

图书在版编目（CIP）数据

惜华年 ：全两册 / 苏其著. -- 天津 ：天津人民出
版社，2024. 8. -- ISBN 978-7-201-20587-8

Ⅰ．I247.5

中国国家版本馆 CIP 数据核字第 2024A1U697 号

惜华年：全两册
XI HUA NIAN

苏其　著

出　　版	天津人民出版社	
出 版 人	刘锦泉	
地　　址	天津市和平区西康路35号康岳大厦	
邮政编码	300051	
邮购电话	022-23332451	
电子信箱	reader@tjrmcbs.com	

责任编辑	玮丽斯	
特约编辑	欧雅婷	
装帧设计	刘　艳　孙欣瑞	
责任校对	言　一	

制版印刷	天津睿和印艺科技有限公司
经　　销	新华书店
开　　本	880毫米×1230毫米　1/32
印　　张	20.5
字　　数	645千字
版次印次	2024年8月第1版　2024年8月第1次印刷
定　　价	62.80元

上册

下册

·第一章·
焐了三年的心，她不想焐了

一夜秋风，琉璎轩里那棵银杏悄悄落了满地树叶，不大的院子里金黄一片，秋意深浓，煞是美丽。

院子里静得出奇，端着热水的挽翠踏过拱门，匆匆扫一眼便加快了脚步。

昨夜忽地起了风，也不知夫人有没有冻着，伤口有没有复发。

行至正门，挽翠轻轻推开，清晨的光跟着一起泻入，映出拔步床上朦胧的娇细身影。

"夫人，您醒了？"

床上的人仿佛没听着，一点反应都没有。挽翠又轻唤了一遍："夫人？"

宋姗这才怔怔地转过身来，出水芙蓉般的脸上却是挽翠从未见过的神情，空洞无神且透着淡淡的悲戚，额间的纱布异常刺眼。

挽翠心下一惊，急忙走过去，边关上窗户边道："昨夜这风起得急，夫人可是受凉了？都怪奴婢不好，昨晚就该不听您的把窗户开着。"

窗扇合上，屋子里顷刻暗下来。

宋姗盯着她的动作，仍旧没有言语。

先前的梦境太真实，她还未缓过神。

是个风和日丽的春日，许久未见的长姐宋璇缓缓向她走来，手中拿着精美的纸鸢，温婉地笑道："姗姗，你不是最爱放风筝了，今日天气晴好，你与我比比，看谁放得更远？"

梦里的自己应当是无拘无束的十三四岁，脸上的笑意比春意更加明媚："那我要是赢了，姐姐可不可以给我做如意糕？"

宋璇戳了戳她圆嘟嘟的脸："就你馋嘴。"

一时整个梦境都是两人放肆张扬的欢乐声。

可画面猛地一转，两人在湖中央的凉亭相对而坐，四周空荡荡的，一片虚无。

宋璇牵着她的手，心疼道："妦妦，为难你了。"

宋妦瞬间红了眼。

宋璇伸出一只手摸着她的小脸："我的妦妦以前多可爱呀，怎么如今变成了这副模样？可是卫小郎君对你不好？你告诉姐姐，姐姐给你撑腰。"

还没待宋妦应话，宋璇自顾自说着："将军府功勋卓著、重茵列鼎，卫小郎君仪表堂堂，将来看着也是个成器的，姐姐原以为他能护你后半生幸福安康。"宋璇神色暗伤，"都怪姐姐不好……"

宋妦连忙摇头："不是姐姐的错。"

"人活一世，草木一秋，姐姐不希望妦妦委屈了自己，你年纪尚小，这世上还有许多东西等着你呢。"宋璇柔声道，"你不知道，姐姐多羡慕你。"

梦是那样真实，宋璇的泪突地滴在了宋妦的手背上，凉得宋妦一阵战栗。

她多想反驳长姐、安慰长姐，可话到嘴边，却一个字都说不出来。

梦境戛然而止，可宋妦久久不能平复，这些年的经历在脑海中不断盘旋。

东夏朝镇国大将军府小郎君卫凌，本是父亲母亲为长姐宋璇从小议下的夫君，盛京城里都道两人堪为良配。

婚期将近时，宋璇却染了风寒，起初一家人都不以为意，谁料最后宋璇越病越重，最后竟药石无效。

宋璇临去前叫了她到跟前，极为认真道："妦妦，卫小郎君我见过几回，是个可靠之人。我与父亲商量过，姐姐去后便由你嫁过去，可好？"

"姐姐……"宋妦当时惊得说不出话来。

"你不必担心，将军府欠咱们家一个人情，他们不会不同意的。"

宋姗本是不愿，长姐偶尔会与她提及卫小郎君，眼底满满的爱慕，离去时眼里也都是遗憾，她又怎么能替长姐出嫁？

可父亲按着先前定下的日子准备送她出嫁，这桩婚事就这样莫名其妙地落到了宋姗头上。

外人都说她一个庶女这是行了什么大运，竟能嫁入将军府，甚至有些居心叵测之人觉得她们母女俩是耍了什么手段才逼着肃清侯府嫡女病死，好让自己取而代之。

那时候伤心姐姐的过世，她哪有什么心力去管这些流言，后来依着父母之言替嫁，所求也不过安稳一生。

她相信姐姐。

可惜一年两年三年下来，宋姗才懂得，嫁给卫凌到底是她高攀了。

待宋姗用过早膳，挽翠领着周大夫进门。

周大夫先给她额头上的伤换了药，随后如同往常一样掌脉，神色却越来越凝重。

"周大夫直说无妨。"

周大夫摇摇头，疑惑道："夫人脉细无力、气血虚亏，极易眩晕心悸、失眠，老夫早就叮嘱过切勿劳累，不可过度思虑，怎的如今还愈来愈严重了？"

周大夫是尤四娘常用的大夫，宋姗从小时起有个什么头疼脑热的都是给他看，她身体什么情况周大夫最是清楚。

虽说宋姗自小身子不好，可这些年用药养着倒也没出什么大碍，仔细调理也与常人无异，但不知为何这两年是越发严重了。以前头晕之症犯时，她稍坐会儿便可缓解，现下却直接晕过去不省人事。前两日她好好地走在路上，脑子却突然一阵眩晕，摔了一跤，磕到墙角，再接着昏了一日。

"不应当啊，这么多年的调理不应还是这样。"周大夫想不通，直接问她，"夫人可是有什么瞒着老夫，或是服了什么相冲的药物？这是药三分毒，夫人不识药理可不要随意服药。"

身旁的挽翠闻言惊了惊，她家主子吃的药都经她手，除了周大夫开过来的补药哪还有其他？

莫非……莫非是厨房偶尔端过来的避子汤？听闻那避子汤最是伤身了。

挽翠越想越气愤，急忙出声："是不是……"

她的话一出口，便被宋妽打断："周大夫，我还能有什么瞒着您，我的身子我清楚，许是近来天气多变的缘故，无碍的。还是劳烦您开些滋补之药，我照着调理便是了。"

周大夫半信半疑，开完药之后还是叮嘱道："夫人继续这样下去恐难有身孕，切不可不拿自己身体当回事啊。"

宋妽眼睫毛颤了颤，半瞬后微微笑道："谢谢周大夫，我会多注意些的，另外我小娘那边也劳烦您多去看看。"

周大夫应声离开，琉璎轩里顿时安静下来。

"夫人，您为何不让我与周大夫明说，分明是那避子汤的问题！"挽翠眼眶微红，"小娘若是知道了该多心疼啊。"

宋妽何尝不知道避子汤有问题，只是周大夫每隔半月便去给小娘看诊，这事又如何能说与他听。

小娘要是知晓了，这天恐怕得塌下来。

何况哪有夫家给明媒正娶的正妻喝避子汤的道理？她没事，肃清侯府的脸，她可丢不起。

她与卫凌同房本就不多，几个月下来也才那么一两回。

除了成亲那回圆房，后来的每一次同房，厨房都会送过来一碗避子汤，她起初还想问为什么，可后来渐渐地也习惯了，他想让她喝，她喝便是了。

只是没料到她身子本就虚弱，那碗避子汤就似淬了毒般，愈加让她一日不如一日，再多的补药也补不回来。

前两日那一撵，吓呆了挽翠，她如何不是。

她昏过去时整个人像落入了海洋，浮浮沉沉的，没有归处，那一瞬间她竟有了解脱的意味，睡过去，再也醒不来，再无须面对这些人与事。

可是不行啊，她若是没了，小娘怎么办，挽翠怎么办，她又如何能甘心。

天慢慢明亮起来，屋子里也不再灰暗，宋姁视线移至外头，这才看到院子里那棵光秃秃的银杏树，早上还铺了一地的银杏叶，此刻早已被清理干净，什么痕迹都未留下。

宋姁静静看了一会儿，想起第一次站在院子里的场景。

那是嫁进将军府的第二日，宋姁初为人妇。

她的夫君走在前头，他挺拔的背影与院子里精致的景色融为一体，渐渐让宋姁红了脸，怔在原地。

卫凌转过来，好看的眉头蹙在一起，开口催她："父亲与母亲在等了。"

连声音都那般悦耳。

宋姁连忙小步上前，站在他的身侧，仰头甜甜一笑："嗯，我们走吧。"

谁知卫凌却立即抬步离开，未看她一眼。

她那时候心里想着，她的夫君应当也是害羞了吧。

可如今才知，那算哪门子的害羞啊，卫凌生性凉薄，他只是不喜她，甚至不愿她生下他的孩子。

宋姁算算日子，自己竟已有月余未见他了。

就连前院洒扫的小厮都知道将军府二郎出城办差，她却什么都不知。

前两日，卫钰君来了一趟，话里话外都是说她这个嫂子形同虚设，连自家哥哥去了哪里都不知道。

宋姁当时什么都说不出来，她确实不知。

宋姁淡淡叹了口气，喝了口早已凉透的茶水。

她微一转头，置于一旁的绣架映入眼帘，上头是绣了大半的锦袍，是专门给见不着人的卫凌备下的冬衣。

他不喜太繁杂的样式，也不喜太鲜艳的颜色，除此，宋姁再摸不清他的喜好了。

她选了月白色，绣的纹样是简单的祥云，他会喜欢吗？

还是像以前一样，道完谢后让人收起来，落下几层灰也无人察觉？

她真想剥开他的胸膛看看那里面的心到底是什么做的，是石头？是白玉？还是冬日里结的冰？

怎么又冷又硬的。

她焐不热，也不想焐了。

宋姒起身朝绣架走去，指腹来回抚着上头精细的纹样，像对待一件极为珍贵的宝物。

"挽翠，好看吗？"宋姒淡淡地问。

"夫人绣艺师承扬州罗绣娘，盛京城里再找不出第二人与夫人相较了，这绣图针脚细密，活灵活现的祥云让人如坠云雾中，看得出夫人费了不少心思呢。"

"是啊，多可惜。"

她花了这么多心思的衣裳却被人胡乱扔在衣橱里落灰，那她何必再为难自己。

挽翠尚不明白她这没头没尾的一句话，只见她堪堪在绣架前坐下，挽翠暗道不好，连忙阻拦："夫人，就当挽翠求您了，先休息会儿吧，这冬衣现在做还早着呢。"

谁知宋姒直接从旁边的竹篮里拿出剪刀，"咔嚓"一声，绣架上的布料裂成两半。

挽翠又是一惊："夫人！这衣裳您都已经绣了快十日，眼看着就要绣好了，怎么……"

宋姒没应，在绣架前站了许久，直到凉风穿堂而入，身子刹那间感受到深秋的寒意，冰冷刺骨。

正出神的人仿佛一下被吹醒，拢紧了衣裳转身离开。

三年，竟是把自己熬成了这副模样，实在不值。

晚上用过饭，挽翠带回来个消息，卫凌回府了。

正在软榻上看书的宋姒怔了一下，习惯性地就要起身，不过才动了一下身子又恍惚想到什么，兀自轻笑出声，三年了，这反应竟已成了习惯。

琉璎轩分前院后院，前院是书房也是卫凌的住处，而宋姌常居后院，两处并不相连。挽翠依着惯例问："夫人可还要送碗安神汤到书房去？奴婢已经吩咐小厨房备好了。"

安神汤啊……宋姌垂下眸，将滑落的毛毯重新盖在身上，回忆悄无声息地涌上心头。

卫凌常常不知在干些什么，三五日才回家一趟，她每日等着等着，等到书房传回了话，那几日来的等待便都结束了，随后满心欢喜地带着早已准备好的吃食与安神汤送过去。

上一回是什么时候来着？

对了，应是约一个半月前，那夜下了好大的雨，她站在屋子门口看着不断从天上倾覆下来的雨帘子，心里都是担忧，这样迅猛的雨势，他会不会还在外头，可有避雨的地方？不会出现什么意外吧？

没过一会儿，拱门处突然有道幽暗身影，朦胧夜色并着雨幕，她看不大清，不过心底仍旧起了期盼。

待来人走近，那股期盼匿了下去，随即而来却又是一阵欣喜。

小石子说，他回来了。

她那会儿甚至有些手忙脚乱，亲自到小厨房热好了安神汤，又将白日做的如意糕放入提盒，一路脚下生风快得连打伞的挽翠都跟不上。

待到了书院，她却被门口的白亦拦了下来，说是卫凌吩咐了，谁也不见。

被拦下已是司空见惯，她仍旧次次如此，不过是盼着他终有一日能看到她的付出，看到她的好。

要是按照往常，把提盒交给白亦那也算了事了，不过那日她却十分想要见一见他，便与白亦说了两句，白亦许是一时心软，放她进了书房。

书房里没人，她将提盒放在桌上，犹豫了几瞬后大着胆子往里间走去，随后听到了净室里传出些许动静，红晕便轻轻悄悄爬上脸。

她与卫凌纵使同房不多，可毕竟有过肌肤之亲，那些旖旎画面不知怎的就浮现了出来。

她不过怔了一会儿，净室门"呼啦"一声被推开，四目相对，卫凌显然也愣了一下，他身上松松垮垮披着里衣，腹部线条若隐若现，精壮有力，她当即转过脸，不敢再看。

"你怎么在这儿？"开口是清清冷冷的声音。

她说明了来意。虽已明白他不会热情回应，她却还是被他一盆冷水浇了个透心凉，他说他用过饭了，以后没有允许不要随便进书房。

她当时应了好，将提盒里的安神汤端出来，嘱咐他睡前定要喝下，然后在他不耐的眼神中离开……

宋妁想到这儿，又低低笑了出声。她那会儿还骗自己，骗自己觉得心寒是因那夜的雨太大了，将她大半的衣裳都淋湿去。

可此刻才深刻意识到，让她心寒的哪里是雨，分明就是卫凌这个人。

卫凌拒的又何止是一碗安神汤，他是把她的一腔热情，把她整个人都拒之门外了。

她以前总想着挤进去，可惜挤得头破血流都没有一丝改变。

宋妁摇摇头，这样的傻事她不会再做了。

挽翠这头又问了一遍，宋妁则道："备好了？"

"是。"

"那端过来吧。"

既然已经备好了，那不用白不用，正巧自己这些日子睡不安宁，给了卫凌也是浪费。

于是挽翠看着宋妁喝下那碗安神汤，双眼瞪圆："夫人，这不是给郎君备下的……"

"怎么，你家夫人喝不得？"

挽翠突然间有种喜极而泣的感觉，忙道："喝得喝得，夫人想喝多少奴婢就给您煮多少。"

宋妁起身走向床榻，浅浅笑着："好啦，时候不早了，早些回去歇着。"

"嗯！"挽翠重重点了点头，看着她上了床，顺手将内间的烛火熄灭，外面的灯却留着，屋子里明暗交织，灯罩下的火苗轻轻摇摆着。

说来挽翠这习惯还是她让养成的，自与卫凌成婚，无论他回不回后院歇息，她都给他留了一盏灯。

她对光照本就敏感，以前未出阁时睡觉别说烛火了，就连帘子都得全部拉上，不然一夜睡不安稳。

可成婚后才发觉卫凌晚间从不熄灯，在书房亦是，听白亦说这习惯是自小养成的，轻易改不了。

他改不了，那便换她改。

改着改着就改到了今日，从最初的辗转反侧到如今的日渐习惯，她变了，但他一点没变。

现在看来，这盏灯已是用不着。

"挽翠。"宋姒叫了声，"外间的灯也熄了。"

挽翠自然答应，轻轻一吹，整间屋子陷入一片昏暗与沉静。熟悉的感觉扑面而来，宋姒在黑暗中扬了唇角，闭上双眼。

而前院书房则一片灯火通明，卫凌卸下一身疲惫，坐在案前捏了捏手腕，白亦在底下说话："郎君，您离开这一月里盛京城一切如常，宫里的魏公公三日前来过，说让您回来后进宫一趟。"

卫凌一袭玄色缎子衣袍，正襟危坐，神色肃然。白亦不敢抬头，继续汇报："郡主也来问过您的去向，属下将您嘱咐的话交代了郡主。"

"父亲呢？"卫凌突然问。

"将军前些日子与陈尚书在外头饮酒，失手打伤了酒肆的小二，郡主将这事压了下来。"

东夏朝律例严明，为官者讲究清正廉洁，当朝天子又自诩爱民如子，因此这事闹大对将军府并无益处。

卫凌突然轻笑了声，面无表情道："失手？"

这话白亦与白泽可不敢接，静默地立于一旁。

好在卫凌没再继续追问下去，只道："给魏公公去个消息，我明日进宫。"

"是。"

卫凌端起眼前的茶盏抿了一口，眉头皱起来。

立于一旁的白泽以为茶凉了，立即吩咐下人换新的茶水来，却突然又听到他说："怎么是茶？"

负责管理琉璎轩上下内务的白亦心下一凛，可是茶出了什么问题？

不应当啊，自家郎君喝的天山白茶他都一直小心存放着，伺候的下人也是惯常用的，哪会出现什么差错。

白亦悄悄抬眼，瞥见上头的人有那么些微微不自然，不过一瞬又压了下去，继续喝了一口手里的茶。

过了一会儿，白亦见他神色如常，这才说："前两日夫人摔了跤，昏了一日，您……要不要过去瞧瞧？"

以往夫人身子不舒服了，都会派人来前院告知一声，其实夫人的用意白亦怎会不懂，不过是想让郎君回后院一趟罢了，可那时郎君不是不在就是在忙，鲜有时间能过去。

白亦想着，若说这世上有谁是真心关心自家郎君的，那夫人必是其中一个，这三年来实实在在做的他们都看在眼中，对郎君的上心程度比郡主还要满上三分。

可惜郎君性子冷，尤其自竟轩公子过世后，郎君就像换了个人般，浑身上下散发着生人勿近的气息，他与白泽若不是从小就跟着，现在哪能得了这个近身伺候的活儿？

几次下来，郎君给夫人的回应着实不算多，而夫人眼里的失望恐怕只有郎君自己瞧不见了。

昏了一日可不是个小事，白亦心里揣摩着，还是说了出来，说完又小心低下头去。

而上首的卫凌一顿，似是没想到他会突然说起这个，随口问了句："大夫可看过了？"

"看过了。只是听后院伺候的下人说夫人这两日有些状态不太对，不知是不是头磕着的缘故……"

白泽突然咳嗽一声，白亦猛然惊醒，自觉多言，赶紧道："应是无碍，郎君无须担忧。"

白亦恨不得抽自己一嘴巴子，郎君风尘仆仆赶回来还没好好休息呢，他平白提夫人做什么，要看什么时候不能看，何须急于这一时半刻。

"嗯。"卫凌应了声，视线移至那套紫砂茶具上，不知在想些什么。

"那郎君好生休息，属下告退。"白亦拱着手道。

待白亦两人退到门口，又听到身后传来一道淡淡的声音："罢了，白亦随我回去看看。"

主仆俩往后院走去，白亦默默跟在身后不敢出声，心底却是有些欣慰，他通常虽只管着前院，可夫人昏过去那日府里没人去探望他却是知晓的。

夫人平时待他们不差，平易近人又没有架子，主人家的那些个事他们管不着，但谁好谁坏他还是能分辨出来的。

郎君回了后院，夫人应当是高兴的。

不过须臾，白亦看着黑魆魆的后院陷入了沉思，低声忖道："夫人不是知晓了郎君今夜回府了吗，怎么这么早就熄灯休息了？"

卫凌没听见，看着连檐下的灯都熄了的后院，沉默不语。

白亦站在他身后，一边说："夫人许是刚刚才歇下，还没睡着呢，郎君今晚可要宿在后院？"

"不了，回吧。"卫凌转身即走，未做一刻停留。

白亦就着浅薄的月光瞧见了他脸上的神色，不由得一愣，怎么竟还微微有丝怒气？难不成是气夫人不等他？

白亦看不懂了。

第二日早上，云收霁晓，秋日晴好。

挽翠端着药碗进屋时宋妤已起身，正坐在妆奁前不知在想什么。

"夫人昨夜睡得可好？"挽翠看了眼端坐着的人，压低了声音开口，"奴婢与前边打过招呼了，夫人这几日都无须到银安堂去。"

以前这话她可不敢说，自家主子守了三年的规矩，去银安堂的问安一日不落，可她实在心疼，今日一早便自作主张了一回，实则心里没什么底气。

挽翠说完却没有等到意料内的反应，宋姗懒懒地应她，并未责怪："嗯，知晓了。"

挽翠心内越发确定，从昨日到现在，主子与之前不同了。

那冬衣从选料、打板到现在一针一线已经缝了大半，可主子竟然说剪就剪，手下丝毫不留情，而听了郎君回府的消息竟也没有反应，实在让人震惊。

"把药端过来吧。"宋姗开口打断了挽翠的思绪。

挽翠连忙将手上的药递给她。

宋姗眉头都未皱一下就一口喝完一碗药，随后用帕子按了按唇角："母亲那边可有说什么？"

"没有，郡主让夫人好生歇息。"

挽翠口里的"郡主"即当今皇帝亲姐——慧华长公主的嫡出女儿，端容郡主秦佳成，卫凌的母亲，这个将军府的女主人。

端容郡主出身高贵，下嫁时卫海奉尚不是镇国大将军，听闻端容郡主当时甚是娇纵，阖府上下端着十分的小心来伺候着。后来年纪见长，她脾性收敛了些，但是养尊处优惯了，总归什么也放不进眼里。

宋姗区区一个替嫁而来的侯府庶女更不入她的眼，因而端容郡主向来不喜宋姗在跟前伺候，每日的问安也仅是走个形式。

卫凌行二，上头还有一个挣了军功的大哥，大嫂陈氏乃礼部尚书之女陈箬，正正经经的高门嫡女，那掌家之事怎么也轮不到她来管，平常也就帮着大嫂打打下手，做些杂事。

宋姗点了点头，她在与不在都无甚关系，将军府不差她一人。

望了眼外头湛蓝的天空，宋姗语气松快地朝挽翠道："走吧，我瞧院里许多花都谢了，也该换新的了。"

未及晌午，银安堂的齐嬷嬷亲自来了一趟，在琉璎轩后院寻到正修剪花圃的宋姗。

琉璎轩后院不大，也没什么名贵花种，只是经过宋姗一日的打理，还算齐整，墙角一处泥土还翻了新。

"二夫人真是心灵手巧。"齐嬷嬷仅看了两眼，转而看向宋姗，立时怔住。

宋姗是个美人，当初新妇奉茶时已是惊了众人，可齐嬷嬷始终觉得宋姗美则美矣，底子里却是什么都没有，徒有一张面皮。可今日感觉哪里有些不一样了。

宋姗一身淡青色锦绶藕丝缎裙，双袖挽起，一头乌发松散拢在脑后，几缕发丝下垂，明艳的小脸上还沾了些鲜黄泥土，看过来的眼神清澈无波，煞是动人。

她分明是最简单的装扮，却让齐嬷嬷顿觉周边一切黯然失色，已是美到了骨子里。

宋姗见齐嬷嬷发愣，轻轻唤了一声。

齐嬷嬷如梦初醒，鬼使神差地多问了句："二夫人这是在做什么？"

"早上闲来无事，便想出来松动松动筋骨，乍然瞧见这颓败的秋色，起了些修整之意罢了。"

齐嬷嬷又望了一眼浅笑低语的人，她算是看出些什么不一样了。二夫人这精气神可与前几回到银安堂问安时完全不同，此刻言笑晏晏的人容光焕发，让人格外舒适。

齐嬷嬷不由得多看了两眼，这样的宋姗倒是与二郎相配。

片刻后，齐嬷嬷收回目光，心里记挂着郡主交代的事，正色道："二夫人，郡主唤您过去一趟。"

齐嬷嬷是端容郡主身边的老人，此刻到访必是得了她的吩咐，而明明挽翠早上才给自己告过假，宋姗不得不小心应对："齐嬷嬷，可是发生了什么事？"

齐嬷嬷微垂着眼，恭敬答复："老奴不知，二夫人收拾收拾随我去一趟便是。"

如何会不知，只是不愿与她说罢了。

宋姗将工具递给身边的下人，瞥了眼沾了泥渍的裙摆，温婉答道："是，嬷嬷稍等片刻。"

银安堂。

还未走进去，宋姗已听得里头欢声笑语不断，卫钰君的声音尤其洪亮。

宋姗站在门廊下深吸一口气，在心底给自己鼓了把劲。

只是她未料到会在这里见到卫凌。

卫凌坐在端容郡主下首，听闻门口的动静侧过脸来，与宋姗打了个照面。

宋姗有些晃神，再次看见他竟有了几分不习惯。

卫凌长相不似大将军粗犷，也未继承端容郡主的雍容华贵，反倒有些淡雅，棱角分明的脸上淡漠异常，好像什么都不放在眼里，这一点倒与端容郡主如出一辙。

以前长姐常常提起卫小郎君，将其描述得如何俊美绝伦、如何才智双全，她起初不信，后来因缘巧合下见了一回，才明白长姐所言不虚。

她那时候起就觉得人中龙凤的卫小郎君与兰情蕙性的长姐是天生一对，即使天意弄人让她替嫁，她仍旧认为长姐才是他的良配。

事实也好似如此。她用了三年证明，她与卫凌的确不合适。

哪里都不合适。

一屋子人都朝她望过来。

宋姗行至中央给端容郡主见了礼："母亲。"

端容郡主淡淡应了声。宋姗转向卫凌，在他身侧的空位坐下，挺直了身子一动不动。

他们是夫妻，在外人看来本应就是同行并肩、最亲密无间的关系，而她是他的妻，应当是端庄的，是知书达理的。

此刻宋姗的脸上平静无波，她未理会卫凌投过来的不明眼光，待余光瞄见他转过头后心底才松口气。

既已做了决定，那他要怎样、端容郡主要怎样都与她无关了，她只要在这段时日不犯错，然后等一个合适的时机离开就成。

银安堂自宋姗进门后就安静下来，陈箬率先打破沉默，问："弟妹身子可好些了？"

宋妁昏了一日这事不大不小，当时醒过来时挽翠只与她说陈箬派了人过来问询，其他再没提，她也识趣地没问。

宋妁与大嫂陈箬平常因着管家的杂事还算相熟，陈箬待她不错，并无过多苛责，宋妁有不懂的，陈箬也耐心教授，是个尽职尽责的当家儿媳。

"谢大嫂关心，已经无碍了。"宋妁浅笑，回应。

而余光里卫凌又转过头来，看着她不言一语。

宋妁微微有些不适，侧过脸避开。

从她进门，他看了她两回，甚是奇怪。

她方才特地回屋换了干净的衣裳，让挽翠梳了发，确保一切无虞后才出的门，又是哪里不对？

刚进门时不懂事，衣裳穿得明艳了些被数落，话语没收着被嫌弃，就连走路都能被嘲，好像她的一言一行都是错的。

后来自然学会许多，现在的宋妁已是将军府合格的二夫人，外人再挑不出来差错。

探究的目光一直黏在她身上，宋妁受不住，回望过去。她又没做错什么，何须怕他。

刹那间，两人目光相触，宋妁没避开，望进那幽冷的眼眸里，一如既往，什么都看不到。

而卫凌一片镇静，而后视线往上抬，眼角挑了挑。

宋妁双手顺着他的目光摸到额角薄薄一层纱布，这才明白他为何那样看着自己，敢情这个伤还丢他面了不成？

也是，一个大活人谁会无缘无故摔倒，这要传出去说不得还落下一个将军府二夫人体弱多病的名声。

卫小郎君多傲气啊，有这样一个夫人让他为难了。

宋妁几不可察地扯了唇角，转回头乖乖听其他人说话。

摔跤一事已轻轻揭过，端容郡主问卫凌："过些日子便是你外祖母生辰，域川可备好寿礼了？"

卫凌应话："备下了。"

端容郡主又问："钰君呢？"

卫钰君撇了撇嘴："外祖母口味太挑剔了，我去年送的松鹤延年图，她好像不喜欢，今年实在是不知道该送什么了。"

"钰君只要用了心意，外祖母怎么样都会欢喜的。"陈箬笑着劝慰。

"是这个理。"

"嗯，知道了。"卫钰君应付了一句，转头问卫凌，"二哥，你这回出城到底去哪儿了，怎么去了一月？"

卫凌并无官职在身，却经常忙得不见人，一月里宋姗能见上他两三回就算不错了。

她以前尚且好奇，问过那么一两句，可他那时候都只是冷着脸让她不要多问，她便也渐渐学着不去打听他的行踪，反正都是无益。

而此刻卫凌显然也没想回答亲妹妹的提问，视线从宋姗的身上缓缓移开，道："你功课都完成了？"

因着慧华长公主的缘故，卫钰君自小便跟着皇子公主们在锦书房学习，每日也有固定的功课要完成。

卫凌突然发问，卫钰君扭捏着答不出话来。

"看来锦书房的课业是十分轻松了，让钰君那般有时间整日在外头瞎混。"卫凌说这话时一点没给面子。

卫钰君的脸唰地红了。

卫钰君自然知道卫凌意有所指，刚想问他为什么会知道，转眼瞥见宋姗低着头，于是指着宋姗，气呼呼道："是二嫂与你告的状对不对？我就知道，哼！"

宋姗茫然地抬头，她告的什么状？

她慢慢回想着……是了，前几日卫钰君来找过她，话里的意思好像是要她帮忙给大哥宋瑜递个话。她记得自己当时未立即应下，只是先问了句递什么话，卫钰君就急得跳起脚来，话头上找了自己几句不痛快就愤然离去。

这是误会什么了，她才刚见到卫凌，哪来得及告状。

宋姗看向卫凌，想着他应当会为自己解释一两句，他却只是看着卫钰君，沉声道："你一个大家闺秀跟着些泼皮无赖混在一起算什么事？传扬出去外人说不得还会来一句'镇国大将军教女有方啊'！"

这话说得严重了些，一直未插话的端容郡主拉下脸来，斥了一句："域川！"

"母亲，钰君马上到及笄之年，您看着办吧，看您能为她掩护到几时。"卫凌站起身来，拱了拱手，"儿子还有事。"说完头也不回地离开。

宋姗盯着他离开的背影，对今日这一出有些迷茫，刚刚未进门时不是听着聊得还挺开心吗？怎么突然就这样了？

卫凌鲜与她谈及他与父亲母亲的关系，可她从那些细微相处中也能发现卫凌与父亲关系不佳，每次见面两人都有些不对付，她不知缘由不好置评。

现在瞧着这次与他父亲是脱不了干系。

而卫钰君这件事，宋姗也大概猜了个七七八八。

卫钰君性子骄纵，常常仗着自己父亲是镇国大将军，母亲是端容郡主而胡作非为，打架这些事在寻常女子身上不会发生，不过放在卫钰君身上就难说了。

宋瑜是兵部的人，目前管着盛京城禁军十六卫，护卫盛京安宁，卫钰君有求于宋瑜，其意不言而喻。

银安堂气氛冷下来，而缓过气来的卫钰君好像有了发泄口，冲宋姗道："二嫂，我不过让你帮个忙，你不帮就算了，怎么还这样陷害我？如果不是你，二哥又怎么会知道！"

一盆脏水就这样泼到了宋姗的身上。按着以前，这种情况她必然是不会争辩的，可她现在已经不想再背这个"锅"，冷静道："三妹妹，我也是方才才见着你二哥哥，哪里有时间去告诉他这些事，陷害是绝无可能的。何况三妹妹那日并未告诉我到底发生了何事，我又如何去帮你？"

"你骗人，二哥哥明明昨夜就回来了！"卫钰君怒极，说到这儿又看着宋姗，呵呵笑了起来，"也是，二哥哥就算回了也不会去你房中的。"

话音落下，堂内几人脸色各异。

卫钰君得意地翘了翘眉，仿佛又赢了宋姒一回。

而宋姒心底也有傲气，看着几人，第一回扯了谎："我说昨夜怎么窸窸窣窣的动静那样大，原来竟是二郎回了呀，也不叫醒我。"

"你……"

"好了。"端容郡主瞄了一眼出口反驳的宋姒，打断卫钰君的话，"钰君，域川说得不错，你再不收敛点无人能保你。"她心里还记挂着先前的事，没理会两人的小打小闹。

方才卫凌哪里是在教训妹妹，他那分明就是影射自己的父亲，变着法地警告自己呢。端容郡主无声地叹气，也怪卫海奉卸甲后行事放肆了些，她只能跟在后面兜着。

钰君的性子是完完全全继承了卫海奉，卫舒则是与她像些，而域川这个孩子从小便十分通透，聪明、机敏却固执，眉眼间与慧华长公主有几分相似，那股子气派甚至比她有过之而无不及。

自个儿子将来定是要做大事的。想到这儿，端容郡主不由得朝下首的儿媳妇望去。

宋姒梳着涵烟芙蓉髻，未施粉黛的小脸肤如凝脂，眉若轻烟，眼含秋水。饶是她也不得不承认，盛京城里少有人能比得上宋姒这副面容。

可是，美又有何用。

端容郡主心里默默叹了一口气，域川当初娶这个媳妇时她就不同意，她的域川出身、品相、才智哪样不是顶尖？何至于娶一个侯府庶女为妻？

但当时弥留之际的老太太说肃清侯府老侯爷于将军府有恩，这门亲事无论如何都要成，她才不得不点头答应。

听闻，这宋姒的生母只是扬州通判之女，凭着姿色魅惑了当时下扬州巡视的肃清侯，怀了身孕之后才跟着回了盛京。

若不是肃清侯府嫡女莫名其妙地病逝，这婚事哪轮得到她一个小小庶女。

再看看大儿媳，端庄沉静，一看就是勋贵大家养出来的姑娘，管起家务事来井井有条，带出去外人都赞不绝口，两人实在是天差地别。

这头，卫钰君大声喊了句："母亲！"

端容郡主收回视线，挥了挥手，说："你先下去，我有话与你大嫂、二嫂说。"

卫钰君噘着嘴离开。

端容郡主抬起手边的热茶喝了口，状似如常地问了句："阿箬，我记着库房里有根长公主赐下来的千年人参吧？"

陈箬立即应道："回母亲，有的，儿媳好好收着呢。"

"你取出来，给阿姍送过去。"

宋姍闻言倒是惊了惊，母亲什么时候对她这么好了？

按下疑问，宋姍答话："谢过母亲。"

"阿姍啊，我记着你嫁过来也有三年了吧？"

"回母亲，是有三年了。"

端容郡主点点头，说："域川今年二十有三，年纪不小了，你这身子确实得好好养养，三天两头地出问题怎么行。"

宋姍一下就懂了，赐人参这一招是在这儿等着她呢。

大概又要提起子嗣一事了，可这又如何是她能掌控的？是卫凌不想要啊，她一个人还生得出来不成？

不过仔细想想，也幸好没有孩子，有了孩子就有了牵绊，她哪儿都去不了。

小娘不就是最好的例子？

当初若不是有了她，小娘也不会被迫跟着来盛京，到别人家里做妾。

小娘虽从未提及那些过往，可那些落寞的神色她要是看不出来那就枉为人子女了。

所以，孩子是万万不能要的。

想是这般想，宋姍却不能说出来，嘴上应道："是，儿媳明白。"

谁料端容郡主转向陈箬，道："阿箬，过两日我那侄女要过来住段时日，你安排一间院子，衣食住行什么的不可怠慢了。"

端容郡主的侄女，那便是慧华长公主的亲孙女，是个比卫钰君还要金贵的主儿。

陈箬连忙道："是，那母亲您看后山的碧落院如何？碧落院环境清幽舒适，离您这儿也不算远。"

端容郡主却不同意，随口说着："琉璎轩边上的玉清小筑不是还空着吗，就那儿吧。"

陈箬继续说："玉清小筑院子小了些，我怕奕娴姑娘住着不习惯，不若还是……"

"就玉清小筑。"端容郡主转向宋姒，"奕娴第一回到咱们家来，阿姒你也照顾着些。"

"是。"

姒妯俩携伴离开银安堂。

陈箬有些想不通，问道："弟妹，母亲这意思……"

宋姒拢了拢衣袖，没直接应她这话，反而有些担忧道："大嫂，母亲的意思如何我不得而知，也不好揣摩过度。可我听说奕娴姑娘与三妹妹素来不和，届时可不能让她们起了什么冲突，让母亲怪罪。"

陈箬如临大敌，忘了自己的疑惑，匆匆离去。

宋姒回首看了眼富丽堂皇的银安堂，眼眉微掩。

有些事已不是她想不想的问题了。

端容郡主莫名地将奕娴姑娘安排进来，看着是姑侄叙旧，可明明有更好的院子不安排，却偏偏要挤在琉璎轩边上的小筑里，这里头稍微多想一点也能想明白。

若端容郡主目的真是那样，那对她而言反而是件好事。

她原还苦恼怎么离开，没想到机会竟然这么快就送上门来。可高兴之余不免又有些失望，端容郡主怕是早存了这个心思，自己这个儿媳，端容郡主也早就不想要了。

若是她没想通，那此刻的自己估计是一口心血堵在胸口，最终只能咬着牙咽下去。

宋姒转过身，心下一片沉静。

若真是如此，那她就成全了端容郡主的心意。

这头卫凌离开将军府就进了宫，魏公公早已在内宫门口等候。

"圣上都念叨了好几回，可算把卫使盼回来了。"魏公公低着头，一派奉承。

卫凌低低应了声，朝前走去。

魏公公看着那挺拔的背影，不由得感慨，这卫凌，今后怕是不得了。

卫凌是什么人啊，面上看着只是个初出茅庐的毛头小子，名头再大点顶多就是长公主的外孙，一无官职二无父兄的功绩，可就是这样一个人却能自由出入皇宫，入勤政殿。

想想太子入勤政殿还得得了宣帝的旨意呢，由此可见卫凌盛宠。

虽不知卫凌到底为宣帝做些什么事，可按着他伺候宣帝这几十年的经验，宣帝是极为信任这个年轻人的，他又怎么能不上点心。

思及此，魏公公快步跟上，悄声道："卫使应还不知吧，圣上今日一早生了可大的气。"

卫凌仿若没听到，魏公公讪讪地捏了捏鼻子，继续说："太子殿下昨日醉了酒，白日宣淫，竟玷污了一名臣妇，今日那小臣告到御前来，着实把圣上气个半死。关乎皇家颜面，这事到底未宣扬出去，卫使等会儿见了圣上切记当心些。"

魏公公此番话语已尽显讨好之意，卫凌没驳了他的面子，淡声道："谢过魏公。"

魏公公不再言语，默默领着人至勤政殿。

圣上寻卫凌向来不喜有人在跟前伺候，魏公公妥善将大门合上，立于殿门旁等候圣意。

气势宏伟的殿内，卫凌垂首朝龙椅上的宣帝行了礼："臣卫凌，见过圣上。"

宣帝不过天命之年，身子还算强壮，不过此刻一脸愠怒，显然余气未消。

宣帝看了眼底下的人，右手撑着龙椅，抚了抚额："回了？事情办得如何？"

"一切顺利。"

宣帝没再多言。该知道的他早已全部知晓，今日寻卫凌过来不过是另有一事。

"域川，你可有想过以后？"

勤政殿里龙涎香气味浓厚，卫凌微微蹙起眉头，却依旧恭敬答道："未曾。"

宣帝叹了声气，接着问："今日之事可听说了？"

"是。"

若是魏公公听了此话，说不定得大骂一声卫凌不是人，自己前脚刚送出去的"隐秘"消息，他后脚就据实以告。

可宣帝却没看出来什么恼怒神色，反倒自顾自笑了一声："这帮奴才！"

卫凌没接话，宣帝继而沉重道："域川，你得到明面上来了，太子近来动作太多，朕需要有人压制着他。"

底下的人依旧面无表情。

宣帝望下去，又道："怎么，不想？"

卫凌自五年前开始在宣帝手底下做事，对他的命令从来只有服从，像此刻般静默实则是在表达不满。

"先从大理寺少卿做起，慢慢来。"宣帝安抚道，"域川，你应当比朕更明白。"

大理寺少卿，从四品官职，在外人看来，这对一无所有的卫凌来说已是殊荣。

日落时分，卫凌刚一踏入琉璎轩的门，白亦就急急跑过来："郎君，三姑娘来了！"

卫凌斜斜睨了他一眼，继续往前走。

白泽则好奇地问："来就来了，你慌什么？"

跟着郎君这么多年了，白泽很少见白亦慌乱的模样。

"三姑娘看起来非常生气，直接冲进了后院。我这不还是担心夫人，毕竟三姑娘那性子没几个人能挡得住，夫人身子又还未……"

话未说完，前面的人倒是停下了脚步，语调平淡："白亦，下回你与我出门。"

白亦当场僵在原地。

他要是能出门保护郎君，那这么多年就不会只处理内务了。郎君外出办事多凶险啊，每次回来两人身上都会添上那么一两道新伤，凭他那三脚猫的功夫……郎君是想要他的命啊！

白亦心里叫苦连天，而始作俑者已经进了书房。

白泽看他一眼，十分同情："做好你该做的事，不该管的别管。"

约莫半刻钟后，书房里传出声音，白泽进门。

卫凌换了身衣服，正坐在书案前不知在看什么，头也没抬："去看看怎么回事。"

"是。"

没一会儿，白泽将后院的情况据实禀告："三姑娘在后院与夫人吵了起来，不对，是三姑娘自己在吵，属下没听到夫人回嘴，不过三姑娘带了挺多人，夫人那边怕是招架不住。"

"所为何事？"

"……好像是三姑娘指责夫人偷了东西。"

后院确如白泽所言，卫钰君带着两个嬷嬷、三个壮汉，此刻正怒气冲冲地指着宋姗："宋姗，你敢不敢让我进去搜个明白？我那玉佩早上出门前还在的，下午就不见了，而上半晌我就只见过你与嫂嫂，定是你或者你的下人偷了去！"

宋姗已忍了好一会儿，内心十分不耐。

这个卫钰君真是与卫凌一点都不像，冲动、任性，脑子还不好使，这么拙劣的借口也亏她想得出来。

这样的事也常有，不过之前卫钰君顶多就逞些口舌之快，像这一回大张旗鼓地想要搜她的屋子是头一回。

宋灿想着许是上午的事情让卫钰君不痛快了，非得到她这里来寻开心。

也怪她以前以什么顾全大局、对方是卫凌亲妹妹为借口而不与卫钰君计较，一点好没讨到不说，到头来还只给自己塑造了这么一个好欺负的形象，让卫钰君每每骑到头上来。

“我那玉佩可是外祖母送的，价值连城。”说到这儿，卫钰君还特意打量了一下宋灿屋内的摆饰，咂咂嘴继续道，“你这种小家子气的庶女见了自然移不开眼去，也难免会手脏些。”

卫钰君：“今天这屋子我是搜定了。你要是不想把事闹大，就赶紧让开！”

宋灿想了想，上午自银安堂回来就只有她和挽翠进过这屋子，卫钰君要是真想栽赃陷害她那只可能是在她离开琉璎轩期间。

可是那会儿在银安堂，卫钰君应当是没料到卫凌会突然指责，也就不会提前将那什么劳什子玉佩放进她的屋子，所以卫钰君是后来才起的意来刁难她。

而为何一定要搜房？是不是自己这里有什么卫钰君需要的？

宋灿带着疑惑望过去，卫钰君依旧盛气凌人，不过对上她的眼神倒是避了避，气道：“你若是清白，怎么还怕我搜你的屋子？”

话都说到这份上了，宋灿实在好奇，到底她屋子里有什么东西值得卫钰君这样大动干戈。

她正欲开口说话，忽地听见门口有些动静。

不多时，卫凌出现在门口。

宋灿有些吃惊，他怎么会来？

以前亲密过后她大着胆子与他抱怨过卫钰君的事，那时候他就极为不耐，下了床，留下一句“钰君还小，多让着她些”后，头也不回地离开。

后来再有这样的事他也没管过，大概在他看来，这些都只是妇人间的小打小闹罢了。

宋灿这样想着，心里起了些怒气。她可不想听他的劝，让她再让着他妹妹。

她让得够多了，也忍得够多了。

而卫钰君见着卫凌，同样一脸惊诧。宋妁没错过卫钰君眼底一闪而过的慌乱，于是愈加确定，这里面有鬼。

卫钰君已贴近卫凌，正义凛然般将事情添油加醋地复述了一遍，还特意除去那些羞辱她的字句。

"二哥哥，若二嫂是无辜的，怎么会拦着我不让我进去搜？这么多人都看着，难不成我还会陷害她不成？"

卫凌听完看了眼静坐一旁的人，她正低着头，手里抚着衣袖上的花纹，好像对此并不是很上心。他这才信了白泽的话，只是钰君一个人在吵。

卫凌的目光重新移至卫钰君的身上："钰君，莫要胡闹，玉佩我再给你一块便是。"

听了这话，宋妁倒是抬起头来，饶有趣味。

卫凌连问都不问就定了她的罪吗？

她就这般不值得信任？

这就是人人都道她走了什么运才高嫁的好郎君？

这玉佩要是真给了，这个罪名她怕是再也摘不掉了。

宋妁站了起来，看着卫凌，坚定地开口："三妹妹，你搜。"

小小的屋子里气氛莫名变了，底下伺候的人大气都不敢出。

卫钰君得了许可，亲自带着人进了屋。宋妁看了挽翠一眼，挽翠连忙跟进去。

于是，前厅只剩下夫妻两人。

气氛一时尴尬，宋妁却不愿再搭理他。

他的信任对她来说其实已没有那么重要了。

"你无须如此。"卫凌坐在她身侧的位置上，对她方才的行为提出意见。

宋妁："二郎也无须如此。三妹妹说了，那玉佩价值连城，用不着为我破费。"

卫凌转了头，一脸吃惊地看向她。

"二郎这般看我做什么？太久未见认不出来了？"宋姗笑了笑，模样甚是温婉。

没等他反应，宋姗又说："二郎昨夜回来也不知晓一声，害得三妹妹误会我与你告状，实在是冤枉。"

说完，她心里顿时畅快了许多。她还记着呢，每回遇着事了，他都没站在她这一边，就似今日晌午，为她辩解一句都没有。

她以前哪里敢怪他，怪的都是自己。她如今可算想明白了，自己这破败的身子一大半是憋出来的，别人给她气憋，自己给自己气憋，太亏了。

而一边的卫凌莫名想到昨晚早早熄了灯的后院，心里突然间有些不是滋味。在外做事少不得学会看人，而今的妻子，他有些看不懂了，明明她说话的语气与以往相同，可他看着好像有哪里不一样了。

卫凌看了眼自顾自喝茶的人，想了想，开口道："是我未顾及你，等会儿我便与钰君解释清楚。"

这回轮到宋姗震惊了，嘴巴微微张开，眼里来不及收住惊讶之色。

卫凌："钰君自小被宠坏了，行事不顾分寸，你作为她的二嫂，多担待些。"

刹那间，宋姗明白了过来，还是他，没变。

被宠坏了又如何，如今你不还是一样维护她？

宋姗直接没答话，方才折辱她的人现在还带着人搜她的屋子呢，要她如何担待？

说话间，卫钰君那头也搜完了，一脸失望地走到两人的面前。

卫凌见状，训道："给你二嫂道歉。"

卫钰君张口就要反驳，可在瞄见卫凌的脸色后还是心不甘情不愿地说了句："二嫂，我错了。"

"无妨。"宋姗淡淡应了声。

随后卫凌带着妹妹离开，宋姗让挽翠到跟前来："可有发现什么？"

"他们人太多了，分散各处，奴婢看不全，可看那模样确实只是在认真搜查，三姑娘也只是在旁边看着，没说什么话。"

宋姒若有所思地点了点头："去仔细看看，有没有丢了什么东西。"

"是。"

琉璎轩书房外。

卫钰君垂着头，不敢看她身前的人。

"钰君，你今年也已十四，马上要及笄的年纪，锦书房的先生可有教你什么是礼？"卫凌沉了声，面色不善。

"就算先生没教，母亲与外祖母难不成没教？阿姒是你嫂嫂，那些话是你能说的？还有，你空口无凭就诬陷别人偷东西又是谁教你的？官府查案尚需文书，你这直接带人闯进琉璎轩是怎么回事？"

卫钰君没料到卫凌叫她留下来竟是为了说这个，一时不知是该气愤还是该委屈。

以往她与宋姒发生争执也没见他这样生气过啊，这府里谁不是闭一只眼睁一只眼，怎么今天就不一样了。

卫钰君向来不敢惹卫凌，继续低着头，声若蚊蚋："二哥哥，我知道错了还不成嘛……"

"还有，你二嫂没有与我告状，你错怪她了。"

卫钰君惊讶地抬头，再次震惊于二哥对宋姒的维护。

"我看今后你也不必出门了。等会儿我就去寻母亲，让她好好教教你怎么做一个大家闺秀。"

"二哥！"卫钰君一急，脱口而出，"你为了宋姒居然要我禁足？"

"宋姒？"卫凌话音一低。

卫钰君嘟了嘴，不服气道："我又没做错，二嫂要是没错，她怕什么！"

"钰君，这些事情我不想再看到第二回。另外，外头你抢的那个男子我已经派人把他送回原籍，你那些个狐朋狗友我也警告过一回，谁要是敢再与你往来，不会有什么好下场。"

卫钰君彻底惊呆，急忙抓了卫凌的衣袖间："二哥，你把人送去哪儿了？"

卫凌低头看了眼卫钰君抓着他的手，扯开："你不用再管。"又对旁边的白亦道，"把三姑娘送回去，派人看着，这一个月内不许出门。"

这日是端容郡主的侄女秦奕娴来将军府的日子，宋姒被叫到了银安堂。

宋姒进门的时候人已经到了，正坐在端容郡主身旁，十五六岁的小姑娘巧笑嫣然。

她嫁给卫凌三年，却是第一回见他这个表妹。

秦奕娴长相甜美，望过来的眼睛含了水雾般，十分惹人怜爱。

"阿姒，快来。"陈箬道。

"二表嫂。"秦奕娴也笑着招呼一声。

宋姒站定，先给端容郡主行了个礼："母亲。"随后同样笑道，"奕娴表妹。"

"二表嫂真好看。"秦奕娴夸了句，"表哥真是好福气啊。"

宋姒笑了笑，未应这句话。

端容郡主问秦奕娴："你的祖母身体可康健？"

"祖母身体可好了，前两日还念叨着姑姑与表哥呢，我这回来将军府她就十分不满，说是我心里惦记着姑姑，快忘了她老人家。"

端容郡主听完，露出宋姒从未见过的慈善笑容："她老人家一大把年纪了还乱吃飞醋呢。"

"可不是。再过几日便是祖母的生辰，现在府里上下忙得不可开交，我求了好久母亲，她才肯放我来姑姑您这里透透气。"秦奕娴起身，走到端容郡主的身后，自觉地给她捏起肩膀来，"姑姑可不能赶我走，要赶也得等祖母的生辰过后。"

"不赶不赶，你能过来，姑姑别提多高兴了。"

姑侄俩说着话，宋姒与陈箬皆插不上话。

过了一会儿，秦奕娴朝陈箬问道："大表嫂，怎的没见钰君表妹？"

说到这个，陈箬不得不感谢卫凌。卫钰君与秦奕娴关系不佳，她又管着家，谁知道两人碰面后会因为什么芝麻大小的事起冲突，到时候郡主少不得怪到她身上来。

如今卫钰君被卫凌禁足，省了她不少事。

说来也是奇怪，卫钰君到底做了什么事惹得卫凌生气，竟到了要禁足的地步，而母亲也没帮着说话。

陈箬心思流转，不好直说，看向首位上的人。

端容郡主倒是看了宋姗两眼，然后才道："甭管她。你这几日就好好陪着我，什么也不用管，缺什么了就直接找你大表嫂。"

秦奕娴甜甜笑着："是，还是姑姑最疼我。"

"好了，先回去歇息。"端容郡主拉下秦奕娴的手，在她的手背拍了拍，"晚上再过来用饭，你表哥到时候也回来了。"

接着，端容郡主又对宋姗说："阿姗，你陪着奕娴回去，顺道看看玉清小筑一切可都收拾妥当了。"

宋姗乖乖应下。

银安堂离玉清小筑有段距离，两人并肩走着，秦奕娴先开了口："表嫂可知表哥今日何时会回来？"

她连他去了哪儿都不知道，又怎会知道他什么时候回来。宋姗回答："不知。不过母亲说了，晚饭时应当会回。"

"嗯，将军府我不常来，府里规矩什么的还望表嫂提点一二。"

宋姗："表妹无须在意那些，好不容易来一回，你住得畅意，母亲才开心呢。"

转眼，玉清小筑就到了，秦奕娴在院子里转了一圈，相当满意。

宋姗谨记端容郡主的吩咐，也在玉清小筑里里外外转了一圈，确保一切无虞。

"那表妹先好好歇息，有什么事可随时派人去寻我。"

秦奕娴道："好啊，表哥与表嫂住在何处，我与你一同去看看吧。"

宋姗犹豫一瞬，应了下来。

两处院子紧挨着，出了玉清小筑走几步便到了琉璎轩。

"这儿是书房。"宋姗指了指书房，寥寥一句算是介绍。

　　秦奕娴应是好奇，已经抬步上前。

　　此刻书房外无人看守，宋姗想着卫凌之前说的"不得允许不可随意进入"，摸不准该不该提醒秦奕娴一句，可转瞬又意识到她与秦奕娴不同，若是秦奕娴，卫凌应当不会介意。

　　而那头秦奕娴站在书房门口却停了下来，转身往边上的厢房走去。

　　宋姗看向那间上了锁的厢房，立即对秦奕娴道："表妹，我新得了几株菊花，你要不要随我去瞧瞧？"

　　秦奕娴听了，看看那厢房，又看看宋姗，稍一思索便回了宋姗的话："嗯，那表嫂我们走。"

　　宋姗瞬间松了口气，领着人往后院走。

　　"表嫂嫁过来也许久了，我竟还未单独与表嫂说过话呢。"秦奕娴主动寻了话头，"祖母膝下就姑姑与爹爹两个，姑姑管得严，我上头也只有一个哥哥，没什么兄弟姐妹，而秦家旁支也不敢过多上门，锦书房里又是些拿腔拿调的，我这日子过得甚是无趣，好不容易来姑姑家一趟，终于有人与我说说话了。表嫂，我以后常来寻你好不好？"

　　"自然可以。"宋姗当然答应。不过，她有些迷糊，秦奕娴这身份将来获一个郡主的名号也不过分，怎么从秦奕娴的话里还听出几分孤寂来？

　　不过，慧华长公主管得严这句话倒是真的。不说秦家，卫家也只有卫凌兄妹三人，大将军房里连妾室也没有，又哪儿来的孩子。

　　既是如此，那秦奕娴与卫钰君应是从小陪伴着长大才对，又怎么会像她听到的那样，两人一见面就如同仇家碰面？

　　宋姗侧过眼，秦奕娴看着不像是轻易与人发生冲突的性子。

　　秦奕娴仿佛看透了宋姗的心思，自己笑道："表嫂是想问我与钰君之间的事情吧？也不是什么大事，钰君性子又急又冲，小时候出过一回事，钰君以为是我害她，后来就渐渐与我疏远了，也不大愿意与我说话，久而久之就成了这副模样，我怎么找她都不行。"

　　秦奕娴好奇："我听下人说，钰君被表哥禁足了？"她左看右看后低低问了一句，"表嫂可知所为何事？"

宋姒摇了摇头，说不太清楚。

说来那日卫钰君从琉璎轩离开就被禁足一事是让她有些意外，可她不会天真地认为卫凌是为了自己，若是就因带人搜她房间，卫钰君就被禁足，那首先不肯的便是端容郡主了。

现下端容郡主默许了卫凌的做法，无非还是因为先前卫钰君在外头闯的祸事要给她些教训，而卫凌怕也是为了保护这个妹妹才如此作为。

可是到头来呢，卫钰君怪罪的还不是她？

从以前到现在，卫凌但凡多为她想想，她也不必受这些无妄之灾。

秦奕娴已往前走："不过我还是非常羡慕钰君的。姑姑家可比我们家自由、热闹多了，而且姑父与大表哥又是保家卫国的大将军，比我哥哥厉害多了。"

秦奕娴："二表哥也是，现在虽还看不出什么，可我知道，二表哥将来一定会出人头地的！"

宋姒不由得问："表妹为何如此相信？"

秦奕娴歪了头，反问："难道表嫂不相信表哥吗？"

宋姒噎了一下，迅速应道："信的。"

"表哥从小可聪明了，我入锦书房时表哥还在，那时候就听闻表哥好几次把夫子驳得没脸，可即使如此，夫子们还是将表哥立为表率。可惜，表哥后来不知为何退了学堂，再也没来过。"

秦奕娴面露惋惜："我本以为他会与姑父一样上战场的，没想到竟也没去，为此姑父还与表哥闹翻了脸，这两年看着倒是风平浪静。对了表嫂，今日怎的也不见着姑父？"

东夏朝近年来无战事，卫家如今只有卫凌的大哥卫舒一人戍守边疆，而镇国大将军卫海奉两年前就已归京，如今在京畿军中任卫内大臣一职，负责京畿大军教训事务。

别说今日了，宋姒少说也有段时间没见过卫海奉，他与卫凌一样，神出鬼没的。

"不知，许是在忙。"

"咦，"秦奕娴噫一声，"真不知道他们都在忙些什么。"

两人行至后院，宋姌没再多说。

后院里，宋姌新移植的几株秋菊"绿水秋波"与"瑶台玉凤"还有些恹恹，不过满簇的花苞已压弯了枝头，秦奕娴见了，惊呼几声："表嫂哪里来的品种，竟都是我没见过的。"

这几株秋菊算不上名贵，当初选中也不过是看在它们长得好，磅礴生机胜了春日。

"都是在街上随意购的。"

"养花是个娇细活儿，我是不行的。"秦奕娴摸了摸下垂的花叶，娇俏地笑道，"我娘亲也养了许多花，她从来不许我碰，怕碰坏了。"

秦奕娴笑容真诚，眼里纯净无瑕，宋姌感染一二，也笑道："那表妹平日里喜欢做些什么？"

"我啊……"秦奕娴认真思考了会儿，"我喜欢动手做东西，什么纸鸢、簪子、灯笼我都喜欢做，看着一样东西在自己手里从零散到成型，特别有成就感。"

动手做东西……

宋姌愣了一下，直到秦奕娴用手在她面前晃了晃："表嫂？"

宋姌回过神："看不出来表妹竟然还喜欢这个。"

"嗯，表嫂你知道的吧，表哥也是。"

这回宋姌直接怔住，完全说不出话，心里好像被什么东西砸了一下，钝钝地疼。

怪不得秦奕娴会直接往厢房去，原来是这样。

大概是秦奕娴见了她这副模样，立马捂住嘴巴："啊，表嫂你当没听到，表哥向来不愿意说这些的。"

宋姌调整好自己，装作不知道，又适当表现出惊讶："你表哥不愿意说什么，表妹快与我说说。"

"哎呀，说了这么多我都渴了，能不能与表嫂讨口水喝？"秦奕娴显然不想再说，寻了借口。

"随我来吧。"

两人回了屋子，秦奕娴坐了好一会儿才走，却是怎么也不肯再继续先前的话题。

秦奕娴离开后，宋妡坐在椅子上灌了几口茶，手往后移，按了按有些酸痛的肩膀。送完人回来的挽翠立即上前来，轻轻柔柔地给她捏肩。

挽翠边按边说："夫人，我原先以为表姑娘会和三姑娘般娇气呢，未料倒与夫人聊得来。"

宋妡想着，今日说的话确实多了些，秦奕娴就几乎没停下来过，一个接一个的问题。

不过秦奕娴与卫钰君真是不像，秦奕娴身上没有端容郡主的娇贵，也不似卫钰君任性，性子温婉、娴静又不失女子娇憨。

半日相处下来，宋妡并未觉得不适，秦奕娴还时不时地哄她开心，嘴甜得不行。

"是不错。"宋妡肯定地说了句。

挽翠接而道："您瞧后来表姑娘说的，她哪里不懂养花，之前还那样谦虚，还有您看她头上自己做的那对簪子，手艺我看着就极为精妙，市面上都没见过……"

挽翠还在说，宋妡却失了神。

是啊，这样一个姑娘，身份家世、性情样貌挑不出一丝错处，谁见了不喜欢？

端容郡主对秦奕娴的喜爱看着更甚自己的亲女儿，陈箬也比往常更加热情，就连下人也都上赶着伺候，秦奕娴一来，阖府上下像过年一般热闹。

宋妡轻轻笑了笑，那秦奕娴必然也是能讨卫凌喜欢的，秦奕娴对卫凌的了解更甚自己。

她倒是有些好奇了，好奇卫凌会如何与秦奕娴相处。

而挽翠见宋妡有了笑意，开口道："夫人，郎君好像回来了，我听着前院有动静。"

"嗯，回便回了。"

"那夫人可要与郎君一同去银安堂用晚膳？"早间挽翠也是在的，今晚银安堂设了小宴她是知晓的，因而才有此问。

可话一出口她便有些后悔，手下动作也轻缓了许多。

三年，夫人到银安堂用饭的次数屈指可数。

身前的人果然静了下来，半晌之后回她："若是前面有人来请就拒了，说我身子不舒服。"

"是。"

日暮四合时，银安堂正热闹，秦奕娴哄着端容郡主笑个不停。

卫凌跨进门时怔了一瞬，而秦奕娴已经躬了身："二表哥。"

卫凌回礼，接而问端容郡主："母亲寻我过来何事？"

"没事就不能叫你过来了？"端容郡主吩咐下人，"用膳吧。"

下人随即端着精致菜肴鱼贯而入。

端容郡主看一眼站着不动的人，佯装怒道："怎么，与我吃顿饭都不乐意？"

"姑姑，表哥要是还有事就不耽误他了，奕娴陪着您。"

"他能忙什么，吃顿饭而已。"端容郡主已经拉着秦奕娴往饭桌上走，"来，尝尝将军府的饭菜合不合你口味。"

卫凌无奈地跟上。

饭桌上，秦奕娴依旧哄得端容郡主忍俊不禁，一派其乐融融的样子，唯独卫凌冷着个脸。

最后端容郡主实在忍不住，指着卫凌眼前的一道菜道："域川，这道酱皇龙凤球十分不错，奕娴够不着，你给她夹一个。"

卫凌抬起头来，略有不解，没有动作。

场面有些尴尬，端容郡主面子快要挂不住，秦奕娴忙伸筷夹了一个，轻轻咬了一口，赞道："果然不错，还是姑姑眼光好。"

端容郡主气得剜了眼自己的儿子，这才转头笑道："奕娴喜欢便多吃点。"

"好，谢谢姑姑。"秦奕娴转向卫凌，"表哥，今日二表嫂带着我在府里到处转了转，我都忘了向她道谢，你等会儿回去记得帮我与她说一声。"

卫凌神色稍缓，微微点了头。

秦奕娴又说："我今日瞧二表嫂好像喜欢侍弄花草，我屋里有两株外祖母赏下来的牡丹，正好借花献佛了，明日就唤人搬过来。"

闻言，卫凌却是皱了皱眉，他怎么不知道宋�喜欢侍弄花草？

"奕娴有这个心意就成了，既是你外祖母赏的又怎可随意送人。"端容郡主在一边道。

"姑姑，好花当配佳人，那牡丹放我那里就白白浪费了。"

"行行行，就我们家奕娴会做人。"端容郡主开怀大笑，"域川，你听到没，明日你派两个人过去。"

秦奕娴急忙摇手："不用麻烦表哥，我先前已经派人传话了。"

秦奕娴说完看了一眼只顾用饭的人，心里莫名地害怕起来，不敢再在饭桌上多言。

一顿饭吃得差不多了，端容郡主放下筷子，对卫凌说："奕娴就住在玉清小筑，你送着回去。"

"姑姑不用的，我吃得有些多了，还想绕一绕消消食呢。"秦奕娴哪敢啊，表哥今晚一看心情就不大好，她可不想撞上去自找苦头吃，话音刚落就离开了银安堂。

厅堂里气氛瞬间冷下来，母子俩谁也不说话，唯有蜡烛燃烧的噼里啪啦声。

卫凌起身欲走，端容郡主喝道："你给我站住！"

端容郡主定下心神，缓缓出口："域川，你怎么回事？奕娴好歹是你表妹，你如此生分做什么？"

"我才要问母亲怎么回事。今日母亲这做法又是为了什么，奕娴表妹还未许人家，您这么做是什么心思？"

"我能有什么心思，与奕娴吃个饭而已，你想到哪里去了？"

吃个饭？一大家子都不在，独独叫了他？

卫凌看着端容郡主，眼神凌厉，直言道："母亲，多余的事情不要做，也不能做。"

端容郡主心里叹口气，这孩子，太通透了。

可是，她又实在心有不甘。

"域川，你当真不喜？"端容郡主话说了一半，可她知道卫凌能听明白。

卫凌想也没想，答："母亲，我有妻子，您这样对阿姒不公平，对奕娴表妹也不公平。"

"你以为我想？可你看阿姒那身子，能不能给你留后代都不一定，这样对你公平吗？对我们卫家又公平吗？"端容郡主拍着桌子，胸口起伏不定。

卫凌沉默了一会儿，道："母亲不就是想抱孙子，现在大哥大嫂已经有了袖礼，咱们卫家也不算无后。"

端容郡主一下气极，厉声道："我是为了卫家吗？我是为了你啊！"

"儿子无须母亲操心，今后这些事还望母亲不要再做了。"卫凌丝毫不惧。

银安堂里早已没了下人，母子俩剑拔弩张，谁也不让谁。

最后，端容郡主叹息一声："你父亲果然没说错，你这孩子真是谁的话也不听啊！"

卫凌行了礼，转身离去。

待回到琉璎轩，卫凌在书房前站了一会儿，随后问白亦："夫人睡了吗？"

白亦愣住，他哪知道夫人睡没睡，重点是郎君从前也没关心过这个问题。

许是知晓白亦回答不上来这个问题，卫凌又问："今日夫人都做了什么？"

"早上银安堂那边来人将夫人叫了过去，听闻是奕娴姑娘来了府。后来属下便瞧见夫人将奕娴姑娘领着在咱们院子里转了一圈，当时奕娴姑娘还想进书房边上的厢房来着，夫人正好当时说了话，两人便去了后院，奕娴姑娘没待多久，后来夫人就一直待在后院里了。"

闻言，卫凌看了眼厢房，并未多想。

其实这些他都知道了，可不知为何还是问了一遍。

书房通往后院的廊上，灯火摇摇摆摆，十分晃眼，卫凌突然间有些不适，抬步往里走去。

"郎君是要去后院吗？"

卫凌不疾不缓："奕娴有话要我代传。"

白亦刚想说不劳烦郎君亲自跑一趟，话到嘴边立马咽了下去，跟在后头，唇角带笑。

郎君好不容易主动一回，他不能搅和。

卫凌进门的时候宋姗正沐浴完，坐在铜镜前，身后的挽翠帮着干发。

宋姗看着突然进来的人，急忙伸手将微敞的中衣拢紧，好一会儿才道："二郎怎么来了？"

卫凌看了一眼挽翠。挽翠心领神会，将帕巾递到宋姗的怀里，出门，顺带将门关上。

宋姗十分不解，他来做什么？他这时候不应该是在银安堂陪着秦奕娴吗？

宋姗转回头，给自己擦头发，心里抱怨着，把挽翠给弄走了，自己这头发还湿着呢。

卫凌站在外间，看着她端坐着，头微微歪了歪，一头半湿的乌黑秀发垂落，却依旧没掩住那峨眉小脸，鲜艳欲滴的红唇若隐若现。

卫凌蓦地想起什么，心血一涌，连忙移开眼，在外间的椅子上坐下。

"奕娴说谢谢你陪她逛了一圈。"卫凌低着嗓音，略微有些不自然。

宋姗发量多，往常挽翠弄干便十分吃力，何况她自己弄，此刻她一边动作，好像没听到他说的话。

卫凌想了想，补充道："今日奕娴过来，辛苦你了。"

宋姗动作顿了一会儿，原来是为着这个来的："辛苦的是母亲与大嫂，我没操什么心。"

"今日母亲可有与你说了什么？"

"二郎指的是什么？"

"若是母亲与奕娴说了什么，你不要放在心上。"

宋灿觉得自己弄干头发实在是太难了，怪不得挽翠每次都给她弄那么久。

力气不知怎么忽然使不上，帕巾一下掉在了地上，她好像也忘记了去捡。

卫凌不知为何走了过来，捡起地上的帕巾，站在她的身后，学着她的动作开始一下一下擦着她的头发。

可他明显是第一回做这事，动作生疏，手下的力气也收不住，扯得她头皮一阵一阵疼。

“嘶……”宋灿低低呼了一声。

身后的人立即察觉：“弄疼你了？”同时动作也轻了下来。

“这样好些吗？”他又问。

“嗯。”宋灿的眼眶慢慢变红，好在烛火暗淡，他应当看不见。她忍着疼痛，把快要溢出来的泪水憋了回去。

夫妻恩爱，琴瑟和鸣。这样的场景她想了多久啊，一年？还是三年？

没想到为着一个奕娴，他竟做到了这一步。

铜镜模模糊糊，她看着他做的每个动作，他越是认真，她的心就越凉一分。

“外祖母生辰过后奕娴便会离开，你平日里也不用去玉清小筑，一切交给大嫂即可。”

奕娴，奕娴，都是奕娴。他就那样在意奕娴吗？

宋灿深吸一口气，冲着镜子笑了笑，还是那副温婉大方的模样，道：“奕娴表妹好不容易来一趟，我不过去怎么合适。何况玉清小筑就在琉璎轩边上，我还是得照顾些的，这样二郎也能放心。”

卫凌怔了怔，没说话。

“何况我瞧着奕娴表妹知书达理又善解人意，别说母亲喜欢了，我也觉着十分不错。二郎平日里回早些，人家好不容易来一趟，可不能失了礼数。”

“你……当真如此想？”卫凌停下动作，看着镜子里的她说。

“自然。奕娴到时会来琉璎轩用饭，二郎若是得空不如一块儿。”

宋姐嫣然一笑，站起身来，拿过他手中的帕巾，"好了，时候不早了，二郎赶紧回去歇息吧。"

两人相对而站，宋姐比卫凌矮了半个头，此刻正仰着脸看他，一脸笑意。

卫凌的目光在她脸上流连，他伸出手摸了摸她额头泛粉的细细伤疤，动作轻缓，最后视线定格在她樱红的唇上。未及思索，他便低了头亲上去，双手顺过她的秀发，揽过她盈盈一握的腰肢，将人带进怀里。辗转碾磨，气息相融。

"啊……"宋姐的惊讶声未出口就被他吞下，她来不及反应，浑身僵硬，一时竟任由他动作。

刚沐浴过的香膏味道与他身上清冽的冷香融合，让她混在其中，分不清状况。

他的动作逐渐加重，箍着她腰的手也收紧了几分。

上一回这般亲密是什么时候她记不太清了，记忆里全是他凶蛮入侵的味道以及毫不怜惜的动作，以及事后空荡荡的床榻与那冰冷的汤药。

不要，她再也不想喝那药了，也不想再与他发生关系。

她唇齿微张，他猛然闯入，而她刹那间清醒过来，睁开眼，看着近在咫尺的男人，他微翘的睫毛此刻正动情地颤动着，额间有些细密的汗，顺着眼角滑落。

宋姐偏过头，他的亲吻落到她的脖颈、耳后，激起一阵阵涟漪。

她的脑子却十分清醒，用双手撑着他的胸膛，试图挣脱他的桎梏。

可他不放，她便用了十分的力气，艰难地颤颤出声："二郎。"

卫凌终于松开她，双眼蒙眬地看着她。

姐姐曾说过，若是一个人心里有你，那眼睛是会发光的，眼里也全是你。

他没有。

即使在这样的时刻里，散去那些模模糊糊的情欲，他的眼里依旧清冷一片，什么都没有。

宋姐垂了眼，脸上现出几分羞涩："……二郎，这几日不方便。"

卫凌闻言，双手从她腰间滑落，后退一步，随后在她额上落下轻轻一吻，低声道："好好歇息。"

宋妁听着，心里莫名泛起酸来，为着他这难得一见的柔情。

他何曾这样过。

"白亦。"卫凌走至门口，"备水。"

宋妁一愣，脱口而出："你要在这里睡？"

卫凌应了句，自顾自往衣柜那边去。宋妁未来得及阻止，眼睁睁看着他拉开柜子，目露疑惑，随后向她转过头来。

他没记错的话，她这里应当是有他换洗衣物的，除了换洗衣物还有些她给他做的衣裳，从里到外，一一具备。

可眼前这衣柜里哪还有半件男子衣物？

宋妁避过他的眼光，道："二郎的衣服放得久了，有霉味，这两日让人洗了，还没收回来呢，二郎不若回……"

话还没说完，卫凌已经朝门外喊："白亦，去拿套衣服来。"

宋妁没办法，任由他进了净室。

她都说了这两日身子不方便，他怎么还要留下来？

夫妻床笫之事于她而言更像是例行公事，他兴致上来了哪还顾得上她的感受，第一回圆房是被迫，后来的每一次不都是他或情绪不佳或喝了酒，总之两情相悦不存在于两人之间。

一想着那人只是受了身子欲望的支配而与她亲密，就算自己的身体再怎么愉悦，而心里也是开心不起来的。

宋妁听着净室里的水声，胸中烦闷愈加沉重，唇上、额间仿佛还残留着他触碰过的余温，让她十分不舒服。

她还没做好再与他同卧一榻的准备，只想离他远远的。

宋妁看了眼拔步床，思考一瞬便移步过去——先装睡好了。

还没躺下，宋妁又皱了眉，这灯，是熄还是不熄？

她这几日都是熄了灯才睡的，睡得格外舒适，常常一夜无梦到天明，要是亮着灯怕是不习惯了。

可他偏偏又要亮着灯才能安睡，宋妁叹一口气，这人平白无故地来祸害她做什么。

净室的水声停了下来，接着是一阵窸窣声，宋姒来不及再想，三步并作两步将里间的蜡烛全熄了，外间的还是给他留着，可床帐必然是要放下来的。

他要是觉得不适那回书房去睡好了，她乐意至极。

于是当卫凌拉开净室的门时直接怔住，虽然外面的灯亮着，可是里间还是一片昏暗，只能勉强辨清方向。

他捏紧了手心，胸口瞬间剧烈跳动起来。净室里氤氲的水雾从他身后飘出来，影影绰绰光线下的脸庞已是黑得不行。

再看向密闭的拔步床，里头甚至隐隐有平稳呼吸声传出。

她这是睡着了？这么快？

卫凌也不知自己怎么了，那种恐惧顿时被气愤代替，他还在这儿，她睡着了？

他虽与她同房不多，可她哪回会不等自己就先睡？

她从来都是端庄贤惠的，他知道母亲不喜欢她，可她从来没有因此不满，也不曾出过差错。

若换了别人，那说不定三天两头就拿后宅之事来烦他，他哪有心力去管这些。

他不懂什么男女之情，也不想懂。可他知道她是他的妻，他满意于她的听话懂事，也真心实意地愿意维护她的脸面。

可是，从什么时候起，宋姒给他的感觉变了。

是了，应当是他从城外回来的那一次起，在她的眼里，他不再是唯一，甚至没了他。

她明明带着笑意跟他说话，可他却感觉不到她的真心。

卫凌的眉头越来越皱。白亦说她那几天摔了一跤，然后昏了一日，他当时没多想，现在看来，是不是当时还发生了什么事情？还是母亲与她说了什么？

母亲今日这样作为，换作正常人家的妻子都不会高兴，为何她一点动静也没有？

卫凌边想边走到妆奁前，伸手欲重新点燃蜡烛，恰好这时床榻上的人发出细微动静，卫凌转头看过去，看了一会儿，那蜡烛最终还是没点上。

罢了，也不是全黑，无碍。

母亲那边的事，她应该多多少少会不舒服，她这样懂事，不吵不闹，这两日顺着她些也无妨。

卫凌放轻了脚步走到床前，撩开床帐，里面的被子拱成一团，宋妱背对着他，露出半个背部和一头乌黑长发。

她呼吸均匀，看来已是睡熟。

卫凌轻手轻脚上了床，拉过一半被子盖在胸前，小心地不碰醒她。

等一切做完，卫凌在黑暗中无声地笑了笑，他怎么变成这样了。

他静了下来，一直装睡的人也终于得了安稳。

宋妱试着入睡，可背部一直僵着，不能乱动，哪里都不舒爽，闭目好一会儿还异常清醒。

过了一会儿，腰间忽然横过来一条手臂，大掌落到她的小腹上，她霎时一惊，却还是一动不敢动。

他睡觉还算规矩，通常是平躺着，不会有多余动作，也从来不会碰她，他今晚是抽的什么风？

宋妱十分不喜，也顾不上装睡不装睡，借着翻身的动作离开他的手臂。

这样一来，她已是面向他而侧卧。

又过了几瞬，边上的卫凌突然出声："吵醒你了？"

宋妱："……"

"你睡着时习惯嘴巴微张，可现在双唇紧闭。"卫凌好似一定要确认她没睡着这件事，又补充，"你的眼珠还一直在转动。"

宋妱没法，睁了眼，紧接着被近在咫尺的脸吓一跳，他正盯着她，一动不动的，怪吓人。

待缓过神，她往后挪了些位置，柔声道："二郎，今日累了，早些睡吧。"

"阿妱，我今晚去了银安堂用饭。"

怎么又说起这个，她已经不想再听，遂躺平了，淡淡应了声："我知道。"

"奕娴……"

宋妁打断他："二郎，我真困了。"

宋妁看不到他的脸，也看不到他脸上的神色，只是过了一会儿又听到他说话，就像自言自语："你与你姐姐真是一点也不一样。"

姐姐……两人很少谈起宋璇，有时候不小心说起都是一句带过，没有人会主动提起，仿佛宋璇就是隔在两人中间一条透明的鸿沟，揭开来就会有人掉入。

宋璇与她不一样，很久之前宋璇便与卫凌相识。

而她知道，宋璇心慕于他。

他呢？

宋妁不敢再细想他今晚突然提起宋璇的缘由，也不知怎么接他的话。

她与宋璇本就是两个人，怎会相同。

宋璇琴棋书画、诗词歌赋样样精通，性情温婉良善，待人接物面面俱到，怕是秦奕娴在她跟前也只会黯然失色。

宋妁其实也想过这个问题，抛开身份、性格不谈，她与宋璇最大的不同大概是，她所愿一世一人，而宋璇所愿，家宅和睦。

少女心思总是难猜，可也最容易显露。那时候肃清侯府就姐妹两人，而宋璇也未曾因她是庶女而有所疏远，反倒因她年纪小些而格外宠爱她。姐妹间自然会说些体己话，大部分时间是宋璇在说，她在听。

宋璇曾言，若自己将来成了婚，那一定会做好嫡母应该做的，孝敬父母、教养子女、伺候郎君，所有事都得妥妥当当，让夫君在外拼搏无后顾之忧。

那时候宋妁就想，那得多累啊，忙里忙外都是为了别人。她不愿这样，她只希望未来的那一人永远站在自己这边，两人相互扶持。

但现在，她好像是按着宋璇的路走了，且走得一塌糊涂，最后离自己的路越来越远。

书上说，悬崖勒马，为时不晚。

她还有往回走的机会。

宋妩知道自己这一晚不会睡得好了，索性也不再强迫自己，开口问那个留下一句话就不再言语的人："那二郎觉得，我与姐姐哪里不同？"

卫凌应是没想到她会突然接话，诧异了一会儿才说："宋璇喜怒哀乐会表现出来，可你不会，你会藏着，别人若是不问便什么也不知道。"

这回换宋妩愣了，没想到他会这么说。

确实不错，这一点也是她长大才渐渐知晓，许多事她习惯藏起来，只因说出来也是无用。

宋妩又是一阵静默，卫凌侧眼看过去，斟酌一番，道："阿妩，你应该向宋璇多学学。"

"嗯，我知道了。"宋妩随口答了一句。

卫凌淡淡叹息一声："我明日入宫，不用等我用饭。"

"好。"

虽然他平日很少会回后院用饭，她也不明白他突然跟她交代明日的安排是为何，可她还是应了下来。

"睡吧。"

·第二章·
有些事太迟了

　　宋姺醒过来的时候身侧早就没了人，外面已是天光大亮。

　　昨晚他的呼吸声一直在她耳边萦绕，特别清晰，后来是怎么睡着的，她有些记不清了。

　　不过，还算不错，起码这一晚没做噩梦。

　　宋姺坐在床上伸了个懒腰，起身下床。

　　外头听到动静的挽翠进来伺候，将热水放在面架上，湿了帕子递给她，主动道：“郎君辰初走的，没用早饭，直接去的书房。”

　　宋姺接过冒着热气的手帕，轻轻按在脸上，随后不急不慢地盥洗，待收拾完自己才懒懒应了声：“知道了。”

　　挽翠按捺不住，一边给她梳妆一边说：“夫人，今早厨房没送避子汤过来呢。”

　　“不会有避子汤。”宋姺没瞒她，又叮嘱，“我这几日月事来了，若是有人问起你可别说岔去。”

　　挽翠很快明白过来：“嗯，我知道了。”

　　今日挽翠为她梳了个芙蓉归云髻，发饰简单，只戴一支梅花白玉簪，脸上的妆容也简洁大方。

　　挽翠赞道：“夫人真是什么梳妆都好看。”

　　宋姺看着自己，笑容徐徐绽放，随后道：“等会儿用了早膳你去把我的嫁妆册子找出来。”

　　用完饭，册子也已找了出来。

　　宋姺当初是以肃清侯府嫡女的规制出嫁，嫁妆颇为丰厚，除去些首饰银两，还有六间铺子和一处庄园。

宋姚拿出那六间铺子的店契认真看了看，位置稍微偏僻了些，但在寸土寸金的盛京城也算尚可，不过营生就差了点，两间布坊、两间柴火铺、一间杂货铺还有一间小酒楼。

刚嫁过来时宋姚没想到自己会用得上这些，店铺是交给小娘手里的人看着的，每月挣多少，掌柜的也只是与她报个数，因此她对这些店铺庄子陌生得很。

可是今后这些都用得上，她得用些心思了。

"挽翠，你去这六家店铺跑一趟，把账本收过来让我看看。"宋姚将店契递给她，"顺道给芷安去个消息，就说我想与她见一面。"

"是，夫人可还有其他吩咐？"

"没了，早些去吧。"宋姚抬头看了一眼一直陪着自己的小丫头，露出个真心的笑容，"挽翠，谢谢你。"

"……夫人说的什么话。"挽翠含羞说了句，随后匆匆离开。

今日银安堂那边派人来叫她，宋姚估摸着也没自己什么事了，等挽翠办完事回来就与挽翠一同出了门。

未到晌午，宋姚、挽翠两人提前到了与陈芷安约好的天茗茶馆。

陈芷安是大理寺卿正之女，与宋姚一样，同为庶女。

两人相熟不过是因小时宋姚帮了她个小忙，后来交往日渐密切，说是闺中密友也不为过。

如今宋姚嫁了人，陈芷安的婚事却耽搁了许久，前些日子才定下人家，定了什么人，宋姚还未知。

等了一盏茶的时间，陈芷安推门而入，高兴地唤了声："姚姚。"

宋姚起身相迎，笑道："怎么两月不见，你看着还圆润了些？"

"胡说什么呢。"陈芷安坐下，给自己倒了茶，"今日唤我出来是有什么事吗？"

"没事就不能找你了？我可听说了，你的亲事定下来了？"

"嗯。"说到这个，陈芷安方才开心的神色隐了去，小脸上添了几分惆怅。

宋姗明白过来，多半不是桩如意喜事了。她掩了掩心思，打趣道："好啊你，这么大的事都不告诉我。"

"你家里的事都理不清呢，我哪还敢拿这些事去烦你。"

宋姗什么情况，陈芷安确实知晓得一清二楚。有些时候宋姗觉得老天待她还是不薄的，那些不能与夫君说的话、不能与小娘说的话都可以毫无保留地告诉眼前的人，虽然芷安帮不了她什么，可有个人听她说，她就已十分感激。

芷安帮了她这么多，如今芷安有事，她又怎么能置身事外。

宋姗越过桌子，握住陈芷安的手："芷安，你我何须顾虑那么多，你且与我说说，到底是怎么一回事。"

陈芷安放下茶盏，道："也没什么。婚姻大事父母之命媒妁之言，我又如何能做得了主，何况父亲为我挑的婚事也不算差，我该知足的。"

"哪家的郎君？"

"勇毅侯府萧家的大郎。"

勇毅侯府？宋姗在脑海中回忆了好一会儿才想起来。

说起来，这勇毅侯当年是跟着太祖开辟江山的人物，后来荣宠不断，直至今日依旧承爵。

不过勇毅侯府的人向来低调，不常在盛京露面，因此宋姗才未立即想起。

勇毅侯府也算不错了，为何芷安还看着不开心，难不成是这大郎有问题？

宋姗问了出来。

陈芷安脸上的表情有些意味不明："萧家大郎是个正人君子，那日……那日来府提亲时，我远远见了他一面，模样还算不错，可是……"

"可是什么？"

"可是萧家大郎先前有过一任妻子，后来因病去世，留下一个三岁稚儿。听闻两人感情甚笃，这回续弦也不过碍着长辈压力才定下的。"

陈芷安顿了一下，平静道："姗姗，我知道，我嫁过去就是嫡妻，等熬走了老太太我就再也不用看人眼色做事了。可是，过日子不是我一个人过啊，我拿什么去跟一个死人争？我的孩子又怎么跟人家的孩子争？"

突然，门外传来一阵嘈杂声，熙熙攘攘的，与屋内静下来的气氛形成对比。

宋姗不知如何开口劝慰，她自己都做不好又有什么资格去劝别人？

"不过这两日我也想通了。"陈芷安笑了笑，"勇毅侯府不比一般小门小户要清贵？那大郎年纪不大，看着也周正，就算心里没我，日子也能过下去，总比去给人家做妾强呀，姗姗你说对不对？"

对吗？

应当是对的吧，可是她过不下去。

萧家大郎不是卫凌，芷安也不是她，他们不一样。

宋姗想了想，终是道："芷安，没走过那一遭，我们都不知道对错。你先放宽心，那萧家大郎瞧着是个深情的，能不能托付也不要此时下定论。"

"嗯！"陈芷安似懂非懂地应了声，转了话题，"别老说我了，说说你吧，可是你家小姑子又给找难题了？"

听到这儿，宋姗也是笑出了声。她不会与陈芷安说卫凌，可是卫钰君与那些家宅之事她倒说得不少。

"那倒没有。"上回之后卫钰君被禁了足，虽说出乎她的意料，可后来卫钰君确实也没再给她找事，她乐得安宁。

"不过芷安，今日我寻你确实有两件事。"

陈芷安立即道："什么事？"

"我在将军府出来一趟不方便，手下也没什么人可用，因而想拜托你帮我找两个信得过的小厮，另外再帮我留意留意盛京城里有没有什么好的铺子转售。"

宋姗说出来还有些不好意思，都怪自己没什么先见，如今什么都要重新开始。陈芷安识得的人比她多些，这些事于陈芷安而言不算难。

陈芷安："你要铺子做什么？"

宋姗还没打算全告诉她，只能说："我先前未出阁时不是托你帮我卖绣品嘛，我想着放在别家铺子里卖还不如自己卖呢，正巧我平日也没什么事，做做绣品用来打发打发时间还不错。"

这个陈芷安倒是十分赞同："姀姀我早与你说了，你那绣艺这盛京城就没人能比得上，一方帕子卖十两我都觉得不为过，你偏偏只卖个半两，实在是暴殄天物。找找找，我定帮你找一间全盛京最好的铺子！"

"嗯，那我就以茶代酒先谢过我们芷安娘子了。"宋姀端起茶杯，笑容真诚。

"你还跟我谢什么。"陈芷安也笑，"说来我还未恭喜你呢，卫小郎君如今在我父亲底下任职，一来就是少卿，可是不得了。"

宋姀的笑意僵在脸上，她第一回听见这事。

卫凌什么时候接了官职了？还是大理寺少卿？

陈芷安没察觉宋姀的不自然，继续说道："昨夜用饭时听父亲提了一句，说是你家郎君一来就解决了一件陈年大案，原本不服的几个小官最后直接没了话。看不出来啊，怕是不久姀姀你就要诰命加身了。"

"净胡说，还没影的事。"宋姀掩下神色，状似不经意间问了句，"办了什么案子？"

"这个我就不太晓得了，听闻是二十年前的案子。"陈芷安看向宋姀，"重要的不是这个。卫小郎君如今接了官职，那必然会在盛京定下来，不像以前三天两头见不着人，姀姀你这下不用独守空房了。"

陈芷安话里的调笑之意明显，宋姀看她一眼，嗔道："我看是你不想独守空房了。"

两人都笑开来，气氛没了先前的沉重。

又坐了一会儿，陈芷安让她陪着去街上转转，宋姀想着好不容易出来一趟，欣然应下。

盛京是东夏国都，繁华自是别处不可比。

宋姀小时候住在西栅街的肃清侯府，从后门出来就是个热闹的小街市，那时候宋璇老是带着她偷偷溜出来，这盛京城许多地方她都算熟识。

可惜成婚后，她就被拘在一方天地中，倒不是将军府不让，人家卫钰君不就在盛京城里横着走？

只是她所顾虑之事太多，怕端容郡主不喜，怕卫凌不喜，就连小娘也劝诫她要相夫教子，做了人妇就不再是姑娘了，行事不能只依心意。

此刻看着人潮如织的街道，她心头竟涌上几分酸涩。

"姗姗，你可有什么想买的？"身侧的陈芷安出声问道。

宋姗收回视线，挽上陈芷安的手臂："你随我去永兴巷看看，那儿有两间我的陪嫁铺子，我都没去过。"

"行。"

在永兴巷的铺子是两间布坊，还是连在一起的，这倒是出乎宋姗的意料。

宋姗站在门口打量了一下，又看看略显萧条的永兴巷，暗自摇了摇头。铺子是好铺子，可位置还是不如西栅街。

再进门一看，发现里头卖的都是麻布，棉布也比较次，颜色单一，大多是耐脏耐磨类型。

掌柜上前来解释："二娘，这也不能怪我们，只是在永兴巷做生意，只有这些才有销路啊，那些贵重的料子放在我们这儿只会积灰。"

理是这个理，宋姗没有多说什么，看了几眼账册便与陈芷安离开。

"这就走了？"陈芷安问。

"嗯，先放着，我后面再想想办法。"

两人往外走，可还没走出巷子，就听到前面传来打斗声，甚至还有兵器碰撞的声音。

此时小巷两边并无行人，陈芷安当即有些害怕："姗姗，这是……"

宋姗立即"嘘"了声，拉着她往回走。

等重新回到了布坊，陈芷安心有余悸地问："可是有人闹事？"

其实宋姗也不知发生了什么，只是下意识就往回走，当时要再往前许会遇上什么打架斗殴之事。

宋姗简单说了两句，而边上的掌柜听了则见怪不怪道："二娘与陈姑娘不必惊慌，这样的事在永兴巷不算稀奇，应当是些小混混生事，他们没胆子动贵人们的。"

"怎么盛京城里还有这些事啊?"陈芷安有些惊讶。

"您是不常来我们这边不知道,这些事没出人命官府也懒得管,而且也管不过来,老百姓呢,不波及自己也就睁一只眼闭一只眼了。"掌柜的转向宋姗,"二娘你们再坐坐,等他们散了就行了。"

宋姗点头,虽是如此也不可大意。

"张叔,你等会儿派个小二跟着我们。"

"哎,好。"

又等了一会儿,宋姗估摸着前面的事应当了了,几人再次离开。

正走到门口时,突地一个黑影冲过来,整个身子靠在宋姗身上,撞得她后退了几步,身边众人顿时惊呼起来。

宋姗也被吓了一跳,那人实在太重,她伸出手想推开,可右手刚碰到他的肩膀就触及一手黏腻,竟都是血。

宋姗忙朝身旁的挽翠道:"来扶一下。"

几人瞬间都反应过来,张叔上前帮着将人扶到就近的椅子坐下。

宋姗看向昏过去的男人,男人面容清俊,从身上的衣饰来看不像是这永兴巷的人,不过还是问了一句:"张叔,你可识得这人?"

张叔打量了几眼后连忙摇头:"没见过。"

这个来路不明的男人应当是前头巷子打架中的一个,只是不知身份又不知他们是为何起的冲突,若是贸然把他留在这里不知会不会牵连布坊。

宋姗一时犹疑不定。

陈芷安凑近,"呀"了一声:"他肩膀还流着血呢!"

再看过去,此人肩膀处的衣袖已经被鲜血染红一片,唇色苍白,呼吸极浅。

"姗姗,这人怎么受了这么重的伤,我们怎么办?"

怎么办……

宋姗思考了一瞬,转向张叔:"张叔,去请个大夫过来。"

张叔领了吩咐，立即出门寻大夫。

宋姒几人将人移到布坊后院，又让小二去外面打听方才的事。

小二很快回来，道："二娘，大家伙都不知道发生了什么，不是混混，看着像是官兵抓人。"

宋姒顿觉不妙，官兵抓人，这人不是官兵，大概就是被抓的那个人了。

在场的几人也都明白过来，脸上有几分害怕，包庇罪犯这罪名可不小。

陈芷安谨慎开口："姒姒，多一事不如少一事。"

宋姒哪会不知这个理，只是人都抬进来了，他又伤得这样重，又怎么有再丢出去的道理。

现在官兵没追过来，一时半会儿应当不会出问题。

宋姒叮嘱了小二："我就不等张叔回来了，你们把人藏好，等他醒过来就让他离开，切记不要声张。"

小二急忙应是。

几人没多待，离开了永兴巷。

永兴巷是个死胡同，想要离开必然要经过先前斗殴的地方，好在现在人都散了去。

顺利回到热闹的街上，陈芷安这才注意到宋姒胸前的污渍："姒姒，你衣裳染上那人的血了。"

宋姒低头看了看，她今日穿的是件暗色雾烟罗裙，不仔细看倒还真看不出来有血染上。

"原还想与你吃个饭，如今看来是不成了。快些回去吧，我这边铺子和人有眉目了再给你去消息。"

宋姒道了谢，两人分别。

回到将军府已是黄昏将过，宋姒两人从后门入了府。

本想着不惊扰府里其他人，却没想到还是在琉璎轩前厅外碰着了白亦。白亦照常上前来招呼，宋姒怕他看出她胸前的血迹，匆匆应了句就离开。

而眼尖的白亦也确实瞧见了，转头就回书房告诉了刚回来的卫凌。

卫凌听了有几分惊讶，她一个女子好好的怎么会受伤？

可他现下手里也还有事情要处理，回来取件东西就要离开，边走向书架边问："是否严重？"

"属下看不出来，不过夫人离开时神色匆匆，脚步……轻健。"

卫凌已从书架上找到那卷案宗："去寻个大夫给夫人看看。"

白亦还未回答，卫凌已经拿着卷宗先他一步出了门，待走到门口又回过头来吩咐："顺便让大夫看看她先前额头上的伤还有无大碍。"

"是！"

白亦领着大夫进后院的时候，宋妁已经换好衣服，对于大夫的到来也仅是怔了一下便明白过来。宋妁本要推托，可白亦将卫凌搬了出来，她只能坐下来让大夫把了把脉。

等大夫把完脉，又问过几句，确保无虞后白亦才领着人离开。

宋妁没多想，那血迹不明显，她身上又无伤口，随便找个借口就能搪塞过去，卫凌知道这事能给她请个大夫也算不错了。

这会儿屋子里没了人，宋妁这才闻到空气里有股子花香，张眼望了望，果然在窗台上看见两株开得正好的牡丹。

挽翠顺着她的目光看过去，疑惑道："夫人，这是什么时候放在这儿的，咱们出门时还没有呢。"

叫来洒扫丫头才知道这是表姑娘托人送来的。挽翠将其中一株抱到宋妁跟前："夫人，这花开得正好。"

确实好，花叶翠绿，花朵色泽艳丽，一看平日就少不了精心呵护。

"夫人，可要移植到小花园里去？"

宋妁伸手摸了摸："这么娇贵的花怕是在花园中活不下去，就这样放着吧。这牡丹品种少见，成色十分不错，又是长公主府出来的东西，挽翠，你亲自来照顾。"

挽翠听了这话如临大敌，小心翼翼地将花盆往窗台上抱。

宋妧看着两株花悄悄地叹了口气，道："走吧，随我去玉清小筑道个谢。"

待到了玉清小筑却没见着人，说是秦奕娴在银安堂用饭。

两人也没多留，让人留下个口信便回了自己院子。

不想临睡前秦奕娴亲自来了一趟，极为熟稔地与宋妧说起话来："表嫂你们今日出门了吗？我早上过来都没见着人，就直接把牡丹搁在窗台上了。"

"是，我看见了，谢谢奕娴表妹。"

秦奕娴坐了下来，笑道："表嫂跟我客气什么呀，我之后不是还要到你这儿来蹭饭，就当饭钱好了。"

宋妧走近，给她倒了杯茶。

"方才在与姑姑、姑父一块儿吃饭，我大气都不敢出，后来姑姑又拖着我说话，不然我早回来了。"秦奕娴抿了口茶，"早知道表嫂你今日出门，我应当来寻你和你一块儿出去的。"

"以后有的是机会。"

"嗯。那表嫂你喜不喜欢牡丹？你要是不喜欢，我家里还有其他的。"

宋妧啼笑皆非："喜欢的，表妹不必再麻烦。"

秦奕娴实在太能说了，说到困了才离去，还与宋妧约定明晚要与她一块儿吃饭。

第二日晌午，宋妧想着之前与卫凌说的让他回来和秦奕娴吃饭的事情，便让挽翠去书房知会了一声，谁知卫凌昨夜就没回来。

没办法，那就只能两人吃了，好在秦奕娴性子活泼，一顿饭下来聊得十分愉快。

其后三四天依旧没见到过卫凌，宋妧也没心思去管他回没回府，她现在恨不得一天当作两天用。

今日一早陈芷安亲自上门送来两个年轻人，看着挺壮实，可被宋妧一问话就哆嗦得不行，只能另找。

六间铺子的账册她也全部看完了，对其入项出项有了了解后当即决定将营收较差的两间铺子转卖出去，一些好吃懒做的小二帮工也都打发了，只留能干事的。

可惜外头好的铺子不好找，得再等等。

外面的事差不多了，她屋里也没停下来过，榻上、小几上到处是绣绷丝线。

无论在什么情况下，自己的手艺都不能丢了。

小娘有个从小玩到大的朋友，宋妱唤她"罗姨"，罗姨是扬州数一数二的绣娘，手艺精妙绝伦。

之前罗姨因故在盛京待了段时日，宋妱就是在那段时间里拜师学了艺，而后青出于蓝而胜于蓝，一手精湛绣艺已是无人能及。

可惜刺绣在盛京城总归是门手艺活儿，大家闺秀们往往崇尚学习高雅的琴棋书画，刺绣一技可有可无，反正家中总有嬷嬷给她们干这个，再不济外头总是能买到的。

以前在肃清侯府时嫡母就对她这手艺颇有微词，以至于宋妱从未在众人面前展现过什么，完成的绣品都是私下里托人放在铺子里悄悄卖，尽管收入不多，但几年下来也攒了些银子。

盛京城女子虽在绣技上欠缺了些，可见着了做工精巧的帕子、衣裳也是很舍得花大价钱，这也是宋妱将来的打算，只要自己还活着，不管去了哪儿，总归不会饿死。

这样想着，宋妱手里的动作加快了不少。

要想离开，她手里的银钱得再多些。

秋日下午最易困乏，宋妱绣了大半日已是呵欠连连。

日头不错，门窗都敞开着，凉风从四面灌进来，人瞬间清醒不少。

宋妱放下绣绷，问旁边给她整理丝线的挽翠："小厨房的菜都备好了？"

"备好了。"

秦奕娴这两日时不时就跑过来，有时晚上与她吃饭，有时午后赖着说要学刺绣，宋妱好不容易教了些基础，她又说太难了不愿再学。

她昨天离开前还说今晚要来吃饭，点名想要吃宋妱亲手做的那道翡翠鱼丁，磨着宋妱不得不应下来。

时辰差不多，秦奕娴也快过来了，宋妱起身朝小厨房走去。

翡翠鱼丁是扬州菜，清甜爽口，未出嫁时小娘就经常做给她吃，她也格外爱吃。

后来学会了她给卫凌做过，那食盒是送到他面前了，他吃没吃过她却是不得而知。

宋妱做这道菜做得熟了，在小厨房没花多长时间，待下人说秦奕娴已经到了便与厨房做的其他菜一同端了出去。

秦奕娴看着像是刚来，见了宋妱立马凑过来："表嫂你做好啦？"

"是，都按你的吩咐做好了。"

"太好了！"秦奕娴拉着宋妱坐下，又道，"挽翠你快去给表哥拿副碗筷来。"

宋妱一惊："你表哥要过来？"

"嗯。我方才经过书房正好碰见表哥从外头回来，就提了一句，他说等会儿就到。"

秦奕娴说完左右看了看，凑近宋妱耳畔，低声道："表嫂你还不知道吧，今日表哥同姑父吵架了，表哥最后甩门而出，将姑父气得不轻。"

秦奕娴说话伴着动作，好像要将当时紧张的气氛表现出来。

"什么时候的事情？"

"就不久前，我和姑姑都在。我方才见了表哥都有些害怕，还好表哥没有迁怒于我，我问他要不要与我们一同吃饭，他也应了下来。"

秦奕娴说不到重点，宋妱只好问："二郎与父亲是为何吵起来的？"

"唔……我不大懂，不过姑父应当还是不满表哥没跟大表哥一样上战场，姑父说表哥现在做的什么事惹了朝里的大臣，让他在群臣中左右为难。

"还说表哥明明有更好的路可以走，却偏偏要自己离开卫家单打独斗，总之都是在责怪表哥，最后竟还说表哥不配为卫家子孙。"

秦奕娴说着说着自己也感伤起来："姑父怎么能这样说表哥！我当时想为表哥说话的，可是姑姑把我拉住了。"

"你表哥不会怪你的。"宋姗简单劝慰了一句。

听秦奕娴这描述，这次争吵好像比以往还要严重些，卫海奉说的话也确实重了些。

到底是父子俩，有什么事非要闹成这样。

"表嫂，等会儿你记着劝劝表哥啊。我要是表哥，该连饭都吃不下了。"

宋姗还没答话，卫凌就出现了门口。他看着确实是心情不好，此刻板着个脸，唇角向下，看过来的眼睛也没什么情绪。

宋姗起身，接过挽翠添的碗筷，一一给他摆好，招呼两人："好了，用饭吧。"

卫凌径直坐到饭桌上，宋姗而后在他身旁坐下。

秦奕娴偷偷看了眼卫凌，又给宋姗递了个眼神。宋姗不得已开口："二郎快尝尝今日的饭菜合不合胃口。"

宋姗也给秦奕娴夹了一筷子："奕娴你也吃吧，凉了味道就不好了。"

"真好吃！比姑姑屋里的还好吃，表嫂不仅秀外慧中，还会刺绣、做饭，这天底下也就表哥有这个福气了！"秦奕娴喋喋不休地赞道。

秦奕娴惯常用一通夸奖来活络气氛，可今日夸到了宋姗头上，让她顿时有些不好意思起来。

宋姗当即给她夹了菜，警告一番："菜都堵不住你的嘴。"

秦奕娴嘻嘻笑着，又朝卫凌道："表哥，你快尝尝，表嫂今天可是特地为我做了翡翠鱼丁呢。"

三人明明知道了早间发生的事，此时却都没有提起，宋姗也朝他望过去。

卫凌点了点头，筷子却伸向了另一道菜。宋姗心底一默，他不知道哪道菜是翡翠鱼丁。

宋姗轻轻笑了笑，趁秦奕娴低头吃菜的空隙给他夹了那道翡翠鱼丁："二郎还没吃过呢吧，今天正好奕娴想吃就顺手做了。"

卫凌动作顿住，转头看她一眼，意味不明，良久才转回头去，夹起碗里的鱼肉，轻轻咀嚼起来。

"怎么样，好吃吧？"秦奕娴迫不及待地问。

卫凌吃完，又自己夹了一筷子，吃完了才道："尚可。"

"'尚可'就是好吃了。"秦奕娴说着，"可惜我过两日就要回府，不然真想日日待在表嫂屋里。表嫂，祖母生辰那日你记着去寻我。"

"好。"

秦奕娴没了话，饭桌上也消停下来，三人各自吃着饭。

吃得差不多，秦奕娴冲宋姗眨眨眼，怕宋姗不懂，还冲卫凌的方向挤眉弄眼。

宋姗笑了出来，没理她。

秦奕娴哗地站起来，大声朝卫凌道："表哥，其实表嫂可担心你了，你要是觉得不开心，不妨跟表嫂说说。"

卫凌与宋姗一下愣在原地："……"

而始作俑者已经跑开："那我就不打扰表哥、表嫂歇息啦。"

屋子里突然静得出奇，宋姗不知道他在想什么，但她实在尴尬。

这个秦奕娴做的什么事，什么叫担心他？她一点都不担心他好吗！

宋姗深吸一口气，吩咐挽翠让人进来收拾饭桌。

下人收拾的声音微微掩盖了不明的气氛，宋姗开口："……二郎，早些回去安置吧。"

而卫凌显然不想回去，望向她："你何时与奕娴关系那般好了？"

"这不是二郎所希望的吗？"

卫凌想了想，好像是这样，没错。他又问："她与你说了什么？"

宋姗本不想理会那句话，可他都问出口，她只好解释："奕娴与我说了银安堂的事，她也是担心你才那样说，二郎无须放在心上。"

"无须放在心上。"卫凌细细咀嚼这句话，她就这样说了一句，没问他发生了什么，甚至要赶他走，她这是自己没放在心上吧。

卫凌不知为何觉得有些不舒服，也不管她想不想听，兀自开口："我是不是没与你说过，父亲一心只想让我继承他的大业这件事？"

宋姗本来已经站了起来，可冷不防听到他说这样一句，愕然回头，正对上他深望过来的眼神，脚步一下顿住。

算了，他想说那她听听也无妨。

卫凌静静坐着，像是陷入了回忆里，好一会儿才道："祖父在世时只是个小将军，卫家到了父亲这一代才开始真正起来，因此父亲常挂在嘴上的一句话就是'这个家没了我就没有今天'，小时候父亲也曾是我仰望的大将军，是这世上最英勇的人。

"可是不知从什么时候起，父亲被功名熏了心，他不满圣上将他手底的兵划分出去，但他没有办法，唯有寄希望于我与大哥。从记事开始，我与大哥每日不是在操练就是在兵营，没得过一日休息。"

卫凌望着院门，目光悠远。

"我与大哥不同，我小时候身子弱，站桩都不能站多久，前半日强撑的话后半日就再站不起来。那时候还小，父亲只是骂，后来长大了些，棍棒什么的一点没少，新伤旧伤一起来，大哥也没好到哪里去。"

宋姗默默听着，不言一语。

忽然间，卫凌轻笑了笑："可我还有一点与大哥不一样。大哥从来不敢反抗父亲，我却三天两头与父亲顶撞，就连母亲都说让我顺着点他，这样才能少吃点苦头。

"但我那时候没学会服软，身子也没好到哪里去，苦头越吃越多。十岁的时候父亲开始让我与大哥随军历练，我半路跑了，父亲气得不行，他那时候有军务在身没空再去找我，也就不能再教训我，从此我便成了'逃兵'，成了卫家的逆子。父亲打了两年仗，我也在外待了两年。"

卫凌说到这儿的时候好似想起些什么，唇角含着一抹笑，可他没再接着往下说，转向宋姗："你会不会也认为我是个'逃兵'？"

宋姗与他对视，轻轻摇了摇头。

卫凌抬起茶盏，一口饮尽，又淡淡笑了一声："其实那时候从文从武对我来说并无太大区别，只是从小与父亲对着干习惯了，偏偏不想顺他的心意。现在大哥戍守边疆，身上又有军功，卫家也就不缺我一个了。"

越是轻描淡写，伤口藏得越深。

换作以前，宋妠许会心疼上几分，可现在听了只多了些同情。

盛京城里传出的卫小郎君盛名大多是称颂他才华盖世，却鲜有人知卫小郎君有这样一段过往。

将军府里不会有人主动提起这些，下人也不会乱嚼舌根，她到今日才明白两父子是宿怨已久，一时不知该说些什么。宋妠给他添了茶，轻柔道："二郎现在既已入大理寺，那便好好做，将来做出成绩来了，父亲定会认可你的。"

其实宋妠也不明白，如果他真如传闻中那样，那为何嫁他这几年不见他考取功名或者寻个一官半职做？他这些年又是在做些什么？

可好奇归好奇，她却是不想问的，也问不出来的。

"认可？"卫凌嘲讽一笑，"他不会认可的，这世上不顺着他来的事都是没有意义之事，我如今也早已不是为了得到他的认可。"

"是，二郎做自己喜欢的事便好。"

自己喜欢的事？卫凌暗自苦笑，他哪有什么自己喜欢的事。

可宋妠语气温柔，竟抚平了他连日来的急躁。卫凌神色稍缓，又看向她："我今日与你说这些是希望你不要多想，以后这样的事常有，你不必放在心上。我是我，父亲是父亲，你也不是母亲，不用顾忌着他们，在这琉璎轩里我总还是能护着你的。"

宋妠垂了眼，心里没有因这句话而起一丝波澜。

她想她真是冷清冷意，她这个时候不应当是为他的爱护而欢欣雀跃吗？怎么能如此平淡？

卫凌见她低着头不说话，便以为她是羞了，又道："这三年来辛苦你了，往后我在盛京的时日会多些，你要是有需要可随时来寻我，我若是不在告诉白亦一声就行。"

"是。"

有些事太迟了，迟到她已经不需要了。

后来两人都不再说话。

院子里虫鸣声十分嚣张，晚风轻送，花香浓郁。

卫凌这才注意到窗台上的两株牡丹，已过了好几日，那牡丹被她养得极好，花开正茂。

她和奕娴处得好是他没想到的，可又想想，她什么时候让他操心过？

"你若是喜欢花草，我请个花匠过来帮你打理，后院地方小了些，改日我让母亲把府里的花园都交给你。"

宋姗大惊，顾不得防备，抓了他的衣袖："不用，后院的小花园就够了，花匠也不用。"

种花种草本来就是愉悦自己的消遣，用花匠哪还有愉悦？接了府里的花园哪还是消遣？他分明是想折腾她还差不多。

卫凌没料到她反应这样大。她清澈的双眼望着他，盈盈水光里都是拒绝，他看着却生出几分悸动，再低头看她抓着自己的柔若无骨的小手，心中一动，另一只手覆了上去，大掌将她完全包裹住。

"好，那便不用。"

他稍倾下身，在她眼里看见了惊讶，甚至有些恐慌。他略微不解，不过又想着两人好像少有这样温情的时刻，她这反应也算正常。

他再次开口时声音已经低了几分："阿姗……"

宋姗却是惊得不行，忙从他手里挣脱出来："谢过二郎，二郎……二郎早些回去歇息吧。"

卫凌敛下神色，深深看她一眼，然后没理会她这句话，站起身往卧室走去。

宋姗眼见不妙，他不会又想留下来吧？

他果然又到了衣柜前，待看到里头他的衣服重新放上之后才吩咐外头下人备水。

宋姗则心想，还好她先前记得将他的衣服放回去，不然今晚真不知如何解释。

卫凌沐浴向来不用人伺候，今晚依旧是自己取了衣服往净室走。

他要留下无疑了，可这次宋姗真是月事在身，她自己晚间要起来几趟，浑身都不舒畅，身边要是再躺一个人，那她今晚是真不用睡了。

正琢磨着要用什么法子将他赶走，恍然间想起净室还放着她的月事带，虽是干净的，但这些东西让他看见总有那么些别扭。

于是宋妁在他惊疑的眼神中先他一步入了净室，又在他欲开口时将那月事带藏在身后带出来，不疾不徐道："二郎沐完浴就早些安置吧，我这几日身子不舒服，怕扰了二郎睡意，我到隔壁厢房去睡。"

卫凌一夜睡不安稳，第二日出门时脸色铁青，在门口撞见同样刚醒过来的宋妁也未理睬。

回书房后，他旋即叫来白亦，问："上回给夫人看病的大夫可曾说了什么？"

白亦这几日很少见到他，这事也未曾禀告。不过白亦暗自纳闷，郎君昨夜不是宿在后院了吗？怎么没问夫人？

"大夫说夫人身上并无大碍，额头上的伤也恢复得很好，只是……"白亦顿了一下，"只是大夫说夫人脉虚细，血色不佳，应当好好调理。"

"把大夫叫来。"

卫凌说完眉头蹙起，身上散发出些许戾气。

昨夜宋妁进净室拿的什么东西他看得一清二楚，他那时候就想起上一回她与他说的身子不方便，刚想问怎么回事，她就跑得飞快，躲他跟躲什么似的。

他虽是男子，可女子那事他多少知晓一二，上回离昨日都快要半月过去，怎么会那样久？

他原本也没想对她做些什么，她要是不愿意说一声便可，如今竟还用这般拙劣的借口拒绝他。

卫凌越想心头越烦闷，抬起手边的茶壶就是一通猛灌。

大夫很快被请了过来，开口说明："夫人这是血虚之症，人会虚弱些，不过好好调理并无大碍，子嗣还是会有的。"

"子嗣？"卫凌眉头越来越皱。

大夫大概是感受到了寒意，急忙补充："是，血虚之人宫寒，月事不调不易受孕，症轻时疲乏、易倦，症重则还会晕厥、呕吐，乃至离世。不过夫人应是有在服药，脉虽细但尚且平稳。”

大夫头头是道地说着，卫凌却静了下来。

而白亦亦是惊得不行，忙道："是是是，我们夫人前些日子确实是晕过一回，好在醒了过来。"

"是这样。"大夫颔首，又转向卫凌，"郎君今后可要注意着些，夫人未调理好之前不宜怀孕。"

卫凌闻言抬头看了一眼大夫，过了一会儿才问："她为何会这样？"

卫家虽比不上皇家，但也算是衣食无忧，大嫂管家也不会亏待了谁去，而她又是肃清侯府之女，怎么还会得这些病？

"老夫不敢下定论，这病许是先天带来的，又或是劳累过度、心中积郁已久，又或是用了什么不当的药，总之皆有可能。"大夫见卫凌脸色阴暗，便以为他是担心过度，再次劝慰，"郎君不必担忧，夫人好好调理可与常人无异。"

卫凌轻点了点头，挥手让白亦送大大离开。

他原以为她是不喜他才随意寻了借口，没承想竟是这样。

是他错怪她了。

一早上的阴郁散去，待白亦回来后，卫凌吩咐道："你去看看夫人房里有什么缺的，都补上。还有，母亲那边要是来请就都拒了，就说是我说的。"

"是。"

卫凌说完就出了门，立于门口的白泽即刻跟上。

宋妁今日心情不错，在接到张叔的来信后就准备出门去，可她想起上回永兴巷里发生的事，多了些防备，问白亦要了两个身强体壮的小厮跟着。

张叔口信里没明说什么事，可她还是得去一趟，她手里的布没了，正好去看看布坊里有没有合适的布匹，顺道也有事与他商量。

经过巷头时宋妁突然想起上回救的那人，后来张叔没再来报信，官府那边也不见动静，想来应当是无事了。

今日的永兴巷较前些日子要热闹许多，街道两边摊贩叫卖声不绝于耳，几人走走停停，好一会儿才到布坊。

布坊里没什么客人，张叔迎了过来："二娘您来了。"

"嗯，张叔唤我过来可是有事？"宋妁说完朝布架上扫了眼，边走边说，"张叔，你这里有没有纯棉麻布？"

高级的布料这里可能没有，但一般棉麻应还是有存货的。

宋妁走至布架前，用手摸了摸放在外头的几匹布料，喃喃自语："这个不行，太粗了。"

而立于一旁的张叔频频往后院看，看着自顾自说话的宋妁，欲言又止。

"这个也不行，太轻了，不合适。"宋妁没注意到张叔的动作，仍在挑选。

简单看完一个布架，宋妁摇了摇头，都不行，这里的布料贵人们应当看不上。

宋妁便放弃了挑布料的想法，道："张叔，我今日过来是想问问你，平常你都是与谁家进的货？与我们可算相熟？"

张叔听完又往后院看，宋妁沿着他的视线看过去，只见后院门口一片衣角迅速划过，快得只剩影子。

张叔这才说道："二娘，其实今日不是我有事找您，是上回您救的公子说想当面向您道谢，萧公子……我也是没有办法。"

"萧公子？"

"是，那日二娘救的是勇毅侯府的小公子，后来晚间他下属找了过来将人带走。今日一早人家来道谢，我与他说是二娘救的，他便提出要当面道谢，我看他言辞恳切不似作假，就派人给您去了信。"

宋妁没料到这里头还有这一层，当下有些愣。

"二娘您稍等，我去将人寻来。"

而那边萧珩壹刚走到后门就突然笑了，他这是做什么，见恩人道个谢而已有何可怕？

身边随侍感慨道：“这家姑娘看着不像是普通人，竟比……”

萧珩壹睨他一眼，随侍立即住嘴。

恰好这时张叔寻了过来，萧珩壹平复心绪，与他一同回了布坊。

宋妼着实没料到那日随手救的人竟是勇毅侯府的小公子，那他岂不是芷安的小叔子？

思及此，宋妼多了几分庆幸，庆幸那日没有把人丢下，不然若是他知道自己未来嫂子见死不救，不知会在萧家大郎面前如何编排芷安。

张叔与一男子一同出现在门口时，宋妼险些没认出来，那日那人发髻凌乱，脸上也有些血迹，依稀只能看出些清俊，不料今日一见竟如此俊朗，身形颀长，站姿笔挺，眉间含笑，一看就是勋贵出身。

萧珩壹上前一步，拱手朗声道：“在下萧珩壹，谢过姑娘那日救命之恩。”

宋妼想到芷安那一层关系，对眼前男子便也卸下了防备，笑道：“萧公子无须客气，举手之劳罢了。”

“姑娘的举手之劳于在下而言是性命一条，萧某无以为谢，今后姑娘若是有需要帮忙的地方尽管到勇毅侯府寻我。”萧珩壹再次拱手，模样确实十分诚恳。

这人看起来年纪比她小些，眼神清正，话语里有股不容拒绝的坚定。宋妼听着这一声声“姑娘”还有些不习惯，好些年没有人这么叫她了。

“公子心意我心领了。”宋妼展颜一笑，“另外我夫家姓卫，公子可唤我卫夫人。”

萧珩壹显然愣了一下，不过很快恢复神色：“是，卫夫人。”说罢从衣袖里掏出一枚似鹿头一样的小玉饰，“夫人届时可凭这枚玉饰寻到在下。”

此玉饰一看就是极为珍贵的物品，宋妼想也没想就拒绝。

可萧珩壹再三坚持，张叔又在一旁道：“今日萧公子还道要送我银子，这我哪能收啊，好一通推拒萧公子才作罢，二娘您就应下来吧。”

最后只能让挽翠收下。

"这永兴巷人多杂乱，今日还让夫人过来一趟实在过意不去，在下不若送夫人一程。"

宋妁今日自己就带了人，倒也不怕什么，只是再驳了萧珩壹的话他多少没面，因而应了下来。

待宋妁问过要问张叔的事，两人一同离开。

萧珩壹知礼守礼，始终与她保持着距离。

两人一齐走着，十分安静，宋妁先开了口："萧公子那日为何会卷入争斗中？"

话毕，她又觉得这话问得有些唐突了，急忙说："公子若是不便就当我没问。"

萧珩壹沉思片刻，应道："也不算什么大事，顺天府抓人，我正好在场，就帮了个小忙。"

"公子侠肝义胆，实在难得。"宋妁浅浅一笑，"不过下回切不可如此冲动了，没抓着人事小，伤了自己就不划算了。"

萧珩壹走在她身旁，只能瞧见她侧脸，却仍旧看见了她唇角上扬的弧度，她身上好似有花朵徐徐绽放，整个人柔和而又明媚。

萧珩壹随即不再看她："是，夫人说得不错。"

再没了话，两人静静走着，有行人从旁经过，纷纷侧目。

两人衣着华贵，相貌不凡，此刻一齐走着确实让人赏心悦目。

走至巷头，宋妁转回身："多谢萧公子，那今日就此别过，下回再见。"

萧珩壹这才敢正眼看她，道："嗯，夫人慢走。"

萧珩壹目送她远去，暗道：哪还有下回，今日一别，怕是再也不见。

宋妁没急着回府，与挽翠两人在街上到处逛了逛，她缺的布料今日得买齐才行，顺道也看看别人家的布坊是如何运作的。

她将来既然要开铺子，那少不得从头学起，什么事都走一遍心里才有底。

挽翠见宋妁心情不错，她便也觉得高兴，跟在宋妁身边脚步都轻松不少。

"夫人，这萧公子真是不错，如若芷安姑娘嫁的是萧公子就好了，那将来芷安姑娘铁定是享不完的福。"

宋姗笑着斥她："胡说什么呢，芷安的婚事已经定下来了，什么都变不了。再者你怎么就确定这萧公子是好人？"

"夫人都觉得萧公子是好人，那萧公子就是好人。"

"我何时说过这话？"

挽翠"哼"一声："我跟着夫人这么久，这要是还看不出来那我这么多年不就白干了？"

宋姗一时竟不知如何反驳，只好嗔她一句："就你最懂我。"

暮色低垂时，宋姗、挽翠两人才回到将军府。

屋子里昏昏暗暗的，宋姗先让挽翠点了灯，又吩咐两个小厮将今日购的布匹一一放好，随后给自己倒了杯水，正盘算着这些布匹该如何处理时，一抬头瞥见不远处贵妃榻上坐着个人，此刻正一瞬不瞬地望着她。

宋姗被吓一跳，待认出那人是卫凌后才缓下心神。

"二郎怎么会在这儿？"

卫凌没应她，径直走过来，看看满桌的布匹又看看她，不满道："怎么出去了这么久？"

"啊？"宋姗有些错愕，为着他语气里明显的不悦，"逛着逛着就忘了时间，二郎可是有事？"

"无事。"卫凌又瞥她一眼，"我让白亦送了些东西到库房里，明日再让他送些布匹过来。"

宋姗本想着说不用，话到嘴边又咽了下去，改口道："谢过二郎。"

卫凌这才有了些好脸色，朝下人道："用饭。"

没一会儿，下人将一盘一盘的菜端上来，看得宋姗眼花缭乱，菠菜羊肉、当归红枣炖排骨、芹菜炒猪肝、花雕归参鸡汤……

宋姗茫然地看向卫凌，眼里都是疑问，这是做什么？

卫凌显然不会回答她这个问题，第一回主动给她夹了菜，淡淡道：

"吃吧。"

宋姗没动筷，他剑眉微皱："怎么，不合胃口？"

也不是不合胃口，只是宋姗从来不吃猪肝，而他夹的正好是猪肝。

宋姗摇了摇头，夹起那块猪肝，放到嘴边又迅速放下。

卫凌瞄见她动作，伸了筷子夹走猪肝放进自己碗里，随后给她夹了羊肉。

宋姗再次摇头。羊肉她也不吃。

"这个也不吃？"

宋姗点头，他只好再度夹走，无奈道："排骨总吃吧？"

这回宋姗没再拒绝了。

卫凌见她小口小口吃着东西，不由得笑出声："倒不知你还挺难伺候。"

宋姗："……"

难伺候？

她平时就那两三样东西不吃，偏偏他今晚让人准备的、夹给自己的正好就是那几样，但凡他与自己多吃两次饭能说出这样的话？

宋姗一时不满，但也没回嘴，默默吃饭。

"你太瘦弱了，该多吃些。"

"是。"宋姗随口应下。

卫凌今日好像话特别多，一刻不停："你要那么多布料做什么？"

宋姗还未出声，他又说："我的衣裳你其实无须费心，府里每人每年都会安排制新衣，娘亲还会为我多做两套，一年一年的都穿不过来，你劳心劳神的又何必。"

宋姗顿时不想再多说什么了，就连这些布匹不是用来为他做衣服的解释也没有说出口。

他句句为你好，句句让你不要操劳，可又句句踏在你心上，将她曾经的心意用一句劳心劳神带过。

而这其中最让人难过的是他既知晓那是她劳心劳神做出来的衣裳，却一次也没有穿过。

宋妉低头吃饭，没什么情绪地应了句：“是，我知道了。”

一顿饭宋妉没吃几口就撂了筷子，到旁边整理今日新买的布匹。

过了一阵，卫凌走过来，站在她身后，清冽的味道一下把她笼罩住。

宋妉没理会，继续手上的动作。

身后之人忽地一声淡淡叹息，他靠了过来，将她拥在怀里，用从未听过的宠溺声音说着：“你在闹什么脾气？”

宋妉浑身僵住，轻软布料从手中滑落。

“我知道这几年来是我亏待你了，从今往后你想要什么我都可以满足，你若不想到母亲跟前去，那我就去跟母亲打个招呼，她不会为难你，管家之事有大嫂也够了，你不用操心。”

卫凌嗓音干净，就像他的面容，如同微风拂叶，清清冷冷的，是她听过的最好听的声音，而此刻从头顶传来却十分陌生，他的双手交叠在她胸前，宋妉一低头就可以看到他骨节分明的手指，白皙修长。

宋妉数着他的骨节，一二三……他这些日子进她房里的次数竟比上半年加起来还要多，说的话、做的事也较以往大为不同，甚至有一种讨好自己的意味，让宋妉有些不敢置信。

她不是一个多疑的人，许多事情也不敢深想，她害怕想得太清楚最终伤害的是自己。

她只知道这里面也许有愧疚、关心、补偿，可唯独没有她想要的。

过了许久，他没有进一步动作，宋妉深吸口气，终是道：“母亲……母亲一直再想要个孙子。”

孩子一直是宋妉心口一道梗，她想不明白，想了三年都不明白。

宋妉有时候会安慰自己，是端容郡主不喜她，不想让她怀上，可这样的理由太脆弱了。

那道汤药是从琉璎轩厨房端出来的，他不会不知道。

这话刚问出口她便后悔了，其实无论是端容郡主还是他都不重要了，那药她不会再喝。

只是没料到她刚想离开他的怀抱，卫凌就先一步松开了她，也不再看她，后退两步，低低道：“孩子不能要，母亲那边我会去说。”

宋姒心里笑了出来，你看，有些事情是不能拿出来说的。

也好，总归是知道了答案，没了遗憾。

卫凌回到书房时脸色微愠，白亦不敢上前伺候，只把手里的药丸放在书案前就退到一旁。

只见卫凌在书房中来回踱步，一下走到门口又返回去，一下坐下一下又站起来，脸色沉得能滴出水来。

白亦从未见过卫凌这样，在他看来郎君从来都是冷静的、理智的，就算情况危急，又或是受伤严重，郎君从来都不轻易显露。

今夜是怎么回事？早先时候回来不还是好好的吗，自己问他要不要摆饭他直接就拒了，说是回后院吃，回到后院发现夫人没回来又让厨房重新按照他的吩咐备菜，看起来心情十分不错。

他还想着郎君今夜又睡在后院的话那他就不用守夜了呢……

白亦看看外头，这会儿已近亥时，该歇息了。

"郎君可要安置？"

卫凌答非所问："白亦，今日夫人出门做了什么？"

白亦心里一松，还好他先前问了一下那两个小厮："夫人去了永兴巷的布坊，见了……"他顿然住嘴，悄悄抬眼看了一下上头的人。

"见了谁？"

"这……"白亦有些慌，"小厮说不大清楚，只道夫人前些日子救了个人，今日就是去见的他，后来夫人还在街上逛了逛，买了布匹，之后便回府了。"

卫凌极为敏悦，此刻眼神凌厉地看着白亦，几乎是咬着牙说道："男的？"

"……是。"

白亦瞬间觉得书房里的空气凝固了，将他困在其中，动弹不了。

卫凌不断摩挲着手里的茶杯，明明一句话都没说，可白亦知道这时候最为可怕。

他十分后悔，当年就应该好好练武，那今天站在这里的就是白泽而不是他了。

不知过了多久，案前的人终于出声："出去吧。"

白亦心内长呼一口气，不过离开前仍叮嘱："郎君，今日十五……"

"出去。"

"是。"

大理寺。

今日卫凌作为主审审理一桩"民告官"案。

民是城郊一户佃农，官是司农卿正。不过今日司农卿正没来，派了底下一个小吏来应付。

事情经由简单，不过是这佃农租了十几年的地，地主说收回就收回，且无故毁了佃农辛辛苦苦种了一季的粮食。

佃农先是告到了司农卿，不料司农卿未做理会，还道地主行之有据。佃农不服，直接敲响了顺天府门前的大鼓，敲了四五日最后只得了个"这事不归顺天府管"的答复。

只是司农卿与顺天府都没想到本该就此了结的一件事此刻竟被大理寺升堂问审。

东夏朝律令，百姓持据上访，官不得不受。

可这么些年下来，这条律令形同虚设，百姓们也早忘了有这回事，大多不平之事都是默默忍下来。

当然也有那么些据理力争的，更甚者也有告到圣上面前的，但也全靠运气与非同常人般的坚持。

今日一事司农卿并未放在眼里，按照以往不过是走个过程，最后顶多用金钱安抚安抚。

公堂里寥寥几人，卫凌坐在上头不见生气，按着规制查看证据、审问，待佃农细细说完又去问那地主，地主自然是一派正义，将佃农所述全部驳了回去。

地主与那小吏见卫凌频频点头，脸上都已展现胜利笑容。

"大人，您千万别听这刁民妄言，那租期分明已是到了，草民收回本该是自己的东西又有何错！"

而那佃农看看地主又看看只低头看案卷的卫凌，心中攒的失望已经让他不想再多发一言。

过了一会儿，卫凌从案卷中抬起头来，淡淡问小吏："许大人是否看过租地协议？"

"下官亲自验证过，确实到期。"

"噢？当真？"

卫凌一句反问莫名让他颤了颤，调整呼吸后再次答道："是，下官绝无虚言。"

卫凌轻笑了笑，缓缓说着："看来这司农卿的活儿是什么小猫小狗都可以干的呀。"

众人还未理解这句话是何意时，卫凌厉声道："白泽！"

只见一人从卫凌身后走出，走到地主与小吏前，将手上的卷宗递过去。

两人不明所以，待翻看两页，脸色瞬间苍白。

那上头都是这地主贿赂司农卿的明细，日期、地点、数额所列详尽。而另外一卷则是两年前地主联合某个官员篡改租地协议的经过，那官员已经全数招出。

"贪得无厌。"卫凌"哼"了声，"来人，将两人押入大牢，待进一步查清后按律处理。"

一旁的官兵立即将两人控住，那小吏大喊："卫大人！卫大人！您这样就不怕得罪司农卿吗？"

地主也在不断喊冤，卫凌挥了挥手，官兵直接将人带了下去。

而佃农终于反应过来发生了什么，在底下叩着头，直喊"苍天有眼，大人公正"。

卫凌站起身，吩咐了主簿一声后离开。

公堂后的大理寺卿正陈霄听了整场，叫住正要从他身边经过的年轻人："域川。"

卫凌停下，作揖恭敬道："陈大人。"

"走吧，随我走走。"

两人一同往大理寺内府走去。

陈霄开口："今日那些证据你从何处寻的？我还从没见底下这群人办案如此迅速过。"

这个问题陈霄早就想问了，卫凌办事的速度绝不是大理寺的速度。

卫凌淡淡笑了："自然都是大理寺寻的证据，只是有时候方向出来了，那便不必浪费时间。"

陈霄一噎，随后也笑了："你是在说大理寺办案没有方向？"

"域川不敢。"卫凌拱手。

当初上面突然安排他进来时陈霄也有过疑问，他知道卫凌是将军府的人，可从未听过卫凌有什么作为，顶多就是有些小聪明，可光靠小聪明又如何能胜任大理寺少卿？

后来卫凌倒是证明了自己，大理寺上下无人不服。

可年轻人到底是年轻人，初生牛犊不怕虎，许多事情不必做得那样尖锐。

陈霄有意培养，此刻便开口："域川啊，今日一案你可有想过如何处理？"

"不过是个小案子，证据齐全，该如何处理就如何处理。"

"那司农卿与顺天府你打算怎么办？"

到底在朝为官，给别人留退路也是给自己留退路。

如今卫凌一下得罪两边，其中还有牵扯颇深的顺天府，今后行事断然会受阻。

卫凌停了下来，走先两步的陈霄发觉后也停下，转回头，随后听见他道："陈大人，域川想问大理寺为何而设？"

陈霄一时不解，卫凌又道："大理寺是全国刑律之首，凌驾于县府、顺天府之上，是老百姓眼中最权威的机构，大理寺本不该管这些杂七杂八的民事纠纷，可如今三天两头就来一两桩，这又是为何？陈大人，圣上常居内宫，皇宫也与盛京城隔着高耸城墙，可圣上不是瞎的聋的。"

卫凌没再说，往前走去。

陈霄看着他坚挺的背部，不由得笑开来，年轻人啊。

卫凌今日回府回得早，银安堂那边派人来请，他便去了一趟。

秦奕娴已回了秦府，银安堂里只有端容郡主与陈箬，大哥的儿子袖礼也在。

三四岁的袖礼怯生生地喊了句："叔叔。"

卫凌点了点头，直问道："母亲找我过来可是有事？"

"没事就不能找你了？"端容郡主将孩子递还给陈箬，"钰君也关了大半月，该长的教训都长了，我已做主将她放了出来。"

"母亲看着办便是。"

"你这孩子，钰君好歹是你妹妹，她这会儿正生你气呢，你看看去。"

卫凌有些不耐，他今日本就不知道为何心绪不佳，此刻更是烦闷无比，但到底没冲撞，清冷答了一句："还有公务在身，不便。"

气氛一时尴尬，袖礼躲在陈箬怀里滴溜着眼睛看着自己叔叔，这会儿怕是只有他没明白发生了什么。

陈箬见势不对，忙道："还是公务要紧。"

"钰君那还请母亲说一声，让她不要有事没事去找她二嫂麻烦，不然下次可不是禁足那么简单了。"

端容郡主顿时愣住："你说什么？"

卫凌接着道："另外，以后母亲也不要在阿姗面前说什么子嗣的事情，是我不想要，不能怪她。"

这回就连陈箬也惊得不行。在婆媳俩惊愕的目光中，卫凌头也没回地走了。

端容郡主终于反应过来，气得直接摔了杯子。陈箬赶忙让下人带走孩子。

"母亲，您消消气。"

"你听到了吗？他居然为了阿姗指责我，还要威胁他妹妹？"端容郡主说着话都带了颤抖，"逆子！逆子！"

陈箬连忙上前去给她顺气，安抚："母亲，域川不是这个意思，您别多想。"

"什么不是，他那话不就是在怪我在他媳妇面前说了什么？我倒是看不出来他什么时候这么在乎阿姒了，还为她找理由。什么他不想要，分明就是阿姒那身子不行。"

陈箬不知该说些什么，她也疑惑着呢，什么时候域川还会为阿姒说话了？

"你说，他这是要干吗？他今年多大了？要是阿姒身子一直不好，他是不是打算一辈子无后？"端容郡主接连质问，又自顾自道，"不行，这样不行。"

银安堂里的人余怒未消，而那头回到琉璎轩的人已经径直往后院走，快得连白亦都跟不上。

待看到空空如也、大门紧闭的院子时，卫凌心里闪过一丝慌乱。

终于追上来的白亦这才有机会解释："夫人说肃清侯府尤夫人病了，她要回去陪几天。"

卫凌心头的慌乱平定下来，很快又被一丝陌生的情绪左右，似愤怒似不满又似委屈："她可有留下什么话？"

"……没有，夫人什么都没说。"

宋姒嫁人后不常回肃清侯府，唯有小娘来信时才回去一两趟。

因而尤四娘见到"不请自来"的宋姒时直吓一跳，连忙放下手中用来打发时间的闲书："阿姒，你怎么回来了？"

宋姒跨过门槛，迎了过去："怎么，娘亲不想我回来吗？"

尤四娘将近四十，却依旧似三十岁的妇人，身段娇软、面容姣好，不过不知是不是两人许久未见的原因，此刻宋姒总觉得小娘和上回比瘦弱了些，脸上也没什么血色。

才刚走近就听得尤四娘一声闷闷的咳嗽掩在帕子里，宋姒忙道："娘亲可是不舒服？"

尤四娘将帕子收进衣袖，拉着她坐下，上下打量一会儿才说："前两日受了凉，无碍。倒是你，怎么突然回来了？"

宋姌有些不信，受个凉怎么能瘦这么多？

"青姨，娘亲没骗我？"青姨是跟着尤四娘从扬州到盛京来的，也是看着宋姌长大的老人了。

青姨神色复杂，待尤四娘给了个眼神后才笑道："是，二娘不必担心，夫人只是前两日晚间没注意，受了凉。"

"当真？"

"真真真，真得不能再真了。"尤四娘微笑，拍着宋姌手背，"你回来可有去过四梅院？"

四梅院是肃清侯府主母的住所，按理说外嫁的女儿回府要先到嫡母跟前问安。

宋姌自然不会失了规矩："正要去呢。只是这回带的行李不少，我就先随挽翠来您这儿了。"

尤四娘一惊："今晚留下来？"

"是，我陪娘亲住几天。"

这下尤四娘也不管什么规矩不规矩了，一副不打算放她走的架势："你好好跟娘说，你是不是与卫郎君吵架了？还是端容郡主欺负你了？"

"娘您多虑了，没有吵架，郡主待我也很好，我就是想您了，想回来陪陪您。"

"当真？"

宋姌失笑，用方才尤四娘堵她的话回复："真，千真万确。"

尤四娘半信半疑，这孩子从来都是报喜不报忧，此刻她也看不出来女儿到底有事没事，一下担心得不行："你可别骗娘亲。"

"不骗，女儿发誓还不成？"

宋姌就要举起手来，尤四娘慌忙按下，嗔怒道："好好的发什么誓，端容郡主那边可知晓你回来？"

"嗯，我走之前让人去知会了一声。"端容郡主虽然不喜她，倒也还不会在这些事上为难自己。

"那便好，娘亲跟你说啊，这婆媳相处就要守规矩些，不然被捏着把柄……"

"好了娘，我还要去跟夫人问安呢。"宋妁急急打断尤四娘，不然一通说教少不了。

"快去吧，回来再说。"

四梅院在肃清侯府中央，栖院在西南角，中间隔着的是落霞苑，曾经长姐居住的院子。

宋妁在落霞苑前停了下来，想了一会儿后提起裙角跨入。

长姐去后，落霞苑一直空置着，谭慧之也会定时安排人打扫，此刻看着一切如常，院子边上的秋千看着还十分牢固，花圃里的不知名小花零星开着几朵，连廊上的宫灯都是新换的。

只是到底无人居住，少了几分生气。

挽翠就觉得十分不适，开口："夫人，咱们走吧，老爷还在等着呢。"

宋妁没应，走到那被风微微轻摇的秋千前。

这是父亲给长姐做的。她那时候还小，四五岁，格外喜欢荡秋千，日日嚷着要到长姐院子里来。可是小娘怕她生事，不太喜欢让她在府里到处跑，是长姐常常到栖院把她领走，然后一玩便是一天。

在肃清侯府里，除了小娘，与她最亲的就是长姐了。

后来长大了，秋千什么的自然不再多玩，父亲给她们请了先生，长姐懂得多些，自己学完还要负责来教她。

宋妁轻笑了笑，那时候她甚至觉得长姐的学识比先生还要丰富，不然怎么先生讲的她都听不懂，而长姐三两句话就让她恍然大悟？

再后来，宋妁偶尔会跟着母亲、长姐出门应酬。宋妁鲜在盛京城贵女面前露面，有些人在知晓她身份时多少会轻看，每每这个时候挡在她面前的都是长姐，无论对面什么身份什么地位，长姐维护的从来只有她。

宋妁回头看向空落落的院子，眼睛红了起来。

只是可惜，可惜长姐再不能看这世间好颜色了。

挽翠又在身后唤了一句，宋妠收回目光，轻声道："走吧。"

四梅院里，肃清侯宋恳与肃清侯夫人谭慧之都在，宋妠在外头先让人知会了一声才进去。

宋恳年近五十，却依旧精神饱满，浑身透着股温文尔雅的气质，而谭慧之就普通许多，因着衣饰才显端庄富贵之态。

宋妠心底为小娘叹息一声。谭慧之是安伯侯府嫡女，性格强势，从来不把她们母女俩放在眼里，若不是小娘带着她不争不抢，如今的日子怕是更难过。

父亲这么多年来算是无功无过，偶尔会去一趟栖院，却也没太照顾她们母女，一切都按府里规制办事。

宋妠行至正中，躬身行礼："阿妠见过父亲、母亲。"

宋恳此刻看起来倒有些慈父的模样，温和道："快起来吧。阿妠怎么回来了？"

她之前给端容郡主的回府缘由是小娘生病，先前还不知如何躲过四梅院这一轮盘问，没承想小娘竟真是病了，那如今这理由也算正当。

宋妠柔声答了，随后让挽翠拿出备好的礼品："阿妠不能常在父亲母亲跟前伺候实为不孝，小小心意还望父亲母亲莫要嫌弃。"

谭慧之倒没说什么，让下人默默收下。

当年长姐过世时谭慧之没少迁怒于宋妠，有些外人传的她们母女设计害人，妄图取而代之的流言谭慧之也是信了的，不过到底因为长姐丧期没有大闹。后来多多少少私下查过，只是最终没查出什么来，这事只能作罢。

但是宋妠知道，谭慧之心里从没放下过，毕竟自己替长姐出嫁是不争的事实。

以前宋妠尚不懂女子为人妇在一个家中是如何步履维艰，有几次还为小娘不平顶撞了谭慧之，现在自己走过几遭才明白过来，有些事情明面上忍下来能换舒坦日子过。

小娘在这偌大的肃清侯府里，在这一眼望不到头的盛京城里已是无依无靠，她作为女儿应该多为小娘考虑些才对。

她此刻服个软，说不定小娘就少受一份苦。

宋妲微微笑着，朝谭慧之道："母亲，这里头是我让人从西南寻的百年野山参，大夫说适用于头疾，您晚间可让人熬了服下。"

下人打开了那礼盒，里头正是品相上佳的野山参。谭慧之瞄一眼，脸色好了些，但仍旧冷哼一声："我可用不起。"

宋恳见状，微微怒道："好歹也是阿妲的一番心意，你这是做什么。"

"父亲，就是些山参，若能治母亲的头疾，阿妲这才算没白费功夫。"

"你费心了。"宋恳顺着话下，也不再说什么，转而问，"域川如今在大理寺中任职？"

"是。"

卫凌当个官，宋恳好似脸上也有光，只见他一脸欣慰："你大哥也与我说了些。说域川如今在他们禁军中很是有名，不仅办得了案还能抓贼。

"虽说将军府权势正盛，又有长公主照看着，可越是这样就得处处小心，这夫妻啊，一荣俱荣一损俱损。域川这孩子性子直，容易得罪人，阿妲你好好劝着些。"

"……是。"

"我如今仅是顶个虚职，你大哥在外头做事我也帮不了什么，将来若是域川有出息了他们也好互相帮衬帮衬。将军府与咱们家到底是亲家，是上辈子修来的缘分，阿妲你今后也带着域川常回来看看，莫要让两家生分去。"

宋妲垂头再次应是。

当初她替姐姐出嫁虽说是将军府欠了他们家一个情分，可说到底是父亲与祖母不想失了这样一个亲家。

肃清侯这个爵位是曾祖一辈挣来的，到父亲这一代已近式微，好在宋瑜争气，几年下来不断向上走，好几次得了圣上夸赞，只是与将军府还是差了些。

宋妲不由得想远，父亲与祖母都这样看重这门亲事，她之后想要和离怕是困难重重，小娘也不会好过……

不行，她得好好想想。

不过这会儿宋姒已是不想再让宋恳说卫凌，转问道："怎么不见大哥大嫂？"

"你大哥当值呢，你大嫂昨日正好回了娘家，说是明日才回来。"应话的依旧是宋恳。

肃清侯府子嗣算得上单薄，谭慧之膝下一儿一女，如今只剩下宋瑜一人，小娘就她一个女儿，后来宋恳因着宋老太太的压力纳了两房小妾，头些年分别诞下两个女儿，与宋姒都不怎么亲近。

因此这肃清侯府中男丁至今只有宋瑜一个，宋瑜夫妇俩也还未给老太太生下重孙，此前听小娘说一家人着急得不行，给宋瑜纳妾一事已经提上日程。

宋姒点了点头，又道："祖母如今可是还在万佛寺中静养？身子是否康健？"

"是，你祖母这一去就是半年，身子自然是好的。"

话音落下，三人间好像也没了话可说，屋子里一下静下来。

宋姒还在揣摩着如何离开，宋恳开口道："过几日便是长公主寿辰了吧？今年是长公主六十大寿，届时说不定皇上都会亲自到场，阿姒，你是长公主外孙媳妇，说话做事要谨慎些，到时若有事就去寻你母亲。"

长公主大寿，肃清侯府定在邀请之列，宋恳特地拿了这件事出来叮嘱可见那日隆重，也是怕她在长公主、在圣上面前出了什么差错，连累到侯府。

宋姒再次乖巧应下："是，阿姒知晓。"

"今日何时回去？域川可来接你？"

"小娘看着身体还未痊愈，我想多待几日，夫君与郡主都是知晓的。"

宋恳自然不会有什么意见，道："那便多留几日，你小娘也许久未见你了。"

谭慧之听了这话转头看一眼宋恳，宋恳霎时淡下神色，道："好了，回去吧。"

“是。”

上面坐的明明是她亲生父亲，可从头到尾却没问过一句自己，与他说起话来比与卫凌说话还让人不舒服，处处得端着小心，除了拘谨再无其他。

宋妁没再多待，行礼后转身离开。

· 第三章 ·
我们和离吧

回到栖院才发现小娘已经在厨房忙活了，一边的青姨道："你娘亲好久没进过厨房了，你好不容易回来一趟，她非得要亲自动手，还不许别人帮忙。"

宋妠看着小娘忙碌的身影，微微笑道："那我得常回来看看才对。"

其实哪里是她不想回来，反而是尤四娘不肯让她老是往娘家跑，说是婆母会不喜欢，每次回来都得念叨一堆。

青姨听了这话叹道："二娘是该常回来看看。"

宋妠想起什么，拖着青姨离开厨房："青姨，您别骗我，我娘到底怎么了？受个凉会咳得这样重？能瘦弱成这样？"

方才不过那么一会儿，边做饭的小娘已经低低咳了两回，怎么看都不像是受凉。

青姨犹豫起来，欲言又止。

"青姨，我娘亲什么性子您知道的，她总是为我考虑，不让我担心，可你们这样瞒着，我难道就不担心了吗？再不成我就去问周大夫。"

宋妠态度坚定，青姨没多坚持："倒也不是什么大事，只是自上月起你娘亲总是咳嗽，周大夫来看过几回都看不出什么来，后来用了药，也不见好转。"

"怎么会瞧不出来什么病？要不换个大夫试试？"

"换过了，都说是身子虚，只嘱咐好好休息，按时服药。"青姨怕她忧心，又道，"二娘不用多想，大夫都这样说了，那肯定是无大碍的。"

宋妠始终放心不下，叫来挽翠："挽翠，你回房把银票拿过来。"

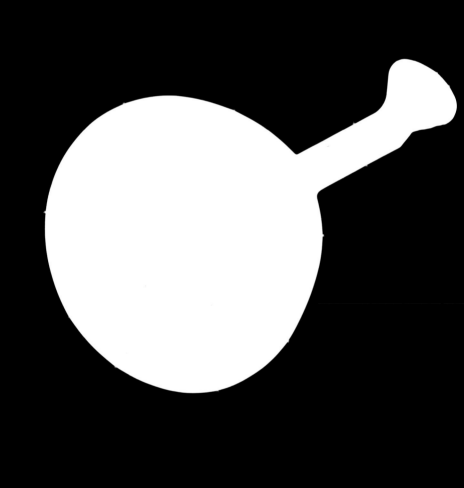

"二娘，这……"

"青姨，银子的事情你们不用担心，娘亲该用药用药，吃的用的也不要省着，把身子养好才最重要。"宋姗叮嘱一番，"小娘既然不想让我知道，那我便不知道。"

宋姗抓起青姨的手，望着她，眼有些红："只是青姨，小娘要是有什么事您千万不要瞒着我，可以随时派人到将军府寻我。"

青姨欣慰道："是，二娘有这份心你娘亲知道了定会十分开心的。"

也许真如大夫说的，小娘并无大碍，可宋姗这一瞬突然慌乱了起来，一种恐惧萦绕心头却什么都抓不到，像掉落个深不可测的无底洞，前面有什么不得而知。

小娘是她在这世上唯一的依靠了，她怎么样都好，唯愿老天能多怜惜小娘一点，让小娘过得快乐些，起码没有病痛的折磨。

厨房香味飘了出来，两人往回走，青姨道："你娘亲昨日还念叨你呢，眼看着冬日来临，她还打算给你做身衣裳，连布料都选好了。你呀，别看她刚刚问这么多，还一副不想你回来的模样，实则心里可高兴了。"

"嗯，我知晓的。"宋姗又怎么会不知道。

"阿青，快来，帮我端出去。"尤四娘已看到了两人，"阿姗去坐着，咱们开饭。"

翡翠鱼丁、红烧狮子头、佛手芽姜……都是她爱吃的扬州菜。

饭桌上尤四娘不断给她夹菜，小碗里堆成了个小山丘。宋姗哑然失笑："娘，我哪吃得了这么多。"

"娘好不容易做的，吃不下也得吃了。"尤四娘又给她夹了个狮子头，"你外祖母做的狮子头那才叫一绝，我一回五六个都能吃下，你这算什么。"

宋姗吃到最后，肚子直大了一圈。

母女俩十分愉快地用了一顿饭，尤四娘的厨艺自然不在话下，而绣艺就比不过宋姗了。

这会儿用完饭，尤四娘拉着宋姗在榻上坐下，让青姨将家伙什都搬了出来。

宋姝无奈道："娘，我有衣裳，您不用给我做。"

"娘亲闲着也是闲着，给自己女儿做身衣裳都不许了？"尤四娘接过针线，随后想到什么，看了宋姝两眼，装作不经意道，"不给你做也成，你什么时候给娘亲生个外孙，娘自然不操心你了，给我外孙做去。"

宋姝动作一下僵住，不知该如何接话。

小娘与别人不同，也许父亲想要个外孙是为了巩固两家关系，端容郡主想要孙子是为卫家着想，可娘亲若是想要外孙，只会是为了她，为了她能在将军府过得更好。

可惜这一次她要让母亲失望了。

尤四娘见她默默梳理着手里的线，明白她不愿意说这些，便没再继续这话头，问："卫凌如今在做什么？"

"大理寺事情多，他经常忙得见不着人。"

这事尤四娘是知晓的。

"忙些也没什么，不过你记着多关心关心，夫妻之间总是要相互扶持的，一盏灯一顿饭都是一份情。"

宋姝从来没有与小娘说过她与卫凌的关系，在小娘看来两人就是正常的夫妻关系，故而此刻只能乖乖应下。

"端容郡主待你可好？"

"好。"

"夫人要给你大哥纳妾这事你知道了吧？姜氏进门两年无所出，你祖母他们已是着急得不行。"尤四娘话中有话，怕宋姝不懂，还是直问道，"端容郡主那边可有说你什么？"

"……没有。"

尤四娘显然不信，抢过她手里越理越乱的线："哪家婆母会忍得了儿媳不生孩子，你不说我也能猜到一些。可日子终究是两口子过，若是卫凌不同意那你婆母也就没法子。你老实与娘亲说，卫凌是怎么个态度？"

卫凌是什么态度？宋姝隐隐记得他是说不要理会端容郡主说的话，可他始终也没表明他什么立场，更别提什么承诺。

　　至于秦奕娴，她看不懂卫凌对她只是妹妹的呵护还是有别的什么，不过按着他的性子，总归没有不喜。

　　"我没问过。"宋妁干巴巴答了一句。

　　"当初得了这门婚事我就不大愿意，怕你在那边吃苦。人人都以为高嫁是天大的运气，可只有经历过了才知道最是卑微。"尤四娘道，"不过都过了三年，要不是有卫凌护着，按端容郡主那性子怕是早就容不下你了。

　　"既然这样就好好过日子，孩子总会有的，你也别因为这些事就和他生分了去，知道没？"

　　宋妁没应，朝她看去："娘，当初跟着父亲到盛京来，您可开心？"

　　尤四娘直接怔住，这是第一回有人问她，到盛京来，开心吗？

　　过了好一会儿，尤四娘才说："那时候是开心的，以为自己找到了归宿，未来一家三口和和美美，一生都是享不完的福。"

　　到了盛京才知他原本就有美满家庭，她不过是人家的一个妾。可那时候肚子里已经有了宋妁，扬州与盛京相隔千里，她早已回不去。

　　"那如今呢？"

　　尤四娘伸手摸了摸她的脸："现在自然也是开心的，娘亲有了阿妁啊，娘亲的愿望就是希望我们阿妁将来过得好，无忧无虑的。"

　　"那……"宋妁鼓起些勇气，"那若是阿妁不能实现娘亲的愿望呢？"

　　尤四娘又是一怔，忙问："发生了什么事？"

　　宋妁立即笑了："我说笑呢，女儿会让娘亲如愿的。"

　　"你这孩子。"尤四娘虚惊一场般呼了口气，"你不是娘亲，卫凌也比你父亲好多了，将军府与咱们府都在这盛京城里，就算端容郡主再怎么强势也不敢怎么欺负你去，日子好好过下去，不要胡思乱想，知道没？"

　　"知道啦。"宋妁绕过去，挽着尤四娘的胳膊，"娘，您想不想回扬州去？"

　　"自然想了，娘亲还想着什么时候跟你父亲说一声，找个时间回去看看呢。"尤四娘憧憬着，"都快二十年了，也不知阿爹阿娘如今变成了什么模样，扬州还是不是那个扬州。"

尤四娘恍然间想到什么，问青姨："阿青，今年的信是不是还没来呢？"

"是呢，今年也不知怎么回事，竟迟了一个月。"

"是啊，怎么回事，明日去封信看看。"尤四娘有些担忧，吩咐青姨，说完又牵过宋姌的手，"我们阿姌还没去过扬州呢，真不知什么时候咱们母女俩能回去一趟。"

宋姌低笑道："这还不容易，左右半个多月的路程，来回一趟不算难事。"

"你在这儿用嘴说自然容易了。"尤四娘回她一句。

宋姌直起身子来，认真道："娘，我问您，要是给您一个机会离开父亲，离开盛京，回到扬州去，您愿不愿意？"

愿意，怎么会不愿意，那是她心底一直的期盼。

只是人活着又怎么能只为自己思考，她牵挂的女儿还在这里，她又能去哪儿？

"别想这些有的没的。"尤四娘淡淡道，"阿姌在哪儿，娘亲就在哪儿。"

宋姌一直看着她，没遗漏她眼底的每一瞬变化，从惊讶到欣喜再到黯然失色，无一不透露出她的想法。

自己如果要离开将军府，那小娘不会好过，父亲与谭慧之头一个就会安一个教女无方的罪名在她头上。

之前她从未想过离开盛京，不过现在看来，带着小娘回扬州也不是不可以。

小娘在这里过得不开心，如今还疾病缠身，再待下去只是煎熬。

宋姌默默下了决定，既如此，那就与娘亲离开吧，她也想去扬州看看，看看娘亲长大的地方，看看娘亲惦念的地方。

长公主生辰迫近，宋姌只在肃清侯府待了三日，临走前照例到四梅院道别，大嫂姜氏正在屋里伺候。

谭慧之饮着茶，待宋姗说完抬头觑了一眼，问道："卫家郎君可来接你？"

宋姗摇头。

"你回娘家三天，夫家不闻不问，外人看来算什么？我们家的脸面往哪里放？"

谭慧之终于找到地方发作："你要时刻记着，你是肃清侯府的女儿，你做了什么外人指摘的都是肃清侯府。往后若是无事便不要单独回来了，不知道的还以为你在将军府受了什么委屈回家来躲着哭。"

谭慧之说话十分不客气，宋姗默默应下，她并不想在这种时刻与谭慧之发生冲突，忍一忍便过去了。

"二妹妹快些回去吧，这天瞧着要落雨，雨下起来就不好走了。"姜氏好心劝了一句，转头看见谭慧之的脸色就不再多言。

"母亲，那女儿便先回了。"

谭慧之挥挥手，低头继续饮茶。

宋姗刚走到门口就看见宋恩、宋瑜与卫凌一起走来，当下僵在原地。

宋恩看起来十分高兴："阿姗正好在，等会儿便与域川顺道回去吧。"

宋姗看向卫凌，一脸疑惑。

目光在空中相碰，卫凌缓缓一笑，继而朝两人道："若不是公务繁忙，小婿当与岳父、大哥开怀畅饮才对。"

"自然是公务要紧，开怀畅饮有的是时间。"三人越过宋姗往里走，卫凌落在后头，自然牵过她的手。

宋姗一时不习惯，可等抬头看见屋内谭慧之复杂的神色后，终是没挣开。

谭慧之先前才借由卫凌不来接人而向宋姗发难，下一刻卫凌就出现在这里，狠狠打了她的脸。

走入厅堂，卫凌松开宋姗，拱手问候："见过岳母。"

谭慧之脸色不好，只淡淡点了点头。

"这几日劳烦岳母照顾阿姗了，小婿略备了薄礼，聊表心意。"

白亦拿着礼物上前来，谭慧之脸更黑了，一旁宋恩倒是不断颔首：

"一家人还如此客气做什么，快坐快坐。"

几人坐下来。

宋瑜说道："先前还未向域川道谢，若不是大理寺相助，那敌国奸细我们不会如此顺利就将其抓捕，到时候上头怪罪下来整个禁军都担不起。"

"举手之劳罢了，大哥无须放在心上。"卫凌眼神掠过宋姗，"这事也多亏了勇毅侯府的小公子，听闻若不是他，那奸细就跑掉了。"

宋姗暗地一惊，蓦然想起永兴巷发生的事，原来萧公子当时帮的还是宋瑜？

"是，萧公子还受了不小的伤，好在已无大碍。"

下人送上茶水，宋姗看着卫凌抬起茶杯，虚抿一口后放下。

"不过现在虽是太平盛世，关外与盛京仍是布障重重，这奸细是如何溜进来的，大哥还需好好查查。"

宋瑜深有同感："不错，如今禁军已和顺天府联起手来，誓要抽丝剥茧，将奸细的老巢扒出来。"

"好了，域川好不容易来一趟，你们怎么还说起公事来了。"宋恩笑着打断两人，转向卫凌，"将军与郡主身子可好？上回在酒肆中遇到将军，我险些认不出来了。"

"家母与家父一切尚好，父亲爱喝些小酒，于吃食上不太拘着，近来是日渐圆润了些。"

"那是将军有福气啊，外有常思保家卫国，内有域川为朝廷效力，将军与郡主只等着坐享齐天之福便可。"

宋恩一阵恭维，卫凌笑着揭过。

"阿姗，给长公主的贺礼可备好了？这也没几日了，千万别出什么差错。"宋恩突然问道。

宋姗愣了一会儿，抬头时看见卫凌也正好朝她望过来，目光探究，正欲开口，他先替她答了："岳父无须担心，给外祖母的礼我们早就备下了。"

"那便好。"

我们?

卫凌并未与她说过这件事。

屋内话题已岔开去,宋姌转头望向身边的男人,他目光温和,宋恳问一句,他答一句,一点不耐都没有。

成婚至今,卫凌陪着她回门的次数屈指可数,每次回来不是因为老太太生辰就是父亲生辰,就那么几次里他都是匆匆而来又匆匆而去,哪像如今?

一时四梅院里气氛融洽得让宋姌不敢置信。

快要离开时,外头果然淅淅沥沥下起小雨来。下人取来纸伞,卫凌接过其中一把,将宋姌牵至身旁,与几人道别:"岳父岳母,大哥大嫂,域川下回得空再来拜访。"

"好好好,快回吧。"

等两人走远,宋恳叹道:"如今阿姌与域川夫妻和睦,也算了却我一桩心事了。"

阿璇走时最放心不下这个妹妹,怕她在将军府受欺负,千叮咛万嘱咐他要照看好阿姌,现在阿璇该如愿了,阿姌哪还需要他照顾。

一直默默不语的谭慧之"哼"了一声:"我可听人说了,端容郡主早有打算。"

听懂了的姜氏脸瞬间白了。

宋恳闻言叹息一声:"事到如今还能怎么办。不过阿姌到底是将军府明媒正娶的嫡妻,他们不会如何,将来过继个孩子到阿姌名下也是个法子。"

"你倒是满心满眼都是这个女儿。"谭慧之嗤了句,"我看事情没那么简单,到时候出个什么事还希望她能懂点事,别赖上咱们侯府才好。"

宋瑜最是知道自个儿娘的性格,跟着劝了句:"娘,阿姌是宋家女儿,什么赖不赖的。"

"我看回扬州去最好,带上她那小娘,从哪里来的回哪儿去。"谭慧之口无遮拦。

"你说的什么话！有你这样当一家之母的吗？"宋恳气愤道。

"我还不是为你们宋家着想？你可别忘了，宋妁底下还有两个丫头，宋妁这个姐姐名声有损，你看将来这两个丫头嫁不嫁得出去。"

谭慧之一句话让宋恳彻底无言，只能带着怒气甩手离去。

雨幕中两人并肩而行，雨丝纷纷扬扬。

他的手掌宽厚有力，与飘在宋妁脸上的冰凉雨水相比温暖许多。

待离开众人视线，宋妁微微挣脱，问道："二郎怎会来？"

卫凌低头看了一眼空落落的手心，眉头轻蹙，声音平淡地应了句："你不是看见了，来接你的。"

他向来不喜事件脱离他的掌控，宋妁一反常态、不声不响离开了三日，已让他觉得十分不适。

宋妁也没了再问的心思："噢。"

纸伞下空间狭促，两人须得紧挨着才不会淋湿，此刻宋妁身上熟悉的淡淡花香味就在鼻尖，突然让他觉着这一趟不虚此行。

卫凌解释："今日本有公务，不巧外出时正好遇上了岳父、大哥，就顺道过来一趟。"

跟在身后的白亦一头雾水，郎君哪里有公务？他不是今日一早就打算过来找夫人的吗，还早早命人备下礼。

而前两日一天他三次夫人可有消息送回来，明明担忧得紧，怎么现在这么冷淡？

白亦摇摇头，表示不懂。

"嗯，谢过二郎。"今日卫凌确实全了她体面，虽说只是为了世家脸面。

宋妁想起先前他说的给长公主的寿礼，既是一起送，那她总要知道是什么才不至出差错，遂问出了口。

卫凌答她："是按照外祖母喜好打的一座小佛像，外祖母会喜欢的。"

宋妁不再多言，她自己早在上个月就给长公主绣了幅"百寿图"，可现下与这尊佛像相比，她的绣图不免相形见绌。

雨势渐猛，雨滴落在地面轻轻弹跳起来，湿了她的裙摆。

宋姍一门心思往门外走着，不料撑伞的人骤然停下，大雨一下落在她身上，下一瞬一个脱力又被他扯入伞下，身子全靠在他怀里，他空着的一只手护在她后腰，紧紧箍着。

宋姍惊疑未定，仰头望去，只见他迅速避开，低沉道："好不容易来一趟，我陪你去看看你小娘。"

两人正停在分叉路口，往前走是侯府大门，往西走是落霞苑与栖院。

宋姍有些不愿，在父亲面前装作恩爱尚没有什么，做戏而已，可两人终归走不到白头，现在小娘越是欣喜，那将来的失望难过就多一分。

宋姍还在犹豫，卫凌已是牵过她的手，往栖院走去。

这人怎么回事，还牵上瘾了不成？这四下无人装着不累吗？

宋姍依旧想挣脱，可这回他没再让她得手。

行至落霞苑时，卫凌停了下来，宋姍不解，她记忆中卫凌是未来过肃清侯府的，他怎么知道这是姐姐的住所？

宋姍沿着他的视线看过去，才发现他盯的是那在雨中飘荡的秋千。

卫凌转向她，微微低了头："这是宋璇以前住的地方吧？"

"是。"宋姍明白他这是想起了长姐，自己便也顺水推舟，"二郎可要进去看看？"

"不了，莫让你小娘久等。"

刹那间，宋姍竟从他眼中看到了丝满足，唇角扯开弧度，不是方才在四梅院的似笑非笑。

这才一眼，就开心至此吗？

他随后脚步轻快，宋姍碎步跟着。

灰青苍穹里，纸伞下一双璧影迈着不同的脚步，掠过红白相间的砖瓦，在水面留下模糊倒影。

宋姍低头看着他鞋履带起的水渍溅在她白色衣裙上，暗暗想，步调不同的两人硬是凑在一起，他若不懂得放慢脚步，回头看一看，那她怎么追都是追不上的。

回府两天后，宋姒去了一趟银安堂。如今她已不用每日去问安，无事也鲜往银安堂跑，上一回见端容郡主还是秦奕娴在时了，因而此刻站在门口还拘谨起来。

她想要和离并不难，偌大将军府自做不出休妻这样的事，不过若是你情我愿的和离就不同了，这事只要端容郡主点头同意，那卫凌和大将军不会有意见。

最难的是和离之后她该何去何从。嫁出去的女儿泼出去的水，回家一趟宋姒也算是看清楚，肃清侯府不会再接纳她。只要小娘愿意跟她离开，那一切都不是问题，而小娘不会不愿意。

宋姒越想越轻松，好像扬州的日子已经触手可及。

这样一想，那份拘谨也消失不见，宋姒坦然迈着步子进入银安堂。

之前秦奕娴来了一趟，端容郡主看着有意撮合秦奕娴与卫凌，她原想着做个顺水人情，成全自己也成全端容郡主。

秦奕娴这孩子性格不错，若说对卫凌完全无意也不尽然，只是到底是长公主养出来的孩子，将那丝丝情意藏得极好。

每日寻着空子到琉璎轩来，没见到卫凌时那小小的失落她都看在眼中，还有放在她屋里的牡丹，小心思满满。

可几日相处下来，她已不想做这把刀了。

秦奕娴真心待她，她亦不会将秦奕娴用作棋子，他们的缘分深浅也用不着她去推波助澜，如今唯有从自己身上找机会。

银安堂里卫钰君也在，此刻正不知和端容郡主说着什么，小脸上都是不满。

卫钰君瞧见了门口的人，那股怒气瞬间转移到宋姒身上，两只眼睛仿佛要把她看穿。

"二嫂怎的来了？"

端容郡主好似正生气，回了她一句："我让来的。"

卫钰君一跺脚："怎么连娘亲也站在她那边了！"

宋姒：？

"你要是不想在这儿待着就回房去。"端容郡主又斥了一句。

而卫钰君竟真乖乖离开了，虽然离开时还是瞪了她一眼，不过与之前的卫钰君相比实在是大相径庭。

等人走后，宋姏掩着帕子轻咳一声。

屋里端容郡主与陈箬皆看向她，陈箬问："阿姏身子不舒服？"

今日宋姏只让挽翠敷了粉，其他什么都没用，这会儿看起来脸色确有些苍白。

"无事，老毛病了。"宋姏声音轻柔又脆不堪折。

端容郡主收回眼不再看她，陈箬反而有些担忧："阿姏，是这样，我娘亲病重，这几日我得回去一趟，我与母亲商量了，这府里的事务就暂且交于你。"

陈箬见她稍显惊讶，又道："你不用担心，府里上下我都打点好了，就是后日去长公主府要注意着些，晚点我再细细与你说。"

宋姏倒不是担心自己做不好，只是这事真是第一回见，以前大嫂也回过娘家，那时候她就没接手过掌家之权，怎么如今端容郡主想起她来了？

宋姏一时没想明白，当下只好应下来。

"阿姏，我只一条，与长公主府相关的事不能出差错。"端容郡主坐在上头冷冷发话，语气严肃。

"是。"

陈箬起身："那母亲，我与阿姏先下去了。"

"去吧。"

两人回了陈箬的院子，袖礼正在玩耍，见了人立即迈着小短腿跑过来："娘。"又朝宋姏软软地喊，"婶婶。"

宋姏十分喜欢袖礼，这会儿也蹲下来，摸了摸他的头："袖礼在玩些什么呀？"

袖礼从背后拿出一只用竹篾扎的蛐蛐，递给宋姏："这个，娘亲帮我扎的。"

"真好看。"宋姏接过，盯着看了一会儿，随后从衣袖里掏出一只布老虎，"看，婶婶也有东西给袖礼。"

布老虎不大，但绣工精致，栩栩如生，袖礼一下爱不释手："谢谢婶婶！"

"好了，去玩吧，娘亲还有事情跟婶婶说。"

袖礼听话离开，宋妘望着他一蹦一跳地走着，目光紧跟，唇边一抹笑意。

"你别看袖礼这会儿乖得不行，实际上可闹人了，晚上还不爱睡觉，等阿妘你自己有了孩子就知道苦了。"

陈箬说完才察觉不妥，自袖礼出生宋妘就常常过来探望，每回都带着自己做的小东西，也常常逗得袖礼开怀大笑。

她自知道宋妘的遗憾。

过了一会儿，仍旧蹲着的人低声说了句："不会有了。"

"什么？"陈箬一时愣住。

宋妘站起身来，浅浅笑道："大嫂，我真羡慕你，虽然大哥远在北方，可你一直有袖礼陪伴着，袖礼懂事又听话，谁见了不疼爱？"

陈箬尚在回味那句"不会有了"，问："怎么没有，大夫不是说调理调理就能怀上吗？"

"大夫自然会往好了说，可我自己的身子我还不知道？"宋妘沉默了一下，语气难过，"恐怕要让母亲与二郎失望了。"

陈箬叹息一声，不再言语。

宋妘在陈箬那里待了大半日，府里的事情她不用操心什么，就是长公主生辰那日她需要处处照看着，首先是将军府备下的礼品得清点好，不能有遗漏丢失，另外那日公主府还要她帮忙照看客人，客人名单陈箬也已给她拟好。

宋妘谨慎许多，亲自去库房盘点了一遍，客人名册都熟记于心。

第二日上午芷安给她来了消息，说在护城河边上寻到了家转售的铺子，前靠正阳大街，背倚临水小道，人流量大，重点是铺主紧急出售，开价极低。

宋妸十分动心，这样的铺子确实极为难得。

可她又犹豫起来，回扬州的话就不必在盛京盘铺子了，她还得想法子将其余几间铺子都转出去，赚多些盘缠。

那边芷安催得急，宋妸只好安排好府里的事情后出门了一趟。

陈芷安一见她就控制不住急性子："怎么来得这么迟。我跟你说，这家掌柜与我相熟才答应多留一天，不然人家早转手卖出去了。"

宋妸四处打量着，是座两层的小楼，南北通透，装潢大气典雅，看着还挺新，可以直接用，如若她盘下来可省了一笔装潢的银子。

这儿原先是卖胭脂的，柜台里还遗落着不少口脂螺黛，就这么一会儿还有一两位客人上门来，皆被掌柜的打发离开。

掌柜过来催促，神情急切："陈姑娘，我已是背着东家答应帮您再留一天了，您看今日能否定下来？"

"定，一定定。"

陈芷安拉着宋妸到一旁："妸妸，你还在考虑什么，这么好的铺子你不要我要了啊。"

"你急什么，人家见你越急叫价越高。"宋妸冷静地开口，"开价多少？"

"两百两。"

宋妸惊呼："两百两？"

"就这还是我凭着多年在他们家买胭脂的交情砍下来的，不多了，两百两十天半个月就能赚回来。"

"你以为赚钱是动动嘴皮子就能办下来的事？"宋妸失笑，"两百两多了些，不划算。"

她手上能用的现银不过一百多两，这一时半会儿的也变卖不出那么多银子。

宋妸回头看了一眼铺子，可惜是可惜了些，但也不能一时冲动就定下来，她如今也用不着了。

陈芷安一脸憾色，宋妸道："芷安，谢谢你为我忙活这些，不过找铺子的事咱们先放一放，不急。"

"行吧，那人还要吗？前两日我乳母乡下来了一对兄弟，我瞧着还行。"

"嗯，等会儿见见，合适的话我与大嫂说一声。"人还是要的，无论是留在盛京还是回扬州去，不过也不是随随便便什么人都能要，须得亲自见见才行。

两人说完了话，宋妁转身去与掌柜的解释，解释完还让挽翠给了些碎银做抚慰。

临出门时陈芷安频频回头，好似错过了这家就没了下家。

"为表歉意，今日我做东，你想吃什么就吃什么。"

陈芷安一下活过来："你说的哈！"

"我说的，我说的，吃不撑你就是我的过错。"

两人嬉嬉笑笑，宋妁眼神扫过对街，恍惚间感觉有人看着她们，可定睛一看又找不到人影，心道自己真是晚间刺绣把自己眼睛都给绣模糊了。

而对街茶楼上确实坐着一人，萧珩壹今日只是赴禁军统领宋瑜之约，宋瑜未到，他便靠在窗边独自饮茶。

街上行人如织，那抹丽色就那样映入眼帘，他瞬间失了神。他没料到会再见到她，也没料到自己竟然将一个妇人放在了心上，一眼就能认出。

她挽着身边女子的手，看着极为亲密，脸上的笑也与那日对着自己一本正经的模样大为不同。

两人离开视野，萧珩壹看向她们走出来的铺子，那铺子空置着，连招牌都拆了，明显不做买卖。

铺子既已不做买卖那她进去是为何？莫不是她家的产业？

思考再三后，萧珩壹叫来随侍："去看看这家店铺所属何人。"

宋瑜匆匆而来，来时萧珩壹仍盯着窗外不放，他便也好奇探出头去，却什么都看不到："萧公子，看什么呢？"

萧珩壹回过神来："没什么，宋大哥叫我出来所为何事？"

"萧公子身子可好些了？"

"已无大碍。"

简单问候后，宋瑜进入正题："实不相瞒，今日是有一事让萧公子帮忙。上回抓的奸细已在狱中咬舌自尽，我们根据审问出来的讯息查了下去，越查越不对劲，现在才发现那奸细给的许都是假线索！

"这奸细实在可恶，绕来绕去竟把我们自己绕进去了！"宋瑜情绪一下激动起来，"幸得域川提醒我才意识过来，不然真不知什么时候才能查出真相。"

自那日卫凌去过一趟肃清侯府后，两人来往多了起来，自己时不时会到大理寺办事，昨日顺嘴与他提了这事，他一下点出其中关键问题，让他恍然大悟。

"那次永兴巷交手，我们与顺天府的人在奸细手上都没讨到什么好，幸而有萧公子出手相助，说来也是抱歉，那日我们急急赶到，竟没注意萧公子受了伤。"

宋瑜拱手致歉，萧珩壹本也没放在心上："宋大可无须介怀，抓人要紧。"

"是是是。"宋瑜连连点头，继而道，"那奸细看着是中原人，但使的功夫甚为奇怪，因此想问问萧公子能否回忆起来与那奸细交手的过程，看看奸细师从何处。"

萧珩壹的功夫是跟着家里请来的武夫子学的，他虽没走过大江南北，可天下武林门派他多少知晓一些，现在回想起来，那日奸细使的功夫确实奇怪得很，不似正统出身。

"是能忆起来，不过就算知道招式，也不知道它所属何派啊。"

宋瑜闻言松了口气："这个简单，域川说他可以试一试。"

域川，域川，这宋大哥今日一番话下来都是域川，他怎么不知道盛京城有这一号人物？

"敢问宋大哥，这域川是？"

"噢！萧公子不认识域川吧？域川是将军府卫凌的小字，如今正在大理寺任职。"

这样一说，萧珩壹当即想了起来，卫家小郎君谁不识得，不过这字倒是没怎么听人提起过。

卫凌比他大上三四岁，与大哥年纪相仿，他也是只从别人嘴里听过卫凌，从未见过。

听说卫小郎君的学识是被皇帝亲自赞赏过的，那时候锦书房、书院里都流传着这样一句话——千古绝代，卫家二郎。

那时候他亦年少气盛，想见一见这传闻中的人，可惜后来不知为何卫小郎君仿佛销声匿迹般，明明还住在盛京城，可关于他的消息是一点也没有了，自己亦没了一较高下的人。

这会儿萧珩壹有些兴奋，往常沉稳的神色褪去几分："他会来？"

"嗯，域川说忙完手头上的事就过来，看时辰也差不多了。"

宋瑜与萧珩壹说了会儿话，门外踏步声传来，两人起身相迎。

来人一身墨色直裰朝服，长身立玉、双唇紧抿，眼神凌厉得让人不寒而栗。

萧珩壹不过看了一眼就觉得有些不舒服，他们明明第一回见，怎么他望过来的眼光里有些许不善？

"域川，来。"宋瑜招呼，"这位是勇毅侯府萧公子，萧珩壹。"

萧珩壹作揖："见过卫公子。"

卫凌淡淡扫过几眼，回礼："原来这便是萧公子。"

"'原来'？域川听说过萧公子？"

卫凌坐下，随口答道："大哥都在我面前提过好几回，我能不听说过吗？"

"哈哈哈，是，我糊涂了。"宋瑜大笑，"既如此，那我就不费口舌了。方才我已与萧公子说了事情经由，不过你真能辨出来那是哪家门派的功夫？"

人人皆知卫小郎君才华盖世，可他们真没听过他功夫了得，这会儿宋瑜也不得不确认一番。

卫凌点了点头："萧公子尽管说便是。"

萧珩壹与宋瑜看法一致，他练过功夫的人都看不出，卫凌一个文臣又如何得知。

"敢问卫公子师从何人？"萧珩壹问出口。

随后卫凌幽幽看过来，眼底挂着丝不解，但他仍答道："千玄。"

萧珩壹当即僵住，千玄，那个自己师父口里总念叨的名字，那个在江湖上令人闻风丧胆的名字。

他竟拜了千玄为师？萧珩壹满脸不可置信。

宋瑜自是也听过千玄名号，同样震惊："此千玄乃彼千玄？"

"自然。"

卫凌唇角轻扯，露出些笑意，看向萧珩壹："萧公子？"

萧珩壹一下清醒，但依旧好奇："在下从未听闻千玄大师来过盛京，而且千玄大师曾扬言不会收徒，卫公子是如何……"

如何拜了千玄为师？

说起来也是十多年前的事了，十岁的他一个人从行军队伍中跑出来，那地方是处荒郊野岭，人生地不熟的他四处跑蹿，险些命丧猛虎之口，幸得师父相救。

师父三两下就将那猛虎击毙，一身功夫出神入化。他眼馋，跟在师父后面跑了十日，师父许是见甩不掉他，最终答应教他一两招防身的功夫。

他学得很好，师父更加甩不掉他了。

后来一跟就是两年，师父去哪儿他去哪儿，下江南玩乐，探西南蛮地，在东海上漂荡，苦是苦了些，可跟父亲给的苦相比实在不值一提。

卫凌此刻回想起那段日子，心中有些遗憾，倘若那时候没回来，那现在的他是不是还跟着师父在外头，想做什么就做什么，不必拘束在盛京这一方天地中？

遗憾归遗憾，后悔是没有的。

那时候竟轩病重，他怎么能视而不见。

这一晃，竟轩都已经去了十年了。

倘若他当初强大些，何至于护不住挚友，眼睁睁看着对方离世。

卫凌一下想得远了，被宋瑜拉回来："域川，我也实在好奇，你到底是如何拜了千玄为师？"

"现在重点不是这个，萧公子若是真想知道下回我再细细与你说。"

萧珩壹到底年纪小些，卫凌一句话戳破他心思还是有些不好意思，眼下便也不再问，将那日与奸细交手的细节缓缓道来。

说到最后，萧珩壹突然想起些什么，补充道："那奸细好似善用左手，我几次想要攻击他右臂都被反击，幸亏后来发现了这一点。"

卫凌凝眉思考："招法诡异……善用左手……"

过了好一会儿，卫凌抬起头对宋瑜说："大哥，你去查查近期盛京城可有靡莫族人出现。"

"靡莫族？"

"是，按萧公子之言，我能想到的只有靡莫族人。我随师父去西南时曾与这一族人打过交道，招式惯式都相差无几。"

而且另有一点卫凌并未道出，他回京任职最后一个任务就是截杀一名西南夷大将。

西南夷近来动作频频，恐有异动。

宋瑜得了方向，着急离开："那域川，萧公子，我就不招待了，改日再请客。"

"自然，查案要紧。"萧珩壹道，"宋大哥慢走。"

宋瑜一离开，厢房里就只剩两人，卫凌绕有意味地看着萧珩壹，让萧珩壹心里一阵发毛。

"萧公子年纪几何？"

"……尚未行冠礼。"

卫凌轻笑一声："萧公子看起来不像未行冠礼的模样。"

这确实有些出乎他的意料，萧珩壹面容虽清俊，但姿态沉稳，一看就是老练之人，而且从那些与奸细过招的描述中也能看出这人功夫确实不错，不然不会打得过敌国千挑万选派来的人。

这头萧珩壹不知所以，解释一句："家中自小管教较严，父亲兄长都希望我能早日帮着担起家中重任。"

卫凌点头，继续问："亲事定下来了？"

"未曾。"

卫凌蹙眉，不再言语。

萧珩壹顿时不知他要做什么了，望过去时他正好顺手抬起茶盏，待闻到味道后又轻轻放下。萧珩壹一时好笑，还挺挑剔。

不过今日他也算见识到了，外人所言不虚，短短交谈几句卫凌已让他十分有压迫感，而且看着禁军统领对卫凌的话都未曾质疑一分，卫凌说什么便是什么，可见这些已为常态。

但……这跟自己的年纪、亲事又有什么关系？

萧珩壹正欲开口，卫凌又道："萧公子如今可有职务在身？"

"……没有。"

"那正好，我底下缺个干事的，萧公子若是不嫌弃可到大理寺寻我。"卫凌笑意凛凛，"萧公子年轻气盛，将来定大有所为。"

萧珩壹：？

白泽甚为不解，这些年郎君从来没有向别人递过橄榄枝，身边也从来不会用不知底细的人，这萧珩壹只是个京城公子哥，纵使身上有些功夫也不至于让他在郎君手下办事。

萧珩壹走后，白泽问："郎君，可需要让人去查查萧公子？"

卫凌望着萧珩壹离开时未关紧的房门，眸子幽深："不必。"

——放在眼皮底下看着，才不会节外生枝。

长公主府邸坐落于盛京西南角，占地极广，极尽奢华。

慧华长公主今年六十，比皇帝大上许多，传闻皇帝生母早逝，是长公主一手把皇帝带大的，长公主于皇帝而言是长姐也更似母亲。

皇帝登基后，长公主尽享殊荣，驸马秦家连带着也一跃成为盛京贵族，几十年下来盛宠不衰。

这会儿长公主府门庭若市，前来祝贺的各府车驾直排到东市。

将军府一家早早便到了，卫海奉、秦府男丁在前厅招呼男客，长公主与端容郡主等人则在花厅与女眷们说话，宋姗跟着秦家舅母、表嫂在门口迎客，唯独卫凌不见人影。

人来人往，几人几乎不得歇，送了一拨又一拨，好在长公主府的管家和下人们有条不紊，牵马的、登记的、带客的都没出什么差错。

终于得了一会儿空，表嫂曹氏朝宋姌道："阿姌累了吧，过了这一阵就好了。"

今日天气暗沉，还有些冷意，不过这会儿宋姌额头倒是热得沁出细密的汗。

宋姌嫣然一笑："不累。今日外祖母大寿，我能为外祖母做些什么心里头高兴还来不及呢。"

曹氏与她年纪相仿，不过看着与陈箸差不多，都是掌家的好手，这会儿听了宋姌的话掩帕一笑："怎么会不累，奕娴那丫头当初都躲到姑姑府上去了，就怕母亲用这些杂事去烦她。"

这时，一架明黄马车出现在街尾，声势浩大，光前面开路的就好几匹骏马。

舅母严氏登时一慌："母亲不是说圣上不来吗，怎的又突然来了？阿云，快快，快回去告诉你祖母和你父亲。"

曹氏顾不得与宋姌闲聊，立时转身跑回府内。

"管家，你去前头疏散一下堵着的马车和各府下人，千万别让什么东西冲撞了贵人。"严氏赶忙吩咐。

长公主府门口一下忙乱起来，不一会儿，龙辇已近眼前。

外祖父与舅舅几人这时也已匆匆赶到，一群人毕恭毕敬守在门口。

宋姌站在人群后，隐隐约约看到在龙辇前护卫的竟是她两日未见的夫君，此刻他一身暗色朝服，身姿挺拔，一派凛然。

外祖父一声高喝："恭迎圣上。"

身后众人皆俯首相迎。

宣帝下辇，朗声笑道："秦公不必多礼，都起来吧。"

宋姌这才随着众人抬头，第一回见着了皇帝。

宣帝年纪应是五十上下，瞧着精神饱满。

可宋姌越看越疑惑，怎么皇帝看着眉眼间与卫凌有些相似？特别是笑起来时唇角划起的弧度，几近一模一样。

不过她很快想通，卫凌与父亲母亲本就不像，反而和长公主有几分相似，这样一来卫凌与皇帝有那么一两处相像也不足为奇。

宣帝身后除了卫凌还站了个锦衣华服的男子，身子微胖。只见外祖父与舅舅又躬身行礼："见过太子。"

太子虚抚一把："姑父折煞了。"

"好了，都别在门口杵着了，今日长公主寿辰，朕也来沾沾光。"宣帝说着已往里走去。

几人连忙跟上。

长公主府虽然没因皇帝的突然到来而乱了套，可人人谨慎了许多，舅母更是小心入微，凡是要呈到圣上跟前的都一一检查过，确保无虞。

宋姗也跟着忙活了好一阵，待一切安定下来方能休息一会儿。

离晚宴还有些时辰，宋姗与曹氏回了花厅陪着。

花厅里大多是各府女眷，宋姗能叫得上名头，却都不大相熟。

宋姗本打算在后头坐着就成，不料长公主瞧见了她，招手："域川媳妇，过来。"

厅内众人都朝宋姗望过来，密密麻麻的视线集中在她身上。

宋姗心一颤，往前走去。

长公主熟稔许多，牵过宋姗的手："好孩子，今日辛苦你了。"

"外祖母言重，阿姗不辛苦。"宋姗乖乖答。

"域川可来了？这家伙一早上的不来见我跑哪儿去了。"

"来了的，这会儿在前厅陪着圣上呢。"

长公主闻言有一晃眼的愣神，下一瞬又笑道："这孩子。"

宋姗见过两回长公主，不过以往都是远远看着，像这次这样亲密是第一回。

长公主与端容郡主不同，长公主待人温和，对她并无偏见。

"域川待你可好？"

宋姗不知该如何答，半天只能憋出来一个"好"字。

"那便成。我就担心域川这个闷葫芦不会哄媳妇开心，你们处得好我便也放心了。"长公主状似欣慰。

长公主已在花厅里应付了一日，看着有些疲惫，打了几个呵欠，一边的端容郡主关心道："母亲可要回去歇歇？"

"瞧我这身子骨，年纪大了就是不行了。"长公主自嘲一句，"那大家伙先坐坐，我回去歇会儿，端容你照看着点。"

"长公主好好休息，无须顾及我们。"一名夫人带头说了句。

众人纷纷应和。

宋姗的手还在长公主手里握着，此刻顺势扶着人起来，长公主起身后却没松开，道："阿姗随我一同回去。"

"……是。"

两人离开，花厅又重新热闹起来，有人恭维："郡主真是福气，您这儿媳长得天仙似的，瞧着长公主也十分喜欢呢。"

"就是说，我方才进门时险些没认出来，没想到这姑娘竟是将军府家中的媳妇。"

众人没瞧见端容郡主眼底的不耐，纷纷夸赞起来。

俗话说家丑不外扬，端容郡主就算不喜宋姗也不会公之于众，这会儿她心里又惦记着另外的事，自是没心思应付这群人。

简单对付两句，端容郡主走向花厅后的小隔间，问长公主府的丫鬟："你们姑娘呢？"

府里的姑娘如今就秦奕娴一个，丫鬟答："今日来的各府姑娘多，夫人让姑娘到花园去招呼了。"

"就说我有事寻她，让她来一趟。"

"是。"

丫鬟匆匆离开，齐嬷嬷有些担忧："郡主，这……有些不妥啊。"

端容郡主脸上露出犹豫，不过一瞬又压下去："不妥我也顾不上了。"

"若是长公主知道了怕是会怪罪。"

"怪罪什么。域川是她最疼爱的外孙，她比我还希望域川好。"端容郡主捏着手里的帕子，"你以为我想，我全是为了卫家，为了域川。"

"可……"

"好了，莫要说了，我意已决。"

昨日宋姗与陈箬说的话可是一字不漏地传入她耳中，她原以为再等个两年便也没什么，可如今再等下去怕是等不到头。

而卫凌又是个不听劝的，她几次三番找他都被推拒了，她在卫凌身上找不到办法，就不能怪她多手了。

不过一个不能生的侯府庶女，不要便不要了。

丫鬟很快回来："郡主，姑娘说等等，她现在脱不开身。"

端容郡主又是一气："这傻姑娘怎的拎不清！"

花厅离卧房有些距离，宋姗与长公主慢慢走着，下人远远跟在后头。

"阿姗，别怪端容。"长公主目视前方，深深说了句。端容是她女儿，对方什么心思她不清楚？她劝不动端容，只好来劝宋姗了。

"她也是心疼域川，域川这孩子打小就苦，当初他跑出去两年，端容担心得不行，自打回来后端容便什么都紧着他，生怕他再与卫海奉闹脾气离家而去。

"端容从小被她父亲宠坏了，说话做事往往没有顾忌，可她没有坏意，阿姗你莫放在心上。"

宋姗扶着长公主的手，跟着她的步伐前进。

她心里知晓，长公主一番话是为端容郡主好，也是为她好。

她如今已看得明白，人活着谁不是为了自己，卫凌是为了自己，端容郡主是为了自己，就连她也是为了让自己活得舒坦才想要离开不是吗？

"我知道的。"

"域川从小没什么玩伴，他那哥哥跟卫海奉一个模子刻出来般，与域川处不到一块儿去。后来倒是听说有个孩子与域川走得近些，不过那孩子也是个命苦的，十几岁就没了。"

长公主回忆着，心疼的模样："有一次他还跑来我这儿躲着，我问他发生了什么事也不说，就自己一个人躲在屋子里，晚上不让下人熄灯就算了，还不让关门。”

长公主忽然叹息：“唉！”

宋衂一下好奇：“原来二郎竟那样小就亮着灯睡觉？”

“是，域川不喜提起这些，奕娴不小心知晓了还被他训一顿。”长公主转头看她一眼，“不过你是域川媳妇，我也望着你多为他想想。”

其实宋衂隐约猜到一些。

有回她去找他，前院一个人也没有，她寻遍了书房也没见着人，于是就找到了厢房去。

那时候厢房门口没有上锁，门虚掩着，她轻轻推开，随后惊了好一会儿。

里头满满当当挂着灯笼，各式各样的灯笼，比上元节灯会的灯笼还要多样，让人看花眼去。

旁边桌子上还零落着许多工具，以及做了一半的灯笼。

而卫凌当时就坐在那许许多多灯笼中，头埋在双腿间，一动也不动。

她没敢惊动他，悄悄关上门离开。

后来每次去书房她都会瞄一眼那间厢房，那儿落了锁，从未被打开。

卫凌怕黑她知道，可怕黑不是什么难以启齿的事，只是她未曾料到他怕到这地步。

那间房子是他的秘密，他不说，她也没问。

“卫海奉是个暴脾气，一生气就爱拳打脚踢，端容管不住也不知来寻我。”长公主愤愤而言，“后来我才知道域川被卫海奉关过两回。一个四五岁的孩子被关在黑乎乎的屋子里，一关就是两天，这谁能受得了？”

长公主轻轻一句话将事情道出，宋衂心底一惊，竟是这样……

“域川身子本就弱，关上一回就得病上半月，每天夜里都会梦魇，一个好好的孩子硬是被折腾得骨瘦如柴。”

长公主气极，放在宋衂掌中的手隐隐颤抖。

“我当初实在后悔……”长公主说到一半停了下来，恨恨道，“域川如今养成这性子都怪他那没用的爹。”

两人已走至卧房，长公主便也不再说，握着宋姗的手：“阿姗，你是个好孩子，域川能娶到你是他的福分，往后好好过日子就是了。”

“……是。”

宋姗心情一下有些沉重，可知晓这些并不会对她的决定有所改变。

这样的他确实需要有个人陪着，只是可惜那个人不是她。

他当初若是愿意与她说说这些，她又如何不会理解他？夫妻俩又何至于走不到一块儿？

宋姗沉下心思，将长公主扶到榻上。

“公主，卫小郎君来了。”下人进来禀告。

“他莫不是怕我欺负你，特地过来护着的？”长公主也没了刚刚的气愤，含着笑意看向宋姗。

宋姗被长公主这不知哪儿来的想法吓一跳，忙解释：“二郎应是有事寻您。”

卫凌已经跨过门槛，见到宋姗时显然一怔。

长公主并未察觉，开口调笑：“怎么，这才一会儿没见就上赶着到我这里找人了？”

两人同时尴尬起来，皆不知该如何接话。

“你说你，都多久没来看我了，上回还是夏天，现在都入冬了。”

“是外孙不好，近来事情较多。”

长公主“哼”一声：“你如今在皇帝手底下做事？”

“是。”

“如今虽是天下太平，但皇帝总归顾虑良多。伴君如伴虎，域川你当为自己，也为了阿姗着想，莫要靠太近了。”长公主不知所以叮嘱了一句。

卫凌应下，随后朝宋姗道：“你先出去，我有话同外祖母说。”

宋姗自是道好，离开时顺手将门合上。

“有什么事还得把阿姗给支开？”

卫凌从袖里掏出一封信笺，放到贵妃榻的小几上。

“还弄得神神秘秘。”长公主打开那信笺，顿时怔住，再说不出来话。

宋妁离开时经过小花园，正巧遇到和各家姑娘说话的秦奕娴，秦奕娴冲她招手："表嫂，快来。"

人很多，都是她不熟的公侯府贵女。

宋妁没法躲避，硬着头皮走了过去。

她向来不喜欢这种场合，以前长姐在时尚会为她挡一挡那些恶言恶语，现在没人在她前头，好多事得她来应付。

秦奕娴亲昵地拉过宋妁，说："表嫂，我不是让你来寻我嘛，怎的不见人？"

"我一早便跟着舅母、表嫂迎客，哪抽得出空来找你。"宋妁浅笑。

"是。"秦奕娴了然，转而将宋妁介绍给众人，"这是我表嫂，怎么样，好看吧？"

在场贵女姿色打扮大多不凡，也就秦奕娴拿她打趣说出这样的话。

宋妁正欲开口，身边一个黛蓝衣裙的女孩接话："好看好看，表嫂比杏花楼花魁还好看。"

"呸呸呸，杏花楼里头的人你也拿来和我表嫂比。"

"啊，对。"女孩认真思考了会儿，"可我想不到有谁比表嫂好看了。"

"你傻啊，我表嫂就是最好看的。"

秦奕娴两人就"好看"论过一番，宋妁笑而不语，当真是年纪小些，心思都单纯得很。

这时静静站在一边的竹青色衣裳的女孩出了声："表嫂身上的绣纹真是精致。"

随后，几个姑娘目光同时落在她衣服上，纷纷夸道：

"真是，这星月纹案我以前都没见过。"

"你看那雀儿，像是要飞出来一样。"

"表嫂，快告诉我们这是哪家的绣品，我也想买。"

秦奕娴一脸骄傲："这是表嫂自己绣的，你们买不着的！"

众人直叹可惜：

"这么精致的衣裳花多少钱我都愿意买。"

“我觉着比顺衣庄的衣裳还要好看！”

“可惜了表嫂这样好的绣艺。”

京城女子确实舍得花银子，有回芷安与她说了自己在胭脂水粉上花的钱，她直接惊呆。

若是她能盘下来那间临水的铺子，两百两应是能轻松赚回。

宋灿暗自摇摇头，现在哪是想这个的时候，人家那么好的铺子应当早就转出去了，而她也不会留在盛京。

“这有什么好可惜的，表嫂可以给表哥绣啊，还可以给我绣。”秦奕娴转向宋灿，“表嫂，你上次答应的帕子还没给我呢！”

“已经绣好了，今日忘了带过来，改天你派个人去拿就行。”

“好嘞。”

随后又是一众羡慕声。

“你表嫂对你真是好，我闻着你俩身上的味道都一样。”

“那是，这是表嫂特地送我的熏香。”

“哪里是送的，明明是你在我房中抢的。”

众人又大笑起来。

宋灿渐渐放下心防，无论是因为她如今是卫凌的妻子，又许是她是长公主的外孙媳妇的缘故，抑或是人心本就不同，大家对她都十分和善。

她此刻只觉得舒坦，少时那种担心忐忑再也没有。

几人说说笑笑，一时间花园里满是欢乐声。

突然，有个陌生丫鬟凑近秦奕娴，咬着耳朵不知说了什么，秦奕娴有些不耐：“姑姑有什么事非得这时候寻我，你再去告诉她，我晚点过去。”

宋灿淡淡看了离开的丫鬟一眼，很快被秦奕娴拉回来：“表嫂，你继续说，后来那书生怎么样了？”

“不过是话本里的小故事，你若是真感兴趣我让人将话本拿过来给你看便是。”

“那敢情好。”

“母亲寻你何事？你快些去吧，莫要耽搁了。”

秦奕娴十分不愿：“姑姑这会儿正陪着各家夫人呢，叫我肯定又是去在夫人们面前露脸，我不想去。”

宋如不好再说什么，最后曹氏派人来寻她，她倒先一步离开了。

晚上的寿宴是在花园办的，张灯结彩，十分喜庆，宴上也没那么多规矩，男女可同席。

不过皇帝今日也在，气氛到底有些严肃，而坐在首位的长公主则有些失神，不知在想些什么。

宋恳与谭慧之也来了，宋如先前已亲自招呼过，此刻两人正坐在靠下的位置。

开宴时才再次见着卫凌，他比下午见时要低沉许多，眉目微微掩着，没什么精神。

宋如若有所思，也不知长公主与他说了什么，怎么看起来不大对劲。

卫凌在她旁边坐了下来，一边的端容郡主斥了句：“去哪儿了你，这都开宴了。”

卫凌未答她，抬起跟前的酒杯就是一灌。

端容深深看他一眼，然后朝宋如道：“等会儿要献给母亲的礼都备好了？”

“备好了，您与父亲的，还有钰君的。二郎的我方才都检查过一遍，没有问题。”什么事都不紧，这事宋如不敢不放在心上。

卫钰君听到她的名字也看过来，小声嘀咕了句：“要是出了问题我就……”话还没说完就瞥见卫凌眼色，立时住嘴。

筵席正式开始，一番祝贺后各府开始送礼。

先是太子贺寿：“旦逢良辰，顺颂时宜，侄儿祝姑姑岁岁年年，万事皆宜。”

“太子有心了，往后要勤勉些，多为你父皇分忧才是。”

“是，侄儿谨记姑姑教诲。”

太子应才及冠，看着年纪不大，身子微胖，眼睛空洞无神，宋如觉着不怎么像一国储君。

这想法大胆了些，宋姁连忙收回眼。

轮到将军府时，卫钰君出了列，将早已准备好的贺词道出："钰君代将军府祝外祖母寿比南山、福同海阔、一生喜乐、永享天伦。"

随后将军府下人将礼物搬出，长公主一一看过，极为满意。

同时宋姁一颗心也跟着落地，她就怕这些礼出什么事，到时她是跳进黄河都洗不清了，端容郡主指不定怎么指责她。

好在一切如常。

上头长公主问话："这佛像是钰君准备的？"

"呃……是二哥备下的。"

长公主点头微笑："还是域川懂我。"

皇帝也在一边附和："那可不是。当初他还跑来问我意见，就担心长公主不喜欢。"

"域川有心了。"

而话题主人公仿佛全然不知，正一杯一杯饮着酒。

宋姁轻拍了拍他肩膀："二郎？"

卫凌怔怔看过来，眼底迷蒙。宋姁有些惊讶，他这是怎么了？

此刻上面也都望了过来，端容郡主与卫海奉隐隐皱眉，坐在他身侧的宋姁不得已靠近去，低声道："二郎，外祖母赞你送的佛像呢。"

谁知卫凌轻轻推开了她，没理会她的话，也没做出反应。

上面长公主许是瞧见了，已换了话头，各府接着送礼。

卫海奉极为生气，声音控制着，却仍然能听出怒气："域川，你这是在做什么？！"

刚落座的卫钰君吓一跳，不敢言语。

"呵！"卫凌仿若未闻。

"我告诉你，这是长公主府，圣上还在，就算长公主再宠着你也由不得你闹！"卫海奉喝道，"收起你那些臭脾气，别以为你翅膀硬了我就治不了你！"

"你有什么资格管我？"卫凌侧头看去，语气挑衅。

"我卫海奉是上辈子造了什么孽才生出你这么个逆子来！"

"好了，闹什么闹，要闹回家去闹。"端容郡主按住卫海奉想要越过来的身子，"域川你也是，今天什么场合你不知道吗？"

宋姁第一回见两人争吵，虽然也算不得什么大的冲突，顶多就是当爹的教训儿子，可身边人微微发抖的肩膀仍旧让她心底一惊。

回想起晌午长公主与她说的那些事，宋姁心底越发同情卫凌，她以前还不理解，现在却都明白了。

好在卫凌只是低头喝酒，什么也没说，一场争吵才无声无息歇下。

宋姁看着他一杯一杯倒酒，又一杯一杯饮尽，心里多有不忍："二郎，你悠着些，酒多伤身。"

今日公主府准备的酒都是上好佳酿，他这样当成水来喝铁定不成。

卫凌依旧不理，宋姁无奈，只能去抢过他手中的酒壶，第一次朝他沉了声："二郎，今日是外祖母寿筵！"

"你又有什么资格管我？"

卫凌语气冷淡至极，看过来的眼里有不解，有不屑，甚至还有愤怒。宋姁一颗心瞬间凉透，不再说什么，只是酒壶仍旧没有还给他。

卫凌捏了捏眉心，踉踉跄跄站起身，身后白亦及时扶住。

他什么也没说就离开了，端容郡主叫来丫鬟跟着出去，宋姁则没有理会。

那么大个人了，就算遇着什么事也不能不分场合闹脾气，一点分寸都没有。

筵席还在继续，舞女乐者鱼贯而入，气氛正至高潮。

宋恩与谭慧之走了过来。

"见过郡主，将军。"宋恩施礼。

卫海奉已没了先前的怒气，虚扶一把："亲家公客气了。"

宋姁起身，跨过卫凌的位置，站在端容郡主身侧。

宋恩接过身后下人端着的酒杯："小儿宋瑜承蒙将军关照，小女亦多亏郡主相护，我这个当爹的今日以薄酒一杯，敬谢二位。"

说起来宋瑜所在禁军还是归属京畿军管辖，禁军一支负责盛京城内安宁，京畿军则掌管盛京城外务，而卫海奉任卫内大臣，的确是宋瑜上属。

几人恭敬一番。

宋恩问："怎的不见域川？"

提起卫凌，卫海奉就来气，端容郡主及时按下："域川觉得闷，出去透气了。"

"年轻人总是坐不住。"宋恩笑道，"不过听闻今日域川是随圣上一起来的。没想到域川年纪轻轻就能随侍圣驾，当真大有可为啊！"

可惜宋恩马屁没拍到点子上，卫海奉十分不认同："不过是仗着长公主身份，谁知道他私底下做了什么。"

"这……"宋恩不想卫海奉这样回应，一时竟不知该说些什么。

静了一瞬，端容郡主朝主位看去，对几人道："母亲瞧着累了，我去看看，阿姁你同我一起。"

宋恩闻言不动声色地推了推身边的谭慧之，谭慧之不得已开口："今日来得晚，还未问候长公主呢，正好一道了。"

端容郡主犹豫了一下，微妙地看了宋姁两眼，随后才道："也可。"

宋姁隐隐觉得有些不对劲，今日端容郡主实在是太奇怪了，下午听闻是寻了几回秦奕娴，方才筵席时也不断朝对面秦奕娴的方向看去。

这会儿对面的位置已是空着，而上头的长公主才歇了一下午，此刻精神正好，哪会那么快累着。

宋姁越想越心惊，端容郡主难不成要在这时候做什么？

"母亲，长公主既累了，那我们也不便多打扰，正巧我也有事与您说呢。"宋姁下意识拖住谭慧之，无论端容郡主要做什么，都绝不能将肃清侯府牵扯进来。

宋恩当即有些不满，说道："你这孩子，有什么事不能换个时间说。"

"是啊，咱们好不容易来一趟长公主府，礼数还是要走全的。"

端容郡主不知为何有些心急，匆匆说了句"那便走吧"，就转身离席。

谭慧之已经随后而去，宋姁无奈跟在后头。

卫凌第一回失去控制，自下午起脑中就混乱得厉害，什么都思考不了。

晚间寒意越甚，离了花园，长公主府寂静一片。

卫凌扶着圆柱，头埋得极低。

白亦劝了一句："郎君，去水榭里歇会儿吧。"

眼前人像是睡着了，本就穿了灰暗的衣裳，此刻整个人都融入了夜色中，背影是孤寂万分。

好一会儿白亦才听到声音："白泽去了多久了？"

"一个时辰。"

芩城离盛京不算远，一个时辰应当快到了。

卫凌点点头，转身朝一旁的水榭走去。寒风正好，能让他清醒清醒，那酒渐渐上了头，胸腔里一阵闷热，浑身烧得厉害。

昏昏沉沉间，白亦唤了一声什么，随后眼前一个模糊身影靠近，是他熟悉的味道。

近来许多事失了控，司农卿正联合首辅邹正状告他，说他不顾王法，肆意妄为。今日一早宣帝召他入宫，话里话外让他收敛点，做事要三思而后行。

他心底则十分不齿，明明是对方给的权力，现在又顾忌朝中大臣而缩手缩脚，如何能成事？

而前几日派人寻的消息也有了着落，外祖母虽极力否认，可她的反应已经说明了一切。

他喊了二十三年的父母原来不是他的父母，而他，不知道他的父母是谁。

真是可笑，卫海奉不是他的父亲。

他快要不知道什么事是真的，什么事是假的了。

抛开身世不说，就连宋姗也慢慢脱离了他，以前他想要找她，她总会在的，可现在他回后院，她不是在外面就是不知去了哪儿，她也从来不会违抗他，可现在他想要的、他不想要的她都不给了。

以前母亲训了她，她总是借着送安神汤小心翼翼跑来书房，什么都不说，可眼睛里的期盼，他都看在眼里。

可是他不能做什么，他没法给希望。

现在她眼里没他了，她在母亲那里受了伤也不会来找他诉苦，就连母亲想要将奕娴安排在自己身边她也反应冷淡，还和奕娴关系那样好。

卫凌想着想着就气得腮帮子直疼，心里的火就要喷涌而出，她竟还背着他出门见了其他男人？她怎么敢！

不过是一个什么都不懂的毛头小子，哪里比他好？

突然间头痛欲裂，宋姒的身影闯入脑海，挥之不去，他捏着额头试图缓解，可怎么都没用。

直到熟悉的淡香味越来越近，沁人心脾，才让他渐渐冷静下来。

不对，她还是在他手里的，他刚刚心气一来凶了她一句，可现在她还是出来寻他了，她再怎么样也不能离了自己去。

"你来了。"卫凌扬起唇角，语气却平淡。

才走过来的秦奕娴一脸蒙，表哥怎么知道她会来？

刚刚姑姑又来找她，说是表哥与姑父吵了几句后一个人出去了，怕他在长公主府迷路，让自己出来把人带回去。

她想想也是，表嫂对他们府不熟悉，下人估计也劝不动表哥，还是得自己出来一趟。

只是……怎么表哥有些不对劲？

还未开口就又听到他说："萧珩壹已入了大理寺，在我手下办事。"

秦奕娴：？

没有意料中的反应，眼前模糊人影好似无动于衷，卫凌不悦皱起眉头："你莫要以为我这些日子对你纵容了些，你就可以为所欲为，你只要乖乖的，这辈子荣华富贵少不了你。

"你下次再想回府我陪着你就是了，不要再一声不吭地就离开，也不要再随随便便上街，我不许。"卫凌冲着酒劲，说了许多平常不会说的话，声音越来越低，"不要拒绝我……"

姑姑是说表哥喝了点酒，可表哥这副模样可不像只喝了一"点"，可他这些话？

秦奕娴一时分不清真假。她是喜欢表哥不错，可那种喜欢早已被她转化成了仰慕，何况表嫂又对她那么好，她再怎么不理智也做不出那些令人不齿的事。

表哥怕不是一时糊涂了？秦奕娴刚想走近些看看，突然被他伸手一拉，整个人跌落在他怀里。

秦奕娴整个人惊呆，不敢动弹："表……表哥？"

一边的白亦也惊得不行，待他一移眼看到水榭外不知何时站着的人时，心头一凉，开口的声音都有些颤抖："长公主，郡主，夫人……"

秦奕娴也看到了几人，登时站起身，吓得都说不齐话："祖……母，姑姑，我，我没有，我不是……"

空气瞬间安静，卫凌敲了敲自己的头，脑袋仍旧混沌，意识却逐渐恢复清明。

一睁眼对上不远处宋姌冷淡的眼神，他"咯噔"一下，心脏漏跳一拍，她怎么在那里？

卫凌一转眼，这才看到站在他身边的竟是秦奕娴，瞬间明白了什么，脸黑成一团。

长公主不言一语，身后几人亦不敢说话，端容郡主与宋姌脸上平淡，只有谭慧之控制不住神色，惊讶之意溢于言表。

过了一会儿，长公主面向谭慧之，脸上带了些笑意："这兄妹俩自小关系好，打闹惯了，让亲家母见笑。"

谭慧之在后宅待了那么多年，哪会不知长公主息事宁人之意。

方才她可是看得清清楚楚，是卫凌将人拉入怀中，兄妹打闹闹到这种程度？谁会信？

换作宋璇，她说不定会为自家女儿争辩上几分，可宋姌也算咎由自取，是宋姌自己没出息又如何怪人家想方设法靠近她夫君？

谭慧之心思流转，这事好歹与他们侯府没有干系。她如若为宋姌出头说不定还会惹长公主不快，不如睁一只眼闭一只眼先让这事过去。

这样想着，谭慧之便也笑道："长公主说的哪里话，兄妹和睦是件好事，长公主尽享天伦实在让人羡慕。"

"亲家母今日也累了，花厅里备了茶水，我让人领您下去歇歇。"

"哎，好。"

谭慧之一离开，长公主便沉下脸来，身子险些没站稳，看着水榭里的两人，大声道："随我过来！"

回到后厅，关上房门，长公主这才发问："怎么回事！"

"祖母，我和表哥之间什么也没有。我就是出来找表哥，表哥醉酒了，脑子不清楚。"秦奕娴急忙解释。

长公主看向卫凌，想要出口责骂却又想起下午的事，又气又心疼："域川，你来说！"

她自然明白他今日的失态是为什么，可再失态又怎么能做出那种事。

卫凌看一眼站在端容郡主身旁的人，她微垂着头，脸上甚是平静，没有气愤，也没有难过，仿佛一切与她无关。

卫凌便也没了解释的心思："就是这样，我没什么好说的。"

"什么这样，不是，表哥你说清楚啊，我们怎样。"秦奕娴一下慌了，"让白亦进来，白亦都看到了，他能为我做证。"

"行了！还嫌不够丢人吗？"

秦奕娴跑到端容郡主跟前："姑姑，是您让我去找表哥的，您说怕表哥出什么事的。"

屋内几人瞬时都朝端容郡主看来，目光探究。

端容郡主十分冷静："是，我哪知道……"

今日一事实在出乎她意料，她原本只是想让奕娴多关心关心域川，只因母亲总说两人之间不会有什么，奕娴对域川心思纯净得很，可她偏不信。

她就是想让母亲看看，奕娴比宋姗更适合陪在域川身边。

可她没料到，域川居然也对奕娴这丫头有意思？

实在是意外之喜。

秦奕娴听了端容郡主的话瞬间无神，又去拉宋姗："表嫂，我和表哥没什么的，你信我。"

秦奕娴拉着她不放，她只好应一句："我信你。"

这事宋妁要是看不懂就枉为人了，她信秦奕娴，也信她看到的。

几人心思各异，事情到底怎么样已不用再问，人人心底各有定数。

气氛僵住，最终还是长公主淡淡挥了挥手："都出去吧，端容留下。"

三人离开后，长公主长叹一声，声音无力："端容，我今年六十了，你还非得要我操心这些事不成？"

端容郡主没理会长公主话里的疲惫之意，反而有些兴奋："母亲，今日您也看到了，域川对奕娴可不是简单的兄妹之情。"

"域川身上的酒味你是没闻到吗？那能当真？"

"他向来冷静理智，他知道自己在做什么。"端容郡主坚持。

"你啊你。"长公主连连摇头，"你到底为什么鬼迷心窍？竟然还把肃清侯夫人带着，是嫌事情闹得不够大吗？"

端容郡主不说话了，这件事唯一的意外就是跟过来的肃清侯夫人，她本想着两人也不会有什么过分的事情，肃清侯夫人在不在并无大碍。

方才那情景是个外人都要道一句不公，母亲不过试探一句，她还不是装着什么都没看见？

到底不是亲生的女儿，又能有多关心。

"母亲不是已经将人打发了。"

"你！"长公主竟不知道该说什么了，"你胆子真是越来越大了！"

长公主："我实在不知道你是怎么想的，奕娴是我亲孙女，是长公主府宠着长大的姑娘，你想让奕娴做小不成？若是外人知晓了，你让奕娴的名声往哪里放？"

"自然不会，母亲您言重了，奕娴的名声不会受损。"

端容郡主淡淡一句又让长公主惊了惊，想到了什么，随即又怒道："你到底在想些什么！人家肃清侯府的孩子是你说休就休的？"

"有何不可，光无后这一条咱们就理直气壮。"

她原也不想做到休妻这一步，今日带上宋妁不过是想让宋妁知难而退，若是和离，对她好，对域川和奕娴也好。

"我不同意！"

"母亲，域川和奕娴都是您看着长大的孩子，他们在一块儿有何不可，何况今日您不是都瞧见了，两个孩子情投意合。"

长公主实在不知道她为何执念这么深，但这事终究牵连甚广，不是两个妇人一脑热就能决定的事，何况宋妁……这孩子真不知该说她是懂事还是傻，怎的也不吭一声。

她心里可惜，宋妁乖巧懂事又体贴，比起奕娴来更适合域川，只是今日看来也是个冷情冷意的，两人凑一起凑了三年也凑不出什么来。

长公主手撑在桌上，扶着额头，最终也只能说："总之，你切莫轻举妄动，不是你想如何就如何，再怎么样也要两个孩子同意。"

端容郡主仿佛看到了希望："当然，若是两人同意这事就成。"

长公主一看她那兴奋的样子就更头疼了："去把你爹和你哥叫来。"

端容郡主立时出门去。

不同于后院的凝重气氛，小花园里依旧人声鼎沸。

皇帝与太子早早离开，筵席也松快起来，说话饮酒都不再顾忌。

驸马秦公年纪长些，此刻正被围在中间，前来贺寿的无论官职大小都想上前来敬一番酒，秦公自然喝不了，于是这酒就都进了秦沛这个孙子的肚子里。

秦隆与卫海奉、宋恳几人坐在一块儿，看着前头敬酒的场面不由得笑出声。宋恳道："秦沛年纪不大，倒是饮酒的一把好手啊。"

"都是跟着父亲练出来的。"秦隆哈哈笑，"老头子看来是早料到这一天了。"

几人纷纷笑起来。

"听闻今日一早，卫小郎君就被叫到了勤政殿，将军可知为何？"一名官员突然问道。

"我哪知道他又做了什么事。"卫海奉"哼"一声。卫凌这小子做事哪会告诉他，就连这小子去大理寺任职他也是最后一个才知晓的。

"我倒是听说了一些，听说司农卿正与首辅大人将小郎君告到了圣上面前，圣上十分生气，正问责呢。"人群里有人答了一句。

宋恳疑惑：“不对呀，先前域川不是还护驾而来？”

“那就不得而知了，听几个同僚说，首辅大人这次是要动真格了。”那人摇了摇头，“你说卫小郎君就一个大理寺少卿，怎值得他们大动干戈？”

“不管怎么样，将军与秦侯须得注意些了，小郎君初涉朝政，许多事情难免不懂，容易走了歪路。”

秦隆只是个闲散侯爷，哪里知晓这里面这些事情，此刻也开始担忧起来：“将军，你看？”

“我倒希望他碰些壁才好。”卫海奉不以为意，“省得他连他爹都看不起。”

卫海奉语气不屑，几人都了然笑起来，将这话题揭过。

后来公主府下人来寻秦侯，众人各自散去。

宋恳便也打道回府，谭慧之也终于等到单独与他待在一起。

回府的马车上，谭慧之将在公主府水榭看见的事细细告与了宋恳。

宋恳听完十分惊讶，随后叹息一声：“这就是你所说的端容郡主的动作？”

“我看着倒不像，谁家纳妾纳到长公主孙女身上去？”谭慧之回忆着，那时候长公主自己明明也是震惊了，不然不会一句话将自己打发走。

“那这是何意？”

“我看你嘴里千好万好的女婿早存了别的心思，那些在咱们府上的亲昵都是装出来的。”

“胡诌！”宋恳一点不信，“绝无可能，我相信域川。”

“你信不信有什么用，你且看看将军府如何处理这件事。”谭慧之一副置身事外的模样。

宋恳一下也想明白了些，语带慌乱：“那阿妧怎么办？”

“也不全是坏事，这事说不定是宋妧那丫头的福气。”

“福气？怎的还是福气了？”

谭慧之睨了他一眼：“这你就不懂了，这件事情说到底是将军府与长公主府的过错，与我肃清侯府有何干系？要是她们敢做什么，我就敢把这件事宣扬出去，好在当时跟了过去，不然哪能看到这样精彩的一幕？"

宋恳有些顾虑："长公主府哪是我们能惹的。"

谭慧之听了忍不住敲他一敲："我们占理你怕什么，平常老说你多维护这个女儿，怎么这时候就不敢和公主府对上了？"

"唉。"宋恳再叹一声，"妇人之见，我哪是为了阿妽，我是为了宋瑜，为了肃清侯府啊！宋瑜如今势头正旺，我们如何能得罪卫将军府。"

谭慧之之前没想到这一层，这会儿听完也默了下来，宋妽如何能比得过宋瑜。

她原以为自己将将军府拿捏得紧紧的，不想自己命根子都被人攥在了手心。

这回轮到谭慧之问怎么办了。

"先看看将军府如何动作了，实在不行……"

实在不行，只能弃车保帅。

秦奕娴跟着宋妽与卫凌出了门，她拉着宋妽的衣袖，边走边说，隐隐带着哭腔："表哥你说句话啊！"

卫凌只走在前头，脚步极快。

秦奕娴还想跟着他们出府，宋妽劝了劝："奕娴，你先回去。"

"表嫂……"

"乖，先回去。"

秦奕娴一步三回头，最终隐在夜色里。

卫凌早已坐在马车上，宋妽在车下站了会儿。

白亦小心问了句："夫人？"

宋妽提裙上了马车。

一路上夫妻俩谁也不说话，只剩白亦赶马车的声音，"吁"的一声，已是到了将军府。

将军府一片寂静，人大多还在热闹的长公主府没回。

宋妽先下了马车，走快一步，卫凌在后面跟着，跟着跟着就跟到了琉璎轩后院。

宋妁没什么心思和他说话，在门口停下："二郎今日酒喝多了，早些回去歇息。"

话说完，推开门，打算将门合上时他突然伸出手挡在中间，宋妁关门用了劲，他被夹的手瞬间红了起来。

宋妁低头看一眼，不再理他，转身回屋。

今日确实累着了，现在才发觉一整天下来水都没能喝一口，宋妁提了提桌上的水壶，里头空空的，随即又出门去，让挽翠烧些热水。

榻上刺绣的物件都散落着，各色丝线缠在一起，看得宋妁十分不适，只好又去收拾了一番。

等收拾完，挽翠水也提了过来，倒了一杯，茶杯里的水不断冒着热气，她一时心急，烫了一嘴。

放下茶杯，宋妁又觉得身上腻得紧，只好让挽翠重新去烧水，自己坐回妆奁前卸掉压了她一天的首饰。

卫凌一直站在门口，看着她忙里忙外，就是不看自己一眼，仿佛自己是个空气人。

他这会儿酒已经完全醒了，也都明白今日发生了什么。

不过是母亲用了点雕虫小技，一眼就能看穿的事。

他其实无所谓，甚至心底隐隐有些期盼，想看看她是什么反应。

可她好像真的一点都不在乎？从长公主府到现在，她甚至没问他一句到底发生了什么。

卫凌渐渐地有些怒气，走过去拿过她拆下来的发簪，终于说出口："你要是觉着不舒服大可直说出来。"

宋妁深吸一口气，想说些什么，可话到嘴边又觉得没必要了。

她们都关心发生了什么，关心事情的真假，可没有一个人问过她的感受，就连谭慧之也装作看不见，那一刻，才是心凉到底，比卫凌将秦奕娴扯进怀里还要让人失望。

本不是大事，这也是她一直想要的，她原还想着牺牲自己的名声来求得那一张和离书，现在不用了。她这时候提出和离，长公主和将军府不会有异议。

只是有些无力，她以为还要等些时间的，没想竟这么快，她什么都还没准备好呢。

小娘那边，扬州那边，甚至连铺子都还没转售。

她现在烦心的事太多了，哪还有什么舒服不舒服。

宋妘侧头看他，他也是搞笑，明明做了那事的是他，他现在一副质问的表情又是用的什么底气。

"二郎，我累了，有什么事明天再说吧。"宋妘心底轻笑了笑，"二郎不若去找母亲，你们商量着来便可。"

卫凌没走，咬着牙问："你一点也不在乎？"

"在乎什么？在乎二郎有没有将表妹拥入怀里？"

"你知道我说的不是这个。"卫凌双眼直望着她，仿佛要把她看穿。

在乎吗？早不在乎了，只是可怜了奕娴，小姑娘那时候眼睛里都是慌乱，怕自己误会，怕伤害了自己。

她没想再利用奕娴，可端容郡主没放过奕娴。

也好，等她离开后，端容郡主起码不会亏待奕娴，奕娴万万不会活成自己这个样子。

只是卫凌这人不好相处是真的，他一生怕是只为了自己而活，能进入他心里实为不易。

奕娴与她不同，希望奕娴能做到吧，也希望奕娴少吃些苦。

卫凌见她不语，将她身子转过来，双手捏住她肩膀，用了十分力。

宋妘默默忍着。

"你从来都不在乎是吗？"

她不知道卫凌为何执着这个问题，若是以前她还会搪塞过去，可如今已没有遮掩的必要："是。"

卫凌心一下沉到底，不知道什么东西千斤万斤重地压着他，喘不过气来。

"当真？"他又确认一遍。

"是，看到二郎喜欢奕娴，我十分开心。"

"你知道你在说什么吗？"

"知道。"

卫凌眼底慢慢变得猩红，发狠道："你恨我？"

宋妠刚想说"不恨"，他紧接着道："就因为我不要孩子？你就那么想要？"

孩子……

"是。"宋妠淡淡应了，把两个人的貌合神离归咎到孩子身上，并无不可。

卫凌将人松开，后退两步，摇了摇头："宋妠，我以为你不一样的。"

"让二郎失望了。"

两人对望着，视线在半空中相接，谁也不让谁。

空气里一时只剩下呼吸声。

"夫人，水备好了。"挽翠突然探头进来。

"滚。"卫凌头也不回。

挽翠第一回见他发怒，她担心自家夫人，可又不敢上前，只能默默走开。

卫凌低了声音："你想如何？"

"二郎，就这样吧，我们的夫妻情分也算到头了。"宋妠垂眸，像在说一件极为平常的事。

早与迟都是要分开的，事情既然已经到了这个地步，那就早些，对谁都好。

这回卫凌笑了出来，仿佛听到了什么可笑的事情。笑了一会儿，他又盯着宋妠，如同一头猛兽："就因为这样一件事？"

宋妠已不想再解释，所有解释都是多余："是。"

卫凌突然发了狠，捏着她下颌。宋妠吃痛，可她动弹不得，只能看着他看过来的眼睛，无声反抗。

随后他一字一句："我告诉你，我不同意！"

卫凌是带着怒气走的，房门险些被他摔坏。

　　宋姌兀自在妆奁前坐了很久，也想了很多，三年时间一晃而过，只留一个草草收场的结局。

　　初入将军府，她十七岁，虽是替嫁，却仍带着对夫君的期待，心中想的都是与他琴瑟和鸣。如今二十，攒了满怀的失望离开，从此分道扬镳。

　　男女之情在这世上如何珍贵她该早些明白的，三年到底是长了些记性，未来无论如何都不会那样傻了，想不得，碰不得，也不要再委屈自己。

　　寒风穿过半开着的窗户，吹灭妆奁上的蜡烛，铜镜里的人变得模糊不清。

　　挽翠走了进来："夫人，水凉了，夜也深了，不若早些安置吧。"

　　挽翠在将军府时没跟着去水榭，不知道发生了什么，只知道夫人好像和郎君吵架了，郎君很生气。

　　其实近来夫人脸上的笑容多了，也常常主动出门去，郎君回后院的次数也频繁起来。她以为一切都慢慢变好了，怎么现在看着还愈加严重了？

　　挽翠实在不解，却也不敢多问，走到跟前："夫人，我伺候您更衣吧。"

　　"不急。"宋姌站起身，"先去给我拿一套笔墨纸砚来，再去热一热水。"

　　夫人坚持要沐浴她能理解，可这夜半三更的要笔墨纸砚做什么？

　　挽翠在隔壁耳房找了纸笔过来。

　　宋姌已坐在桌前："好了，去热水吧。"

　　"是。"

　　挽翠放心不下，走到门口时回头看了一眼，只见她已往砚台倒了水，拿起墨细细磨着，动作轻柔。

　　要写什么非得这时候写？

　　松烟墨在砚台里洇出一圈圈墨纹，没一会儿，墨与水相融，分不清彼此。

　　宋姌将宣纸铺平整，拿过笔，蘸了墨水。

提起笔却不知该如何落笔，墨水沿着毛笔滴落，在宣纸上留下一个个印记。

不知过了多久，宋姎换了纸，终于起墨。

> 郎君域川：得因三世结缘，相伴一程，叩谢上苍……
> 叹惋思念不一，今日一别，各归其所，皆无所怨……
> 愿郎君得遇良人，鸾凤和鸣，从此岁岁年年。

> 宋姎谨立

笔墨尽干，宋姎看了几眼，收起放在镜匣里。

第二日一大早，琉璎轩前院，白泽匆匆走入，问白亦："郎君呢？"

白亦刚醒，揉了揉双眼："房里吧。"

白泽大步往里走去，白亦跟在身后问："不是昨日下午就到芩城了，怎的现在才回来？"

白泽没理会，进了书房，待找过一圈，没发现人。

"你不是说在房里？"

"啊？"白亦这会儿也傻了，"不对啊，昨夜从夫人那里回来郎君就进屋了的，还不让我进门伺候，去哪儿了……"

"都怪你，睡那么死，主子出门了都不知道。"白泽骂了一句，又急急出门。

白亦挠着头出去，余光瞥见厢房的锁不见了，立马叫住走到院门的白泽。

厢房门口，两人走近却又不敢再进一步。白亦推了推白泽："你来。"

笑话，郎君从来不让他们进厢房，郎君的怒气他可承受不起。

白泽觑了白亦一眼。

他还有要事要汇报，此刻哪还顾得上那么多，直接推开了房门，喊道："郎君？"

"郎君？"

无人应答。

两人自是知道里面放的是什么，这会儿也不惊奇，白泽走进去，四处都找遍才在角落里找到人。

卫凌身上还是昨夜的衣服，此刻整个人蜷缩在一起，模样甚是可怜。

白亦与白泽对视一眼，皆从对方眼里看到了震惊。

白亦上前去拍了拍他："郎君？"

卫凌这才悠悠转醒，待看清眼前事物时又闭了闭眼，再次睁开已是他们熟知的那人。

"何事？"卫凌站起来，往外走，声音沙哑。

白泽立即从怀里掏出个帕子，帕子角落上赫然绣着"慧华"两字。

慧华是长公主名号，天下除了长公主，无人会再用。

白泽道："郎君，荷娘病重，怕是熬不过今夜。我连夜请了大夫，又托人照看着，因而这才回盛京。"

卫凌接帕子的手一顿，那帕子险些掉在地上。

"病重？"

"是。听街坊们说荷娘能熬到现在已是十分不易，她自己也早已给了隔壁邻居银子，让他们帮着……料理后事。"

卫凌听完静了好一会儿："她可有说什么？"

白泽答话："我到时荷娘已经意识模糊，后来用了药清醒了一会儿，可她不信我，也不信我说的话，我本想将人带回来，但大夫说这种情况下，她一点也经不起折腾了。"

"我知道了。"卫凌转身离开。

"那郎君……"

"让白亦备马。"

宋姗本打算第二天一早就去银安堂，可青姨匆匆来了一趟，让她回肃清侯府去。

她知道，该来的都要来了。昨夜谭慧之在场，那今日小娘不会不知道，她只希望小娘不要因此而加剧病情。

宋妧连早饭都来不及用，连忙出门。

从琉璎轩出去势必要经过前院，宋妧没想到竟然能碰见卫凌。他正从书房出来，见到她也是愣了一下。

距离不算远，宋妧能看到他眼下的暗青，甚至没打理过的胡茬都隐约可见，双眼也没什么精神。

他昨晚离开时凶狠的模样她还记得清楚，与现在完全不一样。

宋妧张了张嘴，却不知道说什么，昨夜她该说的都说了，现在再装作以前贤惠的模样已是大可不必。

她也是现在才意识到，离了那些虚假寒暄，两人之间是无话可讲。

可显然是她多虑了，卫凌只是看她一眼，随后与白泽一齐出了门，头也不回，背影决绝。

宋妧站在原地笑了笑，她在想什么？

青姨还在门口等着，宋妧将那人撇开脑海，赶忙走出去。

马车上，宋妧问道："青姨，小娘还好吗？"

青姨又生气又为自家姑娘难过："能好吗，大夫人一大早就把四娘叫过去，面上说是让四娘懂事些不要闹，可谁不知道她就盼着看四娘难过呢，好不容易找着机会怎么会放过。"

宋妧叹了口气，手里帕子攥得紧紧。

"二娘，到底怎么回事？昨日不是长公主生辰吗，竟还发生这种事？"青姨十分不解，"那回卫小郎君同你回栖院时不是好好的吗？"

"青姨，这事说来话长，您别多想。"

"多想的是你娘亲啊，她从四梅院回来就一直躺床上，也不见咳，就是一直不说话，我说来寻你也不让，说怕你担心，那我哪能听她的。"

宋妧红了眼："谢谢青姨。"

"好了好了，快些回去，好好说清楚，别让你娘担心。"

"嗯。"

宋妧是从后门进的肃清侯府，没有惊动其他人。

尤四娘睡了，宋妧坐在床边陪着。

娘亲年轻时定是扬州数一数二的美人，此刻睡着了也挡不住从眉眼中流出来的风华。

可惜美人命运总是多舛，她倒宁愿娘亲平常些，这样就不会被父亲看上，也不会被谭慧之盯着，平白吃这么多苦。

宋姒握着她的手，温热传至手心，她心中也渐渐安定下来。

迷迷糊糊间，她好像去了个陌生地方，房子奇怪得很，那里的人都十分面生，身上的衣裳也都是她没见过的衣裳，她慌乱起来，不断朝未知的方向跑。

跑着跑着撞到了人，抬头一看才发现是娘亲。娘亲抹去她头上的汗，温婉笑道："跑什么这么急？"

"娘，我怕。"

"怕什么，娘在呢。"

她脸埋进娘亲怀里："娘，这是哪儿，我们回家好不好？"

"傻孩子，这是扬州啊，咱们不就住在这里？"

宋姒嘴角荡起，感觉也越来越真实，随后，耳边听到一声笑："傻孩子，做了什么梦笑这么开心。"

宋姒瞬间醒了过来，这才发现她是真的在娘亲怀里。

"娘，我怎么在床上了？"

"我一醒来就看见你伏在床边，让阿青帮着把你弄了上来。"尤四娘将她散落的碎发别到耳后，"昨夜没睡好吧？"

哪里是没睡好，分明是一夜没睡。

宋姒没答她这个问题，问道："我睡了多久了？"

"还没到晌午，可是饿了？"

"没饿，我再睡会儿吧。"宋姒抱着尤四娘撒娇，语气软软。

"好好好，阿姒睡吧，娘在呢。"

这一觉睡到了日暮四合，起来时尤四娘已不在，问了青姨才知她又在厨房忙活。

母女俩谁也没提起那件事，愉快地用完一顿饭。

天快黑时，尤四娘催促她回去："好了，都陪了娘一天了，快回去吧，天黑下来路就不好走了。"

宋姌坐在她旁边，沉默了一会儿。

"娘，我有事与您说。"

尤四娘也安静下来，听见她开口："娘，上回我问过您想不想回扬州，我们回去好不好？"

"你说什么？"尤四娘惊讶。

"我说，我想与卫凌和离。"

尤四娘当即重重咳嗽起来，用帕子捂着，宋姌立马给她顺背。

待尤四娘平复下来，宋姌才开口："等回了扬州，我们就去找外祖父，然后我再盘个铺子，卖些绣品，生计什么的娘您不用操心，我有银子。"

"阿姌，你知道你在说什么吗？"尤四娘自然不会管那些还虚无缥缈的将来，"你父亲会同意你和离？若是和离你的名声还要吗？你下半生怎么办？你知不知道外人会如何指指点点一个和了离的女人，别人尚且有娘家护着，可你看侯府会护着你吗？

"按照大夫人的说法，是卫凌对不住你，人家都没说什么，你上赶着和离做什么？这些事忍一忍不就过去了？"

宋姌："所以娘亲您一忍，忍了二十年。"

尤四娘所有措辞在这句话面前瞬间变得苍白无力。

宋姌明白娘亲不会轻易同意她的想法，又道："娘，我不想忍。"

尤四娘："那怎么能一样，卫小郎君不是你父亲，你是嫡妻，你与我怎么相同。"

宋姌笑了笑："说起来娘亲您比我好多了，起码父亲在扬州时对您都是真心。"

尤四娘迟疑了一瞬："那卫小郎君……心里头真没有你？"

宋姌摇了摇头。

两人都不再说。

宋姌没逼太紧，她自己都花了许久时间来做这个决定，又怎么能让母亲在这短短一刻钟里接受。

过了不知多久，尤四娘才终于开口："阿妣，娘不同意。"

扬州哪里是她们想回就能回的，当初她跟着宋恩来盛京已是违背了父母意愿，他们愿意接受她回去她也没这个脸，届时父母会如何被人议论？她又该遭多少人唾弃？

不说她自己，跟着她回去的宋妣又该如何自处？

阿妣把一切都想得太好了，什么自己开铺子，在扬州人生地不熟的，那铺子怕是没开两天就得倒闭，不是她不信她，只是人世间的险恶她还是见得太少了。

待在盛京，她是肃清侯府的女儿，是将军府的儿媳，这一辈子衣食无忧不成问题，又何苦给下半生找麻烦。

情情爱爱……没了情爱日子不也一样过？

"阿妣，你听娘一句劝，莫要冲动。"

而宋妣万万没料到第一道坎是在小娘这里。

小娘自是为了她好，她也知道小娘在顾虑什么，可她更清楚明白"和离"意味着什么，吃不了这个苦就要吃那个苦，她依旧坚持。

她也不愿小娘再为了所谓的为她好而牺牲自己。

"娘，这一回，我怕是要不听您的话了。"

尤四娘意外怔住："阿妣，你怎么这么固执！"

"娘，世上许许多多路，这条不通总会有通的，既然到头都是一抔黄土，那为何不选一条好走的、让自己快乐的路走？"

两人谁也劝不住谁。

宋妣想着，这条路迟早都是要走的，小娘终有一日也会明白的。

芩城。

白泽带着卫凌走到那间小小屋子时，门外已站了许多人。

没有人哭，也没有人笑，人人神情凝重。白泽暗道不好，回头看了一眼自家主子。

卫凌脸上甚是平静，平静得不像个活人。

走得越近，人群里说话声就听得越清晰。

"荷娘也是个命苦的，当初一个人搬来，现在临到头还是一个人。"

"谁说不是，听张大娘说昨天夜里来了个人，我以为能救荷娘一命呢。"

"救？怕是神仙下凡都救不了，荷娘这都病入膏肓了，我原以为前两年就会去了呢。"

有人叹息一声："唉，不说了不说了。荷娘心善，希望老天爷怜惜些，下一世就莫要吃这些苦了。"

哀乐声呜呜咽咽响起，众人不再议论，都往里走去。

"郎君……"白泽担忧开口，而眼前人亦已抬步往前走。

院子不大，一进式的。

正房、左右两间耳房此刻零落挂着几条白幡，廊下几个白色灯笼，正房充作了灵堂，正中一具棺木。

前来吊唁的街坊邻居都没走，有的留下来帮忙，有的聚在一起说话。

有人注意到了突然出现在门口的两个衣着不凡的年轻人，纷纷低语起来。

昨夜白泽拜托的张大娘也看见了白泽，走过来，惋叹道："白公子，荷娘不行了，没救回来。"

荷娘一直身子不好他们知道，可他们都忙，哪有时间日日去照看，若不是白公子昨夜寻来，他们都不知荷娘已是弥留之际。

"什么时候走的？"一道清冷的声音突然插了进来。

张大娘方才只注意了白泽，此时见他身旁还有个俊俏公子，立即应道："今晨，我端了药和粥过来时才发现荷娘已经没了。"

张大娘眼睛有些通红："这样冷的天，荷娘走时该是多难过啊！"她转向白泽，"白公子，你认识荷娘的，对不？她可还有亲人在世？"

白泽看了一眼卫凌。

卫凌看向灵堂，并未说话。

"罢了，有亲人又有什么用，这十几年来不是都没来找过，现在人没了哪还指望人家来看一眼。"张大娘抹了抹眼角。

白泽不知该说些什么，只好道："张大娘，劳烦你了。"

"都是邻居，哪用得着说这些，当初我孙子生了病没银子看大夫，都是荷娘帮的忙啊……"

张大娘还在说，卫凌已经往灵堂走去。

人们看着他走上前，看着他在灵牌前跪下，看着他叩了三叩首，又看着他走到棺木前，伸手推开了棺盖。

张大娘想上前阻止，被白泽拦下。

卫凌只看了一眼，合上棺盖，又到灵牌前叩了三叩首。

卫凌叩完出了灵堂，走出小院，在门口站了许久。

今日依旧寒风肆虐，没有太阳，天空被厚厚的云层覆盖着，似要下雨又下不下来。

白泽抬头看了看天，想着今天若是要回去还是得早些出发才好，可他一看到郎君的背影就什么都不说了。

郎君什么时候这样过？整个人丢了魂魄般，一点精气神都没有。

连白亦都不知道郎君来芩城是为了什么，可找荷娘这件事是他一人经手的，起初知晓缘由时他已是震惊得不行，端容郡主竟不是郎君的生母，而郎君的生母只是小小芩城里一个独居妇人。

可惜他们还是来得太迟了，郎君没能再见荷娘一面。

白泽正独自出神，前面的人突然出声："屋子都看过吗？"

"还未来得及。"

卫凌点了点头，吩咐："你留下来，等丧仪结束再回去。"

"是。"

卫凌约莫酉时回府，一下马白亦便迎了过来，脸色不大好："郎……郎君。"

卫凌将缰绳递给他，语气凌厉："有事说事。"

"这……"白亦更不敢说了，"那……银安堂那边找您。"

卫凌蹙眉，神情已是十分不耐："何事？"

"……说是夫人给郡主递了和离书。"

那一瞬间，白亦瞧见卫凌握紧了拳头，虽不说话，但其周身已散发出戾气，让人不寒而栗。白亦牵着马儿后退两步，生怕伤及无辜。

其实到现在白亦也不明白，郎君对夫人的态度比起以前可好太多了，怎么夫人好好的还想要和离？

不过不只是他，怕是知道这事的将军府众人都惊掉了下巴，往常温温柔柔的夫人从不对下人说重话，对郎君、郡主，甚至对三姑娘一直都是和颜悦色，哪会像如今，直接上来就要和郎君和离。

这可不是说出去的话、送出去的礼，还能收回来，夫人这一动作，就算最后没成，那也是夫妻离心的事啊！

白亦实在是佩服夫人这份勇气。

卫凌已往里走，白亦连忙跟上。

银安堂里，卫海奉、端容郡主与陈箬皆在，人人面色凝重。

右侧首位坐着个人，目光落在对面花瓶上，一动不动，卫凌进来时，她淡淡扫过一眼即转回去。

卫凌没喊人，也没说话，只是盯着宋妠看。

他竟不知道她居然做到了这一步。那一晚的事他本想着睁一只眼闭一只眼，那些胡言乱语他就当没听过。

他不过离开一日，她连和离书都写好了？

她就这么想离开？

她知不知道和离意味着什么？

卫海奉与端容郡主中间的茶几上放着一张纸，卫凌走过去，拿起看了一眼。

"但愿郎君得遇良人……"

好一个良人！

卫凌气得笑出了声，那张和离书在他手心瞬间皱成一团。

端容郡主惊呼："域川，你做什么！"

卫凌转向端容郡主："母亲，您可满意了？"

"你这孩子胡说什么！"端容郡主眼神慌乱。

实际上，屋内几人都不知如何处理这件事，事发突然，宋妠态度果决，三人拖着拖着终于才拖到卫凌回府。

那夜长公主叫了秦公与秦隆几人商讨这件事该如何处理，几人一致认为将域川与奕娴强行凑在一起十分不可取。

秦公甚至狠狠斥责，让端容郡主十分没脸。

端容郡主恼恨得紧，她做错了什么？她不过让奕娴去找域川一趟，后面的事是她按着两人的头做的吗？

恼恨归恼恨，她是一点法子都没有，母亲说了，她要是再想动奕娴与域川，那今后长公主府她也不必来了。

那时她跟母亲说随时可以七出之罪休了宋妁，可东夏朝律法严明，休妻要过公堂，要明示，届时她将军府的脸面往哪里放，她这个婆母的名声又往哪儿放。

她没了法子，打算给卫凌找几个合适的小妾，将来有了孩子过继到两人名下便是。

傍晚时宋妁来寻，她当真是一点都不想再见宋妁，直到宋妁拿出那封和离书，那一瞬间她觉得她所做的一切没有白费。

当下却不好表现得太明显，直到看见卫凌有要将那和离书撕碎的趋势，她才出声提醒。

此刻卫凌看过来的眼神太吓人了，端容郡主避开，看向宋妁："阿妁，这事你当真考虑好了？"

"考虑好了，和离。"宋妁几乎想也没想。

话音随着卫海奉手中茶盏与茶几碰撞的声音落下，不响，却格外刺耳。

外头好似还有袖礼玩闹的声音传进来，咯咯笑声在银安堂里回荡。

卫凌依旧站在中央，目光不离宋妁。

"肃清侯有无意见？"没人说话，端容郡主则又问。

"东夏律令，'若夫妻不相安谐而和离者，不坐'，并未要求双方父母同意。"宋妁浅浅道出，言下之意，这事不关肃清侯府的事，也不关你们的事。

平常人寻得两方父母同意不过是维护两家关系，不至于让外人拿住话柄。

　　她确实没问过父亲，因为父亲不会同意。她在他们眼中只是攀附将军府的一个工具，就算出了事他们也不会站在她这边，她的想法与情感并不重要。

　　活了将近二十年，她是第一回干这"离经叛道"的事，尽管前路未知，此刻心中却坦荡。

　　屋内几人皆看向卫凌，这事不论两家如何，首先还是得卫凌表态。

　　卫凌似是冷静下来，双唇紧抿，仍旧不言语。

　　"阿姒，和离不是小事，你将和离书拿回去，我当这事没发生过。"卫海奉道。

　　陈箬也劝："是啊，有什么事不能好好坐下来说，非得走到这一步，阿姒你再好好想想。"

　　两人轮番上阵。

　　宋姒不为所动，双手放在并拢的双腿上，交握在一起，虎口处已被她按得通红。

　　陈箬忍不住："域川你倒是说句话啊！阿姒冲动你也冲动吗？"

　　卫凌上前两步，站在宋姒跟前，唇角渗出笑意："阿姒，我与你说过的，我不同意，你不能走。"

　　陈箬紧着的心松下来，端容郡主则咬了咬唇，恨铁不成钢般看向卫凌。

　　"我还有事，这事休要再提。"卫凌说完转身离开，脚步急促，仿佛真有天大的事等着他去处理。

　　宋姒望着他离开的背影，心里有些烦躁。

　　他到底想要什么？不爱又强行留着有什么意义？她都做到这份上了，他还不明白吗？

　　和离一事暂且按下，可这天晚上的将军府不会安宁。

　　后知后觉的挽翠终于明白过来，原来昨天晚上夫人写的竟是和离书！夫人想要和离！

回到屋子后，挽翠又问一句他们已经问过无数遍的话——

"您想好了吗？"

早想好了，谁会拿这种事开玩笑。

宋姏问她："挽翠，你觉得我做错了吗？"

挽翠立即摇头："虽然我是震惊了些，不过我知道夫人定是经过深思熟虑后才做的决定，那就是对的，我永远支持夫人！"

宋姏终于露出笑容："你还是第一个说支持我的。"

连小娘都不赞同。

宋姏拉过挽翠的手："挽翠，今后咱们的日子不会像现在这样好过，也不一定会留在盛京，你可还愿跟着我？"

"我不跟着夫人还能跟着谁，挽翠生是夫人的人，死……"

"呸呸呸。"宋姏连忙阻止她。

挽翠嘻嘻笑着，笑完又担忧："可是郎君看着不同意啊，这可怎么办？"

怎么办……她也正愁呢。

关于那夜，长公主府那边不见动静，端容郡主瞧着也没多开心，宋姏想着她的计划应是没得逞。

想到这儿，宋姏不知为何松了口气。长公主府的人到底脑子清醒些，奕娴是个好孩子，不该把一生都葬送在卫凌身上，应当有更好的归处。

而她这边实在不行，只能去找端容郡主了，现在只有端容郡主是和她站在一条线上的，端容郡主的目的也是她的目的。

宋姏抿唇笑了笑，没承想到最后，帮她的竟会是端容郡主。

不过眼下还有更重要的事。

宋姏吩咐："挽翠，你明日去跑一趟，将其余四家铺子的掌柜都叫到布坊去，我有事交代。"

挽翠临出门了，又被叫住。

"芷安帮找的两个伙计可入府了？"

"前日刚入。我与管家说过，现在是记在夫人您的名下。"挽翠答。

"行，那先把人叫过来。"

找来的两人那日已在府外见过，一个老实些，一个机灵点，干事都挺麻溜。

龙邦与龙泰很快到了后院，见到宋灿模样有些局促，站在屋子里眼睛都不敢乱看。

宋灿是靠体型分辨两人的，瘦高个的是龙邦，壮实的是龙泰，兄弟俩从乡下来，身契如今在宋灿手里。

“我先前问过你们，可愿意跟着我，哪怕离开盛京，你们当时应了下来，如今我再问一遍。”宋灿看着两人，“如果你们不愿，那身契我归还你们，你们再寻东家。一旦应下来，我不希望再生事变，你们好好考虑清楚。”

两人对视一眼。

龙邦答话：“夫人，我们兄弟既已跟了您，那就是您的人，断不会反悔。”

“那行。”宋灿从衣袖里掏出个钱袋子，“龙泰你明日去购置辆马车，再去马市买匹马，都挑好的，暂且放在卖家那儿，隐秘些，这事不要声张。”

龙泰接过荷包，应下差事。

“龙邦，你明日随我出门。”

“是！”

宋灿见两人绷着个身子，不由得失笑：“好了，我不是那吃人的主子，你们只要好好办事，不会亏待你们的。”

宋灿一笑，两人也笑了，龙邦道：“是，能跟着夫人是我们的福气。”

“先下去吧，今后要是有何不懂可随时找挽翠。”

“是。”

第二日宋灿跑了一趟布坊，有些事还是当面说比较好。

几个掌柜听了要将铺子卖出去的消息都十分惊讶，同时也担忧起来，没了铺子他们去哪儿谋生？这世道找口饭吃不容易的。

不料宋灿接着道：“价钱的话可以商量，我只一个条件，铺子连同人都要买。"

有人问："夫人这意思是？"

"都是铺子里的老人了，辛辛苦苦付出这么多我都看在眼里，总要给大家留后路的。"

众人纷纷放下心。

勤政殿。

陈霄与卫凌站在殿外等候圣意。

陈霄见卫凌眼下发青，以为他是担忧今日之事，开口劝慰："虽说首辅大人是咄咄逼人了些，可圣上也不是那般不明事理之人，不用过多担心。

"邹正出身南阳，当年一路连中三元而被圣上看中，也是熬了十多年才坐到这个位置上，他在朝中的关系已是盘根错节，其中利害关系我一时与你也说不清楚，总之不好惹。"

邹正是什么人，卫凌当然知道，他原先没将邹正放在心上，没想到邹正竟一而再再而三地针对他，这里面已不是单纯因着那起"民告官"案了。

卫凌眯了眯眼，心里一下好奇起来，这里头到底有什么等着他呢。

"域川，明日你就好好在家里歇息，不必到大理寺上值了，我瞧着你今日有些不对劲。"

陈霄心想，到底是年轻人，一遇着事就找不着北了。今日他一到大理寺就瞧见卷宗室的门开着，问过才知道卫凌不知何时过来了，忙了这个又忙那个，一刻没停歇。

谁知，卫凌笑了笑："陈大人多虑了，我无事，大理寺事多，就不歇了。"

"真行？"

卫凌看他一眼："行。"

这边魏公公从殿内走出："陈大人，卫大人，圣上宣。"

宣帝让两人过来不过是做做样子，邹正逼得太紧，让他十分头疼。

卫凌在大理寺做的事其实并无不妥，只是一个人要是盯着你了，总能找到些细枝末节来大做文章。

比如这次，邹正言卫凌审问犯人时用了重刑，违背律法；卫凌审案时专权决断，证据不足就定案；卫凌擅自插手顺天府、禁军事务，越权越级。

又言陈霄作为大理寺卿明知少卿行为不端却不阻止，当为连坐。

"陈霄，你对此事有何解释？"宣帝问。

"圣上，臣以为少卿所为符合当朝律法，首辅言过其实。"

"那你就让朕这样答复邹正？"

陈霄一噎，半晌后才道："大理寺乃东夏朝最高律法部属，界限断定自然比首辅大人要权威。"

宣帝挥了挥手，懒得再理："陈霄，下回你直接去找邹正，等你们辩出个所以然来再来寻朕。"

陈霄："这……"

这时一直静默的人开口："首辅所求为何？"

"自是罢了你，还能为何。"宣帝吹了吹胡子，"要不是朕护着，你还能站在这儿？"

"他还说了什么？"

卫凌语气平淡，脸上表情不见变动，不知道的还以为他才是该坐在上面的那个人。

宣帝果然笑了："你自己做了什么你不知道？"

陈霄其实有些蒙，刚刚卫凌问那一句他都觉得心里一惊，这年轻人也着实大胆了些，竟敢这样对圣上说话。

不过更惊奇的是，圣上不生气？

他知道卫凌是圣上亲自安排进大理寺的，不过卫凌是长公主外孙，圣上关照些也说得过去，只是现在瞧着这宣帝哪里是关照，怕是对太子都没这样和颜悦色。

不管如何，陈霄也算放下心来了，卫凌有圣上护着不会出什么事。

陈霄禀了几句后就被请到外殿等着，皇帝单独召见卫凌。

"域川，你今日怎么回事？"

卫凌静了静，应道："昨夜没睡好，无事。"

"没事就好。"宣帝点头，"邹正这回来势汹汹，底下好几名大臣跟着附和，朕不知能保你到何时了。"

"邹正近期与太子关系如何？"

宣帝显然没想到这上头来，立时一怔。

"当初圣上是为压制太子才让臣去的大理寺，如今不过一月，臣就被如此针对，此事说不好另有内情。"卫凌侃侃而言，"邹正此人自诩清正，有文人墨客的风骨，而之前圣上又如此器重，可如今圣上身边有才之士越来越多，也并不是非他不可了。"

"邹正自南阳来，自是比不过世代久居盛京的王公贵族，别人要是想把他拉下来，轻而易举。"

宣帝接连点头，暗自思考一番后道："朕倒不知你想得这样深。"

"圣上，现下有两法，静观其变或引蛇出洞。"

"你想如何？"

"全凭圣上安排。"

宣帝听完伸出手指了指下面的人："你呀你，尽给我出难题。"

"臣不敢。"

"行了，还有什么是你不敢的。"

卫凌出门时陈霄还在，两人结伴回了大理寺。

大理寺杂事多，卫凌今日一反常态，事事亲为。

临近下值，寺丞王蔚见他还在忙碌，问："少卿今夜加值？"

"嗯。"

王蔚比他长上三四岁，倒是不怎么怕他，调笑道："这天寒地冻的，回家抱着媳妇躲被窝不比在这吃冷风强？"

卫凌翻卷宗的手僵了僵，瞬间恢复如常。

王蔚并未察觉："少卿若是不想回府不如同我们一块儿吃酒去，我约了工部丁大壮。"

他就随口一问，卫凌什么人，怎么可能和他们吃酒，于是等他听到那个"好"字时直接呆了。

小酒馆十分隐秘，从外面看不出什么来，里头却是别有洞天，王蔚吹嘘："这地方可是我找着的，家里婆娘绝对不会发现。"

卫凌踢开倒在他面前的凳子，眉头微皱。

"大壮，这儿！"王蔚扬了扬手。

果然有个小胖子跑过来，名副其实的"大壮"。

王蔚为两人介绍一番后即进入正题，店家送了几大瓶酒过来，将三个开口酒碗往桌上一扔就离开。

卫凌眉头越皱越深。

王蔚拿过酒，给三人各倒满一碗，举碗："来，喝了这一碗，咱们就是好兄弟。"

见卫凌没动，他又将碗递到卫凌手里，再次喝道："来。"

卫凌看着眼前还有些混浊的酒水，又看看已仰头饮尽的两人，没再说什么，也一口见底。

酒是凉的，灌进温热的喉咙居然让人莫名舒爽起来。

小酒馆的酒自是比不过府里存着的上好佳酿，不过这会儿卫凌品不出什么味道了，烈酒一下冲击着他，让他瞬间忘了好多事。

男人的酒桌上除了那几个话头也没什么了，王蔚、丁大壮两人抱怨完各自官务上的烦心事，开始说起朝中各个新鲜事，卫凌静静在一旁听着，时不时被问一句就应一句。

说着说着，两人已是半酣，王蔚开始诉苦："我家里头那个，比母老虎还要凶，要不是今夜她回娘家去了，我能出来喝酒？"

丁大壮说："我家那个倒是不管我喝不喝酒，只要别碰女人就行，要是被她知道，我得在院子里跪一晚。"

王蔚嘻嘻笑着，脸颊通红："少卿你家呢，你家夫人管不管你？"

卫凌苦笑了声。

她都想跟他和离了怎么还会管他，以前没管过以后也不会管了。

突然心里空荡荡的，许是酒喝多了，烧得他的心一阵一阵作痛。

"听说少卿家里的夫人是个美娘子，两人定恩爱得很，哪会像我们。"王蔚边说边给卫凌倒酒，"来，喝！"

卫凌这回没有犹豫，喝完那又浓又烈的一碗酒。

两人不再理他，继续说着家宅之事，鸡毛蒜皮的琐事此刻竟叫他听出几分羡慕。

他未参与，也参与不进去。

酒越喝越没有味道，似白开水。

他本就十分厌恶这会让人失了理智的东西，平常轻易不碰，可没想到现在竟要靠它度过一晚。

将军府里的人大多歇下，一路上冷风已将卫凌不多的酒意吹走大半，白泽在门口等着。

他问："事情都办好了？"

白泽："办好了。荷娘已经顺利下葬，不过荷娘屋子里什么都没有发现。"

"知道了。"卫凌捏了捏额头。

书房下的宫灯随风摇曳，不时一阵呼啸声从耳畔经过，格外凄厉。

卫凌慢慢往前走着，直到站在宋姒卧房门口。

白泽跟在身后，看着他站了足足一刻钟，正要提醒时只见他轻轻敲了门，然后推开，又合上。

宋姒早醒了，此刻正坐在床上看着走进来的男人。待闻到他身上的味道时，她急蹙起眉。

宋姒系紧了腰间的中衣带子，还没下床他已行至床前。

"二……卫凌，你这是做什么？"

卫凌，卫凌，她连装都不想装了。

眼前人发髻松散，未施粉黛，冰清玉润的小脸上一双清澈眸子望过来，望进他心底。他们说他家里藏了个美娘子，谁说不是呢，这天下还有谁比她好看？

可她的眼神跟早上时一样决绝，没有情，没有他，只想离开。

那是他生平第一次不知如何应对的场景，他能想到的方法不过是先把她留下。

他以为，不过一个女人，将她捆在身边又有什么紧要，她能反抗到哪里去。

可今日一整天，那些以往不曾注意的相处时光都跳了出来，似乎在提醒自己，她再也不是三年前那个宋姗了。那冷淡的眼神仿佛刻进了他的骨血，闲时会想起，忙碌时会想起，就连在勤政殿回话时他想的都是她。

二十三年，从未有一天像今天。

太不妥了。

他绝不能让任何东西干扰自己，宋姗也不行。

她想走，那就走吧，就当是她乖乖待在他身边三年的回报。

一个两个都走了，不差她一个。

卫凌从衣袖里掏出那已经皱成一团的和离书，在手心铺平，问她："你，只想要这个？"

宋姗看一眼纸，再看向他的眼睛，坚定道："是。"

卫凌笑了，走到妆奁前，翻遍上上下下几个匣子，没找到他想要的，又转身去翻衣柜，最后才终于在贵妃榻上找到笔，就着半干的墨，写下名字。

宋姗没料到他之前还言辞凿凿地说不同意，这会儿居然松口了。可闻着他身上的酒味，她又有些不敢相信："卫凌，你现在清醒吗？你知不知道你在做什么？"

"你不就是想走，我成全你。"

·第四章·
新的开始

一切已成定局。

宋妁第二天早上还是蒙的，不敢相信她从此自由了，那张皱巴巴的和离书现在就放在桌上，"卫凌"两字格外醒目。

宋妁捏了捏自己的脸，很疼，不过这份疼痛到底比不上心底的喜悦。

挽翠进来时就看见自家夫人抱着被子在床上"咯咯"笑着，不由得惊奇："夫人，发生了什么事？"

宋妁顾不得地上凉，跳下床，抱住挽翠，大声喊道："挽翠，我自由啦！"

"什么？"

宋妁刹那间想到什么，双手捏着挽翠的肩膀，极为认真道："挽翠，接下来才是最困难的时候，你要做好准备。"

"啊？我准备什么？"

她头一个担心的就是小娘，她违背对方的意愿走了这一步，最怕对方身子受不住，怕对方担心自己。

可她多想让小娘明白，她不难过，也不受伤，她很开心，开心终于能离开。

从此，卫凌不是她的丈夫，卫钰君不是她的小姑子，端容郡主也不是她的婆母了。

其次是肃清侯府。父亲若是知道了不知该如何生气，不过她既已走了这一步就已经做好所有准备，最坏的后果不就是断绝关系？她不怕的，肃清侯府除了小娘，已经没有她留恋的东西了。

最后便是悠悠众口。她三年前已经历过一遭，现在不还是活得好好的？何况她若是去了扬州，盛京的流言与她有何干系？

什么都不怕了，她也就强大了。

事情发生得太突然，许多事情来不及准备，当下最急的便是离开将军府，肃清侯府必是回不去，那便先在外面找间宅子。

宋妠让挽翠去将龙泰找来，将这件事与他说了。

"你记得，我们要一进的房子便可，并且只要一月，能立即住进去的，条件差点没关系。"

龙泰急急出门去。

房子、铺子、马车、人、银子……对，银子，宋妠问："挽翠，我先前让你把库房里的首饰什么的变卖了，库房里还有多少？"

"没多少了，夫人您上个月就让我做这件事，现在剩下的都是可以带在身上的。"

宋妠由衷夸道："挽翠，你可太让我省心了！"

"……所以夫人，到底发生了什么事，让您这样开心？"

宋妠用眼神示意她去看一边桌子上的和离书，挽翠顿时"啊"一声，止不住惊讶。

"小声些，让人笑话！"

这事没瞒多久，未到晌午宋恳就派了人过来，让宋妠回家一趟。

宋妠收拾妥当，先到了银安堂。

端容郡主自然不会说什么，倒是陈箸连连惋惜："阿妠，当真要如此吗？"

"大嫂，这三年多谢你关照，我铭记在心。"

"唉，怎么突然就变成了这样……"

宋妠想，不突然，她早有预谋，不过多番机缘巧合，老天关照，让她得以实现心愿。

"大嫂，又不是什么大事，往后我们还是有机会见面的。"

还不是什么大事，陈箸都不知道该如何说她了："域川也是，今天一早就来说要下江南，这好好的下什么江南，后来才知道他竟签了那和离书，你说你们两口子……哎。"

卫凌下江南了？

怪不得，怪不得今日出门时前院那样安静，连总会在书房门口守着的白亦也不见了人。

这实在是有些突然，宋妡一时分辨不出他是因为和离这件事而临时起的意还是本就是安排好的。

虽然明知她没了什么资格问，可她还是道："他……所为何事？"

"他哪会和我们多说，就简单提了一句，说是调任江南三省督察使。"

宋妡了然，是早就定下来的。

"你接下来怎么办，要回肃清侯府吗？"

宋妡摇了摇头，面向默默不说话的端容郡主："郡主，我许还要在府里叨扰两天，等收拾完即刻离开。"

端容郡主自是答应。

宋妡拜别两人，出发去肃清侯府。

站在四梅院前，宋妡犹豫了一下，拐向西边的栖院。

回到栖院才发现出事了，小娘还在睡。青姨说她昨夜一夜未眠，今日清晨才睡过去。

"青姨，到底怎么了？"昨夜那时候卫凌还没有回来呢，小娘怎么可能为此病倒。

青姨眼眶也红着，说话都有点哽咽："之前扬州那边不是许久没有消息，后来我们去了信，昨天晚上才收到回信，说是……说是老爷没了，老夫人不久后也跟着去了。

"你娘亲昨日收到信时咳了一帕子的血，我们都吓坏了。二娘，这可怎么办才好啊？"

宋妡僵在原地，喃喃自语："怎么会这样……"

"可找大夫来看过了？"宋妡抓着青姨衣袖，"小娘，小娘她……"

"大夫来过了，开了药。若不是吃了药，四娘她怎么可能睡得着。"

宋如连忙跑进屋内，尤四娘躺在床上，脸色苍白，眼角泪痕可见。

她一下慌了，握着尤四娘的手不放，小娘千万千万不能有事。

青姨跟着进门来，才想起什么似的："二娘怎么来了，我都还未来得及去寻你。"

现在让她如何去说这件事，宋如只觉命运捉弄人，若是扬州的信来得早些，她也会犹豫一下的，可偏偏这些事情都撞到了一起，让人不能选择。

宋如逼着自己冷静下来，现在小娘出了事，而小娘唯一能依靠的只有她，她不能先乱了阵脚。

思虑几瞬，宋如问："舅舅可还说了什么？"

"这……"青姨犹豫了一会儿，终究还是告诉她，"你舅舅说给老爷治病花光了尤家积蓄，让你小娘寄些银子回去。"

宋如深吸口气，才不至于被这个消息气得胸疼。

她原以为尤家是真心记挂小娘这个女儿的，她原也以为小娘回去后定会重新快乐起来的，可是现在她也明白了一点，明白小娘为什么阻止她不让她和离，明白小娘不让她带着她回扬州，因为扬州早回不去了。

宋如突然觉得一阵心酸，为了小娘的隐忍，为不知去向的将来。

"青姨，我今日来的事不要让小娘知道，这几天也不要让任何人靠近她，让她安心养病。"宋如看向青姨，脸上早已没了上午的激动与兴奋。

"二娘，这是为何？"

宋如没打算瞒着她："我与卫凌已和离，现在是回来寻父亲说清楚的，所以这事千万不能让小娘知晓，就算大夫人来找也推掉。"

突然间，身后一阵急促的咳嗽声响起。

宋如背部一僵，心里霎时灰暗。

小娘听到了。

宋如不敢回头，只听到她喊自己的名字："阿如。"

"阿如，你怎么这么傻啊？"尤四娘声音伴着咳嗽，心疼又无奈。

"娘……"宋如什么话都说不出来了。

"我都听见了，不用再瞒。"尤四娘想坐起来，宋如立即去扶，"你既已做了决定，娘亲自然不会再说什么，你是我女儿，我不护着你谁护着你？”

一滴泪从宋媋眼角滑落，滴到被子上，瞬间不见。

“你父亲现在怕是气坏了，你等会儿顺着他些，别给自己找苦头吃，知道没？”

“嗯。”宋媋不断点头。

“还是不行，我得和你去一趟。”尤四娘作势就要起身。

宋媋连忙按下：“娘，我去就行了，我不怕的。”

“都怪我不好，连累了你。”尤四娘叹道。

“娘，这怎么能怪您，是我执意要这样做的。”

“你接下来打算怎么办，将军府那边可还留你？”

宋媋踌躇了一会儿，道：“娘，我原本是想带您回扬州的，您现在还想回去吗？”

“不回了，你外祖父外祖母都不在了，还回去做什么。”

“那您可愿意跟着我出府？”

尤四娘摸了摸她的头：“娘都听你的。”

经了这一事她才知道，顾虑越多失去的就越多，父母已不在，她不想再失去女儿。

宋媋听完，瞬间又哭又笑：“好，我们走。”

四梅院里几人已经等得不耐烦，宋媋刚迈进一只脚宋恳就骂了起来，宋媋默默忍着，忍到宋恳说尽兴。

说到最后，宋媋只记住一句——

“我们宋家真是白养了你这个女儿！”

宋媋心里笑笑，果然是这样的。

“父亲，是女儿不孝，污了肃清侯府脸面，也没脸再见列祖列宗，女儿自请离府，从此各不相干。”

在场的宋恳夫妇与宋瑜夫妇皆是一惊。

宋恳拍桌而起：“你说什么！”

宋灿静静复述一遍。

“慧之，你听到没，她说要与我们各不相干！”宋恳实在气极，在屋子里来回踱步。

“父亲，此事是我一人所为，将军府不会怪罪肃清侯府，亦不会对两家世交产生影响，父亲不必忧虑。”

“你……”

宋恳刚要说话便被谭慧之截住：“阿灿，你都想好了？”

“是，我会和小娘一同离开，绝不会牵连侯府。”

“你小娘也要走？”宋恳满脸不敢相信。

宋灿看着他，字句清晰道：“对，小娘当年跟着您回来没有行纳妾礼，也并未上宋家名帖，没到官府备案，小娘一直是自由身。”

宋恳险些站不稳，连连后退，是宋瑜眼疾手快才堪堪将人扶住。

最后还是谭慧之做了决定：“阿灿，别怪我们侯府无情，你下面还有两个妹妹，留着你将来她们找亲事许是个问题。你既已做了决定，那便与你小娘离开吧，再也不要来寻我们。”

和离，因和而离，古往今来并不丢人，丢人的是那些以为丢人的人。

宋灿明白这个道理，可许多人不懂，她也没有心力劝他们懂。

这样是最好的结果，从此她与小娘两人，再没有顾虑。

南下一处密林里，卫凌三人下马休整。

卫凌靠在树底下，不知在想些什么。过了一会儿，白亦拿过来一个馒头：“郎君，吃些吧，还有半日路程才到落脚的地方。”

卫凌摇头，走到马前，一跃而上：“出发。”

白亦收回馒头，冲白泽露了个无奈的表情。

他是今晨才知晓要跟着郎君下江南的，急得连包袱都没收拾，他至今不知道为什么。

难不成是夫人提和离郎君生气了？

生个气要跑到江南去？

去就算了，为什么他也要去？

白亦认命上马，赶紧追上那个快得只剩影子的人。

傍晚时分，三人抵达奎平镇官驿。

官驿条件一般，他们出门出得急，卫凌惯常用的东西都没有带，白亦特地跟小二要了全新的被衾枕头，又到厨房亲自检查等会儿要给卫凌吃的菜。

白亦暗暗想，也就自己那么体贴了，以前都是白泽跟着郎君出来，郎君一定吃了许多苦。

回到大堂时，卫凌正和白泽说话："我们先到金陵，扬州和颍州你先派人过去探点。"

"是。"

"这一次不同以往，你看着手下的人，莫要让他们生事，以收集证据、打探隐情为主。"

白泽应下，卫凌又道："另外，我虽不在盛京，但盛京一切动静还是一样每日报过来。"

"是。"

等到两人说完了话，白亦终于能出声："郎君，我们这次去江南去多久？何时回盛京？"

卫凌抬起茶盏，睨他一眼："想回去了？"

"也不是，就是咱们出来得急，都没和夫人打招呼。"白亦剩下一半话没说，他怕夫人生郎君的气，夫人都提和离了郎君也不好好哄着，江南的事就这样急吗？

郎君也真是，明明不大一件事，非得弄成这样，他这个局外人一边看着都着急得不行。

白亦不知道昨晚的事，白泽却是知晓的。

昨晚从夫人房里出来，郎君整个人没了精气神，在书房坐了一个时辰后连夜进宫，天亮了才回来。

白亦去备马时白泽跟去了银安堂，这才知道原来郎君与夫人已经和离了。

而这一路奔波，他也没机会和白亦说这件事。

白亦还在自顾自说："夫人前几日还来问我有没有相熟的商家，我昨日寻了几个，正想着今日带给夫人见见的呢。"

"白亦！"白泽眼见郎君脸色变得阴沉，赶紧出声提醒。

"嗯？怎么了？"

白泽挤眉弄眼又摇头，白亦还是不懂，面向卫凌："郎君，有句话我知道不当讲，您骂我也好打我也罢，我还是要讲。定是那晚的事情让夫人一时冲动了，郎君您好好解释，哄一下夫人铁定没事，夫人把您放在心上我们都是知晓的。"

"白亦，莫要说了！"

忽然"哗啦"一声，卫凌站起身，直接转身回了房间。

白亦后知后觉："白泽，我是不是说错话了？"

"你呀你，你说你是怎么待在郎君身边这么久的，连点眼色都不会看。"白泽摇头，丢下一句，"郎君与夫人已经和离了。"

白亦：我完了。

晚饭时卫凌没出门，白亦端着饭菜进了房间。

卫凌平躺在床榻上，呼吸清浅，应当是睡了。

刚才白泽为防着他再说错话，已经将这几日的事都告诉了他，他听完只觉得一阵唏嘘，怎么也想不到短短时间里会发生这么多事。

他虽没办法去质疑郎君的决定，可他始终觉得郎君与夫人不必闹成现在这样子。

白亦看着睡着了还依旧皱着眉头的主子，心里叹息一声。按白泽的说法，郎君已好几日没好好休息了，今天又连着赶了一天的路，这会儿肯定累得不行。

白亦将饭菜与药丸放在桌上，轻声轻脚打算离开。

还没走到门口，卫凌就醒了："何事？"

"啊，晚饭做好了，郎君您要不先起来用些饭再歇息？"白亦谨慎道，"还有，今日十五，郎君该服药了。"

"知道了。"

白亦没走，卫凌只好再问："还有事？"

"郎君，那个……今日……我不知……"白亦不敢再提起。

"无妨，下去吧。"

"是。"

卫凌捏了捏眉心，下床就着水用了药，饭菜一口没动。

宋妁这几日忙上忙下的好似忘了和离这件事，只是在离开时回头看了一眼住了三年的地方，感慨良多。

三年前没想过今天，甚至几个月前自己还在"讨好"卫凌，如今物是人非，她再也不是他的妻了。

宋妁看了一会儿，挽翠进门来催促："夫人，行李都放在马车上了。"

"好，走吧。"宋妁收回眼，转身离开。

她没去银安堂道别，只是让人去知会了一声，去与不去没太大区别，也并不重要。

不过她倒是没想到会在琉璎轩门口见到卫钰君和袖礼。

"挽翠，你先过去。"宋妁交代一句。

卫钰君看见她走近显得有些局促，支支吾吾道："要不是袖礼硬要拉着我，我才不会过来。"

宋妁笑了下，蹲下身捏了捏袖礼的小脸。

"婶婶，你要去哪儿？"袖礼还没理解"分别"这个词，这句话也只是个单纯的问句，"娘亲说叔叔走了，婶婶也要走了。"

"嗯，婶婶要走了。以后袖礼要好好听娘亲的话，不要惹她生气，知道吗？"

"我从来不惹娘亲生气的！"

"是，袖礼最乖了。"

哄完了小的，宋妁站起。她不知卫钰君怎么会过来，不过看卫钰君那模样也不太像是来看笑话："三妹妹可是有话跟我说？"

"我能有什么话跟你说，我高兴还来不及呢。"卫钰君撇嘴，不敢看她。

宋妁又轻笑了笑："如此我便走了，三妹妹保重。"

"哼，该保重的人是你才对，免得外人说我们苛待你。"

宋妁没再说什么，离开琉璎轩。

在后门又遇到匆匆跑过来的秦奕娴，她气都没喘匀就说："表嫂，你别走！"

宋妁："慢些说话，不着急，我这不是还没走。"

"这几天我一直被祖母关在府里，今天大嫂不小心说漏嘴了我才知道发生了这些事，硬是跑了出来。"秦奕娴拉着宋妁的手，快要哭出来，"表嫂，都是我的错，你别和表哥和离好不好，我去求姑姑，你让我做什么我就做什么，只要你别和表哥和离。"说完话，泪水也落了下来，"早知道那日我就不去寻表哥了，那这一切都不会发生，都是我的错。"

这个傻孩子，自己都没哭她哭什么。

宋妁伸手擦去她眼角的泪："奕娴，不是你的错，你不用自责，是我和你表哥走到了这一步，不怪任何人。"

秦奕娴吸了吸鼻子："那就是表哥的错，我去找表哥，我让他道歉，我让祖母训他，表嫂你别走！"

他如今都不知道在哪里，谁又能找到他。这样也好，省得她这几日见到他不知说些什么。

"奕娴。"宋妁无奈喊了声。

"呜呜呜，表嫂，你不要离开。"

宋妁劝了许久，终于把人劝停歇。

"那表嫂你要去哪儿，要回肃清侯府吗？我们还能再见吗？"秦奕娴又问。

宋妁摇头："还不知道，若是有缘，会再见的。"

"嗯，表嫂你答应我的，要来找我。"

宋妁一时不明白奕娴是怎么将她的话曲解成这样，莞尔一笑："行，我答应你的。"

秦奕娴离开，几人终于能出发。

龙泰找的房子离将军府有些距离，一处在城西，一处在城东，过去花了点时间。

不过房子让宋妵很满意，干净整洁，作为临时落脚的居所已经非常不错。

将行李都归置好，宋妵依约到肃清侯府接小娘。

她们早在等了。

小娘今日看起来精神不错，虽不至面色红润但也比前两日好多了。

宋妵下了马车，正要往前走时忽然听见旁边路过的行人低语："这不是宋家嫁到将军府的二姑娘？听说和离了？"

"谁知道和离还是被休，这看着怎么从后门回府，多半是犯了什么错，夫家不要了。"

"哎，肃清侯府好歹在盛京城也有些脸面，怎么养出……"

话语飘远，宋妵不过僵了一瞬即恢复正常，继续朝尤四娘走去。

"娘亲，我们走吧。"

尤四娘离得远，并未听见那些闲言碎语，笑道："走吧。"

两人行李不多，椭翠帮着提过，几人往马车走。

宋妵回头看一眼，后面空空如也，别说父亲身影了，连个丫鬟、小厮都没有。

马车里，宋妵与她说着新屋子："我当初让龙泰只买一进的院子，没想龙泰用一进的银子买了两进的，这下好了，咱们也住得舒坦些。"

"龙泰是何人？"尤四娘疑惑。

宋妵简单解释了一番经过。尤四娘听完敲了敲她的头："好啊你，那么早就做了准备，还一直瞒着我。"

"这不是怕您担心嘛，何况那时候也不知什么时候能离开，告诉您也没用。"

尤四娘若有所思，自嘲般笑开："活了半生，没想到还能有这一遭。"

往后过的就再也不是那一眼望到头的日子了。

"娘，您别担心，我们能养活自己的。"

尤四娘看着女儿坚定的眼神，原先那些想法已消失不见："娘相信你。"

等将尤四娘、青姨两人安置好，宋姒打算与挽翠出趟门，将缺的必需物品买齐。

她身边没了随时可以用的下人，龙邦与龙泰又毕竟是三大五粗的男人，有些小东西还是得她亲自出门买。

"挽翠，我记着我原先是有几条面纱的，你可有带出来？"

"带了的，都在箱底呢。"

"找出来吧。"

这会儿关于将军府与肃清侯府散亲一事怕是已经传得尽人皆知，她总归在盛京待了二十年，总会有人识得。

她堵不住别人的嘴，只能遮自己的面。

一切收拾妥当，两人带着龙泰出门。

一逛就逛了许久，她现在入不敷出，买东西时要权衡的考量就多了，货比三家，又尝试着跟卖家讲价，一晃眼已是傍晚，身后龙泰拎了满手。

回家路上经过正阳大街那间临水的铺子，大门紧闭，不像是开门营业的样子。

宋姒困惑，不应当啊，按芷安那日说的，这家铺子的东家着急出手，又是低价，应是很抢手才对，怎么现在还未卖出去？

正想着呢，身后突然传来一道声音："卫夫人？"

宋姒下意识地回头，瞧见了萧珩壹。

她是戴着面纱的，他怎么还能认出自己来？宋姒又疑惑了，怪事一件接一件。

"萧公子。"宋姒没纠正他的称呼，浅浅一笑，"萧公子是如何认出我来的？"

萧珩壹愣了一会儿才道："我看着背影挺像，没想到还真是卫夫人。"

宋姒点了点头，一时不知该与他说些什么，两人也才见过一面，算不上熟悉。

倒是他主动开了口："卫夫人可还是想买这铺子？"

那日他特地让侍从去问了，卫夫人并不是这家铺子的东家，而是有意买铺子却又没买，听掌柜的意思应是一时凑不齐那么多钱。

“这间铺子我那日买了下来，如若夫人想要……”萧珩壹本想说送与她，可想起那日在布坊她连收一枚玉佩都收了许久，遂改了口，“若夫人想要，我便半价让与夫人，也算报答夫人救命之恩。”

宋灿惊得张了嘴，好在面纱掩着，外人应当看不着。

他怎么知道自己要买这间铺子，还要半价让给她？

可萧珩壹仿佛看见了她一脸讶异，笑容徐徐绽放：“夫人？”

“夫人不必多虑，我家中无人行商，铺子在我手中也是浪费。”

宋灿怔了一会儿才彻底明白他话里的意思，一时犹豫起来。一方面这间铺子让她一直很心动，现在她还有再买回来的机会，可另一方面，她和娘亲之后去向未知，买下铺子并没有用。

宋灿思考几瞬，说：“谢过萧公子好意，不过我一时半会儿还做不了决定，公子能否容我考虑两天？”

“自然，那后日此时天茗茶馆见。”

“好。”

萧珩壹望着她离开的背影，又看看伫立一旁的铺子，摇头笑了笑，没想到两人还有牵扯起来了。

侍从见他莫名扬起唇角，疑惑：“公子，您这一来一往的就损失了一百两还能笑出来？”

萧珩壹瞬间冷下脸，斥一句：“阿莫，你的话越来越多了。”

萧珩壹回到勇毅侯府。

萧老太太、萧夫人与大哥萧宁桓正在正厅等着他，他立觉不妙。

“祖母，这是……”

萧老太太瞥一眼下面的椅子：“坐。”

等萧珩壹坐定，老太太开口：“子微，你如今在大理寺如何？”

当初卫凌有意将他招到大理寺，他虽疑惑，不过回府后仍是找了父亲和大哥商议，两人一致同意让他到大理寺去历练，不然若明年的秋试落榜，那还要再等三年。

他第二日去了大理寺找卫凌，一切顺利得不像话，走完流程他便成了大理寺评事。

萧珩壹应："尚可，祖母何出此问？"

"那便成。"萧老太太莫名笑开，让萧珩壹一脸疑惑。

萧宁桓插了句："父亲不是让你把卫小郎君请到家里来，咱们好好谢一谢人家，怎么还不见人？"

"卫少卿调任江南三省督察使，此时已不在盛京。"

"好好的怎么就调任了，还调到江南去？"

这话萧珩壹就答不了了："不知，我也是那天一早上值得到的消息，十分突然。"

萧老太太不耐烦听这些，打断两人："子墨，你这还有两个月就要成婚了，该置办的都置办好了没？如今正巧子微入了大理寺，你那岳丈就是大理寺卿正，咱们切不可失了礼数。"

萧宁桓也不是第一回成婚了，自然有经验许多："都准备妥当了，祖母放心。"

老太太满意地点头，转向萧珩壹："你呢？"

"我？我怎么了？"萧珩壹蒙了。

"你这官职也有了，你大哥完了婚不就到你了？现在不准备起来要等我一只脚迈进黄土里再准备吗？"

萧珩壹终于懂了，这是在这儿等着他呢。

"阿莲。"萧老太太朝萧夫人喊一声，用眼神示意。

萧珩壹一转头就瞧见萧宁桓憋着笑，用一副同情的表情看着他。

随后下人们一个一个走进来，在厅里站成一排，"唰"一声，手里的画卷滑落，上头赫然是京中待嫁女子画像。

"好了，挑吧。"

萧珩壹瞬间头疼得紧，早知今日就不回来了。

萧夫人道："这些都是我与你祖母千挑万选选出来的，家世清正，模样也不错，你看看若是有喜欢的，咱们就让媒婆上门去探探。"

几双眼睛都盯在他身上，萧珩壹无奈，上前略略扫过一眼，装作可惜道："没有，都不是我喜欢的。"

"别人家像你这么大的孩子都会叫爹了，你偏偏一拖再拖。"萧老太太一气，杵了杵手里的拐杖，"你说，你喜欢什么样的，我将盛京城掘地三尺也给你找出一个来！"

萧珩壹听完脑海突然出现一抹身影，他立即觉得不妥，闭了闭眼将人移出去。

"祖母，缘分一事不能强求，何况我如今在大理寺还未站稳脚跟，不着急定下婚姻大事。"

"现在只是相看，又不是让你上门提亲，你看上人家了，人家还未必看上你。"

"既然如此，那浪费这么多时间做什么，到头来白费劲儿。"

"你！我是这个意思吗？"萧老太太恨不得将拐杖扔到他身上去，"阿莲，你看看你这个儿子，怎么那么让人不省心。"

"祖母，我是娘亲的儿子，也是您孙子。"

"你要气死我不成！"

气氛安静下来，萧珩壹上前去顺了顺她的背："祖母，再等两年好不好，我现在是真没心思。"

萧老太太气冲冲："我管不着你了，你最好孤独终老。"

萧珩壹开始哄人："那怎么能行，我将来还要给祖母生大胖重孙呢，生四个，一个给祖母捏肩，一个敲背，一个端茶，一个奉水，成不成？"

"哼！"萧老太太神色缓和下来。

萧珩壹长呼口气，终于过去了。

晚饭后，宋姗与尤四娘提了傍晚发生的事，省去萧珩壹这一段。

尤四娘认真问她："阿姗，你还想不想留在盛京？"

一个简单问题把宋姗问住，她从小到大没离开过这里，先前想和娘亲回扬州不过因为那儿是娘亲的家乡，现在不回扬州了她也没了方向。

这几天她一直拖着不去想这件事，可如今不得不面对。

宋姗看向尤四娘，忧愁道："娘，我不知道……"

"你这孩子，和离这么一大件事自己就拍板决定，现在去哪儿反而不知道了？"尤四娘嗔她一句。

宋姗靠近尤四娘，嘻嘻笑道："那不是现在有娘在了嘛，娘亲帮我决定。"

"阿姗，到哪儿去都会有不顺耳的声音，离开与留下各有好处，娘亲不能替你做决定。"尤四娘拍了拍她的手，"总之，阿姗在哪儿娘就在哪儿。"

这天晚上宋姗快到天亮才睡着，做出了决定。

一来娘亲身子不好，到外面去一路奔波不说，要是病情严重起来怕是找不到好的大夫；二来盛京城哪里都熟悉些，娘亲与她都会过得舒坦；再有便是盛京里舍得花钱的贵女比外面要多，她要是挣钱还是得在这里挣。

至于那些闲言碎语，再过一阵有谁还记得她，流言自会散去。

还有就是……将来许会遇上将军府与肃清侯府的人……

无妨的，宋姗劝自己，少出些门就是了，盛京城那么大，不会遇上的。

到了与萧珩壹约定那日，宋姗按时出门。

天茗茶馆是她常来的地方，到的时候萧珩壹已经在等了。

"卫夫人，请坐。"

宋姗今日依旧戴了面纱，在他对面坐下后道："萧公子前日所言还作数？"

萧珩壹亲自倒了茶水，递到她眼前："自然作数，包括那日在布坊的承诺，卫夫人若是有困难可随时来寻我。"

宋姗颔首，让挽翠递过一张一百两银票与那鹿头玉饰。

"确实有个请求，这是一百两，剩下一百两我便先用这玉饰顶了，三月内一定补齐。"

萧珩壹没想到她如此坚持，有些惊讶，再看过去，她露出来的一双眼睛里写满了不容拒绝。

他遂笑了笑："如此也可，铺子的店契我改日让人送到府上，敢问卫夫人夫家所居何处？"

这……

宋姒犹豫了会儿，说出现在的住址。

萧珩壹听完仔细想了想，在脑中搜索一阵，没找出这个地方，只能作罢。

"夫人是打算做什么生意？"

"绣坊。"

"绣坊？"萧珩壹不大懂得，"可是要请绣娘？"

"暂且先不请，我自己来。"

这回萧珩壹更惊讶了。据他所知，母亲与大嫂绣艺都极为粗糙，每年勇毅侯府的新衣都是托外面的成衣坊制的，要花好大一笔银子，没想到她竟是精于此道。

不过他又有些不能理解，她看起来不像是寻常人家的夫人，怎么还要亲自动手做这些事情？

想归想，他要是问出来那便是逾矩了。

"夫人真是心灵手巧。"

"萧公子谬赞了。"宋姒喝完那一杯茶，打算起身告别，"总之谢过萧公子，三月后我一定会补齐一百两还与萧公子。"

"不必着急，我暂且还不缺银子。"

宋姒点了点头，转身离开，没承想刚走不远就碰见了陈芷安。

陈芷安上来就是一通责骂："姒姒！你是不是没把我当朋友！"

她没让宋姒开口解释，又数落道："你说你，和离了也不告诉我，搬出来了也不告诉我，要不是消息传到我这里我还一直蒙在鼓里，有你这样做朋友的吗？要不是我还能找到龙邦，我都不知道你过的什么日子！"

"我过的什么日子，我这不是好好的吗，哪有你说的那么严重。"

宋灿边笑边劝她，“我是打算安定下来再去寻你的，你忙活成婚的事已经够烦了，就不多添我这一件。”

“再有下回，呸呸呸，没有下回了，反正灿灿你不要什么事情都一个人担着，要告诉我！”陈芷安仍旧气愤，“那个卫凌是不是做了什么对不住你的事？你跟我说，我去给你讨个公道。”

“芷安，你别冲动，他没做什么对不起我的事。”

“没做坏事和什么离，他都不知道他娶的是什么仙女吗？他有没有长眼，啊？你告诉我，还是他一颗心被猪油蒙了，瞎了眼？没事啊，灿灿你别难过，这天下也不是只有他卫凌一个男的，咱们不稀罕，也不稀罕将军府那一家子，个个面目可憎！”

陈芷安越说越过，越说越大声，茶馆一楼已经有人望了上来，宋灿赶忙阻止，拉着她往回走。

一个照面，萧珩壹正站在包间门口，脸上的神色已经不能用惊讶来形容了。

“卫……卫夫人？”

萧珩壹彻底忘记思考，他真是糊涂，这盛京城里有几家姓卫？

原来，原来她竟是卫小郎君的妻子，不对，方才她们说，她与卫凌和离了，她如今是孤身一人。

萧珩壹不知为何心底松了口气。

另一头宋灿则犯起难来，她还没解决手边这个呢，又来一个。在陈芷安眼光越来越暧昧前，宋灿赶紧道：“萧公子，这是芷安，大理寺卿正之女，不出意外将来也是你的大嫂。”

果然，两人的视线转移了。陈芷安不过惊讶一会儿就收起了方才那“泼妇骂街”似的豪放，恭恭敬敬地开口：“见过萧公子。”

而萧珩壹也是第一回见未来嫂子，端端正正回了个礼，随后视线再次落在宋灿身上。

宋灿觉得有些尴尬，萧珩壹方才必是听见了陈芷安这个大嗓门说的话，可她好像又没有什么义务与他解释，只好道：“萧公子，我们还有一事，先走一步了。”

"再会。"萧珩壹侧过身子，让两人通过。

待离了他的视线，陈芷安低声在她耳边说："妯妯，你觉得，我们俩做妯娌如何？"

宋妯："……"

十二月下旬，鸥寒雪酿，已是深冬。

盛京城昨夜下了好大一场初雪，宋妯早晨醒来时瞬间被眼前一片雪白惊艳。

她急忙跑到尤四娘的屋子，摇醒对方："娘，下雪了！"

尤四娘悠悠转醒："下就下了，大惊小怪。"

宋妯没管她，又跑出去，在一片平整的厚重积雪中留下自己的脚印，就这样走到了院门，回头看一眼，对自己的杰作十分满意。

尤四娘和青姨已经起了，这会儿正看着她在雪地里一蹦一跳。

青姨感慨笑道："二娘这模样就跟十三四岁时一样，像个小孩。"

尤四娘目光随着宋妯的移动而移动："是啊，越活越回去了，是个好事。"

这两个月来，宋妯完全变了个人。

两个月前那些愁苦早已消失不见，笑容多了，人也明媚了，看着比之前还要美上几分。尤四娘心想，还好她每回出门都戴面纱，不然还真不放心她一个人出去。

不止心态好了，人也瞬间成长起来，这个家里什么大小事都要她操持，小到柴火采购，大到开铺子，她都细细过问。

眼下她又开始操起心来了。

龙泰拿了扫帚过来打算扫雪，宋妯连忙阻止："别扫，就放着，咱们家人不多，踩不脏。"

她又道："龙泰，你等会儿去买些炭回来，我方才进娘亲屋子都还有些冷，你们的屋子也都烧上炭，别省着。"

龙泰应下。

宋妯又问："龙邦呢？"

"他一早就出门了，明日绣坊开业，今日还有些杂事收尾。"

"行，那我们等会儿过去一趟。"

吩咐完事情，她笑着朝两人走来："娘，早饭差不多做好了，我们先用饭。"

尤四娘挥落她肩头的雪，轻声呵斥："也不多穿件衣服，着凉了我可不管你。"

"着凉了我就赖在家里不出门。"

"你这孩子。"尤四娘宠溺一笑。

用完早膳，宋姒几人出门去了正阳大街的绣坊。

关于绣坊的装潢，宋姒没动太多心思，先前留下来的都还可以用，移了移位置，添了些新柜台和装饰，乍看之下和先前又有了不一样。

一楼用作售卖，二楼空着另有用处。

她原先想着只靠她一人，可后来这两个月她时间都花在刺绣上，加上先前在将军府就已完工的也不过几十件绣品，若是生意好这肯定是不够的。

她去信扬州联系了罗姨，问对方有没有绣娘愿意到盛京来，罗姨给她找了两个，不日就可抵达。她自己也在盛京找了两个，已经开始干活。

二楼届时应当会作为个小工坊，不过时间匆忙还未来得及准备，眼下先把铺子开起来再说。

绣坊里也不能只卖绣品，她通过张叔联系了布匹商行，亲自挑了许多质优价廉的料子，进店来的客人顺手也可挑挑。

这会儿各个货品都已上柜，井然有序。

龙邦正给门口的招牌挂上红绸，两个小二也在各自忙活，张叔笑眯眯地迎过来："二娘怎么过来了？"

宋姒第一回自己做生意，外人做事她不放心，用的都是以前的老熟人，连挽翠也当起小二来，到时就在店里招呼客人。

"不过来看一眼我不放心。"宋姒笑，"明日这雪也不知会不会停，若是还下着可能生意不大好，张叔你多备些热茶，炭也烧足，这第一天的可不能怠慢了进门的客人。"

"哎，早备好了，二娘放心便是。"

过了一会儿，张叔好似想起什么，有些担忧："二娘，咱们这铺子位置好，周围卖什么的都有，对街斜对面就有家布坊，我瞧着那边好像派了人过来打探，你说咱们明日开业不会遇着什么事吧？"

宋妡垂眸，这个她倒是没有考虑到，想了一会儿后走到门口，遥遥看了一眼斜对角的布坊，还好，有一段距离。

她回过身来朝张叔说道："无碍的，咱们这不是永兴巷，没有人敢生事。"

说是这样说，宋妡回家后还是叫来了龙邦、龙泰，让他们明日时刻不离绣坊，以防着真出什么事。

第二日，老天爱怜，是个大晴天。

雪渐渐化开，街上行人也渐渐多了起来。

龙邦在吆喝上有一套，不一会儿绣坊前就聚集了众人，吉时一到，宋妡这个老板揭了红绸，绣坊正式开业。

人很多，大多是看热闹的老百姓，转一圈就出门去，真正能交易的没几人。

宋妡没有为此而丧气，经她手的绣品从布料到做工都极为精致，她没再像以前一样贱卖，普通老百姓也不是她的目标，所以今日这景象才是正常。

但是她依旧很开心，跑上二楼找默默看着的娘亲，兴奋道："娘，您看到没，我们有自己的铺子啦！以后女儿就可以挣钱了！"

尤四娘看到她笑得这般烂漫，也从心底为她高兴："娘看到了，阿妡真棒。"

"那娘您先坐坐，我还得下去盯着。"宋妡话刚说完就跑下楼，带起的风轻轻吹起面纱一角，露出一张让人惊艳的脸。

宋妡急忙按下，收敛笑意，一本正经地走到柜台后当起小二来。

陈芷安很快来了，装模作样地拿起一张帕子，丢到她面前："小二，结账。"

"你凑什么热闹。"宋妠失笑，不过还是把帕子拿了起来，细心包装好，递给她，"姑娘，这是您的帕子，六两，这边结账。"

陈芷安也笑，让身边人付了银子，宋妠大方收下："我就当这是你送我的开业礼了啊。"

"你看我是这么小气的人吗？"陈芷安不屑，又去挑了几方帕子，"我正好多买几条，到时候见到别家贵女就送一送，这一来二往的，你铺子的名声也大些。"

宋妠感动地握起她的手："谢谢芷安。"

"不谢不谢，别的我也不能为你做什么了。"

"不过芷安，我还是得再叮嘱你，你千万千万不能说漏嘴，我不想让那些人知道我还在盛京。"

陈芷安嘟了嘟嘴："我嘴严着呢。"

宋妠莞尔一笑，问："再过几日你就得完婚了吧，一切都妥当了？"

说到这个，陈芷安脸一下羞涩地红了起来，不敢看她，说话都娇柔许多："早准备好了。"

"嗯，往后一切一定会顺顺利利的。"

"妠妠你也是。"

虽是十二月，扬州倒是暖和许多，阳光和煦。

卫凌正坐在一处茶肆内，看着街外来来往往的人，不知在想些什么。

不多时，一穿着蓑衣戴着笠帽的男人走进来，卫凌立马起身，脸上也扬起笑意："师父。"

千玄先是解了笠帽放至一旁，随后才睃他一眼，淡淡道："跑扬州来了？"

千玄年约四十，模样像个普通人，却是个实打实的剑客。

外人只听得"千玄"名号，却鲜有人见其真面目，自然也没有人知道千玄如今已定居扬州，膝下有个小女儿。

卫凌也是后来才知道师父已经定了下来，他以为师父会一直执剑走天涯，于红尘中留下一抹艳丽痕迹，没想如今竟要隐退江湖。

两人来往书信不多，上一回已是一年前，卫凌这次一来就给他去了信，才有今日一见。

"师父……怎么如此装扮？"

"还不是家里那个闹腾的，今日一大早就要我陪着去钓鱼，还非得给我弄这身行头，说是想看看'孤舟蓑笠翁'到底怎么样，她娘整天就给她教这些。"

千玄满嘴埋怨，眼里却都是宠溺，卫凌看得一惊。

这还是他眼中那个不苟言笑的师父？

千玄上下打量他一阵，道："你怎么瞧着一点没变，不是说娶了亲？媳妇没跟过来？"

卫凌一愣，这才想起之前是与他说过这回事，当下也没有解释太多，只应了个："没有。"

千玄也不是真想关心他家务事。两人回归正题，卫凌解释道："师父，我这次来明为督察使，监察百官，实为查清金陵至颍州漕运一事。"

"不为皇帝办事了？"千玄先问了句。

卫凌摇头，又点头。

千玄没看懂，自顾自道："当初我就不同意你进那什么鬼屁梅花卫，你说你才学了多久功夫就要去干那些刀口舔血的活计？这么多年你小命能保下来就应该多去佛祖面前拜拜。再说了，我教你功夫就是让你到处去杀人的？"

"宣帝并不是暴虐之人，死的也大多是为非作歹、祸害一方的人。"

千玄："你这就是被人当了刀使。"

卫凌哪会不知，他早已是皇帝手里一把锋利的刀。那时候他只想着让自己强大些，机缘巧合下进了梅花卫，一路走过来跌跌撞撞，走到了今日。

卫凌沉默不语，千玄也没再揪着不放："如今既当了正经官员就好好做，不比躲在暗处要好？"

"师父你倒是变了不少。"卫凌笑了出来，师父以前都是让他滚远点，现在还会关心人了。

果然下一句："滚。"

气氛轻快起来，卫凌给他斟了茶。

"伸手出来。"千玄嘀嘀咕咕，"我一身医术你不学，偏偏要学功夫。"

卫凌伸出手放在桌面上，千玄细细去探他的脉搏。

过了一会儿，千玄才面色凝重道："我不是让你每月十五吃一次药，没吃？"

"吃了。"

"那怎么还这样。"

卫凌没敢应。

他自小身体不好，那两年跟着千玄时他就已经察觉出来他不合适练功，可他非要学，于是千玄便一边教功夫一边给他调理，后来回家后仍是一月一服药。

只是……他这些年耗用过多，一枚药已起不了多大作用。

他知道，也能承受。

千玄这头一想就能明白，开始破口大骂，骂到最后只有一句："在扬州多留会儿，我想想法子。"

千玄："你就是来给我找气的，比家里那个磨人精还事多。"他边说边起身，走到门口回头看了一眼。

卫凌一人孤身坐着，他竟看出些寂寥之意，有些不忍，道："明天来一趟家，你师母给你做吃的。"

卫凌笑开："好。"

千玄走后，白泽进门来："郎君。"

"说。"

"明日扬州知府邀您共进晚宴。"

"推到后日。"

"是。"白泽应下，又道，"今日盛京来信，首辅邹正分别见了工部尚书与户部尚书，似是对您此行目的有了怀疑。"

卫凌抬起茶盏抿了一口。

白泽继续道："另外，将军也见了户部尚书。"

卫凌瞬间皱起眉心，卫海奉又在里面掺和什么？

"说了什么？是要拉拢将军府还是要探我的消息？"

"都有。"

卫凌陷入思考。白泽便等了一会儿，接下来这条消息他有些犹豫，把不准郎君的态度。

这两个月来他从来不敢在他面前提起夫人，白亦这个门没把嘴的后来又说漏两回，每回郎君都不见生气，就是身边气息骇人得紧。

不过这还是第一回盛京递来了消息，白泽斟酌一二还是道："夫人那边……"

原本还在认真思考的人一下看向他，目光凌厉，让他停住了下半句，待重新开口前，又听到卫凌说："她的事不用告诉我。"

"……噢。"白泽愣了，刚刚郎君那瞬间的反应可不像是不想听的样子啊，真是不懂。

等汇报完事，三人在街上寻了家酒楼用饭。

白亦感慨："扬州除了小些瞧着与盛京差不多，十分繁华。"

白泽也说："是，而且这边民风开放，听说晚上的街道也异常热闹，没有宵禁。"

两人聊着扬州风土人情，卫凌静坐一旁没有接话。

聊着聊着，白亦就有些不记着事，说："听挽翠说，夫人外祖父是扬州通判，我也偶尔听夫人提起过扬州，夫人做的扬州菜也是一绝。"

白泽恨不得敲醒白亦，郎君方才跟他说了不想听有关夫人的事，白亦这就上赶着说。

白泽在底下踢了踢白亦的脚，白亦终于反应过来，瞬间捂住嘴。

空气静寂了一会儿，冷着脸的人问："你怎么知道她做的扬州菜好吃，你吃过？"

"吃……吃过啊，以前夫人送饭菜来书房，您常常不吃，就让我与白泽吃了的，您忘了？"

卫凌沉默了，心里不知为何越来越不舒服，闷得他喘不过气。

那些都是她亲手做的？为何他从来不知道？

这两个月每晚入睡前她都会出现在他脑海里，怎么压也压不下去。

白泽每天会汇报盛京发生的事，他每次听完都隐隐有些失望，却不知缘由。

直到今日……今日白泽提了她的消息，他又不敢听了，心底莫名害怕。她现在应当是离了将军府，有没有回肃清侯府，若是没有，那会不会……

"白泽，后日知府宴请，把通判也叫上。"

"是。"

千玄一家住在扬州城郊，依山傍水，风景怡然。

虽是冬日，门前树木仍旧翠绿，几棵蜡梅竞相开放，墙根处是一簇一簇花白水仙。

卫凌只一眼就想起宋奾来，她那小花园也种了许多花，听白亦说她每日早上都会去浇水修剪，从不假手于人。

他远远看过一眼，都是他不认得的品种，被她照料得极好，来年应是满园春色。

花草长势喜人，却没了主人。

卫凌掩下情绪，往里走去。

还未走到门口，就被个三四岁的小女孩撞了满怀。小女孩仰着头看他，软糯地说："你就是那个小子？"

"冉冉，莫要无礼！"师母凌意从炊烟袅袅的厨房走出来，牵过冉冉，"是域川吧？快进来。"

卫凌施了个礼："师母。"

"哎，快进屋去，外头冷。你师父上山去了，说你好不容易来一趟，要给你弄点好吃的，看时辰也快回来了。"凌意笑道，"你和冉冉先玩会儿，等饭好了咱们就吃饭。"

凌意说完又去叮嘱脚边的小不点："不许闹哥哥，听到没？"

"嗯，不闹。"

可凌意才刚走，冉冉就展开双手，站在他面前不动。卫凌不解，没有动作。

冉冉跺了跺脚，不满道："抱！"

卫凌顿时怔住，他向来不喜孩子，哪里抱过小孩？

将军府如今只有袖礼一个小辈，可他不常回府，与袖礼相处的次数一只手都可以数过来，袖礼又自小懂事，从不会对他提什么要求，更别说摆脸色了。

眼前这个小孩一脸坦然，仿佛抱她是多么天经地义的事情，卫凌哂笑，弯下腰将人抱起。

抱起来后他又是一愣，小孩都这么轻盈吗？

"哥哥，爹爹为什么叫你小子？"怀里的小人双手围着他的脖子，说着软乎乎的话。

卫凌一下子也心软起来："你爹爹胡说的。"

"噢。"冉冉看着眼前俊俏的人，再次发问，"哥哥，你是从天上来的吗？"

"嗯？"

"你比爹爹长得好看，就像娘亲说的神仙。"

卫凌哭笑不得，下意识想揉一揉她的头，手伸到半空又顿时僵住，脸上的笑意渐渐褪了下去。

"哥哥，爹爹上山去了，他说要打只小狐狸给我玩。"冉冉一点不见生，不断分享着她的喜悦，"今晚娘亲还会做鱼鱼，都是昨天冉冉和爹爹在湖里打的噢。"

"嗯。"卫凌淡淡应了句。

两人走到屋子里，卫凌将人放在小椅子上，冉冉问他："哥哥，你不开心吗？"

小孩最是敏感，大人不经意的一举一动他们都能察觉。

"哥哥，我爹爹不开心也像你这样。"

冉冉有模有样地学起来，双手握拳，唇角下拉，眯着眼皱起眉，甚是搞笑。

卫凌终于忍不住，再次扯唇轻笑："没有不开心。"

"嗯，那哥哥你来和我玩。"

卫凌"被迫"和冉冉玩了一会儿过家家，门外传来千玄的声音，冉冉立即丢下手里的小玩具跑出去："爹爹！"

于是卫凌便看到那个十年前心狠手辣、冷血无情的剑客化为绕指柔，蹲下身，用手里还活蹦乱跳的小狐狸不断哄女儿，两人咯咯笑声不断。

凌意从厨房里出来，站在一旁看着两父女玩闹，脸上幸福之意满溢。

彼时日落余晖犹存，浅浅薄薄洒在一家三口上，似他小时候看过的画卷，其乐融融。

他终于第一次明白宋姍的心境，且不论母亲外人如何看待，她心中应是想要个孩子能陪着她吧，她是不是曾憧憬过这一画面？

可惜他没能，也无法如她的愿。

凌意转头看见了站在门口的人，扬手招呼："域川，你过来呀。"

卫凌一走近，冉冉就指着小狐狸说："哥哥你看，爹爹给我打的小狐狸。"

千玄抬头看了他一眼，随后将小狐狸递给冉冉，拍拍她的小肩膀："好了，冉冉自己和小狐狸玩一会儿。"又对凌意说，"野鸡我让村头王大婶帮处理干净了，你看着做就行。"

两人走到院子里的小石桌坐下，千玄问："昨日你说要调查金陵至颍州漕运一事，可查出什么来了？"

"有了些眉目。"卫凌没避讳，"漕运一直是江南三省输送漕粮至盛京的重要途径，可近三年来频频出事，不是粮食被劫就是运到盛京的粮食出问题，一次两次绝不是巧合，只是司农卿一直大事化小，小事化了，传到圣上口中就是什么都没有发生。

"机缘巧合下我查了一回司农卿，顺藤摸瓜摸到了漕运这个出口，加上盛京发生了些事，圣上即派了我过来。"

千玄一边听一边点头，随口问了句："盛京发生了什么事？"

发生了什么事……卫凌怔忪片刻，回答："那些人怕是发现了这个苗头，极力打压我，圣上便与我想了这个法子，虚为屈于权势，实为釜底抽薪。"

"需要你亲自来一趟？"千玄笑，"这不就是大材小用了。"

卫凌有些不自然，轻轻咳了声："此事可能会摸出大鱼，不得不谨慎些。"

千玄没察觉他的不自然，开始回忆着："扬州漕运是有些蹊跷，而且扬州几个大户富得流油，我要不是答应了你师母要金盆洗手，那劫富济贫的事也可以干。"

卫凌颔首："不止扬州，金陵更甚，金陵光郭氏一族就盘根错节，牵扯极深。"

"是，若是毒瘤，一定要拔。"千玄正经起来，叮嘱他，"你记着，皇帝对你再好，你也不过是个外人。你当了他左膀右臂那就得承受可能会带来的后果，知道得越多越危险，要是一旦牵扯根底，你就是那个随时可弃的棋子。"

卫凌掩了掩眸："我知道。"

从一开始他就明白自己不过是个工具，不过既是工具，可以向外，那便也可以向内，他丝毫不惧。

"我这边也有不少人脉，你看有什么需要可以随时来找我。"

"是，谢谢师父。"

两人说完话，凌意那边也做好了饭菜，四人随即开饭。

只是一上桌卫凌就愣了，桌上赫然放着一道翡翠鱼丁。

凌意见他盯着翡翠鱼丁看，顺手给他夹了一筷子："域川可是喜欢吃鱼？这是你师父昨日刚打的，放清水里养了一天，正是鲜美。"

"不错，扬州的鱼你在盛京可是想吃都吃不到。"

冉冉也凑热闹："娘亲做饭可好吃了，哥哥你快吃呀。"

卫凌夹过一块鱼，轻轻咀嚼着。

味道和她做的相差无几。

凌意问："味道如何？"

"好吃。"卫凌评价，"师母这道翡翠鱼丁入口即化，口感极好。"

"哎？你怎么知道它叫翡翠鱼丁？你吃过？"千玄好奇地问。

凌意笑着替他答："域川都来了扬州两天，吃过多正常。"

"也是。"

两人本以为这话题已揭过去，却又突然听到他说："内人外祖乃扬州人士，她会做上几道扬州菜。"

凌意"呀"了一声："这样巧？那域川怎的不与她一起回来，过来几天探探亲也好呀。"

他却不说话了，只默默吃饭。

吃到后来冉冉已经在凌意怀里睡熟，凌意轻轻晃着，手背轻柔拍打。

千玄见卫凌视线不离冉冉，调笑道："怎么，想生一个了？"

"师父你知道的，我不能要。"卫凌依旧看着冉冉，语气没什么情绪。

"也不是不能，只是……"

"只是生出来的孩子可能会活不成，还会累及母体。"卫凌主动接了他的话，"所以，我不能冒险。"

在他知晓宋姒身体不好时，他除了惊讶其实还隐约有些庆幸的，庆幸没让她有孩子，不然她定然会受不住。

为了一个孩子而让另一人置于危险中，他断然做不到，无论那人是不是他的妻子。

"还不是怪你自己，你说你要是好好吃药，按照我说的去做哪会是今天这模样。"千玄指了指他，"活该你无后。"

千玄这话说得重了些，随后自己叹一声："你说，你们一家不是将军就是少将，你那母亲又是个什么主，不愁吃穿不愁银两的，怎么还养出你这个病秧子。"

卫凌以前也不明白，现在却是懂了。

他就不是卫家子孙，又怎么会同卫海奉与大哥一样强健。

不过此事仍旧不清楚，听芩城人说，荷娘不是刚搬到那里就带着病的，也就是说他的病不是荷娘带给他的。

那么只有找到那个他还不知道是谁的生父，这一切才会有答案。

待吃完一口饭，卫凌道："师父，这事说来话长。"

千玄摆摆手："那便不说了。"

凌意听千玄提过这回事，这会儿开口问道："你夫人知不知道这回事？"

卫凌望向她，摇了摇头。

"这就是你的不对了。"凌意沉了脸，"你们成婚了两年还是三年？不论多久你都应当与她说清楚这件事，一个女人不能传宗接代你可知她承受了多少压力？我们这些小地方尚且不容易，何况你们那些高门大户。"

凌意又问："她可有埋怨？"

卫凌又摇头，宋姝从来不会说不，就连每回的避子汤都是乖乖喝下，如果不是后来她说要和离他都不知她如此介怀。

"那你可有宽慰一二？"

卫凌依旧摇头。

"域川，你这样怎么可以？你们是夫妻呀，她顾虑着你，顾虑着你父母，默默忍下了这么多，你当知道珍惜。"凌意话语里已经有些激动，"若是以后真没有孩子，你让她后半辈子如何过？她唯一能指靠的除了你还有谁？若是你都与她离了心，那她得有多难受。"

千玄及时出来打哈哈，拍了拍凌意的肩膀："好了好了，人家两口子的事就让他们自己去解决。"

凌意一把甩开："你别在这儿说风凉话，当年若不是我主动些，你打算耗我到几时？你们男人总是这样，自以为是，做什么都只顾着自己，随意践踏别人的付出，当初就应该让你长些教训。"

几人说话有些大声，冉冉在凌意怀里转了个身，嘴里哐了几下。

凌意狠狠瞪了一眼千玄，抱着孩子起身往里间走。

千玄无辜被波及，恼恨地看向卫凌："都怪你这小子，没事给我找事。"

卫凌这会儿思绪正乱着，没理会他的愤怒。

千玄已找了纸笔出来，厉声道："你若是还想让你师父我好过就立刻写信，写明缘由，道歉，马上寄回去！然后给我有多远滚多远。"

卫凌盯着那纸看了一会儿，然后才抬起头望向他："师父，太迟了，她已经走了。"

回到落脚的地方，卫凌叫来白泽："今日盛京有没有来消息？"

白泽便将今天收到的消息如数禀报，说完站在一旁静候吩咐。

等了一会儿没等到他说话，白泽想着应是无事了。

"那郎君早些安置。"

正待出门，一道低沉的声音传来："昨日最后你要说什么？"

白泽想了一圈才明白他问的是什么，应话："盛京来信，说夫人在正阳大街开了间绣坊。"

少顷，卫凌问："她如今住在哪里？"

"住……住在芳华巷。"

"没回肃清侯府吗？"卫凌其实已经听清楚，可仍旧问了一句，像是确认什么。

"按信里的意思，夫人是没回肃清侯府。"

卫凌点了点头，又问："可还有其他消息？"

"没了。"白泽揣摩着他的心思，"郎君，之后可需要每日汇报夫人的事情？"

卫凌似是认真思考了会儿才说："不必，你们忙该忙的就行。"

"是。"

"萧珩壹如今在做什么？"

白泽顿时有些犯难，萧珩壹不过是郎君走前临时安排的一个人，他们自然不会主动去跟踪汇报他的一举一动，这会儿只能答："来信并未提及。"

"好，他毕竟是经我的手才进的大理寺，让他们盯着些，有事及时禀报。"

"是。"

第二日晚间，卫凌按时至扬州最大的酒楼赴宴。

扬州知府谭甫，三年前从盛京调任至此。

谭甫一见到卫凌就格外热情："许久不见，小郎君如今真是青出于蓝而胜于蓝了啊，卫家尽是人才辈出。"

卫凌此前未听过谭甫此人名号，后来一查才知他是邹正手底下的人，这就有意思起来了。

"谭大人谬赞了。"卫凌拱了拱手，"域川初来乍到，还请谭大人多多关照。"

"自然自然。"

谭甫一一介绍到场众人："这是金业成，咱们扬州的皇商，那是宣统领，管辖扬州守备事务，盐运司副使，通判……"

卫凌一直颔首致意，待介绍到通判时倒是认真了几分，好像没听清，问了一句："可是尤通判？"

几人皆是一愣，谭甫笑道："小郎君这是认错人了，尤通判三月前过世，现在任职的是李明。"

卫凌眼中惊疑瞬间按下："原是如此，我见百官名帖上仍旧是尤通判，当是更新未及时。"

"是，小郎君山发时我的奏折应也刚送到盛京，这才有了今日误会。"

"敢问尤通判因何过世？"

话一说完底下便有几人神色微变，随后谭甫遗憾道："说是痨病，病情来势汹汹，老尤一个没撑住就去了，我们当时得知消息都吓了一跳。"

卫凌点头表示了然，没再追问。

卫凌此行名为监察地方百官事务，在场几人变着法地讨好奉承，桌上尽是美酒佳肴，旁边伴有歌舞器乐，奢华程度丝毫不亚于宫廷盛宴。

不过谭甫几人很快碰到了硬骨头，卫凌滴酒不沾，他们无论如何敬酒都被他淡淡推却。

宣统领脸色不豫，大声道："卫使这是不给我们大家伙面子不成？"

卫凌看过去，眼神平淡："喝酒误事，宣统领身上担着护卫扬州百姓安危的重任，应当深有体会才是。"

"是是是，喝酒误事。"谭甫吩咐一声，"来人，将酒全部换成茶，今夜我们便以茶代酒，欢迎小郎君到扬州来。"

待换好了茶，谭甫与酒楼老板交换了个眼神，老板即刻带着几名姑娘进门。

一女子身姿婀娜地走到卫凌身边，卫凌当即蹙起眉头，移开女子落在他肩头的手："谭大人这是做什么？"

谭甫回以一种大家都懂的眼色："小郎君好不容易来一趟扬州，何不体会体会一番'瘦马'的滋味？"

几名女子容貌姣好，身段娇小，气质不凡，一看就是养来讨好达官贵人、地主富商的。

金业成一边附和："春宵一刻值千金，过了今晚怕是小郎君都不记得家中夫人姓甚名谁。"

站在他身后的女子脂粉味呛人，卫凌十分不耐，随便找了个借口："谢过谭大人好意，只是卫某家里管得严，今夜无福消受了。"

谭甫自然看出了卫凌眼中的嫌弃，挥一挥手，几名女子有序退下。

他心里气得很，这卫凌年纪轻轻摆的谱还挺大，几次驳了他的面子。谭甫暗忖，是他自己不想好过，那就不怪他使绊子了……

一顿各怀目的的晚饭结束，卫凌看着谭甫与金业成结伴离开的背影，若有所思。

"白泽，去查查尤通判到底是为何过世的。"

"是。"

开业第五天，绣坊生意越来越好，甚至已有公侯府家的姑娘专门派了丫鬟来选购。

这天宋妁依旧在铺子里帮忙，客人多起来时人手便有些不够用。

罗姨给她找的两个绣娘已经到了盛京，现在暂时住在家里，好在当初龙泰找的房子够大，多住两人不成问题。

只是这样终归是不成，宋妁打算着等一切安定下来就把二楼收拾收拾，争取早日把作坊开起来。

这会儿她正低头对账，与之前看陪嫁铺子的账册不同，现在每一笔交易记录都会让她激动，心底都是安全感。

"二娘。"挽翠轻轻唤了声。

宋姗从账册中抬起头，看见了站在门口的萧珩壹。

这段时间她偶尔会遇见他，大多说上一两句话，几回下来两人也熟悉了许多。

铺里都是姑娘妇人，他没好意思走进来，宋姗便迎了出去："萧公子怎的有空过来？"

萧珩壹解释："方才有事去了一趟顺天府，正好经过，瞧见你开业了，来道一道喜。"

"萧公子有心了。"宋姗温柔笑着，不忘自己的生意，"来都来了，萧公子不若进来挑一挑，送侯夫人或心仪的女子都可。"

萧珩壹听了深深看她一眼。宋姗霎时以为自己说错话了："我说笑呢，萧公子能抽空过来我已非常高兴，不敢多耽误萧公子公务。"

谁知萧珩壹倒是没理会，已经踏步走了进去。

萧珩壹四处看了看，最后在一个荷包面前站定，转头问她："这是你绣的？"

"是，不过这个款式用来送给女子不大合适。"

眼前这个既是荷包，也可用作香囊，暗青色布料，压金刺锦，仙鹤纹样。这是她原打算绣给卫凌的，后来绣到一半就搁置下，直到要开铺子她才重新拾起来，他若是不要那就用来卖钱。

"无妨，就这个吧。"

宋姗没再劝，让小二包了起来。

"萧公子如今在做些什么呢？"趁着等待的时间，宋姗闲话一两句。

"大理寺任职。"

大理寺……

宋姗急忙换了话题，笑道："明日便是你大哥成婚，现在侯府应当热闹得紧吧。"

自然是热闹的，热闹到他不敢回家。萧珩壹见她眉眼弯弯，心情也好起来："娘子与大嫂亲同姐妹，明日可会去送嫁？"

"去的。"宋姗看向他，为了避免不必要的麻烦，还是多嘴一句，"不过萧公子，此事我不希望外人知晓，包括这间铺子。"

“娘子放心就是，我会保守秘密。”

小二将包好的荷包送了过来，萧珩壹接过，告别离开。

两人正走到门口时，听得店里一妇人大声嚷嚷起来：“你们家这是卖的什么料子，以次充好，我这还没穿一回就勾线得不行，你们掌柜的呢，出来给个说法！”

宋妣也是一愣，没料到有人突然发难。

“大家快过来看看啊，这就是我前日在这里买的布料，今日刚穿上身就被勾了一大片，你们说说，质量这样差还卖一两银子，这不是黑心商家是什么！”

铺子里几名客人都走近去，甚至门外也有人被吸引了过来。

萧珩壹见状问道：“娘子可需要帮忙？”

“不用，萧公子快去忙公务吧。”

“真不用？”

“不用，不过是污蔑抹黑，我能处理。”宋妣这么一会儿也想明白了，开业直到今天都平安无事，没想这一遭还是来了。

“那行，若是真有事那便报官，我与顺天府现在还算熟悉。”

“好。”

屋内那妇人还在吵闹，已有客人摸着她拿过来的布料，跟着道：“啊，这布料外头一层看着还行，怎么里面质量这样差，还真是以次充好啊！”

“谁说不是，你们说，我一两银子挣得容易吗，他们拿这个钱不怕晚上鬼敲门吗？”

宋妣挤到里头，也摸了摸那料子，顿时放下心。这绝不是从她家卖出去的，绣坊里的布匹都是她亲自去挑选，她又是第一回做这事，谨慎得不行，不可能会出现这种差错。

宋妣再抬头看了看引事的妇人，衣裳稍显陈旧，发饰只一支簪子，手中老茧无数，不像是能花一两银子买布匹的人。

她心中已有判断，倒也不怕事了。

“这位大娘，你说这家布匹不好，我们也不敢买了，这附近哪儿还有好料子可以买？”宋灿隐在人群里问了句。

“对面的料子就极好。”这妇人脱口而出，又补充，“二里外有家齐氏布坊也不错，总之都比这里好。掌柜的呢，怎的还不出来？”

宋灿笑了笑，走进仓库寻到张叔。

张叔早已听到外面动静，只是被宋灿一个手势先叫到了仓库来。

“张叔，我不便出面，这事你来解决。首先，在咱们家买的东西我都让你们给了细据，你问那妇人要细据，她若是给不出你便问她是何时何地买的，和她对一下账单，到这里也差不多了。若是她还是不服，你不用与她多说，直接报官，咱们官府见。”

张叔领了命，急忙出去。

不消一刻，事情顺利解决，那妇人夹着尾巴离开，围观的人还帮着说了那妇人几句。

绣坊重新恢复正常，张叔却担忧道：“二娘，这不是明显有人来闹事吗？”

“是，今日只是一小闹。”宋灿冷静许多，“你且看着，过两日他们知晓了我们应对的方法说不定还会派一个更精明的人过来，变着法地钻我们的漏洞。”

“啊？那怎么办才好？”

宋灿笑了：“张叔，好歹你也做了几十年的生意，还怕这些不成？”

“是我糊涂了。”张叔摸着脑袋也笑了笑。

“咱们生意做得越大越好，红眼的人也会越来越多。张叔你记着，咱们身正自然直，我不是时时刻刻都在铺子里，你叮嘱小二们莫要偷懒，别让外人有可乘之机。”

“哎，我一定好好看着他们。”

宋灿交代两句便回了家，她这些日子忙，给芷安专门做的喜帕还差一点才能完工。

第二日一大早宋灿就跟着陈芷安的侍女从陈府后门进了她的闺房。

陈芷安天没亮就被扯了起来妆发，这会儿头正一点一点往下掉。

屋里除了两个丫鬟和一个妆娘就没了旁人。

宋妁走近去，"芷安。"

陈芷安瞬间清醒："妁妁你来啦！"

"嗯，我来了。"宋妁走到她身后，看着已经敷完粉描完眉的人，啧啧赞道，"没想到我们芷安这般好看。"

陈芷安从镜子里看她："好啊你，是来笑话我的是不？"

"哪能啊。"宋妁拿出那帘喜帕，"你的嫁衣不用我操心，我就只好自己做个盖头了，你莫要嫌弃才是。"

陈府备好的喜帕就放在妆奁上，两相一对比，即刻看出宋妁用了多少心思。

陈芷安当然不会嫌弃："妁妁，谢谢你。"

宋妁搬了个凳子坐到她身旁，问："你娘亲呢？"

"她早上来过了，现在不好再来。"

陈芷安与她同为庶女，陈芷安的小娘也不过是寻常人家出身，陈府女儿出嫁，该操持的是当家嫡母，妾氏当回避。

宋妁点点头，握住陈芷安的手，感慨："今日过后我们芷安就不是姑娘了。"

"怕什么，若是过得不好我也变回姑娘去。"

"你胡说什么呢。"

"我没胡说，你不知道我多羡慕你的勇气。"

"好了，不许说这些，不吉利。"宋妁道，"我瞧着萧家应当是好相与的，萧家大郎与萧家都会对你好的。"

"嗯，但愿吧。"

两人说过几句话，宋妁起身要走："等会儿你母亲该来了，我先离开，你房里突然多了个人解释不了。"

陈芷安拉住她："妁妁你别走，我让侍女带你出去。今日府里来了些客人，人很多，不会有人发现你的。"

宋妁还是犹豫，陈芷安挽留："娘亲不能出来，我就你一个好朋友，我不想身后没有人。"

宋妁一下心就软了："好，我不走，我看着你出嫁。"

侍女给宋妁寻了处僻静的地方待着，待到日头稍正，迎亲的队伍就来了。

新郎在岳丈家吃过简单的酒席便到闺房去接人，宋妁远远看着。这萧家大郎与萧珩壹有几分相像，甚至多了几分老实，宋妁放下心来。

陈芷安走了出来，头上盖着她亲手做的喜帕，在门口停顿一下，随后转头朝她望过来。

宋妁瞬间红了眼眶，明明什么都看不到却还是给了她一眼，仿佛确认自己在她才能走得安心。

她心里默默想着，芷安啊，你一定要好好的，不要像我这样。

喜娘几声吆喝，萧家大郎牵着她的手去往正厅，宋妁跟在人群后。

正厅里新人拜别父母，三跪九叩，一片喜意盎然。

宋妁不免想起她与卫凌刚成亲那日，她也是在这样的氛围中出嫁，一路顺顺利利，她在喜房中等到接近亥时，她的夫君终于回来了。

那时候她也是个女孩，心里只有满满的羞怯，不敢正眼看他，于是自然错过了他眼里的冷意。

礼毕，新人出门，宋妁不再回忆。

宋妁依旧跟在后头，只是她没料到会碰到陈箬，一下有些慌乱，可此时再往后走就显得异常突兀了，只能硬着头皮往前。

她该想多些的，陈箬与陈芷安有些关系，是陈芷安名义上的堂姐，陈箬会出现在这里再正常不过。

陈箬与身边人的说话声传来。

陈箬道："这萧家大郎已是二娶，不知芷安嫁过去会是个什么情况。"

那人接话："就算是二娶也是芷安高攀，你操什么心。"

"表姑哪能这么说，咱们陈家的女儿嫁在外头自然要过得好才对。"

"是是是。"那人显然不想再说这个，转而问，"阿箬，你们将军府的卫小郎君不是和离了嘛，他可有再娶的打算？"

宋妁心里"咯噔"一下，想转身走却被后面的人挤得更往前去，不得不听她们继续讨论。

"卫凌"这个名字已经在她的生命中消失了两个月，这会儿听见了分外陌生。

陈箬摇头又叹息："他有没有打算我哪知道，人家和离第二天就下了江南，联系都联系不上。"

"下江南总会回来的，我是问郡主可有准备？"那人声音小了些，"我夫家有个姑娘待嫁，模样周正，知书达理，特别不错。"

"表姑！你怎的还打主意打到我头上了。"陈箬轻声喝道。

"我就问问，你就说郡主是不是要物色新儿媳了？"

陈箬点头，母亲从域川与阿妙和离第二日就开始捣鼓这件事了，不过她没什么兴致，好几回躲了没去银安堂。

"表姑，这事不是我能决定的，我劝你也不要期望太大。"母亲要的可是像奕娴那样的姑娘，寻常人家她哪里会看得上。

"不用你做什么，你就在郡主面前透个消息，若是这事成了，那咱们就是亲上加亲。"

陈箬答了什么宋妙没再听清，新人已行至门口，在一片锣鼓喧天中起了轿。

喜轿一走远宋妙就迫不及待要离开，她一点都不想再听这些与他有关的事情，端容郡主要如何，卫凌要不要再娶都不关她的事。

可她刚转身，陈箬也转了身往回走，并且瞧见了那个似曾相识的背影，急急唤一声："姑娘！"

宋妙霎时僵在原地，她知道陈箬并无坏心，可旁的人未必存了善意，人言可畏她不得不防。

她现在的衣饰、发型都刻意改了以往的习惯，现在又掩着面纱，按理说陈箬不会认出自己来。

宋妙抬步即走，不料陈箬大步追了上来，挡在她面前。

随后宋妙从她眼里看到了惊讶，宋妙暗道不好，轻轻摇了摇头，低声说："夫人认错人了。"话刚说完人就跑开。

那名唤作"表姑"的妇人已跟上前来，望着宋妙离开的背影："怎么了？可是认识的人？"

陈箸缓缓收回眼，惊讶神色也掩下，笑道："没有，认错了。"

阳春三月，风软蝶身轻，万物复苏之季。

盛京城近郊，几匹骏马疾驰而过，路边野花微扬。

将军府里，一下人脚步急促往银安堂走去，到之后便在外头唤了两声，端容郡主正在小憩，齐嬷嬷出来呵斥："怎么这么毛毛糙糙的，什么事？"

下人恭敬答话："嬷嬷，二郎要回来了。"

齐嬷嬷"呀"一声，连忙转身回屋。

端容郡主亲自到了门口迎接，等了一会儿，街尾有马蹄声传来。齐嬷嬷兴奋朝端容郡主道："回来了回来了，二郎这一去就是半年，消息也不传回来一个，这下郡主终于可以放心了。"

端容郡主脸上布满喜色，说出口的话却有几分埋怨："他这是怪我呢。"

"二郎总有一天会知晓郡主的良苦用心的。"

"但愿吧。"端容郡主问，"派人去知会将军了吗？"

"去了，厨房也在备菜了。"

"行。"端容郡主满意地点头。

马匹声越来越近，两人都探出头往外看去，没一会儿，两人看着孤身而回的白亦都傻了，齐嬷嬷问："郎君呢？"

白亦亦有些愣，坐在马上挠了挠后脑勺："郎君先进宫了……"

勤政殿里早已屏退众人，只卫凌与宣帝。

宣帝看着风尘仆仆而来的人，难得放下帝皇威仪，客套一句："辛苦你了，这一趟不容易。"

"这些都是臣应当做的。"卫凌从怀里掏出这次南行的案卷，亲自交到宣帝手中。

宣帝翻看的间隙里，卫凌三言两语地解释："金陵至颍州的漕运确有蹊跷，而背后操控之人就是邹正。"

宣帝视线一直在案卷上，脸色越来越沉，最后"啪"一声重响，案卷被丢在龙案上，散落各处。

良久，空旷大殿响起宣帝压抑着怒气的声音："是谁给他的胆！"

卫凌沉默一会儿："尚不能确定。"

"呵呵。"宣帝突然笑了起来，"邹正是朕一手扶起来的，如今坐到了这个位置还不满足吗？他想要什么？想要朕这个皇位吗？"

卫凌自然不会应这话，在底下静静待着。等到皇帝怒气过去，他才道："圣上，东海至西洋诸国的商运许也有问题。海外贸易历来难管，不成一体，没有规制，商户与官员可以钻的漏洞非常多。扬州原通判就是发觉了一些海外贸易异常的苗头而被灭口。"

东夏朝此前重农抑商过于严重，宣帝上位才逐步改变这一状态，只是到底初起步，许多地方都不成熟，造成了如今混乱的局面。

一波未平一波又起，宣帝若是身体差些，此刻怕是顶不住。

"户部卢之光？"

"海外贸易只是户部一个小分支，卢尚书未必知晓此事。"

"哼！"宣帝重重拍桌，"他不知道，那他这个官是怎么当的，躺着就拿俸银吗！"

宣帝深吸口气，看向下面的人："域川，若不是你，这东夏江山被人挖了根底都不知啊！"

"圣上严重了。"

"也怪几个皇子不争气，若你是朕的儿子，那今天朕还何须操这些心。"

皇帝能说自己儿子的不是，卫凌却不能置喙。过了会儿，宣帝问："依你之见，此事该如何处理？"

"臣听从圣上吩咐。"

宣帝扶额认真思考几瞬，随后走下龙椅，走到卫凌眼前，一派真诚："这事还是要交给你，别人来做朕不放心。"

卫凌没说什么，应下来。

出了勤政殿，卫凌吩咐白泽："准备准备，明日出发南清城。"

"南清城？郎君，我们要出海吗？"南清城是东海最大码头所在地，亦是东夏海外贸易的起点。

卫凌点头。白泽心里瞬间不是滋味了，他们奔波些可以不在意，可郎君这半年来哪能好好歇过一日，好不容易能回了盛京，怎么又要去那么远的地方。

"郎君，您要不再歇两日吧……南清城非得明日就去吗？"

卫凌转头看了一眼马不停蹄跟着他回来的人，此刻眼底倦意掩盖不住，遂改了口："那就后日。你好好休息，出发的事情交给白亦，他不与我们一起去。"

白泽：我不是这个意思啊！

卫凌一踏进将军府就被请去银安堂，一家人明显等了他许久。

卫海奉锐利的眼光直直看向卫凌，最后到底没说什么，吹了吹胡子。

"域川回来了，母亲，那我们用饭？"陈箬道。

"用饭。"端容郡主牵过卫凌朝饭桌走去，问话，"怎么这次出门这么久，以前不都是一两月吗？"

卫凌答了一句："事情比较多。"

"事情再怎么多也要好好照顾自己，我瞧着你瘦了不少。"

卫钰君也说："嗯，二哥脸上看着都没肉了。"

袖礼长大一些，也跟着一起，这会儿正站在卫凌旁边，身姿端正。

身前的椅子对他来说还是有些高度，陈箬刚想把人抱起来就看见卫凌一个伸手，袖礼已经稳稳当当坐在椅子上。

"谢谢叔叔。"袖礼乖巧地道谢。

随后一家人终于见到那个一进门就冷着脸的人露出笑意："不谢。"

可让几人惊讶的事还发生在后头，袖礼碗里的菜没了，卫凌就不经意补上，而且夹的都是小孩爱吃的菜，连鱼刺都挑好才放进碗里。

卫凌抬头才看到几个人皆一脸讶异地看着他，想了一瞬就明白，他都忘了，这里不是师父家。

在扬州那段时间里，他几乎没事就到师父家去吃饭，冉冉黏他黏得不行，饭桌上"伺候"人这一套已经被她训练得极为熟悉。

他起初觉得非常别扭，可他一个不愿冉冉就闹，闹得师父师母都不再帮他。

于是到最后，小孩爱吃什么、不能吃什么，他一清二楚。

这会儿袖礼坐在他旁边，他不知为何就自然做起这些事来，大概是冉冉与袖礼年纪相仿吧。

意识过来，卫凌便只顾默默吃饭了。

端容郡主高兴得不行，怎么出去半年自己这个儿子还有人味了？

她笑眯眯将自己眼前一道春芹碧涧羹移到他面前："你不是自小爱吃这个，来，多吃些。"

吃到一半，端容郡主笑道："你大哥那边来了信，说是再过一月就会回京。这下好了，咱们一家可以团圆了。"

说到这个，陈箬脸上也有些喜色，卫舒在外面好几年，她等了那么久，终于等到头。

卫凌点头，应了句："大哥那边战事早就结束了，是该回来了。"

端容郡主趁着气氛好，说："域川，娘给你挑了些姑娘，你等会儿看看可好？都是娘千挑万选选出来的，连你外祖母都说好，你一定会喜欢的。"

卫凌顿时没了吃饭的心思，放下筷子，看向端容郡主，无奈说道："母亲……"

端容郡主自是知道他不会那么容易妥协，当初一和离就离开，显然心里放不下，不过这都过了半年，什么事都该忘了，她不会再随着他的性子来。

她及时打断："你先别说不，无论之前如何，你将来都不可能不娶妻生子，娘也不逼你，这回就挑一个你喜欢的，成不成？"

端容郡主说完撞了一下身边的卫海奉，说："你倒是说句话啊。"

卫海奉立即沉声："不错，男人成家立业，你总要有一样能成。"

卫凌不想再听，站起身："我后日接了圣命要出发南清城，就不耽误别家姑娘了。"

"域川你!"端容郡主看着卫凌离开的背影,气不打一处来,捶了捶卫海奉,"你说你这个儿子是不是生下来气我的!"

琉璎轩依旧是老样子,卫凌站在书房门口,往后院那道拱门看去,看了一会儿。白亦出来叫人:"郎君,热水备好了。"

卫凌这才移开眼,往书房去。

沐完浴,卫凌坐在桌子旁看南清城及周边城市舆图,旁边还有些关于海运的卷宗。

接近亥时,白亦端了安神汤进来:"郎君,夜深了,您用碗安神汤就歇息吧。"

在说到安神汤时那人抬了头:"谁煮的?"

白亦将汤放好:"是之前夫人给的法子,我看您今天累了一天,想着喝一碗会好睡些。"

卫凌眼神有一瞬的空洞:"知道了,出去吧。"

"是。"

过了大概半个时辰,白亦见里面没了动静,便打算进去收拾收拾,可推开门他就愣了。灯火通明,卷宗翻开着,唯独没了人影。

而同时后院卧房里,卫凌拿过火石点燃蜡烛,原本幽暗的房间一下明亮起来。

入目是空空荡荡、整整齐齐,好像从没人住过。

半年,什么气味都没了。

窗台上两株牡丹早就落败,枯枝下垂,了无生机。

卫凌走到妆奁前,伸手抽开一个镜匣,里头什么都没有。不远处是一样空落落的床榻,看不出她曾经在这里住过三年的痕迹。

他又走到衣柜前,打开一看,中间一层还堆放着些衣物。他眼中闪过一抹亮色,却又瞬间熄灭,都是他的衣服,有关她的全部衣物已带走。

他现在才明白,她总是很贴心。他虽在后院歇息的次数不多,可他的东西从来都一样不差,那些他也许并不会穿的衣服也都熏了香。

此刻熟悉的衣物早已没有熏香,他翻了几下,忽然瞥见一件没有见过的衣服，拿出来后才发现那是一件还没做完的冬衣，几个大口子明显是被利器所毁坏。

卫凌突然笑了，刹那间全明白了她的不甘与恨意。

秋日做的冬衣，她从那时候就想着离开了。

卫凌摸着上面细密的祥云绣纹，想起好几回她兴高采烈拿着做好的衣服到书房找他，他大多匆匆瞥一眼就让白亦收下，未曾去细想她熬了多少个日夜才做出来一件衣服，也未曾看见她眼里的失落。

他的衣服太多，他也从来不在意穿什么，现在想想，那些她做的衣服竟不知都放在了哪里。

白泽说她开了绣坊，是啊，她有这样出色的绣艺，开间绣坊是绰绰有余。

她从此会为许多人制衣，却唯独不会为他了。

卫凌将那件破烂的衣服放回原位，合上柜门，离开。

第二日一早，长公主府。

长公主现在看见卫凌仍旧一股子气，憋了半年，现在终于可以发泄出来："你跟你娘一样糊涂，一件小事就闹和离，你还同意了，你说你是不是早就想再娶一个？我是这么教你的？你们卫家就是这么教你的？"

卫凌今日来是有事，没料到长公主劈头盖脸就是一通骂，等骂得差不多，他辩解一句："我不会再娶。"

长公主震惊地看过去，一脸不可置信："你说什么？"

"我不会再娶。"卫凌重复一遍。

长公主气得急忙给自己按人中，卫凌见状连忙走过去："外祖母，您没事吧？"

长公主渐渐缓和下来，看着他坚定道："我不同意，你母亲也不会同意的。"

"我知道。"

气氛安静下来，长公主恨恨地看他一眼："罢了，娶不娶的再说，有生之年只希望你别再气我了，我见你一次得少活几年。说吧，来干吗？"

卫凌从衣袖里拿出那方绣了"慧华"两字的帕子，长公主只看一眼就险些没坐稳。

那是荷娘的帕子，她再熟悉不过。

长公主冷静片刻，道："你这孩子怎么还惦记这事，我不是同你说了，没有这回事，你就是我的外孙，是端容的儿子！"

"外祖母，我今天不是来求证这件事的，先前忙，没来得及告诉您，荷娘过世了。"卫凌看着她，平静道。

"过世了……什么时候的事情？"长公主掩饰得再好还是没忍住她那发颤的声音。

"半年前。"

长公主侧过头，良久都没有说话。

这件事她瞒了二十多年，没有一个人知道，唯一知情的荷娘也早已离开了盛京。

她给了荷娘一大笔银子，足够荷娘安稳过完下半辈子，怎么现在居然先自己一步离开了……

"你见过荷娘了？她说了什么？"长公主的声音一下子老了十多岁，气息不稳。

"没来得及见最后一面，只在屋子里找到了这个帕子。"

长公主摸着手里的帕子，眼眶红了起来。

过了许久，长公主长叹了一口气，他现在查到了这一步，自己已是瞒不住。

"荷娘自小跟在我身边，是我看着长大的孩子，与端容情同姐妹。那年端容生产失利，生了个死胎，荷娘怕她伤心过度，求大夫提前催产，然后将你抱给了端容，这才有了今天。"

屋子里静得出奇，卫凌默默听着，像是在听别人的故事。

好一会儿，卫凌终于开口："所以我从小身体不好？"

"是，不足月又天生带着病，我们当时都以为你活不过来，后来用人参吊了几个月才把你从鬼门关给救回来，"

卫凌点头，又问："我生父是谁？"

"是个寻常人，早已被打发走了。"

"外祖母，您还是不愿与我说实话吗？"

"你不信？我拿这种事骗你？"

卫凌不知道该不该信。他活了这么多年从未怀疑过自己的身份，直到那封莫名其妙的信递到他这里。他查不出是谁给的信，可怀疑的种子一旦生根发芽，那破土而出只是早晚的事情。

直到他找到荷娘，那个躺在棺木里的女人，和他有着相似的眉眼，他才彻底信了，卫海奉说得不错，他真的不是卫家子孙。

他查了半年，查不出亲生父亲是谁，他从未有过如此挫败。那段时间里他一度以为有人在戏耍他，可第二日醒来就明白过来，这一切都是真的。

"外祖母，我早晚会查出他是谁，您何不早点告诉我。"

长公主看向他，又叹气："域川，知道这些对你没好处。卫海奉与端容都不知道这件事，你永远会是将军府的小郎君，是我长公主的外孙，你还有什么不满足？"

卫凌沉思片刻，道："外祖母，现在我知道了这件事，又怎么能装作不知道。"

"你这份固执真不知道是跟谁学的。"

长公主到最后还是不愿说，今日这一趟也在他意料之中，他自己慢慢查便是。

从长公主府出来刚好晌午，卫凌在门口站了片刻，转身朝背向将军府另一边而去。

白泽还暗自纳闷呢，没一会儿见到"正阳大街"四个大字，全部了然。

绣坊在正阳大街中间，两人走了一会儿才看到那个招牌。

白泽没留意眼前人停了下来，正要超过他时被一双手拦下。

白泽顺着他的视线看过去，一眼就看到了在铺子里招呼客人的宋灿，她正拿着一条襟带，认真地给眼前女子介绍，时不时掩嘴。

虽然有段距离，可他看了两眼就发觉夫人变了，不论面容与装饰，即使戴着面纱也能看见那笑意荡漾在脸上，是以前从没见到过的。

白泽小心用余光去看身边人，只见郎君脸色平淡，看不出什么情绪，只是一双眼睛会随着里头人的移动而移动。

这半年里他也不是什么都看不懂，夫人仿佛就是郎君的禁忌，别人说不得提不得，可郎君自己又时常拐弯抹角地问她的消息，要不是他机灵点，怕早不能跟在身边了。

他不知道郎君对夫人到底是一种什么情感，总之，他觉得十分不对劲。

郎君这又是何必呢，如果早知现在会是这模样，以前为何不对夫人好一些，当初又为什么要签那张和离书。

白泽还在这伤感呢，身边人突然一个急转身，他一抬眼就看到宋灿往外看的动作，当下也立即背过身。

“郎君……要不我们进去看看？”白泽小心翼翼地问。

卫凌已重新看向绣坊，过了一会儿才答他：“不了，回吧。”

他还哪有什么资格去打搅她。

来年春天的时候，宋灿的第二家铺子开了，离正阳大街有些距离，规模也小些。

如今的宋灿比先前有经验许多，再经营一个铺子已不在话下。

这天忙完，宋灿与挽翠顺道去了一趟集市，打算将今日和明日的菜都买齐。

挽翠看着她挑完了蔬菜又去挑肉，不时与菜摊老板讲讲价，一副乐在其中的模样。

等两人终于出了集市，挽翠笑道：“二娘，您现在买菜是比我还熟练了啊。”

“那哪能啊，我可比不上你，咱们家吃饭都靠你和青姨呢。”宋灿也笑。

一年多下来，日子越过越平稳，宋灿现在的生活就围绕着两家店转，她觉得平淡而又满足。

两人在日落前回了家，未进门就听见了陈芷安的声音，逗得尤四娘呵呵乐。

宋灿放下手里的菜，嫣然一笑："呀，萧少夫人怎么有空来了。"

陈芷安瞥她一眼，又转回头对尤四娘说："伯母，您看她，这成日也不知道在外头做些什么，自己的事一点都不操心。"

"我在外面做的自然是正经事，反倒是萧少夫人，你还是不要随随便便出门去才好。"宋灿看向她微凸的小腹，"你这孩子才四个月，别出了什么事。"

尤四娘嫌她不会说话："胡说什么呢，我看芷安这一胎稳得很，一定是个大胖小子。"

"我倒希望是个女儿，漂漂亮亮的小女孩多惹人喜爱啊。"陈芷安话里隐有遗憾。萧宁桓先前已经有了嫡长子，她的孩子生出来虽也是嫡子，但到底是争不过人家的，还不如女儿来得让人欢喜。

"不论是儿子还是女儿，都是咱们的小心肝。"尤四娘道。

"是。"陈芷安双手自然护着小腹，"都是小心肝。"

宋灿看了一眼充满母性光辉的人，收回视线，浅笑道："芷安好不容易来一趟，看来今天我得亲自下厨了。"

"快去快去，我等着吃呢。"陈芷安连忙挥挥手赶她走。

等宋灿去了厨房，两人神色都凝重起来，陈芷安问："伯母，您说灿灿怎么这样沉得住气？都这么久了，她不着急？"

尤四娘自然知道她在说什么，叹道："着急？我看她是一点没放在心上，我每次提起来要给她相看，她下一刻立马想起事来，不是账没对就是货有问题，我能怎么办？"

"她一个姑娘家，一点没有姑娘的模样，我看她现在是掉在钱眼里了，除了挣钱什么都看不上。"

日子越过越好，尤四娘就越来越愁。自家女儿相貌才情，她自然不用担心，可外人不会这么看，一个和离了的女人，年纪一年一年长，最后还有谁要？

"我今日来也是为了这事，妯妯不可能一辈子都一个人过的。"陈芷安凑近尤四娘，低语，"我瞧着我夫家弟弟就十分不错，我想想法子看能不能把他们凑一对去。"

两人"密谋"一阵，宋妯那头已做好了饭菜，三人开始用饭。

陈芷安吃了几口饭后就开始说："妯妯，过两日勇毅侯府有个赏春宴，你要不要一起来？"

"不去。"宋妯想也没想就答。

陈芷安料到了她会这样说，毫不气馁："妯妯你届时就是我远房表妹，当作去散散心也成。春天来了嘛，咱们也该出去走走。"

"是呀，听闻萧家老太太最爱养花，这次赏春宴还拿出来许多名贵品种，错过这回就没有下回了。"

"娘您怎么知道这些？"宋妯好笑地看向两人，"好了，你们都别劝了，我不去。"

陈芷安又说："没有什么外人的，都是些年轻姑娘，不会有人认出你来。"

宋妯放下筷子，无奈道："芷安，你到底想做什么？"

"我还不是为了你，你说你不是往铺子里跑就是在家里刺绣，这一天天的都闷坏了，不只我看不过去，伯母都心疼得不行。"

尤四娘配合地点头。

许是陈芷安神色动然，宋妯脸上终于显现出一丝犹豫，陈芷安拿出撒手锏："这样，你去，我就买你十条帕子。"

宋妯没想到她为了让自己出门竟如此大方，遂低声笑了："好，我去，萧少夫人的钱不赚白不赚。"

晚上睡觉前，宋妯突然想起件事，披了外衣走到尤四娘屋里："娘，我有事与您说。"

尤四娘还未睡下："怎么了？"

宋妯坐到床边，说道："娘，我觉得咱们现在只卖绣品和布料有些单薄，我想再拓宽一下商路。"

尤四娘还以为她半夜过来是有什么事，没承想是说这个，一时无语又心疼。

"阿姗，你是个姑娘家，咱们现在的钱够用，你用不着这样拼。"尤四娘劝道。

宋姗何尝不知道，可是她除了做这些还能做什么？起码做这些的时候她觉得很快乐，是以前从未有过的满足感，那种全靠自己实现愿望的感觉真是太妙了。

而且她想要的还不够，她要换一个大房子，让娘亲住得更舒服；她想给娘亲吃最好的药，让娘亲的病彻底痊愈；她希望身边跟着她的人都能过得好，挽翠也得嫁人了，她还要给挽翠准备一份大的嫁妆呢，现在拥有的远远不够。

"娘，您不用担心，等一切都定下来，我就不管事了，每天陪着您种种花养养鱼，好不好？"宋姗紧接着话锋一转，"不过现在我还是想多做一点。我前两天几乎走遍了盛京大大小小的布坊、成衣店，发现他们都没有毛毡制品。

"我以前就听罗姨说过扬州毛毡帽十分出名，可毛毡帽在盛京是闻所未闻。之前我特地与曹娘子打听了，说是毛毡不仅可以用来做帽子，还可以做小玩意、衣裳，老百姓们都非常喜欢，我想着我们在盛京做这个的话必然是先占商机的。"

尤四娘二十多年前就已经离开了扬州，倒是没听过毛毡帽这个东西，想来是近些年才流行起来的。

"娘亲不大懂，不过你既然觉得可以做，那便放心去做好了，娘亲支持你。"尤四娘看她这认真模样也知道大概是劝不动她收心了，"不过，后日的勇毅侯府赏春宴你还是要去的，千万别忘了。"

"去去去，我去还不成。"宋姗心里还想着她的计划呢，应下一句就急忙回了房。

赏春宴这天是个大晴天，宋姗在铺子里拖了好一会儿才出发前往勇毅侯府。

其实过了这么久，早已没有人认出她是肃清侯府的女儿、将军府的前儿媳，偶尔出门忘记戴面纱也一切如常，不过她到底还有顾虑，今日出门依旧戴着薄薄的面纱。

陈芷安特地在侯府门口等她，接到人之后，又跟旁边的妇人介绍：“母亲，这是我远房表妹。”

萧夫人上下看了宋灿两眼，最后回到她戴着面纱的脸上。陈芷安急忙解释：“她呀，这两天不知吃错了什么，脸上出了一片红疹子，吓人得紧。”

萧夫人没了疑问，笑着让陈芷安把人带进去。

绕过几道回廊，两人来到侯府后花园，宋灿霎时被眼前一群莺莺燕燕惊到了，都是些十几岁的年轻姑娘，花枝招展的，与花园春色融在一块儿。

这可不像简单的赏春宴了，也不是陈芷安口中的没多少外人。

宋灿立即问道：“陈芷安，你老实跟我说，今天的宴会到底是做什么的？”

“哎呀，不就是赏春宴。”陈芷安心虚得不敢看她，摸了摸小腹，“你说那么大声干吗？”

宋灿一时不知该说什么，心里已然明白这是跳进芷安和娘亲的圈套了。

这么多姑娘，个个都打扮得极为艳丽，有些四处张望着，眼神羞怯，宋灿心道今日这宴怕是给萧家公子相看而设。

芷安和娘亲也真是，让她来凑合什么。

“来都来了，你就当出来放松放松，今日的点心可是祖母特地请了宫里厨娘做的呢，来，我先带你去看祖母养的花。”

陈芷安带着她进入后花园，一旁的贵女们纷纷看过来，有人看见了宋灿露在外面的小半张脸，惊艳一两句，不过大多数人只看一眼就又继续各自说话。

宋灿哪还有心思赏什么花，注意力全在周围人身上，生怕一个不慎就被人认出来。若是平常的宴会也就罢了，可这是相看宴啊，别人怎么想她不用猜都知道。

这头陈芷安完全不知，招来个养花丫鬟给她介绍，丫鬟头头是道，一一解释着眼前竞相开放的各色杜鹃、海棠等等。

宋姒起初只是随意听着，后来倒是认真听了进去，连陈芷安什么时候走的都不知道。

"你们少夫人呢？"

陈芷安身边的盼儿应："少夫人被老太太叫走了，说等会儿让奴婢领着您去厢房歇息。"

"现在就走吧。"

盼儿眼见地犹豫了一下："少夫人说您来一趟不容易，让介绍完再带您去休息。"

宋姒有些疑惑，不过到底在别人家，而且也没剩下几株花了，就耐着性子听那丫鬟继续介绍。

好不容易结束，盼儿领着她往里走，可走着走着宋姒就觉得不对劲，寻常人家办宴会都会在外院置留一两间房间供客人歇息，但没有哪家会领着人到主人家住的内院去的。

宋姒叫住盼儿："盼儿，我们这是去哪儿？"

"啊……少夫人说前院厢房简陋，怕您休息不好，让奴婢带您回梧桐院去。"

"梧桐院？"

"嗯，梧桐院是个空院子。"

宋姒按下疑惑，心想自己应当是多虑了，盼儿是跟着芷安从娘家出来的，没有道理会害自己。

等两人走到梧桐院，盼儿离开："姑娘，那您先休息，开宴前奴婢再来寻您。"

梧桐院得名简单，院子里一棵高大梧桐将整个院子都遮盖住，留下一阵阵阴凉。

宋姒抬头向上望，好像还能见着穿梭其中的鸟雀，自由自在的。

说是让她休息，但宋姒到底多留了个心眼，只坐在屋内喝茶。

果然没一会儿，院门传来脚步声，力道沉重，不是女子。

她走到门口，透过窗纸看见了正往里走的萧珩壹。

宋姒心里一下明白过来了陈芷安的意图，哭笑不得。

这个女人净不干好事！

她知不知道若是被人撞见他们两人单独相处会传出什么来？还是在这个萧珩为他相看的日子里。

萧珩壹是个好儿郎，模样周正，克己守礼，也帮了她很多忙，她心里十分感激。

可是别的，她从来没有想过。

至于萧珩壹对她……宋姒亦不敢多想，他从未表露过什么，只是眼神偶尔让人看不懂。

不过就算他对她有什么想法，她也是不能答应的，她不愿意再嫁入公侯家，不愿重蹈覆辙。

这样想着，宋姒觉得陈芷安今日这做法实在不妥，连忙往后走去。

宋姒找到净室，从净室另一个门出了去。

一出门她就傻了，这里是勇毅侯府，她完全不认得路！

琉璎轩的净室后门离厨房不远，方便下人送水，这里应当也差不多，她只要去厨房找到人就能出去了。

就这样小心走着，却越走越绕，走至一间屋子旁时模模糊糊听见了陈芷安的声音，宋姒一喜，正要敲门却又听到一男子低沉的嗓音："远房表妹？"

陈芷安说："嗯，今日祖母请了这么多贵女来不就是想让二弟相看，若是二弟看上我这表妹了，你说祖母和母亲会不会同意？"

男人沉思一会儿，问："你这表妹是哪家的女儿，可在盛京？我可认识？"

"这个，郎君，难道情投意合不比门当户对重要？"

"情投意合自然重要，可若是……祖母怕是会不同意。"

门外宋姒听懂了，心里笑出声，是啊，门当户对历来重要过情投意合，勇毅侯府自然不能免俗。

他们都没错，只是所处位置不同。

和离后，她想明白许多，她要的情投意合、一心一意在这世上鲜有，那些敢于冲破世俗的冲动更是难能可贵。

里头陈芷安好似没听懂，朝男人撒娇："郎君你便跟祖母说说，你如今既能娶了我，那说明祖母是不看重这些的，我瞧着二弟也不像是在意这些的人。"

男人犹豫了，陈芷安即微微怒道："我就知道，你看不起我！"

一阵窸窣声过后，男人用一副宠溺的语气说："我哪有，夫人错怪为夫了，我疼爱你还来不及。"

宋姃加紧脚步离开，绕来绕去终于回到花厅。

·第五章·

和离后再遇

宴会宋灿是待不下去了，她找到盼儿交代一声后便打算离开。

可有时候人要是碰上了霉运，那一整日下来都不会有好事发生。

宋灿还没出门就在一处廊角碰见了萧珩壹，她来不及细想怎么他刚刚还在梧桐院现在就出现在这里，那头他已走过来，并且认出了她。

他话语里有欣喜："娘子怎么会在这里？"

宋灿不敢看他眼睛，伸手指了指里面，又朝大门方向指了指："啊，芷安让我过来的，正打算离开呢。"

"既然都来了，何不等赏春宴结束再走？"萧珩壹好似想到一个好法子，"娘子还未见过我祖母吧？我带你过去。"

宋灿惊得又摇头又摆手，慌乱看向他："万万不可！"

萧珩壹"噗"一声笑出来："那便不去，娘子应当是第一回来侯府，我就带你逛逛园子可好？"

今日勇毅侯府这么多人，他还打算带自己逛园子？

他敢，她不敢。

"萧公子今日还有事，我就不多打扰了。"宋灿说完福了福身，转身打算离开，可手臂突然被拉住。一瞬间两人都愣了，在宋灿惊异回首后，他怔怔松开。

"娘子在怕什么？"萧珩壹看着她，眼里又是她看不懂的东西，似火焰，一下子烫得她不知如何是好。

"萧公子……我……"

"阿灿……"萧珩壹第一次叫了她的名字，语气极为温柔。

宋妡彻底傻了，说不出来话，只知道跑。

于是后来一路上宋妡一直敲自己脑袋，你跑什么跑！你怕什么！你
又没做亏心事！丢死人了！

回了家心底还是这件事，好在午后周大夫过来一趟，分散些她的注
意力。

周大夫给尤四娘把脉，宋妡在一旁问："周大夫，我娘亲怎么样了？"

"不错，四娘身子比以前好多了，再养个一两年就无大碍了。"周
大夫久违地露出笑脸。

宋妡一颗悬着的心终于放下来，不料下一刻周大夫即说："二娘你
伸手过来。"

宋妡瞬间有些不安，她现在已不用每日喝药，她也能感觉到自己的
身体在慢慢恢复。可……可要是周大夫一不小心说错话，一直不知道
情况的娘亲又该担心了。

"周大夫，我好着呢，不用看。"

尤四娘不以为意："把个脉而已，你怕什么。"

宋妡边伸手边悄悄朝周大夫摇头，也不知他有没有看懂。幸亏周大
夫最后只说："二娘也不错，脉象沉稳很多，不过我看你双眼微微无神，
是不是没睡好？你记着可别再熬自己了，熬到最后什么都没有。"

"我的话你不听，大夫的话你总得听吧。"尤四娘不满地看向她，
"今夜不许再绣了，再绣我就把你那些家伙什都扔出去！"

"不绣了，不绣了，今晚一定好好睡觉。"宋妡顺从地应下。娘亲
的病没什么大碍了，她也很好，一切好像都走入了正轨，并朝着越来
越好的方向而去，她不能先倒下。

近日来盛京城津津乐道的无外乎首辅邹正入狱一事，老百姓们只知
道首辅贪赃枉法、结党营私，私底下无恶不作，圣上因此震怒，罢了
他的官，抄了他的家，至于内情为何他们并不在乎。

那些与邹正相关的朝臣就不同了，凡有牵连的都像热锅上的蚂蚁，
坐卧不安。

将军府同样不得安宁。

卫凌自上月回来后就一直忙忙碌碌，早出晚归的不知在做些什么，端容郡主亲自找到琉璎轩，仍旧不见人影。

"常思，你说域川到底怎么回事，这一天天他都在忙什么，这一个月我就见了他一回。"端容郡主向卫舒抱怨着。

端坐着的卫舒与卫海奉有几分相像，沙场历练多年，一股煞气若隐若现："母亲，域川自有他的事做，事情忙完了他便回来了。"

"我看他就是不想着家，上次出门半年，这次一下就一年多，他那性子是越养越野了，谁知道下次还会不会回来。"

端容郡主恍然想到什么，喃喃自语："以前琉璎轩有人时他还两三个月回来一趟，难不成是这个缘由？"

端容郡主越想越觉得是这样："常思，明天你亲自去盯着他，让他来一趟，不来就将人绑来！"

"母亲，您这是要做什么？"

"做什么？我给他找媳妇！他要是还不愿就别怪我先斩后奏了！"

"你消停些吧。"一旁的卫海奉天天听她念叨这些已经不厌其烦，赶紧岔开话题，"常思，近来朝中局势诡异，你谨慎些，莫要说错话。"

说到这个，卫舒也忧虑起来："是，谁能想到首辅大人竟落得这个下场。父亲，您平日里跟几个尚书走得近，这事会不会波及咱们家？"

卫海奉摇了摇头："倒也不会牵连这么多，若是圣上真要处置，恐怕整个朝廷都要遭殃。"

"也不知域川这一个月是不是在忙首辅这件案子，听府里下人说他不是在大理寺就是在宫里，但域川到底只是个少卿，按理说也轮不到他来负责这些。"卫舒道。

说到这个，卫海奉肚子里的气就有了发泄的地方："多半是离不了了，已经有几名涉事小官往我这里递了信，让我帮忙，我还纳闷，我能帮什么忙。

"他知不知道他在做什么？这事哪里是首辅入狱那么简单，背后还牵扯着夺嫡之争，他做得越多，将军府就多一分危险！"

卫舒不解："夺嫡？太子不是已经定了？"

银安堂里还有端容郡主以及几个下人，卫海奉没再继续说，继续斥责卫凌："我看将军府早晚要毁在他手上。"

"哪有这么严重，域川好歹是为皇帝办事，皇帝还是他名义上的舅姥爷，这是皇帝重用，将军府与有荣焉才对。"端容郡主说一句。

卫海奉："妇人之见！"

卫舒搭话："我也觉得父亲您多虑了，域川从小机敏，他不会没有分寸的。"

"哼，他要是知道分寸就该回来与我商议，而不是一头莽进去。"卫海奉说，"他这一回树了多少敌？你且看着新首辅上台之后怎么弄他，到时候常思你派多几个人护着他，看能不能把他小命保下来。"

端容郡主听完这话气得不行，狠狠瞪了卫海奉一眼："有你这么说儿子风凉话的吗？"

正说着话呢，门外突然跑进来个小厮，气喘吁吁："将……将军、郡主，宫里来了公公，说……说要宣旨。"

三人心里同时"咯噔"一声，都有种不祥的预感。端容郡主不安地看向卫海奉："这怎么回事，怎么好好的还有圣旨？"

卫海奉哪里知道，没答她，匆匆往前厅去。

前厅里魏公公一见到三人就笑得没眼，让方才还不安的人顿时疑惑起来。

"恭喜将军，恭喜郡主，将军府有喜啊！"

这……三人皆愣住，最后还是卫舒反应快些："敢问公公，将军府喜从何来？"

魏公公卖了个关子，缓缓打开手里金灿灿的圣旨，声音尖锐："奉天承运，皇帝诏曰：镇国将军府卫凌俊明肃恭、文武兼全，实乃国之重臣……仰承圣谕，晋封卫凌东夏首辅，即日赴任，钦此。"

底下跪着的人没有反应，魏公公又捏着嗓子说了一遍："钦此，将军还不接旨？"

卫海奉如梦初醒，颤颤巍巍伸出双手："臣接旨。"

卫舒也恍恍惚惚明白过来这旨意，赶紧让下人递给魏公公几枚银子，又亲自将人送出门去。

前厅里端容郡主忍不住重新打开了那圣旨，确认一番后即刻喜上眉梢，话语激动："这，域川，首辅？"

卫海奉甩手而坐，只气呼呼地说了句："这个卫凌！"

这日，宋姃正在绣坊二楼跟着曹娘子她们一块儿绣衣。自从那日周大夫离开后，尤四娘便不让她在家里刺绣了，她只能白日躲在这里过过手瘾。

宋姃坐了大半日，腰酸得很，伸手往后腰捏了捏还是不得缓解，遂站起来伸懒腰。曹娘子当即笑她："二娘这年纪轻轻的，当保护身体才对呀。"

作坊里几名娘子也纷纷笑话她，宋姃啐一句："好好干活。"

宋姃也不想再坐，于是便下了楼，才走到一半就堪堪停住。

铺子里有几名熟客，此刻正一边挑选一边闲聊，宋姃在其中听到了卫凌的名字。

这不是第一回了，她这几天几乎每次来绣坊都会听见他的名字，于是她不得不知道他都在做什么，也知道近来邹正倒台与他脱不了干系，皇帝有多重用他。

她心想，这些对他而言都是迟早的事，经他手的事就没有完不成的，他的能力毋庸置疑。

现在听见有关他的消息她已经淡然很多，仿佛那人从未与她有关，甚至觉得为他开心，他要的不就是那些吗？如今总算得偿所愿。

不过接下来的消息还是让她惊了一惊，有一人说："听说前两日皇帝下旨，新一任首辅定下来了。"

"谁？"

"还能是谁，刚刚不都与你说过。"

另一人惊讶得张大了嘴巴："卫小郎君？！"

"不就是，现在怕是满盛京都知晓了。"

206

楼梯上现在才知晓的宋妁收回视线，低头笑了笑。

耳边讨论声未断："卫小郎君如今还不到三十吧？圣上就放心把一国首辅之位交给他？"

"圣上怎么想我不知道，反正听我家那个说之前朝堂本就已经乱作一团，现在再添一件稀奇事也不足为奇了。"

说话人是个侍郎夫人，夫家姓常，她又说："听说现在不少人等着看卫小郎君跌跟头呢，谁都不信他能担起这个重任。"

"嘻，我们就甭操闲心了，就希望他不要像邹正那样搜刮老百姓的辛苦银子就行。"

"是是是，挣个银子容易嘛，我给人家说成一门亲事才拿个五两银子。"常夫人突然转了话头，"我还听说啊，今日将军府已经有媒婆上门了，这卫小郎君一下成了香饽饽。"

"哎？卫小郎君还未成婚？"

"你忘了？人家两年前就和离了，如今年纪正盛，相貌堂堂，又坐到现在这个位置，多的是小姑娘想嫁。"

另一人好似想起了什么："噢噢，对，是肃清侯府那个女儿，那现在肃清侯府怕是毁得肠子都青了。"

常夫人啧啧摇头："只能说两人没有缘分。"

话题渐近尾声，两人开始认真挑选起来。没一会儿，常夫人看见从楼下走下来的宋妁，朝她喊了一声："宋娘子，你在啊，快过来。"

待宋妁走近后，她熟稔地拉过人："宋娘子，这云肩可是你绣的？"

宋妁看过一眼，摇头："不是，这是我们绣坊其他娘子绣的。"

"我就说怎么和我平时买的针脚不一样。"

常夫人又低头将两条云肩比对一番，比完之后又去问宋妁意见："宋娘子，你觉得哪个颜色适合我？"

宋妁认真答："夫人肤色白皙，什么颜色都衬得起，不过我更中意这条鹅黄色的，夫人穿上之后显得年轻许多。"

"那就这条了。"常夫人不再考虑，看向宋妁，想起刚刚说的事，笑问，"宋娘子，若是你，你想不想嫁首辅大人？"

宋姗浅浅一笑，脸上没有一点期盼，冷静道："我如何配得上，首辅大人当尚公主才对。"

两人是绣坊常客，虽与宋姗打交道多了，可现在还是不知宋姗到底什么底细。

常夫人偶尔见过一回没戴面纱的宋姗，当时脑海里就"惊艳"两字，也一下明白她为何要时时刻刻戴着面纱。

前两日勇毅侯府里那个堂侄子萧珩壹寻到了她，说让她打探打探绣坊宋娘子的亲事，她当时都震惊了，勇毅侯府家的公子婚事那还不是随便他挑，配一个公侯嫡女绰绰有余，怎么单单看上绣坊一个娘子？

她问出了口，可萧珩壹什么都不说，给她递了银子，让她保密，还让她快些，说什么时间来不及了。

那她自然答应，挣银子的事不干白不干。

因此她今日来也不只是买云肩，而是另有目的。

宋姗一应话，常夫人便知晓了，她正待字闺中。常夫人好似瞧这门亲事又多了一分希望，笑道："娘子仙姿玉色，无须妄自菲薄。"

旁边夫人也道："是，我瞧着宋娘子这一双眼睛就灵气得很。"

常夫人笑眯眯，又问："宋娘子可曾有了婚约？"

"未曾。"宋姗不知所以，"夫人问这些做什么？"

常夫人更加高兴了，道："那娘子对郎君有何期盼？府里长辈可有要求？"

这话宋姗自然不会再答了，只道："夫人今日倒是十分奇怪。"

"还不是前两日勇毅侯府里的小公子托我来打探你的婚事。"常夫人又盯着宋姗，"宋娘子有没有见过萧家公子？人长得俊俏，温和有礼，背后又是勇毅侯府，宋娘子若是结上这门亲那后半辈子就等着享福了。"

宋姗听完直接僵在原地，她后来多多少少察觉了萧珩壹的心意，不明白萧公子怎么就看上自己了。

她想着就装作不知道，反正勇毅侯府已经开始张罗他的婚事，他没过多久就会按着家人的安排结婚生子，他那点点刚萌生的情愫掐掉就好，连根都不会留。

不过今日怎么直接就请了媒婆上门？她不明白了，是勇毅侯府里的意思还是他的意思？而且，怎么就到了这一步，他就那么……

宋灿一时脑海混乱得厉害，越理越乱。

一旁常夫人以为她是害羞了，说："宋娘子若是没意见，我寻个好日子到府上去？届时若是府里长辈没意见，那这亲事就成了一半了。"

常夫人很兴奋，可宋灿越想越觉得这件事有些荒唐："常夫人莫要逗我玩了。"

"谁逗你玩了，我说认真的呢。"

旁边的妇人拍了拍常夫人，道："小姑娘这是娇羞了，你还说。"

常夫人看着宋灿闪避的眼神，恍然大悟："是是是，我与你说这些做什么，你又做不了主，我改日直接上门去，找你们长辈商量商量。"

常夫人坚持要问她家住何处，宋灿自然不肯说，半推半就将人送了出去。

看着两人走远的背影，站在门口的宋灿长呼口气。

这事玄得很，不过常夫人到底只是个媒婆，她要想解决这件事还是得亲自去找一找萧珩壹，看他到底想做什么。

正欲转身进屋，宋灿刹那间瞥见另一头一个熟悉的人影。

她下意识地不敢置信，然后抬了抬眼，果然看到了人们当下热议的那个人。她愣在原地，他怎么在这儿？

差不多两年未见，他变了些，人好像瘦了，一身玄青色朝服裁剪合体，衬出精壮腰身，脸庞愈加棱角分明，薄唇微抿，此刻一双眼睛看过来，神色复杂。

宋灿不自觉后退了两步，那些一直被压抑的过往又翻天倒海地跳了出来，搅得她浑身都疼。

她与他对视过许多回，相处时、亲密时、离开时，没有哪一次像现在这样，让她感觉到陌生与害怕。

她心跳极快，心脏好像要从她身体里蹦出来。宋灿深吸了几口气，压下那些情绪。

有客人从两人中间穿梭而过，路边行人来来往往，商铺里叫卖声吆喝声不断，格外繁华。

只是这份繁华没影响到再次相见的两人，时间仿佛静止，无声中前尘往事在一点一点飘散。

都过去了，他有他的前程似锦，她亦有自己的小日子要过，两人早已各不相干。

没有什么是时间这剂良药不能治愈的，放过自己对谁都好。

过了好久好久，宋姗咧开唇角，漾出笑意，颔首，随后直接进了绣坊。

卫凌紧握着的拳头缓缓松开，抬头看一眼头上的招牌，跟着她进了门。

宋姗走到一半才发觉身后有人，她停一步他也停一步，她走他就继续跟着，于是她索性没再管，走到柜台后，朝一旁忙碌的挽翠说："挽翠，招呼客人。"

挽翠正整理布匹呢，应一声后走过来，随即僵在当场。

这……这……

郎君，啊不，卫小郎君怎么会在这儿？

宋姗已经专注看着账本，一副"我不会管"的态度，挽翠顿时左右为难起来，踌躇半晌，只好硬着头皮上前："这……这位客官，您需要买点什么？"

卫凌视线从宋姗身上移过来，语气平淡："你们这儿都有什么？"

"帕子、面扇、香囊、布匹……"

"各来一样。"

"啊？"挽翠惊了。

宋姗也看过去，正对上他探过来的眼神，遂又低下头去做自己的事。

没一会儿，他已走到跟前，目光灼热："结账。"

柜台后除了宋姗没有别人，今日张叔有事出门去了，这账还真得宋姗来结。

他站在绣坊中多多少少有些格格不入，好在铺子里这会儿客人只一两个，都没注意到这边暗流涌动的情况，也就不会有人知道新上任的首辅大人在一间平平无奇的绣坊中盯着老板娘看。

除却那些莫名的心绪，宋灿感觉十分不舒服，换谁被这么看着都会不舒服。

她想不明白他现在是做什么，也不想去想，只觉他今天整个人都奇奇怪怪的。

她渐渐没了耐心，但仍旧好心提醒："客官不若亲自去挑挑，我们这的商品一经售出，概不退货。"

"无妨。"

宋灿几不可察地轻笑一声，转身将手里对好的账本放在抽屉，又觉得抽屉里乱得很，便动手整理起来，只给他留一个背影。

"你要嫁给萧珩壹？"他突然问。

宋灿便知晓方才常夫人所言已经尽数被他听去，当下也没过多解释，只说："这与您没有关系吧？"

他好似完全听不懂她说的话，又问："那妇人要给你们说媒？"

宋灿没理了，把挽翠挑过来的东西整理包装好，在算盘上敲敲打打后道："客官，一共五十六两。"

身后白泽立即上前付银子，接过那些袋子。

"萧珩壹什么底细你了解吗？勇毅侯什么情况你又知道吗？他不适合你，勇毅侯府也不是什么好地方。"

宋灿十分想笑，他不适合你就适合？将军府就比勇毅侯府好？你适合来这里莫名其妙说这句话？

这时正巧有客人过来结账，宋灿态度一下转变，热情许多："您眼光真好，这条腰带用的是正经苏绣技艺，在盛京城里绝对找不出第二条来。"

"是嘛，我就说怎么那么好看，宋娘子亲自绣的？"

"不错，而且只绣了这么一条。"

"那我真是幸运，宋娘子的绣品平日都要抢，今日倒是被我捡着了。"

趁着宋灿算账那一会儿，客人朝卫凌瞄了两眼，待对上他凌厉的视线立马移开目光，暗忖：怎么脸长得这么俊俏，眼睛这么吓人？

"宋娘子。"客人朝宋妽伸手，让她靠到自己耳边，轻声道，"宋娘子，这人看着十分可怕，你小心些。"

宋妽斜睨他一眼，回话："我知道。"

结完账，宋妽亲自将人送到了门口："您慢走啊，欢迎下次再来。"

等她回来，又开始做自己的事，连个眼神都没给身前人。

卫凌垂了眸，暗自苦笑一声，她真是把自己当空气了。

也怪他，罪有应得。

再抬眼时眼里却有了些不容置疑的坚定，他低沉着嗓音叫了一声："宋妽。"

宋妽忙活的手顿了一下，很快恢复动作。

"宋妽，我回来了。"

也想清楚了，两年，忘不掉，反而越刻越深，既然如此，那就再来一回吧。

那些以前错过的，都一一找回来。

至于别的什么人，宋妽，你想都不要想！

她依旧没有回应，卫凌却不见气愤，深深看了她一眼后转身离去。

回到琉璎轩，白泽将手里的袋子递给白亦，白亦打开来，大吃一惊："这怎么都是姑娘家的玩意？"

等卫凌完全进了书房，白泽这才敢悄声说："今日下值，郎君又拉着我去了一趟夫人的绣坊。"

"啊？怎么又去？"白亦也悄声道，"这回郎君还进门去了？"

"进了，还和夫人说上话了。喏，这些都是郎君买的。"

白亦开始激动起来："怎么样怎么样，郎君与夫人和好了？"

"你想什么呢。"白泽想起先前景象，摇了摇头，"没和好，还有点惨。"

夫人对郎君比对其他客人要冷漠多了，他当时手心都是汗，生怕郎君一个冲动又做出什么来。

郎君怎么过来的他再清楚不过，能走到今天这一步属实不易。

去年在海上，郎君遇险，险些没救回来，那时候他喊的全是夫人的名字，郎君自己不知道，可他听得一清二楚。

白泽叹一声，希望郎君不要像以前一样对待夫人了，也希望夫人能早日看到郎君的心意吧。

好在今日最后没发生什么，郎君到底是变了，起码在夫人面前，他变了个人。

两人又说了几句，卫舒忽然进门来："你们主子呢？"

"郎君在书房呢。"白亦连忙答。

卫舒进了书房，看到了坐在书案前出神的人，轻唤一声："域川？"

卫凌回过神："大哥怎么来了？"

"母亲让我过来的，说要把你绑到银安堂去。"卫舒笑，"你这是忙完了？"

"嗯，暂且没什么事。"

"没想到啊，咱们家居然出了个首辅，域川，你真行。"卫舒真心道，谁能想到那个从小和父亲对着干的小男孩如今竟然坐到了那个位置上，一人之下万人之上。

卫凌却没有多欣喜，沉默着没说话。

这个首辅之位既是意外又是理所应当。近来发生的事情太多，以至于现在皇帝谁都不信，他当时推了一两个可担首辅重任的大臣，不料皇帝的主意打到了他身上。

这个节骨眼，皇帝是打算将所有矛头都引到他头上，用新首辅来混淆视听，将一团浑水搅得更乱，谁也妄想从中溜走。

皇帝的重用名为皇恩，实为利用。

卫凌都知道，也知道自己上任会面临多少质疑与压力，可没关系，他能承受，只要自己站得更高更稳，那便可以拥有许多，不用害怕失去什么。

卫舒过来拍了拍他的肩膀："好样的，没丢咱们卫家的脸。"

卫舒突然感慨："域川，其实有你在盛京，大哥很放心。现在东夏没了战事，近几年都是太平盛世，那咱们家的兵在外人看来都是白养着的，久而久之我与父亲的势力势必会削弱。

"我与父亲一直在考虑如何是好，不过那日圣旨一下，我们的心都放了下来，有你在，这一切都不是问题。"

卫凌听懂了卫舒话里的意思，凝眉思考一会儿，道："大哥，这事不是我能决定的。"

"我明白，只是咱们家的兄弟都是跟着出生入死的，怎么的也该给人家一个好去处，莫要凉了人心。"

"好，我知晓了。"

卫舒点头，随后犹豫几下，看向他："其实父亲……域川，你要不去找父亲聊聊，这么多年都过来了，没有什么结是解不开的。"

卫凌再次沉默了，手里把玩着书案上的小玉饰。

"那日接了圣旨，我能看出父亲是为你高兴的。"卫舒笑，"只是你知道，他就是拉不下脸，活到一把年纪，什么都不爱就爱面子。"

卫舒说了几句，卫凌都像以前一样没反应，他快要放弃时却突然听见卫凌说："好。"

卫舒顿时喜出望外："行，你应了我的啊，莫要食言。"

"嗯。"

说完了正经事，卫舒终于想起今日来的目的，将端容郡主的交代细数道出："母亲那边的事你也上点心，她不都是为了你？何况你年纪摆在这儿，婚姻大事不得不考虑。"

这回卫凌倒是应得快："大哥你若是有空就帮我劝劝母亲，这些事让她不要操心了，也不要多做无谓的事情。"

"你这是？"

"还有，我之后会搬出将军府，我会亲自去与母亲说，家里一切都拜托你了，若是遇到难处尽可来寻我。"

"怎么，圣上还赐了你府邸？"卫舒一时震惊。

卫凌摇头，卫舒只好再问："那为何要搬出去，你要搬去哪里？"

卫凌只答了最后一个问题："搬去芳华巷。"

这日天气不大好，细雨绵密，客人较常日少了许多。

宋妯坐在供客人歇脚的桌子旁，心里盘算着她的毛毡帽，想了一会儿后问张叔："张叔，我前两日让你问的商行如何说？"

张叔答："羊毛他们有，羊毛布料他们也有，不过这什么羊毛毡倒是从来没听过，二娘，这到底是什么东西？"

宋妯未应，低了头思考，有了羊毛一切都好说，不过……不过这制作毛毡布料的工序她还没有十成把握。

想到这里，宋妯又跑上二楼："曹娘子，那日你与我说的毛毡制作工艺能否写下来给我？"

曹娘子停下手中动作，笑道："二娘，你可折煞我了，我要是识字就当教书先生去咯。而且那日我说的只是我记着的几步，实际上可复杂了，什么开毛、提净、捣毡、缩绒，步骤极其烦琐，耗时耗力耗人，你不会真想弄这个吧？"

宋妯点头，又问："那你可有识得精通此技巧的匠人？我将人请过来，月银不成问题。"

"没有，扬州好像只一家做这些，我不大熟。"曹娘子遗憾摇头。

宋妯寄希望于另一位娘子："何娘子呢？"

何娘子同样摇头："不识得。不过，二娘，你若是真想要做这个，我觉着你还是得亲自去一趟扬州，不亲眼看看怕是做不出来。"

宋妯立马否决："我哪脱得开身。"

扬州来回路程都要快两个月，而两间铺子需要她，娘亲也还在盛京，她放心不下。

曹娘子见她眉头皱在一块儿，有些不忍："要不我给扬州去封信，让她们帮着问问看，你罗姨认识的人多，她许会知道。"

只能这样了，宋妯道谢："好，谢谢娘子。"

上面正说着话，张叔匆匆跑上来，神色急切，却又不敢大声说话，靠近她耳边："二娘，宫里来了人，说要找你。"

宋妯一惊："宫里？"

"是，看着是个掌事嬷嬷。"

"何事？"宋妠问一句。

"不知。"

宋妠急忙从袖兜里拿出面纱戴上，跟着张叔下去。

堂内站着五个人，领头一个嬷嬷瞧着有些身份，后面跟着两个丫鬟、两个公公。

她在将军府时随端容郡主进过一回宫，里头的人就像如今这位嬷嬷这般作态，乍一眼看，十分吓人。

不过，她这小小绣坊一没犯事二没惹事，怎么还有宫里的人到访？

宋妠怀揣着疑问上前，恭恭敬敬地行礼："见过嬷嬷。"

郑嬷嬷上下打量她几眼，眼里的惊叹一闪而过，随后淡淡开口："你就是这绣坊的老板？"

"是，民女姓宋，正是绣坊老板。"

郑嬷嬷轻咳两声："皇后口谕，宣宋娘子明日巳时进宫觐见。"

"民女领旨谢恩。"宋妠停顿一会儿，上前去，将身上仅有的几枚银子塞到郑嬷嬷手中，"嬷嬷可知此行所为何事？"

郑嬷嬷收了银子，脸上有了些笑意，却只道："皇后心思，我等不敢揣摩。"说完掏出个令牌，叮嘱，"宋娘子第一回进宫，谨慎些，惹了事没人能保你。"

"是，谢嬷嬷教导。"宋妠双手接过那枚令牌。

等宫里的人一走，铺子里几人皆围过来，有人惊讶得不行："皇后？真的是皇后？皇后要见二娘？"

也有人担忧开口："这不会是出什么事了吧。二娘，我们怎么办？"

宋妠哪里知道怎么办，她现在整个人还蒙着呢，实际上还有些害怕。

在那一瞬里，她只想到了卫凌。如今卫凌正得盛宠，皇后是不是知晓了她的身份，要提点一二，或者要训斥一二？

不对不对，盛京城这么大，她除了那回芒安出嫁遇见过陈箐，其他相关的人再也没见过，按理说不会有人发觉她的行踪。

难不成是萧珩壹？

宋妠刹那间慌了，小脸一下苍白。若是萧珩壹，是不是与说媒一事

216

有关？他难道还托了皇后说媒？

旁边人见她这副模样，都有些不知所措。张叔说："二娘您别害怕，咱们铺子经营良好，没犯过事，也都按时缴商税，不会有事的。"

宋姄怔怔摇头，她怕的哪是这个啊，要是萧珩壹真要这么做，她该怎么办……

为着这事宋姄一整天都有些不在状态，回家路上还在想着对策。

临进门前，挽翠看着隔壁新换的大门道："咦？咱们隔壁住人了？"

宋姄被拉回几丝神绪，也看过去，只见原先破烂的木门已换了崭新的双扇如意门，锃光瓦亮。

隔壁屋子一直空着，那院子里头的草都快要高过墙壁，如今终于搬来了人，也算有了新邻居，是个好事。

远亲不如近邻，宋姄心想改日得空还得亲自去拜访拜访。

进了屋，尤四娘即吩咐青姨上菜。吃到一半，尤四娘察觉出宋姄心绪不佳，关心问道："怎么了？今日又遇到为难的客人了？"

"那倒没有。"宋姄想了想，还是打算告诉她，"娘，皇后让我明日进宫。"

尤四娘立即震惊，慌忙问："可有说是为了什么事？"

"没有。"

"……是不是为着卫凌的事？"尤四娘小心翼翼地开口，生怕碰着她的痛处。

"不知。"宋姄看她比自己还担心，劝慰道，"娘亲，应当没事，我与您说只是让您心里有个底，咱们没错事就不怕事。"

尤四娘见她一脸冷静地说着这些，心里又心疼又高兴。以前的宋姄总是报喜不报忧，可如今她许多事会跟自己说了，也会找自己商量，与以前大为不同。

可她又心疼啊，自己除了在家里帮女儿绣绣东西，其余的什么也帮不上，两年来什么风雨都是女儿一个人扛了过来，从来不会在她跟前喊累，就像现在，还要劝自己放宽心。

尤四娘牵过她的手，柔声说："嗯，不会有事的，你也别怕。"

两人边说着边重新吃饭，宋姗这才注意到今晚四道菜有三道菜里都有鸡蛋，不由得好笑："娘，咱们家也没养母鸡啊，怎么这么多鸡蛋？"

"隔壁搬来了人，鸡蛋是人家送的。"尤四娘指了指墙角，"喏，一大篮呢，旁边的米和油都是，我说了不要不要，人家硬要送。"

宋姗没想到这个新邻居这样好相处，莞尔一笑："人家要送您就拿着吧，大不了改日我们再买些东西还回去，这一来二往的，关系也亲近些。"

"是这个理，而且我看小伙子面挺善，笑嘻嘻的，我就没拒绝。"

"隔壁住的什么人？"

尤四娘说："不知道，不过瞧着挺富有，出手大方，而且你看那门，若不是小些我还以为是哪家达官显贵呢。"

这样说宋姗倒是好奇起来了，那么富有怎么还住在芳华巷？

第二日一早宋姗便有了答案。

因为巳时要进宫，宋姗与挽翠两人打算早早出门，以免耽误时辰。

龙泰已架好了马车，就在门口等着。

正要上车，突然隔壁开了门，宋姗想着头一回见新邻居，不能失了礼数，打个招呼还是很有必要。

于是她转过身去，笑容满面。

下一瞬，笑容全部僵在脸上。

卫凌身着朝服，站在门口看向她。

……卫凌？

他就是那个新邻居？

他这是要做什么？

宋姗刹那间怒气升腾，他不会不知道芳华巷是什么地方，这里容不下他那样挑剔金贵的生活，他有目的，他还命人送了礼，也就是说他知道她住在这里，他是故意的。

她不管卫凌是为了什么，但他这样做显然影响到了她与娘亲。

为何和离了还要来打搅她？他就这么阴魂不散吗？

宋妁看看他，又看看那扇如意门，最终还是什么话都没说。她没有时间与他争辩，皇后还在等着。

卫凌自然看见了宋妁由喜转怒，他尚来不及说一句话就看见她气冲冲上了马车，马车绝尘而去。

一旁白泽小心地说："郎君，我们是不是应该先和夫人说一声再搬进来？"

卫凌勾了勾唇角："你看她那样子会同意我们搬过来吗？"

"可……现在夫人好像生气了。"

"无妨。"他早知道会有今天，没法避免，"人都安排好了？"

"都安排好了，两个影卫随时会跟着夫人。"白泽问，"郎君，可要日日汇报夫人行踪？"

"不必，护她安全即可。"

有一点他还是懂的，没有人愿意被监视，她要是知道了他时时刻刻派人盯着她，按她那性子，他更加没有挽留的余地。

只是他没想到会在内宫门口看见那辆刚刚从他眼前离开的马车，心里有些不好的预感。卫凌下了车，亲自去问宫门的侍卫："这马车主人为何进宫？"

"回首辅，是皇后娘娘宣召。"

皇后……皇后怎么会宣她？

卫凌摸不清皇后叫她是为什么，她现在什么身份都没有，能抵得住那些磨死人的繁文缛节吗？皇后会不会刁难？

卫凌抬眼看了看不远处威严耸立的勤政殿，对白泽说："去跟魏公公说一声，我晚些再去勤政殿。"

今日休沐，他原本不用再进宫，现在想想，还好他来了一趟。

皇后住所含光宫内，宋妁问过安后便垂着头。

郭皇后轻声一笑："宋娘子不必紧张，本宫有那样吓人？"

宋妁抬起头来，这才看清上头雍容华贵的人。

她以前远远见过郭皇后一回，不过过了这么久，早已没什么印象。郭皇后身旁还坐着个十六七岁模样的女孩，应当便是东夏朝尊贵无比的宁国小公主沈娥了。

沈娥瞧见她戴着面纱只露出双眼睛，当下有些不爽："你实在无礼，见了母后还戴着面纱！"

宋妯适时闪过几丝惊慌，答："民女有罪，请皇后娘娘饶恕，实在是这两日脸上不知为何起了疹子，怕吓着娘娘与公主，这才不得不掩了面。民女不知宫里规矩，这就摘下。"说罢就要摘下面纱。

郭皇后急忙阻止："好了，不碍事。"

宋妯心里松了口气，知晓这一关算是过了，不过就算真摘下了她也不怕，今日一早她特地让挽翠在她脸上点了几个红点，十分逼真。

"谢娘娘体恤。"

"宋娘子可知本宫今日为何唤你来？"

宋妯连忙摇头，悬着一颗心答："不知。"

郭皇后没马上告诉她是为何，先笑着问了句："宋娘子年纪几何？可否婚配？"

宋妯心里顿时"咯噔"一声：完了。

"民女二十有二，未曾婚配。"宋妯几乎是绝望着说出这些话，若是皇后真要做什么，她麻烦就大了。

萧珩壹是个好人，她也相信他是京城女子眼中的好归属，可惜她现在对他只有感激，只有纯洁的友谊，没到那一步，最重要的是，她不想再嫁到公侯家。

等待不过几瞬，于宋妯而言却是异常煎熬。

郭皇后转向沈娥，状似训斥，但语气温柔："你瞧瞧，人家宋娘子都不愁婚嫁，偏你急个什么劲。"

"母后！"沈娥不满地叫了一声。

郭皇后不再看她，朝下方的人道："倒是看不出宋娘子如此年轻，我原以为有那样一手绣艺的应是位干练妇人呢。"

"娘娘谬赞，不过是些谋生的技艺罢了。"

"郑嬷嬷。"郭皇后唤一句。郑嬷嬷立即端着个托盆过来，上面放着一方洁白帕子，帕子上几株枯荷，宋妯一眼便认出那是自己绣的。

"这可是你绣的？"

"回娘娘，是民女所绣。"

"不错，本宫瞧着极好。"

宋妁渐渐有些看不懂了，所以，皇后叫她过来不是为萧珩壹的事？

"据本宫所知，你在外面开着两间铺子？"郭皇后一脸和蔼。

"是。"

"你一个女子，又尚未婚配，做那些属实不易。今日本宫寻你过来是想问问你愿不愿意到宫里来，司衣司尚缺一名女官。"

宋妁听完蓦地放下心，双手都要忍不住去安抚自己先前一直剧烈跳动的胸膛。

等缓过几瞬才终于反应过来，皇后这是……要招她进宫？就因为她的绣艺？

进宫……女官，这是她从未想过，也不敢想的一条路，事情发生得太突然，她有些失措。

进宫意味着她的铺子要交给别人来管，意味着娘亲要一个人住，可进宫也意味着她不再是一个平平无奇的绣娘……

不过，若是皇后知晓她的身份，对方还愿意抛出这根橄榄枝吗？

"喂，母后问你话呢。"沈娥大声道，"母后这是抬举你了，还不谢恩？"

正巧此时，有丫鬟进来禀报："皇后娘娘，首辅大人求见。"

话音刚落，卫凌已经进门。

沈娥旋即站起身，兴奋神色遮掩不住："域川哥哥！"

"乱叫。"郭皇后低声说了一句。

按照辈分来说，卫凌应该叫皇帝一声舅姥爷，那沈娥自然也算是他的表姑，不过这孩子仗着自己年纪小，老是叫人家哥哥。

沈娥娇俏地吐了吐舌头，并不打算改正。

其实郭皇后是有些诧异的，她以前只在宣帝身边见过这个年轻人，不明白他今日突然到访是为何。

卫凌不仅是长公主疼爱的外孙，眼下还是宣帝手里的重臣，自家女儿这段时日又频繁在她耳边提起他，郭皇后不得不坐直身子，重新审视眼前人。

只见卫凌不经意扫过立于中央的宋妸，随后站到她旁边，问安："臣卫凌，见过皇后娘娘，宁国公主。"

沈娥还想说话，被郭皇后一个眼神制止，乖乖坐在位置上，只是一双眼睛不离卫凌。

郭皇后端庄地笑道："什么风把卫大人吹到本宫这含光宫来了？"

"圣上打算在七月上旬前往宝峰山纳凉狩猎，一应事务皆交给了微臣，正好遇上乞巧节，臣便想着来娘娘这讨个对策，怎样才能办得让圣上畅意，让娘娘、公主舒心。"

沈娥听完就急急说："我先前还在埋怨父皇把纳凉的日子选在七月上旬，害我错过乞巧节，这下好了，我可以在宝峰山过乞巧节了，域川哥哥，你太好了！"

郭皇后道："往年倒没遇上这种情况，不过这宫里的乞巧节哪有宫外热闹，本宫又一把年纪了，不懂你们小年轻都喜欢什么。"

这事她听宣帝提起过，纳凉狩猎是东夏传统，今年圣上选的日子在七月，难为他细心还能想到乞巧节去。

几人说着话，宋妸站在下面，默默不语显得有些突兀，皇后便问她："宋娘子，现在外面的乞巧节都有什么花样？你不妨与卫大人说说。"

这……乞巧节大多是小姑娘过的，宋妸都好几年没过过这个节，就算这两年她勉强算个"姑娘"，只是她那天哪有什么心情去凑热闹，因此自然无从知晓有什么新花样。

不过皇后这样问了，她只好回忆起未出阁时和长姐乞巧的那些日子："民女只记得吃巧果、拜织女魁星、斗巧赛、青苗会这些，每年都有所不同，形式花样层出不穷。"

卫凌转向她，说："宋娘子稍等，可否与在下详细说来？"

"这些都是代代传下来的习俗，礼部或许知晓得更清楚些，民女所言不足为据。"不过一个简简单单的乞巧节，宋妸弄不懂他这是要做什么。

"没错,卫大人可与礼部商议商议。"

卫凌这才从宋姒身上淡淡移开视线,作揖道:"是。"

"卫大人有心了,不过此次出行纳凉狩猎才是重中之重,乞巧节只是锦上添花。"郭皇后道。

"是,微臣知晓。"

"域川哥哥,你别听母后说的,我觉得乞巧节才最重要。"沈娥反驳,脸上有些期待。

卫凌只笑着,没答话。

按理说事情也说得差不多,卫凌应当离去才对,但他偏偏没有告退之意,郭皇后只好问:"长公主身子如今可康健?"

"外祖母身体尚可,只是最近绵雨天气较多,听闻腿脚不是太方便。"

沈娥一听,看了一眼卫凌,拉着郭皇后的袖子道:"母后,我想出宫去看看姑姑。"

这回郭皇后没阻止:"本宫也许久没见过你姑姑了,那你便出去一趟,代本宫问候一声。"

沈娥随即高兴地朝卫凌道:"域川哥哥同我一起去好不好?"

"最近公务繁忙,恐抽不出时间。"

沈娥眼见地失落下来:"那好吧。"

郭皇后都瞧在眼里,可她不好说什么,只能问旁边还站着的不相干的人话:"宋娘子,本宫先前说的事你考虑得如何了?当朝女官不多,这个进宫的机会十分难得。"

"回娘娘,此事民女尚不能做决定,能否容民女考虑两日?"

郭皇后以温婉和善久居高位,这会儿自然不会逼迫一个老百姓做不愿意的事:"那就考虑两日。"

沈娥回了自己的寝殿,脸上早已没了方才的娇蛮姿态,神色比郭皇后还要庄重几分。

喝过一口茶,沈娥对身边人说:"秋儿,你让人去查查这个宋娘子到底是谁。"

"是。"秋儿应下，"公主，这个宋娘子可是不妥？"

不妥，实在太不妥了。

她起初只是在锦书房拿到了那方帕，那些人说是在正阳大街的绣坊买的，说什么有银子都买不着，那股子炫耀之意她实在看不过去，于是将帕子拿到了母后跟前，自然而然有了今日这一幕。

那些"有银子都买不到"的东西，以后都会是她一个人的。

但谁也没想到卫凌会突然过来，别人也许没发觉，可一直盯着卫凌的自己没错过他任何一个眼神，他是为这个宋娘子而来。

乞巧节？一个避暑中的乞巧节需要他亲自问到皇后这里来？未免太小题大做。

她与卫凌虽有些关系，实际上两人并不熟，见面都极少，若不是父皇突然提拔了他，那她说不定还不会注意到这个人。

如今是不一样了，卫凌自有他的用处。

秋儿见沈娥没应，兀自气愤："公主，这个宋娘了也太不知好歹了，公主给了她这么一个飞黄腾达的机会她竟还要考虑！"

这也是沈娥疑惑的一点，若是换作寻常人早就感恩戴德了，怎么她眼中一点喜色都没有，难不成看不上宫里的女官？是谁给她的底气？

沈娥认真想了会儿，却想不出一个所以然来。

下人忽然在门外禀："公主，太子来了。"

太子沈谢晋与沈娥是一母同胞，都是出生即尊贵的身份。只不过两人性子相差极大，一个内敛沉闷，一个活泼外向。

沈谢晋急急走进来："阿娥，卫凌今日可是去母后的含光宫了？"

"是啊，皇兄这么急做什么？"沈娥瞥他一眼，模样好似完全没把沈谢晋这个太子皇兄放在眼里。

沈谢晋一点没在意，又问："说了什么？"

"说了宝峰山避暑的事情。"

"卫凌为何要与母后说这个？"

"皇兄若是真想知道可直接去问卫凌。"沈娥有些不耐烦。

沈谢晋叹一声，在她旁边坐下来，自己思考了一会儿才说："阿娥，皇兄有事需要你帮忙。"

"什么忙？"

沈谢晋示意她靠近，随后两人低语几句。沈娥渐渐露出笑意，最后说道："可以，皇兄应承我了就莫要食言。"

"绝不食言。"

卫凌与宋姗一起出了含光宫，宋姗走快一步，头也没回。

快到内宫门口，卫凌几步上前，将人扯入旁边的圆形拱门后。

"卫凌，你做什么？！"宋姗急急挣开，左右看了几眼。

"阿姗，我有话与你说。"

"我没有话跟你说。"宋姗说完就要离开，又被他拉住，遂狠了声道，"松开！"

卫凌没松："你听我说完。"

这样僵持下去不是没有办法，等会儿要是有人经过看见她和他在这里拉拉扯扯，她说不清。

"你说。"

卫凌见她同意，放开她的手，问："你的脸怎么了？"

他一进含光宫就看见了她微微露出的侧脸，红点遍布。

"卫大人这么偷偷摸摸的就是为了说这个？"宋姗看过去，"若是没别的话我可以走了吗？"

"阿姗，我们现在连好好说句话都不行了吗？"他突然沉了声。

宋姗沉默，开始反思自己。从早上开始她心里就堵着一团气，她的淡然是基于与他没有瓜葛，而不是像如今他一而再再而三地出现在她面前。

这大半天里她整个人都是悬着的，落不到实处，体内的燥气一直压着，偏偏他还要撞上来。

宋姗缓了几口气，渐渐冷静下来。

应该是当初分开得太突然，他没能想清楚，没关系，再说一遍就好了。宋妯看向他，又像在看他身后那一簇竹子，语气和方才的激动大相径庭：“卫凌，我们已经和离了。”

“阿妯……”卫凌心里一惊。

宋妯打断他：“我知道你今日是为了我才去的含光宫，无论如何我都应当道声谢。只是，我们已经和离了。”宋妯重复一遍。

“你总是这样，从来不考虑别人的感受，以前你想怎么样就怎么样，从不会回头看我一眼，现在又自以为我需要那些，搬到我家附近，如今又这样。可是卫凌，我不需要了，我现在过得很好，今天我也能自己处理。”

宋妯终于望进他眼睛里：“就这样吧，以前的日子过去就过去了，三年，我们都成长了许多，我很感激，但是回不去了。二郎，放过我，我们不要再见了。”

宋妯太过平静，饶是一墙之隔外有人群经过，她也没见慌乱，依旧是看着他，仿佛在等一个答案。

卫凌的心随着她的话一点一点下沉，那一声“二郎”更像是淬了毒一样扎进去，剩下那丝仅存的希望全部被涌出来的鲜血淹没。

他从未觉得如此难受，比小时候被关在禁室里要难受上百万分，心脏一抽一抽地疼。

以前竟轩老说他胆子小，他一点不信，还做了许多幼稚的事来证明自己胆子大，后来长大，这世间真的没了再让他害怕的事情。

直到现在，他终于找着一件了，他害怕宋妯再说一句，他害怕她的离开，害怕她眼里没有自己。

他甚至没有勇气与她讨论这件事，他不敢再看她，避开她的眼睛，低低说：“皇后是不是让你进宫？阿妯，进宫不是件好事，里面水很深，不是你能承受的。不过，你要是实在想，我可以护着你。”

宋妯笑了：“卫凌，你是没听见我说的话吗？你真是一点没变。”

卫凌好像没听见：“还有，宁国公主不简单，能避就避。”

宋妯想起当时宁国公主看着卫凌的眼神，“呵”一声：“没有你，我什么事都没有。”

她说完就转身走了，这一回，卫凌没再留。

卫凌傍晚回家之后就一直待在屋子里没出来，白亦端着饭菜敲门："郎君，该用饭了。"

过了好久才有回应："进来。"

卫凌正坐在临时搭起来的书桌前，手里拿着个不知什么什么东西摩挲，望向窗外。白亦顺着他的眼光看过去，只看到一堵高高的墙，对面正是夫人家。

白亦暗自摇摇头，将饭菜摆放好后说："郎君，用饭吧。"

没人答他，白亦便打算悄悄退出去，还没走到门口就听到他问："你说，我是不是做错了很多？"

"啊？"白亦一愣。

"她才会那样想要离开，那样不想见到我。"卫凌自言自语，"我到底要怎么做？"

"郎君……"

卫凌瞬间回神，看向他，将手里的东西放在桌子上："你把这个拿过去，她现在说不想看见我。"

白亦脑子转了一圈才明白他说的是谁："噢，好。"

约莫亥时时分，挽翠听见有人敲门，起身下床，为防着万一还叫上了龙泰。

打开门一看，却是白亦。

挽翠一见他就生气："你来干什么！"在他还没开口说话前立即将门关上。

白亦眼疾手快，伸了手去挡在门中间，下一刻就喊出声："疼疼疼。"

挽翠见状，狠狠瞪他一眼："有话快说。"

"怎么以前也没见你这么凶。"白亦低声嘟囔一句，抬头瞧见她身边同样凶狠的龙泰，顿时不说话了，忍着痛拿出个小白瓷瓶，"这是郎君给夫人的药，专治疹子的。"

白亦见她没接，直接递到她怀里："你快收着。"

挽翠最后还是收了下来，她知道二娘可能会不喜，但她不能现在替二娘拒绝。

不过临关门前挽翠还是斥了一句："二娘早已离开将军府，也不是你们的夫人，莫要叫错人！"

大门"嘭"一声关上。白亦怔在门外，撇了撇嘴，不叫夫人叫什么，再说郎君都没说不行……

挽翠见宋姃房里的灯还亮着，摸了摸手里冰凉的小瓷瓶，最终还是提步走了过去。

桌上点着灯，宋姃手里握着笔，不知在写什么，挽翠进来也只是抬了抬头。

"什么事？怎么还没睡？"

"那个，二娘……"

"嗯？"

挽翠将那瓷瓶放在桌上，小心道："这是白亦送过来的药，说是卫小郎君给的，专治疹了。"

宋姃手一顿，笔下的字瞬间歪了一笔，她轻轻转头看过去，一点没犹豫就说："扔了。"

挽翠出了门，不久后就响起一声清脆的瓷瓶碰撞声，在万籁俱静的夏夜中显得格外清晰。

宋姃忍不住轻笑，这个小丫头也不知怎么扔的，发出这么大动静。

笑过一会儿，宋姃想起今日发生的事，唇角渐渐下拉。

尤四娘知道她被宣召是因皇后的招揽之意后大大松了一口气，可她一点不觉轻松。

宋姃本就打算隐在这盛京城里，谁都不发现她最好。但她也明白，生意越做越好、口碑越传越广，总有一天什么都藏不住。

只是没想到这一天来得这样快，若皇后多个心思、强硬一些，那她毫无抵抗之力。

这大半天里她早已想清楚，她好不容易逃出一个牢笼，又怎么能再跨入一个用金子做的笼子，都是束缚人的地方罢了。

皇宫，不能进，女官，不能做。

想着想着，那精致的眉头皱了起来，后日她还得亲自去一趟含光宫，但愿皇后心慈不责怪才好。

直到后半夜宋妧才迷迷糊糊睡过去，第二天早上醒来头有些晕晕，脸色也不大好。

尤四娘关心了两句，宋妧打个哈哈囫囵过去，提前去了绣坊。

早间太阳刚刚爬到半空，绣坊将将开门营业，张叔见到宋妧十分惊奇："二娘怎么来得这么早？"

"有些事情，张叔不用管我。"

宋妧先是到了展示柜前，将自己的绣品都挑了出来，选了几个寓意好的细细装好。

这样还不够，世间都讲求独一无二，献给宫里贵人的不仅要唯此一件，更要别出心裁。

宋妧又上了二楼，想着一日赶出两条帕子应当不成问题。

她既然要拒了皇后，那总不能两手空空地去，让皇后顺心了，自己说不定能少些不必要的麻烦。

于是宋妧一坐便是一整日，直到日头西斜，没了客人，小二们走了，曹娘子等人也走了，铺子里逐渐昏暗下来，唯余二楼两盏烛光。

萧珩壹进门来就看到这样一幅场面，挽翠坐在柜台后，手撑着脸打瞌睡，二楼火光里倒映出一抹倩影，专心致志地做着手里的活。

萧珩壹在楼下站了一会儿后轻手轻脚上了二楼，走到宋妧身旁，她依旧没注意到身后来了人。

"阿妧。"

"啊！"宋妧被身后突然的声音吓一跳，绣针一下扎进手指，一滴鲜血滴在绣绷上。

她来不及去管受伤的指头，也没转头看来人是谁，立马找出不用的棉布去吸那滴血，用力按了按，血还是在帕子上留下了痕迹，异常刺眼。

萧珩壹知道自己做错事了，连忙绕到她跟前，拿过她受伤的那只手看："阿姒，你没事吧？"

她又是一阵惊慌，急急抽出自己的手，放到唇边吸吮，含混不清地说："你怎么来了？"

柔软无骨的触觉仿佛还在手心，萧珩壹没来得及收回动作，怔怔看着那白皙的小手放在鲜艳欲滴的红唇上，眸色不自觉暗了暗。

不过片刻，萧珩壹恢复清醒："对不住，我不是故意的。"

"无妨。"宋姒低头看了看快要绣完的帕子。她绣的是缩小版的含光宫，红砖绿瓦的格外逼真，好在那滴血滴在了墙角，再补几株花草便可掩盖过去。

宋姒望了望窗外，这才发现外面已经全部黑了下来，眼下她一时是回不去了，朝下面喊一声："挽翠？"

挽翠一下惊醒，揉了揉双眼后噔噔噔跑上来，见到萧珩壹后整个吓一跳。

"挽翠，你先回去，告诉娘亲不必等我用饭。"

挽翠看看宋姒又看看萧珩壹，有些犹豫。她不太懂两人到底是什么关系，不过这……孤男寡女的，她有些不放心自家二娘。

"没事，我还差一点就可以回去了。"宋姒看出来，补了一句。

"嗯，那我让龙泰来接您。"

"好，去吧。"

挽翠又噔噔噔下楼，萧珩壹笑："你这丫头还挺关心你。"

宋姒点了点头，拿过棉布擦了擦手指，那里已不再出血。

这会儿静下来，宋姒反倒尴尬起来了，常夫人那日说的话好似还在耳边，有些东西朦朦胧胧的没人会去管，可一旦戳破，就不能装作看不见。

宋姒低了头没看他，继续拿起绣针，说："萧公子怎么来了？"

"路过，看见你这里还亮着灯。"后半句他没说出口：就想来看看是不是你。

宋姒没了话说，萧珩壹便也不再开口，只是静静坐在一旁陪着她。

后来常夫人与自己说了，说她没订下婚事，还说她听见消息时羞红了脸，他面上不显，实际上安心许多。

这些时日祖母催得急，一副不管不顾就要定下来的模样，现在她给他吃了颗定心丸，那他便有底气去找祖母与母亲。

他知道不容易，可他要试一试。

萧珩壹望过去，宋姁双眸微合，眼睫毛在烛光中一颤一颤，双唇紧紧抿着，唇上好像还有一丝淡淡的血色，往下看是她专注而又熟练的动作，一朵朵小花在她手里逐渐成形。

天地间只有他们两个人，他若是刚回到家的丈夫，那她便是在家中做着手工活、等他回家的妻子。

他想，这世间再没有什么比此刻更加美好了，美好得让他觉得自己一个呼吸都是错误。

时间慢慢溜走，宋姁收了尾，将帕子从绣绷中拿出来，小心存放好。

萧珩壹见她要走，立即说道："阿姁，你家下人没到，我送你回去可好？"

"好。"她也正好有话跟他说。

街道上偶尔还有一两个行人，两人并肩缓缓向芳华巷走去。

安静走了一会儿，气氛有些奇怪，宋姁先开口："萧公子，你如今还在大理寺任职？"

萧珩壹已不是一名小小评事，一路往上走，现下俨然是大理寺少卿，人人都赞萧珩壹走的是首辅大人曾经走过的路，未来定会加官晋爵。

人们总爱拿他和卫凌比，萧珩壹每每遇到这些都十分不耐烦，他自知现在的自己比不过卫凌，只能拼了命地做事，一为证明自己，二也想让她能多看他一眼。

"是。"

"若是我没记错的话，勇毅侯府向来低调，令尊与令兄都只是挂个闲散职务，萧公子这一次能在外任官想必勇毅侯府是大力支持并寄予厚望的。"

宋姁边走边继续说："而我只是一个和离的妇人，甚至连肃清侯府都回不去，只能做点小生意谋生。"

萧珩壹一下明白她要说什么，站定，又急忙开口："阿妡，我觉得你很好，我没觉得和离了会怎么样，也不觉得行商很丢人。"

"萧公子，你是个好人。"宋妡也停了下来，看着他，"可不是每个人都会这样想，你有大好前程，我不能耽误你。"

萧珩壹眸色渐渐冷了下来，不过心里仍存了期盼："阿妡，你是不是害怕卫大人？"

"和他没有关系。"宋妡不知他为何会突然提起卫凌，"是我们两个人的问题，我们不合适。"

"若你说的不合适仅指你方才说的家庭门第，我不那样认为，我会说服祖母，一切都不是问题。"

宋妡叹了口气，她向来不太会拒绝别人，如今说到这个地步她以为他能明白了，不想他竟这么固执。

"萧公子……"

萧珩壹打断她，语气坚定："阿妡，我喜欢你，我能照顾你，也能照顾你娘亲，你不妨给我个机会。"

他眼睛落在她身上，目光绵长又灼热。宋妡心一颤，慌忙避开，转身离去。

萧珩壹寸步不离跟在身后，看着她身影拉长又缩短，唇边缓缓升起一抹笑意，她没有再次拒绝，那他就还有机会。

绕过两条街道，芳华巷近在咫尺。

宋妡在家门前停下，那一点点慌乱已经全被压了下去。

她清楚知道那丝异样的缘由，活了二十二年，从来没有人对她说过喜欢，也从来没人给她做出承诺，就算是曾经同床共枕的卫凌都没有。

不对，卫凌承诺过许多，他说可以让她下半辈子衣食无忧，他说在将军府里他能护着她，他昨天还说若是她想进宫，他会护她顺利，太多太多了，他做不到，也都不是她想要的。

她相信萧珩壹是带着真心说出这些话，她很感激，可她不敢信了。

"萧公子，我对你只有朋友之意，莫要为我浪费时间了。"

"阿妡，那便从朋友做起，我们慢慢来。"

萧珩壹看着她站在身前，娇娇小小的，他多想把她拥入怀里，但他不敢，怕吓坏她。

"阿姗。"萧珩壹从怀里掏出块玉佩，拉过她身侧的手，将玉佩放在她手心，"这是我从小带着的玉佩，你收着。"

那玉佩呈半月形，明显就是定情之物，宋姗不可能会收下："萧公子，我不能要。"

拉扯间，宋姗猛然看见萧珩壹身后不远处不知何时站了个人，隐在暗处，若隐若现。

他定定望着这边，身上怒气一点就能着。

宋姗突然觉得烦得很，萧珩壹还没解决，又来一个。

卫凌下值后直接回了家，问了一句宋姗在哪儿，白亦便去对面问龙邦，龙邦说她还在绣坊，龙泰去接了。

当时天已全黑，卫凌想了想，让白亦把龙泰拦下，自己到绣坊去接人。还没到绣坊就看见两人并肩从对面走过来，他一下子五味杂陈，慌乱得不能思考，不受控制地躲了起来。

他知道萧珩壹一直对宋姗有意，但他没管，他以为宋姗不会看上这种初出茅庐的年轻人。

直到今天……他才发现自己错了。

两人走到一半停在路中间说了一会儿话，他没走近，听不清，只是最后宋姗转身走时的不自然是他从未见过的。

他竟不知道两人关系已这般亲密。

他生平第一回做这些偷偷摸摸的跟踪之事，跟着两人到了家门，看着他们说话，看着他们拉扯，心里的酸涩到了极点。

好像越来越多有关她的事情他都不能平静对待了，或大或小都牵引着他的思绪。

宋姗望了过来，他上前去。

萧珩壹见到卫凌，微微惊讶："卫大人？"

卫凌只看着宋姗，又低头去瞧她手里的半月形玉佩，轻笑："这是何物？"

他这一提醒，宋姗立马将玉佩递还给萧珩壹："萧公子，你先回去吧。"

萧珩壹接了玉佩，却不肯走，上前一步挡在宋姗前面，说："卫大人深夜到此所为何事？"

"我回自己家，不行？"卫凌淡淡觑他一眼。

萧珩壹有些不解，他们不是和离了？什么自己家？

他转过头去，用眼神询问宋姗。

宋姗实在无语，她若不解释，那这误会可就大了。于是宋姗指了指那扇如意门："卫大人住这里。"

两座屋子就隔着一道墙，萧珩壹再看不出来卫凌意欲何为他就是傻了，而卫凌看宋姗的眼神，绝不是一个看和离的前妻该有的眼神。

他早已让人打探过宋姗那三年是怎么熬过来的，也清楚知道这两年的她过的是什么生活，就算这世上任何人都可以追求她，唯独卫凌没有资格。

萧珩壹咬了咬牙，不顾宋姗的反对，牵起她的手，看着卫凌，丝毫不惧："卫大人可真是会挑地方住啊！"

那一瞬间里，他看见了卫凌眼里的火，随后听见卫凌压着嗓子说："松开。"

萧珩壹自然不想松，卫凌是首辅又怎么样，现在在他面前不过也只是一个不称职的、让她伤心难过的前夫。

宋姗不这样想，她有许多方法来拒绝卫凌，但不会用萧珩壹来做挡箭牌，她挣脱开，温声说："萧公子，你先回去，我没事。"

"阿姗……"

"回去吧，我改日再寻你说清楚。"

萧珩壹没抵过她，不过走的时候一步三回头。

萧珩壹一走，宋姗也没了顾忌，与盯着她的人对视一眼后直直转身回屋。

不出意外，卫凌将她一把拉住，用力十分。

宋如回头瞪他，喊了声：“你做什么，痛！”

卫凌立即缓了力道，但没放手，声音一点没有方才面对萧珩壹时的气势：“他叫你阿如？”

真是奇奇怪怪的问题，宋如“呵”一声，懒得答。

他继续问：“你们什么关系？”

宋如知道他是什么样的人，现在又位极人臣，一只手便可翻云覆雨，萧珩壹不是他的对手，她不能让萧珩壹因为自己而受到什么不公正对待。

“我们没有关系，你不要动他。”宋如冷冷地说。

卫凌听完立即阴鸷道：“你在护着他？”

宋如趁他不注意，离开他的桎梏，后退两步：“卫凌，这世上不是谁都像你的。”随后头也不回地离开。

卫凌一个人在黑暗中站了会儿，随后叫来一直在身后的白泽：“去查查这两年萧珩壹和她的关系。”

“是。”白泽应，“那这萧公子……”

“不必动他，派人护着。”

宋如第二天进了宫，好在郭皇后没有强求，只说了几句可惜。

含光宫里一举一动皆传入沈娥耳中，她有些惊讶：“真拒了？”

郑嬷嬷拿出一条帕子、一个香囊，说：“是，拒了，这些就是她送过来的。”

沈娥接过帕子，双手轻轻摩擦一阵，轻哼：“那便算了，一个绣娘而已。”

她原想着将这绣娘纳入宫中，好狠狠打那群宗亲女的脸，现在想来她堂堂宁国公主何须做这些掉价的事，平白让人笑话。

过了一会儿，秋儿急急走进来：“公主，来消息了。”

“怎么说？”

“那宋娘子原是肃清侯府的庶女，也是两年前从将军府和离的二少夫人！”

二少夫人……她就是和卫凌和离的女人？！

沈娥脑子转了一圈才明白过来，脸上已经掩不住惊讶。

郑嬷嬷也惊了："怪不得那日卫大人突然造访，竟是这个原因。"

"是呢，这个宋娘子和离后没回母家，就在盛京城里开了两家铺子，生意极好。"秋儿说着，"不过好像没人知道她还留在盛京，我们的人查了两天才查出来。"

沈娥突然问："他们为何和离？"

"不大清楚，听闻好像是宋娘子三年无所出，明面上和离，实际上是休妻。"

沈娥却是一点不信，那宋娘子哪里像一个被休的女人？而且按那日含光宫的情形，这个宋娘子一个眼神都没给卫凌，反而是卫凌频频偷看，还一副生怕别人欺负了她的模样，就连最后离开都是一起。

她起先还怀疑两人关系，现在一切都有了答案。

沈娥扬起一抹淡笑，既然这样，那事情就好办多了，一个男人要是有了弱点，拿下只是早晚的问题。

秋儿又道："还有一件奇怪的事。现在卫大人从将军府搬出来了，就住在宋娘子家旁。"

沈娥笑意愈深，真是有趣。

"备轿，去长公主府。"

沈娥不常露面，就连长公主六十大寿也没来，因而秦公秦隆等人见到她时都愣了。

"姑父，听闻姑姑近来身子抱恙，我来探望探望。"沈娥娇俏笑道。

秦隆赶紧让人将秦奕娴找来，让她陪着一起去见长公主。

秦奕娴这一年多里都好好待在家中备嫁，秦家为她挑了门婚事，不高不低，婚期就在今年。

听到消息时她正绣着嫁衣，有些不解，那个不可一世的宁国公主怎么来了？

秦奕娴向来不喜在锦书房上学，那些公主皇子什么的都甚是娇蛮，宁国公主便是其中一个，不过她常常姿态摆得很高，从来不屑与他们玩在一起。

不喜归不喜，现在却不能表现。

两人一起往长公主居所去，沈娥问："奕娴姐姐可是要出嫁了？"

秦奕娴立马恭敬回道："公主，奕娴与您差着辈分呢，当不得一个姐姐。"

沈娥亲昵挽过秦奕娴的胳膊："咱们年纪相仿，无碍的。"

秦奕娴不再说了，任由她去。

长公主今日精神尚可，正坐在院子里的躺椅上休息，沈娥一进门就跑到她跟前："姑姑！"

长公主缓缓睁眼："你怎么来了？"

"域川哥哥说您最近腿脚不好，我来看看您，母后让我带了些滋补的人参，您记得用。"说完她让秋儿将手里的补品递给伺候长公主的人。

"域川？"长公主没看那些补品，反倒微微有些生气，"他既然知道我腿脚不好，怎的也不来？"

沈娥说："姑姑您别怪域川哥哥，他忙着呢，我也是偶尔才能见那么一两回，听说他现在还搬离了将军府，自己一个人在外面住。"

一句话将长公主和秦奕娴都惊了惊，长公主还径直坐了起来："他搬出去了？"

沈娥小心观察着长公主的神色，不出所料的惊讶，让她越发肯定心中所想。

"嗯，也不知为何要搬出去。"

"这个孩子，怎么这么冲动。"长公主喃喃自语。

沈娥猜测道："听闻域川哥哥和大将军历来关系不好，会不会是这个缘由？"

长公主摇了摇头，并未搭话，沈娥便借机问："姑姑，您可知道他们为何关系不好？我听人说……"

"你问这个做什么？"长公主立时警觉。

"我好奇嘛，如今域川哥哥官至首辅，按理说不应当会这样啊。"

"别瞎想，域川许是另有安排。"

"是。"沈娥乖乖应下，"姑姑，外面风凉，我扶您回去休息吧。"

长公主由着她扶了进去，只是一门心思还在卫凌身上，恼恨他太不懂事了，搬出去能解决什么问题？非得这般行事。

"姑姑，您在想什么呢？"沈娥从下人手里接了茶水，递到长公主眼前。

长公主一个晃神，手臂不当心碰到茶杯，茶水溢出一些，沈娥连忙放下茶杯，掏出帕子去擦拭。

秦奕娴也上前来，一个瞥眼看到了沈娥手里的帕子，越看越熟悉，到最后直捂住嘴巴。

冷静几瞬，秦奕娴朝沈娥道："公主能否给我看看这方帕子？"

沈娥大方递过来："姐姐是不是也觉得这帕子十分精致？"

秦奕娴拿在手里，只一眼便确定这是表嫂绣的，是她独有的绣法。秦奕娴忍住激动，问："公主这帕子从何而来？"

"帕子出自正阳大街的绣坊，奕娴姐姐也认得？不过也是，现在锦书房的姑娘们已是人手一条。"

正阳大街的绣坊？人手一条？秦奕娴疑惑起来，她已经很久没去锦书房上学了，也不大爱出门，这些她一点不知。

难道表嫂还在盛京？还开了绣坊？秦奕娴想着想着就高兴起来，若是这样那就太好了，她还能再见到表嫂！

秦奕娴将帕子还给沈娥，看向长公主，说："祖母，我还有事，得出门一趟。"

"去吧。"

沈娥看着秦奕娴急急离开的背影，笑着喊了一句："姐姐你慢些。"

秦奕娴一路上都有些紧张，周围人都说表哥表嫂和离与她没有关系，可她始终对表嫂存了一丝愧疚。

两年来，表嫂音信全无，她连写信都没法给她写，如今乍然知晓她还在盛京，怎么能不兴奋。

当看到那个在绣坊门口送客的挽翠时，秦奕娴眼眶一下红了，表嫂真的还在！

她一下又迈不动脚步，心里有些害怕，害怕表嫂不想看见她。

直到身后丫鬟催促一声，她才往绣坊走过去。

绣坊里人很多，挽翠在忙，秦奕娴站在她旁边，唤了一声："挽翠。"

挽翠立即回头，看见她时眼睛瞪得老大。

"表嫂呢？"

挽翠一下慌乱起来，抬头看看二楼又马上移回来，支支吾吾说："二娘不在。"

秦奕娴一下就懂，提着裙子上二楼，每走一步，她的心就剧烈跳动一下。

直到那个熟悉的背影映入眼帘，那颗不安的心才缓和下来。

宋妯正一边刺绣一边和身边人说话，这会儿好像说到了什么好笑的事情，几人都开心地笑起来。

那是她从未见过的宋妯，自由自在、想做什么就做什么的宋妯。

秦奕娴突然有些后悔了，是不是不该来打扰她……

可惜太迟了，已经有人看见她，并说："这位客人走错地方了，二楼不卖绣品。"

宋妯闻言回过头来，笑意一下僵在脸上，怔了一会儿才说："奕娴？"

秦奕娴再忍不住，一串一串泪珠子滑落。

宋妯连忙放下绣绷，走过来，擦了她眼角的泪，柔声安抚："怎的还哭起来了？"

"呜呜呜，表嫂，表嫂。"秦奕娴一下像个孩子一样。

宋妯牵起她下了楼，坐在供客人休息的桌子旁。等她哭过一阵，宋妯才问："怎么突然过来了，最近好吗？"

秦奕娴吸了吸鼻子，猛地摇头："不好不好，我一点也不好。"

"发生什么事了？"宋妯没料到她反应这么大。

"表嫂，我要嫁人了，我不想嫁人，我不想长大，我就想待在家里。"

一转眼，秦奕娴也确实到了出嫁的年纪，再也不是以前那个找着机会就溜去琉璎轩找她的小女孩。

宋灿摸了摸她的头，莞尔一笑：“嫁人不是正常的事，是哪家公子有幸娶到咱们奕娴？”

秦奕娴撇了嘴，闷闷地说：“太傅家的孙子。我不喜欢他！可爹爹娘亲都说他好，还说太傅家清正，我一点反驳之力都没有。”

宋灿不知该劝什么，只好道：“你爹娘总不会害你的。”

“我知道，所以我才没办法，表嫂，我该怎么办啊。”

“定下来了？”

“嗯，六礼走完了。”

“那便安心待嫁，别想那么多。”

秦奕娴看着宋灿坚定的眼神，内心竟莫名安定下来。

她这一年多来没什么可以说话的人，所有心绪都只能憋着，这会儿全部说出来，心里顿时敞亮，又哭过一回，整个人都清醒许多。

“表嫂，你一直都在盛京吗？”

“奕娴，你忘了，我不是你表嫂了。”宋灿纠正她。

“嗯，那你就是我的灿灿姐姐。”

“随你吧。”宋灿一下哭笑不得，而后郑重道，“奕娴，对不住，我没去找你。”

“我理解的，今天是我唐突了。”

宋灿便问：“你怎么知道我在这儿？”

“是宁国公主，我看见她拿着你绣的帕子，认出来后就问了一下。”秦奕娴简单解释。

宋灿点头，这样也能说通，毕竟奕娴当初是跟她学过两日刺绣的人，能认出她的绣技十分正常。

“可还有其他人知道我在这里？”

“没有没有。”秦奕娴急忙摇头，“我谁也没告诉！”

走到今日宋灿已经不再怕什么，只是多一事不如少一事：“嗯，那奕娴能帮我保守秘密吗？”

“当然了，不过……”秦奕娴起了个小心思，“不过姐姐，我以后还能来找你吗？”

"可以。"

于是一整个下午宋妠都被秦奕娴霸占着脱不开身，临近傍晚，她小心翼翼地问能不能和自己一起吃饭，宋妠看得出来她是想看自己过得好不好，就应了下来。

后来秦奕娴被宋妠带了人多杂乱的市集，又惊得快要掉泪："姐姐，你就住这里面？"

"你想什么呢，我带你来买菜。怎么，不想吃我做的饭菜了？"宋妠敲一敲她的脑袋瓜子。

秦奕娴恍然大悟，又哭又笑："吃吃吃，要吃要吃。"

两人提了满手的菜，秦奕娴一路蹦蹦跳跳。不知何时身边人停了下来，秦奕娴不解："姐姐？"

随后顺着她的视线望过去，看到了也正看过来的端容郡主与陈箬，登时一怔。

秦奕娴顿时以为是不是自己又闯祸了，急忙朝宋妠解释："表嫂，我真是一个人来的，我谁都没告诉。"

"我知道。"

端容郡主与陈箬站在那扇如意门前，显然是来寻卫凌的，但她们应是没料到会在这里见着宋妠，此刻脸上的神情比秦奕娴好不到哪里去。

宋妠这会儿心里真是烦透了卫凌，原本恬静平和的生活因为他翻起风浪来，也怪自己，应该在知道他搬进来那天就搬出去的。

她深吸口气，大方走过去，朝两人颔首示意后开了自家门，未多说一句。

"姑姑……表嫂……"秦奕娴怔怔跟在身后。

宋妠站在门后等了她几瞬，便不再管还木着的端容郡主和陈箬，两步跨进屋子里去。

大门关上，端容郡主转向陈箬，瞪圆了眼珠子："那是宋妠？"

陈箬答："是阿妠没错。"

端容郡主看看眼前的门，又望着仅隔一道墙的那间小院子，最终只能重重叹气："孽缘啊！"

卫凌将将入夜才回来，见到端容郡主时不见多少惊讶，也似乎早就料到了这一刻。

"你便是为了宋妁才搬过来的？"端容郡主单刀直入。

卫凌坐下，理了理前襟："是。"

端容郡主一噎，气得说不出话来，拉着脸坐在椅子上。

白亦这时端了茶水上来，端容郡主仅瞥一眼，没有用，恨恨开口："域川，你怎么如此固执！"

"母亲，以前是我不懂事。"卫凌摩挲着手里的扳指，低低道，"现在不一样了，我不希望再见到什么小动作。"

卫凌这话与平常不同，带了几分恨意。

他渐渐想明白许多，端容郡主是他母亲，以前她不论做了什么他都是睁一只眼闭一只眼，就算她冷待宋妁，他那时也没多阻拦，只想着自己弥补宋妁就可以。

可他如今终于懂得被人忽视是怎样痛苦的滋味，她前一眼还对别人巧笑嫣然，后一眼即是淡漠、厌恶，仿佛见到自己是多么难受的事。

宋妁不过冷了几眼，他便觉锥心噬骨般的痛，那她曾经是不是也在母亲那里受过许多回？

是他的一味纵容，让母亲越发嚣张，找来奕娴设计，直到最后把她弄丢了。

这一次，不会了。

端容郡主自然听出了他话里的威胁之意，不敢置信："你为了一个女人，威胁你娘？"

卫凌背靠椅子，整个人松下来，淡淡回忆着："母亲，您从小就和父亲一样，喜欢管着我们，衣食住行交友读书无一不落。小的时候不懂事，只觉得那是您对子女的爱，后来我认识了竟轩，我多开心啊，终于有个人一起念书一起玩了。

"可您不同意，您说竟轩家境不好配不上将军府，说他会带坏我，然后用您的权力勒令他不许再见我，再后来竟轩病重，您用他的生命来威胁我，我若回京才肯施以援手。这事说到底不能怪您，只是可惜，竟轩还是走了。”

卫凌脸上平平淡淡，仿佛再说别人的事情，可端容郡主越听越惊，当年那件事谁都没提起过，她以为他早忘了，现在才发觉他记得那么深。

卫凌唇角勾起弧度，似笑非笑："那年祖母还在，与肃清侯府的约定还在，我娶了宋姒，这应当是您这辈子唯一没有掌控好的事情吧。后来祖母去了，您就肆无忌惮，开始张罗着纳妾休妻，不达目的不罢休。现在好了，又该给我续弦了。"

卫凌看过去，眼神凌厉："母亲，下一步该是什么？我要是不同意，您是不是就得想法子将宋姒赶出盛京城？"

屋子里陈箬和白亦还在，皆不敢出声。

两人入将军府已有好些年头，从未见过这种场面，以前卫海奉与卫凌吵起来，光卫海奉一个人的嗓子就可震破屋顶，场面十分激烈。

可当下不同，明明只有卫凌一个人在说，声音不大不小，外人不知的还以为母子俩在闲话家常，但两人知道，卫凌这是生生克制下来了，平静无波底下是暗流涌动，正酝酿着一场大风暴。

端容郡主听完，半天憋不出一句话，最后只能斥责："域川，你就是这么想我的？我做的哪件事不是为你？"

"为我？"

卫凌"呵"一声，就是从小明白"为我"，所以他从来不敢多想，更不敢去责怪，才一步一步走到了今日。

"不是为你是为什么？你知道我为这个家操持着有多不容易吗？"端容郡主愤恨道，"你知道宋姒什么身子吗？你真想绝后不成？"

"母亲，我记得我与您说过的，如今将军府已有了袖礼，不会绝后，至于我……"卫凌神色淡下来，"不是宋姒的问题，是我的问题，是我让她喝的避子汤。"

端容郡主与陈箬都是第一回听见这件事，震惊得不行。端容郡主颤颤问："你说什么？"

卫凌却不想再多言，站起身："母亲，我不再是三岁小儿，您别再想着做什么，也不要去动宋妣，这是我最后一次说这句话。”

卫凌抬步离开，吩咐：“白亦，送客。”

夜阑人静，月光如水般透过窗户洒在地板上，映照出书案前发怔的一个人影。

今夜说了很多，卫凌头回意识到他那三年里做得太少了，但凡他早些与母亲说清楚，她也不至于受那么多苦。

卫凌往窗外望去，一轮弯月挂在稀稀疏疏的星夜里，像以往很多个夜晚。

成婚那时他刚入梅花卫不久，事情正多，无暇顾及后院之事，与她见面更是少之又少。

同样是这样一个清凉如水的初夏夜晚，他在外执行任务回来，她不知从哪里得来的消息，巴巴跑到书房来。

他受了伤正换着药，不想让她知道，也不想惊动任何人，遂让白亦在外面把人拦下，可她不知哪里来的坚持，竟一直坐在外面等。

他知道后便出门去，她应是听到动静，立马回身，惊喜喊了声“夫君”，小小一张脸上都是明媚笑意。

卫凌现在才惊觉，那一声“夫君”不知何时消失了，后来她喊自己“二郎”，现在已是直接喊名字。

她总是很能坚持，认定的事绝不回头，一如既往。

那时他不知说了什么，大概是让她回去之类，可她不肯，甚至不知哪里来的勇气上前两步抱住了他，窝在他怀里细细哭了起来。他僵得一动不敢动，任由她哭，听她小心翼翼与自己诉苦，用词谨慎。

他那时因着身上的伤口推开了她，只劝了两句不要与母亲钰君过多冲突，她乖巧应了，提起身边的食盒递给他，嘱咐他用饭，然后一步三回头地离开。

在宋妣眼里，他的所有举动无异于把她一步一步往外推。

卫凌苦笑两声，当初未加珍惜的却是现在渴望的。

月光落在案卷上，缱绻柔和，似她的眉眼。

他想见一见她。

这样的心念一起，就再也忍不住。

院子里静悄悄的，大家早已歇下，宋姌的屋子也熄了灯，乌黑一片。

他知道她住在哪间房，隔壁傍晚时总会传来热闹的嬉笑声，他常常听得认真，直到她进了屋，他才定下心去做自己的事。

他放轻了脚步来到门前，手碰到门的那一刻又犹豫了，会不会吓到她？她若是知道了会不会生气？

卫凌一想到她生气的模样便无声笑开，怎会有人，连生气都那般好看，那般能牵引人心。

到底是思念占据了心头，他轻轻推了门。昏暗的屋子伴着月光的闯入一点一点明亮起来，照出他想见的那人。

宋姌呼吸均匀，好似睡得极熟。卫凌放下心，迈着脚步走过去，在床前蹲下。

未施粉黛的脸上干干净净，眉似远黛鼻似峰，唇胜红梅肤胜雪，便是这样一张脸，在他心里越刻越深。

两人同床不多，每回都是宋姌先睡过去，他常常睡不好，睡不着时就爱看她睡觉，那时感情尚且平淡，但仍记得她的每个小动作。

她爱翻身，嘴巴微张，甚至有时还会轻轻磨牙，这些都是母亲从不会让他做的，他便觉得十分好奇，原来一个人睡觉还能有这么多姿态。

她有时候会大胆越过来，挂在他身上，若是睡到一半醒了发现自己动作不妥又会立即轻手轻脚躺正去，从不敢惊扰他。

她总是这样，这样小心翼翼，怕他生气，怕母亲生气，怕将军府的人生气。

那样活着太累了，不怪她不想回去。

卫凌小心叹一声，掖了掖被角，将她露在外面的手盖住。

床上的人低声"唔"了句，翻身，卫凌顿时一动不敢动。

如今，小心翼翼的人换成了他，怕她惊醒，厌恶地把他赶走。

他近来害怕的事越来越多了。

卫凌不知待了多久，待到月亮躲了起来，待到光亮冲破地平线，待到鸡鸣人声起，他才终于不舍离开。

第二天。

宋妁睡到近巳时才醒，尤四娘还给她留了早饭，笑道："今天倒是让自己多睡会儿了？"

宋妁扭了扭浑身还僵硬着的胳膊和腿，脸上少见地有些怒气。

"怎么，还睡出起床气来了？"尤四娘疑惑。

宋妁没说什么，只是吃早饭时将馒头当成了仇人，下嘴又狠又重。

吃完早饭出门前，宋妁看着那堵隔开两个院子的墙，再次咬牙切齿，吩咐道："龙泰，你今天不用出门了，去找些木头和藤条来，将这堵墙壁加高加固，越牢越好。"

龙泰惊慌："二娘，可是有贼人闯了进来？不应当啊，我昨晚什么都没听见……"

"有贼，某个不要脸的大贼！"

宋妁一路上都气愤得不行。

昨夜卫凌走近时她模模糊糊好像有些意识，不过许是他的脚步声太熟悉，她并未多加防备，没有醒过来。

后来天色将亮，她瞧见了卫凌离开的背影，便没了睡意。

他怎么这么大胆，半夜闯入闺房算什么？也怪自己，门没上锁，让他有可乘之机。

宋妁恨恨骂了一句，挽翠在旁边问："二娘，您说什么？"

"没什么，挽翠，你这几天晚上过来和我睡。"

"啊？为何？"

"你来就是了。"

傍晚回家宋妁当即要跟尤四娘说搬家的事，她说不动他，那她便搬走。

如今还撞上了将军府的人，后面不知还有什么幺蛾子等着她。

“娘，我们换个大房子吧。”宋媌坐在软榻上，认真道。

尤四娘正给花修枝，闻言放下剪刀，看过去：“可是因为卫凌？”

宋媌惊愕：“您知道？”

“就住在隔壁，我能不知道嘛。”尤四娘继续手上的动作，“而且，他来过一回，我没见。”

“他还敢来找您？”

尤四娘见她一副怒气冲冲的模样，笑言：“我这不是没见。”

“哼！”宋媌手里的闲书被她蹂躏得不成形，“娘，我是说真的，我们现在手里有点钱，换个大房子不成问题。”

换房子是早晚要做的事，现在不过因为卫凌提前了而已。

“阿媌，你换得了一个房子，那下个房子怎么办，要一直这样躲着吗？”尤四娘语重心长道。

“可是，可是我能怎么办……”宋媌一下也不该如何是好了，在尤四娘面前委屈起来。

都怪卫凌，阴魂不散！

尤四娘花也剪好了，看过一眼，十分满意，端过来放在软榻边上的窗台，随后坐在宋媌身旁，握着她的手：“阿媌，当初都走了那么一大步，现在才一小步而已，你怕什么？

“他卫凌就算官做得那么大又能耐你如何，天子脚下还能强抢民女不成？你只管去做你想做的事，不要理会那些。”

宋媌听完想了一会儿，娘亲说得不错，她越是生气越是不满就越加让卫凌变本加厉，最终得不偿失。

尤四娘接着说：“阿媌，娘亲问你，卫凌这样做的用意你可能看明白？你又是如何想的？”

卫凌的用意……虽说不敢相信，但宋媌也能看清一些，三番五次见面，从将军府搬出来，特意跟着去了含光宫，还有昨夜，这些都是以前的卫凌不会做的。

她不知道他为何转变了性子对她百般示好，若是以前，她兴许会高兴得不能自已，可现在她全身心只想离他远远的，他给她带来的全是烦恼。

"娘，我知道，我不会再回头的。"宋姒坚定地说。

"这才是我的阿姒。"尤四娘欣慰，"之前芷安说的萧家公子你觉得如何？可能成？"

宋姒一下头疼："娘，您还想我再嫁入公侯家吗？"

尤四娘果然沉默了一会儿，继而道："那便随你，只是你要明白，人与人是不同的。"

"嗯，我知道。"宋姒急忙换了话题，"不过，房子我们还是要换的。"

"为何，咱们在这住得不是挺舒服？离两间绣坊都近。"

宋姒便靠过去，低声耳语："我瞧着挽翠和龙泰好事将近，咱们这小小院子以后哪还住得下。"

两人顿时相视一笑。

尤四娘道："那是得换了。"

晚上，挽翠依约来了宋姒房间，她本想着睡贵妃榻上，宋姒坚持让她到床上去。

两人平躺着，宋姒突然想起什么，问："挽翠，咱们的门锁了吗？"

挽翠已瞧见那堵加高了的墙壁，心里什么都懂了："锁了，窗户我也锁了！"

"好。"宋姒放下心，过了一会儿，感慨道，"挽翠，你跟在我身旁也有十几年了，拖着拖着你都二十了，也是该嫁人了。"

"二娘……"

"我看龙泰就很不错，人老实又能干，关键是——"宋姒恰到好处地停顿下来。

挽翠一急："关键是什么？"

宋姒转头，伸手点了点她的额："瞧你急得。"

"二娘逗我玩呢。"挽翠脸一红，头缩进被子里。

"我方才去找过龙泰了，你若是没有意见，这婚事我就做主了？"宋姒笑道，而身边小姑娘早已羞得说不出话来。

挽翠当初是被父母卖进肃清侯府的，现在她的婚事用不着经谁同

248

意，而龙泰两兄弟是从乡下来的，那边也没问题。

两人以后也都是与他们住在一起，没有外面那么多繁文缛节，宋姗便打算着换了大房子之后让挽翠风风光光出嫁。

这事就这么成了。

这日是皇室宫宴，首辅卫凌应邀在列，宴上大多是皇亲国戚妃嫔皇子，还有几个重臣。

卫凌坐在宣帝左首，宴开后不断有人上前来敬酒，说着恭维之话。

卫凌一一应了，待敬酒时却直接推拒，众人不敢劝酒，几回下来，卫凌身前清静下来。

上头的宣帝都瞧在眼里，朗声笑道："域川今日是怎么了，何人惹了你？"

卫凌拱手："臣只是在想南洋诸国来访一事。"

自卫凌从东海回来，东夏国与南洋诸国开始贸易往来，一切渐入正轨，南洋诸国约定夏天过去后来访东夏，共商国是，促进邦交。

宣帝又笑："你急什么，还有两个月，先过了七月再说。"

七月还有宝峰山纳凉狩猎一事，也交由卫凌在办。

卫凌还有些事宜待确认，正欲与宣帝商讨时沈娥从对面走了过来，先是意味不明地看了卫凌一眼，随后朝宣帝道："父皇，您与域川哥哥说什么呢，这般开心？"

"宁国怎么来了，来，正好劝劝，他呀，今日瞧着就不对劲。"

"那父皇可算是找对人了，儿臣最会劝人。"沈娥娇笑道。

沈娥在卫凌身旁落座，亲自给他斟了酒，推到他面前："域川哥哥为何心情不好？"

卫凌转头淡淡瞥她一眼，并未答话。

"域川哥哥为何这样冷淡？我又未做什么。"沈娥轻笑。

卫凌这才说话："公主当知道哪些事能做，哪些事不能做。还有，我不是你哥哥。"

"域川哥哥好狠的心啊！"沈娥自己将那酒喝了，"再过半月便要出发宝峰山，我可不可以求域川哥哥帮个忙？当然，也不是白帮的，域川哥哥想要什么我都可以满足。"沈娥靠近他，悄声说。

这幅场景在旁人看来已是十分亲昵，甚至已有些讨论声传入耳中。

沈娥十分满意，他躲，她就靠得越近。眼见他即将暴怒，沈娥继续说："域川哥哥，这驸马之位你想不想要？"

卫凌眼里的嫌恶不加掩饰，站起身来，用只有她听到的话说："忙，恕臣帮不了，驸马之位，还是留给公主宫里的面首吧。"

他头也不回地离了宴席，身后沈娥捏紧了拳头。

卫凌回府后一眼便见到那堵先用了木头拦起来的墙壁，上面还用了许多带刺的藤条围着。

"怎么好端端围了起来，难不成是遭小偷了？郎君，我们要不要也围一下？"白亦迎过来，不解道。

卫凌随后瞪他一眼，什么都不说就进了屋。

白亦更疑惑了，挠了挠头后跟上，等卫凌坐定后开口："我昨日去问龙邦了，龙邦也不知为什么，只说他们好像要搬家，看来是真遭贼了。"

"搬家？"卫凌看过来。

"嗯，龙邦已经在找新的房子了。"

卫凌脸色一下沉下来，白亦见他面色不豫，小心问："郎君，我要不要让龙邦顺便也帮我们看看？"

白亦心想，如果夫人要搬走，那郎君应当也是要跟过去的。

等了一会儿，卫凌没应，白亦再问一遍，他才说："不用。"

他好像又做错了事让她生气了，她围了墙，现在还要搬家……卫凌捏了捏眉心，心中烦闷越加剧烈。

一夜未睡，卫凌第二天一早直直去了隔壁。

来开门的是青姨，他问："青姨，阿姁可在？"

青姨当初也是心疼自家姑娘心疼得不行，两年过去，见到他仍旧没有什么好脸色："卫小郎君有什么事？"

"青姨，我有话同阿姁说，您问一问……她愿不愿意见我。"

青姨到底还是回去通传了，宋妣没走，有些惊讶：“他在外面？不是白亦？在门口？”

“在门口，亲自来的。”青姨回想着，她倒是从没见过卫小郎君那副神色，仿佛宋妣能出去是多大的荣幸。

宋妣也没再怕什么，慢吞吞收拾好了自己就出发去绣坊，顺道见一见他。

卫凌还等着，见她出来眼里闪过一抹亮色，两人就站在门口，宋妣平静地问：“说吧。”

“对不住。”卫凌看着她，认真开口。

宋妣又诧异了，他还会道歉？

她“呵”一声，道：“卫大人有什么对不住我的？”

“夜里，是我冲动了，还有以前……”

“打住！”宋妣及时打断，“以前的事就不要再提了，我不想听。”

卫凌垂了眸子，后道：“阿妣，你们不用搬，我搬。”

宋妣看过去，他身上的失落丝毫不掩饰，她如今却一点不觉同情：“卫大人多虑了，我们搬家与你无关，不过要是还有下次，我便报官了。”

宋妣说完即走，他在后面唤了一声：“阿妣……”

“卫凌，我们没有关系了。”宋妣脚步顿住，没回头，“还望你以后像今日这般，守住规矩，莫要行越界之事。”

宋妣本想着好的房子不好找，可没想到龙邦不出三日就寻到一处，就在正阳大街背街。院子很宽阔，还种了几棵高大的香樟，重要的是价格合适。

宋妣去看过，也见着了那家房东，当天便定了下来。

现在住的房子不大，东西也不算多，大家伙收拾个一天就收拾完，第二日马车拉个两趟就算搬完了家。

接下来，就该忙活挽翠和龙泰两人的婚事了。这么久终于遇着件大喜事，宋妣心情非常好，迁新居当天亲自下了厨，一家人喜乐融融聚在一起。

两人成婚的日子就在一个月后，宜早不宜迟。

当天晚上宋姗就与尤四娘、青姨两人商量好了挽翠的嫁妆，第二天宋姗与青姨带着龙邦出门采买，尤四娘与挽翠留在家中绣嫁衣。

一处茶楼的二楼雅间内，沈娥看着对街那间胭脂铺刚走进去的人，眼里连带着泄出恨来。

"卫凌，我给过你机会的，是你非得逼我这样做。"

沈娥回过头，问："太子的人手都安排好了？"

秋儿应："都安排好了。"

·第六章·

她心里没有他的位置了

胭脂铺里，宋妉拿起一盒陌花海棠脂，打开后放在鼻下轻嗅了嗅，一股海棠花香味扑面而来，清新淡雅。

宋妉问：“青姨，这个如何？”

只见那小小铁盒颜色纯净、雕花精致，一看就价格不菲，青姨笑道：“只要是你挑的，挽翠都会喜欢。”

宋妉满意将胭脂挑出来，继续去看其他。这时一个掌柜模样的人过来招呼：“夫人要买些什么？本店除了外面列出来的还有不少珍藏品，夫人可要看看？”

这种铺子将好东西藏起来，只售给有钱有势的贵女贵妇倒也常见，只是如今宋妉打扮朴素，这掌柜如何瞄上了她？

宋妉心里有几分疑惑，便问：“都有些什么？”

“藏品大多成套出售，有桃花如意、水玉瑰丽等等，面脂、口脂、螺黛一应俱全，样样精品，寓意吉祥，夫人不必再费心挑选。”

“青姨您看？”宋妉心动。

“看看也无妨。”

“哎，好嘞，夫人随我来。”掌柜的立刻喜上眉梢，而后将龙邦拦下，“后院内只接待女宾，夫人若是不放心可让仆从在院门等候。”

掌柜眼底有抹精光，宋妉疑虑更重，想了一会儿后道：“我们就不进去了，您方便的话可否拿出来？”

“这……”他犹豫起来，“珍品不便拿出，且后院雅间备有茶座点心，夫人可慢慢挑选。”

"若是不便就算了，我们待会儿还有事。"

掌柜的面露难色，一副不忍放弃贵客的样子："夫人稍等，我这就去请示我们东家。"

他匆匆忙忙离开后，青姨好奇地问："怎么不去看看？"

宋妁摇了摇头，道："就是觉得有些不对劲。没事，也不止这一家卖胭脂，我们多看看。"

掌柜的没再出现，宋妁几人也没有等，继续往下一家去。

待到日头西斜，三人手上已满满当当都是东西。这里离家有些距离，这么走回去不是办法，宋妁便让龙邦先回去将马车赶过来，她与青姨在旁边的茶楼里等他。

可到底还是出了事，龙邦回来后只见茶楼雅间里四散的袋子盒子与桌上翻落的茶盏，人早已不知去向。

他急忙找来茶楼小二。

小二见那场景比他还惊慌，连道："我不知道，没听见动静啊，怎么好好的不见了，是不是你们家夫人先走了没告诉你？"

不可能，这是出事了。

龙邦心思一转，立即回了芳华巷。

卫凌不在，白亦一听到消息就拿着他留下来的令牌出发去皇宫，不过迟了一步，宋妁身边的暗卫早已禀了白泽。

卫凌正在殿内批奏折，白泽没管皇帝还在，直接从侧门进入，在他耳边低声禀告："郎君，夫人不见了。"

"唰"一声，眼前的奏折被一笔划过，留下一道刺眼的墨迹。

卫凌立刻起身朝宣帝道："圣上，臣家中有事，今日须先行离开。"

宣帝正在龙椅上昏昏欲睡，听到他说话抬起头来，可底下哪还见人影。

勤政殿外，卫凌双拳紧握，压制着颤抖的声音问："怎么回事？"

"今日夫人上街采买，在茶楼歇脚时像是被人绑了去，现在下落不明。"白泽简单解释。

"怎么没把人看好？派人去寻了没？"

"夫人进的是雅间，我们的人一个在楼上一个在楼下，都没想到会发生这样的事。"白泽道，"已经在寻了。"

"回去领罚！"

"是。"

卫凌微微转身，手扶着殿外的麒麟石像，过了好一会儿才低沉问："宁国公主在哪儿？"

白泽立马心领神会："属下这就去查。"

后来，卫凌离开，守在勤政殿门外的小公公亲眼看见那石像裂了条大缝，岌岌可危。

与此同时，正阳大街背街一间院子里也不得安宁，如今家里就尤四娘与挽翠两个，尤四娘平时都是将宋妁当作主心骨，现在人不见了，她一下子六神无主。

"怎么就不见了，挽翠，这可如何是好。"尤四娘眼眶红红，泫然欲泣，"不行，我得回一趟肃清侯府，阿妁是肃清侯府的女儿，他们不会不管的，还有宋瑜，宋瑜不是管着禁军，他一定会有办法。"

尤四娘说着说着就要出门，挽翠只好先将人拉住。

"夫人，您先别慌。"

"我能不慌吗，阿妁要是出了事我怎么办？"

挽翠实际上也十分害怕，可她记得二娘告诫自己的，千万千万不能让夫人和肃清侯府的人碰面，冷静几瞬后道："夫人，我去，我去求侯爷。"

"你去不行的，谭慧之不会理会你，她巴不得阿妁出事。"尤四娘扯下她的手，"你别拦我。"

情急之下，挽翠想到了萧珩壹："夫人，我知道了，我去找萧公子。萧公子如今是大理寺少卿，他神通广大，会帮我们的！"

"他和阿妁无亲无故……"

挽翠连忙说："不是的，二娘之前救过一回萧公子，而且……反正萧公子不会见死不救的。"

挽翠安慰了几句，又让龙邦将尤四娘看好，自己急急出门去找萧珩壹。

某处院落里，宋妣被"请"至大堂，堂里坐的俨然是宁国公主，沈娥。

宋妣一下明白自己为何被绑，在沈娥眼里，自己怕是归属情敌一类了。这样想着，宋妣倒是松了口气，那事情就简单多了。

沈娥仿佛将宋妣当成了座上宾，让人端茶倒水伺候着。

方才在茶楼就是因为喝了那杯茶才被绑到这里来，这茶水宋妣可不敢再动，一双清澈的眼睛只盯着沈娥看。

沈娥不过十六七岁的模样，现下却十分老到，无论是姿态还是眼神，完全不像个小姑娘，也没了当时在含光宫见到的刁蛮任性。

"怎么，宋娘子不敢喝？"沈娥嗤笑一声，"也是，若不是宋娘子聪明伶俐，在胭脂铺时皇兄的人就该得手了。"

果然如此。

宋妣轻笑了笑，说："公主这么大费周章地将我绑过来就为了请我喝茶？"

"自然不是，宋娘子不妨猜猜？猜中了隔壁院子里你身边那人可保小命一条。"沈娥挑了挑眉角，笑意不达眼底。她实在好奇，卫凌既然这样在意这个宋妣，那当初为何会同意和离？

"你别动青姨！"宋妣一时激动。

沈娥笑："嗯哼，那就看宋娘子表现了。"

宋妣忍下，看向她："卫凌不会来的。"

"啧啧啧啧，看来宋娘子一点也不了解自己的夫婿啊！"沈娥叹了几声。

"我们早已和离，公主若是真心喜欢卫凌，去求道圣旨比绑我有用。"宋妣冷静道。

"绑你有没有用，不是你说了算，也不是我说了算，你说对吧？"

宋妣不知这宁国公主哪里来的信心，她没和她争辩，静静坐着，寻找脱身的可能。

想了一会儿，宋妣开口："我可以助公主实现愿望。"

　　宋妧想着，沈娥到底年纪小，为着喜欢的人难免会冲动些，只要自己不站在她对面，那一切自然迎刃而解。

　　沈娥闻言好奇地看过去："宋娘子舍得？"

　　难不成，是人家自己不要卫凌的？沈娥一下对眼前女子佩服起来，卫凌什么人，相貌已是上乘，家中又是数一数二的权贵，如今靠着自己还当上了首辅，她宋妧居然说不要就不要？

　　只见下面的人淡淡出声："没什么舍得舍不得，首辅大人尚公主不是天经地义？公主若是想听，那我便将卫凌的喜好厌恶都说与你，助你一臂之力。

　　"另外请公主放心，那三年来我没焐热他的心，他心里没我的，您不用顾虑，若是成了，那将军府与他都会很开心，岂不两全其美？"

　　门外，刚走进院子的人堪堪听了这两句话，停下脚步。

　　卫凌低了头，想笑却笑不出来。

　　她心里，他的位置真的一点都没有了。

　　院子里的人见卫凌找到了这里，连忙进门禀报，在沈娥耳边低语几句。沈娥立即给宋妧身后人一个眼神，那人一个掌风将宋妧敲晕，将人带了下去。

　　沈娥继续不疾不徐地喝着茶，卫凌走进来后眼神四处搜寻，不见宋妧人影，阴狠道："人呢？"

　　"域川哥哥急什么，好不容易找过来，先喝口茶……"

　　卫凌一个箭步走过去，一只手捏着她的脖子，丝毫不怜惜，厉声问："我问你，人呢？"

　　四周沈娥的护卫纷纷拔剑，白泽也抽了剑相对。

　　小小堂屋内气氛紧张。

　　沈娥呼吸不顺，重重咳了两声，沙哑着声音断断续续地说："你杀了我也没用。"

　　"沈娥，谁给你的胆子，啊？"卫凌目眦欲裂，终是松开人，往里搜去，"白泽，带人找，掘地三尺也要给我找出来！"

沈娥弓着腰深呼吸，等喘过来气，对着他的背影说："就算找到也没用，我给她服了七情丹，解药只有我有。"

七情丹，顾名思义，控人七情六欲，使人疯魔。

卫凌再次转回身，眼神骇人："你说什么？"

"卫凌，我也不想这样的，是你，是你逼我的。"沈娥已坐了下来，脸上完全不见方才的窘迫。

"你威胁我？"

沈娥看过去，仿佛胜券在握："不错，不过一个无名无分的女人，你要想救她，就好好听我的话。"

卫凌渐渐冷静，看着沈娥身后的侍卫，认了出来："太子也有份？"

沈谢晋与沈娥一母同胞，沈娥就算再怎么不想与那个哥哥扯上关系也无法，世人早已将两人捆绑在一起，既然如此，那便只能好好利用。

"域川哥哥倒是眼利。"

"说吧，你要什么。"

沈娥见他松了口，心底溢出笑意，看，这一步她还真是走对了。

待屏退众人，沈娥笑道："域川哥哥早这样不好了。"

卫凌又是一记眼刀过去："我说了，我不是你哥哥。"

沈娥耸耸肩，不以为意："域川哥哥，驸马之位真不想要？"

"不可能。"

"若是用她的命换呢？"

空气静了下来，卫凌不再答话。

"看来宋娘子还是识人不清啊，域川哥哥哪是心里没她，是心里都是她。"沈娥笑一声。

"你想做什么？"

沈娥知道他在问另外的事，收起了笑脸，先问了句："你可记得我朝公主历来下场。"

东夏朝自曾祖开朝初始，公主向来是用来和亲换取和平的，若是幸运些，当朝无战事，那便不用远嫁外邦，但大多也是要外嫁离京。

至今唯一的例外便是长公主，当初先皇早去，是长公主将年幼的宣帝拉扯大，这才有了今日。

卫凌道："公主多虑了，现下太平盛世，圣上又如此宠爱于你。"

沈娥"呵"一声，现在是没有战事了，以后呢，那点子虚无的宠爱比得上他们所谓的大业？

男人，向来是不可靠的。

"卫凌，我要你帮的忙很简单。"沈娥正色道，"宝峰山纳凉狩猎，父皇会在猎场中出意外，而我，会舍命救驾，届时有大臣请愿，为我赐封地。"

沈娥十岁时为自己拿了"宁国"这个封号，十七岁，该有封地了。

"而你，只需装作什么都不知。"卫凌什么能力她见识得一清二楚，她不得不防。

卫凌沉思一会儿，问："太子呢？"

沈娥眼里适时闪过一丝慌乱，卫凌没错过，说："狩猎一事由我主办，出了事圣上就会怪罪下来，而我应了你不能彻查，只能吃哑巴亏，你们兄妹俩这是一石二鸟啊！"

沈娥没想到他这样快就想明白，娇笑道："要救人总要付出点代价，不过……"

沈娥站起身，走到他身侧，仰着头："不过，域川哥哥若是同意做驸马，那这事就怪不到你身上，皇兄那边也不必担心。"

别的人不可，但卫凌为己所用，正好。

卫凌后退一步，没理会她的话，伸手："药给我。"

这是答应了。沈娥转回身："事成之后，自有解药。"

"沈娥，我说，药给我！"

"现在没有。"

"沈娥，玩过火了就没人能救得了你。"卫凌突然说。

"域川哥哥这是什么意思？"

"漕运一事，你知道为何只处置了邹正，而太子与你都平安无事吗？"

沈娥脸色瞬间苍白，怔怔看着他说不出来话："你……你知道？"

太子中庸，他原先怎么也想不到这样一个人怎么会有魄力和邹正筹谋那么多事，后来才渐渐发现，太子身后的人竟是一个十七岁的小姑娘。

太子是一国储君、一国根基，轻易动不得，他已隐约给宣帝透了消息，宣帝不想管或者说现在还不是宣帝认为可以管的时候，那他自然不会多余插手别人家的事。

可眼下若是涉及他的底线，那一切都不好说。

卫凌继续伸手："药。"

"不在我身上，晚些我让人送过去。"沈娥恨恨道，"卫凌，你已经答应我了就莫要食言。"

她倒是小看了他，罢了，今日目的也已达成，有些事情就留着日后再用。

沈娥咬了咬牙：卫凌，你迟早都会栽在我手上！

而那边卫凌还没答话，白泽就匆匆走了过来："郎君，出了点事。"

"何事，找到人了吗？"卫凌边往外走边问。

"找到了，在隔壁院子，只是他们找到人的时候正好碰上萧珩壹带着人过来，发生了点冲突。"白泽解释。

"他怎么会在？没认出你？"

"不知，我当时还在这边。"

卫凌脚步急促，快得白泽跟不上。

很快，两人在隔壁大门打了照面，宋姗扶着受了伤的萧珩壹，看过来的眼里都是恨意。

"阿姗……"

宋姗语气冷淡："让开。"

萧珩壹受的伤不重，但因失血过多整个人已经有些神志不清，宋姗与他的人合力将人送到最近的医馆。

大夫在处理伤口，宋姗就在一旁看着，盆子里的水没一会儿就被鲜血染红，看着十分吓人。

"大夫，他……他没事吧……"她心底有些害怕，无论这个人是不是萧珩壹，她都不希望救她的人出事。

"没事，未伤到筋骨。"大夫抽空看她一眼，小姑娘浑身隐约有些颤抖，双手紧握着，他劝一句，"姑娘莫要担心，无碍的，养个几日就能恢复。"

随后跟过来的青姨也劝："二娘，你要不先回去换身衣服，我在这看着。"

宋妁低眼看向自己满是血污的衣裙，微微摇了摇头："我等他醒过来，青姨，你回去报个平安，别让娘亲担心。"

"好，我让龙泰、龙邦来接你。"

宋妁怔怔应了，脑子里浮现方才情形。她那时朦朦胧胧间听到打杀声，待睁眼即看见萧珩壹朝她冲过来，神情急切，身后不知何时来了人，他二话没说就挥剑砍去，几轮下来最终将人拦住。

萧珩壹扔了剑，过来给她松绑："阿妁，你没事吧？"话音刚落，他便倒在了她身上，肩膀处的口子血肉可见。

她从没经历过这种场面，上回在永兴巷的打斗她避开了，那会儿受了伤的萧珩壹还只是个陌生人，她看见他的伤口时心中没有一点波澜。

可现在，他是为了她受的伤，若是……若是那些人再狠些，他此刻还有救回来的机会吗？

他有没有想过这些？

宋妁重新看向躺在床上面色苍白的人，内心复杂，她不想欠他什么。

过了好一会儿，大夫包扎完毕，几人都退了出去，屋子里只有宋妁两人。

宋妁坐到床边，给他拉了拉被子，心里叹一声。

娘亲说，人和人是不同的，萧珩壹和卫凌确实不同。萧珩壹进退有度、端方自持，偶尔也会露出少年独有的坚持与固执，与他的相处，她从来不用过多在意什么，也不必悬着一颗心。

而卫凌呢，这个世界上最难相处的人除了他再没有别人了。她以前每回见到他都格外紧张，生怕自己说错话做错事惹了他不开心。

萧珩壹肩头露在外面，白色纱布异常刺眼。

宋灿想，若是今日，卫凌会舍了命救她吗？

不会的，她在卫凌心里没有那般重要。

“阿灿……”微弱的声音传过来，打断她的思绪。

宋灿柔声问：“你醒了，伤口疼吗？”

萧珩壹看着她，轻轻扯了唇，好像有些笑意：“你哭了？”

宋灿没有哭，大概是眼眶有些红，让他误会了。不过她也没解释，只道：“大夫说了，没什么大碍，休养几天就能恢复。”

“阿灿，还好你没事。”萧珩壹感慨。当时挽翠找到他，他第一反应便是她不能有事，他调用了大理寺的人，还去顺天府借了人手，几经查找终于找到她。

没有人知道，他在看见宋灿那一刻是怎样的欣喜，如获珍宝。

“萧公子，下回切不可如此冲动，伤了自己怎么都不划算。”

萧珩壹闻言笑了，肩膀处的伤口因颤动疼得让他“嘶”了一声。

“你做什么，还笑得出来？”宋灿轻声呵斥。

“我想起了我们第一回见时，你也是这样让我不要冲动，不要伤了自己。”第一回见面，他躲在门外，看她在布坊里走来走去，认真挑选布料，嘴上念念有词，漂亮精致，又可爱得像个瓷娃娃。

若是问他什么时候将她放在了心上，他应该会答，就是那一刻吧，从此，念念不忘。

“阿灿，我能不能提个请求？”

萧珩壹神色诚恳地望着宋灿，宋灿慌乱地将视线下移，去看他脑后的枕头。

“你能不能不要叫我‘萧公子’了，我小字子微，你唤我子微可好？”

宋灿心里顿时松口气，应承他：“子微。”

萧珩壹这回也不管那伤口，笑容灿烂，叫了一声：“阿灿。”

像个孩子一样，宋灿心里也笑了：“那你先好好休息，我去看看药熬好没。”

“嗯。”

宋灿走没多久，一直在窗外站着的人走了进来。

萧珩壹一眼见到卫凌还有些奇怪，不过思考几瞬便想明白，宋姗出事，他应当不会漠不关心。

只是一想到他曾经给宋姗带来的伤害，他仍旧很气愤，出口讽刺："卫大人这是做什么，在窗外偷听？"

卫凌视线从他的肩膀移至他脸上，神情隐忍。

白泽说，这两年他们常常见面，也常常一起吃饭，宋姗的绣坊是他帮忙买的，绣坊里有人闹事他也会帮忙处置，勇毅侯府为他相看的赏春宴宋姗去了，直到后来媒婆上门。

他不在的两年里，她身边一直有个人。

他以前从来不把萧珩壹放在眼里，直到现在才发现，也许在宋姗心里，萧珩壹，举足轻重。

方才那样鲜活的人也曾在他生命中出现过，是他生生错过。

卫凌越想心里越灰败，不敢再深思。他又看过去，冷静问："你喜欢她？"

躺在床上的人呵呵一笑："卫大人，你知道什么是喜欢吗？"

卫凌没答，以前不知，现在应是懂了。

"卫大人，你知道这两年她是怎么过来的吗？"萧珩壹忍着痛坐了起来，"她回不去肃清侯府，她只能靠自己一个人早出晚归地忙活，养活一大家子人。你见过她的手指吗？那上面密密麻麻都是被针扎的口子，你知道一家铺子从最初走到现在经历了多少困难吗？别人家的姑娘夫人，有谁会有这样的遭遇？

"两年来，她面纱不离身，你知道为何吗？因为她怕被人认出来，别人一口一口唾沫能把她淹没。"

萧珩壹越说越气愤："而这一切，都是因为你，因为嫁给了你，因为与你和离！你如今又在做什么？你明白过来自己离不开她了？想重修于好？我请求你，离她远些吧，没有你她会过得更好。这个世上，最不配拥有她的人就是你。"

萧珩壹字字珠玑，卫凌一句都反驳不了。

就是因为他什么都知道了，他才愈加难受，心疼她受过的那些苦却又无能为力。

两人都不再说话，良久后，卫凌低沉道："无论如何，谢谢。"

"卫大人不必谢我，我不是为了你。我喜欢她，我做的一切都是心甘情愿。我反而要谢你才对，谢你让我有了机会照顾她。"

卫凌不再说什么，从怀里掏出个小瓶子，放到床边的桌子上："她中了七情丹，这是解药。"

他不敢亲自给她，怕她不信，不要。

"七情丹？"萧珩壹一惊，"她怎么会中毒？你又如何得知？"

"还有，你告诉她，这件事以后都不会发生了，让她安心。"卫凌没解释，继续叮嘱。

萧珩壹急了："到底怎么回事，是不是因为你？"当时他忙着找人，并未多加查探，也尚未来得及去查绑了她的人幕后主使是谁，现在想来，疑点重重。

宋姒从不会主动与人交恶，就算别人故意找她麻烦，她也是大事化小，小事化了的态度，因此绝不可能惹上什么仇家，今日一事甚为蹊跷。

萧珩壹看向卫凌，生气道："真的是因为你？卫凌，你做的还是人事吗！"

"不会有下次了。"刚说完，门外有脚步声传来，卫凌神色一顿，转身出了门。

宋姒回来时只瞥见墙角一方衣角闪过，进屋后放下托盘，问萧珩壹："可是有人来过了？你受伤一事需不需要派人往勇毅侯府通传一声？"

萧珩壹盯着她动作，忽然问了句："阿姒，你心里还有卫凌吗？"

宋姒刚端起药碗的手顿了一下，很快掩盖过去，将碗递到他跟前："先喝药。"

他接过药碗，垂下眸子，不声不响喝完，随后听到她说："没有了，我们早已河是河，岸是岸，各不相干。"

萧珩壹藏在碗后的嘴角轻轻扬起，心中雀跃不已，他等她这一句话已是等了许久。

但他不能表现，他们未来的路还太长了，他不能高兴过早。

萧珩壹拿出卫凌给的小瓶，说："阿妪，你把这个吃了。"

"这是何物？"

"挽翠说你是喝了茶楼的茶才被绑走，我担心留有余毒。"

宋妪点了点头，没疑惑，收下那小瓶子，就着水服下。

而还隐在暗处的人见了，终于抬步离开。

已入夜，晚风清凉，卫凌主仆俩往芳华巷走去。

卫凌在宋妪曾经住过的屋子门口停了会儿，问："屋子买下来了？"

"买下来了，郎君，可要把两间院子打通？"白泽应。

"不必。"

须臾，卫凌吩咐："宁国公主这件事不简单，不要让她查到萧珩壹身上，若是查到了，那就派人看着他，不能让他出事。"

"郎君，这是为何？"白泽有些不解。这萧珩壹与夫人的关系他们都看得一清二楚，怎么郎君还要三番五次护着他？

萧珩壹跟尤四娘一样，是她在意的人，他们若是出事了，她应该会难过。

卫凌想，他也只能做这些了，他不能再把她越推越远。

"派人盯着宁国公主，有任何异常随时告诉我。另外，换掉那两个暗卫，你亲自去挑，"卫凌停顿，"不，让暗卫们明日都来见我，我来挑。"

"是！"

"去查查宋瑜在做什么，让他找个时间来见我。"

"是！"

宋妪与他和离堂堂正正，她不该遭受那些不公的对待。

这头宋妪也回了家，只是家里的气氛有些不对。

尤四娘瞧见宋妪身上已经变暗的血迹，吓了一跳，连忙上前来查看："阿妪，你是不是受伤了？"

"我没受伤，受伤的是萧公子，方才就是在照顾他。"

这事青姨已与她说了，尤四娘一阵欣慰，悄悄抹了眼角的泪："还好有萧公子在，不然……"

"娘，您这是怎么了？"尤四娘状态有些不对，宋姗愈加疑惑，越过她朝青姨看去。

青姨没忍住，气道："四娘去了一趟肃清侯府！"

"阿青！"尤四娘转回头呵斥，又转过来安慰女儿，"娘没事，你别担心，宋瑜不在，肃清侯府只是派不出人去找你，他们没有对娘做什么。"

尤四娘怕她多想，又问："你跟娘说，这到底怎么一回事。是不是咱们碰上什么仇家了，要不要报官？"

"娘，我不是说让您不要回去吗，您怎么还去？"宋姗一气，"挽翠，你当时不是在家，怎么没拦住人？"

两年来肃清侯府不管不问，此刻自然也不会插手，娘亲求上门只会受一肚子委屈，什么派不出人？肃清侯家里护卫也有上百人，派不出人去找她？宋姗一点不信。

尤四娘急忙解释："是娘亲自己要去的，不怪他们。阿姗，你别生气。"

"娘！我是生气吗！"宋姗心疼极了。

"我知道，我知道，娘再也不去了还不行。"

宋姗一天憋着的惊慌不安终于在此刻爆发，落下泪来："娘，对不起，是我让您担心了，害得您还要去求他们，是我不好。"

尤四娘急忙将人揽进怀里安抚："娘没事，你爹在，谭慧之没对我怎么样。"

"唔……"宋姗呜咽几声，"娘，您以后别再去了好不好？我心疼您啊。"

就算自己受多重的伤，吃多少苦，宋姗也一万个不愿意让尤四娘回肃清侯府去。

"不去了，娘答应你。"明明她自己在肃清侯府没受什么好脸，现在却还要反过来安慰自己，宋姗更难过了，泪珠子断了弦般掉下来。

在尤四娘怀里窝了一会儿，宋姗缓过来，叮嘱道："娘，还有青姨、挽翠，以后你们出门要当心些，不要轻信陌生人的话，也不要随便在外面吃东西。”

“到底怎么一回事？”尤四娘问。

宋姌解释不清，只简单安抚道：“不过有人起了邪念，现在歹人已抓住了，无碍。”

“好好好，那以后咱们出门还是小心些。”

“嗯。”

宋姌越想越不安，今日若不是萧珩壹过来救人，她尚且不知何时才能脱身离开。

虽然宁国公主不像是要夺她性命，不过她今日未达目的，那以后这样的事就还有可能发生。

宋姌一下愁闷起来，这件事说到底是因卫凌而起，他若是一日没结婚生子，那自己岂不是麻烦不断？

难不成她还真得助宁国公主一臂之力？

而后几天一切如常，仿佛什么都没发生过，卫凌也没再出现。

宋姌渐渐放下心，继续过着自己的小日子。

绣坊生意越来越好，张叔已经在撺掇着她再开家铺子。

宋姌一时犹豫起来。近来事多，她有些分身乏术，今日正好在铺子里，宋姌上楼去寻曹娘子：“曹娘子，扬州可回信了？”

曹娘子答：“回是回了，不过你罗姨和我那些老伙计都没有认识的人，你最近又忙，我便没与你讲。”

“这样啊。”宋姌显见地失落起来。

“二娘，咱们生意很好，再开家铺子不成问题的，你何必去捣鼓那些。”

铺子她已经开了两家，再开下去也行，她其实也没什么赚大钱的欲望，只是总觉得缺了什么，心底一直有个声音对她说，现在还不行，要继续往前。

尤四娘常常说她是掉进钱眼里了，但宋姌知道，她只是喜欢这种忙碌的感觉，喜欢做这些能让自己愉悦的事情，有何不可？

何娘子也说："是啊，二娘，这些天铺子里的东西都卖得极快，咱们几个人日夜赶工都快要赶不过来了，你不用再烦那些。"

何娘子说得不错，现在绣坊里加上宋姁自己不过五个绣娘，算上在家里弄点小玩意的娘亲和青姨也才七个，是有些应付不过来。

宋姁看了看尚且还有位置的二楼，心里琢磨着得再找两个绣娘才行。

"曹娘子，你们都看看还有谁想到咱们绣坊来，让她来寻我。"

几人都高兴起来。

何娘子说："二娘给的月银高，待人又温和，谁不抢着到咱们这儿来，现在有了二娘这句话，绣坊门都要被踏破去。"

大家纷纷附和。

宋姁笑道："那咱们的门槛得起高些才行。"

"不错不错，不是谁都能进来的。"

这日绣坊里没了其他事，宋姁打算早早回家，没想到家里有个意外之客，她曾经的嫂子，宋瑜的妻子姜氏。

姜氏来了一会儿，正和尤四娘在屋里坐着，见宋姁进来，立马起身相迎："阿姁回来了？"

宋姁还在肃清侯府时，姜氏也才刚过门不久，后来她嫁到了将军府，两人来往不多，算不上相熟。

不过姜氏性子柔和，待宋姁与尤四娘都不差。

宋姁知晓，姜氏日子并不好过，听闻宋瑜现在已有两房小妾，妾室去年还是前年生了个儿子，如今过继到了姜氏名下。

姜氏突然到访，宋姁难免不想到娘亲前些日子到肃清侯府去的那一次，心里诧异不已。

"大嫂如何过来了？"宋姁问。

姜氏立即解释道："我今日是一个人过来的，阿姁不必担心外人知晓。"

宋姁更加疑惑，不明白她说这一句是什么意思。姜氏是不是一个人过来，外人知不知道对她来说已经不重要，她现在也不常戴面纱，那些没有实据的传闻根本伤害不了她了。

她只是怕麻烦，怕麻烦找上门，怕牵连到娘亲。

尤四娘将人拉过来，按着她坐下："你大嫂就是来看看，你别多想。"

宋姗微微仰头，用眼神去问询。尤四娘冲她点了点头。

姜氏道："阿姗，你大哥那日确实不在家，没能去找你实在抱歉，好在你平安无事。"

"大嫂，这事不怪大哥，无须再提了。"

"哎，好，不提不提。"姜氏忙道，"父亲让我带了些补品过来，你记着盯着夫人用，还有些首饰是给你的，你莫要嫌弃。"

"父亲？"宋姗更惊了，两年不闻不问，现在会关心了？既然关心，那又为何不亲自前来？

"是，都是父亲让我拿过来的。他说这两年愧对你们母女，也没脸见你们，怕你不开心便让我先来一趟。"姜氏看着她，诚恳道，"阿姗，你若是同意，那父亲与母亲会过来看看。"

姜氏："其实我能看出来，父亲时常会念叨起你，也十分想念夫人，只是我们都没有你们的消息，也不知你们还在盛京，说到底，还是我们的错，现在既已知晓，父亲和母亲都希望你与夫人能重新回肃清侯府去。"

宋姗心里冷笑，当初让她们走的是他们夫妇，现在想让她们回去的还是他们，这算什么，招之即来挥之即去吗？

还派了姜氏来做说客，他们真是好大的脸啊。

宋姗沉了脸不说话。姜氏一慌，怕自己说错了话，急忙补充："阿姗，大嫂嘴笨，可大嫂知道父亲与你大哥都很记挂你，当初他们都没料到你说走就走，后来想再寻你已是为时已晚。"姜氏说完，小心去看宋姗脸色，不敢再多说什么。

沉默一会儿，宋姗平淡问道："前几日，大嫂可在场，见没见到我娘亲？"

这……姜氏看向一直坐在一旁的尤四娘。

尤四娘开口："你大嫂不在。"

宋妉懂了，娘亲为大嫂说话，可她没为宋恳与谭慧之说话。

“大嫂，你回去告诉父亲，若是他真心觉得亏待了我们，那便让他亲自来跟我娘亲道歉，礼我们收下了，不让你白跑一趟，至于回去，”宋妉看了一眼尤四娘，“我们不会回去，大嫂不必再劝。”

“阿妉……”姜氏语气恳求。

“大嫂，你在肃清侯府里这么多年，很多事你应该能看懂，我虽不知父亲为何会突然转变，可我们怕是不能如你们愿。”

姜氏低叹一声：“阿妉，现在看到你们过得好我其实很开心，父亲想必也是开心的。”

“不早了，大嫂可要留下来用饭？”

姜氏听出她意已决，没再多劝，告别离开。

人走后，母女俩对视，眼神中都有许多话，宋妉先开了口：“娘，您若……”

“娘亲不回，和阿妉在一起就够了。”尤四娘连忙打断。

“好，不回。”

虽然对肃清侯府的示好感到十分不解，但她仍感激姜氏能来这一趟，娘亲跟着她隐姓埋名的委屈能化解一点是一点。

这天天气阴沉得厉害，一朵一朵厚厚的云悬着，就是没落雨。

长公主府那边来传，说是长公主病重在床，卫凌向宣帝告了一日假，过去探望。

卫凌到的时候端容郡主与卫海奉已回将军府，没碰上照面，他直接到了长公主屋里。

长公主躺在床上，瞧见卫凌走进来，人瞬间精神几分，嘴上怨道：“这帮人就是成心不想让我好好休息，一个接一个地来。”

“外祖母。”卫凌靠近，问候一声。

“近来可好？怎么我瞧着瘦了些。”长公主上下打量着。

“一切都好，祖母不用挂心。”

长公主拍了拍床边的凳子：“过来坐。”

卫凌坐下，从旁端了茶水递过去。

长公主调笑道："还会伺候人了？"

卫凌没接话，等她抿过几口，把茶杯接过来放好，这才道："外祖母，我从扬州请了人过来给您瞧病，过段时间就能到了。"

"用不着。"长公主连连摆手，"我这都是老毛病了，治不好的。"

"您别说这些，会治好的。"

卫凌声音冷静，话语里有股不容置疑之气，只是脸上始终淡淡的，没什么情绪。

外人也许看不出来，许还会道那是他一贯的表现，可从小看着他长大的长公主不会不知道，这孩子，心里藏着事。

他近来倒是不来问自己的身世了，长公主揣摩着问了一句："你如今官做得大，皇帝那边可有为难你？"

"没有，圣上待孙儿很好。"

他说这句话时脸上神态没什么波动，长公主渐渐放下心，又去想，既然不是为着这件事，还有什么能让他这副模样？

猜测几下，长公主道："还惦记着宋家那姑娘？就那么喜欢？"

萧珩壹也问过这个问题，喜欢，他后知后觉，是啊，怎么不喜欢。

与宋璇是在锦书房相识的，那会儿宋璇就常常念叨自己有这么一个妹妹，说她如何可爱如何聪明。他没见过真人，却对她十分熟悉。

后来宋璇将人带了出来，他见过几回，已然明白宋璇所言不虚。

之后发生了许多事，他心里对情爱一事不甚在乎，与宋璇的婚事就算不是因她病重他也是要退的。谁也没想到宋璇会过世，没想到与他成亲之人会换成宋姎，两家长辈执意要结亲，他拒不了，也不再拒。

现在想想，大概从那时起，他心底对她，从来不是排斥，可惜他意识得太晚。

他那些年学会了很多事，其中就包括把自己的情感压下去，不能让它左右自己，只要宋姎好好的，那一辈子这么下去他也愿意。

这么多年，她做的一点一滴他明明看在眼里，只是都未曾回应，以至于很多次宋姎在他怀里的时候他都放下了那双想要回拥的手。

　　大概是她的离开唤醒了他的内心深处，他起初气愤，以为是气自己受了她的影响，可又何尝不是内心里知晓了她的不爱与离开而不满。

　　卫凌心里苦笑，太迟了。

　　卫凌长久未出声，长公主心想，多半是了，当初说离就离，最后念念不忘的竟是他自己。

　　"我啊，半截身子骨埋进土里了，真是越来越看不懂你们年轻人。"长公主看着他，"既然还记挂，何不好好认个错，将人追回来？阿姒这孩子是挺好的，当初我就不同意你们和离，也不知你是怎么鬼迷了心窍，现在看到人家的好了？"

　　卫凌一直知道她的好，只是他太理所应当，将那份"好"置于一旁不顾。

　　"榆木脑袋。"长公主伸手在空中点了点他的头，"知道自己错哪儿没？"

　　卫凌垂眸。这些日子他已经想明白，归根究底，是他对不住她，是他三年冷待让她心灰意冷，一年两年三年下来，人多太多了，他数不清自己的罪过。

　　长公主叹了口气："端容说，你给人家喝避子汤？你怎么这么糊涂啊，那避子汤是人喝的东西吗？"

　　卫凌没敢应话。

　　现在说什么都是苍白，他若是早些知道她身子不好，若是早些知道那东西如此毁人身体，那他说什么都不会让她喝。

　　他渐渐懂得，宋姒如此毅然决然地离开，都是他一手造成的。

　　一切为时已晚，宋姒一辈子不肯原谅他也是他罪有应得。

　　"你如今能想明白是最好，过去的都抹不掉了，你可有想好将来怎么做？"长公主问。

　　将来怎么做……他原本以为自己能护她安宁，可现在才发现，他的出现对她来说只是徒增困扰，甚至会给她带来生命危险。

　　他以前很少站在她那边去想问题，现在将自己换成她，终于能体会到曾经的自己是多么让人心寒。

他走了一段弯路，让她越走越远，他不敢有所动作了，靠近一步都怕让她不开心。

将来，他甚至不敢去想了。

"祖母，她如今不愿再见我。"

"唉，她不愿见你也是正常。"长公主叹息，"一个女人，一生所求不过丈夫疼爱，子女绕膝，可你，一样都没给她，她能做出和离那样的决定，我这老人家还挺佩服。域川，你错了，想要挽回没有那么容易。"

卫凌低了声音："我知道。"

"真心，是这个世界上最难能可贵的东西，你以前没有，所以不会去为她考虑，现在，你便先看清楚自己的心吧。"

长公主似有些乏了，卫凌没多待，离开。

秦奕娴与白亦是在花园找到人的，卫凌不知在那里站了多久，像柱子般，屹立不动。她走近，喊了声："表哥？"

卫凌回过头来："何事？"

"祖母让我来寻你，问你晚间要不要留下来用饭。"似曾相识的场景，可谁都知道当年那样的误会不会再发生。

"不了，还得回去。"

"好。"秦奕娴看着他，终究有些不忍，"表哥，你若是还喜欢表……姗姗姐姐，那你就努努力，让她回头看你一眼。"

说完，卫凌脸色没什么变化，秦奕娴都要转身了，才听到他问："怎么努力？"

卫凌以前从未想过自己会爱上谁，后来想明白了，但是稀里糊涂做了许多事，适得其反。

他如今倒是知道什么该做什么不该做，却不敢再轻易行动。

"嗯……我只知道，要是你心里真心有她，那总有一天，姗姗姐姐是能看到的。"秦奕娴突然想到什么，"表哥，你可知道姗姗姐姐的生辰就在下个月？"

卫凌点了点头："知道。"

"那你准备送她什么东西？"

卫凌静了下来，他其实已备好了礼，现在看来，那份礼轻了些。

秦奕娴见他未答话，继续道："其实姗姗姐姐现在不缺什么东西，你的心意才是最重要的。而生辰礼不过是许多事中的一小件，表哥你若是真想要让姗姗姐姐回头，那将来要做的可不止这一件。"

"我知道。"

卫凌离开时天色已经暗沉下来，淅淅沥沥开始飘起小雨。

从长公主府到芳华巷，无须经过正阳大街，可他还是绕了道。

快要靠近绣坊时雨势大了起来，猛烈敲打着他顶上的油纸伞。

一帘雨幕后，宋姗在门口站着，往外张望，似乎在等什么。

卫凌就站在对街，没敢靠近，直到她看了过来，身子一下僵住。

两人透过磅礴落下的大雨无声对视，他想了一会儿，走动两步，她眼神平淡，没有生气也没有不生气，他便大着胆了走了过去，和她站在同一屋檐下。

"阿姗，能不能给我一点时间？"卫凌看过去。

此时路上已没有什么行人，身后铺子里烛火微弱，天地间寂静又吵闹。

宋姗在等伞，没拒绝他。

"当初是我对不住你，给你用了避子汤。"卫凌的直言让宋姗一惊，他们之间几乎从未谈起过这个话题，她以为他从没把这件事放在心上，不承想他现在特地过来说这事。

"给你造成的伤害，是我没有想到的。阿姗，是我底子弱要不了孩子，不是你的问题，也不是不想和你有孩子。"卫凌说到一半，看见她闭了闭眼，不再往下说，"不敢奢求你的原谅，但这声迟来的歉意还是希望你能听到。

"还有，那三年始终是我亏待了你，没有为你考虑，也没有站在你这边，是我没有尽到一个丈夫该尽的责任。"

雨势浩大，噼里啪啦的声音好像要将一切掩盖，但宋妁仍是听清了他说的每一个字。

心中不是没有震撼的，他这样一个人，怕是第一次低声下气说出这样的话。

"当一个人融入另一个人生命的时候，你已分不清那是习惯还是爱意。阿妁，你走的时候我从未想过自己会那样难过，我曾经逼着自己去忘记，去证明我的生命中没有你，依然会过得很好。可是两年下来才发现，有些东西已刻入骨血，抹不去，忘不掉。

"阿妁，那些你不喜欢的，我不会去做了，只是能不能，再给我个机会去弥补？"

卫凌说这话的时候语气极低，隐约能听出恳求之意。

宋妁震惊过后，慢慢冷静下来："你能与我说这些我很意外，只是卫凌，不用弥补了，都过去了。"

她做不到释怀，但也不必非得要揪着过去不放，这个道理她明白，希望他也能懂。

卫凌掩了眸："阿妁，我过不去……"

雨渐渐停了，挽翠与龙泰也从家里拿了伞过来，宋妁接过伞，走进毛毛细雨中，回头望了一眼，最终离开。

回到家的时候，雨已经完全停了，宋妁收了伞，低头看着被雨水打湿的裙摆，有些烦躁。

尤四娘上前来接过伞，一边抖落水珠一边说："我瞧着今日天气就不对，果然还是下雨了，也好，驱散些热气。"收拾好了伞，又对宋妁说，"快进来吃饭。"

吃饭时，尤四娘开口："再过几日便是挽翠成亲的日子，你别老在绣坊忙活了，趁这几天好好歇息歇息。"

"嗯。"宋妁点头。

尤四娘见她神情有些空乏，以为她又在想铺子里的事，便敲了敲她的头："你又应付我。"

宋姗依旧没什么反应，反而没由来地问了句："娘，您恨父亲吗？"

姜氏离开的第二日，宋恳就来了，一个人来的，说了些冠冕堂皇的话。宋姗不想多听，把屋子留给娘亲与他。

后来宋恳走了，尤四娘一坐就是一下午。

宋姗想，娘亲应当是很难过的，她当时抛弃了扬州的一切跟着父亲来盛京，那一份爱岂能用一两句话说明白。

可如今走到现在，两人中间还剩什么？

尤四娘怔了怔，放下筷子，缓声道："恨过，现在不恨了。我从没后悔当年做的那个决定，是我心甘情愿地来盛京，是我明知他有了妻子还要住进肃清侯府。"尤四娘顿了顿，"以前你还小，他常常十天半个月才去一趟栖院，那时候我是恨的，恨他薄情寡义，恨他不疼你，更恨他用谭慧之做借口。

"后来你平安长大，娘亲唯一的牵挂就只有你，至于你父亲，娘早就看透了，恨他又有什么用。现在他对我来说，只是个陌生人。"

"真的？"

"是，我骗你做什么，没了爱意自然也没了恨意。"尤四娘笑。

宋姗沉默下来，扒拉着碗里的饭。

她恨卫凌吗？

他主动解释了很多，关于那三年，关于避子汤，那些实实在在的伤害虽不是一两句话就能掩盖，但她心里意外地释怀了，仿佛之前所有憋在心里的事情都有了一个出口，彻彻底底地离开。

娘亲说得不错，对卫凌的那些付出都是她心甘情愿，她没有后悔。

以前不恨，现在也不恨，发生的事不会过去，"原谅"这个词无从谈及，只能道一句，没有缘分罢了。

至于他说的那些放不下、过不去，她不会轻易信了，他要如何都是他的事，与她无关。

宋姗轻轻扬起嘴角，没一会儿一碗饭就见底。尤四娘咋舌："今日胃口这么好？"

"女儿每天挣钱可累了，吃多点不行？"

尤四娘失笑："行行行，吃多少都给你。"

日子过得很快，转眼便到了挽翠出嫁的日子。

这两天可把宋姗几人忙活坏了，家里一应布置都是他们自己弄的，要购齐吉庆物，还要请厨娘做席招待客人，大大小小的杂事数不胜数。

好在流程简单多，不用准备什么迎亲仪式，只请来芷安原先家里和龙泰有关系的嬷嬷做证婚人，女方这边自然就是尤四娘。

今日绣坊停业，绣娘、小二们，还有些相熟的邻居好友都到家里来吃席，几桌人凑一起，热热闹闹的。

陈芷安也来了，带着刚出生不久的孩子。是个女孩，粉粉嫩嫩的，十分可爱。

宋姗与她坐在屋子里，看着尤四娘与青姨抱着孩子哄，场面和睦温情。宋姗笑道："女儿，你如愿了。"

陈芷安也笑："不止我如愿了，他们一家也松了口气。"

宋姗小心看她一眼，不去碰她的伤心事，道："我看孩子长得像你，将来定是个大美人。"

"人家都说像她父亲，只有你说像我。"陈芷安这回倒是真心笑出来，"姗姗，你真是没经验。"

"我又没生过，怎么知道。"宋姗说这话的时候一片淡然，不见遗憾。

陈芷安有些欣慰，说："生孩子太麻烦，我在床上躺了一个月才恢复过来，反正他们萧家还想要孩子就自个儿生去，我是不想再折腾了。"

"瞧你这话说的，将来不要打自己脸才好。"

两人笑开。

陈芷安忽然靠近，低声说："姗姗我问你个事。"

"什么事要这么偷偷摸摸的？"

"你与萧珩壹……是不是……"陈芷安话没说全，只是眼神暧昧。

宋姗一下就懂了，应她："没有，你别多想。"

在宋姗看来，萧珩壹一直是朋友，是可以真心相待的朋友，上回他救了她，她十分感谢，可除了感谢之外再没有其他的了。她甚至有些头疼，不知该如何处理这份关系。

"我才不信。"陈芷安斜斜睨她，"听说前几日我这小叔子和萧老太太吵了一架，你知不知道为什么？"

宋妁脑门一凛，有种不好的预感。果然，她接着说："他想要拒了老太太给他找的婚事，说自己已有心仪之人。老太太起初还高兴，问他那心仪之人是谁，他支支吾吾不肯说，只说是个寻常人家，那老太太哪还高兴得起来，当下就说不行。"

陈芷安握着宋妁的手："妁妁，那人是你对不对？"

宋妁没有点头也没有摇头，只是抿了抿唇。

"就算你不承认我也能猜到一些。"陈芷安认真道，"妁妁，你老实跟我说，你对萧珩壹到底是什么想法，你要是喜欢人家我就帮你一把，老太太也不是那么难说话的人。"

宋妁忽然觉得十分不妥，是不是那日她对萧珩壹的态度缓和些让他燃起了不该有的希望？

他如此坚持的话，以后许连朋友都没得做了。

陈芷安还在说："不过看我这小叔子也挺有勇气，为了你以后还不知会做出什么来。"

宋妁叹一声："芷安，你别掺和进来，我会和他说清楚的。"

"这样啊。"陈芷安多看了她两眼，脸上露出可惜之意，"那便算了，你自己看着办吧。"

小孩醒了，哭闹起来，陈芷安连忙去哄。

外头还热闹着，曹娘子进来将宋妁拉了出去，说："二娘，你不在怎么行。"

自己家的席没有外面那么多规矩，院子里除了挽翠这个新娘子不在，其余人一个不落。

龙泰已被灌得满脸通红，不知谁笑了句："龙泰可不能再喝了，今日是人家洞房花烛夜，再喝，一觉睡过去怎么行。"

众人纷纷大笑起来，笑声荡漾在院子上空，彼时日暮四合，柔和的落日余晖浅浅洒着，宋妁觉得十分美好。

出嫁，大抵就是这般美满。

很快，曹娘子给她递过来一个酒杯，对着众人说："我们大家敬二娘一杯，没有二娘，哪有今日这对小夫妇，没有二娘，我们怎么能聚在这里，来！"

大家忽地站起来，有些酒杯里没有酒的也一一满上，都看过来，一人一句："敬二娘。"

宋妦一下有些不习惯被这么多人看着，局促地扬了扬杯子："敬大家。"随后跟着众人一口见底。

那是酒不是水，宋妦喉咙瞬间辣得不行，连忙倒一杯茶水灌下去。她没喝过多少酒，以前就算有也只是浅尝辄止，哪知道酒的后劲这样大。

可大家明显不放过她，先是曹娘子、何娘子，两个扬州来的绣娘酒量好得出奇，一杯小酒眼睛都不眨一下。

随后龙泰兄弟俩从邻桌过来了，龙泰诚意满满，抬着腿就要半跪下去，宋妦知晓他的意思，连忙把人拉住："龙泰，不用，你待挽翠好好的就是对我最大的感谢。"

龙泰拿过龙邦手里的酒杯："谢二娘知遇之恩。"说罢即仰头饮尽，又拿过旁边桌上的酒壶，倒满，"谢二娘愿意将挽翠嫁与我。"第三杯，"今后非二娘不从。"

龙泰连着三杯，本就醉得不行的人这下站都站不稳了。好在龙邦眼疾手快扶稳，龙邦也诚恳道："二娘，龙泰的话也是我的话，这辈子我们就认二娘一个主。"

其实宋妦最受不得这些，当下眼眶就红了起来。她觉得自己真的很幸运，一路上经历了许多困难，可也收获了很多，他们一直都陪在自己身边。

宋妦将心绪忍下去，说："好，以后咱们一家人好好过日子。"

好不容易龙泰兄弟俩走了，张叔又带着一伙人过来。

宋妦笑："张叔您一把年纪了，酒还是少喝点为好。"

"今天是个好日子，不喝点怎么行。来，我们也敬二娘一杯，还望二娘今后带着我们赚多些银子。"张叔是个实在的。

小二们纷纷附和："对，挣多点银子！"

方才曹娘子与龙泰他们都没让宋姌喝酒，可小二们有些还是血气方刚的年轻人，不断劝酒，宋姌不得不又喝了一杯，喝完又赶紧用茶水缓过劲。

一拨又一拨，等天将将黑的时候终于消停下来。

"闹洞房咯，闹洞房咯。"有人喊了句。

于是几个年轻点的姑娘小伙纷纷往新房探去。

宋姌这会儿已经有些醉了，索性也就不去管他们，等了一会儿只隐隐听见龙泰喝了几句，将人赶走，"啪"一声关上房门，好似还有落锁的声音。

她坐在桌子边笑了笑，龙泰还知道护着媳妇呢，挽翠没嫁错人。

"阿姌，你没事吧？"尤四娘关心了一句。

宋姌微微抬头，双颊是明媚的酡红，更衬出她肤色雪白，一双眼睛朦朦胧胧，水润泛光，开口软软糯糯："娘，我没醉，我高兴。"

宋姌好像为了验证她没醉，又抬手去给自己斟酒，一口一门抿尽。

就这还没醉，不过尤四娘没拘着她，她高兴就让她喝吧，这辈子还是头一回。

"娘，你看，我说我没醉吧。"宋姌学着他们将酒杯倒立，语气骄傲，脸上是难得一见的娇憨可爱。

"没醉，我们家阿姌酒量最好。"

"那当然。"

尤四娘一个没注意，她紧接着又给自己倒了两杯，只是再看过去时她脸上已经挂满了泪痕。

这会儿人走得差不多了，只有几个熟人还坐在席上说话，没人注意到这边的情况，尤四娘赶紧问："阿姌，怎么还哭了？"

"娘亲，我开心啊，挽翠跟着我那么多年，终于有了好归宿，您的病也好了，绣坊生意越来越好，大家跟着我都不用吃苦了。

"娘，您不知道我有多满足，自从离开将军府后我每一天都很开心，今天最开心。"

宋灿由原先的默默流泪转为小声呜咽，细碎哭起来，一边不忘给自己倒酒。

尤四娘这回不再由着她了，拿过酒壶。宋灿顿时生气，嘟着嘴，伸手去抢：“娘，还我！”

喝醉酒的人不知为何极为固执，尤四娘劝不动，把酒壶换作茶壶她才罢休，又一边哭一边给自己倒茶喝。

“咦？这酒怎么没味道了？”宋灿看向尤四娘，“娘，下回咱们不在这家买酒了，他们掺假！”

“嗯，不在他们家买了。”

宋灿就这么喝着那假酒，慢慢品尝。

尤四娘看在眼里，心疼得不行。

喜极而泣，喜极而泣，说的不就是宋灿？

这一两年自己女儿经历了什么她太清楚了，那些不开心、那些压力她鲜会跟自己说，统统憋在心里。

这样也好，哭一哭吧，都哭出来。

过了一会儿，陈芷安抱着孩子出门，过来道别，见宋灿这副模样吓了一跳。

“芷安，你要走啦？我送你。”宋灿觉得脸上湿漉漉的，很不舒服，伸手抹了抹，然后颤颤巍巍站起来。

陈芷安哑然，看向尤四娘：“伯母，我不过哄了一下孩子，这是怎么了？”

“酒喝多了，没事，你回吧，萧家郎君是不是来了？”

“嗯，来了，在外头呢。”

宋灿已经往外走，走了一会儿才回头：“哎？芷安呢？”她眯了眯眼，看见追上来的陈芷安，又继续往前走。

走到大门时被门槛绊了一下，好在急忙扶住门框才没让自己倒下去，她往门外扫了几眼，看见了萧家的马车，又模模糊糊好像见着对面街角站了个熟悉的人影，像极了卫凌那个浑蛋。

宋灿揉了揉双眼，再看过去时已经没人，随后心里骂了自己一句，这时候想起他做什么，没出息！

陈芷安已出了门，宋姎越过中间的孩子给了她一个拥抱，带着酒气在她耳边说话："芷安，你要好好的，嗝……"

一声长长的酒嗝，让陈芷安哭笑不得。

宋姎完全不知，歪歪扭扭蹲了蹲身子，掀开小孩身上裹着的小被子，只看了一眼又盖上，好像是怕酒气拂到她脸上，自己喃喃自语："小宝宝。"

萧宁桓走过来，揽过妻子，看一眼宋姎，一下明白自己弟弟为何心都挂在她身上，实在是美得不可方物。

不过，上一刻还惊艳别人的人下一刻就要往后倒去，萧宁桓与陈芷安同时惊讶一声，幸而跟在后面的青姨快两步跑过来，将人扶住。

宋姎站定后"呵呵"笑，指了指萧宁桓，佯装微怒，大声道："你，要是敢对芷安不好，我就把芷安藏起来，让你再也见不到她！"

萧宁桓低头看向陈芷安，不解。

"她喝醉了，说胡话。"陈芷安尴尬解释，对青姨说，"青姨，你们回去吧，我们走了。"

"哎，好。"

等两人走后，宋姎回抱住青姨，似哭非哭，委委屈屈："呜呜呜，芷安走了。"

青姨安慰："没走没走，会回来的。"

对面街角那个正好经过的人将这幅场景尽收眼底，她一会儿笑一会儿哭，他的心也跟着起起伏伏，她快要倒下那一刻他多想冲出去，可是不行，也不能。

等人终于进了门，卫凌才走到明处，看着对面门口两个红灯笼出神。

今日挽翠出嫁，她很高兴，还喝了酒。

七月上旬，流辉赫赫，时送荷香。

正阳大街上的人皆往一个方向涌去，人声鼎沸。宋姎略有不解，问张叔："张叔，今日是什么日子吗，怎的这么多人？"

张叔朝外看了一眼，答她："今日圣上出发宝峰山纳凉狩猎，王公大臣随队，声势浩大，老百姓都瞧热闹去了。"

原是这样，宋妁没多大兴趣，用小扇一边给自己扇风一边继续做事情，这大热天的还这样折腾，她想不明白。

宝峰山地处盛京城北部，约四十来里，夏日舒爽，确为纳凉圣地。

一群人浩浩荡荡抵达山脚行宫时已是傍晚，下人忙着整顿行李，主人们休息的休息，闲逛的闲逛。

卫凌陪着宣帝入住主殿，舟车劳顿，宣帝已累得不行，躺下后就挥挥手让人出去了。

今明日略做休整，后日即是狩猎大典，一切都已安排好，卫凌只需盯着便可。

刚走出主殿，沈娥与一妃嫔携手而来，卫凌蹙了蹙眉，侧过身问礼。

沈娥近来无暇顾及其他，宋妁一事早已被她抛至脑后，今日来寻卫凌只是再次确保计划万无一失。

"域川哥哥。"沈娥高兴唤了一声，"父皇可在里面？我和惠妃娘娘带了些糕点过来。"

惠妃位列四妃之首，多年来圣宠不断，如今膝下有个十三四岁的六皇子，聪明机灵，宣帝亦是十分喜爱。

在后宫里能走到今日，惠妃不仅靠一张脸，身上自有些手段，低调为人便是首要一条，许多宴席她都不曾参与，因此这是第一回见卫凌，这个嫔妃和下人们常常提起的人。

惠妃抬眼看去，卫凌人身段颀长，相貌堂堂气质不凡，这么一看两人倒是不像……

惠妃很快收回思绪，微笑着冲沈娥说："赶了一天的路，圣上定是累了，偏你还要拉我过来。"

"娘娘，就是累了才能显得您关心父皇呀，域川哥哥，我们能进去不？"

卫凌这才抬头，看见惠妃的那一刻几不可察地愣了一瞬。他只见过荷娘一面，如今却从惠妃身上隐约看到了她的影子。

两年来他从未停止过搜查，可随着荷娘的离世，一切线索戛然而止，任他翻遍盛京，翻遍与荷娘有关的一切都找不出一点蛛丝马迹。

眼下看来应是他漏了什么，皇宫，还有眼前这个与荷娘相似的惠妃。

"域川哥哥？"沈娥见他出神，提醒一句。

卫凌立即道："圣上歇下了，公主与娘娘不若晚些再来。"

"多谢卫大人，那我们便晚些再来。"惠妃言笑晏晏，拍了拍沈娥挽着她的手，"回吧。"

沈娥看一眼卫凌，跟着惠妃离开了主殿，只是走到一半她又说"呀，先前姑母让我交代域川哥哥让他去一趟长公主府来着，瞧我都给忘了。"

惠妃了然道："长公主定是想念外孙了，快些去吧。"

"嗯，下回不知何时能和域川哥哥单独说上话，娘娘先回，我去去就来。"沈娥说完就跑着离开，那些小心思都没想着藏。

惠妃看在眼中，摇了摇头。

沈娥去而复返，卫凌一点不惊讶。

"域川哥哥，前些日子你答应了我的事莫要忘了。"沈娥话语仍旧似个娇蛮公主，只是眼神却一点也不含糊，暗含威胁。

卫凌坐在偏殿内，闻言侧眼一瞥，继续给自己斟茶。

"后日狩猎大典，明日我的人就会从猎场后围进来，域川哥哥只需要装作什么都不知晓就可以。"

卫凌抿了口茶，淡淡说："公主与我说得这般详细，就不怕我禀了圣上？"

"自然是要说详细些，不然届时你抓错人了怎么办？"

沈娥自顾在他对面坐下来，拿起一旁的空茶盏，倒茶，喝完后叹道："域川哥哥的茶真不错。"

卫凌没理，眼角露出一丝嫌恶。

"我们如今是一条船上的蚂蚱，事情顺不顺利就全靠域川哥哥了。"沈娥顿了一下，佯装惋惜，"若是不成，那我也不知会做出什么来。"

卫凌眯了眯眼，他对这两兄妹要算计什么一点不在乎。两人强行把他捆绑在一起，计划成，他卫凌就是护驾不利；计划不成，他便也成了帮凶。

他自有脱身的办法，只是……他不会再让宋姌成为别人手里的饵，想甩哪儿就甩哪儿。

这边沈娥自以为拿捏了卫凌，笑盈盈地给他的茶盏斟上茶，提起另外一件事："可惜了姑母腿脚不便，不能同我们一齐到宝峰山来。我记着小时候每次到宝峰山，姑姑总是喜欢住在山后泉边的小屋里，她说那儿凉快。

"有次我不当心掉到那潭水里去了，幸好姑姑身边的人会水性把我救了起来。现在想想竟是再没有见过那个人了，叫什么来着，荷娘？"

事是有这么一件事，不过那人不是荷娘。沈娥说完去瞧卫凌，只见他神色不变，波澜不惊的模样让她疑惑起来，怎么，他还不知道？不应当啊。

她今日还特地带来惠妃，就是为了说这件事，怎么他一点反应都没有？

"域川哥哥，你知不知道那个人去了哪里？"沈娥又说，"我瞧她长得还挺好看，特别是一双眼睛，和域川哥哥有几分相似，也不知是不是出去嫁人了。"

沈娥胡诌了几句，等着他反应。

卫凌深深看她一眼，道："我二十来年都没见过外祖母身边有这样一个人，公主今年不过十六七吧，是不是记岔了？"

沈娥尴尬地笑笑："我先前还问过惠妃娘娘，她也说我记岔了，我还不信，现在看应当是记错名字了。

"算了，不过是一个小小侍女，也不值得我多劳心劳力，就是突然间想起来，域川哥哥不必放在心上。"

后面沈娥不论说什么他都没怎么理会，只好带着疑惑离开。也不知今日能不能成，要是卫凌什么都不知道，那就白费她一番安排了。

等人离了偏殿，卫凌叫来白亦："把这套茶具扔了。"

白亦一傻："啊，这不是您最喜欢的白玉茶盏，怎么……"

"扔了。"

白亦急忙把东西收拾完离开，卫凌吩咐白泽："去查查惠妃和荷娘的关系，不要惊动旁人。还有，盯紧了宁国公主，她的一举一动都要禀报。"

宣帝休整了两天，第三日已是生龙活虎，坐在马匹上，蓄势待发。

东夏朝民风开放，从不拘着女子大门不出二门不迈，女孩也可像男孩一样做自己想做的事情，是以达官贵族家的女儿也有些喜好骑马射猎的，今日除了宁国公主还有三名女子一同入围场。

围场内早已清场，不会有什么猛虎烈兽，仅供贵人们玩乐。

卫凌这次没陪同，只在外头做些善后工作。

一声令下，宣帝策马而去，先入了围场，众人急忙跟上。

围场外设了凉棚，最先一顶下坐着郭皇后与惠妃，惠妃瞧见站在太阳底下的卫凌，让人去叫。

卫凌回过头，惠妃便冲他招手。略一沉吟，卫凌走了过去。

"见过皇后娘娘，惠妃娘娘。"

"今日日头猛，卫大人过来歇歇，喝口茶水。"开口的是惠妃。

"是，谢娘娘体恤。"卫凌恭敬应。

等卫凌喝过一口水，郭皇后笑吟吟地问："卫大人觉着今日谁能拿得头筹？"

"臣不好下定论，圣上身强体壮，射艺一绝，几个皇子也都不甘落后，今日一猎，孰高孰低尚不能分辨。"

"那卫大人觉着宁国如何？"

听见这话，惠妃一惊，朝皇后看去。

"宁国公主自然也是极好的。"

郭皇后满意地点头，宠溺道："这孩子从小就喜欢玩这些，以前圣上不许她跟着进去，怕出危险，今年她求了好久圣上才同意，今天就想着好好表现一番呢。"说完这些又问卫凌，"卫大人如今未娶妻吧？"

"……未曾。"

"可有心仪之人？"这句问话有些逾矩了，卫凌毕竟还是外臣，问的还是这等私密之事。

惠妃已然明白郭皇后的打算，心里头震惊不已，一时不知该说些什么。她看向卫凌，只见他好似全然不介意，泰然自若地答："有。"

郭皇后意外了好一会儿才继续开口："是哪家姑娘？"

卫凌却不打算多说了："是个寻常人家。"

郭皇后心里叹息，看来自家女儿想要卫凌得走一段路了，卫凌这模样不是那么容易妥协的。

一时间郭皇后也没了问话的心思，惠妃便开口："昨日听宁国提起长公主，长公主身子可还好？"

"谢娘娘记挂，外祖母近来恢复了些，已无大碍。"

"那便好，我都许多年未见过长公主了。"说到这儿，惠妃好像想起什么，朝郭皇后笑道，"姐姐还记不记得以前咱们刚进宫时，长公主管圣上管得可严了，轻易不许我们去寻圣上。"

"谁说不是，本宫记着你还被长公主罚过，就在御花园里，把一树梅花采下来。"

两人忆起往事，纷纷笑起来。惠妃道："当时长公主身边的小姑娘就拿着藤条在后面盯着，我想躲个懒都不行，这一晃，二十多年过去了。"

卫凌静静站在一旁，听着她们悲春伤秋。

他看了一眼惠妃，唇角微微勾起。虽然白泽探的消息还没传回来，但他觉得，真是越来越有意思了。

又说了一会儿话，围场入口马蹄声渐起，大家都以为围猎结束，纷纷站起来等着恭贺。

随着马匹靠近，众人大惊失色，宣帝身前一人，横卧在马上，身子微胖，郭皇后一眼认出那是自己儿子沈谢晋，当下晕了过去。

"宣太医！"宣帝大喊。

卫凌让侍卫上前将太子从马背上扶下来，抬进凉棚里，同时疏散无关人等。

太子胸口正中一箭，人已经完全昏迷，太医拔箭时疼得醒过来，喊了几声又晕过去。

宣帝一直在旁边看着，脸揪在一起，等太医包扎好才叫来卫凌责问。

"怎么回事，围场为何会有刺客闯入！"

卫凌先是看了一眼站在人群外脸色铁青的沈娥，随后略有不安地请罪："是臣疏忽，护卫不力，请圣上降罪。"

方才已有一同入猎场的同僚将当时状况复述一遍，事情倒也简单，宣帝行猎到一半，围场内突地冒出来个刺客，直朝宣帝放箭，众人顿时惊慌不已，千钧一发之际宣帝身旁的宁国公主挡在了前头，挡掉不断飞驰而来的箭矢。

等周围护卫与大臣反应过来，太子已然倒在宣帝面前，而宁国公主也与刺客缠斗起来，最后亲手将其击毙。

"查！"宣帝重重丢下一个字，气冲冲往行宫走去。

"是。"

之后一天，卫凌依例查案，查出沈娥事先布置好的安排，呈到圣上面前。

沈娥设计精妙，缘由经过环环相扣，就连刺客家中有几口人都安排得明明白白，若不是卫凌早知真相怕也会被蒙蔽过去。

圣上深信不疑，要求重惩涉事人等，卫凌则罚俸一年。

至于沈娥与太子，一干朝臣争论不休，有赞太子舍命救驾，确为国之栋梁；有说公主奋不顾身，当为巾帼之光，只是无人再提嘉奖封地一事。

行宫某处寝殿内，七零八碎的茶杯与一地茶渣茶水可见主人怒气，沈娥捏着拳头，咬牙："真是我的好皇兄！"

这两日，宝峰山注定不得安宁。

卫凌在第二天早上去寻了宣帝："近日南方水患增多，接连好几封奏折送入盛京城，昨夜更是连夜送到了臣手里，圣上您看，该如何处置？"

太子还没醒，宣帝哪有什么兴致处理政务，简单问过几句便让卫凌去安排。

卫凌道："那臣即刻回盛京安排治水之事。"

宣帝挥了挥手表示同意，等人离开后才反应过来，不过吩咐下属官员做事，怎么还非得亲自回盛京安排？

约莫傍晚时分，卫凌主仆三人回到芳华巷。

一推开门一只个头尚小的波斯猫就奔到卫凌身上，后面下人急急追过来，见来人是卫凌，大大松了一口气："郎君，您可算回来了。"

卫凌将猫抱起，往里走，下人继续说："郎君，这猫完全不要人，这几日我们喂东西也不吃，还老想着往外跑，我们整天提心吊胆的，幸好您回了。"

波斯猫是盛京的南洋商人送来的，卫凌本想推拒，不知后来为何又接了下来。

如今在家中养了大半月，谁都不要，只黏卫凌。

白亦拿来猫的吃食，卫凌接过，放在手心里，奶奶的小猫凑过来舔，舔完仰着脸冲卫凌"喵"了一声。

卫凌轻笑："小东西。"

等小猫咪吃饱喝足，卫凌拿出南洋商人给的小木条，放在它鼻下一会儿，又放进自己衣袖里。小猫果然凑得更近，在他怀里寻了个舒服位置，窝成一团。

身边白亦与白泽早已见怪不怪了，这只猫刚送过来时见生得很，与卫凌两人两看两生厌，后来还是卫凌妥协，先抱了猫。

之后每晚卫凌下了值回家这只猫必会黏在脚边，到后来更是过分，卫凌在书案前办公，小猫就躺在他腿上睡大觉，不睡的话便在桌上踩来踩去，偏偏卫凌任它作为，怎么都不生气，还让白亦手捧着砚台站在一旁伺候，只为不让小猫踩到墨水。

此刻卫凌又伸手，白亦在他手上倒了些给猫吃的干粮食，方便他继续喂。

卫凌闲着的一只手给猫顺着毛，状态自然。

小猫咪舒服得直接伸了个懒腰。

终于消停下来，卫凌视线从猫上离开，好似突然间想起什么，问：

"白亦，我没记错的话阿妱是不是没在琉璎轩养过小动物？"

"是，夫人确实没有养过。"

"去肃清侯府探探，看看阿妱之前有没有养过，没有的话问清楚是不喜还是身子不适合养之类。"说完他补充，"快些，现在就去。"

入夜时白亦就回来了，回禀："肃清侯府的下人说，夫人从未养过什么猫猫狗狗，不过以前宋家大小姐养过一只狸猫，经常带着它去找夫人，其他便没了。"

卫凌已沐过浴，简单披了件外衣坐在榻上，精壮胸膛若隐若现，闻言看一眼在桌子上睡得正熟的小猫，轻声道："好。"

今日是宋妱生辰，就在乞巧节前几天，一家人打算热热闹闹吃个饭庆祝。

暮霭沉沉，宋妱忙完了绣坊里的活，收拾收拾准备回家时却在门口碰见了常跟在萧珩壹身边的随侍，随侍递给她个檀木盒子，上头还有封信。

"宋娘子，这是我家郎君给您的生辰礼。"随侍说完就匆匆离开，宋妱想问句话都不能。

身旁挽翠纳闷："既是送礼，怎么不亲自来？"

宋妱也不大懂，拿开信，打开了那檀木盒子，里面放着一对制作精良的耳饰，看着像是纯金制。挽翠瞧见了，惊呼两声："二娘，这也太精致了！"

这礼太贵重，宋妱不能收，她看一眼小厮离开的方向，淡淡说："回吧。"现在便是想退也退不了，只能等日后再说。

尤四娘和青姨早已备好了饭菜等几人，一到家便开始用饭。吃到一半，前院大门似有人敲门，龙泰急忙去开。

片刻后，龙泰跑回来，手里多了样东西，同样是个暗色小盒子，外边雕花镂空格外精美。

龙泰拿过去："二娘，不知谁放在咱们家门口的。"

"没人？"宋妱边接过边问。

“没，门口一个人都没有。”

奇怪了，会是谁……

“二娘，快看看里头是什么。”龙泰头一回见这么好看的盒子，方才拿在手里就觉得沉甸甸的，于是十分好奇里面装的是什么东西。

宋屾打开盒子的暗扣，一支通体翠绿的玉簪映入眼帘，簪头是祥云模样，其上点缀着几朵红梅，简单大方又尽显贵气。

宋屾拿出来，摸了摸上面似曾相识的打磨痕迹，心中疑虑一层一层加重。

这不是市面上常见的款式，就单这玉，寻常人家就不会用来做簪子，再有，这打磨的功力……

挽翠感叹道：“不会又是萧公子送来的吧？”

尤四娘两人一下被那话吸引，不再盯着玉簪看，拉过挽翠问话。

宋屾恍然间想到什么，将木盒盖上，拿起就出门。

几人在后面喊：“二娘，你去哪儿？”

门口依旧没人，宋屾便往远走了走，果然在街尾看见了卫凌。

此时天色已经完全黑下来，街上店铺也已关门，没有行人。

卫凌头上店铺门口的灯笼应是坏掉了，他隐在黑暗里，模模糊糊一个人影。

宋屾站在几丈外，看着他走过来，在她面前站定。

“阿屾，你喜欢吗？”卫凌没解释，也好像早就料到她会追出来。

宋屾心想，如果不是卫凌送的，她很喜欢。簪子样式简洁，是她常佩用的款式。

但是卫凌送的，不行。

宋屾低头看了看手里的盒子，不知为何脑海里闪过一些过往，那些她送出去的衣物和吃食，那些她曾经的心意。

他那时不收，如今又怎么敢期盼自己收下？

她其实已经无所谓了，可放下不代表要重新接纳。宋屾此刻心中一片宁静，就算是他亲手做的又如何，在她眼里，与街上卖的十文一支的簪子没有区别。

宋妣手指摩挲着盒子边缘，望向他的眼睛，缓缓说：“卫大人是不是没尝过被人拒绝的滋味？”

卫凌瞬间明白了她的意思，她在说以前，也是在说现在。

“阿妣，是我之前不懂珍惜，你亲手绣的那些衣服我都好好收了起来，你对我的好我都记得一清二楚。”卫凌语气极低，“阿妣，就是个小玉簪，也是我的一点心意。”

宋妣听完，浅笑一声，手往前递了递：“卫大人的心意我不能收，请收回吧。”

卫凌没接，宋妣看见他眼角有些红，很快隐下去。她说：“卫大人不要？”

“啪”一声，宋妣松了手，盒子掉在地上，玉簪瞬间碎成两半。

卫凌没看碎了的玉簪，视线始终在她身上，看着她不言一语，看着她毫不犹豫地转身离开。

他伸了手，却连她的衣袖都碰不着。

虽然早料到了这样的结果，可心还是像被刺了一样疼。

直到宋妣的身影消失在街角，卫凌弯下腰，捡起那木盒与玉簪，拍了拍上面沾染的泥土，重新将玉簪放进盒子里。

宋妣回到家时已整理好心绪，大家也识趣地没提起那支簪子，说说笑笑继续用饭。

“娘，我想跟您商量件事。”宋妣说。

“何事？”

“我还是得亲自去一趟扬州，我想问您愿不愿意和我一同回去。”

尤四娘知道她心里还一直惦记着毛毡帽的事情，之前她想了那么多法子都不成，按她那性子，铁定是不肯罢休的。

可扬州自己早就回不去了，回去仅是徒增烦恼，何况宋妣又不是去游山玩水，自己跟着去只会成为她的拖累。

“阿妣，你想去就去吧，娘不会拦着你，娘就在家里等你回来。”尤四娘道。

"娘亲，多匹马车的事而已，无碍的。"

尤四娘像是早就做好了决定，坚持拒绝。宋妱只能放弃："好吧，那您看要不要我带个话或者信回去？"

"你舅舅许久都不曾来信了，就不必再多此一举。"尤四娘说完有些担忧，害怕自己女儿在那边受冷待，"你舅母性子要强，不好相处，你若是不想去见他们就不去，不用为娘亲考虑。"

"嗯，我会看着办的，您不用担心。"

"二娘打算何时出发？"青姨问。

"尽快，我将绣坊里的事情交代好就可以走。"宋妱转过头，"龙邦，你留下来照看娘亲和店铺，龙泰和挽翠随我去，再找几个靠得住的护卫。"

三人应下。

尤四娘开始不舍："这一来一回的也得好几个月，你切记小心些。"

宋妱失笑："娘，我这还没走呢。"

"夫人放心，我一定会保护好二娘的！"龙泰站起身来，握了握拳。

"你还是护着挽翠吧，我怕小姑娘吃我醋呢。"宋妱开玩笑。

挽翠立即有些不好意思，捶了一下龙泰，低声道："坐下！"

正说着话，墙壁上突然跳下来一只小猫，直奔宋妱去。几人没看清那是什么东西，一下各自慌张弹开。

宋妱也被吓一跳，从位置上急忙站起身，小猫从她身上滑落，掉在了地上。

几人等反应过来是只小猫咪才定下心神，龙泰抄起身边的扫帚就打算把猫给赶走："哪里来的野猫？"

小猫咪围在宋妱身边，"喵喵喵"地叫，宋妱一时不忍，制止了龙泰的动作，蹲下身。

这只猫毛发光亮干净，身子矮矮胖胖的，一双眼睛呈碧绿色，十分少见，一看就不是寻常野猫。

它仍旧往宋妱身上蹭，她便把它抱了起来，小猫顺势去舔她的手，宋妱还不适应，连忙将手收回来。

靠得近的挽翠也看清了小猫的真容，惊讶道："好漂亮的猫！"

挽翠伸手过去想摸一摸，小猫却立刻躲开，还冲她龇牙，模样极凶。

挽翠纳闷："怎么对我这么凶，却这样黏着二娘？"

宋姒也疑惑得很，她试着用手去抚摸它的背部，小家伙还主动往她手心靠了靠，哼哼唧唧地叫，宋姒顿时心都化了。

"龙泰，龙邦，你们去问问附近有没有哪家丢了猫，问清楚好还回去。"

小猫咪好像听懂了宋姒说的话，不满地"嗷呜"两声。

宋姒又是一笑，继续给它顺毛。

尤四娘见她这样高兴，回忆道："以前宋璇养了只狸猫，你就馋得不行，每回都央着她带过来，后来那猫过世，人家宋璇都没难过，倒是你哭了一天一夜。"

"娘，这么多人在呢，您尽揭我丑。"宋姒佯装微怒。

青姨也不放过她："可不是，当时四娘说要给你买一只，你不要，还说一点都不喜欢。"

宋姒记忆涌现出来，倒不是不喜欢，只是那时总觉得猫狗这些生命太短了，她承受不住它们的离开，与其事后难过悲伤，不如从根源上解决。

宋姒又摸了摸怀里的小奶猫，惊觉自己现在居然就有了不舍之意。

等宋姒几人歇下，龙邦离开，直往芳华巷去。

卫凌还未睡，亲自见了他："她喜欢吗？"

"喜欢，那猫十分缠人，小的见二娘还直接抱进了屋子。"龙邦立即答。

卫凌点了点头，冷了一晚的脸终于有了丝波动。

"卫大人，还有一事，我想着还是要与你说一声。"

"何事？"

龙邦有些担忧道："二娘打算近日下扬州去，她一个手无寸铁之力的姑娘，这一路上不知会遇到什么凶险，您看……"

当初卫凌几人搬到芳华巷时就找上了龙邦，那会儿他还十分防备，只是后来知晓卫凌所做之事件件都是为了二娘，他便也没顾忌什么，不过偶尔通通消息。

上回二娘出事，卫凌做了什么，龙邦都看在眼里。

如今二娘要下扬州去，他能想到的万无一失的法子就是来寻卫凌。

卫凌听了有些惊讶，问：“她为何要下扬州，可是为了尤家的事？”

“尤家？”龙邦挠了挠头，“不是，二娘是去谈生意的。”

龙邦将宋如所要做之事悉数说出。过了好一会儿，卫凌应：“好，我知道了。”

龙邦走后不久，白泽进门来：“郎君，有消息了。”

“据宫里老嬷嬷们回忆，长公主尚住在皇宫时身边确有个叫荷娘的小宫女，他们说荷娘性子腼腆，模样周正，常常只待在长公主身边，也只听长公主的话，与他们皆不熟识。后来荷娘跟着长公主出宫，渐渐地也没了消息。”

后来的事卫凌已经知晓，二十多年过去，长公主府里下人换了几批，早已没人认识荷娘这个人，而年纪长些的只道荷娘是匆匆离开的，都不知发生了何事。

“惠妃与荷娘是什么关系？”

白泽摇头：“没有关系，惠妃母家是镇守西南的杨家，杨家就只她一个女儿，两人私下里也不见有什么往来。”

卫凌有些烦躁，捏了捏眉心。

沈娥不会无缘无故说那些话，亦不会无缘无故带惠妃过来，而惠妃看他的眼神显然不对，她是知情的。

沈娥目的明显，不过是逼着自己站队。

那惠妃呢，惠妃又是为了什么？

宋如第二天是被拱醒的。

她明明记得睡前给小猫在榻上临时弄了个窝，可第二天醒来却发现它在被子里头，一边拱她一边睡得正香。

宋灿摸了摸它软软乎乎的毛，让它继续睡。

吃早饭时，宋灿问龙泰两兄弟："找到失主了吗？"

龙泰答："没有，别说失主了，人家说见都没见过这样一只猫。"

"二娘，你既喜欢那便留着算了，我们又没偷没抢，是它自己跑来的。"龙邦道。

宋灿直接拒绝："这样哪行，你们有空的话还是得问问。挽翠，你也让大家多注意些，看哪家贴了寻猫告示。"

"是。"

刚说完话，猫就闻着味走了过来，往饭桌凑。宋灿将它抱起，挑了些它可以吃的喂。

挽翠想起昨晚，不死心，又想要伸手去摸它，结果一样，小猫一点不理睬。挽翠叹了一声："我看这猫就是专门冲二娘来的。"

几人哈哈笑。

青姨说："二娘，它既然跟你这般投缘，你给它取个名字吧。"

宋灿想了会儿，又低头看看它那矮矮圆圆的身子，道："那便叫元宝儿？"

"元宝儿，元宝儿……"龙泰嘀咕几声后兴奋地开口，"我喜欢这名字！"

挽翠笑着戳他："你什么不喜欢。"

小半个早晨就这么愉快过去，接下来宋灿可不轻松，她短则离开三四个月，长则半年，什么事都得事先安排好。

张叔、曹娘子他们对宋灿的决定一点不觉意外，很快接受。

"曹娘子，我不在这一段时间就麻烦你帮我照顾着大家，有什么事与张叔商量。"

曹娘子性格爽朗，行事颇有八面玲珑之态，来了盛京不过两年，认识的人却比宋灿多多了，常日铺子里若是宋灿与张叔不在，小二们有事找的都是她。

"这点小事哪用得着二娘交代，绣坊早已是我半个家了。"曹娘子接着说，"二娘，你此番去扬州记得先找罗姨，能少走些弯路。"

宋妧点了点头："曹娘子，你们可需我带个话回家去？"

曹娘子沉默了下，而后才道："二娘，当初我们能离了扬州，就说明那边早就没家了。"

曹娘子神色失落，她便不再说什么，接着交代几句便下了楼。

张叔正在对账，宋妧走近："张叔，您歇一歇。"

"今日进了一批货，我得再看看，二娘您等等。"

等他终于点完货，宋妧开口劝："张叔，您年纪不小了，不必事事亲力亲为，我看铺子里有几个机灵的，您教教他们，以后也能帮着做事。"

"我这老毛病了，什么事不看一眼就不放心。不过二娘这么说，那我这老头子正好有了理由躲躲懒。"

"没错，您让他们做就是了。"宋妧接着道，"我不在这段时日，若是有人来闹事，您知道该如何处置吧？"

张叔拍拍胸脯："这哪能不知，直接报官去！"

宋妧抿唇一笑："也不是事事得报官，以和为贵。"

"二娘您放心便是了，咱们绣坊也开了两年，早就站稳了脚跟，不会有人闹事的。"

"嗯，还有与咱们有交往的那些商铺你记着打好关系，别出什么纰漏。"宋妧一一嘱咐，"两家铺子的小二们也得盯紧了，不能偷懒懈怠，也不得对上门来的顾客无礼。"

"是是是是，二娘您还信不过我们不成。"

宋妧想了想，好像也没什么可说的了，接下来再对对账看看库房便没了事。

她这会儿才意识到，其实绣坊离了自己也不是不行，一切依旧会正常运作，挺好。

午后陈芷安过来了，是宋妧让挽翠去送的信。

两人寻了个茶楼说话，不过宋妧谨慎许多，龙泰就寸步不离守在门外，茶楼里的茶她也不敢轻易喝。陈芷安不知先前发生过什么事，笑她："嫌弃人家的茶还叫我来喝茶。"

"绣坊人多，不是说话的地儿。"

"我正好也有事找你呢。"陈芷安左右看了看，先开了口，"我那小叔子被他爹禁足了，还去大理寺帮他告了长假，说是成婚前都不能出门。"

宋妠惊愕，张了张嘴，说不出话。

"不是不在意人家吗，这么震惊做什么？"

宋妠当然不是因为在意，单纯只是有些惊讶。这会儿提起萧珩壹才猛然想起他昨日还派人送了封信过来，不过昨夜闹得晚，她又被元宝儿给缠着，那信就忘了看。

震惊完她倒是有些说不出的心绪，有愧疚可更多的是为他高兴，将来有了妻儿他应该就能懂得什么才是自己需要的，而不会只盯着眼前这些虚无缥缈的所谓好感不放。

"定下亲事了？"

"定下来了，国公府家的女儿。我是没见过，不过听老太太说是个乖巧的。"

宋妠点头，那与他也算相配。

"何时成婚？"

"老太太怕他跑了，急得很，就在九月。"

九月，也就两个月时间了，确实着急了些。

宋妠想，这样也好，她那时应还在扬州，不会耽误他什么事。

"妠妠，我是觉着挺可惜的，可是你既然不想，那定是有你的考虑，我只希望你能看清楚些，不要被外面乱七八糟的东西扰了你的心。"

陈芷安突然一本正经地说了一番话让宋妠又是一惊，调笑道："这生了孩子就是不一样，人也长大不少。"

陈芷安啐一句："我说正经的呢。"

"我知道，你不用为我担心，我现在挺好的。"宋妠端正身子，"芷安，今日让你过来是想请你帮个忙。"

"怎么了？"

"我过几日会离开盛京一段时日，我不大放心娘亲一个人，你若是有空能不能偶尔去看看，有什么事的话照顾一下。"

偌大个盛京城里宋妠能想到的人只有陈芷安了，好在她如今也算是萧家少夫人，未来的主母，不像以前与自己一样是受人掣肘的小小庶女。

"这说的什么话，你的事不就是我的事，再说伯母待我也好，我不会不管的。"陈芷安问，"你去哪儿，怎么这么突然？"

宋妠便将事情缘由告与她。

陈芷安听完既担忧又羡慕："我这辈子还没出过盛京呢，真羡慕你呀，现在孤身一人，想去哪儿就去哪儿，想做什么就做什么。"

这倒是真的，若不是离开将军府，哪有今日一切。

宋妠笑："你想出去玩还不容易，萧家大郎那样心疼你，你与他说说他铁定带你出去。"

"他就算了。"陈喷啧两声，"木头一个。"

两人聊到了傍晚，不舍分别，陈芷安千叮咛万嘱咐："路上一定要小心，小命要紧。"

"知道了，瞧你啰唆劲。"

这日晚上，宋妠睡前想起萧珩壹给的那封信，挽翠将它压在妆奁上，她找了出来，想了一会儿，终是没打开，放在蜡烛上，一点一点燃尽。

后面两天宋妠都在忙碌，行李尤四娘帮着她收拾好了。第三天清晨，龙泰驾着马车停在家门口，找来的十个护卫也都骑马在一边等候。

宋妠与尤四娘告别："娘，我走了。"

尤四娘红着眼："去吧，注意安全。"

这是宋妠第一回出远门，不止尤四娘忧心，她自己心底也没什么谱。不过到底是兴奋比忧虑要多，她小时候不懂事，常常与长姐说她以后长大了就想变成风筝，飞到任何想去的地方。

现在还不能去任何想去的地方，但总归实现了一半。

马车晃晃悠悠行驶着，出了城门，宋妠撩开车帘，看到所有一切都在倒退，城墙越来越小，人也消失不见。

"二娘，我现在都不敢相信，我们真离开了？"

挽翠隐隐有些兴奋的声音将宋妠拉了回来，应她："是，离开了。"

虽然前路多艰险，不过依旧看到了希望。

有爱的青春陪伴者

惜华年

苏其 著

下

天津出版传媒集团

天津人民出版社

· 第七章 ·

打翻了醋坛子

车马摇晃，一路往南。

宋姗一时感慨良多，她竟真有一日能这样自由地离开。

突然一声"喵"，两人吓一跳，宋姗心底渐升不好的预感。

挽翠还在查找声音的来源，元宝儿已经不知从哪儿跳到了宋姗的怀里。宋姗哭笑不得，摸它的背："你什么时候上来的？怎么还偷偷摸摸的？"

这几日一直找不到元宝儿的主人，它又只黏自己，宋姗其实犹豫过要不要带它一起走，可路途遥远，又一直只能在马车上待着，实在不方便。

没想它倒是自己跑上来了。

"二娘，要不让人送它回去吧，趁现在刚出了城门，还来得及。"挽翠这会儿看它就像看麻烦一样。

"不了，就让它和我们做个伴，晚上到了落脚的地方再给它找个笼子。"

元宝儿嗷呜两声，好像在表示不想关进笼子。宋姗、挽翠两人笑开来，马车内气氛轻松不少。

可惜这份开心没持续多久，走了差不多一个时辰，龙泰在路边停下车，往回探，一脸的紧张，压低了声音："二娘，有人跟着我们。"

大概是龙泰语气严肃，挽翠立马慌张起来，抓着宋姗问怎么办。

如今走了不过一个时辰，离盛京不算远，不应当会出什么事，宋姗冷静许多："怎么回事？"

龙泰答道："咱们出城后后面就不远不近跟着一辆马车，我起初以为只是顺路，可这都这么久了，依然跟在咱们后面。"

"马车？"宋姗疑惑，探出头去看，果然见着一辆马车慢慢悠悠在后面走，不疾不徐，看不出什么异常。

他们走的是官道，而从盛京南下也就这么一条路，应是巧合。宋姒说道："走吧，不用理会。"

龙泰继续驾着车往前走，晌午时经过一个村庄，一行人在村口支起的茶铺里停顿休整。

宋姒戴着面纱，抱着元宝儿下了马车，往后看了一眼，发现那辆马车停在不远处的竹林里，依稀只能看见几个人影攒动。

挽翠给她倒了杯水："二娘，您喝口水。"

"嗯。"宋姒收回眼，坐下来，"龙泰，我们还有多久能到汝南镇？"

旁边上小菜的小二听了，疑惑地插一句："贵人们要去汝南镇啊？"

龙泰立马警觉："汝南镇怎么了？"

"也没怎么，只是听我阿爹说近来汝南镇发生了几桩怪事，瘆人得慌。"小二心有戚戚，"不过贵人们不用担心，若只是途经落脚一两晚，晚上关好门窗便可。"

"什么怪事？"

"我阿爹也是听人传的，说是……闹鬼。"最后两个字小二说得极低，伴着害怕。

小二说完就去招待其他客人。挽翠、龙泰两人看着宋姒，等她做决定。

闹鬼这种事，能不沾染上就不要沾染上。

宋姒问："去扬州还有其他路可以走？"

龙泰摇头。

"脚程快些，能不能赶到下一个落脚点？"

龙泰继续摇头："方圆百里内只有这么一个镇子，继续赶路的话我们晚间得宿在林子里。"

"那便还是汝南镇。"

宋姒想，既是闹鬼，那就是人闹出来的，没什么可怕。

休整完毕，重新启程。

挽翠因听了小二这么几句，全程都有些提心吊胆的："二娘，您不怕吗？"

宋姒看她滴溜溜的大眼睛，有意逗弄："怕，但是我没见过，想见见鬼长什么样。"

挽翠立马躲到角落里，一脸震惊地望着她。

一路无事，抵达汝南镇时正是黄昏，街上人很多，热热闹闹的，看不出会发生什么怪诞事。

宋姗站在歇脚的客栈前看了几眼，发现街道两旁已有些街贩出摊，摆的都是些小姑娘家喜欢的首饰、灯笼，最近一家卖的是七巧果子。

挽翠也见了，兴奋道：“啊，今日乞巧节！”

“现在不怕了？”宋姗轻笑。

挽翠慢慢收回了想要往前去的脚。

几人在大堂坐下，打算先吃些东西填饱肚子。龙泰逮着过来点单的小二问道：“小二，你们客栈安全不安全？”

“客官这是说的什么话？我们客栈是汝南镇最大的客栈，没什么地方比我们这儿更安全的了。”

“那……你们这里是不是闹鬼？”

小二恍然大悟：“嗐，客官您从哪儿听说的，都好久之前的事了，早就过去，而且您没瞧着今日乞巧节，外头已经开始热闹起来，有鬼谁还出门？”

小二言辞凿凿，几人纷纷放下心。挽翠愤愤道：“都怪先前那人胡说，害我担心了一路。”

宋姗倒是没什么反应，摸了摸怀里的小奶猫，吩咐龙泰：“等会儿安置好，你去寻个小笼子。”

元宝儿太能闹腾，她怕一个不小心它就跑不见影。

“二娘，今晚我们出去转转吧，好不容易出来一趟，就别憋在客栈里了。”挽翠说着，“我看这小镇上的乞巧和盛京有些不同，别有一番韵味。”

宋姗一时犹豫，挽翠又催了几句，磨得她应下来。

“吁”的一声，客栈门口来了人，马车声动静很大，两名小二连忙上前接待。

没一会儿，进来几人，当先一个便是卫凌。

两人目光对上，都没从彼此眼睛里看到惊讶，平静无波。

倒是身边人震惊得不行，挽翠张大了嘴巴，白亦亦是，结结巴巴：“夫……宋娘子……你们怎么在这儿？”

不过几瞬，白亦突然想明白了许多事，为何郎君以前出门从来都是骑马，这一回却要坐马车，为何以前赶路一天恨不得当两天用，这一回却慢慢悠悠的似要看风景！

都是为了夫人！

龙泰听了，怒道：“我才要问你们为何在这里！”

龙泰之前和白亦打过交道，挽翠私底下也和他说过一些二娘与卫小郎君的事，此刻说话有些不客气。

"我们自是有公务在。"白亦心里明白郎君有其他心思，可他眼前不能在龙泰面前输了阵，说了一句还不行，继续解释，"近来南方水患增多，郎君这回去是治水的，而且南洋使臣来访，郎君领了命亲自出城迎接。"说完冲一边的白泽扬了扬头，"是吧，白泽。"

白泽应："不错。"

龙泰脖子有些红，不甘地看了几眼。

"所以，一直跟在我们后面的马车就是卫小郎君他们？"挽翠问。

"除了他们还有谁，鬼鬼祟祟的。"

"龙泰。"见龙泰有些激动，宋姒低喊一声，"人家不是说了，有公务在身，什么跟着我们，别胡说。"

"哼！"

而卫凌已经在他们旁边的桌子坐下，镇定自若的模样好像是真的偶然遇见。白亦、白泽两人也跟着坐下。

白亦悄声在白泽耳边问："你早知道了？"

白泽点头。

"好啊你，你和郎君就成心瞒着我！"

"谁让你蠢。"

"……"

元宝儿睡够了，这会儿迷迷蒙蒙睁眼，突然看见旁边熟悉的人影，"喵"一声后跳下去，宋姒忙道："元宝儿！"

只见元宝儿直接到了卫凌脚边转。卫凌抬头，看向宋姒，终于在她脸上看到些震惊神色。

他弯下腰，抱起元宝儿，问宋姒："你养的猫？"

白亦："……"

白泽："……"

宋姒没应他，又喊了声："元宝儿，过来。"

元宝儿依着惯例在他怀里、手心蹭了蹭，没闻到熟悉的味道，又重新几步跳到宋姒身边。

卫凌见状，也难得有了些淡淡笑意，那南洋商人给的木条他早已不带在身边，小猫不黏他也是正常。

此前他只是在送她的玉簪木盒上撒了些木灰，又熏了一日，才让她手里有那木条的味道。他想着不能总靠木条，若是这猫和她没有缘分也不能强求。

不过现在看来，倒是出乎他的意料，就算没了其他东西，小猫也与她很亲近。

元宝儿，元宝儿，她是真的很喜欢。

宋姮抱过猫，轻轻数落了两句："再跑就把你关起来，让你不听话。"

卫凌听见，缓缓勾起唇角。

两桌人相安无事地吃完一顿晚饭。接下来遇到了难题，客栈不大，三间上房全部在三楼，也就是说，宋姮要和卫凌住在同一层楼，中间最远不过隔着一间屋子。

两人停在楼梯口，卫凌看一眼为难的人，主动朝白亦道："我和你换间房。"

"啊？"

白亦还没明白过来，一猫一人已经往上走去。

客栈位置好，宋姮推开窗便能瞧见街上繁华景象。小镇上自然没有盛京城里那么多约束，此刻下面已有许多一对一对的姑娘小伙并肩走着，也有结伴出行的女孩，笑声在空中飘荡。

入夜时分，挽翠依约上来寻她出门。

元宝儿待在龙泰找来的笼子里，不断扒拉着栏杆，对于主人的抛弃表示不满。

而住在隔壁上房的白亦是坐立不安，靠在门口认真去听门外的动静，等宋姮两人离开后便匆匆跑下一楼去寻卫凌："郎君，您放过我吧，我还是住一楼住得惯，夫人出门了，我这就把您的行李拿上去。"

卫凌眼都没抬："让你住你就住，别废话。"

白亦拉着老长的脸："郎君……"

"她出门做什么？"卫凌忽然问。

"今日好像是乞巧节。"

"乞巧节？"

"嗯，不过是姑娘们玩乐的节日，什么牛郎织女穿针引线乞巧，也可像上元一样，放河灯祈愿。郎君您不会想去吧？"白亦还有些怏怏。

过了好一会儿他才后知后觉，对上对面那人黑得不行的脸，连忙说："今夜街上人多，而且夫人人生地不熟的，可能会出事，郎君您要不去看看？"

白亦感慨自己说谎已熟练得能脱口而出，笑话，这天下现在谁都有可能出意外，就夫人不会出意外。

卫凌站起身，抚了抚衣袖，径直出门。

宋妗走着走着就觉得自己今天这个决定好像做错了。

挽翠很开心，龙泰也很开心，两人在前面一会儿看看这儿一会儿看看那儿，兴致盎然。唯独宋妗落在后头，后面跟着两个护卫。

走了一会儿，挽翠终于想起后面还有个人，指着眼前一个小摊："二娘，你看，这里的小玩意和盛京都不一样。"

宋妗看过去，都是些手工编织的小东西，样式各异，格外精致。

"你喜欢哪个，我给你买。"龙泰朝挽翠大声说。

挽翠呵呵笑，上前去挑了一个小蜻蜓，举到他眼前，娇媚道："这个。"

龙泰直接付钱，尽显男子气概。

宋妗在旁边看着，眼里泄出笑意。龙泰瞧见了，伸手摸了摸后脑勺，颇有些尴尬："二娘，您看看要哪个，我……我也买。"

"我就不用了。"宋妗笑意更甚，"你们慢慢逛着，我去那边坐坐，等会儿直接回去。"

"啊，二娘，你别。"挽翠离开龙泰，过来挽留。

"他们跟着我呢，没有事，去玩吧。"这是这对小夫妻第一个乞巧节，她怎好插在人家中间。

不过宋妗一个人也算怡然自得，四处看看，看累了就在河边一家卖七巧果的店铺里坐下来，打算尝尝这儿七巧果的味道。

乞巧节没有上元那般热闹，不过这会儿也有零零星星的人在河边放灯，热闹嬉笑，十分恬静美好。

老板娘将七巧果拿了过来，见宋妗一个人，有心搭话："姑娘是外地人？"

宋妗点头，老板娘顺势夸赞一番自己做的东西："这七巧果我一年就做这么一回，许多人都赶着来吃哩，姑娘有口福了。"

宋妗低头看着各种形状的果子，捻起其中一个玉兔模样的，轻咬一口，赞道："味道不错。"

老板娘满意地离开。

另一头，卫凌同样咬了一口白亦才买来的果子，眉头皱成一团，太甜了，这个老板娘家的糖怕是不要钱。

他抬头看去，宋妗果然不再吃，将那果子放到盘子里，没有再品尝的动作。

他便也将果子丢还给白亦："不吃了。"

过了一会儿，有两个醉汉模样的人靠近，对着宋妗说了几句话，卫凌离得远，没听见说了什么，只觉一阵火大。

叫来她不认得的暗卫，厉声道："你们，去把人赶走。"

暗卫还没走近，宋姗身后的护卫就已动了手，两个醉汉落荒而逃。

白亦听见自家郎君咬牙切齿："好在你们跑得快。"

再后来，一个捧着花的小女孩走过来："哥哥，你要不要买花？"

卫凌一低头，看见小女孩手里拿着几束不算多精致但开得正好的鲜花，又看看不远处的人，想起她在琉璎轩后院种的那些花，朝白亦伸手。

白亦不解，卫凌只好道："银子。"

"噢。"白亦立即从荷包里掏出银子给他。

卫凌蹲下身，指了指宋姗："你去，把这些花给那个姐姐，就说是你送的，明白吗？"说罢将一锭银子放在她手里，"这是给你的。"

"哥哥，太多了！"小女孩拿着银子不知所措。

"没事，去吧。"

宋姗那头已经走了出来，小女孩跑过去叫住人，将花递给她。宋姗看着好似不想要，小女孩便把花扔到她怀里，匆匆离开。

宋姗无奈，抱着花，回头张望。

卫凌立马隐到暗处，心脏不知为何剧烈跳动起来，等缓过神，立即往客栈走，脚步急促。

于是宋姗回到客栈大堂时就看见那人坐在桌子边上，桌子上是他自己常用的茶具，他正一杯杯饮着茶。

宋姗嘀咕一句："装模作样。"

卫凌视线落在她手里的花上，缓缓上移，看向她淡雅素净的小脸，不知是在夸人还是在夸花："很好看。"

宋姗今夜心情不错，不想与他过多冲突，浅笑一声："卫大人兴致真好。"说完便绕过他，上了楼。

白亦一直摸不着头脑，现在看着自家郎君露出的笑容更疑惑了，刚刚夫人明显是在嘲讽，怎的不生气，反而还笑得出来？

"郎君？"

卫凌即刻板正脸，瞥他一眼："闭嘴。"

她笑了，那他做什么都是值得。

宋姗回到房间，看着那一大捧花发愁，她先前还想着谁会做这么无聊的事，甚至都想到卫凌身上去了，可一回客栈才发现人家根本没出门，是她想多了。

算了，明日就要离开，带不走，就这么放着好了。

赶了一日的路，晚上又在街上走了许久，她早已累得不行，可身上腻得慌，便想让挽翠准备些热水，走到门口突然想起挽翠与龙泰两人还不知回没回，遂改口叫了小二。

等沐浴完已近亥时，宋妁和衣躺在床上，不久后便睡了过去。

宋妁向来眠浅，当元宝儿叫起来的时候她就醒了，起初还以为是元宝儿饿了，正要下床喂，就那么一个动作里她听见外头忽远忽近的呜呜咽咽低泣声，在寂静深夜里显得格外凄厉，鬼魅般让人毛骨悚然。

宋妁瞬间汗毛直立。

宋妁按下惊慌，下床披上外衣，将元宝儿抱出来安抚。小动物最是敏感，元宝儿听见那声浑身都在颤抖。

后半夜，半轮弯月还挂在天上，外面有些清清浅浅的月光，此刻看着却十分瘆人。

以前宋璇胆子就特别大，爱看些志怪杂闻，她自己看了不成，还非要跟人讲，等吓得宋妁小脸煞白她就如愿了。几回下来，宋妁自然也不再怕，反正都是书上、传闻里没影的东西，谁怕谁还不一定呢。

因此今日早间她才有胆去吓挽翠，但她万万料不到这传闻竟成了真。她一下想起宋璇与她讲的那些鬼故事，纵使心底不信鬼神之说，不过现在伴着门外那哭声，还是有些慌了。

宋妁伸手不断地抚着元宝儿："元宝儿，别怕别怕，不是真的，挽翠很快来了。"

挽翠睡得死，这会儿可能什么都还不知道呢。宋妁想出门去找人，可脚才迈开一步又撤了回来，晌午时那人说了，关紧门窗就不会有事，她不能出去。

心内一番斗争过后，宋妁坐回床上，跟元宝儿说话："元宝儿，你说到了扬州罗姨见着我们会不会很高兴？我好些年没见她了，也不知罗姨变没变……元宝儿，你到底是哪家养的，怎么那家人这么粗心，丢了猫也不知道吗？"

说话间，那低低的啜泣声仍旧不断，一会儿远一会儿近，仔细听还有人行走的脚步声。很快，有人急促地敲她的房门，宋妁一颗心瞬间提起来。

直到熟悉的声音传进来，语气焦急："阿妁，你没事吧？"

不是什么鬼，是卫凌。

宋妡悬着的心放了下来，犹豫一会儿，站到门边："我没事。"

外边的人听了她的声音也冷静下来："你别怕，只是装神弄鬼的，已经派人去看了。"

"嗯。"

卫凌的身影被光倒映在门上，让一切都真实了起来。

他继续解释："方才客栈掌柜说，是个女人，前两月得了失心疯后就经常闹出这些吓人的事，后来没了动静，今夜不知怎么又出来。"

"女人？"

"不错，汝南镇不大，左右就两三条街，是以能传到这里来。"

宋妡听完有些唏嘘，到底是什么事情能让一个人发出这么凄厉的声音。

话语刚落，那声音好似近了些，这回是喃喃自语，中间夹杂着大笑，在深夜里回荡。

"阿妡，我听人说小猫有时候会发脾气，你小心些，别被它咬着。"他突然扯开了话题。

宋妡分神应："我知道。"

"还有，你别宠着它，喂干粮时不要喂太多，不能它想怎么样就怎么样。"

宋妡不知他为何提起这些，疑惑得很"你又没有养过猫，如何得知这些？"

门外的人顿了下，换了另外一事说："你这回下扬州办事，需不需要我帮忙？我识得些人。"

"不用，卫大人公务在身，不敢叨扰。"

外面静了一会儿，他道："好，有什么事可以随时寻我。"

宋妡越想越不对，他怎么知道她要下扬州？他怎么知道她是去办事而不是游玩？还没来得及问，就听见挽翠的说话声："……卫小郎君？"

卫凌说："你们去歇着，我在这里。"

宋妡听完直皱眉，他这样做显得两人有什么关系一样，不行，就算自己一个人待着也不能让他站在门口。宋妡开了门："卫大人不必如此。挽翠，你进来。"

挽翠连忙走过来，宋妡关门前对上他的目光，淡淡的，看不出什么情绪。

进屋后不久就没了那凄惨的叫声，小镇夜晚重新恢复宁静，好像什么都没发生。

按照计划，他们只在汝南镇停留一晚。

第二天一早，宋姗收拾完自己下楼用早饭。

大堂里零零散散坐了几桌，看着都是些外地人，宋姗下来时都看了过来，她接收到各种打量的目光，这才发现自己忘了戴面纱。

宋姗与挽翠在一片直勾勾的视线中坦然坐下，好一会儿，大堂重新恢复窸窸窣窣的议论声，都在说着昨晚的"闹鬼"事件。

"你听见没？昨夜那声音。"

"怎么没听见，太吓人了。"

"可不，早上小二说他们也被吓得不轻。"

"到底怎么回事？"

"听说这女人原是镇上一富商的女儿，两年前嫁了本地有名的秀才，谁都以为是天作之合的一对，一个有钱一个有才，起初小两口日子过得也确实挺美满，只是后来……"

那人叹息一声，另一人追着问："后来怎么了？"

"后来那秀才带着一家人的期望和富商家给得足足的盘缠进京赶考，只是最后没等来衣锦还乡的消息，只等到一封休妻书。"

"啊？"

"人家不仅在盛京当了大官还在那边娶了新媳妇，富商女儿当时正待生产，听闻消息时伤心欲绝，最后生出来个死胎，人也彻底疯了。"

隔壁桌好一阵静默，宋姗、挽翠同样说不出话来。

有些痛可以三言两语道出，却一辈子都治愈不了。

"可总不能让她这样一直疯着吧，她这样夜夜在外面哭闹，镇上的人没意见？"

"怎么没意见？小二们说两月前富商一家就把人囚禁起来了，不过昨夜不是乞巧节嘛，怕是触景生情自己溜出来的。"

"唉！"

挽翠听完气得不行："二娘，怎么这世上还有这种人！"

这会儿龙泰去套马车了，不然可能得吃一顿苦头。

宋姗叹息："世上什么人都有，只是我们没遇着罢了。"

在盛京待了许久，她以为已经看遍世间炎凉，可如今才出门一日就遇上这种事，只能说盛京到底还是太小，她看得不够多。

"人家好好一个姑娘，就因为一个男人一辈子都毁了，这秀才怎么有脸抛妻弃子在盛京当官？”挽翠愤愤不平，“要是我，我不闹到盛京去，不闹到那臭男人家破人亡绝不罢休！”

宋妀看着挽翠捏着拳头好笑的模样，笑不出来。

别人有很多过错，可命运总归是掌握在自己手中的，她走不出来，给自己选择了这样一个结果，选了最差的一条路。

一顿早饭吃得心堵，宋妀没用多少就放下了筷子。

卫凌从门外进来，看到她之后直接坐在了对面。挽翠见状，默默起身，上楼去收拾宋妀的东西。

卫凌先是吩咐了小二上早饭，随后才看向她，其间已听到了旁人的谈话，说：“都知道了？”

宋妀点了点头。

卫凌主动说：“人已经送回去了，情绪也稳定了下来，接下来一段时间应当不会再出来。”

宋妀不明白他为何要与自己说起这些，不过她其实更惊讶他会插手这件事：“你要帮她？”

“我帮不了什么，只是那富商说那个秀才未入进士，最后却当了京官，他们一家没有什么权势和京官斗，只能让女儿受委屈。”

宋妀若有所思道：“这秀才当的什么官？怎么竟那么快就能在盛京城里娶妻？”

那新娶的妻子知不知道秀才在汝南镇有过一个妻子？知不知道自己枕边人这样狠心？宋妀实在不能理解。

卫凌接过小二递来的白粥，说：“虽还不知秀才当的是什么官，不过这事铁定有猫腻，查查也无妨，说不定还有些意料不到的事情。卖官鬻爵之事近年来时有发生，上面的人无暇顾及底下，他们越发胡作非为，一点一点啃噬着国之根基。邹正留下了太多洞，补了这个又发现那个，东夏朝早已千疮百孔，这一次便借这件事好好再查一查。”

他正经说着话，让宋妀有一瞬的晃神，是了，他不再是几年前那个什么官职都没有的少年，如今他身上担负着重任，黎民百姓、天下苍生与他息息相关。

他以前哪会和她说这些，她对他所做之事一概不知，两人见面除了寒暄，除了她主动说些将军府里的事情，再没有其他。

宋妀不经意间想起过往，心一点一点冷下来，轻淡道：“卫大人心系民生，是百姓们的福气。"

卫凌抬头看她，脸上隐约有些笑意，仿佛得了肯定："不过是做些我能做的。"

他方才进门时有过犹豫，不过最后还是控制不住脚步朝她走了过来，天知道她没有赶他走，没有起身离开，他心里多高兴。

她表情依旧冷淡，不过能同坐一桌他已觉满足。

"阿妯，接下来我不能同你们一路，源河上游溃堤，我得去看看。"卫凌叮嘱，"七月雨水多，你们一路上小心些，不要走低洼之地，也不要靠着山走，遇上险势便停一停。"

源河是自西向东流入东海的一条大河，百年来造福两岸百姓，这一次水患非同小可，弄不好下游也会受影响，卫凌须得亲自去一趟。

宋妯没应，他却不停："大概还有十日你们就能到金陵。金陵繁华，你们可以多停留几日，届时我们再会合。"

"谢过卫大人，不过会合就不必了。"宋妯站起，将凳子往后移了移，"卫大人一切顺利。"

挽翠与龙泰正好从楼上下来，龙泰手里是猫笼与她的行李，挽翠手上则是昨晚小姑娘给的花。

花没养着，现在已经蔫了，花朵都垂着头，宋妯看一眼："花不要了。"

挽翠虽觉可惜，但还是将花放在了一旁，几人离开。

直到宋妯的身影消失在客栈门口，卫凌才收回视线，吩咐白泽："我们的人都留给她，你们两个跟我走，备马。"

"是。"

一晚有惊无险，马车缓缓驶离小镇。

这会儿还是大晴天，不过宋妯没把卫凌说的话完全抛至脑后，她提醒龙泰"趁着天气好，我们加快进程，天黑前赶到下个落脚点，不然下起雨来就麻烦了。"

龙泰抬头看一眼高高悬挂着的大太阳，不以为意："二娘，我前面二十年都在地里种庄稼，照我经验看这天绝对下不起雨来的，您不用担心。"

宋妯又望了望万里无云的天空，心想许真是卫凌多虑了。

一行人顺利抵达下一个小镇，晚上依旧是月朗星稀。

第二日天开始阴沉起来，太阳躲在厚厚云层下，第三日走到一半天空中开始飘雨，并且越下越急，逼得几人只好就近找了个村落躲雨。

挽翠下了马车去敲一户村民家，出来个妇人，解释几句又递了银子，妇人才同意让他们进门。

他们不止三人，还有几个护卫同样要有地方歇脚，妇人李大婶便把自己家里放杂物的屋子收拾收拾，当作临时招待处。

村民一家六口，李大婶的两个儿子出门去了，家里就李大婶夫妇与大儿媳、孙子。

李大婶格外热情，端茶送水，就怕贵人歇得不舒服。

宋姊接过一杯热茶，和煦笑道："大婶不用忙活，我们等这阵雨停了就会离开。"

"那夫人怕是走不了了，我们这已经连续下了半月的雨，好不容易放晴两天，今儿个又下起来，一时半会儿停不了的。"

"下了半月了？"挽翠吃惊问。

李大婶满脸担忧："可不是，半个月的绵绵细雨，愁得我们不知如何是好，那麦子眼看就要毁在田里，今年收成是无望了。"

他们一路上走的官道，只能见路面上有些湿润积水，不承想竟是已下了半月的雨。

宋姊这才明白卫凌所言不虚，今年水患确实严重。

"大婶，咱们这儿离源河多远？"宋姊忽然问。

"不远，就几十里的路程。"李大婶好似想起些什么，"夫人可是要南下？"

"不错，我们要去扬州。"

"哎呀，那就糟了，源河每年这个时候都会发大水，今年又下了这么久的雨，不知道那大桥还能不能过人。"

宋姊闻言轻蹙眉头："可还有其他路？"

这时一直领着孩子在旁边玩的年轻妇人收回盯着宋姊的视线，插一句"往年还可以走水路，不过不知如今水势如何，若是太大，恐也过不去。"

这是谁也没料到的状况，龙泰与挽翠两人都沉着脸，挽翠朝宋姊道："二娘，这可如何是好？"

都走到了这里，再返回去已然不可能，不过几十里，总要先去探探情况。

"无妨，先等等看。"宋姊看了眼外面断了弦般落下来的雨，回首对李大婶说，"大婶，今日看来是走不成了，我们能否在您这儿借住一晚？"

这夫人一来就给了锭银子，够他们一家吃上半月，李大婶巴不得他们多住几天呢，当下应下来："可以，可以，可以。阿红，快去收拾你们那间屋子出来给贵人，我们今晚挤一挤便成。"

年轻妇人听了有些不高兴，不过还是没反对，留下孩子回屋去收拾。

"还有我们的护卫……"

宋姃话才说到一半就被李大婶打断："我这就去问问隔壁家，夫人不必担心，这出门在外的我们能帮一把是一把。"

"那便谢过大婶了。"宋姃从荷包里拿出些碎银，"还需麻烦大婶帮我们准备些能填饱肚子的晚饭。"

"哎，自然不能让夫人饿着。"李大婶笑眯眯地离开，堂屋里只剩宋姃三人，还有一个刚咿呀学语的一岁孩子。

"龙泰，若明日还是下雨，你便带两个护卫先去源河看看，我们视情况再往下走。"宋姃吩咐。

"是。"龙泰应下。

两人说着话，挽翠已兴致勃勃地去逗小孩，小孩不怕生，在逗弄下咯咯笑。

挽翠从袖兜里拿出一个小银环想要去哄，宋姃认出来那是自己给她的嫁妆礼，拉过她的手，又往门外张了张眼，才道："挽翠，不可露财。"

挽翠瞬间明白，收起银环："嗯，我知道了。"

"该答谢的我们自会答谢，其他的不必多做。"宋姃转向龙泰，"龙泰，今晚不要睡太熟。"

"好的，二娘。"

宋姃本不想多加防备，只是李大婶开门前开门后两个态度，那年轻妇人又一直盯着自己头上的发饰看，她不能不多留个心眼。

傍晚前雨还未停，李大婶的两个儿子从外面进院子，见到宋姃几人惊讶一阵，随后被李大娘安排出去买肉买菜。

晚饭是家常的农家小炒，不过李大婶做菜应是重油重盐惯了，不是宋姃的口味，她没吃几口。

用完饭也没了其他事，宋姃与挽翠两人回了屋歇息。

被褥枕头都是他们自己带的，除却屋子里淡淡的奶腥味，一切倒也还好。

宋姃躺在床上，听着雨滴不断拍打着房顶，心中有些烦乱，想着下一步安排。

若是运气好，这雨可能明天就停了；若是运气不好，碰上雨连下一段时间，那他们只能返回盛京再做打算。

挽翠站在床榻下问："二娘，那我便熄灯了？"

"留着吧，不用熄。"

另一头，李家大郎被自家媳妇带出了门："大郎，你说这是哪儿来的夫人，怎么孤身一人的？"

李家大郎自然也疑惑，一个如此容颜的女子竟敢孤身外出，不过转眼瞥见媳妇眼里的精光，斥道："你没见着那好几个护卫？收起你的心思，不然小命难保。"

李家大郎甩手离去，年轻妇人站在原地跺脚。

一夜无事，第二天的雨小了些，龙泰依约一早出门探路，不过晌午后就回来，还没下马就兴奋大喊："二娘，水退了！"

恰好在门口编竹笼的李大爷听完一点不信："今年雨水这么多，水怎么可能退，你可别唬人了，我在这活了五十来年就没见源河哪一年不发大水。"

"哎呀大爷，我骗你做什么！"龙泰有些着急，两步跨进屋，"二娘，桥可以走了！我们收拾收拾今晚能到桥边的村子，明日便可过河！"

宋妁有些意想不到，确认一句："当真？"

"怎么你们都不信，我亲眼见着的，水位低水流平缓。"龙泰补充，"我还特意问了附近的村民，他们说前两天的水势都计他们准备搬家了，不过不知为何昨晚水位就渐渐退了下去，今日一早恢复如常。"

李大婶嘀咕不停："真是奇了怪了，雨都还在下，水退了？"

屋内，李家人都露出不敢置信的神色。

宋妁想了一会儿便明白，这里面多少离不开卫凌的功劳，他说要去治水，这水真治成了。

无论如何，他做的这事对两岸百姓而言百利无一害。

宋妁不再怀疑，让挽翠去收拾东西："龙泰，你让大家准备准备，我们即刻出发。"

"哎，好嘞。"

"李大婶，叨扰你们了。"宋妁递给她一个小荷包，"这是一点心意。"

李大婶半推半就收下，眼角有些红："能碰着夫人也是我们的福分，望夫人一切顺利才好。"

谁说不是福分呢，这个雨季不只他们一家受了灾，方圆百里靠天吃饭的农户今年都不好过，可他们偏偏碰上了好心人。

李大婶拿着手里沉甸甸的银袋子，心想省着点用，熬过冬天不成问题了。

"夫人心善，往后一定顺顺利利的。"李大婶诚恳道。

"谢大婶吉言，你们也是。"

几人走的时候雨将将停了，天虽还阴沉着，可已见太阳初露苗头。

源河上游一处城镇官驿里，白亦、白泽两人黑着脸不说话。等大夫走出来，白亦瞪一眼白泽后迎过去，关切地问："大夫怎么样，我家郎君如何了？"

"无大碍，就是受凉了有点低热，再加上劳累过度，一倒下就起不来。"大夫一边写着药方，"好好睡一觉，烧退了就好了。"

等大夫写好了药方，递给白亦："一日三服，小心照看着。"

白亦送大夫出门，顺势到最近的药铺抓药，抓完药回来又马不停蹄到官驿厨房熬药。

白泽跟过来，白亦见了他仍旧没有好脸色，数落他："还不如让我跟着郎君出去呢，你居然还让郎君亲自救你！"

这一次修堤扩堤时间紧急，卫凌几乎三天未睡，昨日下午又出门到堤口去查看堤坝修建情况。

有一处堤坝正收尾，工人们一个一个做好措施串联着绑在河中，合力将一段大木头嵌塞进坝中以固定，看着有些艰难，两人便下河帮忙。

白亦本来稳稳当当的，不料绳子突然松了，河水打着旋就把人卷走。

工人们一下怔在原地，唯有卫凌及时跳入水中救人。

那会儿水还很深，又急，两个人一下没了影。

有工人连忙回城里找人帮忙，剩下几人沿着下游走，走了好一段才在河边看见晕过去的两人。

白亦很快清醒，卫凌却失去了意识。

昨夜大夫已来将他身上被枝条划的伤都处理过，说是等第二天醒了就没事，没想到第二天人不仅没醒，还发起了低烧。

白亦气得不行："真不知是你护着郎君还是郎君护着你。"

白泽什么都说不出来，当时情况危急，若不是郎君下水救他，他真不知道现在还能不能站在这里。

等药熬好，白泽不由分说接过托盘，亲自将药端到房间。

两人还没进门就听见几声咳嗽，白亦急急越过白泽："郎君，您醒了！"

卫凌正靠在床上，手捂着嘴低咳，脸颊微红。

白亦想伸手去探他额头，被他拦下，声音有些嘶哑："我无事。"

"郎君，药熬好了。"白泽走近，将药碗放在床榻边的小几上，让它放凉。

"我都要被吓死了，昨夜他们回来找人的时候我心脏都漏跳了！还好没出事。"白亦心有戚戚。

"郎君……"白泽站在床边，生平第一回像个哑巴不知该怎么说话。

卫凌看他一眼："我没事，你不用自责。"

"嗯。"白泽声音低沉地应了声。

"情况如何了？"

白泽瞬时恢复如常，认真回话："几条分流的河渠都挖好了，堤坝也都重新修建好，等熬过这阵时日再加固护理便可。"

卫凌点了点头，伸手摸了摸腰间，什么都没摸着，抬头询问白亦。

白亦心领神会，立即从旁拿来一个精致的香囊和一块玉佩："好在系得紧，香囊和玉佩都没掉入水中，只是香囊湿透，我将里面的香料扔了。"

卫凌接过，左手捏着香囊，右手将玉佩递给白泽："你去这儿的属地梁州，找到知府，让他安排专人过来盯着。"

"是！"

白泽直接领了命出门。

白亦伺候着卫凌用完药，问："那郎君我们接下来去哪儿？您这还病着，不若好好歇息两天？"

"不了，去金陵。"

金陵繁华不啻盛京，几乎一进城，挽翠就被眼前街陌的景况吸引。宋妡撩开车帘，看见往来百姓脸上都挂着笑容，听见吆喝叫卖声不断，一番国泰民安之象。

这番景象下，她忽然想起一路上的见闻，无论是汝南镇还是源河大水，抑或后来经过的几处地方，老百姓们都各有各的苦，有些甚至连温饱都成问题，哪像这里。

人们生活在同一片天地下，却各自有悲喜。

选了主街一间大客栈落脚，宋妡嘱咐众人今晚好好歇息，他们要在金陵住两晚，第三日再启程。

挽翠没走，正在客房里给她整理行李，理着理着就感觉有些不对劲："二娘，我记着咱们有支牡丹点翠珠钗的，怎的我找不着了？"

宋妡正坐着想事，随口应一句："是不是收哪儿了，你再找找。"

这几天他们都是在小地方停歇，有些行李根本没动过，因此挽翠又仔细找过一遍，最后还是道：“没有，二娘，不见了。”

宋姗这才回头：“真不见了？”

“嗯嗯，上上下下都找过，没找着，我明明记得之前还戴过的。”

之前戴过……宋姗回想起来，上一次戴这支钗是在李大婶家，后来再没有见过。

宋姗想了想，说：“不必找了，许是不当心丢了。”

“怎么会丢呢，我明明都收得好好的。”

“好了，去歇着吧，明日还要出门。”

挽翠直到离开还在纳闷，嘀咕个不停。

宋姗累得不行，没纠结于一支珠钗，简单梳洗后睡下，一夜无梦。

第二日早上，用过早饭，主仆俩一齐出门。

宋姗跟着罗姨学的绣艺是苏绣，但她一直生活在盛京，技艺难免有些混杂，如今来了金陵，自然是要上街看看的。

先是到了最近一家成衣坊，一进门宋姗与挽翠两人就被铺子里让人眼花缭乱的布料和成衣迷了眼，无论样式裁剪还是制艺绣纹都与盛京大不相同。

挽翠看了几眼，呆得只能蹦出来三个字：“真好看！”

宋姗起先同样有些惊讶，不过越看眉头皱得越深。她开了两年铺子，中间她与曹娘子等人也想着革新，可改来改去依旧跳不出原来的老样式。

如今绣坊生意好不过是依靠着熟悉的老顾客，与老顾客带来的新客，若是长久以往下去，那绣坊岌岌可危。

宋姗以前隐约有想到这一点，但未曾深思，此刻站在别人的铺子里，看着这么多好的绣品，她才深刻意识到自己的不足，意识到自己被困住了。

很快有人过来招呼，是个三四十岁的妇人，看不出是不是掌柜。

“姑娘可是要买成衣？”妇人笑容和煦，十分亲切。

宋姗点了点头：“是，娘子可否介绍介绍？”

妇人又是一笑：“那自然，我是这儿的掌柜，姑娘唤我冯娘便是。”

两人被引着往里走，冯娘子回过头来问：“姑娘不是当地人吧？”

“不是，冯娘子从何得知？”宋姗一时好奇。

“我一生都待在这金陵城里，还能认不出来？姑娘没有金陵口音，身上衣饰也不是咱们这儿的女孩夫人常穿的款式。”冯娘子顿了顿，含笑道，“不过姑娘这容貌倒与江南女子相似，看着还要更甚几筹。”

冯娘子言笑晏晏，宋媪也不自觉松快下来：“原是如此，我们自盛京来，是第一回到江南。”

“哎，那我便好好为姑娘说道说道。”冯娘子将两人带到隔间，隔间里一排一排都是展示的成衣，“姑娘想要什么颜色的衣裳，咱们这儿都有。”

宋媪常日里穿的都是素净衣裙，这会儿视线也只落在那些浅色成衣上。冯娘子见了，让人拿过来一套淡绿锦绶藕丝罗裳。

“姑娘肤色白净，淡绿色更衬明媚。”

宋媪摸了摸上面的荷花细纹，冯娘子当即介绍：“这是我们这有名的绣娘绣的，用的是正统苏绣技法‘乱针绣’，针法张扬，线条流畅，极具美感。”

宋媪仔细看了看，不得不感慨，当初跟罗姨学艺还是没学到家，与当下这件衣裳相比，她的手艺还需进一步夯实。

随后宋媪一一看过，冯娘子尽心尽责地介绍，最后挑了件夹金绣云雁细锦衣。

“姑娘真是好眼光，这件可不是咱们金陵的绣娘绣的，而是扬州那边专门送过来的。”

见宋媪面露疑惑，冯娘子主动解释：“姑娘第一回下江南定是不清楚，咱们家成衣店啊属扬州徐家门下，金陵城一大半成衣店、布坊、绣坊都是徐家的产业，若是你还到扬州去看，那就更不必说了，姑娘们手里拿的身上穿的全部出自徐家。”

这话不止挽翠震惊得睁大了双眼，宋媪也惊讶好一会儿：“这徐家竟这般厉害？”

“可不是，徐家起先也只是一家默默无名的小作坊，后来少东家徐壬寅上任，不过七年就有了今日景象。”冯娘子说起自家东家一派自豪，说到最后还凑近了宋媪，“我们这少东家不仅会做生意，那长相那气派我瞧着当皇子也不差，就是可惜……”

冯娘子啧啧两声，吊足了一旁听着的挽翠的胃口，挽翠直接插话道：“可惜什么？”

“可惜两年前成了婚，碎了多少姑娘的心啊。”

宋媪浅浅笑出来：“那你们东家夫人是个有福气的。”

“这福气顶了天……”冯娘子猛然间瞥见门口走进来的人，顾不得应宋媪的话，连忙迎到门口，“少东家，您怎么来了？”

宋媪回头望过去，只见门口一人身形约八尺，面容周正，气质凛然。

这就是冯娘子口中的少东家啊。

宋姗想着冯娘子的话，不由得多打量了他几眼，想看看到底是怎样一个人能将生意做得这般大。

猝不及防对上他扫过来的视线，宋姗没避开，颔首微笑。

他倒是在她身上停留了一瞬，随后移开视线，与冯娘子说话："我有事，只是顺道来看看。"

徐壬寅在铺子里转过一圈，回到柜台准备查账，就站在宋姗身边。

七年，两城店铺遍地开花，这怕是她一辈子都做不到的。

有些人生来自带天赋，比如卫凌，他如今稳坐首辅之位，处理政事游刃有余；又比如眼前这位徐家少东家，凭一己之力开疆扩土，江南织绣业尽控于他手。

她这次下江南不只是为毛毡一事，更是为开拓视野、吸取经验而来。

宋姗想了想，主动开口搭话："徐公子，我有一事想请教，能否耽误您一会儿？"

话音刚落，徐壬寅与冯娘子同时朝宋姗看过来，冯娘子以为她存了别的心思，皱着眉朝她摇头，而徐壬寅则是淡淡看她一眼，并未应话。

冯娘子将账本拿出来给了徐壬寅，随后将宋姗挑的衣裳包起来递给她，道："姑娘好不容易来金陵一趟，可随处看看，咱们这儿与盛京还是十分不同的。"

宋姗接过衣裳，掩下有些失落的情绪，再抬眼已恢复如常："嗯，谢过冯娘子。"

是她一时冲动了，不过就听了那么几句，尚不能确认徐家是否真如这冯娘子说的这般了得。

若真是，那想要认识徐家人还需要从长计议，人家没有缘由理会一个素未谋面的外人。能从徐家身上学到点什么是锦上添花，不能也算不得什么大的遗憾。

宋姗想明白之后就不觉得有什么惋惜了，刚要转身离开，柜台前那人就开口问："姑娘要问什么？"

宋姗有些惊讶，回过身，思量一会儿后道："我只是想请问公子是否会刺绣？"

徐壬寅没想到她是要问这样一个问题，怔了一瞬后才答："不会。"却被她勾起些好奇心，又问，"姑娘为何问起这个？"

这个答案宋姁并没有多意外，她接着说："若是公子不懂此间技艺，那公子如何得知自家绣品优劣？如何知道绣娘们有没有偷工减料？"

徐壬寅一笑，眼神里探究之意明显，宋姁立马跟着解释："公子无须担忧，我只是在盛京有两家铺子，平时也简单做些绣品，这么问只是单纯好奇，别无他意。"

徐壬寅点了点头，同时放下手里的账本，眼睛里没了刚进门时的轻慢，不过他开口却不是回答宋姁的问题，反而问："姑娘府上是盛京哪？"

"啊？"宋姁愣了。不知他怎么突然提起这个，而且这让她如何作答？她现在既不是肃清侯府的女儿，与将军府更是没了关系。

"不过寻常人家。"

"寻常人家……"徐壬寅低声重复一遍，而后抬头看向她，"姑娘何时返京？"

宋姁更疑惑了，不过还是答："我们明日离开金陵去往扬州，估计会在扬州待上一段时日，返京日程未定。"

这下徐壬寅笑意更甚，道："正巧，我们明日也回扬州，姑娘若是不介意可一道前往。另外，在下还想请姑娘帮个忙，事成之后姑娘想问什么都可。"

宋姁最后自然应了下来，不过这个徐公子也没告诉她要帮什么忙，宋姁离开成衣坊时仍旧一头雾水。

回客栈的路上，挽翠有些担忧："二娘，这个徐公子会不会是个坏人，咱们明天真的要跟他一块儿走吗？"

"看起来倒不像个坏人，而且冯娘子恭敬的模样作不了假。"宋姁还是纳闷，"今天才第一回见面，他如何这般肯定我能帮他的忙？"

不过若这个徐壬寅真如冯娘子所说，而她也能帮这个忙，那她总归还是赚的。

"挽翠，午后我就不出门了，你让龙泰去打听打听这个徐家，打听完回来告诉我。"

"嗯。"

没走多久就到了客栈，门口停着两匹马，马旁边的人影有些熟悉。

宋姁刚认出来，卫凌就回了头，见到她后露出笑容，脸色有些苍白。

宋姁叹一声，她还以为不会再见到他了。

两人走过去，宋姁微微施了礼，与之擦身而过，没打算和他说什么话。

不料刚走两步就听见身后一阵剧烈的咳嗽声，伴着白亦夸张的喊声："郎君，您没事吧！”

随后还是几声咳嗽，不过像是被他压制住，声音闷闷的：“没事。”

卫凌抬头看一眼她的背影，只见她不为所动，停顿片刻后抬步离开。

于是又是一阵发自胸腔的咳喘，急得白亦直跺脚：“我就说您这病还没好，让您多休息几天再走您说不，让坐马车您还是说不，这下好了，这病越来越严重了！”

卫凌瞥见她又一次停了下来，转头看一眼焦急的白亦，眼神里微带鼓励之意。

她回了头，淡淡道：“卫大人保重身体才是。”

卫凌对上她的视线，“嗯”了一声后再度低咳起来。

白亦看着进了客栈的两人，后知后觉明白了什么，可卫凌依旧扶着他的肩膀闷咳，于是白亦提醒一句：“郎君，人……人进去了。”

等了一会儿没有回应，白亦低头去看，肩膀不过一动卫凌就歪了身子要往下倒，白亦惊呼，同时捞住人：“郎君！”

卫凌昏了过去，天快黑时才醒。

白亦早就端着药等在一旁，见床上的人有了动静立马靠近：“郎君，您好些没？”

“我没事，阿灿呢？”卫凌头一句话问起宋灿。

“夫人在呢，明日才走。”

卫凌像是放下心，接过碗喝下药后问：“什么时辰了？”

“申时刚过。”

卫凌直接翻身下床，拿过屏风上的外衣穿上。白亦见状急得不行，在一旁劝：“您这样了还要出门呢？什么事都不急于这一时半会儿的，郎君，您就好好歇歇吧！”

卫凌转头觑他一眼：“饿了，吃饭。”

“啊……噢。”

两人在客栈大堂转了两圈，小二与掌柜的已频频看过来，白亦跟在身后低声问：“郎君，不是要吃饭吗？”

卫凌轻蹙眉头，自言自语：“她用过饭了？”

这个问题白亦自然不知道，不过他认得跟在宋灿身边的护卫，在大堂里找到一个眼熟的人，急忙跑过去又很快跑回来：“郎君，他们说夫人去金陵有名的酒家，叫什么喜来酒家的用饭了，我们要过去吗？"

话还没说完，眼前人已经走出几步。

喜来酒家离客栈不远，都坐落在金陵最繁华的主街上。

酒家门口点起了灯笼，三层小楼灯火通明，熙熙攘攘之声传到了街道外。

卫凌两人到的时候几乎已经满客，雅间全都没了，只剩一楼大堂一个角落的位置。

白亦暗想，看来今晚是没有口福了，那角落里的位置又窄又暗，郎君不会坐的。

小二明显也看出来人气派，恭敬道："对街不远的东来酒家也是我们的店，那边上好雅间还有余位，二位客官可移步前往。"

"不了，就这儿。"

白亦闻言惊得瞪大双眼，跟着他走过去。

等坐定，卫凌问："有没有两个姑娘与一个男人到你们这儿来用饭？其中一个姑娘许是戴着面纱。"

小二想了想，摇头："今日客人多，小的没印象。"

卫凌脸色眼见地沉了下来，小二连忙问："二位客官要吃些什么，咱们这桂花鸭、松鼠鱼、美人肝俱是一绝。"

白亦瞅了一眼沉默着的人，替他答："那便上三四样你们这最有名的。"

"好嘞。"

"郎君，要不我去看看？"

"去。"

白亦很快消失在吵闹的大堂里，菜香味丝丝缕缕飘过来。

卫凌往二楼望去，心里微微有些苦涩，自己什么时候才能和她坐在一起好好吃顿饭？

那些她亲手做的饭菜，自己还有机会尝到吗？

几声叹息后，酒家的菜上了，白亦也回来了，他小心翼翼地开口："郎君，夫人不在。"

"不在？"卫凌诧异地问。

"是，每个雅间我都看过了，不在。"

"好。"卫凌掩下一闪而过的失落，"先用饭。"

一顿饭吃得白亦很不是滋味，对面的人一句话也不说，他自然不好开口。

吃到一半，白亦终于忍不住，说："这家店不愧享有盛名，味道确实不错，这鸭子是我吃过的最好吃的了，郎君您觉得呢？"

"一般。"卫凌评价了两字，看起来没有什么心绪用饭，放下了筷子起身，"走吧。"

白亦连忙塞一口饭菜后跟上去。

外面天已完全黑了下来，柔和的月光照在过路的行人身上，拉出一道一道长长的影子。

身前人不知为何停了下来，白亦一个不留神直接撞上他坚硬的背部，鼻子一阵吃痛："郎君……"

卫凌视线定格，白亦边摸鼻子边看过去，一下就看见了宋姌几人说说笑笑从一家店面走出来。

再抬头往上，白亦看见了"东来酒家"几个字，心底直呼好家伙，这是生生错过了啊。

他小心去探身边人的神色，却只见他一改从客栈到刚刚的沉默，唇边一抹笑意若隐若现。

几人很快走近，也不知看没看到站在对街的两个人，径直走过，随后卫凌跟在后面，始终保持着几步远。

前边谈话声依稀可听见，挽翠说："二娘，我真想再留一日，这儿的菜太好吃了！"

龙泰附和："嗯，和二娘做的扬州菜很像，不过我还是喜欢吃二娘做的。"

"二娘又不常下厨，你就吃过那么一两回，还惦记上了？"

龙泰嘻嘻笑道："好吃嘛不是。"

白亦觉得身边莫名有股寒气传来。

宋姌笑道："若是返程时还经过金陵，那我们再来一趟。"

小夫妻立即高兴起来。

高兴一会儿，挽翠又说："二娘，我还是不敢相信，这徐家竟这般厉害。今日我看那徐公子就十分嚣张，没想到他倒是有几把刷子，全靠自己做了这么多。"

下午龙泰已将扬州徐家打听得清清楚楚，那冯娘子甚至还谦虚了，何止扬州，这金陵城里一大半丝织产业都是徐家的。

徐家不仅在丝织业有所成就，听说徐壬寅还打算跨足酒楼一行，此次来金陵就是为了此事。

徐家家大业大，徐壬寅白手起家的故事在金陵城里已是家喻户晓。

"不过，这徐公子长得还不错。"

挽翠刚说完，龙泰就表示不满："人家长什么样与你何干？"

"与我当然没关系，不过我看倒是与二娘很配，郎才女貌，就是可惜……"

"挽翠！"宋姒及时打断，"别说这些有的没的。"

"噢，知道啦。"

而身后紧跟着的人脸已经黑得不行，白亦在一旁冻得身子抖了一下。

走到客栈门口，卫凌终于开口，细听之下声音还有点委屈："阿姒……"

挽翠与龙泰皆回过头来。

挽翠有些惊讶，卫小郎君什么时候在他们后面的？

"挽翠，你们先回去。"宋姒吩咐。

"是。"

等人都走了，宋姒才回头看他："卫大人这是做什么？"

经过喜来酒家时她就见到了人，只是不承想他竟跟了自己一路。

此刻在客栈灯笼的映照下，卫凌脸色还有些微苍白，眼皮下暗青一片，看着就是没休息好。

宋姒心底想问，既然如此辛劳为何还要做这些没有意义的事？

卫凌上前几步，离她近一些，关切开口："阿姒，你们这一路顺利吗？"

其实他早知她没事，她若是出什么事那他定然是第一个知晓的，这么问只是不知该与她说什么，有些话说了她会不喜。

"托卫大人的福，一路平安。"宋姒答。

她开口闭口都是"卫大人"，情绪也与方才完全不同，卫凌有些不是滋味，垂了眸："阿姒，你能不能不要与我……如此生疏？"

大概是卫凌这句话语气较低，宋姒起先没听清，过了几瞬才明白过来。

她顿了一会儿，声音微漠："卫大人多虑了，若你我是陌生人，我便不会与你单独在此说话。"

这样平静的话比气愤不满更让人无可奈何，卫凌只能在心底叹气，重新看向她："那徐公子是何人？"

什么萧公子、徐公子，怎么她身边净有人出现，卫凌心里酸酸涩涩的，若是她哪天真看上了哪家公子，与人情投意合，那他连说不的机会都没有。

情投意合……那样她是不是会与另一人建立家庭，相夫教子，她满心满眼都是那人？

卫凌不敢想象那一日，他怕是会疯。

"我与徐公子尚且不熟，也并无关系，卫大人若是想知道徐公子的底细可尽管派人去查。"

卫凌听出她话里的些许不满，心里一急，往前两步，宋姗随即后退两步。他只好站定，语气一下柔和下来："阿姗，我不是这个意思，你别生气。"

这会儿宋姗站在阶梯上，比他高出半个头，两人对望着。

客栈门口偶有人进出，都朝他们看过来，甚至有细微声音飘过："这是哄媳妇呢……"

宋姗听见，脸色一拉，没了耐心再与他说话："卫大人还有什么要说的？"

"我明日与你们一同前往扬州，你今夜好好休息。"

"若我没记错，东海码头在南清城，南洋来使怎么会到扬州？"

"来使想看一看我朝风光，会沿水路先至颍州，再到扬州，我便是在扬州等他们。"卫凌解释。

既是公务，宋姗自然不好说什么，点了点头后转身进客栈。

一回到客房，元宝儿就蹦了过来，吓宋姗一跳。她将猫抱起才看到猫笼门口的绳子被它咬断，她伸手点了点它的头："是你自己要跟出来的，现在想出去玩了？"

元宝儿"喵"了两声表示抗议。

"等我们到扬州寻个稳定的住所再把你放出来，这些天你就先好好待着。"

"喵喵喵……"

喂饱元宝儿，宋姗将自己收拾完就躺在床上，却翻来覆去，凌晨才沉沉睡去。

徐壬寅来得很早，宋姗一下楼便看到人在大堂内等着，她不好意思再让他多等，打算让挽翠装点早饭在路上用。

徐壬寅见状及时阻止："姑娘不必着急，我们不赶时间。"

"那徐公子可用过早饭？路途艰辛，吃点垫垫肚子也好。"宋姗说。

徐壬寅自是没什么意见，与她一同坐了下来。

用饭间隙，徐壬寅问："姑娘来自盛京，知不知道盛京安伯侯府？"

安伯侯府……宋姗乍一听有些陌生，想了一会儿才猛然想起谭慧之不就是安伯侯府嫡女？

宋姗惊讶："自是知晓的，徐公子为何如此问？"

徐壬寅解释道："实不相瞒，内人便是出自安伯侯府，两年前跟着我回了扬州，如今甚是怀念盛京，但我实在是忙，抽不出身陪她回去。"

宋姗讶异之色没藏住，若这位徐夫人出自安伯侯府，那岂不是与长姐有些关系？要是年纪相仿，说不好她们小时候还见过。

不过年代久远，宋姗早已不记得安伯侯府那些姑娘。她问："敢问夫人在侯府中行几？"

"内人是安伯侯小女儿，怎么，姑娘认识？"

宋姗回想一阵，没想出来："应是不认识。"

徐壬寅继续说："这次出门前她与我闹了些矛盾，不愿与我说话。因而想请姑娘到府上陪内人几日，同她说说话，好缓解她思乡之苦。"

宋姗全明白了，敢情这就是他想请自己帮的"忙"啊？让自己去帮着哄媳妇？

她笑出声："公子与夫人感情甚笃。"

徐壬寅也笑："没办法，她跟着我已是为难她了，除了我没有别人能帮她。"

于是卫凌下楼来见着的就是这幅场面，气质非凡的一男一女共坐一桌用着早膳，眉语目笑神态自若，任谁看了都会道一声好一对檀郎谢女。

卫凌紧紧盯着，眼尾发红。

他咬了咬牙，暗忖，这就是那位和她很配的"徐公子"？

卫凌径直走了过去，在方桌一侧拉开椅子坐下。

正说着话的两人停下来看向他，探究的眼神出奇地一致，都带着同样的不解。卫凌莫名有些不舒服，剑眉一皱："小二！"

小二给他上了馒头和粥，一阵忙活后，徐壬寅终于开口问宋姗："这是？"

宋姗哪知道卫凌要做什么，而且她真不知该如何介绍他，只好简单道："这是盛京卫大人，要到扬州办差。"

"原是如此。"

卫凌心里那阵不爽过去，恢复平常模样，正色道："阁下是徐公子？"

他昨夜本可以让人去查查此人底细，但一想起宋姗的话，他便歇了这个心思，此刻眼前人身躯凛凛、举止不凡倒让他生出几分威胁之意来。

"是。"徐壬寅拱了拱手，"幸会。"

卫凌回礼，接着问："徐公子可是金陵人？"

"不是，在下扬州人士，今日启程返扬州。"

卫凌挑了挑眉，看一眼宋姗后缓缓道："这么巧，我们也今日走。"

"我说怎么宋姑娘孤身一人出行，原是有卫大人相送。"徐壬寅看着两人，露出些了然的笑，"不过扬州金陵两地我常往来，路上可相互照应一番。"

宋姗被夹在中间，有些头皮发麻，而徐壬寅显然是误会了什么，她急忙解释："徐公子莫要多想，我与卫大人不过偶然遇上，不算结伴。"

"噢？"

那一寂静瞬间里，宋姗好似听到旁边那人咬着馒头磕到了牙，声音清脆。

而后卫凌说："不错，不过既然同路，顺道一齐走也无妨。"

"是，金陵到扬州两日路程，很快就能到。"徐壬寅道。

卫凌点头，又沉声问："徐公子家中做何产业？"

徐壬寅其实有些惊讶，他虽在商场游刃有余，也见过不少达官贵胄，不过鲜有人像此人这样，不过两句话就让他感觉到一阵压迫。

他一时好奇起来，眼前这位年轻人到底做的什么官，不过更有趣的是，明明宋姑娘与此人之间一看就不简单，为何两人要撇清关系？

徐壬寅微笑："不过做些小生意，自是比不过卫大人仕途坦荡。"

"徐公子过谦了，在江南一片做生意看起来简单，要想做好实则是难上加难。"

"卫大人来过江南？"

"一年多前待过几月。"卫凌答，同时对上宋姗有些疑惑的眼睛，顿了顿，给她解释，"那时候离开是到扬州三地办事……当时走得急，没来得及和你说。"

卫凌说完就避开了她的目光，他现在才明白他那时大概是冲昏了头，以为离开就能当作什么事都没有发生，和离一事对他造成的影响远比他想象中的大。

他与她中间错过了两年，可若是没有这两年，他怕看不清自己的心。

宋姗听完没表示什么，只是转回头，继续小口小口喝着粥。

她知道刚和离那会儿他是到了江南，却不知他到过扬州，也不知他办的什么事，只是那时盛京起过一阵风波，应与他脱不了干系。

两年前的事情他倒也不用跟她解释什么，既已和离，那他要做什么她都管不着，也没有资格去管。

而另一边，徐壬寅则饶有意味地看着两人，唇边笑意越来越深，道："这一两年里扬州变化很大，一些贪赃枉法的官员落马，百姓的日子也就越过越好，卫大人这次来会看到一番全新景象。"

卫凌瞥一眼低头喝粥的人，随口应："今后也会越来越好的。"

"确实。"

卫凌没接话了，忽然朝向宋姗，语气放柔："阿姗，东西都收拾好了吗？"

宋姗："……"

这样亲密的语气让她衣袖下的皮肤直起一阵鸡皮疙瘩，她忍了忍，开口对徐壬寅说："徐公子，差不多了，我们走吧。"

宋姗、徐壬寅两人坐的马车，唯有卫凌没有准备，于是一路上他都骑着马在马车边跟着，宋姗挑开车帘就能看到他的身影，而每回他都似有心灵感应般恰好转头与她对视，一回两回下来，宋姗也没了看路上风景的心思。

傍晚时抵达两地间的官驿，那管官驿的小官见着徐壬寅十分热情："徐公子您来了，这次还是住您常住的那间屋子？"

"嗯，这两位是我朋友，给他们安排两间上房。"

小官看了两人一眼，堆笑道："好嘞，这就安排。"

小官带着卫凌与宋姗进到后院，待徐壬寅看不到这边状况，小官态度轻慢起来，随手指了指："喏，就是这儿。"

白亦哪见自家主子受过这种气，一个箭步就要上前去："你……"

卫凌伸手拦下，给了他个不要轻举妄动的眼神。

两间客房紧靠在一起，卫凌很满意。

沾了徐壬寅的光，官驿准备的晚饭格外丰盛，三人吃完，徐壬寅将宋姗留下："宋姑娘，我有事与你说。"

刚想走的卫凌收回脚，继续坐着。

徐壬寅瞧见，淡淡一笑，道："明日我们便可抵达扬州，宋姑娘可找好了落脚的地方？"

"未曾。"

"那正好，徐家有处院子空着，宋姑娘可以住进去。"

宋姗想着自己要帮的忙，没多犹豫就应下："好，谢过徐公子。"

一旁一头雾水的卫凌越听越惊："阿姗，你要住到徐家？"

"是啊，卫大人有意见？"

当然有意见，这才认识多久就要住到人家家里去？她就这么放心这个徐公子？

还是说她是真心看上了人家？

这个徐公子到底哪里好了？！

卫凌眉心蹙成一团，心里一堆话却不能说出来，只能道："徐公子家中可还有其他房间？在下能否叨扰一阵，至于银钱自是不会亏待。"

徐壬寅忍着笑："银钱就不必了，卫大人想住多久就住多久。"

徐壬寅本是想找宋姑娘说说玉儿的事，好让她提前有个准备，不过他现在看着眼前这个气宇轩昂的男人一脸憋屈的模样就觉得分外有趣，那些话稍迟些再说好像也无碍。

他随而改口问："宋姑娘此次到扬州所为何事？有没有我能帮忙的地方？"

宋妁已清楚徐壬寅的能力，直接说出此行目的："徐公子可知扬州有毛毡一物？"

徐壬寅点头，宋妁继续道："我曾偶然在盛京见过一顶毛毡帽，样式与布料都是盛京城从未出现过的，后来问了绣坊里的扬州绣娘才知扬州早已有此物，我便想着如若我能在盛京做这个，那便是独一家。

"盛京城里无人识得毛毡制艺，我只好亲自来一趟。昨日恰巧知晓徐公子家中可能涉及此道，因而才冒昧打扰，还望公子见谅。"

徐壬寅听完不禁有些感慨，当年徐家也只是个小小作坊起家，他有意将家业做大，可家中长辈反对声不断，若不是他坚持，哪有今日。

如今宋妁两句话就表明了自己的野心，让他在她身上看到了自己昔日的影子。

不对，他甚至比不上她。宋妁只是个女子，却有魄力要做这些，更有勇气千里迢迢来到扬州，只为取经。

徐壬寅坐正："宋姑娘想法极好，扬州确有毛毡一物，不过却不是我徐家涉及的范围。毛毡是西方舶来品，如今只谢家一家经营此道，从不外传，因而这也是毛毡制品价格高但仍受追捧的缘由。"

宋妁听了脸上隐隐有些失落，她还以为能碰上徐家是她走了运，没想该走的路还是一步不能少。

"宋姑娘不必担忧，我虽不做这个，但谢家家主与我相熟，到了扬州我可与他说说，让你们见一面。"徐壬寅适时劝慰。

"那便先行谢过徐公子了。"宋妁浅浅笑道。

"宋姑娘客气了，这些都是我应该做的。"徐壬寅看一眼一直沉默不说话的人，站起身告别，"那宋姑娘好生歇息，我们明日早晨见。"

"嗯，明日见。"

徐壬寅走了，宋妁却依旧坐着，心里想着这件事。谢家这几年牢牢将毛毡制艺抓在手上，就连徐家也不能插手一分，那她要是想从中学点什么，岂不是难上加难？

这谢家又是什么样一个家庭，那家主性格如何？宋灿盘算着，到了扬州之后得让人去好好打听，她好不容易来一趟，不能空手而归。

官驿里此刻没什么人，宋灿与卫凌两人静静坐着，没有交流。

比起宋灿此刻心中的愁闷，卫凌却是震惊不已。

他知道她开了绣坊，知道她绣技上佳，也知道她现在养活自己不是问题，可他从不知道她还想做大，而且为此这般努力。

他未成婚前认识的宋灿是活泼天真的，她身后仿佛永远跟着太阳，是宋璇心疼的积极开朗的小妹妹。

成婚后看到的宋灿是贤惠的、乖巧的，她知礼守节，什么该做什么不该做，她统统明白，就算母亲、钰君多番刁难，她也不会任性而为。

和离后，宋灿像是变了个人，又像是没变，她忍下一切，承担起一切，每走一步都让他刮目相看。

她一直很有自己的想法，并能坚持与顺从这份想法，就像与他和离，她决定走了，就真的再没有回过头，也如此刻，她决定做一件事，并且不远千里一个人来到扬州，去完成这件事情。

卫凌视线落在她凝眉思考的小脸上，缓缓扬起笑脸，有什么东西在心底悄然绽放。

他很高兴，看到这样一个宋灿，也很高兴，没有再一次错过。

过了一会儿，宋灿察觉那道灼热视线，抬眸看过去，脸微微有些热："你看我做什么？"

卫凌说："阿灿，你只管往前就是了。"

我会一直在你身后。

第二日是个大晴天，酷暑热浪一阵接一阵，行至徐家时太阳还斜斜挂着，宋灿下了马车，额上伴着薄汗。

徐家不愧是扬州大户，一路从徐府门口进来，挽翠与龙泰两人嘴巴没合上过，雕甍绣槛、亭台楼阁、山水环绕，徐家怕是在家里建了座行宫。

徐壬寅亲自将宋灿带到她们要住的院子，安排下人几句后，与卫凌一同离开。

卫凌一路走着，心想他还是小看这个徐壬寅了，做些小生意能做到这个地步？

　　师父先前说扬州有几个富商富得流油，现在看来这徐家便是其中一户了，不过既然当初在扬州查漕运没查到徐家头上，那想必是清白出身。

　　卫凌看向领着自己走的徐壬寅："徐公子，这一趟冒昧打扰，可否要去拜见家主？"

　　徐壬寅说："卫大人有心了。不过家父早已不管事，不用特地去一趟，晚间用饭时应能见着。"

　　卫凌探一句："如今是徐公子当家？"

　　"正是。"徐壬寅笑道。

　　卫凌脸一沉，抬眼看向不远处精致的山石雕刻，暗自揣摩着。

　　他如今已离开将军府，将军府附属产业庄子等可以说都与他没关系。他现在身上有的除了每月固定的俸银，还有圣上赏的各种珍玩珠宝、黄金白银，不过他从来不曾管过，宫里的人抬了赏赐过来都是直接进的库房。

　　除此之外，还有些年轻时候攒下的银子，数量不知多少。

　　卫凌越想越烦躁，对于这些黄白之物他从没放在心上，可如今才发现它们那般重要。他可以不在乎萧珩壹，但这个徐壬寅……

　　等徐壬寅离开，卫凌叫来白亦，直问："我们现在有多少银子？"

　　白亦一怔，显然没想到他会突然问起这个，拧了好一会儿才答："郎君，您每月俸银一百五十两，赏赐的白银等约有万两，其他赏赐都只存放着，没换成现银，不知多少。"

　　"还有吗？"卫凌好像不满意，追着问。

　　"没了。"白亦说，"倒是有些官员时常会送礼，不过我们都按您的吩咐没收。"

　　上头的人沉思片刻才应一句："知道了。"

　　卫凌："白泽何时到？"

　　"他明日就能到扬州与我们会合。"

　　"嗯。"卫凌又问，"南洋来使有消息吗？"

　　"还没，估计这两三日内才能到。"

　　卫凌指节敲着桌子，道："好，给师父去个信，就说我到了扬州，会找个时间去看他。"

　　"是。"

徐家一处内院中，谭锦玉本是等在门口，见到院门闪过熟悉的衣角又立马走进屋子里，在榻上坐正。

徐壬寅大步流星，很快到跟前，谭锦玉撇了头不去看他。

"玉儿，还生气呢？"徐壬寅牵过她的手，柔声说，"以后我都听你的还不成，无论是在外面还是在屋子里……"

谭锦玉立马伸手去捂他的嘴，怒道："你还敢说！"

徐壬寅闷笑，拉下她的小手，从怀里掏出个小盒子，打开来是一双精致的耳环："这是我让金陵的老师傅特地给你打的，你看看喜不喜欢。"

谭锦玉淡淡瞄了一眼，"哼"一声："你不是从外面带回来个女人，你送她好了，送我做什么。"

"吃醋了？"徐壬寅半蹲在她身前，笑意越来越深。

"谁吃醋，我犯得着吗？"谭锦玉盯着他，"徐壬寅，我可是跟你说过的，你要是敢纳妾，我就立马收拾东西回盛京，你别仗着我爹爹、哥哥不在就欺负我！"

徐壬寅看着她生气的模样就觉得好笑，伸手在她肉嘟嘟的脸上捏了把"我都有了你还纳什么妾。"

"我看你就是想。"谭锦玉想起方才丫鬟跟她说的话就气得不行，说是那女人长相极美，袅娜娉婷的，徐壬寅还亲自送到院子里去，甚至叮嘱了下人好好关照。

谭锦玉一委屈，泪珠子落下来："这才多久你就这样对我，早知道我不跟你来扬州了，我在盛京随便找个人嫁了都比嫁你好。"

徐壬寅一见她掉泪就有些慌了，连忙坐到一旁将人抱在怀里哄："我没有，玉儿你误会了。"他解释，"跟我一起回来的还有个卫大人，人家两个是一对，我纳什么妾啊，你别听下人胡诌。"

谭锦玉吸了吸鼻子，看过去："当真？"

"我还骗你，晚上你就能见着了，我要是对宋姑娘有什么想法，那卫大人怕是要不管不顾对我动手。"

"胡说。"谭锦玉情绪来得快去得也快，"你带他们回府是为什么？"

徐壬寅低头在她唇上亲了亲："这个宋姑娘是从盛京来的，我便想让她与你做几日伴，让她说说盛京近况。"

谭锦玉一下转喜，主动亲他："真的吗，谢谢夫君！"

徐壬寅眼神一暗，加深了这个吻。

晚上宋妙、卫凌两人被请至正厅用饭，徐家人不多，饭桌上只有徐家父母与徐壬寅夫妇，她有些诧异，徐家这样大怎会只有四个主子？不过她是客，不好多打听主人家的事。

徐壬寅向徐父徐母介绍："爹娘，这是盛京来的宋姑娘与卫大人，他们会在我们家借住一阵。"

宋妙与卫凌同时问候，徐父徐母和善地点头。徐母笑道："好好好，这下咱们家热闹了。"

"宋姑娘，卫大人，这是内子锦玉。"

宋妙早注意到了徐壬寅身边的人，谭锦玉看着年纪不大，身子瘦小，娇娇柔柔的，脸庞却是明艳。

按徐壬寅所说，谭锦玉应当是与长姐有些关系，不过两人却不怎么相像。

谭锦玉颔首微笑："宋姑娘好，卫大人好。"

旁人许没注意到，可徐壬寅亲眼见着卫凌脸色变了几变，格外精彩。

徐壬寅笑问："卫大人怎么了？"

"无事。"卫凌收住怔然神色，转头低声去问宋妙，"阿妙，你知道这徐公子娶了妻？"

"知道。"

"所以你才同意住到徐家来？"

"是，怎么了吗？"

卫凌心里蓦然松了口气，虽然自己平白不舒服了几天，甚至已经开始琢磨怎么去做生意了，但此刻知道她从一开始就对徐壬寅无意，又觉一切都值得。

"没，我只是看着人家夫妻俩感情挺好。"卫凌笑开。

宋妙听不懂他莫名其妙的一句话，没理会，随着众人落座用饭。

徐壬寅安排两人坐在一起。开饭后，卫凌下意识就要给宋妙夹菜，刚要放到她碗中她就移开了碗，随后对上她晦暗不明的眼神，只好将那排骨放到自己碗里，默默用饭。

这一小小插曲无人发现。

徐父徐母开始问话，卫凌一一作答，他们说什么他都能接上一两句。

宋妙不由得多看他两眼，这么善谈的卫凌十分少见。

吃到一半，宋妙感受到一道热烈的视线黏着她。她回望过去，正对上谭锦玉探究的眼睛，谭锦玉被发现后又迅速收回。

宋姛低头笑了笑，谭锦玉倒是有趣，让她想起秦奕娴。

一顿饭愉快用完，宋姛刚下桌就被谭锦玉叫住："宋姑娘！"

宋姛心里记挂着徐壬寅的交代，也正打算寻她呢，没想她更主动。

"夫人。"宋姛笑道。

"叫我锦玉就可以。"谭锦玉靠近，想挽她的手又有些胆怯，"宋姑娘，我带你逛逛徐府吧？"

"嗯。"

两人离开正厅，在院子里慢慢闲逛着，每到一处谭锦玉就细心介绍，格外热情，对宋姛的称呼也渐渐从"宋姑娘"变为"阿姛"。

"阿姛，夫君说你们是从盛京来的？"谭锦玉忽然停了下来，走到宋姛面前认真打量，看得宋姛心里发毛，"阿姛，我怎么瞧着你有些熟悉，总感觉我们见过。"

宋姛心里"咯噔"一下，她方才一见谭锦玉就放下了心，她们并未见过。而她也不打算告诉对方自己的身份，谭锦玉若是知道自己是谁，那自己和卫凌的关系就瞒不住了。

"应当是认错了，我从小在巷子里长大，哪有机会见着贵人。"宋姛不敢再让她细想，"锦玉离京这么久，应是十分想念亲人吧？"

谭锦玉果然不再纠结，叹一声："倒也还好，夫君对我很好，家里也时常寄信过来，只是徐家太空了，他又常常不在，我一个人日子过得有些无聊罢了。"

徐府很大，人少，确实给宋姛一种孤寂之感。

"其实我刚嫁来时，府里还挺热闹的，老太太和老爷子都还在，小姑子没嫁，小叔子也没出远门。"谭锦玉道，"后来两个老人过世，小姑子嫁了出去，小叔子外出，这个家人就越来越少了。"

原来是这样，如若徐壬寅出了门，那谭锦玉还真是没什么伴。

宋姛见谭锦玉有些失落，便换了话题："锦玉常日里喜欢做什么？"

"以前在盛京时喜欢与各家女孩打马球、逛园会，什么好玩玩什么，来到这里觉得这些好像都没什么趣味，过一日算一日，朋友什么的也没有……他不大喜欢我出门，怕我人生地不熟会出事，我便也渐渐不爱出门，平常能说话的除了下人就没了谁，不过偶尔小姑子会回来一趟寻我，也还算好。"

谭锦玉说起这些像是极为平常，说完还特地叮嘱宋姛："阿姛，你可千万别跟夫君说我跟你说的这些啊。"

"为何？"

谭锦玉小脸一皱："他平常很忙的，就别让他再为我多担忧。"

宋妍不知该说些什么，这两人心里都有彼此，互相迁就，谭锦玉更是为了他而忍下许多，付出许多。

"嗯，此事只你知我知。"宋妍思忖片刻，"我进城这一路瞧见扬州城好似有许多好玩的，你要不要明日陪我出去逛逛？"

"好啊。"谭锦玉兴奋起来，"那我们明日出门去！"

两人说了一路，才在徐府里转了半个圈。

"阿妍，我还没问你，你们为何要来扬州呢。"

宋妍将自己要做的事说与她听，谭锦玉听完震惊不已："阿妍你好厉害！"

"还没见影的事呢。"

"你放心好了，我夫君很厉害的，他可以帮你。"谭锦玉骄傲道，"不过我见卫大人也很好，他还陪着你一路从盛京到扬州来，十分体贴。"

"嗯？"宋妍睁大了双眼。

"难道不是吗？夫君出门都不愿意带着我的，哼，他就是怕我坏他的事。"

宋妍想明白过来，许是徐壬寅跟她说了什么："锦玉你误会了，我与卫大人没有关系。"

"是吗？"谭锦玉显然不信。

"当然了。"宋妍转而道，"我第一回到扬州来，你快跟我说说扬州都有什么好玩的地方。"

夏日晚风清凉，两人在徐府里走了两圈，一路上都是谭锦玉说宋妍听，最后回屋时谭锦玉嘴皮子都干了，直接灌了两壶茶。

徐壬寅一边看着，心疼地劝："你慢着点，小心噎着。"

谭锦玉舒服了些，坐在椅子上叹道："夫君，我还挺喜欢这个宋姑娘的，温柔又善解人意。她说她从小在巷子里长大，可我看她那周身气度不像是巷子里出来的。"

"你喜欢便好，她应当会在扬州待一段日子。"

"嗯。"谭锦玉走过去，从背后环住他的脖子，"夫君，她这一趟来办事，你可要好好帮人家。"

徐壬寅笑："怎么才一个晚上你这胳膊肘就往外拐了？"

"我看人可准了。"谭锦玉说着便想起今晚的事来，她越想越觉得自己见过宋妍，而且那卫大人也有些眼熟，这样俊俏的两个人在盛京实在不多见。

"夫君，那卫大人全名叫什么？"

"卫凌。"

谭锦玉惊诧："卫凌？"

卫小郎君她没见过，但他的名号她若是不知道，那便枉在盛京待了十几年了。

"是，怎么了？"徐壬寅见她一脸讶然，不由得疑惑。

"不对啊，卫小郎君不是成婚了吗？我记着当时表姐过世后……"谭锦玉回忆着，随后一震。

表姐名叫宋璇，宋姑娘叫宋姍，没错了，他们两人是夫妻关系！

怪不得她总感觉见到宋姍有一份熟悉感，她是表姐的妹妹，那自然与表姐有两分像，这么一说，自己与宋姍还有些关系。

徐壬寅见状，再次追问："你认识他们？"

谭锦玉震惊过后，将这事告诉他。徐壬寅更加疑惑了："那为何宋姑娘说两人没关系？"

是啊，为什么呢？

谭锦玉走到桌子边坐下，细细回想着离开盛京时发生的事，她大概两年前到的扬州，许多事已记不太清。

谭锦玉想了一晚上没想出来，最后被徐壬寅缠着就寝才作罢。

后半夜，没睡着的谭锦玉突然猛拍身边的人："我知道了！他们和离了！"

"啊？"

"就是我跟你走那会儿发生的事，那时姑姑回家来，是跟娘亲提过这么一回事，我当时还惊讶了一阵呢，不过当时我一门心思在说服爹娘让我离开盛京，没怎么上心这些事。"

徐壬寅还蒙着，谭锦玉自顾自说："都和离了两年，怎么现在又在一块儿？而且我看阿姍好似不怎么想搭理卫小郎君，倒是卫小郎君上赶着。真是奇怪，夫君你说他们到底怎么回事？"

谭锦玉转头问话，这才发现徐壬寅早睡过去。

第二天谭锦玉见到宋姍时不再像昨晚，眼神里多了许多探究之意。

还没走出徐府大门，宋姍就忍不住问："我今日可是妆容有不妥？"

"没有。"

"那你怎么一直盯着我看？"

谭锦玉是个藏不住事的，而且她实在好奇，便问出了口："阿姍，你现在与卫小郎君是什么关系？"

宋姄僵住，愣了好一会儿："你知道了？"

"嗯，昨夜夫君提起卫小郎君名字，我一下想了起来。"谭锦玉解释一番，"对不住，我不是有意的。"

"无妨。"她早该想到他们两人一齐出现，总会有人认出来，不是谭锦玉许也会是别人，"我与他这一路本就是偶然碰上的，没有什么关系。"

宋姄笑笑，她说这句话好似说了挺多回了。

"这样啊。"谭锦玉还是忍不住，"阿姄，我能多问一句，当初你们为什么要和离？我实在想不通，你这样好，卫小郎君又这样年轻有为，为何要走到这一步？"

宋姄沉默了下："这事说来话长。"

"好吧，总归是他对不住你。"谭锦玉挽着她的手，"宋璇是我表姐，那阿姄你便也是我表姐，我断不能让他在扬州地盘上再欺负你，走，我带你去玩！"

宋姄可不是去玩的，两人上了街，宋姄陪着她去了想去的几个地方，等她尽兴后道："锦玉，我还有事，你要是觉得累了不若先回府去。"

"我不累，你初来乍到的我还是陪着你好些。"

谭锦玉不肯走，宋姄只好随她去。

宋姄昨天到扬州后已让龙泰去查了谢家，她不能只等着徐壬寅给她牵线，被动等着不如主动出击。

这谢家与徐家在各地扎根不同，谢家只一家铺子，专卖毛毡制品，而且作坊不知设在何处，听龙泰的意思是十分隐秘。

她今日就是想先去探探情况，亲眼见过心里才能有底。

谢家店铺在扬州繁华地段，铺面大得宋姄几人在街头就能看见。

等走近一些，宋姄见到一抹熟悉的人影，几步跑上去，没忍住一下抱住那人。

罗姨被她撞得后退一步，宠溺道："这么大了，还像个孩子一样。"

"罗姨，我好想您啊。"宋姄松开人，咧开嘴笑。

早在金陵时宋姄就给罗姨去了信，今日一早与她约好了这个时间在谢氏店铺门口相见，因而有了这一幕。

罗姨将她掉下来的发丝别到耳后："你娘还好吗？"

"好，娘亲现在可好了，身体健康许多，还每日嚷着给她找事做呢。"

这两年尤四娘与罗姨时常通信，罗姨自是知晓两人全部近况，欣慰道："好就成。"

"嗯，都好。"

这会儿谭锦玉与挽翠已经上前来了，宋姗各自介绍一番。

"走吧，我们进去瞧瞧。"宋姗左手拉着罗姨，伸出右手来寻谭锦玉。

铺子里人很多，没有小二招呼，几人便自行各处看看。

罗姨边看边说："自从曹娘上次来信，我就时常帮你注意着谢家，可惜谢家防得紧，不说这铺子的小二和掌柜是自家奴仆了，就连作坊里的工人用的都是家生子。"

宋姗预料到，但仍不解："谢家为何要这么做？"

"赚钱呗。这扬州，乃至整个东夏除了他们一家还有谁做这个，他还不得牢牢攥在手里啊。"罗姨摇了摇头，"阿姗，你怕是不好做。"

"可若是谢家作坊开大点，铺子开多点，那不就能赚更多钱，像徐家一样。"

"阿姗，不是谁都像徐家公子的。"

可惜谭锦玉这会儿自己跑开去看陈列的商品了，没听见两人夸徐壬寅。

宋姗想起昨夜龙泰搜来的消息，对罗姨说："这谢家家主不过四五十岁，怎么如此固执？"

罗姨拿起一顶帽子在她头顶比画一下又放下，应她："不知，谢家家主极少露面，听说往常在外面管事的是他女儿。"

"女儿？"宋姗又惊了。

"嗯，谢家没有儿子，而且只有一个女儿，年近三十。"

宋姗忽然往铺子里探去，想看看这谢家女儿在不在铺子里。

罗姨见状道："别找了，我都打听过，人这会儿不在，说是只有快打烊时会过来一阵，而且也不是每日都过来。"

"那还能在哪里见到她？"

罗姨站定，盯着她："你真想找人？"

"当然。"

"谢家女儿谢蓝喜好喝酒，常在风月场所逗留。"

宋姗瞬间惊得说不出话："风月场所？"

罗姨哈哈笑："瞧你那没见过世面的，扬州与盛京不同，这儿开放很多。只是你个大小姐大门不出二门不迈的哪听过这些。不过听闻谢蓝从不在青楼里过夜，也没见传出什么不好的传闻，总之，这谢家一家都怪得很。"

宋如不知为何有些脸红，她真是没想到一个女子也会那样，活了二十多年头一次听闻这事。

“罗姨……”

“好了，你也别怕，又不是非要让你去那里头找人，再想想别的办法就是了。”

“嗯。”

这时谭锦玉拿了双男式鞋履过来：“阿如，你看这双鞋子如何？”

宋如第一回见，十分好奇，接过鞋子看了几眼，还伸手进去探了探：“不错，摸着手感舒适，且还保暖。”

“嗯，我也瞧着不错，想着给夫君买一双。”

谭锦玉得了肯定后又走开，罗姨道：“你也看看，看看有没有什么喜欢的。”

毛毡制品多种多样，不过这儿倒是不大用来制衣，都是些帽子鞋类，还有些垫子与各式小玩意。

宋如挑了几样新奇的，挑完一行人离开。

铺子改日有的是时间再来，眼下先和罗姨吃饭比较紧要。

谭锦玉一直跟着不肯走，说到吃饭主动给宋如推荐了一处好地方，说是扬州最好的酒家。

几人到时同样客满，不过那老板许是认出谭锦玉，连忙将空留着的雅间让给几人。

宋如笑：“还真是托了徐夫人的福。”

“也就这一点好了。”谭锦玉坐下，“阿如，今日我请，你与罗姨想吃什么就点什么。”

方才在谢家店铺罗姨已知晓谭锦玉的身份，现下也没跟她客气，点了好几个这儿的招牌菜。

菜还未上，宋如开口问罗姨：“罗姨，您能不能同我说说我外祖家？”

虽然尤四娘不想让她到尤家去，可她好不容易来一趟，还是想为娘亲尽些孝意的。

“外祖？”谭锦玉惊讶，“阿如你娘亲是扬州人？”

宋如点了点头：“不错。”

“那咱们的缘分还挺深呢。”谭锦玉十分开心的模样。

罗姨却淡淡道：“阿如，你外祖父外祖母早不在了。”

"我知道的。"当时就是因为这件事娘亲才会下决心跟她离开宋家，"娘亲只跟我说过有个舅舅，其他的她没提起，我也不好多问，怕惹她难过。"

"是。"罗姨回忆起往事，神色伤感，"你外祖父时任扬州通判，是个清正廉洁的好官，可惜那时不知怎么突然染了病去世，没多久你外祖母也跟着去了。若说你外祖父积劳成疾生了病还情有可原，可你外祖母我见过好几回，不像是会突然生病的样子，唉，大概还是你外祖父的死给了她致命一击。"

宋姗沉默下来，当初娘亲与青姨没跟她说其中细节，现在听来隐约有些不对劲，可一切又是那么合情合理。

"你舅舅大半辈子都靠你外祖父照顾，没有官职也不会谋生的手段，当时是不是还问你娘要过钱？"罗姨忽然问。

"嗯，我听青姨提起过。"

"我想就是，你那舅舅知晓我与你娘的关系还来找过我呢。"

这会儿菜陆续上了，罗姨停了下来，等小二出门去才重新说："不过，后来倒是没见他们一家困难到哪里去，反而日子越过越好了，我上个月正巧碰见你舅母，她鼻孔都朝天上去了。"

"为何会这样，是不是舅舅做了什么生意？"

罗姨摇头："没听说，不过暗地里做了什么我就不得而知了。"

宋姗垂眸想了想，接着问："罗姨，舅舅家如今几口人？"

"你舅舅、舅母，再有两个儿子一个女儿。一个儿子与你一般大，剩下两个年纪小些。"

"嗯，咱们先用饭。"宋姗不再问了，无论舅舅、舅母如何，她还是应该去给外祖父外祖母上炷香。

之后的饭桌上宋姗没什么话，都是罗姨与谭锦玉在说，气氛融洽。

三人吃饱喝足，打道回府。

宋姗与罗姨在酒家门口分别："罗姨，我过两日再去寻你。"

"好，罗姨给你做地地道道的扬州菜吃。"

"谢谢罗姨。"

正说着话，门口似要走出来人，宋姗连忙将罗姨拉到一边，不碍着别人的路。

只是下一瞬就听到谭锦玉诧然的声音："卫大人？"

宋姗一怔，才转头就对上卫凌的视线，看见他怀里抱着一个女孩，言笑晏晏。

卫凌心里没由来地慌了起来。

这两日师父一家正好在城里，得知他过来便约着一起吃了个饭。

一年多前师父与师母不知他与宋姍和离，每次到郊外去师母都会提一句，下回再来扬州一定要带上宋姍。

临走前师母再提起她时他才告知两人真相。

这一回师父来消息，他有过犹豫要不要让师父见见她，这个想法没过多久就被否决。

她应当是不愿意的。

卫凌万万没想到会在这里遇到宋姍，还是这样一种情况下。

他好似没做错什么，可对上她的眼神时，他瞬间六神无主。

冉冉见他停下后直盯着一个漂亮姐姐看，伸手去捂了他的眼睛："哥哥，娘亲不让爹爹随便看外面的姨姨的，再好看也不行，你不能看！"捂完又对宋姍软软说，"漂亮姐姐，你别害怕，我挡住他了。"

当场里除了谭锦玉，无人知晓发生了什么，只觉得气氛莫名有些怪异。

凌意察觉到不对劲，上前来抱过孩子，问道："域川，这是？"

静了好一会儿，宋姍先反应过来，朝凌意两人福了福，随后卫凌回过神，介绍："师父师母，这是宋姍和徐家夫人。"

凌意听到"宋姍"两字当即与千玄对视，都从对方眼里看到了惊愕。

这就是域川心心念念忘不掉的姑娘？

随后凌意不敢置信般确认："阿姍？"

状况外的冉冉举起小手："仙女姐姐！"

"是。"

凌意心思转过来，笑开："域川老跟我们提起你，没承想今日撞上了。"

宋姍含笑点头，实则心底有些尴尬。她不知道眼前一双夫妇是谁，不过看他们这模样却好像是认识自己。她朝卫凌递去个不解的眼神，再下来真不知该如何接话了。

卫凌立即说道："师父师母，今日也累了，我先送你们回去。"

"也好，这几天我们都在城里，随时可见。"不过凌意有心想帮卫凌一把，对宋姍说，"阿姍，你若是得空不若与域川一起来家一趟，最近咱们家湖里的鱼正是肥美。"

卫凌瞥见她眉心向下，便知她为难了起来，替她答："师母，南洋来使不日抵达，恐抽不出时间。"

凌意实在是恨铁不成钢，微瞪他一眼，又朝向宋妠，柔声道："好不容易来一趟，师母想与你说说话来着，寻了空可过来一趟，若是不便也无碍的。"

"仙女姐姐，我娘亲做鱼很好吃的，你来嘛。"

宋妠内心纠结成一团，最后在凌意热情的视线里只能应了声："嗯……我看看安排。"

"好了好了，该走了。"等在一旁的千玄有些急了，催促道。

一家三口往前走去，卫凌落后一步，对宋妠说："阿妠，我晚点去找你。"他说完就追了上去，没给宋妠答话的机会。

随后终于能开口的罗姨一脸茫然问："阿妠，那位是？"

宋妠头疼起来，心里恼恨卫凌，这都什么事啊……

"罗姨，那是卫凌。"

"啊，就是与你和……"罗姨话只说到一半，"怎么在这儿碰上了？"

宋妠摇头，她哪知啊。

"罗姨，你先回吧，我们改日再见。"

"好，路上注意安全。"

宋妠不过前脚刚回府坐下，挽翠就来禀，说卫凌来了。

她想了想，让他进了屋。

卫凌一看就是匆匆赶回来的，额间隐约可见细汗。宋妠随口吩咐一句："挽翠，换壶茶来。"

卫凌坐在桌子另一侧，看向她，先是问："阿妠，今日你们去了何处？"

"卫大人有话可以直说。"

他便开始解释："阿妠，我与你说过，我十来岁时离家过一阵，那段时间若是没有遇见师父，就不会有今日的我。"

宋妠没接话，手放在已经凉了的茶盏上，汲取一丝冰凉。

"师父定居扬州，一年多前我来过一趟。"卫凌停顿片刻，"……因而他们才知道了你。我后面几日估计是没有空，故今日先与师父师母见了一面，我没想到会在那里碰见你。

"今日师母说的话你不必放在心上，她只是随口提了那么一句，你若是不想去那我们便不去。

"还有，冉冉是师父的女儿，今年四岁多一点，甚是调皮，临走前非得我抱才行。”

卫凌一口气说完，眼睛盯在她身上，等着她反应。

宋姗在心里叹了几口气，其实她今日见到卫凌那一刻是震惊的，震惊到难以置信，那还是她曾经认识的卫凌吗？

以前将军府里有袖礼，可袖礼每回见了他都好似有些害怕，卫凌也是，从来不对袖礼展现过一点亲昵。

她一直以为他不喜欢小孩。

可方才，他不仅抱着那小女孩，还笑得那样开心，事实只说明了她的以为是错的。

她问：“你喜欢那个孩子？”

卫凌沉默了下来,过了好久才说“冉冉和袖礼不同，我刚见冉冉时她还小，很黏人，我没有办法，后来慢慢便成了习惯。”

宋姗说不出此刻是什么心绪，太复杂了，她理不清。

她记得他说过“不是不想和你有孩子，是不能”。

那时候她选择相信他，现在反而有些不确定这个选择是不是对的。

他喜欢孩子，却不能和她有孩子。

她抿唇笑了笑，她不该这样，不该再为他波动一丝。

“你不必与我说这些。”

卫凌渐渐冷静了下来，自己给自己倒了杯茶水，饮完后说：“阿姗，你知道我最怕什么吗？”

宋姗转过头，与他对视，却没答。

“我最怕再把你推远。”

宋姗回过眸，不知在看哪里，双手交握在一起。

她不是没有心，从盛京到扬州，卫凌做了什么她能看得到，只是……

现在想想，即使过了那么多年，她还是不懂他，之前不懂，现在亦不懂。

而他同样没明白自己想要的是什么。

“我知道，可是我不会回头了，太苦。”

后面两三日宋姗很忙，但且只是在扬州城里转。扬州城与盛京太不同了，宋姗每进一家店铺都觉着耳目一新。

不过她最主要的目的还是到谢家铺子去等人，可惜小二都与她混熟了她还是没能见到谢家大小姐谢蓝。

小二说谢家大小姐行踪不定，没人知晓她何时何地会出现。

这天临走前，与她相熟的小二靠近："宋姑娘，您不若去春兰院看看，许有些头绪。"

宋妁顿觉头大。

回到徐府时才发现谭锦玉在等她，怀里抱着元宝儿。谭锦玉抱怨道："阿妁，你怎么一天天的净不见人。"

宋妁坐下来，温声应她："我这不是忙，再说在你们家白吃白住我也不好意思，早点办完事早点离开。"

"你才来多久，急什么，住一辈子都成。"

宋妁笑笑，摸了摸元宝儿："元宝儿倒是肯与你亲近。"

"你这就不懂了吧。"谭锦玉露出手里的木条，"我见过这种品种的猫咪，南洋来的，珍贵得很呢，你瞧，就是这东西让它死心塌地黏着我。"

"这是何物？"宋妁接过木条，放在鼻下闻了闻，莫名察觉有些熟悉，却一下想不起来在哪儿闻到过。

"这是南洋人用来逗弄小猫的，这种猫就喜欢闻这味，有了它，元宝儿就别想跑。"谭锦玉继续给元宝儿顺毛，"我还挺惊讶，阿妁你居然还养了只猫，还是这样不常见的小奶猫。"

"不是我养的，是它自己从墙壁上跳下来的，后来就不肯走了。"宋妁话刚说完，脑海里电光石火间闪过什么。

她又闻了闻木条，味道的记忆渐渐唤醒，是卫凌想送她的簪子和木盒！

怪不得，怪不得元宝儿只黏自己，怪不得它第一次见到卫凌就熟悉地跑过去，怪不得那次在汝南镇他说了那么多养猫咪要注意的事情。

原来是这样。

宋妁神色冷下来，情绪复杂地看着元宝儿，卫凌这人简直是处心积虑。

元宝儿仿佛察觉她的心绪，离开谭锦玉的怀抱跳过来，"喵喵喵"地叫。

宋妁真是无可奈何，戳了戳它的小脸："你个坏东西。"

这头谭锦玉开始说今日来的目的："阿妁，我是来传话的。夫君说这几日谢家家主卧病在床，不便见客，让你再稍等等，他会想办法找一找谢家女儿。"

"生病了？"宋妁惊讶。

"嗯，夫君说他递了好几次请帖都被退了回来。"谭锦玉道，"阿妁，你先看看扬州风景，这事急不来。"

宋妁凝眉，这就不好办了。

难不成她还真得亲自去一趟春兰院不成？

宋姗思虑片刻，应她："我知晓了，有劳徐公子。"

"你别跟他客气，怎么说你也算我娘家人呢，不帮你帮谁，这些都是他应该做的，他做少了我不得骂他。"

宋姗被谭锦玉的语气逗笑："是，那我便不客气了。"

两人说说笑笑一阵后，谭锦玉声音小了起来："阿姗，你是不是同卫小郎君吵架了？"

宋姗脸上一下没了笑意。

那天晚上过后她就再也没了见过卫凌了，她不知道自己那句话有没有让他死心，不过他走时候的脸色她一直记着，大概还是有用了。

这样也好，对谁都好。

"我是瞧着以前你们有些不对劲的。"谭锦玉继续说，"我前日在门口碰着人，与他打招呼，他那脸臭得很，只点了个头。听下人说他昨夜没回来，也不知去了哪儿，阿姗，到底怎么一回事？"

宋姗说："我们没事，你别多想。只是既然已和离，这样纠缠不清总是没有办法，这一回以后，他应不会再来找我了。"

谭锦玉叹了声气，感情一事只会越理越乱，她能关心问候，却帮不了什么。

"嗯。"谭锦玉看着她，转而笑道，"要不要我帮你把人赶出去？夫君在扬州城还是能说上话的，他想做什么我们就让他做不成！"

宋姗也笑开来："我们怕是斗不过他。"

·第八章·
迟来的解释

　　这次徐壬寅作为扬州富商，受邀前往现任知府府里接待南洋来使，出门前谭锦玉特地交代："谢家怕是也要去人，你记着阿姗的事啊。"

　　"记着呢记着呢，哪敢忘。"

　　徐壬寅到时还早，厅堂里坐着几人，他一眼便见到了谢蓝。

　　谢蓝与柔情似水的江南女子不同，长相颇具豪迈，一双丹凤眼瞅人十分凌厉，行事说一不二，极为固执。

　　徐壬寅与她交往不深，仅算得上点头之交。

　　他心里惦记着谭锦玉的嘱咐，上前去坐在她身侧："谢姑娘。"

　　谢蓝看他一眼又回过眸："徐家主何事？"

　　"听闻令尊身子抱恙，如今可还好？"

　　"好着呢。"谢蓝随口一句。

　　谢蓝对他态度都这般冷淡，宋姗怕是要吃点苦头了。

　　"谢姑娘，内子娘家表姐自盛京来，说是想见一见你。"徐壬寅直言道。

　　谢蓝下意识愣了一下，有些不敢相信："见我？"

　　"正是。"

　　"大老远从盛京来，见我？"她指了指自己，再问。

　　徐壬寅再答："不错。"

　　"所为何事？"

　　"不知，只是托我来问一句。"徐壬寅卖了个关子，若是直言她定会一口拒绝。

　　谁料谢蓝丝毫不好奇："不见。"

　　"谢姑娘，我那表姨子远道而来，你就当给我个面子。"

“不见。”

徐壬寅摇了摇头，这谢蓝比谢家那老头还难讲话。

交谈结束，没一会儿，门外传来熙熙攘攘的声音，夹杂着南洋来使不甚标准的中原话。

这一次南洋来使途经扬州实在是意料之外。

来使可不仅仅是进京面见圣上，听闻他们身边还带着好几个富商，这一趟亦是为了两国共通有无。

徐家作为扬州大户，这个机会必定需要把握住，若是有些事成了，那可不是赚些银子的事，徐家几代都不用愁吃喝去。

徐壬寅想着，态度端正起来，坐得板直。

只是不过一会儿，他见到领头走着的那人直接愣了。

那是……卫凌？那个借住在他们家的卫大人？他怎么会出现在这里？

徐壬寅再望过去，只见他身侧一个络腮胡的南洋人十分恭敬地等卫凌先迈过门槛才踏进门来，而扬州知府淹没在人群里，几乎看不着。

他瞬间惊掉下巴。

几人越走越近，徐壬寅几人已经站了起来，卫凌对上他的视线，微微颔首，一点不见先前为着宋姗吃他醋的模样，这会儿身上气息盛气凌人。

这到底怎么一回事，徐壬寅完全搞不懂了。

所以这个卫大人到底当的什么官？

很快，他有了答案。

上头南洋来使学着中原礼仪，笑道：“首辅大人，您请坐。”

徐壬寅：“……”

卫凌竟是首辅？！那个一人之下万人之上的首辅？

敢情他家是住了尊大佛啊！他之前甚至还藏了小心思玩弄对方？

徐壬寅突然后脊发凉。

屋子里已经开始说起话来，知府周盈让人上完茶后道：“乌起大人，您与众位大人定要在咱们扬州城好好转转，保证让您不虚此行。”

原知府谭甫与皇商金业成早已在邹正一案中被问责，如今上任的周盈是卫凌从邻城调来的官员，清廉正直。

“不用周大人说，我们也是要好好转转的。”乌起隆转向卫凌，“不知我等有没有这个福气能邀首辅大人一同游玩？”

卫凌抿了抿唇，道：“自然，不过乌起大人莫要忘了，咱们来可不只是为了玩。"

"哈哈哈，那是肯定，首辅大人还是一如既往以大局为重啊。"

卫凌淡淡一笑，给了周盈一个眼神，周盈立即指着徐壬寅等人道："乌起大人，这是咱们扬州在各行各业做生意的商人，我给您介绍介绍。"

周盈一一介绍过几人，乌起隆夸赞几句后也开始介绍自己带来的人，大家各自相互认识了一番。

周盈接而道："乌起大人旅途劳累，府里已经备好了上好佳酿，咱们移步前往？"

众人来到偏厅，而酒桌上自是免不了推杯换盏，众人正要向卫凌敬酒时却先被乌起隆挡下："哎，咱们首辅大人可是不饮酒的。"

周盈一脸讶异："噢？"

乌起隆便开始说："年前首辅大人还不是首辅时，曾远渡南洋来到我国。听船长说，那会儿他们在海上遭遇了海盗，海盗来势汹汹，个个虎背熊腰的，一船人那是人心惶惶啊，船长都想着弃船而去了。在那样危急的情况下，是首辅大人稳住了场面，领着众人拿起武器。"

说到这时，乌起隆慷慨激昂地站起身，伴着射箭的动作："远的用火箭，近的便用石头砸，没有石头就拿一袋一袋的苟米，把船上能用的都用了，就这样慢慢将海盗击退，船长与我说时是激动得又哭又笑。"

乌起隆语气低沉起来："不过那时冲在前头的首辅大人心口中箭，几个大夫轮流医治都只能吊着一口气，我们都以为没救了，好在首辅大人命大，昏了大约半月终于醒过来。"

听着乌起隆的话语，当场众人都倒吸一口凉气，唯有卫凌脸上没有一丝波动，像是在听别人的故事。

他接着说："首辅大人是东夏派的来使，我们王上格外看重，待首辅大人身子大好，那欢歌载舞必少不了，可就是在那样的场合下，首辅大人用身子不适当场拒了我们王上的酒，我们底下的人直呼大胆。"

"换作别人那是小命都没了啊，首辅大人胆子是真大！"乌起隆回忆着，"后来同大人吃过几次饭，他依旧是滴酒不沾，我们便也不再顾他，只管自己喝。"

乌起隆突然转向卫凌："大人，过了这么久我依旧不明白，这心儿痒痒的，您能告诉我为何一点酒都不碰吗？"

其他人同样看过来，皆是一脸好奇。

卫凌淡淡看过去，只答了四个字："喝酒误事。"

乌起隆连连摆手："能误什么事，你们中原不是有那什么'金樽清酒斗十千''小酌怡情'，喝一点不碍事，大人这是胡诌诓我呢。"

"没诓你。"卫凌说这句话时认真了几分，带着让人信服的语气。

乌起隆停了一会儿，又问："大人这是误过事？"

这下卫凌不答了，只抬起手边的茶杯抿了一口。

大家心领神会不再提起这个，周盈感叹一句："咱们大人真是有勇有谋啊，文能治国，武能安天下，有卫大人是我东夏朝的福气。"

"谁说不是，大人来一趟南洋，不仅给我们国家带来了贸易便利，周围几个小国亦是受益良多，他们这回还托我向首辅大人向东夏朝致谢呢。"

"来，我们以茶代酒，敬大人一杯。"周盈领着众人举起茶杯。

热闹一阵过后，大家开始各自说话，气氛融洽。

卫凌："听闻乌起大人对我朝刺绣一艺格外感兴趣？"

"正是。"乌起隆颔首，"我怎么也想不到光靠一根针一条线一双手怎么能造出那样繁复精美的图案。"

卫凌看向徐壬寅，乌起隆也望过去，卫凌道："这是我们扬州主管丝织行业的徐老板，我相信他会十分愿意与你探讨这个问题。"

徐壬寅受宠若惊，连忙站起来，朝乌起隆拱了拱手："是，若能将我朝绣品绣艺传授至南洋，徐某不胜荣光。"

乌起隆明白卫凌这是有意牵线，不过牵的这线正合他意。

东夏的丝织品在南洋那是重金难求，即使每月几趟货船往来，但那点量仍是不够看。乌起隆这一趟若是能将刺绣这一技术带回南洋去，那他算是办成了件大事。

他哈哈笑起来："那自然是极好的，明日，明日我就带人到街上去看看，徐老板可否一起？"

徐壬寅一口应下来。

一旁谢蓝看一眼，默默斟了杯酒。

接风宴席约戌时末才结束，等送走了来使，卫凌与徐壬寅同回徐府。

卫凌的马车就在前面走着，而跟在后面的徐壬寅直到此刻仍是不敢置信，感觉今夜虚幻得很——

先是撞见露出"真面目"的卫大人，后是听闻他在南洋的事迹，最后他竟还主动将自己介绍给南洋来使。

他想，自己真是走了狗屎运。

方才桌上也有好几个扬州商人，唯有他和乌起隆搭上了话，还约定了明日相见。

这可不是简单的见面，南洋人带来的商机无可比拟，要是他真能独断南洋丝织市场，那徐家未来不可限量。

而这一切的源头……是宋姑娘。

走过几条街，马车在徐府门前停下，卫凌下马车之后站在一旁等了他一会儿。

徐壬寅上前去，小心翼翼作揖：“……卫大人。”

卫凌此刻脸色缓和许多：“徐公子不必如此客气，原先怎么便还是怎样。”

使不得使不得，徐壬寅万万不敢：“卫大人，此前徐某若有招待不周，还请见谅。”

卫凌没说什么，抬步往里走去，徐壬寅连忙跟上。

走到住处，卫凌转过身正色道：“徐公子，明日你与他们会面，谨记一点，我们付出什么便要拿回什么，天下没有白吃的午餐。”

“是。”

卫凌怕他不懂，再解释一句：“有些东西我们没有，得向人家学习，就像如今阿姝要做的事情。”

他想着阿姝到底经验尚少，她想做的事风险不定，有徐壬寅在前头带着，她会好走很多。

而浸润商场多年的徐壬寅听完这一句一下就明白了，他原先还以为卫凌一是为东夏朝，二是因与自己相识才特意牵线，不想绕了这么一大圈竟是为了宋姑娘。

徐壬寅想起昨夜谭锦玉睡前与他说的那些关于两人之间的事，暗自摇了摇头，多情自古空余恨，这卫大人怕是要走很长一段路才行。

早上陪着谭锦玉用过早饭，又陪着她说了一上午话，晌午过后宋姝与挽翠两人出门去寻罗姨，今日要去一趟尤家。

昨日已派人去给尤家送了信，那边很快回消息，因而才有此行。

“挽翠，礼没问题吧？”

“龙泰今日一早就检查过了，现在好好的在马车上呢。”

“嗯。”

舅舅尤山鸣一家住在扬州城西南角，院落看着不大，大门紧闭。

宋妁与罗姨下了马车，挽翠上前去敲门。

没一会儿，一个四十左右年纪的妇人开了门。

罗姨低声与宋妁说："这就是你那舅母吴氏。"

在盛京时尤四娘就说过这个舅母不好相处，罗姨今日也三番几次提醒她莫要将吴氏的话放在心上。

宋妁好奇起来，这个吴氏性格得有多差才让两人这般忌惮。

她再看过去，只见吴氏脸上堆满了笑意，提着裙摆迎到跟前来，看了两眼宋妁后笑道："呀，阿妁竟出落得如此标致，不愧是四娘生养的孩子。"

这一句夸赞有几分诚意，宋妁没感觉到"不好相处"，一时疑惑起来。

而一旁的罗姨更是惊得不行，以前吴氏可不会这样说话，态度要有多轻慢就有多轻慢，是以前两日宋妁说要到尤家拜访时她直接就劝阻，可最终还是拗不过宋妁。

她便想着今日怎么也要陪宋妁来一趟，不然宋妁被吴氏欺负了都无地可说。

可现在好像不是那么一回事。

宋妁浅笑问候："舅母。"

吴氏亲昵挽过宋妁的左手："快随我进来吧，你舅舅、表哥都等着了。"

走到门口，发现个十三四岁的小姑娘靠在大门一旁，探出头，滴溜着眼珠子看着宋妁，充满了好奇。

宋妁停下来，对吴氏道："这便是佳佳表妹吧？"

尤佳佳一听到宋妁说话，立马转身飞奔回屋。

吴氏不得已笑："是，这个淘气的，见了人也不知道喊。"

院子确实不大，而且稍显杂乱，许多东西堆放在一处，也不知是没空收拾还是东西太多所致。

几人到了正厅，坐在首位上的尤山鸣起身相迎，下首一年轻男子应当就是与她年纪相仿的表哥尤起跃了。

尤山鸣与尤四娘有几分相像，宋妁一下就确认，眼前人属实是她的舅舅。

她不免有些心酸，活了二十多年自己竟是第一次见到娘亲的家人，更遑论离家那样久的娘亲心底是何感受了。

宋妁躬身福了福："见过舅舅。"

"哎。"尤山鸣虚扶一把，随后即向她介绍尤起跃，"这是你表哥起跃，应当是比你大上几月。"

宋妘见礼："表哥。"

尤起跃瞄她一眼，脸有些红，木讷地应了句："表妹安好。"

坐定后，宋妘让挽翠将自己准备的礼拿过来，每个人都有。两个小点的孩子拿着礼物十分高兴，当场就要拆开，最后被吴氏赶了出去。

欢闹过一阵，厅堂里只剩下几个大人，尤山鸣关切地问："四娘最近可好？这一别就是二十多年了啊。"

宋妘想了想，道："一切都好，只是娘亲前段时日身子不舒服，这才没能随我一起过来。"

"身子不好便好好养着，不用专门来一趟。"尤山鸣叹气，"也怪你舅舅我不争气，这么多年没能去一趟盛京看你们。"

宋妘适时劝慰："我与娘亲过得很好，舅舅不必担忧。"

"那便好。"吴氏插了一句，"自你外祖父祖母去后咱们这日子确实不好过啊……"

尤山鸣轻咳一声，及时打断她："别听你舅母胡说，没有的事。"

吴氏讪讪，不再说话。

"阿妘，你这趟来扬州所为何事，需不需要我帮忙？"尤山鸣问。

"小事而已，不劳烦舅舅挂心。"宋妘又道，"舅舅，我能否给外祖父外祖母上炷香？"

"自然。"

随后由吴氏带着移步往外走去，没走多远到了个小屋子前，那便是尤家祠堂了。

祠堂内设施简单，条桌上灰尘依稀可见，上头一层一层摆放着几个灵位。

宋妘从一旁拿起几根香，点燃后跪至蒲团上，行了三叩首，再将香插入香炉中，随后重复一轮，做完一切才起身。

吴氏斜斜倚在门口，等人出来便摆正身子，笑问："好了？"

"嗯，咱们回吧。"

路上，吴氏跟宋妘搭话："侯爷是盛京城大户人家，四娘是找了个好去处啊。"

她接而叹道："当年你外祖父外祖母去得急，什么都没给我们留下，我们一家几近陷入绝境。"

吴氏神情忧伤，宋妘微微转头看她，一时更加好奇了。方才尤山鸣显然是不想让她与自己说起这些，而之前罗姨也道尤家的日子是突然转好的，这里头发生了什么事不成？

于是她也没阻止，让吴氏接着说下去："后来盛京城来了个钦差，查明了你外祖父冤死一案，我们尤家这才又重新挺直了腰板。"

宋姗闻言一惊："不是说外祖父是因病去世的吗？"

"病是真病，不过两个老人家都是被人下了毒，才导致生的病。"

"这是为何？"宋姗不敢置信。

"那钦差只道是跟什么漕运贪污有关，你外祖父知晓了其中内情，便遭了人毒手，你外祖母同样也是。"吴氏现在想来还有些胆战心惊，还好当时老爷子只告诉了老太太一人，若不然遭殃的可就是他们一大家子人了。

"虽然漕运一案将扬州翻了天去，可你外祖父终究是回不来了。他一生清正廉洁，最后临了什么都没有给子孙留下。好在皇恩浩荡，这两年来那钦差时不时照顾我们一番，这才勉强度日。"

宋姗皱了皱眉，哪有钦差是这样办事的？就算是朝廷分发下来的抚慰金也是一次给完，怎么还时不时照顾？别不是另有所求吧？

她问："还有这样的钦差？"

"我们也奇怪得很。"吴氏同样不解，不过她不会纠结于这些，说完了那些话便开始道，"如今你表哥为了上盛京赶考，日日是孜孜不倦，眼下连媳妇都没娶。"

吴氏伸手用帕子在眼角按了按："说到底是我们对不住他，连份像样的聘礼都凑不出，哪家姑娘会愿意嫁过来。还有佳佳，这及笄过后眼看着就要相看人家了。唉，我真是愁得紧。"

宋姗在她唉声叹气的语气中好像听懂了什么，所以这个舅母与自己说了一堆是哭穷来着？

她看一眼凌乱的院子，不知该说些什么。

两年前娘亲收了封要银子的信，现在亦是相同的状况。

银子她有，但给不给还有待商榷。

吴氏即便拖慢了步子说话，眼下也要回到正屋，她见宋姗没什么反应，心里一急，将人拉住："阿姗，你娘亲刚走时我也嫁了过来，那会儿尤家在扬州还有些地位，养出她这么一个水灵的姑娘，之后被侯爷看上，这一路顺风顺水……"

宋姗脸色瞬间冷下来，心内刚起的一丝同情也压了下去，对方这是开始拿娘亲说事了。

她不着痕迹挣脱吴氏的手，道："是，因此娘亲很是感激外祖父外祖母。"说罢不再管她，进了屋子。

吴氏在后面无声动了动嘴皮子。

尤山鸣正和罗姨不知说着什么，见两人进门后停了下来，朝宋姗道："阿姗有心了。"

"这是侄女应该做的。"

闲谈一阵，尤山鸣笑起来，说："二十多年前侯爷还是个毛头小子，如今应是子孙满堂了吧？侯爷待你娘亲可好？"

宋姗与罗姨对视一眼，心想尤家人原来还不知娘亲已从肃清侯府离开，也不知这两年他们母女俩发生了什么事。

宋姗琢磨着不知道也好，知道了娘亲可能还得收到他们问询的信。

因而她未明确答复，只说："都挺好的。"

尤山鸣接着说："你表哥明年就要到盛京赶考，可你外祖去了，咱们家哪还有什么门道去给他找路子。阿姗，如今舅舅实在是没办法，只能托你们母女俩在盛京照拂他一二。"

比起吴氏的拐弯抹角，尤山鸣倒是直接许多。宋姗看向对面低着头、有些窘迫的年轻男子，片刻后答道："应试一事就算是父亲也不能插手，不过表哥若是到盛京来，那自是衣食无忧的，舅舅无须担心。"

宋姗说完这句话，尤山鸣已十分满意，而吴氏则是撇了撇嘴。

接着说了几句，尤山鸣要留她下来用饭，宋姗以还有事为由推拒了。

离开尤府时已近日落，罗姨坐在马车上，开口为宋姗愤愤不平："你去祠堂那会儿，你那好舅舅可是跟我打听了好些你和你娘亲的事。"

宋姗惊讶地看着她。

罗姨气道："你放心，我都没说，我可不能如他们的意。"

"罗姨，您别生气，舅舅一家也是为了过得更好。"宋姗不以为意地笑了笑。

"难不成你们母女俩就过得比他们好？"

宋姗无声叹气，这世上最难断的便是血脉亲情，娘亲与舅舅同父同母，若是尤家真揭不开锅了，那她总不能置之不理。

只是如今情况不明，她得再好好想想。

不过当下她有另一事更加好奇："罗姨，今日舅母与我说，外祖父是冤死的？听说两年前来了钦差，给外祖父翻了案。"

罗姨听了亦是一惊："这我就不知道了，我有段时日离开了扬州，是不是那时候发生的事情？"

宋�摇头："舅母说，是那钦差时不时照顾他们一家，这才勉强度日。"

"勉强度日？我看可不像，就前段时间我见着你舅母可没今日这样朴素。"罗姨顿了下，"还这样态度和善。"

宋�笑："她有求于我，自然态度和善。"

见罗姨不解，宋�便将方才吴氏与她说的话告诉罗姨。罗姨听完破口骂了一阵，骂完后说："你千万别心软啊！"

"再说吧，我看看情况。"

宋�先将罗姨送回了家，随后在马车上坐了一会儿，龙泰探头进来催道："二娘，现在可是回府？"

其实昨晚已定了今日行程，从尤府离开后她是打算去春兰院找谢蓝的，她已来了扬州好几日，不能再拖下去了。

可现在到了这个时候她突然胆怯起来，春兰院，她生平从未踏足过那种地方。

但说到底那地方也没多可怕，世人寻欢作乐的去处罢了，她未干坏事不必害怕什么。

宋�深吸口气："去春兰院。"

"啊？"龙泰与挽翠同时惊呼。

"去春兰院，找人。"

华灯初上时，宋�站在春兰院门口，她仰头望了望头顶的招牌，轻叹一声，随后跟着人群走进去。

屋子内灯笼遍布，红色烛火穿透各式镂空雕花不断闪烁着，布置豪华。

正中央铺着一张表演用的大圆台，圆台外一圈圈摆着桌子，这会儿已熙熙攘攘坐满了男男女女，各自闲聊饮茶。

身后龙泰"哇"几声，随后挽翠一记眼刀，龙泰立马闭嘴。

宋�四处看了看，感慨这青楼不愧是销金窟，往来的、在桌边坐着的个个衣着不凡，腰间银袋子鼓鼓囊囊。

很快有个小唱模样的男人走过来，身上脂粉味浓重，宋�微微蹙眉。

"姑娘是要点伶人还是小唱？"男人满脸笑意，"我们这什么都有，包让姑娘满意。"

“我来找人。”宋媪直言道。

男人的笑意一下淡去，大概是见多了这种场合，镇定道：“夫人可是要找自家相公？这小的就不清楚了。”

男人说完就想走，这时走来个女人，打扮得花枝招展，她手中香帕在男人脸上扬了一圈，调笑道：“清歌，干吗呢？”

女人朝宋媪看过来，看了几眼后扬起一抹笑。

清歌将女人搭在他肩膀的手拿下，淡淡道：“人家来找人的。”

女人一听是来找人的，兴致愈高：“噢？那不是有戏可看？”

一旁的宋媪原本还有些紧张，被两人这么一搅和倒轻松了一点。

她道：“我找谢蓝，她今日可在？”

一听到“谢蓝”两个字，两人互相对视，脸色有些微妙。

清歌清了清嗓子：“姑娘与谢姑娘相识？”

宋媪本想说不，临到嘴边改了口：“是，我与谢蓝约好了。”

她扯了个谎，好在两人没追根究底，清歌道了句：“随我来吧。”

宋媪长呼一口气，赶紧跟上。

路上清歌态度好了些，问她：“姑娘这是第一回来吧？”

没等宋媪回答，他自己笑道：“这一看就是，您那小手现在攥出汗来没？”

宋媪一听，立马松开交握着的手。

“今日咱们春兰院要来大客人，故而晚点男女花魁都会出来献艺，这谢姑娘倒是挑了个好时候请您过来。”

宋媪对花魁献艺没什么兴趣，她只关心谢蓝。

“谢姑娘日日都在？”

“倒也不是日日在，只不过她想来便来，是我们这儿的常客。”

待走到一间厢房门口，她小心问：“我这会儿进去，是否方便？”

清歌掩着唇笑：“方便，方便。”

随后给她开了门。

里头清浅的琴弦声戛然而止，谢蓝望过来，清歌招呼一句：“谢姑娘，有人寻。”

宋媪看见她皱起眉，脸色极为不悦，再接下来便看见坐在她对侧的一名俊美男子，身前放着一把瑶琴。

从谭锦玉与徐壬寅，还有罗姨口中听了太多有关谢蓝的话，宋媪此时见到真人反倒没有多惊讶。

她走了进去，清歌随即关上门。

“谢姑娘，冒昧打扰了。”宋灿端正道，“我是……”

“你是徐壬寅那从盛京来的小姨子？”

方才抚琴的男子闻言疑惑看向她，只是并未说什么。

宋灿一愣，转而明白应当是徐壬寅与她提起过自己，应下来：“是，我姓宋。”

谢蓝收回视线，十分不客气：“说了不见还找到这里来。”

气氛一时尴尬，宋灿当然明白今日定是要吃不少苦头，她已做足准备。

男子见状含笑道：“宋姑娘既来了，那便坐下喝杯茶吧。”

谢蓝没阻止，只是看男人一眼，男人柔声说：“阿蓝，远来即是客。”

“你倒是会做人。”谢蓝抬起酒杯一饮而尽。

宋灿看得惊讶。

男人重新抚起琴，琴声荡悠，屋子里焚香淡雅，谢蓝斜靠在榻上，双眼微合，状态怡然。

可惜宋灿心里记挂着事，与谢蓝心境大不相同。

等了一会儿，宋灿开口：“谢姑娘，此次前来我是有一事相求。”

“说。”谢蓝眼睛都没睁。

宋灿未直言，先道：“谢姑娘不想做大谢家的事业吗？以谢家的实力完全不必只屈居在扬州城里。”

谢蓝嗤笑，随口道：“你知道谢家什么状况吗？赚那么多银子，陪着我进棺材？”

谢家这一代只谢蓝一个，而谢蓝未成婚。

其实宋灿一直有些好奇，谢家在扬州家大业大，而眼前谢蓝也并非丑到惨绝人寰无人要，为何至今是孤身一人？

她曾托人去仔细查了谢蓝，外人只道谢家原先是为谢蓝定下亲的，但后来不知为何谢家主动退了婚，直至今日。

思及此，宋灿看向专心抚琴的男人，又看看一心赏乐的谢蓝，心里不免多想起来。

两人是什么关系？

但眼下不是关心这个的时候，谢家若是因为无后这个原因而故步自封，那她着实难办。

宋灿思考一阵，说：“谢姑娘可有什么未了的心愿？”

谢蓝闻言睨她一眼，嘲讽道："怎么，你要替我实现？"

"我想，这世间若是人能做的事情，也没有什么不可为的。若是我能帮忙，那便是最好不过。"

谢蓝听完却不说话了，过了好一会儿才开口，似问话又似自言自语："你是盛京人。"

宋妁捕捉到她话语里的一丝异样情绪，连忙说："是，我自小生活在盛京，从没离开过。"

接下来又是一阵静默，只剩琴音靡靡。

"说吧，你想做什么？"

宋妁一喜，虽不明白她为何这么快松口，但还是诚心诚意地将自己的计划全盘托出，说到最后补充一句："若最后事成，我在盛京每赚十分，便赠予谢家两分。"

谢蓝坐正身子来，第一回用正眼打量她，看着看着仿佛看到了多年前的自己。

"你自己做？"谢蓝突然问。

"是，现在开铺子挣了些钱，我不想只捏在手里。"

"成婚了吗？"

"未曾。"

"和徐壬寅什么关系？"

"徐夫人是家中嫡母的侄女。"

关系有些绕，但谢蓝还是听懂了，轻点了点头。

其实那日从知府府里离开，谢蓝已觉一阵压迫。在一堆男人里做生意如何困难没人比她更清楚。

她并未打算生子，谢家不能奈她如何，可她还想再好好活一段时日，而没了银子，她活不畅快。

若按照目前这种情况，她后半辈子不成问题，她也从未想过再做些什么。

可如今什么劳什子南洋人来了一趟，而那首辅为徐家牵了线，徐家若是和南洋合作起来，那谢家岌岌可危。

她懂得这个道理，这两日也因此而发愁。

她想了许多办法，再开两家店面、作坊，又或者像徐家一样跨多个行业，这些自然可行。

但……她确实没想过将生意做到盛京去。

谢蓝再次看向眼前容貌昳丽的女子，她万万没想到那日徐壬寅口中的小姨子竟是要找自己谋划这些事。

想到这儿，她垂眸笑了笑，到底是她原先多想了。

琴音忽然停了下来，男子温柔地喊一声："阿蓝。"

谢蓝抬眼望去。

"阿蓝，你这两日不是烦闷得紧，我看这位姑娘提的事情对你谢家也好，你不妨考虑考虑。"

宋姗仿佛看到了希望，再次劝说："谢姑娘，我这一趟来扬州便是专门为了此事，你大可以相信我。"

谢蓝心里有了松动，嘴上还是不肯松口："这事再说。"

宋姗几不可察地叹了口气，谢蓝果然不是一次两次就能说动的。

这时门外忽然传来一阵阵欢呼，听着极为热闹。

男子见宋姗疑惑，解释道："今日有贵客，眼下应是花魁开始表演，许多人就等着这一会儿呢。"

宋姗想起刚才那个清歌说的，看来今日确实热闹。

她第一回进青楼，但其实对这些东西不大好奇，不过她有意想与谢蓝熟识些，便说："谢姑娘要不要出去看看？"

谢蓝轻笑，眼神轻佻："宋姑娘也想点个花魁？"

宋姗脸一红，她哪是想点什么花魁啊……不过她可不能露怯，随即佯装不在意，声音清澈："既然来了，看看也无妨。"

"那便看看。"

三人一齐出门，宋姗这才发现谢蓝所在厢房位置极好，靠在走廊边就可以见着一楼圆台。

此时一名女子正穿着霓裳羽衣在上方翩翩起舞，宋姗被她偶尔闪过的脸庞所惊艳，惊叹："这也太美了！"

谢蓝比宋姗要高一些，现在站在她身侧，低头看向她一方侧脸，心想，若是这宋姑娘精心装扮起来，不比底下花魁差到哪里去。

宋姗渐渐看得入迷，等花魁舞完一曲，她才好奇开口问："谢姑娘，今晚若是想点花魁，得花多少银子？"

是那男子答的她："保底是一千两，至于给多少，权看客人心意。"

宋姗又是一阵惊呼，一千两！

她还自顾惊讶呢，底下又是一阵吵闹，再看向圆台时，才发现上头已站了名小唱。

宋如认真看去，这人姿色是有的，不过感觉还缺点什么。

不过大概是她不喜这样的男子，而各人有各人眼光，别人喜欢就成。

正待移回眼和谢蓝说话，宋如却在那一刻猝不及防与回过头来的卫凌对视。

宋如原先还以为自己看花了眼，卫凌怎么可能出现在这里？

她揉了揉眼再望下去，确认无误了，是他。

她不知为何一下慌了起来，连忙对谢蓝说："谢姑娘，我还有事，改日再来寻你。"说罢便转身离开。

绕过走廊，下到一楼，看不见掩在密密麻麻的人群中的卫凌时，她才松口气。

不过这会儿冷静下来，转念一想，自己在害怕什么？

自己又没做什么事，光明正大地来找谢蓝而已。

反倒是他，一个男人来这勾栏场所，能干什么好事！

不过他要做什么宋如也管不着，她抿了抿唇，笑自己方才不知缘由的慌张。

她正要提步往前走呢，一个醉醺醺的男人撞了上来，待看清眼前人，又嘿嘿笑起来，口齿不清道："美人。"

宋如一阵嫌恶，后退两步。

男人一手拿着酒瓶，另一只手想去摸她的脸，口中污话不断："美人美人，你是哪个妈妈手下的，今晚就要你伺候了！"

龙泰这会儿已经出去牵马车了，身后挽翠冲上来，大声喝道："你手脚放干净点！"

男人一把推开挽翠，继续朝宋如去。

宋如自不会让他得逞，只是她还没来得及做什么，那男人就被一拳打倒在地，捂着脸在地上龇牙咧嘴地骂。

宋如一抬头便看到了卫凌。

他走过来，在离她有些距离的地方停下，声音有些焦急，又克制："阿如，你没事吧？"

宋如其实已经好些天没见过他了，谭锦玉透露过两句说他在忙着接待南洋来使，这会儿他脸上有些憔悴，想来确实忙碌。

"我没事。"宋如应他，"谢谢。"

因着这边的动静，圆台上的表演停了，客人们也纷纷往两人看来。

一个异邦人挤到前头，怔怔喊了句："卫大人？"随后看到站在他前面的宋妁，又愣了一会儿。

已有些细碎的声音在议论：

"怎么从没见过这姑娘，方妈妈把人藏着是不想赚银子了？"

"说不定就是今日要专门献给贵人们的。"

有些男人话语下流，宋妁听得一阵恶寒。

又有人说："这一招英雄救美用得多好，这位大人不就被勾上了？"

"你有姿色同样可以上。"

"不不不，以色侍人这种活我可干不了。"

宋妁被这么多不善的目光架着，有些不舒服，正欲离开时却看见那倒在地上的男人颤颤巍巍站起来，拿着酒瓶子就要往卫凌背后砸去，她惊呼的声音淹没在人群里："小心！"

卫凌眼疾手快，一个侧身闪过，那男人直直往前倒，倒在地上彻底晕过去，酒瓶子碎落一地。

有人骂骂咧咧要上前，待看清是卫凌后又停下脚步。

卫凌朝白泽看一眼，白泽立马叫来人将不省人事的男人拖了出去。

他环视一眼看热闹的众人，人人将宋妁当成了这里的姑娘，用一种打探的眼神看着她。

卫凌脸一沉，不由分说上前牵过宋妁，将人带离这是非之地。

二楼上，谢蓝一眼认出卫凌与乌起隆，没想到今日春兰院的贵客竟是这几位。

而方才楼下发生的事真是有趣。

这个宋姑娘与首辅大人相识？看着关系匪浅啊！

"啧啧啧。"谢蓝眼神玩味，"这两人，一个帮徐家，一个找了我，葫芦里卖的什么药？"

她身侧的男子浅浅道："我看宋姑娘情真意切，不似说假。阿蓝，你好好考虑，不要再像以前一样拒人于千里之外。"

谢蓝不满地看向他，嘴上却乖乖应下来："知道了，就你啰唆。"

宋妁几乎是被半扯着离开了春兰院，春兰院门口人多，卫凌便把人直接带上了龙泰刚赶过来的马车。

挽翠想要跟着，被他厉眼一扫，生生退后几步。

宋姁坐在马车中央，握着被他攥得有些发红的手腕，轻瞪一眼挤进来的男人，他大概不知道自己力气多大，下手没轻没重的。

他一进马车便看到她捏着手腕："弄疼你了？"

"没有。"宋姁用衣袖盖过。

卫凌因方才情景仍旧愠怒，却没多说什么，在一侧坐下来。

他能处置闹事之人，却堵不住悠悠众口，那些不堪入耳的话好似还在耳边，他只觉一阵心疼，心疼她背上这些莫须有的名头。

他想着，那些年，她是不是也是这样过来的？

和他和离，外人是否也会像今日这般议论她？

卫凌沉默片刻，望向她："阿姁……"

两人许久未在这样狭小的地方独处，宋姁静下心神后有几分不自然，而且卫凌看过来的眼神太奇怪了，她微微避开："今日谢谢了。"

"不必与我道谢。"卫凌接而道，"你对扬州城尚不熟悉，小心些。"

方才若是他不出手，派给她的暗卫应当会出来保护她，一个喝醉了的酒鬼还不至于让宋姁受什么伤，只是他仍旧怕万一。

他有许多方法能知道她的行踪，但他没打算让暗卫时时汇报，她想要做什么就去做什么好了，他能做的只有一路护着。

过了一会儿，卫凌主动解释："今日是南洋来使想要见识一番我们这儿的青楼，我只是陪同，没打算做什么。"

仿佛怕她不信，他补充道："先前那个异邦人就是南洋来使乌起隆，还有表演也都是特地为他准备的。"

宋姁点了点头，未作多言。

卫凌想了想，还是说："我方才瞧见你在二楼，是与谢家女儿在一起？"

"不错。"

"她可有为难你？"

宋姁顿时起了些警惕之心："你想说什么？"

两人距离不过咫尺，宋姁防备的动作明显，卫凌看在眼里，继续说："乌起隆这一趟来扬州不只是为玩乐，更是要寻求与扬州商人合作的机会，此前已经托我将扬州几个商户都调查了一遍。"

"这谢家，没有外面看得那样简单。"卫凌看着她，"你可知谢家是如何发家的？"

这个宋妽还是查到了：“听闻是谢家主年轻时候出过一趟海。”

“是，可出海的不是谢家主，而是谢家另一个儿子，谢家主的亲兄弟，只是那兄弟回来不久后就过世了。”

“这……”宋妽好似窥见了什么秘密。

卫凌又说：“谢家目前只有一个女儿，对不对？”

“是。”

“可是外人都不知，谢家女儿是抱养的，谢家早在谢家主这一代就已经绝后了。”

宋妽听得一惊：“当真？”

卫凌点头：“此事极为隐秘，就连徐家都不曾知道。”

他本已让徐壬寅去帮她，那边应当很快也有下文，所以他完全不必再与她说起这些，可与她同处机会实在太少，他想和她说说话。

这些事情宋妽没有人手大概是查不出来的，如若她知晓更多内情，许会有些帮助。

“谢蓝可知？”

“谢蓝自是知晓，约五六年前她曾到盛京寻亲，可惜寻了整整半年都没找到亲生父母，最后还是回了扬州。”

“盛京？”宋妽突然一下就明白了，为何先前提到盛京时谢蓝展现出了异样，原来竟是这样。

“那……”

卫凌看着她欲言又止的模样，明白她是想知道却又不敢多问，缓缓笑开：“谢蓝父母的线索太隐晦，当年的事情又太过复杂，我的人还没能确认到底是哪一家。”

“噢。”宋妽微微低了头。卫凌看见她正对着自己的小耳朵，好似泛着淡淡粉色光泽，她今日佩了珍珠耳饰，是他从没见过的。

卫凌视线往下，她原先有意藏起来的手腕露了出来，那里果然红了一片，刚刚太过着急，竟没顾上弄疼了她。

他心里正责怪自己，宋妽忽然看了过来，卫凌连忙回过眼。她说：“若是能查出是谁，能否告知于我？”

“自然。”卫凌提醒，“不过谢蓝此人脾气古怪，你莫要直接将此事说明，不然适得其反。”

宋妽应下，这个道理她还是懂的。

片刻后，宋姗又开口："你知不知今日在谢蓝身旁的男子是谁？"

卫凌一喜，只因她能主动问这一句。

他认真答："那男子应是叫扶兹，是春兰院有名的伶人，不过一年前被谢蓝包下，至今不接待外人，唯有谢蓝一个客人。"

"那两人有没有其他关系？"

宋姗问这话时有些不好意思，脸上倒是没什么异样，只是小耳朵渐渐粉中带红。

卫凌掩下心中那抹异动，直说："有。"

随后他便看着那耳朵一点一点全化成绯红颜色。

她以前也常常脸红，同房时每回都想要叫他熄灯，他起初顺着她，后来她渐渐地不再提这个要求，于是他便能看清她每一分妍丽姿态，比今日更加明媚动人。

卫凌以前以为自己不在意，可现在日渐发觉自己竟能想起以往与她相处的每一个细节，她每一个笑、每一次情绪变化，以及每一个落寞眼神，越想越对自己心寒。

他看了好一会儿才接着说："不过造化弄人，扶兹不打算离开春兰院，谢蓝也并未强求。"

宋姗感慨："那他们当真是勇敢。我初来扬州就听了谢蓝许多传闻，可她依然如此坚定行事，不畏世俗眼光。"

"阿姗，我觉得——"卫凌停顿一下，宋姗望过来，两人视线对上，他接着说，"你也很勇敢。"

宋姗明白他什么意思，没移开目光："我知道。"

随后两人都不再说话，马车里安静下来。

过了好一会儿，宋姗说："今天谢谢你，时候不早了，我们得回去了。"

"好。"

卫凌下了马车，看着他们离开，心内许多感慨，原来若是不提起那些过往，阿姗还是愿意好好与他说话的。

他暗自笑了笑，要是没有缘分再续前缘，那能够一直这样下去也不算太差。

春兰院内早已恢复如常，圆台上表演继续着，一点不见刚刚打斗过的痕迹。

卫凌在乌起隆一旁坐下，他立马好奇探过头："卫大人，这是不是就是你们中原人说的'英雄救美'？"

"不是，乌起大人学错成语了。"

"咦……"乌起隆不信，但他没纠结，转而道，"我觉着你们东夏遍地都是美人啊，台上这么多，方才那个也是，倒也不怪卫大人会冲出去。"

卫凌凌厉的眼神看过去，乌起隆不知自己哪里说错话了，讪讪摸了摸鼻子。

没一会儿，春兰院老鸨方妈妈走近来，呵呵笑道："乌起大人，花容已经在等着了，您看？"

乌起隆便小心对卫凌说："卫大人，您刚才不在，我瞧这的花魁花容甚是不错，今日就当我请客，给您点了一晚。"

一晚一千两，乌起隆这可是花了大价钱了。

谁料那刚坐下来的人直接站起身来，道："花魁便留给乌起大人吧，只是明日咱们还有行程，乌起大人可千万别耽误时辰。"

卫凌说完即走，乌起隆在后面"哎哎哎"几声，但最后还是未追上来。

等回了徐府，卫凌吩咐白泽："停一停手边的事，让人好好查一查谢蓝的亲生父母，尽快送到我手上。"

"是。"

谭锦玉昨夜派人来说元宝儿好似有些不舒服，是以宋妕第二日未出门，一大早她就到了谭锦玉住的院子。

宋妕这几日忙，元宝儿都放在谭锦玉这里照顾，这会儿它有些恹恹地窝在软榻上，半眯着眼睛。

宋妕小心将元宝儿抱起，问："这是怎么了？"

"从昨晚开始就这样了。"谭锦玉亦是一脸担忧，"一点没了往常拆天拆地的精气神。"

宋妕摸了摸它的头："是不是吃坏什么东西了？"

"不应当啊，这些日子给它吃的都是专门从街上买的干粮。"

"这街上可有兽医店，我带它去看看。"

谭锦玉身边的小侍女立即答："有的有的，东门大街就有个很有名的兽医。"

"阿妕，我与你去。"

宋妕答应下来，两人一起出门。

不巧的是，刚走到门口就碰见同往外走的卫凌、徐壬寅，还有两个眼生的外邦人。

徐壬寅问："玉儿，你们这是去哪儿？"

"元宝儿病了，我与阿姗带它去看看。"

卫凌随即看向宋姗与她怀里的猫，小猫看着确实没什么精神，而宋姗微垂着头，一直在安抚它。

他问："可是吃坏什么东西了？"

谭锦玉应："没，元宝儿吃的东西都是经我手的。"

卫凌点头，随后问其中一个外邦人："商老板，依你们看，这是出的什么问题？"

那唤商老板的上前几步，朝宋姗道："夫人，能否给我看看？"

宋姗先是望了一眼卫凌，随后才将猫递给商老板。

商老板逗弄一番，又让下人拿来干粮放在它嘴边，只是元宝儿都不为所动。

他最后问了一句："有没有上吐下泻的症状？"

"没有。"谭锦玉很快答。

"卫大人，我看着应是没多大问题，小猫咪也像人般会心情不好，等它过了这一阵就能恢复，再来也有可能是发情了，都是正常的现象。"

另一外邦人开口："我府中就养了两只这个品种的猫，一月中总有那么几天是这样的，夫人们无须担忧。"

商老板将元宝儿还给宋姗，笑道："看不出这小猫个子小小，还挺有分量。"

宋姗放心许多，她先前确实没养过猫，这也是元宝儿第一次出现这种状况，这才一下就慌了神。

"谢谢。"宋姗说。

"夫人不用客气，若是过两日它还是这样的状况，再去寻兽医不迟。"

"好。"

说罢几人离开，宋姗两人也不着急出门了。

谭锦玉挠头不解："我怎么觉着这卫大人对元宝儿如此熟悉？"

宋姗望着他们离开的背影，没接话。

午后宋姗依旧没出门，前两日她几乎已将扬州城逛了遍，就算最后与谢家的事没成，那她也不算白来一趟。

夏日末尾，秋色渐近，谭锦玉不知从哪儿弄来两把躺椅，两人就在宋姗住的小院子里慵懒地躺着沐浴阳光，元宝儿也四仰八叉地躺在一旁。

谭锦玉和她闲聊着："阿姗，你与卫小郎君和离后还住在肃清侯府吗？"

这些时日与谭锦玉相处，宋�已知晓她性子，直接答道："没了，我和我娘亲都搬了出来。"

肃清侯府早已离开她的生活，自那回宋恩亲自来一趟后，两边像是彻底断了联系，各自互不干扰，相安无事。

谭锦玉听完倒是没多惊讶："我多多少少也能猜到一些，我那姑姑啊，最是不饶人了，我以前就不大爱跟着母亲去姑姑家。现在想想还挺可惜，不然我们也能早日相识。"

宋姒笑："现在也不迟。"

"嗯，对。"谭锦玉也笑，"那阿姒，你接下来作何打算？"

宋姒以为她在问扬州接下来的事情："我会再去寻谢蓝，若是最后真不行，我也算尽力了，不强求。而且我来一趟，学了很多东西，也见识了很多，够用了，其他的再想办法便是。"

"不是，我不是问这个，我是问你将来的打算。"

"将来？"宋姒侧了头面向她。

大概是这会儿日头正好，阳光洒在身上暖洋洋的，宋姒情致好，说："我如今未满二十五，手里也有银子，不算太差吧？"

"不差不差，阿姒你这容貌、这能力，在扬州已经顶天了。"

宋姒眯着眼笑开："嗯，我也觉着不差。等回盛京我就挑个中意的老实人，若是能处，那便嫁了，生一两个孩子，以后和和满满地过一辈子。"

这段时日她常常想起这些事情，再怎么说下半辈子还长得很，就算不为了自己也要为了娘亲考虑。

而且这一趟下来，宋姒觉得自己已经放下很多，她可以也愿意试着去接纳别人了，若是能找到一个能够真心相待的人，那一起走一程也很好。

宋姒说完这句话，谭锦玉暗地震惊了一会儿，不过看宋姒脸上笑容和煦，盛满对将来的期待，她那些好奇的、劝和的话也说不出来了。

谭锦玉换了换心情，真心实意地为宋姒高兴，道："那阿姒喜欢什么样的男子？"

"喜欢什么样的男子……"宋姒认真想了好一会儿，"嗯，首先要孝敬父母的，其次人品好，有颗向上的心。"

最关键是，能待她一心一意，无论发生何事都能站在她这一边的。

"对长相、家境没有要求吗？"

"长相嘛，不至于看不下去就成，家境的话不要大富大贵，普普通通就行。"

谭锦玉有些不同意："那怎么成，这样谁娶了你不就捡了个大便宜？"

"你说谁是大便宜呢？"宋妁佯装微怒。

"哎呀，你知道我不是那个意思。"谭锦玉道，"我反正觉得不值当，阿妁你值得更好的。"

"好不好不是外人说了算，再好的家境过得不幸福又有什么用。"

这时元宝儿突然动了动，跳到宋妁身上："喵。"

宋妁嫣然一笑："你看，元宝儿也同意我说的话。"

谭锦玉叹气："真是拿你没办法。"

这个话题就此搁下。过了一会儿，谭锦玉想起些什么，对她说："这两天夫君早出晚归的好像在忙什么事情，我听说是和南洋商人有关。"

宋妁想起昨日卫凌说的话，明白过来："谈合作？"

"好像是，不过具体不知他们商量什么。"

宋妁点了点头，徐家在扬州数一数二，确为与南洋商人合作的不二人选，若是往后真能开枝散叶，那不止扬州，整个东夏百姓都能获利。

单就这个层面来说，卫凌确实做了件利国利民的好事。

两人躺到太阳消失在墙头，下人从外面进来："宋姑娘，谢家递信，说与你今晚老地方见。"

谭锦玉一个激灵弹起来："谢家？谢家的谁？"

下人应："那人只说是谢家。"

"阿妁，这？"

"知道了。"宋妁先回复了下人，然后才向她解释，"应当是谢蓝。"

不过宋妁也十分惊奇，昨日谢蓝的态度算不上多好，怎么今日主动来寻自己？

"老地方？什么老地方，需不需要我陪着你去？"

除了春兰院，她和谢蓝哪还有什么老地方。

宋妁给了谭锦玉一个安心的眼神："不用，无事。"

天刚黑下来宋妁就到了春兰院。

宋妁站在门口轻声笑，再来一两次，她真成春兰院的"常客"了。

这一次顺利很多，宋妁直接上到二楼的厢房，谢蓝果然在里面，扶兹也在。

宋妁想起卫凌说的两人关系，倒是有些理解了那些不自然流转在两人间的亲昵，就是可惜了束缚在两人身上的所谓身份枷锁。

经过昨日，宋妁此刻看谢蓝多了几分不自觉的熟悉之感，这世间每个人身上都藏着不同的苦，有些人显露出来，有些人深藏不露。

陌生人能看见的通常只有冰山一角。

宋妁走进去："谢姑娘，扶兹公子。"

谢蓝正在泡茶，没看她："坐吧。"

今日上午，谢蓝见了几家商户，有消息称徐家和南洋商人已达成协议，将来再没有其他商户在扬州的立足之地。商户们都很慌，纷纷讨论着对策。

谢蓝倒是不大信徐家能把整个扬州都吞了，但她也不得不谨慎起来。

这个宋姑娘提的建议，她其实很心动，自己只需要将毛毡一物的制法交给对方，再派几个人跟着对方回盛京，自己便能坐收渔翁之利。而且盛京与扬州相隔那样远，对方做得再大或者做不起来都对自己影响不大。

再而言，对方赚得越多，对自己越好，真正是躺着都能赚钱。

谢蓝斟了杯茶，亲自递到宋妁眼前，再次认真打量她。

宋妁年纪不大，一看就涉世未深，这样的人挺好拿捏。

谢蓝看着她饮下一杯茶，浅浅笑道："味道如何？"

"入口清冽，回味含甘，不错。"

"今年春天东南来的茶。"

宋妁点了点头，放下茶盏，等着她开口。

谢蓝既然主动找了她，那说明这事是有希望的。

果然，谢蓝说："宋姑娘，我就不拐弯抹角了，我要三成。"

三成，太多了。

宋妁没急着回拒，先问道："我能问问谢姑娘为何会突然改变主意吗？"

"时代在变，我总不能守着这一份家业一直到老，若是有人继承下去，也不错。"

宋妁捏了捏掌心，看向她："谢姑娘有这个想法自然是极好的。不过谢姑娘说得也不错，时代在变。"

最后四字宋妁加重了语气，谢蓝回望，片刻后哈哈笑起来。

谢蓝能看到瞬息变换的局势，宋妁也不傻。其实自听到卫凌说南洋商人要来扬州寻求商机时，宋妁就明白一些，将来的扬州定会天翻地覆。

但她依旧不会放弃与谢家的合作，一来是国与国之间以后会发生什么谁也不知道，二来谢家已经做了十几二十年，无论是毛毡的样式还是材质都已适合东夏人喜好，她拿来就可以用。

她今日说起这个不过是要压一压分成。

卫凌那边说很快就能找到谢蓝亲生父母，不过宋灿想了一夜，还是决定不用这个作为条件与她交换，掺杂了那些，这场合作就变了味。

宋灿继续说："谢姑娘必然也懂，我能放着徐家来找谢家，已是表明了我最大诚意。"

谢蓝挑了挑眉，与一直静默的扶兹对视。

"盛京与扬州不同，无论是场地还是人工都要贵上一些，而且毛毡初初在盛京上市，谁都不能保证将来如何，也许我会亏得血本无归。"

"既然这样，那你为何还要做这个，好好守着铺子不就好了？"谢蓝反驳。

宋灿想也没想就坚定答："因为我赌自己能做好。"

静了好一会儿，谢蓝先松了口："你想如何？"

"两成，七年，两成五，五年。"

谢蓝没同意，只说还要考虑。

离开春兰院时宋灿浑身上下松了口气，挽翠看得疑惑："二娘，这个谢蓝不是还没有同意吗？"

"快了，估计明后日她会再找我，现在着急的不是我们了。"

挽翠还是不懂，路上宋灿耐心解释了几回，挽翠恍然大悟："这么说我们还得感谢徐公子！"

"可以这么说。"

一路轻松，刚进屋子，元宝儿就奔上前。

宋灿给它顺着毛，不由得好笑："你心情好了？"

亏得早上还那样担心它，原来人家就只是"心情不好"。

元宝儿叫了几声，往她身上拱。

宋灿突然想起什么，对挽翠说："你去拿二十两银子，送给卫凌，就当作买猫的银子。"

原先忙，元宝儿又一直不在她跟前，她倒是忘了这回事。

于是前院一处房间里，卫凌再次跟白亦确认："这是她让人送来的？"

白亦挠首，再次答："是，挽翠说买猫的。"

卫凌掂了掂沉甸甸的银袋子，扬起一抹笑，自言自语："什么时候知道的……"

她给了自己银子，即是选择留下元宝儿，那他不算白费功夫。

卫凌一日的疲惫都在此刻散去，他小心将银袋子别到腰间，问白亦："元宝儿好些没有？"

"应是好了，傍晚时经过夫人住的院子，听到些吵闹动静。"

"嗯，多注意些，还有周围的野猫都赶一赶，别让它染上什么病。"

白亦心里叫苦：自此又多了一项赶野猫的任务。

白泽正巧从外面进来，对上一脸生无可恋的白亦，猜测郎君许是给他吩咐事了，耸肩表示同情。

"郎君，盛京来消息了。"白泽上前。

卫凌正色道："这么快？谢蓝亲生父母找到了？"

"不是，是宫里的消息。"白泽禀告，"宁国公主前些日子获封了封地，是西南川蜀地区。另外太子如今接了修建皇陵与年底祭祀一事，信里称，圣上近来很是重用太子。"

卫凌指节轻叩着桌面，凝眉思考。

白泽道："郎君，我们要不要提前回京？"

不过须臾，卫凌浅笑："人家的家务事我们何必上赶着凑热闹，等这边事妥了再回。"

当初让他上位压制太子的是宣帝，如今提拔重用太子的还是宣帝，大概是那一回宝峰山狩猎太子立了功才有此变。

谁说太子愚钝来着？这利用自己胞妹干起事来也毫不含糊。

这两兄妹实在不容小觑。

"还有没有其他事？"

"还有一事。"白泽小心看他一眼，"快马加鞭送来的消息，宋瑜入狱了。"

卫凌终于显现出些惊讶，身子微微前倾："怎么回事？"

"就不久前发生的事情，说是与敌国奸细勾结，不止宋瑜，禁卫军与顺天府好几人都受了牵连。"

"是真是假？"

"大理寺还在查，我们的人也在查，应该很快就有讯息传来。"

过了好一会儿，卫凌道："我写封信，让他们直接送到宫里。还有，这边的事尽快结束，我们不日启程。"

"是。"

"让徐壬寅来一趟。"

"是。"

出门后，白泽感叹一番，这太子的事都没撼动郎君半分，不想一个宋瑜竟让他当场改了主意。

第二天，徐壬寅夫妇亲自到了宋姗的院子。

谭锦玉去逗猫，徐壬寅与宋姗坐在厅里说话。

"实在抱歉，没能帮到宋姑娘。"徐壬寅致歉。

"徐公子多虑了，你已经帮了我许多。"

若是没有徐家这一层关系，宋姗怕是不会那样顺利就见到谢蓝，也不会这么快达成目的。而且她自来了扬州就住在徐家，其中所获隐形的便利已是多到不能再多。

起初若只是单纯因为所谓"交易"，到后来她倒是真心实意交了谭锦玉这个朋友，已经说不清谁帮谁了。

徐壬寅点头，接着问："宋姑娘接下来有什么打算？"

"谢家那边已联系上，这事多半是成了，后面我再去几趟，挑几个他们的人随我回盛京。"

徐壬寅一下愣了："成了？"

"是啊，有什么不妥吗？"宋姗有些奇怪他这惊讶的神色。

"没，没，挺好。"徐壬寅镇定一会儿，他没想到不过几天她竟然说服了谢蓝，实在是出乎意料。

这样一来，他今日来的目的还不知能不能成，昨夜卫凌可是好一番"叮嘱"。

徐壬寅斟酌片刻："宋姑娘可知南洋商人要在扬州有所动作？"

宋姗颔首，笑道："有听说，恭喜徐公子。"

"不着急恭喜我，我是想问，宋姑娘想不想分一杯羹？"

宋姗以为自己听错了，问："什么？"

"虽说南洋商人还会去盛京，但盛京人多商户也多，更有不少皇商排着队在等，宋姑娘若是到时再有想法恐怕插不进去。"徐壬寅解释，"而且我若是想在盛京做生意，定是争不过地头蛇的。因而，我需要宋姑娘，我们一起在盛京布局。"

宋姗终于明白过来，失笑道："徐公子未免太看得起我，我只是开了两家铺子。"

来扬州一趟不过也只是想再开个毛毡作坊，她现在还没有称霸市场的野心，起码现在是没有的。

"宋姑娘,你很适合,我不是开玩笑。"徐壬寅正经起来,脸色不似作假。

宋姁收起笑意:"徐公子认真的?"

"千真万确。"

宋姁垂眸,她清楚自己的实力,从未想过那些超出她实力范围的事情。

可如今听着徐壬寅这意思,她在盛京所做之事是有他在后面兜底的,两人是比她与谢家更要深入的合作关系。

说实话,宋姁动摇了。

不过——

"徐公子,我与谢家就只差最后一步了。"

"无妨,商人谈生意本就是瞬息变化的,事情没谈下来之前一切都有可能发生。"徐壬寅劝道,"若是宋姑娘不想失约也没事,两件事并不冲突。"

是不冲突,可同时做两件事需要耗费上多一倍精力,宋姁不知自己能不能行。

"能否容我考虑两日?"

"这……"徐壬寅面露难色,卫凌只说让他尽快处理好,他也不知两日是长还是短,当下只能道,"宋姑娘尽快考虑,南洋人不日就要北上,若是姑娘应下来,还可以与他们一同回盛京,之后办事也方便些。"

宋姁闻言讶异:"这么快就走了?"

"是,具体缘何我也不得而知。"

"嗯,我知晓了,那我明日就给徐公子答复。"

徐壬寅总算露出些笑意:"好好好。"

今日的徐壬寅有些奇怪,宋姁一下又想不出哪里不妥,等他与谭锦玉将要离开时,宋姁终于意识到什么,问他:"徐公子,今日之事与卫凌可有关系?"

徐壬寅背部一僵,顷刻后回过首来:"在下是商人,只会言商利益,而且卫大人从来不会过问这些事情,宋姑娘尽可放心。"

宋姁也觉自己想多了,点了点头:"那便好。"

两人一走,挽翠就匆匆来禀,说是谢蓝有请。

虽是早料到了这一刻,可眼下宋姁却犹豫起来,两件事情撞在一起,让她不得不做一个抉择。

宋姁想了大概半刻钟,站起身:"走吧。"

这回谢蓝没约在春兰院,而是让人带着她往城外走。宋姁有些疑虑,问车夫："我们这是去哪儿？"

"东家说直接带您到作坊去。"

这下宋姒没了疑问，不过还是多了几分警惕，让龙泰时刻注意着。

马车驶离扬州城，不久后抵达一个小村落，谢蓝等在村口。

宋姒下了马车，环视一圈，小村落依山傍水，今日下了些毛毛雨，一片朦朦胧胧中整个村落仿佛置于一幅水墨画中，风景极佳。

"没想到谢姑娘竟寻了这样一个好地方。"

谢蓝笑："不过是当初父亲见外面屋子租金便宜罢了，这么多年也没想着搬回去。走吧，我带你瞧瞧。"

两人往里走，不一会儿宋姒就看见了几间连在一起的屋子，一眼看着比将军府还要大。

"就是这儿了。当年不过就是十几人的小作坊，一步一步走到现在，竟是养活了一村子人。"

宋姒想起罗姨与她说的话，看来外界传闻有失偏颇。

谢蓝一一为她介绍各道工序："这是人工提净，我们的工人会将买来的羊毛一一剔除杂质，这样才能保证材料的纯净，经过梳理后还要把羊毛铺成网状……"

每到一处谢蓝便仔细说明，宋姒不得不感慨，这样精细的工艺确实难得。

它与刺绣不同，刺绣也许一人忙活一日最后只出来一件成品，可毛毡却是批量生产，一日能做许多，比刺绣更加容易做大。

"毛毡制作工艺复杂，而且一旦要做，有些东西是必须要投入的，宋姑娘可做好了准备？"谢蓝停了下来，认真问她。

宋姒拿起最后制成的毛毡布，轻轻抚了抚上面细密的纹样，缓声道："嗯，谢姑娘放心。"

这件事她几乎一年前就在谋划，眼下就要实现，宋姒无论如何都不想放弃。

谢蓝瞬间一身轻松，这才跟她谈："我要两成五，你说的五年。"

"没问题。"

谢蓝看她答应得这样快，不免笑开："你就没了其他条件？"

宋姒亦松快下来，莞尔一笑："我相信谢姑娘光明正大，不会白吃亏，也不会使小手段。"

"你这样将我捧起来，我就是想使手段也不成了。"

"我没有这意思，谢姑娘误会了。"宋姒哈哈笑。

　　说笑归说笑，正经事还是正经谈，两人一直在作坊里谈到了日暮四合，将各个细节仔细商议好。

　　最后还有些事情未了，再来宋妁也要亲自学过每一道工艺，因此两人约定第二日再见。

　　谢蓝在村子里有住所，而宋妁须得赶在天黑前回到徐府，分别后几人出发回城。

　　路上，宋妁的心情明显不错，挽翠也感叹："总算是成了，我们很快就能回盛京了。"

　　"是啊，就快能回去了，也不知娘亲她们过得如何。"

　　儿行千里母担忧，来扬州第一日宋妁就给尤四娘报了平安，那信应当早就到了。

　　这一趟比想象中顺利许多，甚至顺利到她自己都不敢相信，不过结果总归是好的，没留遗憾。

　　"挽翠，等办完了事我们再去街上好好逛逛，给娘亲和青姨买些礼物。"

　　"好！"

　　正说着话，忽然猛一下震动，两人身子瞬间往前去，好在及时抓住了车身才不至于倒下。

　　宋妁扶稳身子，开口问前面负责赶车的龙泰："怎么了？"

　　"二娘，雨天视线受阻，我没看着前面有个水坑，咱们的马车掉进坑里了。"

　　外面仍旧下着雨，比午间来时大了一点，不过尚不至于赶不了路。

　　麻烦就麻烦在于这个坑还不小，三人试着抬了抬马车，马车一点动的迹象都没有。

　　三人现在都半湿了身子，这样下去不是办法，宋妁当即说："龙泰，你回去找谢家的人，看是再借辆马车还是找人过来将马车弄出来。"

　　"那二娘你们怎么办？"

　　此刻天快要黑了，而且路上早没了什么人，她们两个人若是在路中间等不定会出什么事。

　　宋妁环视一周，瞧见隐在雨雾中一处人家，便指向那处："我们先去村民家避避雨，你等会儿直接去那里寻我们。"

　　"好。"

　　龙泰解了马离开，两人往那处人家走去。

　　刚靠近宋妁就感受到一股"遗世而独立"的意境，草屋边上有个小湖，湖边立了个小码头，一艘船轻轻摇曳，在起了雾的水面若隐若现。

再看向湖边的小屋，里里外外的灯笼已经点亮，门口一侧的屋子炊烟袅袅，宋姌闻见了饭香，也听见了里头传来的孩子的嬉闹声。

这情境宋姌只在话本子里见过。

挽翠上前敲了敲门，很快有人走了过来，而打开门的那一刻，宋姌愣了，眼前人不就是初来扬州时碰见的卫凌师母？

就在廊下玩耍的冉冉也看清了宋姌，飞奔过来："仙女姐姐！"

宋姌顿时有些不知所措，这是她怎么也想不到的状况。

凌意同样没辨清当下情况，域川早与他们解释宋姌不会过来，怎么如今会出现在这里？还是这样一个下着雨的傍晚。

"阿姌，你……域川没和你一起吗？"凌意往她身后探了探，没见着卫凌，"快进来，这还飘雨呢。"

积极跑过来的冉冉没打伞，凌意看见后一阵唠叨："怎么就这么跑出来了，等会儿受凉有得你受。"

雨势不大，凌意应是刚从门口的厨房出来，也并未打伞。宋姌见状，上前一步，将伞撑在冉冉头上，这才解释："我们出城办事，回城路上马车出了些问题，便想过来躲躲雨，叨扰夫人了。"

"不叨扰，不叨扰。"凌意自然开心，连忙将人迎进屋。

事到如今，宋姌也没有缘由再离开，只能硬着头皮进门。

冉冉站在身旁，一只小手勾起宋姌垂落下来的衣袖，仰着头看她，甜甜地说："姐姐，快来。"

宋姌低头，看着可可爱爱的小人，自然露出笑容。

进了屋，千玄见到她也是一愣，不过还没想明白就被赶去了厨房。

凌意十分热情，先是拿来干毛巾给两人，随后又烧了水泡茶："喝口热茶暖暖身子。"

冉冉坐在小凳子上，一边晃悠着小腿一边说："娘亲，我也要！"

凌意就又给她倒了一杯："小心烫。"

宋姌安静坐在一旁，实在是不知该说些什么。

卫凌说这是他师父师母，他们之间关系很好，而且两人知道她的存在，但从她的角度来说，他们于她而言只是陌生人。

"阿姌，你不必紧张。"凌意先开口，"那日是我唐突了，你别介怀。"

"嗯，无妨的。"

"这一次来扬州可有到处看看？打算什么时候回去？"凌意关怀。

宋姗放下空茶杯，说："几处知名的地方都去了，等办完手上这桩事就回去。"

"哎，好。"凌意给她续上茶水，继续与她闲聊，"你娘亲是扬州人吧？这一趟也算回来省亲了。"

宋姗有些诧异，她怎么会知道这个？

"是，前几日见过了舅舅一家。"

"就是可惜，尤通判与老夫人遭了那样的惨事。好在域川当时查明了真相，为两位老人家平反。"

宋姗听完完全怔得说不出话，凌意见她这模样有些奇怪："怎么，域川没同你说吗？

"也是，人死不可复生，重要的是家人能过得好。当时你舅舅一家几乎陷入绝境，域川想了挺多方法帮他们，好像这两年还偶有送银子过来。"

宋姗霎时如被雷击，所以舅母嘴里那个"钦差"就是卫凌，这两年多一直是他在帮舅舅一家？

她有些不敢相信，两年前，他下江南时他们刚和离啊，他何必做这些。

冉冉见她沉默不说话，拉了拉她的手："姐姐，你怎么了？"

宋姗瞬间回过神："没事。"

关于外祖父外祖母这件事她也问过谭锦玉夫妇，可他们当时正从盛京回来，知道得不比她多，后来还是问了街上某间铺子的老板才得知事情真相，可没人知道当时的"钦差"到底是谁。

这一疑问今日终于得到答案。

"域川总是这样，做得多说得少。"凌意轻声叹口气，"当年也是这样，他是不是什么都没跟你说？我们当时臭骂了他一顿，他师父还让他给你写了信，你有没有收到？"

宋姗还在惊疑外祖的事情，陡然间听到她说这个，又是一愣，摇头说道："没有。"

"这个域川，怎么这么木！"凌意低声啐一句。

冉冉立即不同意了："娘亲，域川哥哥可好了，你别骂他。"

"好什么好。"

"姐姐，你别听娘亲胡说，域川哥哥很好的。"冉冉嘟着嘴不满，转向宋姗，

"他什么都会做，会给我做灯笼，做小蜻蜓小青蛙，还会带我玩，钓的鱼比爹爹钓的大，还长得比爹爹好看，跟姐姐一样好看！"

冉冉一一细数着卫凌的好，凌意不由得笑出来："马屁精，你怎么不在你爹面前说这个？"

冉冉嘿嘿笑。

这会儿厨房忽然传来一阵食物烧焦的味道，凌意急忙起身："男人就是不靠谱。阿妁你先坐，我去厨房看看。"

宋妁点头。

于是，屋子里只剩三人。冉冉的眼珠子一直盯着宋妁，宋妁望过去。冉冉四岁多，模样似凌意，白白净净的，年纪不大，说起话来倒是头头是道。

一大一小对望，冉冉软糯地开口："姐姐，域川哥哥是我哥哥，那我是不是要叫你嫂嫂？"

她说完跳下小凳子，靠近宋妁耳朵，小声低语："那天娘亲都跟我说了，她说你和哥哥是夫妻，就像爹爹和娘亲的关系。"

宋妁失笑："不是了，现在不是了。"

"为什么？"冉冉瞪大了眼睛。

"我们分开了。"

"哎，好吧。"冉冉很快接受，似小大人般脸色可惜。看了宋妁一会儿，她突然跑开，然后从里间拿出几个小玩意出来，放到宋妁双腿上，骄傲地说，"这些都是域川哥哥给我做的，我都好好留着呢！"

宋妁拿起一个用竹篾做的小蜻蜓，样式逼真、制法牢固，是卫凌会做出来的东西。她不禁说："你域川哥哥很喜欢你。"

"嘻嘻。"冉冉站在她面前，"不过，我第一回见域川哥哥的时候他可凶了，就像娘亲说的隔壁大爷，脸又长又臭，他还不愿意抱我。

"可是，娘亲说，这世上不会有人不喜欢冉冉的，姐姐，你喜欢我吗？"

宋妁再次笑出声："喜欢。"

厨房里，凌意接过千玄炒菜的勺，数落一顿后感慨："我看你这徒儿，没啥希望。"

千玄立在一旁："年轻人的事，你就甭操心了。"

"我才懒得管。"凌意伸手，"碗。"

等一道菜出了锅，她又立即去炒下一道："不过我瞧着域川和两年前是有些不一样了，人精神了挺多，他现在还当了大官不是？"

"当什么大官，还不是跑腿的。"

"不能这么说，这之后他想做什么事就方便许多了。"凌意再次叹气，"至于他和那小姑娘的缘分，就看天意吧。"

"咚咚咚！"

门口突地响起一阵敲门声，千玄皱眉："怎么今晚这么热闹。"

"许是域川过来了，你去瞧瞧。"

果然是卫凌，千玄看他一眼："你倒是消息灵通。"

在宋妧马车出事，龙泰离开时暗卫就进城禀了消息，从城里赶到这马车走个半个时辰，若是骑马一刻钟多一点也能到，是以卫凌才能来得这样快。

他往屋内探去："在？"

"在呢在呢。"

"这就来了？"凌意拿着菜勺站在厨房门口，笑道，"今晚饭是不够了，只能多炒两个菜，快进去吧，准备开饭。"

"嗯，谢谢师母。"

千玄没跟着他，卫凌进了堂屋。

不断跑来跑去的冉冉先看见了卫凌，大喊："域川哥哥！"

背对着他的宋妧手里的动作停了一下，然后才回过头去。

冉冉依着惯例朝他伸手，卫凌瞥一眼宋妧，没抱，只是轻轻拍了拍她的头。

他上前几步，用早已准备好的说辞解释："徐夫人说你今天出城了，这么晚还没回去有些担心，我便出来看一看，正巧看到你们的马车在师父家附近，这才找了过来。"

宋妧微微点头，将双腿上的小玩具放到桌子上。

今日确实是个意外。

冉冉看不懂两人，她朝卫凌道："域川哥哥，我的小蜻蜓快要坏了，你能不能再给我做个小老虎？"

小蜻蜓，方才宋妧手上拿的就是那只小蜻蜓。

卫凌即道："这几日忙，没有时间做，你若是想要，我让人买来给你。"

"不要嘛，我就要哥哥你亲手做的。"冉冉拉着他的衣裳撒娇，"好不好？"

"冉冉，听话。"

冉冉生气了，气呼呼地坐回她的小凳子，双手交叉放在胸前，用一种自以为"恶狠狠"的眼光看着他："哼。"

宋妁不知为何觉得有些好笑，做了个中间人："冉冉想要，你抽空做个给她就是了。"

卫凌深深看她一眼，然后才说："那就做一个。"

冉冉一下生气又开心，再次"瞪"了一眼卫凌，却朝宋妁道："谢谢姐姐。"

两人此刻相对而坐，宋妁视线落在那些小玩具上，过了一会儿又往外看去，自言自语："这雨应该快要停，龙泰差不多也回了。"

"没停，我让龙泰先回去了。"

宋妁：？

卫凌再次解释："你们的马车车轮坏掉了，坐不了人。"

"噢。"

沉默一会儿，卫凌问："阿妁，师母有没有为难你？你别介意，师母她没有坏心思的。"

"我知道。"宋妁看向他，"你师母与我说了两年前的事情。"

卫凌顿时眼神有些慌乱起来："说了什么？"

"我代舅舅一家谢谢你，也感谢你为外祖父平反。"宋妁诚恳道。

而卫凌则是莫名松口气："小事而已。"

"舅舅年纪不大，表哥也有手有脚，你之后便不要给他们送银子了，送着送着只会送成无底洞。"

"好。"

她紧接着又说："这些年你给舅舅家的银子，我会想办法凑齐还给你。"

"不必……"

卫凌的话还没说完就被她打断："卫大人，我们还是分清些好。"

静了好一会儿，他才沉沉地说："……好，我不缺银子，你可以慢慢来。"

这时凌意夫妇俩端着菜进门："域川，厨房里还有两个菜，你去端来。"

宋妁见状本是想要起身告别，却一股脑被凌意按下，不容拒绝："你乖乖坐好。"随后又招呼和冉冉玩得正开心的挽翠，"来，小姑娘你也来坐。"

"二娘……"

宋妁不得已，点了点头，挽翠坐在她旁边。

不多时，一桌人坐得齐整，宋妁心里纳闷，她们不过是想来避避雨，现在竟是坐在了人家饭桌上，而卫凌居然也在，真是魔幻。

"阿妁，你娘亲既然是扬州人，你应该吃过不少扬州菜吧，快尝尝，看看味道如何。"

眼前几道菜都是些家常小炒，宋姌也不扭捏，直接夹了一筷子，吃下后夸赞道："味道很好。"

"那就多吃些。"凌意笑开。

"哥哥，我想吃鱼。"冉冉突然朝卫凌道，千玄夫妇已习以为常，但这回卫凌却没直接给她夹，而是将离得远些的那盘鱼与她跟前的一道菜换了个位置。

凌意瞧在眼里，给女儿夹了块鱼肉："吃吧。"

趁着宋姌认真吃饭，凌意凑近千玄，低声说："看不出来你这徒弟心还挺细。"

"呵。"千玄摇了摇头。

"阿姌，你也尝尝这鱼肉，都是他师父今日一早从湖里钓的，鲜美得很。"

那道鱼被卫凌换了位置，宋姌有些够不到了。

她正为难着，卫凌动了手，很快，她碗里多了一大块鱼肉。

到底还吃着饭，宋姌没好意思在他师父师母面前拒他，只是他再伸第二筷的时候，宋姌对上了他的视线，暗含不满。

他便不夹了。

一顿饭差不多结束，凌意把吃饭吃得昏昏欲睡的冉冉抱进里屋，出来时正见到千玄与卫凌两人收拾饭桌，她便与一旁的宋姌说话："没见过域川这样吧？"

宋姌摇头，确实没见过。

自他进了这个家，他许多行为她都没见过，仿佛那个跟她一起生活了三年的男人是另一人。

"我刚见到他时，他也不会做这些，后来大概是不敢不听我的话才动起手来。"凌意说，"这生活啊，还是两个人过才有滋味，一堆人伺候着有什么意思？"

"是。"

"刚刚冉冉跟我说，你很喜欢她。"凌意歪了歪头，看向她，"阿姌，你怪不怪域川，没能给你一个孩子？"

宋姌仿佛还没听清，那头收拾桌子的人却是停下来，无奈道："师母。"

卫凌阻止了凌意往下讲。

这是他们两个人的事情，应当由他来说。

凌意视线在两人间睃着，最终还是什么都没说。

外面的雨吃饭时就停了，等收拾完，两人与凌意夫妇告别。

凌意叮嘱："雨天路滑，路上小心些。"

"嗯，师父师母保重。"

马车只有白亦才赶过来的一辆，宋妁不得已与他共乘一车。

宋妁略略扫过车内物件，都是他惯常用的东西，精致异常。

她在侧边坐下，心想好在就半个时辰，很快就能到。

卫凌进来，坐在她对面。

许是白亦真顾忌着雨天路滑，宋妁渐渐觉得马车走得太慢了，慢慢悠悠的，比人行走快不了多少。

马车不时蹚过小水坑，一摇一晃，宋妁抓紧了坐着的板子。

他突然问："和谢家的事定下来了？"

"是。"

"我与南洋来使大约过三四日就会离开扬州。"

宋妁不知他为何说起这个，只简单应："嗯。"

"你这边什么时候能结束，我们可以一道走。"卫凌说，"只是路上有个照应，我没有其他意思。"

宋妁想了几瞬："尚且不知，可能还要一段时间。"

"好。"

随后安静了好一会儿，就在宋妁转头想要看看外面到了何地时，他又忽然说："阿妁，你怨不怨我，没能给你一个孩子？"

宋妁撩车帘的手只一顿，外面虽没了雨，但仍是雾蒙蒙一片，什么都看不清。

离开前凌意问的那句话她听见了，当时他给她解了围，现在自己却提起。

身后的人接着说："我起先与你说过，是我身子不好要不了孩子，不是你的问题。

"端容郡主不是我生母，我生母是外祖母身边的一个大丫头，她生我时尚不足月，外祖母说我是从鬼门关前抢回来的。我小时候底子不好，却没有好好养着，每日跟着父亲、大哥训练，以至于身体越来越差。

"后来遇到师父，师父懂一点医术，帮着调理了很多，只是那时候我要做的事情太多，根本顾及不了身体。接下来是与你成婚，但孩子要不了，他不仅会活不成，还会累及母体。阿妁，你该怨我，避子汤一事说到底是我的错。"

宋姃已经完全震惊了，为他说的每一个词，他的身世、他的身体。

怎么会？端容郡主不是他母亲？怎么会这样？

她手心紧紧攥着，出了些细汗。

至于避子汤……她曾明里暗里问过周大夫，周大夫说避子汤对女子无益，但如不是常常服用并无大碍。宋姃那时候就庆幸，庆幸一年也就几回，且她一直在服用补血益气的调理药物，也算中和一些。

当初她身子越来越差，也许是因避子汤，也许是因心中积郁，而自和离后，她就一直十分顾着自己的身子，现在已与常人无异。

宋姃看过去，卫凌垂着眸，面色凝重。

她说不出什么"原谅""没事"的话，只是很早以前她就想清楚了，没有孩子是两人之间最完美的收场，无论他是有意还是无意，起码他没留给自己一个枷锁。

现在听了这些，她除了讶异只一个疑问："为何当初不与我说？"

卫凌抬起头，对上她平静的目光，淡淡道："阿姃，一个人走得久了，会不习惯身边有另一个人。"

有些道理是他懂得太晚。

"归根结底是你心里始终没有我。"宋姃轻笑，"所以，我们只有和离这一条路可以走。"

卫凌捏着拇指，缓缓道："阿姃，和离是我罪有应得，但我心里有没有你这件事，我如今还是清楚的。

"两年前我到扬州来，看见师父一家团圆美满，那会儿我就想，我与你若是好好走下去会不会也有这样的一天。我看着冉冉，会想若是我们有孩子，她会不会像冉冉那样可爱，她会叫你娘亲，会叫我父亲，我们一起将她抚养成人。"

卫凌停了许久，视线一直落在她身上，又像透过她看什么。

"我确实不喜欢孩子，冉冉是个意外。"

人总是要靠着一点期盼过活的，每一回看见冉冉，他仿佛看见两人间不存在的将来与那些遗憾。

许多事他不再去做了，师父给的药都有按时吃，这一辈子若那丝渺茫的希望还有可能实现，他想要和她有一个圆满的结局。

宋姃叹了口气："现在说这些没有用了。"

"我知道，可这些若是能让你心里好受一些，那它就是值得的。"

那日看见他抱着冉冉笑得那样开心，她一颗心顷刻寒了下来。此刻他解释这一段，她虽未能全信与接受，但确实释怀不少。

宋妼回想着她之前的郁结，其实不管外人怎样议论她，不管端容郡主怎样对待她，但这一段关系里，始末缘由只出在他身上，是他的不珍惜与不爱，才导致了这一切。

而无论现在如何，他的心意变得如何，发生过的事情都不会再改变一分。

宋妼闭了闭眼："卫凌，我该说的早就说过了。"

她在昏暗的视线里看见他眼角慢慢变红，唇角却扯了个笑，声音低沉："嗯，我知道的。"

两人都不再说话了，只剩车轮嘎吱嘎吱的转动声在寂静夜晚里回荡着。

马车摇摇晃晃走了许久，终于在徐府门口停下来。

宋妼迫不及待起身离开，却又被他叫住："阿妼。你若是不想，那就只把我当作一个认识的普通人，我做不到放下，可你若是想要往前走，我不会拦着。"

宋妼停顿片刻："好。"

那片淡青的裙角彻底离开，卫凌紧握的拳头中央沁出浅浅血迹。

宋妼下了马车后脚步急促，快得挽翠跟不上。

"二娘，您慢点，小心摔倒。"

她没听，一口气走回院子。

元宝儿不知从哪里蹦出来，想要她抱。宋妼低头看一眼在她脚边磨蹭的小猫，一狠心，朝挽翠说："把元宝儿抱走。"

宋妼说完直接进了屋子，一夜再没有动静。

第二日挽翠端着热水去敲宋妼的房门，里面没有回应，她轻推了推门，门"吱呀"一声弹开。

她往里走，却只见铺得整整齐齐的床榻，仿佛昨夜没有人居住过。

挽翠心里一慌，连忙转身去找，刚走到院子就碰见龙泰，她着急说："二娘不见了！"

龙泰"啊？"一声："没有啊，我方才还碰见了二娘，她抱着元宝儿去找徐夫人了。"

挽翠瞬间放下心。

"怎么了这是？"龙泰疑惑地问。

"还不是怪你！"挽翠便将昨夜发生的事都告诉了他，昨夜她与白亦就坐在马车外，两人的谈话他们听得一清二楚。

"唉，我真是心疼二娘。"挽翠叹声。

龙泰则是捏了捏拳头，狠狠道："以后卫家人别想再靠近二娘一分！"

另一头，宋妁并没有去找谭锦玉，这大清早的，她可不敢扰人清梦。

昨夜雾气已经散去，早上空气正是清新好闻，她只是想出来散散步，随便带上昨晚不知怎么溜进她房中的、委委屈屈的元宝儿。

徐府很大，刚来时跟着谭锦玉转过两圈，她还认得路，走了一阵瞧见徐父徐母在一处院子里饮早茶，她过去打了个招呼，跟着一起坐了一会儿。

等到太阳斜斜挂起，她往谭锦玉院子走去。

谭锦玉看着刚醒，还有些迷迷糊糊："阿妁，怎么这么早？"

"不早了，徐公子可在？"

"噢，他不在，昨晚好像就没回来。"

"没回来？"

"嗯，被卫大人叫去了，也不知道这大晚上的还要说些什么。"

宋妁没多想，只道："锦玉，我今日还要出城，可能晚上回不来。先前答应了徐公子要给他一个答复，现在只能托你帮我告诉他了。"

"行，什么事？"

"他之前想要我帮忙，希望我们能一起在盛京做事，我十分感激。不过我如今答应了谢家，恐怕不能抽身出来做那么多，怕有负他一番心意，因而还是算了，以后若有机会我们再合作。"

冒险急进一直不是宋妁的风格，什么都想要的结果大概率是什么都做不好，她想要稳扎稳打一点。

徐壬寅早跟谭锦玉说过这件事，她现在听明白后不免觉得有些可惜："阿妁，这样好的机会你真要放弃？"

"嗯，将来有缘分总会再见的。"

谭锦玉抱了抱她："好，等我回盛京去找你。"

后面三日宋妁一直待在郊外，每日早早醒，晚间记录复盘，第二日再去作坊里核对细节，最后愣是将谢家的技术摸了个透，甚至还提出了两点改进的建议。

谢蓝看她的目光也渐渐从"容易拿捏"变为"敬佩"。

第三日时宋妁过来告别："谢姑娘，我要带走的人已经挑好了，他们同意跟我走两年，接下来他们的家人就拜托你照顾了。"

谢蓝点头，开了句玩笑："听说你娘亲是扬州人，你不如把她接来，我们一起在扬州干，盛京那破地方有什么意思。"

几日相处下来，宋姗也摸清了谢蓝几分脾性，性格说一不二，说话不顾及旁人，可心底是有良善与爱意的，会因这一村子人而一直将作坊开在此处，会在扶兹面前乖顺得不像话，只是从不轻易在外人面前显露。

如今对她也没了一开始的刺头劲，交代毛毡制艺时认真细心，偶尔还会像眼下这样说些毛毡以外的事情。

宋姗在她旁边坐下，答她："我在盛京铺子有了些起色，娘亲也没有这个打算，扬州估计近几年是不会回来了。"

谢蓝"哼"一声："随你。"

宋姗想着原先卫凌说的事，斟酌一二后，试探地开口："谢姑娘，你为何不喜欢盛京？"

"不喜欢就是不喜欢，哪有为什么。"

"那你有没有去过盛京？"

"没有。"

谢蓝一脸不想谈起这事的模样，宋姗便也不多说："以后你若是想去，或者有什么事需要帮忙，可随时找我。"

"你到底想说什么？"谁知谢蓝反倒警惕起来。

宋姗睫毛闪了闪，谢蓝瞬间捕捉到，再问："还是你知道了些什么？"

宋姗还来不及说话，谢蓝就靠着椅背自嘲地笑了笑："也是，这世上哪有不透风的墙。"

"谢姑娘，我也是偶然得知，现在应当是有些线索，你要是想知道，我可以去问问。"

谢蓝一下站起身，语气沉沉："我不想知道，你就当没听过这事。"

她说完即走。宋姗望着她离开的背影，心想，那些能被藏起来的事，大概都意味着一段不能言说的痛。

事情都差不多了，也该出发回京了。

宋姗花了一天给娘亲、青姨、张叔他们选礼物，第二天先去找了罗姨，道完别后去一趟尤家，只是再送了礼，没有给银子，最后只带走一封尤山鸣给尤四娘写的信。

　　第三天在徐府陪了谭锦玉一日，谭锦玉千万般不舍，听说晚上还跟徐壬寅闹了一番，说是想要跟着宋姒一起回盛京，徐壬寅自然不肯。

　　第四日宋姒一行离开时只有徐壬寅来送："玉儿还在睡，我怕她触景生情再与我闹，就没叫醒她。"

　　宋姒："无妨的，让她多睡会儿。"

　　"你若昨日跟着卫大人他们走便好了，这样路上也能相互照顾着。"

　　宋姒为了不跟他们一起特地一拖再拖，好在卫凌他们昨天走了，不然她还不知道何时能回去。

　　"这么多人跟着我呢，不会出事的。"除了十个护卫，这一趟回去还多了四个男工人与一名妇人，热闹许多。

　　"总之宋姑娘保重便是，往后有机会我与玉儿再到盛京寻你们。"

　　"好，徐公子也保重。"

　　约辰时末，一行人终于启程。

　　来时还是炎热夏日，离开时已是入秋。

　　从扬州到盛京至少大半月，宋姒还是打算原路返回，一来他们走的就是官道，二来原先走过一趟，心里有底。

　　途经金陵时休整一日，挽翠几人都很高兴。

　　"二娘，那我们晚上还去东来酒家吃饭吗？"

　　这事宋姒原先就答应过的："去，后面一路没什么大城了，说不定还得住野外，这一顿你们就好好吃个够。"

　　"嘿嘿，二娘最好了。"

　　晚上用完饭，回到客栈已是夜深，挽翠跟着宋姒进了屋："二娘，我去让小二给您烧点水洗漱？"

　　"嗯。"宋姒正拆着发钗。

　　挽翠很快回来，顺手找出干粮去喂元宝儿。

　　元宝儿从扬州出发时就一直被关在笼子里，宋姒便道："放它出来吧。"

　　挽翠打开笼子，元宝儿一下跑出来，猫毛上黏着个东西，挽翠"咦"一声："这是什么？"

　　那东西随着元宝儿的跑动掉在地上，挽翠捡起来一看才发现那是个木制的小蜻蜓，小巧玲珑的。

　　宋姒抱来找她的猫："什么？"

　　挽翠拿了过去，宋姒只一眼便认出，那是卫凌做的，和冉冉手中那个相差无几。

小蜻蜓放在桌子上，元宝儿不断伸着爪子去够。

"这是什么时候带过来的，我怎么没发现。"挽翠疑惑，"该不会是元宝儿从哪里捡的吧，二娘，我拿去扔了，谁知道这东西干不干净。"

元宝儿已将它扒拉下来，两只爪不断逗弄着，俨然是把它当成了真的蜻蜓。

宋姁说："元宝儿既然喜欢，那就留着吧。"

左右一个物件，算不得什么事。

一路行走，过了源河明显感觉凉了不少，比起扬州的秋高气爽，源河以北就像是入了深秋，早晚寒气很重。

这日中午，几人在官道边的小茶铺停了下来，略做休息。

眼前是一片宽广的庄稼地，此刻应当是秋收的季节，那庄稼地里确实一茬一茬的麦子，不过却都是东倒西歪，麦秆上未曾结有麦子，只显衰败。

宋姁想起他们来时下的那些雨，虽然后来没了水患，可连绵不断的雨水已让庄稼颗粒无收。

宋姁叫来店家："这附近的庄稼都是这个样子？"

店家看一眼田地，摇头道："都是，没一家幸免，今年怕是不好过了。"

"那，官府有没有做什么赈灾之事？"

"有是有，官府刚开始按着人口发了一点点粮食，只是那又有什么用，过个几天又没了。后来他们在官府门口设了粥铺，可每日一两个时辰就收摊，还不如不设呢，上头哪会管我们底下人的生计。寻常人家有余粮的尚能熬一熬，可那些只靠天吃饭的农户就惨了。"

店家面容惋惜："这一两个月里，路上总能见到些背井离乡、外出谋生的灾民，他们来我这儿想讨碗粥喝，可我自己都自身难保啊，哪还帮得了别人，唉。"

临近的几人听了，都纷纷叹气。

话音刚落，不远处就走来拖着大包小包的一个妇人，与两个四五岁的孩子，皆是衣着朴素。

走近后，妇人对店家说："好心人，能不能给孩子们碗水喝？"

"水有的有的。"店家连忙去倒水。

两个孩子面黄肌瘦、眼窝深深凹陷，他们显然是饿得慌了，一双眼睛紧盯着宋姁跟前的馒头看，却又捏着妇人的衣角不敢动。

宋妁于心不忍，让挽翠一人给了一个馒头，妇人接连道谢。

两个孩子狼吞虎咽，大馒头三四口就进了肚。

挽翠又给了三个，连同妇人一起。

几个人在旁边桌子坐下，宋妁开口问："夫人这是要去哪儿？"

"贵人折煞了。"妇人手里拿着馒头，没动一口，"今年收成不好，家里已没米下锅，孩子他爹在金陵边上一个小城里打零工，我们去投奔他，找点出路。"

从这儿到金陵少说也要五六日的路程，一个女人、两个孩子，其中要经历的苦不言而喻。

宋妁心里顿时涩涩的，说不出的感觉。

他们几日前还在富裕繁华的扬州城、金陵城，那东来酒家里一桌剩不知几多饭菜，而这世上的角落里还有那么多人解决不了温饱。

不走这一遭，哪见得这景象。

也不知比他们先走一步的卫凌有没有碰上抑或听说这些事，他是当朝首辅，撇开个人情怨，她是希望他能真真切切做些什么的。

她又想着，她若是像徐家那样富足，那能做的事情就不是简单给几个馒头了。

而此刻却只能在母子三人离开时塞一点碎银，期盼他们一路顺遂。

店家见了，感叹道："夫人心善。可救了这一家，还有千千万万家，哪救得过来。"

"我既遇见，总不能见死不救。"

"是，遇上夫人是他们的福气，不过……"店家说了一半，看一眼那些身强体壮的护卫，心想应当不会出什么意外，便不再往下说。

宋妁察觉到，问："不过什么？"

"没什么，路途遥远，夫人路上切记小心些。"

"嗯，多谢。"

一行人重新出发，日落前抵达先前借住过的李大婶那个村落。

挽翠问："二娘，我们还要住李大婶家吗？"

宋妁摇了摇头，转而对龙泰说："龙泰，你在村子边上找个平整点的地方，咱们将就一晚。"

"是。"

按着来时的路线，只这一段没有可供落脚的客栈，熬过这一晚便好。

不知为何，宋姎心底总有些隐隐不安，她下意识里不想再借住村民家。

好在护卫们与几个长工都是能吃苦的，没一会儿就搭好了简易帐篷，还烧上了饭。

天很快黑下来，火堆在一片黑暗中闪烁。

宋姎坐在其中一个火堆前，听钱娘子说他们村子的事，逗着几人哈哈笑，气氛轻松，好似在野外留宿也就没有那样难了。

晚上还是要警惕些，男人们互相轮值，确保安全。

一夜无事，宋姎天蒙蒙亮时就醒了，睡马车上总没有在床榻上舒适。

挽翠倒是睡得熟，还轻微打着呼。

宋姎下马车时火堆刚熄，冒着青烟，两个护卫眯着眼靠在树边，一听到动静就醒过来，她打了个手势："没事了，你们再睡会儿。"

宋姎走到边上，趁着无人偷偷伸个懒腰。

这儿平整开阔，左边大约十几丈外是个小树林，右边则是一片没有庄稼的田地。

她站了一会儿，忽然听见小树林传来一阵窸窸窣窣的声音，立马喊一声："谁？"

随后一个女人推搡着一个男人走了出来。宋姎认出他们，是李人婶的儿子和儿媳。

而两人显然也认出了宋姎，站在前头的李家大郎颇有些不好意思："原来是宋姑娘你们啊，我们还以为是谁呢。"

宋姎蹙了蹙眉。

"早上我媳妇到旁边地里挖菜，说是看见这儿有青烟，便推着我来看看。"

此时有几人已经醒了，走过来站在宋姎身后。

李家儿媳打量完人后说："实在是近来小偷小摸的人多，有些甚至连几棵菜都不放过，我们不得不防。"

两人这样一说倒也是情有可原，宋姎放下防备："是该小心些，我们只是路过，马上就要走了。"

"宋姑娘办完事了？"李家儿媳问。

"嗯。"

随后夫妇俩对视一番，李家儿媳脸上露出些担忧："宋姑娘，您先前帮了我们一回，这才让我们一家能度过这个灾年，我们很是感激。"

"无须客气，也是你们帮了我们。"宋姎眼里有疑惑，这个李家儿媳的态度上次可不是这样的。

“不不不，您才是我们的大恩人。”李家儿媳上前几步，“宋姑娘，现在与那时不同了，我们得提醒您一句，接下来的路不好走。”

身后龙泰立即问：“怎么不好走了？”

“这天灾啊断了人的后路，老百姓们总得想法子活下去。”李家儿媳低声道，“前面山头已有些占山为王的，专做那打劫的事。”

此话一出，宋灿几人都惊了惊。

不过……宋灿再次看着向他们透露消息的李家儿媳，想起那支不知所终的簪子，心里琢磨着这话有几分可信。

李家大郎在一旁不断点头，附和道：“是啊，那些盗匪弄得我们人心惶惶，家里就算有银子也不敢花，就怕他们察觉出什么来，最后保不齐命都没了。”

挽翠这会儿也醒了，听完这些慌得不行，扯着龙泰小声说：“这如何是好啊？”

龙泰“嘘”了一声，等着宋灿发话。

“这地方大壮熟。”李家儿媳推了推身边的人，“那些个贼匪的老窝我们也差不多知晓在哪里，宋姑娘不妨让大壮带你们绕一段路，以免碰上那些只认钱不认人的强盗。”

“不错。”李家大郎道，“宋姑娘救了我们一家，现在正是我们报答的时候。”

李家大郎是个憨厚老实人，此刻脸上一片真诚，宋灿一时犹豫不决起来了。

她虽不常出门，可这些事话本子里总会提起，有时候人被逼上绝境，确实不知会做出什么来。再加上先前那店家不明所以的欲言又止，这事多半是真的。

那些贼匪若是要打劫，定然会选在他们必经之路上，他们要是贸然往前走，指不定会出什么意外。

宋灿回头看了一眼龙泰几人，做了决定。

总归是冒险的，那便搏一搏人性。

·第九章·

遇险

　　众人三下两下收拾完东西，宋姍将龙泰叫到跟前："让大家时刻警惕，防身的东西随身带着。"

　　龙泰应下。

　　这儿离下一个镇子不算远，走个半日就能到。

　　李家夫妇与钱娘子坐在行李马车上，在前面带路。

　　没走多久就偏离了官道，一行人在竹林小路里穿梭。

　　挽翠摸着胸口庆幸："还好有李家夫妇，不然我们真得遇上盗贼了。"

　　车外一簇一簇的竹子不断后退，望不见终点。

　　宋姍一颗心悬着，这样的感觉许久没有了，前路未知，命运仿佛掌控在别人手上。

　　她回过头，问："我们这一趟带的银子花得差不多了吧？"

　　"没呢，还剩挺多，咱们在扬州没住客栈，省了一大笔吃住的钱。"

　　"都放哪儿了？"

　　挽翠拍了拍她旁边的小包裹："我随时带着呢。"

　　"嗯。"

　　走了约一个多时辰，前面的车子停下。李家大郎走过来："宋姑娘，咱们已经离开那几座山头了，前面不远就是安康镇，你们放心往前走便是。"

　　宋姍下了马车，环视四周，这里是处小山脚，一条道路笔直宽阔，前头城镇已是依稀可见。

　　"有劳了。"宋姍致谢。

　　"宋姑娘客气，那我们就先回了。"

　　"我让人送你们一程。"

李家儿媳连忙摆手："不必不必，姑娘赶路要紧。"

李家夫妇离开后，宋妁让大家原地休息，一刻钟后再出发。

可就在众人都松懈下来时，背后林子里突然冒出一阵迷烟，护卫们一个个地倒下，宋妁在晕过去前听到些打斗声，但很快便没了意识。

再次醒来是在一间小木屋里，宋妁与挽翠、钱娘子三人被捆在一起，动弹不得。

宋妁明白过来当下的处境，心中百味杂陈，她到底不应该再信那李家儿媳的，可惜现在后悔已晚。

宋妁深深呼吸，逼着自己冷静下来。

那李家儿媳怕是早就发现了他们，这才有了今日这一出。

这儿的贼匪占山为王，所求不过是金银之物，若是他们好好配合，性命应当无忧。

宋妁看向那破烂的小门，透过间隙可见几个人影来回走动。

他们人数应当不多，不然不会想到要用迷烟这种法子。

宋妁思考片刻，撞了撞还昏着的挽翠，挽翠清醒过来后顿时吓得不行，小脸都白了，颤颤道："二娘，我们，这，怎么会这样……"

"挽翠，没事你别慌，先把钱娘子叫醒。"

钱娘子醒后亦是一阵慌乱，宋妁安抚好两人，说："挽翠，我袖兜里装了把剪子，还在，你伸手够一够。"

三人双手皆被捆绑在背后，外面一圈大绳子又牢牢将她们捆在一处，真是绑得严严实实。

宋妁动了动背后的手，身子往前倾，好让挽翠能够到她的衣袖。

花了好一会儿，挽翠两个手指拉着她的袖子来回摆动，那剪子终于掉了下来。

正要捡起时，门外突然传来脚步声，宋妁立马挪了挪身子将剪子挡住。

木门被推开，昏暗的小木屋霎时泄进来一阵光，宋妁没适应，眯了眯眼。

进来的是两个高大男人，腰间各佩一把大刀。领头的人脸上的表情凶神恶煞。

"哟，醒了？"后一人看见三人醒来，摸着下巴的小胡子，笑意阴险，"大哥，你看……"

那头头手按在刀上，回首瞪他一眼，这才转向宋妁，粗声道："你是他们的主子？"

"是。"宋姒回望，"我的人呢？"

男人没回答："你们是哪里人？"

"盛京人。"宋姒如实道出。他们既然和李家儿媳勾结，那自己的底细定是已一清二楚，没必要再说谎生事。

"下江南做什么？"

"做生意。"

"你们有多少人？"

"多少人你们不是瞧见了吗？"

宋姒不过淡淡回了一句，小胡子立马喝道："大胆，小命不想要了！"

那头头再回头："老二！"

宋姒看出他们没打算伤人性命，便开口："这位大哥，我们的钱财都在你们手上了，你若是放我们走，我们直接回盛京，就当作这件事没有发生。"

"我没记错的话，我们的银子物件不少，足够大哥你们过完这个冬天。"宋姒神色哀伤，"天灾弄人，大家都不容易，谁也不想走上这条路。大哥，你家中是否有老小？现在官府无力顾及太多，可等他们缓过神定然会有所动作，你当多为他们考虑考虑啊。"

小胡子："切莫唬人，我大哥爹娘早去了，还没娶媳妇，现在只有兄弟，你个小娘子说这些没用！"

宋姒闪了闪眼神："大哥，那么多兄弟跟着你不过是为讨口饭吃，现在既然有了银子，又为何还要做这些刀口舔血的活计？"

小胡子上前一步："少说废话！你们逃走的人我们已经派人去追，你别想搞什么幺蛾子！"

逃了人？

是了，她晕倒前听见打斗声，许是没被迷晕的护卫动了手。

逃了也好，这种情况下能保一个是一个。

那头头倒是没说什么，深深看她一眼后转身离开。

木门再次关上，没了光线。

他们渐渐走远，说话声忽高忽低，小胡子说："大哥，这娘们不仅模样好，这嘴还利得很，要不就留下来给我当大嫂好了……"

听了这话，屋内的三人身子一凛，宋姒心凉了一截。

挽翠哭出来："二娘，怎么办啊？"

屋子里都是挽翠的呜咽声，钱娘子说："挽翠你快别哭了，让二娘好好想想。"

"好好好。"挽翠立马止住声音。

宋姗想了许久，软的不行只能来硬的了，只要龙泰他们能出来，那自己这边还是有胜算的。

"挽翠，你先用剪子剪开我的绳子。"

磨蹭了好一阵，宋姗终于得了自由，又立马去给她们两人松绑。

宋姗轻手轻脚走到木门前观察，奇怪得很，原先还能瞧见几个人的，现在外面空空荡荡的，只余一两人。

这样也好，方便她们行事。宋姗回过身，找到角落里的木头拿给钱娘子："钱娘子，等会儿我将人喊进来，你躲在门后，用这个将人打晕，用力些。"

"好！"

"二娘，那我呢？"

"你跟我好好坐着，外面还是能瞧见里头的。"

"嗯，可要是进来两个人怎么办？"

"不会的。"一来外面人不多，二来三个被捆起来的女人不至于让两个人进门，但要是有万一……宋姗捏紧了手里的剪子。

两人并肩坐着，挽翠碰到她放在背后的手，刹那间感到一阵细微的颤动。

她转头看向身旁的认，只见宋姗额头上都是薄汗，脸色却是镇静异常，一双清澈的眼睛紧盯着木门，看不见一丝慌乱。

挽翠眼底旋即红了起来，二娘哪经历过这些啊，为什么老天爷如此不公，要让二娘吃这么多苦。

她吸了吸鼻子，不敢发出动静，她不能让自己成为二娘的累赘！

一切就绪，宋姗张嘴喊："有人吗，有人吗，来人啊！"

很快就来了人，不过那人只是站在门外："喊什么！"

"大哥，能不能行个方便，让我上个茅厕。"

"忍着！"那人转身就要走。

宋姗声音快要哭起来："大哥，忍不住了，我手上还有只玉镯，你行行好，玉镯给你，我只想上个茅厕。"

不过片刻，木门被推开，"嘭"一声，人直直倒下。

宋姗即刻上前，往外探了一眼，又急急将门关好。

她撕了自己一角衣裙，塞到他嘴里，三人合力将人绑得结结实实。

"二娘，接下来呢？"钱娘子问。

"将人弄醒。"

宋姒站在他身后，用剪子抵在他喉咙前。

那剪子是她刺绣用的，样式小巧却十分锋利，他刚醒过来，不过微微一动，剪子下立马沁出血。

"别动！"宋姒声音沉稳。

那人看清处境、察觉到脖子上的冰凉，顿时僵住，"呜呜"两声。

"我不会伤你性命，只是问你几个问题。"

"呜呜呜……"

宋姒给了钱娘子一个眼神，钱娘子将塞在他嘴里的布拿开。

"我的人在哪儿？"

"在寨子另一头。"

"说清楚点。"

那人便详细将寨子方位道出，宋姒一一记下。

"你们一共多少人？"

"将近五十。"

五十？可她刚刚瞄了一眼，只不远处还站着一人，而且附近很安静，看不出有五十人的情形。

宋姒手下用了些力："休想骗人。"

那人害怕得不行，哆哆嗦嗦地说："没骗没骗，刚刚山脚下来了人，大当家他们带着人下去了。"

"什么人？"

"不知，好……好像是官兵。"

挽翠与钱娘子皆是一喜，有人来了！

宋姒却还在问："现在外面有多少个人？"

"四个。"

"位置。"

"大门口两个，两间屋子各留一人看着。"

"这附近还有没有像你们这样的。"

"没了没了，我们都只跟着大当家一个人。"

"你们有没有害人性命？"

那人犹豫起来，宋姒一下明白："钱娘子。"

钱娘子立即将布塞进他嘴里。

安康镇里，暗卫顺利找到卫凌。

当时隐在后方的暗卫发现了事情不对劲，当即与贼匪缠斗起来，可惜对方人太多，有人负了重伤，他们当即撤退，一头留人继续跟着贼匪，一头派了人去禀告郎君。

等暗卫说完事情经由，卫凌立即道："备马！"

出门前碰见乌起隆，乌起隆兴奋地提着手里的鸟笼："卫大人，看我找来的小玩意。"

谁知卫凌看都不看他一眼，脚下似带了轻功，眨眼间就不见了人。乌起隆纳闷了："什么事那么急？"

一个时辰的路，他们不到半个时辰就赶到了山脚下，恰好碰见正拿了银子要回家的李家夫妇。

暗卫上前："郎君，就是这对夫妇骗了二娘。"

卫凌眼神似刀，狠戾道："抓过来！"

两人毫无抵抗之力，李家儿媳不断挣扎："光天化日的欺负老百姓！还有没有王法了！"

待对上卫凌的眼神，李家儿媳立马吓得不敢动弹。

卫凌什么都没说，只吩咐："丢到官府去！"

两人彻底慌了，边被拖着走边喊冤："大人冤枉啊，小的做错什么了，冤枉啊！"

李家儿媳动作太大，从衣袖里掉出来个物件，她当即回头："等等，我的东西！"

那是她两三个月前从宋姒那里偷来的钗子，常日里宝贝得不行，她今日为了不让宋姒认出来才特地取下来。

卫凌循着她的声音看到了那支钗子，瞬间认出来那是宋姒的，他在汝南镇见她戴过。

卫凌下了马，捡起钗子，再次恶狠狠地剜了一眼李家儿媳，随即不再耽误时间，策马而去："上山！"

两队人马迎面撞上，卫凌立于马上，看向对方头头，语气低沉："孟超？"

"正是！"孟超大声应，"阁下这是做什么？"

方才放哨的小弟匆匆上山，说有十几人正往寨子里来，气势汹汹。

孟超是前两年军营里退下来的千夫长，行事狠辣，安康镇官府很是忌惮。

当初孟超连夜端了官府的粮仓，又将大刀抵在了知县脖子上，从此以后官府衙门对他们所做之事唯有睁一只眼闭一只眼。

因而孟超断定不会是官府围剿，而且才十几人，不足为惧。

只是孟超见到卫凌那一刻仍心内一颤，登时明白过来，这人不是知县能比的，光那周身气度就不像是安康镇出来的人物。

昨日前面村子来消息，说是会路过一商队，他们都已做好埋伏，但待商队走进包围圈，孟超却临时决定撤退。

那商队足足有一百多人，且领头的个个配着刀剑，不像今日不到二十人的小队伍，是他们能轻易吃下的。

孟超在军营里跟着学过一点制敌之术，其中一点便是，不碰硬骨头。

此刻仍旧一样，孟超道："我们这小庙好好的关门做事，不知哪里惹了阁下？"

十几人对四十几人，力量对比悬殊。

卫凌扫过几眼便收回视线。

他们昨日到时便听说了安康镇不太平，今日正准备着手查一查，不想他们自己撞了上来。

出发时已让白泽带了其他人从后山上去，这会儿也不知那边什么情况。

卫凌揣摩着，对方人马尚不清楚，他不能说出宋奾来，用她的性命冒险。

他问："你是这儿的头头？"

"是。"

"昨日我们途经此地，丢了东西，特来寻一寻。"

孟超了然，原来这便是昨日过路的商队。

小胡子听了则立马道："胡诌，我们昨天什么都没有做，你们怎么会丢东西？"

"你说我就信？"卫凌斜眼看过去。

小胡子立马缩了缩头。

孟超拦在小胡子前头，说："我们青龙寨对得起天地良心，说了没做就是没做！"

"我不信天地良心，我只知道我丢了东西。"

"阁下到底想做什么？搜山？"孟超忍了忍。

卫凌轻轻一笑："不错。"

眼前人态度嚣张，嘴上笑着，实际上完全不把人放在眼里，孟超哪受过这种气，咬着牙看向那十几人。

"大哥，我咽不下这口气！"小胡子气得不行，见孟超没有反应，继续怂恿，"大哥，他们就这几人，真要打起来哪有什么胜算！"

孟超盯着卫凌，沉了声音："我若是不让呢？"

"那只好动手了。"

他们虽人不多，但个个是从最初就跟随着卫凌做事的，对付些山野村夫不成问题。

他与这头头说了这么多话，不过是想给白泽争取多一点时间。

话音刚落，卫凌身后的人便问了一句："郎君，生擒还是？"

"违抗者，杀！"

小胡子彻底气急败坏，带着人冲了过来。

两方人马混战，带起一阵阵烟尘。

没一会儿，山匪就倒了好几个。

孟超按着刀，眼角猩红。

他在军营中还学了一句"擒贼先擒王"。

此刻那隐在众人身后的卫凌，淡漠看着眼前一切，一副胜券在握的姿态。

孟超再忍不了，一个策马，扬着刀砍去！

几个回合下来，孟超渐渐吃力，连连后退。

孟超弃了马，卫凌便也跃马而下，继续与他缠斗。

山内忽然起了风，刀剑相交的声音此起彼伏，迎着风飘远。

顺着风势，箭矢声从卫凌耳边呼啸而过，他惊觉不妙。

这孟超居然还留有一手！

卫凌大喊："速战速决！"

"这会儿知道怕了？"

"怕？"卫凌邪魅一笑，手下的剑迅速划过他的腰腹，孟超身上的衣物顿时变成两半。

不过须臾，随着卫凌的剑刺在孟超心口，场内局势也明朗起来，小胡子与山匪们躺在地上哀号，鲜血染红了山坡。

孟超恨恨地看着卫凌，眼里淬出毒来。

卫凌望向他："这是你们，自找的。捆了！"

卫凌翻身上马，疾驰而去。

另一头，宋妱三人顺利找到龙泰等人，会合后将事情言明。龙泰捏着拳头："二娘，这李家夫妇真不是人！"

"现在不是说这个的时候，龙泰，现在寨子里人不多，我们得赶紧出去。"

"嗯！"

挽翠问："那二娘，我们的行李和钱财怎么办？"

宋妱看向屋内全都醒过神来的护卫，快速点了点人头，没发觉缺了谁，疑惑道："我们有没有少人？"

众人互相看看："没有，都在呢。"

那小胡子为何会那样说？而且她也确实听到了打斗的声音。

"二娘，怎么了？"

"没事。"宋妱按下疑问，开始吩咐正经事，"龙泰，你带一半的人，去把寨子里剩下几人解决掉，一个在茅坑里，两个在大门口，寨子其余地方不知道还有没有人，小心些，解决完立马去马厩。"

"是！"

"阿石，你带着三四个人去赶我们的马车。我方才瞥了一眼，马车在寨子西南角。"宋妱说着，"剩下的人随我离开。我们在寨子东侧的小路等你们，速度一定要快，不要耽误时间，去！"

"好，明白了。"

刚刚那看守的人说，下山一共有三条路，除去前后山还有东侧一条隐秘小路，是最快捷的下山通道。

她不赌贼匪们会去追哪条路，他们只要保证在最快的时间内离开，只要到了官道上，到了城郊，那一切安全无虞。

不多时，全部人聚集，用最快的速度离开。

因而卫凌上山时只见一座空荡荡的寨子，白泽带着人搜完寨子每一个角落，押着一个被捆得严严实实的人出来："郎君，夫人一行人应当是逃走了。"

卫凌一把拿出塞在他嘴里的布，狠声道："人呢？！"

"大人饶命，大人饶命。"那人匍匐在地，"人已经走了，不在寨子里。"

"谁带走的？"

"没有谁，是那夫人自己逃走的，连马车也赶走了！"

"从哪儿走的？"

"小的不知，小的真不知啊。"

卫凌复看向白泽："上山时没遇到？"

"没有。"

"去找一找，联系一下暗卫。"

"是。"

卫凌从进了寨子一直站在原地，不过一会儿，他脚底下已流出些暗红血液。

"郎君您受伤了！"白泽瞧见，不由得惊呼。

卫凌低了低头，好似这才意识到自己受了伤。

先前与孟超打斗，那箭像没长了眼般朝他射来，他边抵挡孟超的进攻边拦箭，最后腿部还是中了一箭。他当时匆匆砍了箭尾，没来得及多做处理，而后又骑马一路上山，伤口不断折腾，此刻定然是血流如注。

"无妨，先找到人。"

白泽知道自家郎君的脾性，没多劝说，带人离开。

大约一刻钟后，白泽就重新回到寨子，急急道："郎君，二娘一行人已经下山，现在正往城里去，我派人跟着了。"

而面色苍白的卫凌心里一块大石头终于彻底放下来，待嘴里那个"好"字溢出，再也站不稳。

寨子里的马不多，护卫们只能两人同乘一匹，钱娘子和宋姁两人挤在一处。

劫后余生的挽翠偷偷抹了抹眼泪。

宋姁握着她的手："挽翠，你别怕，是我的错。"

挽翠立即摇头："不是不是，不是二娘您的错，是李家人太坏了，是那些贼匪太坏了，您不用安慰我。"

他们是坏，可总归是她错信了人，几个月前那李家大郎分明不是这样的，而钗子她也只是猜测，她没有证据是李家儿媳拿的。

只能说人心不古，是她太过天真，没有赌赢。

她当时要是停个一时半会儿，好好想清楚后路是不是就不会发生这样的事情？

宋姁现在想来依旧后怕，若当时不是突然来了官兵，他们能不能逃出来？她会不会害了跟着自己的这些人？

一路走来见识了许多良善，也见到不少丑恶，只是当那些丑恶没有发生在自己身上，她便想当然地以为自己周围一切都是美好。

経了这一遭，不会再有下次了。

一行人顺利到达安康镇，在客栈安顿时才发现龙泰与另两人受了些轻伤，宋妱当即让他们不要乱动，挽翠留下来照看，自己与钱娘子上街。

这会儿日头刚落，宋妱问了客栈老板官府所在，到了街上后与钱娘子分别："钱娘子，我去一趟官府，你先去医馆抓药，我等会儿再去寻你。"

钱娘子劝："二娘，官府哪会管这些事，您别白费力气。"

"总要试试的。"

可惜到了地方才发现官府大门紧闭，门口连个人都没有。

宋妱纳闷着，这也不算晚，而且就算官府下了值也不至于关着门啊。

她等了一会儿，随后向路过的一个大婶问缘由。

"这些当官早不知到哪里去了，镇子里外灾民那么多，他们哪还敢开门。"大婶叹道，"没有作为啊！"

宋妱摇了摇头，不知该说些什么，只好离开。

安康镇只一家医馆，宋妱到时钱娘子还在等，她便问："还没好吗？"

"在抓药了，等了好一会儿，说是来了个重伤的人，大夫刚刚施治呢。"

"嗯。"宋妱坐在她身旁等候。

淡淡药香传来，宋妱心里渐渐安定，这一日的胆战心惊终于随着太阳的落下而消去了。

这些事，她这辈子都不想再经历。

宋妱坐着坐着就有了些困意，可模模糊糊间好像听见了白亦的声音，他嗓门极大："大夫，我家郎君呢？！"

宋妱瞬间惊醒，睁开眼果然看见了药柜前白亦那熟悉的身影。

晃神间，白亦已往里走去，宋妱略一犹豫，跟了上去。

医馆不大，没走几步她就站在了充满血腥味的房间门口。

卫凌似有察觉，推开挡在他面前的白亦，对上宋妱的视线。

两人都愣了一会儿，随后还是卫凌先浅浅笑了出来，是一种无比满足的笑意。

白泽与白亦回过头瞧见宋妱，惊讶过后悄悄退了出去，白亦经过宋妱时停了一会儿，想说什么，最后还是未说出口。

宋妱脸色平静，等了一会儿还是迈步走进去。

血腥味实在太重了，宋妱蹙了蹙眉，先到窗户边推开了窗，等凉风灌了进来，她才走至床边。

盆子还没端走，里面的水混杂着血，融为一体，宋姗视线从盆子移到他脸上。

他脸色是她从未见过的灰白，没有一丝血色，原本凌厉有神的双眸此刻尽显幽暗，双唇煞白。

宋姗没法忽视他露在外面的腿，右边大腿上裹了一圈厚厚的纱布，但血迹仍浸透了出来，将纱布染红。

卫凌扯过一边的被子，将下半身盖住，不让她再看。

宋姗重新看向他的眼睛，问："你怎么了？"

他应："马儿突然受惊，摔了一跤。"

"当真？"

"真的，你来医馆做什么，发生什么事了？"

"龙泰他们受了点伤，我来抓药。"

"你没事吧？"

"我没事。"

"什么时候到的？"他又问。

她答："刚到不久。"

"嗯，我没事，养个几天就好了。"

"好。"

宋姗站在床榻几尺外，两人干巴巴地说着话，一问一答。

卫凌突然就笑了，笑着笑着不知扯到了哪里，低低"嘶"了一声，随后他的余光捕捉到她的神情有了轻微的变化，似关心，他心底顿时觉得一切都是值得的。

她很聪明，没有他也能解决所有事情，这样很好。

宋姗没动："受了伤就当心些。"

"嗯，我知道。什么时候走？"

"明天。"

"我应当要留下来几天，你若不介意，可以和南洋来使一起回盛京。"

"可以。"

气氛有些尴尬，卫凌看了一眼被白亦放在桌子上的药碗，对她说："阿姗，能不能帮我把药端过来？"

那碗就在宋姗手边，她顺手拿过，上前几步递给他。靠得近了才看清他暗色衣裳上一片血迹，血腥味与药草味相融，很是冲人。

可这人偏偏一副习以为常的模样，一碗药喝得眉头都不皱一下。

这味道宋妁其实是熟悉的，很多次被拦在琉璎轩书房外时，里面就会飘出来这样一股浓重的药味。

她那会儿在外面担心得不行，但仍是不能见他一面。

现在反倒不同，她不担心了，却轻易进了他的房门。

"阿妁？"卫凌唤了一声。

宋妁从回忆中惊醒，接过空碗，轻声道："前几月雨下得太多，一路上已看见许多灾民往南边去，有些人这一两个月许还能再撑撑，可再这样下去，往后不定会发生什么事。"

是天灾，却还不是无力挽回的天灾，若是官府朝廷能帮一帮，大多数人咬咬牙就过去了。

不然若是今天一帮山匪，明日一群强盗，最后乱起来，受害的就不止这一片百姓了。

她方才鬼使神差地跟进来也有这个缘由，现在老百姓们指望不上当地官府，总得想想其他办法。

卫凌看向她捧着碗的手腕，那儿应是被绳子勒出了一圈红痕，现在都未曾消下去。他眼神暗了暗，道："嗯，此事我已知晓。"

得了他这一句，宋妁放下心："我还有事，先走了。"

"好，一路顺利。"卫凌扯了扯苍白的唇。

宋妁不再多说什么，转身离开。

卫凌看着她的背影，唇角的笑意慢慢消失不见，这一回分别不知多久才能再见了。

还没走到门口，乌起隆就急急跑进来，差点与宋妁撞上。乌起隆站定，看看宋妁又看看躺在床上的人，脸上都是疑惑。

"卫大人，这是？"

"这位是宋姑娘，之后会与你们一同回盛京。"卫凌道。

宋妁已认出这是那日在春兰院的外邦人，谭锦玉口中常说起的乌起大人，随而微微福了福身："乌起大人。"

乌起隆学着中原人作揖："宋姑娘。"

简单招呼后，宋妁再次离开，乌起隆迫不及待地走到床边，一时竟不知该先问哪个，须臾后："卫大人，这宋姑娘是你的……"

他话只说了一半，剩下一半用挤眉弄眼做代替，在春兰院时就觉得两人不简单，现在还跟着去盛京，这里头定有猫腻，而且他知道的，卫凌家中至今无妻妾。

"啧啧啧。"乌起隆越想越觉得可惜，这样一个美人到了盛京只能被金屋藏娇，不过能做当朝首辅的妾也总比在扬州当个花娘好。

这卫凌不想竟藏得这么深。

卫凌不善看去，打断乌起隆的浮想联翩："宋姑娘家住盛京，是清白人家。"

"不……不是春兰院的？"

"谁跟你说是春兰院的？"

"……是我想岔了。"乌起隆讪讪地，又拍着胸脯道，"卫大人尽可放心，我一定照顾好宋姑娘！"

乌起隆才反应过来："哎，不对，你不同我们一起回去了？"

卫凌看向被子下不能动弹的右腿，就算没有安康镇这些事他也暂时走不了了。

"源河一带出现了灾情，我得留下来处置。"卫凌道，"到了盛京我会安排人接待你们，乌起大人不必担忧。"

"我哪是担心这个。"乌起隆终于想起正题，"卫大人你这好好的怎么受伤了，可要紧？"

"没事。"卫凌转而叮嘱，"还有很长一段路，乌起大人一路上切莫只惦记着玩。"

"是是是，卫大人心系民生实为可贵，那我们便在盛京等你归来。"

卫凌把人叫到跟前，低声叮嘱了几句。乌起隆脸色没了之前的戏谑，越来越凝重，最后只能连声应好。

乌起隆走后，白泽与白亦进门来，卫凌问："盛京如何了？"

白泽知晓他是在问宋瑜的事，一边将信笺拿给他一边答道："将军已为宋瑜作保，人虽还在牢里，但性命暂时无忧，只是奸细一事牵连甚广，目前还不知下文。"

卫凌看完信，轻轻一笑，"既然性命无忧，那就由着他们去，看这帮人到底想做什么。"

"是。"

"孟超呢？"卫凌又问。

"今日一共抓获山匪四十七人，方才已经全部押入府衙大牢。不过……"白泽停了一下。

"不过什么？"

"不过起初县府以灾情为由，拒不相见，我们亮了身份后才打开大牢。"

"知道了，明日让知县来见我。"

一旁的白亦一惊："郎君，我们不回盛京吗？这儿没有好的大夫，也没有养伤的药材，您这伤拖下去怕是不妥。"

先前大夫说了，那一箭伤到了筋骨，而且后来又没能及时处置，情况十分严重。

现在虽然箭拔了出来，可后面什么情况谁也不能预料，若是伤口溃烂，那这腿是要不了了。

他听完先是吓一跳，后来又觉得是大夫言过其实，以往郎君受了多少伤还不是一样挺过来了。

"无碍，先解决这边的事。"卫凌纵使脸上没什么血色，却依然透露着一股不容拒绝。

白亦立即道："郎君，这里的事交给他们就好了，您先回去吧。"

白泽则说："大夫说，伤筋动骨一百天，眼下最好不要轻易乱动，这一路奔波的还不知会出什么事呢。"

"可是这儿环境这么差，怎么能养伤！"

两人就要争辩起来，卫凌开口："好了，别吵了。白泽，你派人去附近探探灾情，还有，问问盛京，为何这么大的事没有告诉我，是没有上报还是被压了下来。"

刚离开时卫凌就安排好了所有事情，就算没有他盛京一样正常运作，因此头先一个月，朝里几乎日日来信，但大多是些鸡毛蒜皮的小事，不过走个过场。

后来宣帝纳凉结束，盛京来信越来越少，卫凌知晓许是有了异动，直到太子受重用一事传来，一切得了印证。

自他上位后有许多人虎视眈眈，尤以太子一党最甚，以前他尚有宣帝这座大山可以靠着，现在……

卫凌冷冷一笑，这一趟回去怕是要变了天。

以前轻易就把他推上这个位置，现在想拉下来？

呵，这世上哪有那么便宜的事。

　　第二日按时出发，两队人马一前一后，挽翠有些疑惑："二娘，这不是南洋使臣的车队吗？我们要和卫小郎君一起走？"

　　"他不走。"

　　"啊？你们见过了？"

　　宋姒却不答了，看着外面的景色出神，这一趟出来小半年，也不知娘亲她们在盛京过得如何，不知绣坊是不是一切正常。

　　以前小时候总向往外面的风光，总以为这世上哪儿哪儿都比肃清侯府要美好，可真正走这一回才发现，美好的同时也伴着凶险，坏人哪里都会有。

　　而她一直想逃离的盛京在许多人看来是天堂，是遥不可及的存在。外面的人也跟她过着一样的生活，有苦有乐，他们也想离开那个所谓的"外面"，到另一个地方去看看。

　　她如今二十三，该经历的好像都经历了，甚至比别人还多了一段不可言说的姻缘。

　　宋姒心中没有笑意，唇边却缓缓勾起，好似已经看到了后半生的路。

　　"呕……"

　　身后挽翠突然发出声音，宋姒急忙回头："怎么了？"

　　挽翠又掩着嘴干呕，等缓过来才说："许是这一路太颠簸了。"

　　颠簸？他们走的平平整整的官道，怎么会颠簸？

　　不过宋姒还是将车帘挂起来，又去吩咐赶车的龙泰："慢些，避开坑坑洼洼的地方。"

　　龙泰自然也听到了里面的谈话，忙将赶马车的速度缓下来："哎，好。"

　　可挽翠还是止不住恶心，最后在宋姒还没明白之前，自己惊得张大了嘴巴。

　　"二，二娘，我，我……"

　　宋姒摸不着头脑："到底怎么了，你别急。"

　　"二娘，我是不是有了？"挽翠双手捂住嘴巴，一脸不敢置信。

　　宋姒才反应过来，马车已经"吁"的一声停下，龙泰急忙探头进来，震惊又带兴奋，声音大得方圆几里都听得到："有了？"

　　挽翠推开他不断凑近的身子："你那么大声做什么，我只是听人说……"

　　"翠儿，我太高兴了！"龙泰握着她的手，喜悦之情溢于言表，若不是马车狭小，他恨不得将人抱起来转一圈。

　　"还没影的事呢，你快赶车啊，等会儿跟不上了。"

"好好好，我们晚上到了地方找个大夫瞧瞧。"

之后一路，外面的龙泰遇到平地时速度飞快，碰见坑了就谨慎又谨慎，生怕晃到马车里的人。

宋姗也开心："之后回了盛京你就好好在家里陪娘亲她们，娘亲和青姨老说没事做，这下有得她们忙了。"

挽翠羞涩一笑："二娘，还不定呢。"话才说完，她又开始恶心起来。

"这还不定？"宋姗呵呵笑，"大概还有十来日才能到盛京，等今晚去给你抓些安胎的药，昨天遭了那么一回，可别吓坏了我们的小宝贝。"

挽翠脸更红了。

等到了落脚的客栈，龙泰马车还没停好就跑到街上去请大夫。

最后结果自然是怀了，不过才两个月，要多加当心些。

晚上龙泰也不敢让挽翠出门了，亲自端了饭菜回屋，又给她提了热水，还跑到外面去买蜜饯果子，进进出出的，好一阵忙碌。

钱娘子见着，叹道："挽翠是个有福气的。"

宋姗微笑，当初若不是看中龙泰这个人，她也不会应允两人的婚事，如今两人恩爱甜蜜，还有了结果，她比任何人都要高兴。

"是啊，希望一切顺顺利利的才好。"

钱娘子偷偷瞄一眼她身旁坐着的人，不免疑惑起来，这丫头先在主子面前生孩子的倒是少见。

这位新主子的能力钱娘子是认可的，要不然也不会千里迢迢跟着对方到盛京，只是宋姗到底什么来历，怎么如今还是孤身一人，她十分好奇。

不过她也不是那爱嚼舌根子的，好奇归好奇，没有要一探究竟的意思，眼下只道："二娘将来也会遇到那么一人的。"

宋姗看向她，颔首："嗯。"

客栈里已被两支车队住满，乌起隆这会儿提着他的鸟笼慢悠悠走过来，直接坐在宋姗对面。

宋姗怀里的元宝儿一看见鸟笼就兴奋起来，张牙舞爪就要爬上台。宋姗连忙按下它："这可不兴让你玩啊。"

乌起隆一见元宝儿就把鸟笼交给身边人，宝贝得不行。

等鸟儿安全了，他才问："宋姑娘用完饭了？"

"是，乌起大人慢用。"

宋姗不便多打扰，就要起身，却被他叫住："宋姑娘且慢，在下是有一事想问问宋姗姑娘。"

"何事？"

"我们是第一回到盛京，想问问宋姑娘这盛京可有什么要注意的？"

宋姗轻蹙了蹙眉，两国交往，若是有什么要注意的也不该由她来与他说啊。她思考了一会儿，说："盛京城吃的东西多，有些许不合南洋口味，乌起大人吃前最好先试一试。"

"哈哈哈，还有吗？"

"还有的话，盛京城很大，大街小巷交叉纵横，乌起大人上街后切不可乱走动，不然迷了路就走不回来了。"

"是，多谢宋姑娘提醒。"乌起隆本意并不是想知道这些，他见宋姗放下防备，便问道，"敢问宋姑娘与卫大人是如何相识的？"

乌起隆与钱娘子不同，他要是好奇指定要打破砂锅问到底，卫凌他不敢问，问卫凌身边的人他们又不答，没有办法，只有亲自问她了。

宋姗一下静下来。没过多久，她淡淡答道："卫大人是我前夫婿，我们两年多前和离了。"

乌起隆：哈？！

钱娘子：啊？！

盛京已是深秋，还没进城宋姗就感觉阵阵凉意。

尤四娘两人早等在门口，宋姗马车一到，尤四娘就红了眼睛。

"娘亲，我回来了。"

尤四娘握着她的手，左看看右看看，上上下下打量，最后得出个结论："怎么还瘦了？"

宋姗失笑："没瘦，就是太久没见。"

几人一齐往屋子里面走，宋姗有好多话想说，最后先挑了件喜事："娘，青姨，咱们家要来个小宝宝了。"

尤四娘惊得停下脚步，甚至有些不安地看向她的小腹，说不出话来。

那一瞬间里，尤四娘仿佛看到了多年前的自己。

宋姗没察觉，继续说着："这下您和青姨有得忙活了。"

等了一会儿，尤四娘担忧道："是谁的？"

"啊？还能是谁的，当然是龙泰的了。"

尤四娘更加震惊了，与青姨对视，这……

“龙泰的？”

“是啊，挽翠的孩子当然是龙泰的了。”

尤四娘悬着的心即刻放下来，方才那一会儿她心里已是天翻地覆，都怪宋灿，这孩子说话也说不全。

尤四娘无奈地看她一眼，然后才朝挽翠笑道：“好事好事，咱们好好庆祝庆祝。”

两人高兴起来，拉着挽翠问长问短，宋灿完全被撇在身后。

宋灿在厅堂里喝完两杯茶，尤四娘终于转向她：“这一路可顺利？”

“顺利。”宋灿应话，“娘亲，家里没发生什么事吧？”

尤四娘想了想，觉着这件事还是要告诉她，先对青姨说：“阿青，你跟挽翠去厨房看看，挽翠想吃什么咱们今晚就吃什么。”

等两人离开，尤四娘正色道：“阿灿，肃清侯府出事了。”

“怎么了？”宋灿有些惊讶，“他们找上我们了？”

尤四娘叹了口气：“你父亲倒没有，只是你大嫂心里急，找到我这里来，可我们哪帮得了她啊。”

宋灿便猜：“大哥出事了？”

“是，前些日子听说是牵扯了件什么案子，入狱了。”尤四娘继续道，“你大嫂说肃清侯府都乱了套了，你父亲四处求人，可惜都没什么结果。”

宋家目前就宋瑜一根独苗，且还是生长旺盛的苗，他们一家能不急吗？

宋瑜不像宋璇，办事最是谨慎，而肃清侯府轻易也不会与人结党营私，这里头是出了什么事？还是遭人陷害？

宋灿问过几句，明白了事情的来龙去脉，宋瑜应是掉进别人设的坑里了。

可姜氏来求她们又有什么用，这么大一件案子两个妇人能帮什么忙，说到底，姜氏看上的不是她，而是想让自己去求卫凌才对。

宋灿摇了摇头：“现在是什么情况？”

“我托人去问了，还在牢狱里面呢，不过听说上面暂时不打算处置。”

“娘亲，这事您别管了，也不是我们能管的。”

尤四娘却道：“阿灿，娘亲不是想管，是担心你啊。与奸细私通谋反可是诛九族的大罪，你这还和肃清侯府有着千丝万缕的关系，万一要是查到咱们头上来，你说怎么办好。”

宋灿原先没想到那头上去，现在仔细想想确有这种可能。

她冷静了一会儿：“娘，我明日再去探探风，您先别想太多。”

母女俩坐了一会儿，宋姌见尤四娘神色担忧，忙想起舅舅让她带回来的信，那信应能让尤四娘开心些。

果然，尤四娘见了信整个人都变了："你去找你舅舅了？"

"嗯，舅舅对我挺好的，表哥年后还会到盛京来应试，届时你们可以见见。"

尤四娘喜从中来，连忙打开信去看，看完偷偷抹了眼泪，自言自语："过得好就行，和和睦睦圆圆满满的比什么都好。"

那信宋姌看过了，没提到什么不能说、不该说的，她因而才敢让尤四娘看。

至于外祖母外祖父那些事，能不说便不说了，说出来平白添几分忧伤。

两人开始聊起在扬州的见闻，聊到青姨端了饭菜上来。吃完饭，尤四娘还是不肯放过她，一直到宋姌连打几个哈欠，才不舍地放她离去。

第二日一早，宋姌提前到了绣坊，张叔来开门时吓了一跳，又惊又喜，随后大家一一到了，对于宋姌的回来很是开心。

给每个人都送了小礼物后，宋姌开始忙活正事，拉着张叔看了大半日账单才看完。

绣坊里一切都好，接下来就该筹划新作坊了。

早在刚跟谢家定下来时，宋姌就给盛京来了信，现在张叔已经选好了地，而羊毛这些能备下的东西早都备好了。

不过钱娘子几人刚到盛京，也不急于立马让人家干活，而宋姌也想先休息个一两日。

晌午过后，宋姌与陈芷安约在天茗茶馆见面。

陈芷安一个人来的，没带孩子。

此刻她手里拿着宋姌给的小玩意，极为可惜："早知道我就把女儿抱过来了，她这姨姨心里只惦记着她，哪还有她娘啊。"

这拈酸吃醋的话逗笑了宋姌，她只好把给陈芷安的礼物拿出来："忘了谁都不能忘了我们少夫人啊，喏，给你的。"

陈芷安这下满意了："这还差不多。"

趁着她拆礼物的时间里，宋姌问："我大哥的事你知道吧？"

陈芷安手一顿，将礼物放置一旁，神情严肃："知道。姌姌你不会想插一手吧？"

"没，我就问问。"

"这事说严重也不严重，可说轻吧又实实在在入狱了。"陈芷安说，"我那小叔子，如今在大理寺里官可大了，这事就是他在办。"

"他在办？"宋妠一惊。

"嗯，我听夫君提起过几句，说宋瑜被人陷害，惨是惨，可萧珩壹夹在中间更是为难，处置轻了重了都会得罪人。"

"那眼下到底是什么意思，有没有事？"

"大事没有，小事应当少不了。"陈芷安劝她，"这事你可别管啊，你与宋家早没了关系，没必要蹚这浑水。"

宋妠放下心，没有大事就好。

陈芷安见她低头喝茶，敲了敲桌子引她抬起头："你就一点不好奇我那小叔子的事？"

萧珩壹啊，离开前听她说是要娶妻了，现在都过去小半年，如今应当是夫妻琴瑟和鸣了吧？

她心里不是不好奇，可是单独问出来显得她多在乎，她没有这个意思。

可陈芷安一副"你问我我就告诉你"的模样，宋妠只好顺她的意："他怎样了？"

陈芷安接连叹息，将这几个月发生的事情娓娓道来："你离开时他不是被祖母禁足在家里了嘛，可那会儿他不知怎么就得了你下江南的消息，硬是逃了出去，将一家人气得不行。

"他甚至还南下追了几天，可惜你早出发几日，他在没找到你之前就被父亲给找了回来。直到成婚时他整个人还是浑浑噩噩的，就连我看了都得说一句心疼。

"可没有办法呀，还不是得乖乖成亲。"

陈芷安饮了一口茶，接着说："那时我觉着惨还是国公府家的女儿惨，嫁一个心里完完全全没有她的人，这以后的日子该怎么过。"

"哎，谁知道，我这担心还真是多余了。"陈芷安凑近她，"妠妠我跟你说，我这弟妹可不是个简单人物，要是你遇上她，千万记得绕道走。"

宋妠顿时好笑："为何？"

陈芷安挑了挑眉："为何？你是她夫君心里惦记着的人啊，她不得恨得把你眼珠子挖出来！"

"可我又没跟她抢。"

"这你就不懂了，怀璧其罪。"

宋妠没了话说，这算什么事啊。

"她叫什么名字？"宋妼问。

"沈如。"陈芷安道，"不过你也不用担心太多，我看不出两个月，萧珩壹就能被她拿下，那时候一切都不是事了。"

陈芷安见她疑惑，及时解答："你不知道，沈如多能讨人欢心，你猜不到我今日为什么不带女儿出来吧？"

"她帮你带孩子了？"

陈芷安僵了僵，插了句题外话："我觉得，也许她还是斗不过你。"

"好了，别胡扯。"

陈芷安回归正题："虽说家里有嬷嬷，可你不知道孩子要是一哭一饿，下人该找你还是得找我，我一天天的容易吗？可沈如嫁进来，得了空就过来找我，她一来我整个人就轻松了，该说不说，我很是感激的。不止这样，萧家现在除了萧珩壹谁不喜欢她，温柔知事、善解人意的。老太太都说，萧珩壹能娶了沈如，是他上辈子积的德。"

陈芷安不断夸着沈如，倒让宋妼起了几分兴趣，好奇这是怎样一个女子。

不过她也隐隐有些担心："芷安，你如今可有掌家？"

陈芷安停了下来，脸上笑意褪了些："一半一半吧，母亲身体康健，她说不用我管太多。

"掌家这事我如今也看得开，是我的就是我的，不是我的也不能强求。若是沈如能把这个担子接过去，我自然乐得放手。"陈芷安补充一句，"夫君待我很好，妼妼你不用担心。"

宋妼想听的确实是后面这一句话，她便不再多言。

"我还没说完呢。"陈芷安今天嘴像是开了闸门，说不完的话，"刚成婚时听说萧珩壹从不回房的，在老太太面前对沈如也没什么好脸，不过这一两个月变了很多，不仅回房了，两人还一起到老太太跟前请安呢。人家房里的事我管不着，可老太太是开心了不少。我瞧着啊，我女儿很快就能有个弟弟妹妹了。"

宋妼笑道："那不是好事吗？"

"是好事。"陈芷安看向宋妼，"妼妼，你有没有觉得可惜？"

"不可惜，我为他高兴。"这样的结果很好，希望那个叫沈如的女子能走进他心里。

"嗯，不过你要是见着她还是绕道走，我这心里总不安。"

宋妼乐得不行："你这样一说，我还挺想见见的。"

陈芷安微微后仰，用一种十分不解的眼神看向宋妠，宋妠淡然给她倒了杯茶。

"不过你俩也不会遇上，你好好做你的小生意，她做她的少夫人，各自相安无事就好。"

"是。"

宋妠突然想起什么来，"沈"是皇姓，这沈如和沈娥又是什么关系？

陈芷安给她解释："老国公是太祖堂兄弟，跟着一起打江山出来的，现在的国公府算是与皇家有些关系吧，不过这关系浅得很，他们国公府也不是靠着姓沈而发家的。至于沈如和宁国公主的关系，我倒没看出什么，也没听她提起过。"

陈芷安疑惑地问她："怎么提起宁国公主来了？"

宋妠笑了笑："没事，一下好奇而已。"

"啧啧，你都不知道，这宁国公主也是个厉害人物，人家现在可不是手无缚鸡之力的娇贵小公主了。"

陈芷安一一将这几月发生的事告诉她，最后叹道："西南蜀地，那多富庶的地方呀，现在都是她的了。"

这事宋妠真不知，她只和宁国公主有过一回照面，不过单那一下，她就看出那张笑脸背后藏着的野心，这样一看，获封属地只是早晚的问题。

不过……那时瞧着沈娥对卫凌是有些想法的，现在也不知是个什么情况。

若是一道圣旨赐婚，他能拒？

宋妠想着想着就自己笑了，这天下还有什么是他不能拒的，不然宁国公主怎么会想到绑自己这样不入流的法子？

"笑什么呢？"陈芷安问。

宋妠收起笑意："宁国公主现在应当不小了，圣上可有为她定下亲事？"

说到这，陈芷安就更来劲了，她推开眼前的茶杯，好似这样能说得更清楚："定了！"

宋妠一颗心忽然提到了嗓子眼，仿佛预知了接下来那两字。

回盛京的一路上，乌起隆老爱缠着她问东问西，问她和卫凌怎么成的婚，问卫凌喜欢什么东西，问两人因何和离，问到最后她都烦了，一见到乌起隆就绕道走。

但也就是这一路，让她发觉自己已经可以坦然说出从前那些事了。

说出口，也没有那么难。

陈芷安忽然停了，朝她眨了眨眼：“你猜猜？”

“我哪知道，你快些说。”宋妣心里笑自己，眼下她与乌起隆又有什么区别？

“是明年的新科状元！圣上说了，明年春试谁要拿了状元谁就能尚公主！”陈芷安说完，见她垂着眼，疑惑道，“怎么你这一点都不惊讶？”

惊讶，但惊讶的是为何不是卫凌。

不应当啊……

那会儿宁国公主一副势在必得的模样，怎么会……

宋妣问：“明年的状元都没定下来，万一是个成了婚的，又或者是个四五十岁才考上来的举人，这样宁国公主也嫁？”

“我原先也这样想，不过夫君说，圣上放出这句话，那宁国公主肯定是点头同意的。而明年，宫里能做的事情就多了，到时候也许并不只是唯才而上。”

宋妣点点头，是这个理。

扶持一个新人总比操纵一个元老要简单得多。

两人说说笑笑，一晃眼天都快黑了。

陈芷安今日说得口干舌燥，大概喝了有三四壶茶水，最后猛然想起家里还有个女儿，着急忙慌地走了。

陈芷安离开后，宋妣一个人坐了一会儿，落日余晖斜斜洒进来，照在茶杯上，拉出一个长长的影子。

她不在这一段时间里发生了许多事情，有大有小，沈娥不再执着于卫凌，萧珩壹有了新开始，陈芷安最后离开时说想再要个孩子，张叔又得了个孙子，就连曹娘子也找了伴，要在盛京安定下来了。

每个人都在义无反顾地往前走。

宋妣看着那道慢慢消逝的影子，心里明白，它第二天会从另一个方向上升起来的。

晚上一家人用完饭，宋妣和尤四娘在院子里坐了会儿。

宋妣问：“娘，这怀了孕是不是就得好好养着啊？”

“嗯，头三个月最紧要，小孩子还不稳当。”尤四娘想起了自己，“当时跟着你父亲来盛京时，你也不过两个月，却跟着我们一路吃了那么多苦。”

宋妣立即担心起来：“挽翠现下也是两个来月，也是跟着我们从扬州到盛京，会不会有什么事？"

"不会，你别多想。"尤四娘看着宋姎，脸上满是歉意，"我刚到盛京时得应付你父亲那一家子，吃不好睡不好，到头来委屈的还是你，是娘亲没拎清，对不住你。"

"娘，没事，咱们现在好好的呢。"

尤四娘拍拍她的手背："是，所以挽翠与我不同，她会顺利生个大胖小子的。"

"嗯，我今天是想着，今后就不要让挽翠跟着我四处跑了，太累。"

"总得有个人帮你才行。"

宋姎应："我今日让张叔帮我留意了，让他挑几个机灵的出来给我看看。"

"也可。"

随后叫来挽翠商量，她自然不肯，可她也抵不过宋姎，最后商议着只让她在绣坊里帮忙，不用随时跟着宋姎出门。

挽翠一走，院子里又静下来了。

秋夜舒爽，但夜越深凉意越甚。

坐了一会儿，尤四娘道："好了，回去休息吧，别着凉了。"

宋姎没起身，像做了决定般，字句清晰地对她说："娘，您现在与街邻四坊的都熟，您帮我问问，有没有未娶的男子，合适的话我便去相看相看。"

尤四娘一下怔在原地，不敢置信般再次确认："什么？"

宋姎笑了："我怎么样也要让您抱上外孙啊。"

尤四娘平日里就是个敏感的，此刻眼眶又红了。

这事她前前后后明里暗里不知与女儿说了多少回，女儿回回拒绝，说什么绣坊事情多忙不过来、新进的货还没点，等全部借口都用完，又说自己没那个心思。

她到最后都快要放弃，想着这辈子两个人就相依为命过下去好了。再怎么心疼又有什么用，女儿既不想，强求只会害了女儿。

现下蓦地听到女儿这样说，尤四娘一颗心不知怎的就纠在一起。

她不愿了，她的女儿那般好，她舍不得让女儿将就："阿姎，娘亲不用抱外孙，娘亲有你就够了。"

宋姎坐正："娘，可是我想。"

尤四娘看着她，仿佛看到了两年多前那个说要和卫凌和离的宋姎，一样的坚定目光。

"你真想好了？"

"想好了。"

尤四娘沉默一会儿："阿姗，这街坊邻居什么人你也清楚，娘亲虽不愿你再嫁入将军府那种人家，可也不愿委屈了你去。"

"娘，相看又不是定下来，若是看不对眼我也不愿意的。"宋姗莞尔一笑，"我明后天得忙起来了，相看能省些时间。"

尤四娘一下哭笑不得："有你这样对待终身大事的吗？马马虎虎找个人就过一辈子？"

"不然我能怎么办，白日去逛庙会，晚上去看灯会？"宋姗抱住她，"娘，您女儿我也很挑的，不过有您掌过眼，我十分放心。"

元宝儿忽然不知从哪里跳出来，蹭到中间，打断了两人谈话。

尤四娘看着它日渐圆润的小身板，道："没想到这猫还一直跟着你呢。"

宋姗摸摸它的头："等我哪天给它找只小母猫，它就没心思黏着我了。"

元宝儿不满地"喵呜"两声，又一下跑开。

过了一瞬，尤四娘说："行，那我就托人问问，这回家世人品一定都给你打探清楚了。"

"嗯，谢谢娘。"

"但娘还是得提醒你一句啊，你不要因着卫凌，就觉得这世间男子都是一个模样刻出来的，你看那萧家大郎对芷安不是挺好的？"尤四娘道，"也不是所有富贵人家都一样，娘亲还是盼着你过好一点。"

"我知道。"

世上大多数人都是盲婚哑嫁，没嫁前对另一方是一无所知。

有的人运气好，碰上了对的人，有的人就运气就差些了，缘分、天命这些可遇不可求。

但这一回，她长了教训，再嫁，也是看清楚了再嫁。

接下来几日宋姗忙得不行。

新作坊离绣坊有些距离，每日来来回回格外麻烦，后来她索性不去绣坊了，一整天都只待在新作坊里。

从扬州跟着来的钱娘子几人干活利落，再加上有之前张叔的准备，作坊一切顺利得不行。

宋姗将曹娘子从绣坊里调了出来，一来她是扬州人，好管着大伙，二来她办事风格与宋妧很是契合，有她在，宋妧放心许多。

这天入了夜，宋妧还在忙。

新跟着宋妧的小月在边上催促："二娘，天黑了，咱们早些回去吧。"

这里不似正阳大街的绣坊那样热闹，从这里回家要经过几条没有灯笼的小巷，小月这才有些担心。

"没事，这都走了好多回了。"宋妧抬了抬头，"龙邦在吗？"

"在是在，可是……"

宋妧打断她："在就行，我很快忙完。"

再等了半个时辰，宋妧终于结束手上的事，三人一同回家。

以往从绣坊回去走路便可，但这儿有些远，只能乘马车。

走了一半，龙邦说："二娘，前面不知发生了何事，好似有官兵。"

宋妧当即决定绕道。

可惜马车还未掉头，前面就传来喊声："什么人，停下！"

不过片刻就有人上前来："这深更半夜做什么的，下来，官府盘查！"

既是官府盘查，宋妧不敢不从。

可一下车宋妧就愣了，萧珩壹站在几个官兵后，对上她的视线时显然也怔了一下。

宋妧已经回来好些日子了，而且她每天忙，萧珩壹的事自那天听完就放在了心底，不曾多想。

她万万没想到会在这种情境下碰见他。

宋妧缓过一阵心神，定定站在马车旁。

前头一个官兵拿着画像在她眼前比对一番，又有两人上了马车搜查。

就这么一会儿里，萧珩壹还是上前来了，站在她几步之外。

她知道他在看自己，可她却无法抬头回应。

过了好久，他似是做足了准备才开口，声音沉稳："例行查案，宋姑娘不必担心。"

宋妧点了点头。

其实她挺想对他道一声恭喜，只是如今这场景好像不允许。

她想起第一次见他时，他也是这样恭敬有礼，从来不会做什么过分越界的事情。

后来她与卫凌和离，他开始频繁地出现在她身边，帮了她许多，那两年里，她最感谢的应当是萧珩壹。

只是缘分不可强求，她对萧珩壹始终只有朋友的情谊，她无法响应他的感情，却也不能一味任其发展。

如今除了感激，她心里还有几分歉意。

宋姗默默叹了口气，无论是谢意还是歉意，她好像都没有办法偿还了，她甚至不知道这个朋友还能不能做下去。

她望过去，抿了抿唇："嗯，萧大人查案要紧。"

萧珩壹心里的苦涩一下升至喉咙，堵得他说不出话来。

官兵很快查完马车，对着萧珩壹拱了拱手："大人，没有异常。"

"好。"

宋姗便朝他福了福身子，终究还是说了一句："希望萧大人一切顺利。"随后上了马车，"龙邦，走吧。"

萧珩壹隐在夜色中，马车渐渐消失在街尾，他的目光涣散开来。

那抹苦涩仍旧没有下去。

这么久以来的执念仿佛在看见她的那一刻都结束了。

他想，他与宋姗，大概是真的到头了。

官兵继续禀事："大人，我们可还要继续盘查？"

没人应他，那官兵抬眼去看，一下惊异得说不出话，那个一向雷厉风行的萧大人此刻眼底泛红，脸上都是颓败失落，是他们从未见过的神色。

他不敢再说什么，悄悄退了下去。

另一头，宋姗一到家就被尤四娘拉住，她刚想说话，就察觉宋姗有些不对劲："你怎么了？"

宋姗努力笑了笑："我没事，就是有些累了。"

尤四娘又开始唠叨："你这一天天的也不知道歇歇，事情是能做完的吗？别熬坏了身体还得我来照顾你。"

"娘……我知道了。"

尤四娘再叮嘱了几句，开始说正题："你前些日子让我问的事情有着落了。"

"什么事？"

宋姗忙了一天正饿着，坐下来开始吃饭。

"什么什么事，这就忘了？"尤四娘坐在她身旁，"隔壁家黎婶认识的人多，她给我介绍了好几个人，我给挑了一个，你瞧瞧。"

这事啊，宋姗想起来了。

尤四娘拿出一幅画像，画像上是一个拿着书卷的男子，身形颀长，样貌端正，周身透出些书生气质。

"怎么样？"

宋姗评价两字："尚可。"

"我亲自去看过了，本人比这画像中还要英俊些。"

"娘，我又不是只看容貌的。"宋姗不由得笑道。

尤四娘边收起画像边嘀咕："我女儿这么好看，长得丑可不行。"

宋姗装作没听见，继续吃饭，等着她说下文。

"这个是城南书院的先生，周则玺，家中父母双亡，只有个比他小的兄弟，不过那兄弟已成婚，与他不住在一处。"

这便是尤四娘极为满意的一点，家世干干净净，宋姗若是嫁过去，谁也不用伺候。

她再道："这位周先生在书院中极负盛名，听人说是知识渊博，教授有道，许多官宦家的子弟都在城南书院念书呢。"

这是另一点，有才华、受人敬仰，将来成了婚两人也有话题可聊，不然若是找个街上卖肉的屠户，她的女儿每日只能与他聊着今日市价明日行情了。

"最重要的是，周先生如今二十有五，未结过亲，听说也没什么糟心的过往，阿姗你大可以放心。"

二十五的年纪不小了，而且二十五就能在书院中做先生，那才能定然是受人认可的，他这条件十分不错，为何没有成婚？

宋姗问了出来，尤四娘仿佛那是自己儿子，一脸骄傲地答："黎婶说了，这周先生曾在父母坟前立誓，未考取功名前绝不娶妻。"

宋姗便笑："既然这样，我怎好去耽误人家？"

尤四娘一噎，怔了会儿才道："你这孩子，这不是先处着，等将来他高中你们再成婚不迟。"

这会儿宋姗已用完了饭，放下筷子，思考几瞬后问："他知不知这件事？"

"知道的，黎婶家的儿子就在书院中干活，他帮着探过，没有问题。"

"那便见见吧。"

"成。"尤四娘丢下一字，匆匆出门。

宋姗坐了一会儿，青姨过来收拾碗筷，对她说："这下你娘亲高兴坏了。"

可不嘛，宋姗都许久没有看见尤四娘这样积极去做一件事了。

日子一天天循环往复，总要有个盼头让自己愉悦些。

"青姨，我刺绣的针线收哪儿了？您给我找找。"

青姨立即劝道："你这忙了好几日，别绣了吧，早些安置。"

"我还不累，就绣一会儿，要不然手艺都生疏了。"

青姨扭不过她，将针线给她找了出来。

这晚，青姨按惯例起夜，一片漆黑宁静中只有宋妁屋里的灯还亮着，她默默叹了两声。

这日，皇宫门口，一辆马车疾驰而来，城门守卫认出驾马车的人，连忙放行。

马车一路通行，直接来到勤政殿外，白亦回过头："郎君，到了。"

里面的人闷声应："嗯。"

白亦先下了马车，从后面拿出一辆可以推动的小车，推到车厢门下。

一双骨节分明的手挑开车帘，随后一根拐杖探出来，卫凌左脚撑地，不能动弹的右脚只能用拐杖代替，他一步一步走下马车，极为缓慢。

旁边有宫女走过，见着这一幕，惊讶的神色来不及掩饰，这……这是首辅大人？怎么成了这副模样？

瘸了？

白亦察觉到身后细碎的声音，回首狠狠瞪去。宫女们立刻散开，可话语声依旧可耳闻："天啊，首辅大人不能行走了！"

"我瞧着走一步都难。"

"……"

白亦咬了咬唇，心里心疼得不行。

这一回的事情谁也想不到，他和白亦一直以为郎君的腿会像以往一样很快好起来的，可没想到情况越来越严重，伤口恶化发脓，中间郎君还外出剿匪了一回，这么反反复复，后来已是彻底站不起来。

他记得清清楚楚，那日他依着往常一样去给郎君换药，他不小心手重了，当即说："郎君对不住，我轻些。"

郎君只说："嗯。"

他瞬间意识到什么，用了几分力去碰伤口周围，可郎君依然看着手里的文书，没有半点反应。

他一个大男人差点忍不住当场哭出来。

许是见他动作停下来，郎君问他怎么了。

他于是在郎君注视下再碰了碰郎君的腿，郎君脸色刹那灰白，后来便匆匆结束源河一带事务，再回盛京已是好几日后。

白亦有些不忍，他心里英勇无比的郎君现在却只能被禁在小小轮椅上，还要接受众人异样的目光，郎君何时这样委屈过。

"郎君，我这就禀了魏公公，让他处置这些碎嘴的奴婢！"

卫凌看一眼他："莫要生事，走吧。"

白亦推着卫凌从一侧绕进勤政殿，一路上宫女太监纷纷躲避，有些大着胆子张望过来，皆是震惊神色。

守在殿外的魏公公亦是讶异不已："卫大人……这……"

卫凌淡淡道："圣上可在？"

"在在在，太子也在呢。"

卫凌颔首，示意魏公公开门。

勤政殿门槛不低，白亦却十分熟练，前后一抬便进了去。

宣帝与太子沈谢晋、两名朝臣正在议事，听见门口的动静，纷纷停下，望过来。

随后神色各异，宣帝倒没什么，只是沈谢晋藏在眼底的一丝暗喜卫凌没错过。

"域川，这是怎么回事？"宣帝立即问。

卫凌拱手行礼，解释道："剿匪途中受了点伤，无碍。"

此前卫凌已将源河两岸灾情上报，有他坐镇，朝廷又发了话，当地官府不敢再不作为，只是一些占山为王的山匪不肯降服，这才耗了些时日。

"来人，宣太医！"宣帝朝外喊了一声。

卫凌没阻止，等太医这会儿，他一一禀报灾情，又将剿匪数目尽数报出，宣帝连连称赞。

"域川辛苦，既然回来了，那便好好歇歇。"

"是。"

一直未言语的沈谢晋朝宣帝道："父皇，卫大人回来了，那咱们与南洋史臣商议两国商贸一事是不是可以提上议程？"

沈谢晋早恨得牙痒痒，那乌起隆十几日前就到了盛京，可对方就好像是来吃喝玩乐的，他每回去请，乌起隆不是喝醉了未醒就是在青楼里行乐，一点没有使臣的模样。

他后来搬出父皇，谁知人家直接病倒，话都说不出来。

他哪会不明白，这个卫凌亲自接到扬州去，两人怕不是已达成了什么交易。

沈谢晋自然将这事禀了宣帝，但宣帝仿佛左耳进右耳出，什么都不管。他索性不再多言，好不容易在父皇面前取得些信任，不能功亏一篑。

"不错不错，魏顺，派人去请，明晚宫里宴请南洋众位来使，务必让来使们尽兴。"宣帝兴奋道。

魏公公领命离去。

沈谢晋侧眼看向坐在轮椅上的人，只见卫凌微笑点头。

他轻笑一声，心道，卫凌，你莫不是忘了邹正是如何下台的？你与南洋人交往越深，留下的把柄也就越多。

卫凌察觉那抹不善目光，回望过去，唇角轻扯："太子殿下渐有可为，今后定能担起国之重任。"

"你！"沈谢晋一下气极，却又不敢发作。

卫凌话里的意思不就说以前的他和现在的他不行吗？他卫凌又凭什么？如果没有父皇的扶持，哪有他今日？

沈谢晋捏了捏拳头，同样笑着应他："卫大人为国事操劳，如今只能坐在轮椅上，实为可惜，还望卫大人保重身体才是。"

"谢太子关心。"卫凌想了想，恭敬道，"圣上，臣近来不便上朝，能否请求在府内办公？"

"自然，先好好养伤，把腿养好。"

"多谢圣上。"卫凌朝向沈谢晋，"微臣不在这些时日多亏了太子殿下协同圣上操持国事，如今微臣既已回京，不敢再劳烦殿下，往后一应奏折都送到府内即可。"

沈谢晋还未答话，卫凌又说："圣上，微臣还有一事恳请。"

"何事？"

"此前圣上曾让微臣主持修葺宝峰山行宫一事，可惜后来南下未能按期开工，如今又因腿伤不好多动，听闻太子殿下正在修建皇陵，微臣便想着，太子殿下熟于此道，定能比微臣做得更好。"

"父皇！"

沈谢晋连忙开口，却一下被卫凌打断："若是太子殿下政务繁忙，那微臣就等腿好了再到宝峰山去，只是不知能不能赶得及明年春猎……"

宣帝略一思考，道："既如此，那太子就领着工部，将行宫好好修一修。"

沈谢晋没了法子，只能应下。

好个卫凌。

不多时，太医提着药箱进到勤政殿，行了礼后去给卫凌看腿，一屋子人张着眼望去。

太医将那蒙着的纱布揭开，待看到伤口时直吓一跳："卫大人，您是什么时候受的伤？"

"大半个月前。"

太医点头，又摇头，等问过几句后他心里有了判断，简单处理了伤口。

宣帝见他合起药箱，问道："何太医，怎么样？"

太医眼中有憾色："卫大人这腿怕是保不住了。"

勤政殿内顿时鸦雀无声。

过了好久，宣帝才接着说："到底怎么回事？"

"卫大人伤及根骨，又未及时医治，如今伤口溃烂，内里几近坏损。"太医解释一番，最后道，"微臣定当竭尽全力医治，只是卫大人能不能重新站起来，大概还是要看天意。"

殿内除了卫凌，人人脸色深沉，有震惊的，有不信的，也有幸灾乐祸的。

"谢过何太医。"卫凌开口，打破这份沉静。

何太医只叹了声气："唉。"

离开勤政殿时天快要黑了，卫凌上了马车，白亦问："郎君，我们回哪儿？"

卫凌说："先去田东巷看看。"

"是。"

田东巷是宋妧新作坊所在。

因着明日要去法云寺，宋妧今天必须先把活干完。

这两日毛毡作坊正在试用阶段，宋妧几乎时时刻刻待在作坊里，反复确认核对，就为了一顶帽子一个小玩具摆在绣坊里是完美的。

这会儿工人们都已经回家，作坊里只有宋妧与曹娘子几人。

宋妧拿着顶帽子左看右看，有些担忧："曹娘子，你说盛京人会喜欢这玩意吗？"

"新东西嘛，定然有人喜欢有人不喜欢，二娘不用担心太多。"曹娘子劝她。

宋妧为这顶帽子付出了多少，他们都一一看在眼里，也知晓她已是好几日没睡个好觉了，越是到后面，宋妧越没了原先那份淡定。

曹娘子看着那精致的眉头蹙起来，再次说："其实以前扬州人也不喜欢戴帽子和穿这样的鞋子,可后来还不是人手一件? 二娘,只要咱们用心做下去,总会遍地开花的。"

过了好久,宋姐才释然一笑:"嗯,我得对它有信心,它才能回报我。"

"哈哈,是这个理,天色不早了,快些回去吧。"曹娘子狡黠地笑开,"这挣钱哪有终身大事重要,你瞧瞧你眼下一片片暗黑,都不像个姑娘了。我看啊你今晚就美美睡个觉,明日漂漂亮亮去见那周先生。"

也不知怎么回事,好似和她亲近的人都知道了她明日要去相看,时不时就开一阵玩笑,饶是宋姐心里没多期盼,也被他们弄得紧张起来。

宋姐脸上不知何时爬上了红晕,嗔道:"你还是快些回去吧,吴大哥在家里等着你呢,下回他该数落我苛待他媳妇了。"

曹娘子笑:"怕是不久后也要有个人在家里等你,你看你还日日忙到这么晚不。"

"好了好了。"宋姐及时止住这个话题,"明日我不在,你多看着点。"

"嗯,二娘你放心去吧。"

曹娘子终于离开,宋姐长呼一口气。

那周先生与她约在了法云寺,她挺意外的,她已经好多年没有去过寺庙了。

这样一来,她倒是起了些好奇,好奇这个周先生是怎样一个人。

曹娘子说得不错,她这几天都没睡好,脸色十分憔悴。

这模样不能见人。

宋姐收了东西,喊一声:"小月、龙邦,我们回家。"

小月高兴得不行:"太好了,今日能早些吃晚饭了!"

宋姐失笑:"哪天不是让你们先去吃饭,你们偏要等我。"

"嘿嘿,二娘您还在忙,我们怎么能先吃。"

三人收拾齐整出了门,龙邦在锁门。

一阵凉风吹来,宋姐拢了拢衣裳。

她突然觉得有些奇怪,回头看了一眼,却什么都没看到,巷子里只有一片宁静。

宋姐还是觉着不对劲,老觉得有人在看她,又四处望了望,还是什么都没有。

"怎么了,二娘?"

"没事。"

看来今晚真是得好好睡一觉,不然都开始疑神疑鬼了。

马车走了一半,龙邦突然说:"二娘,这几条巷子都装灯笼了哎。"

　　宋妁探出去，果然，原本幽暗的巷子现在挂了一排排灯笼，明亮如堂，夜间行走也没那么瘆人。

　　小月啧啧："官府终于做件好事了。"

　　宋妁没多想，回家之后洗洗就躺下了。她本以为自己不会轻易睡着，谁知刚沾上床就睡了过去，一觉到第二日天亮。

　　挽翠端着面盆进来伺候，宋妁怕得不行，接过她手里的面盆："你当心些，不是说了不让你干这些的吗？"

　　"二娘今日不是要去法云寺嘛，我想和您一块儿去。"挽翠嘻嘻笑着，一点没有快要做母亲的样子，"我就去求个平安符，不会打搅你们的！"

　　宋妁瞥她一眼，放下擦脸的帕子："那便让龙泰备马。"

　　"好嘞。"

　　用早饭时，尤四娘一见她的打扮就直皱眉："太素了！去换那件翠粉的如意罗裙，还有你又不是没有簪子首饰，这时候省着做什么？"

　　"娘亲，用不着吧。"

　　"什么用不着，你好不容易出一趟门，不能太寒碜。"

　　"……"

　　最后多佩了一支簪子才让尤四娘消停下来。

　　临走前，尤四娘还在嘱咐："阿妁，这第一回见面定然还有许多不了解的地方，你耐心些，莫要一下就否决别人。"

　　"娘，我心里有数。"

　　马车终于缓缓离开，而芳华巷一处院子里，白亦在书房外踟蹰不定，白泽进门来，见他脸都纠在一起，便问："怎么了？"

　　白亦将方才龙邦来说的事告诉了他："白泽，你说这事要不要告诉郎君？"

　　白泽想了想："说吧，若是郎君事后才知，那就太迟了。"

　　"也是。"

　　白亦迈步上前，轻敲了敲书房门。

　　里面传来声音："进来。"

　　如今整间院子的门槛都移除了，书房及卧房里一切有凸起的地方也都修平整，就为了能让卫凌行动自如。

　　他此刻正坐在书案前，翻阅早间才送来的奏折。

　　白亦进门后沉默了一会儿，卫凌抬头看他一眼，又继续去看手里的奏折：

"何事？"

白亦小心开口："那个，郎君，刚刚龙泰来说，二娘去了城外的法云寺。"

"嗯，派人跟着了吗？"去寺庙而已，卫凌没多大惊奇。

"派了，只是……"白亦支支吾吾说了半句。

卫凌放下奏折："到底怎么了？"

白亦闭了眼，一口气说出来："龙邦说，二娘今日去法云寺是去相看的，对方是城南书院的周先生。"

果然，书房里瞬间什么声音都没有了。

白亦回头想要去找人，可白泽那厮早不知跑哪里去了。

他又移回来，屏声敛息地去看上头的人，只见卫凌视线仍旧盯着桌上的奏折，脸色平静，但白亦仍是感受到了一阵寒意，让他不自觉抖了抖身子。

白亦悄悄后退两步，细微动静好似惊动了眼前人，他望过来，语气低沉："什么时候走的？"

"就不久前。"

又是长久的静默，卫凌微微后靠，越过他看向窗户外的墙壁。

那里还留着之前宋妁让人加的木栅栏，白亦每次看都觉得那东西十分碍眼，可是郎君不让动，就只能一直放着。

隔壁院子也是空置着，之前有好几个人来问院子售不售卖，白亦都直接推了，并且还要时不时安排人进去打扫。

白亦低头叹气，一时竟不知该说些什么。

过了一会儿，白亦开口："郎君，我们要不要去瞧瞧？"

卫凌没接话，只是垂了垂眸。

白亦不得已，退了出去。

回到房间，白亦将书房里的情况跟白泽说了，白泽瞄他一眼："就你不会说话。"

白泽说完就出门，白亦跟在后头追问："那我要怎么说，哎，你倒跟我说说看啊。"

随后白亦便懂了。

白泽对卫凌道："郎君，公主府传出消息，说是长公主近来身子越来越不好了，而且长公主寿辰将近，您看咱们要不要备礼去一趟？"

卫凌看了看自己的腿，说："先备份礼送过去。"

白泽又道："咱们库房里眼下都是些金银珠宝，先前圣上赐下的药材也都送到长公主府了，您看……”

卫凌凝眉，像是在思考。

“属下想着，郎君不若亲自去求个平安符，长公主定会高兴的。”

没过多久，卫凌沉静开口：“那便去一趟。”

法云寺就在盛京城近郊，香火旺盛，求子、求姻缘、求平安都格外灵验。

今日不是十斋日，寺庙里人不多。

宋妣下了马车，环视一圈。

以前肃清侯府老太太隔三岔五就会去一趟寺庙，宋妣偶尔会跟着同行，不过那时候她年纪尚小，跟着去只为出门玩乐，对于祈福诵经一事没多大兴趣。

后来尤四娘倒是信起佛来，她说，不求佛祖真能保佑什么，只为让自己心安。

宋妣看着庄严肃穆的庙门，看着进出的虔诚香客们，起了几分心思，等会儿走前也去给娘亲求个平安符好了。

挽翠催促：“二娘走吧，周先生应当在等着了。”

宋妣回过神，往里走去。

法云寺很大，走过几重门才走到大雄宝殿前。

周则玺说他会在宝殿后的梨花林里等她。

宋妣站在林子外的小拱门处，脚步突然迈不动了。

现下是秋日，梨花没开，也没结出果子，只剩一树将谢的梨叶。

挽翠已和龙泰进了宝殿，她身后只有小月，宋妣犹豫了会儿，问小月：“小月，你常来这儿吗？”

“没，这还是第一回呢。”小月兴奋道。

“为何？”

“阿娘说这儿就是烧钱的地方，从不来的。”

宋妣点了点头，心里的紧张缓解了些，手心捏着裙子一侧，抬起脚步。

梨花林里有处凉亭，宋妣远远便见到了那道身影。

周则玺听到动静，回首望去，只见一素白女子在林间缓缓向他走来，他一颗心刹那间停止了跳动。

书上说：“有美一人，清扬婉兮。邂逅相遇，适我愿兮。”

周则玺今日是彻底明白了这句词的意思。

他屏住呼吸，目光跟着她移动，直到她行至眼前，眼中惊艳再也藏不住。

黎婶只与他说了宋妣模样好，却不知这“好”是这样的“好。”

她朝他笑，柔声道："可是周先生？"

周则玺如梦初醒，恭敬回礼："是，宋姑娘？"

"正是。"宋妁上到凉亭里，与他相对而立。

周则玺立即做了个请的手势："宋姑娘请坐。"

"多谢。"

两人坐下来，周则玺微微低了头不敢多看她，宋妁却是大着胆子打量了几眼，眼前人确实比画像上要俊朗些，也能看出些沉稳之色。

不过眼下这周先生好似比她还紧张，她想着平日里也是教书育人的先生，见了生人还会这样吗？

宋妁笑了笑，问道："周先生如今家住何处？"

宋妁声音轻柔，周则玺不禁答："城中有处三进的宅子，不过我不常去住，平日都是住在书院里，方便些。"

"周先生用心良苦，实为可敬。"

"宋姑娘谬赞。"周则玺给她斟了杯茶，"这是寺里独有的苦丁茶，宋姑娘试试。"

"谢谢。"宋妁抿了一口，苦涩的味道顿时在舌尖蔓延开来，遂又放下。

小月站在不远处，两个不熟的人独坐在凉亭中，一时都不知该说些什么。

宋妁只好再说："我有些好奇，周先生为何约在了法云寺？"

周则玺连忙解释："先母时常到这儿来祈愿，我从小也闻惯了香火味，而且法云寺环境清幽，这梨花林鲜有人到访，不会有损宋姑娘的名声。"

"周先生考虑周全。"

"那，宋姑娘喜欢这里吗？"周则玺小心问。

宋妁看见他拳头握在一起，看过来的眼神充满期盼，她便道："法云寺确实不错，明年春天这里若是开满了梨花，定然十分美丽。"

"不错，若是明年我们再来，这里会让宋姑娘惊喜万分的。"周则玺有些激动。

宋妁笑了笑，没有应话。

气氛又静了下来，宋妁望了一眼拱门外，那儿忽然撇过一方衣角，许是匆匆而过的僧人。

她收回眼，继续问："周先生平日都在书院教授什么？"

"城南书院的学生都是些十一二岁的孩子，过了启蒙阶段，又还未需应试，因而我们只需正常教习四书五经、历法算术即可。"周则玺一下话多了起来，

"不过明年春试在即，好些外地过来的学子都借居在书院中，杂事一下就多了起来。"

春试啊，娘亲说他未考取功名前不娶妻，那是不是也要下场？

"周先生应当也是要参加春试的吧？"

周则玺脸上有些憾意："是，明年若是不中，我就歇了这心思。"

"为何？周先生年纪不算大，还有机会。"

"官场之道太过复杂，当个先生也挺好。"他摇了摇头，随后郑重朝向宋姃，"宋姑娘可会介意？"

"不介意，周先生若是尽了力，那就没有遗憾。而且先生所做之事利在千秋，不比做官差。"

周则玺抿唇一笑："宋姑娘倒是与别的女子不同。"

他的视线比刚开始要炙热许多，宋姃避开去，低头喝那苦得不行的茶。

两人已聊了这么多，都没了局促之意，宋姃放下茶杯，直接开口："周先生可了解我的情况？"

宋姃神色正经，他便也正色道："了解。"

"我如今年龄不小，和离过，现在只是做些小生意，家中有位母亲。"宋姃再次与他确认，有些事情应当提早就说清楚，若是不可那也不必浪费双方时间。

周则玺看向她，一方面惊叹于她如此直白，另一方面又感慨她竟丝毫不为此而卑微，这位宋姑娘比黎婶口中的人不知好了多少。

"是，我都知道。"

既如此，宋姃也没什么再好说，他能接受是最好不过。

随后聊了几句，宋姃见时辰差不多，便要起身离开："周先生，我家里人还在外头等，我便先行一步了。"

"好，姑娘慢走。"等宋姃快要走到拱门处时，他忙喊了一句，"宋姑娘，过两日是书院开放日，我能否请你过来看看？"

宋姃回过头："可以。"

周则玺一下笑开，大声道："那我在书院等你！"

宋姃微笑颔首，离开。

等离开梨花林，小月终于忍不住："二娘，我瞧着这周先生十分不错哎！"

宋姃故意用警告的语气说："你可不许乱嚼舌根啊，特别是曹娘子她们，知道没？"

"嗯嗯，我保证不说。"小月捂着嘴笑，"那二娘我们现在回去吗？挽翠姐姐应当在门外等我们了。"

"你出去告诉他们一声，再等等，我去求个平安符。"

"行。"

宋姌看着她蹦蹦跳跳离开，心情也好起来。

眼下应当是用午饭的时间，寺庙内香客比来时少了许多，宋姌朝大雄宝殿走去。

宝殿比寻常建筑要高大不少，一尊佛像庄重地立于殿内，宋姌得仰头才能看清全貌。

里头没什么人，左前方有个人坐在轮椅上，背影有些熟悉。不过她认识的人中没谁是瘸了腿的，因而也没多想，走到另一边领了香，点燃，跪坐到蒲团上。

三拜后，宋姌将香插到香炉里，然而刚转身那一刻她直接怔住，若是手上的香还在，此时应当就要掉到地上了。

卫凌怎么会在这里，他的腿又是怎么回事？

宋姌很快想明白，莫不是在安康镇受的伤一直没好？

"你……"宋姌张了张嘴，却不知该说什么。

而卫凌从她拿着香跪坐在他身旁的蒲团上时就已经惊讶过了，他不过比她先到一会儿。

她与那人的谈话他都听见了，一字不漏。

宋姌问："你什么时候来的？"

"刚刚。"卫凌微微仰头望向她，补一句，"来给外祖母祈福。"

宋姌毫不掩饰地松了口气，卫凌唇角渐渐下垂。

过了一会儿，宋姌还是问道："你的腿？"

"无碍，应当过些日子就能好了。"

"嗯。"

卫凌见她要走，急忙转了转轮子，朝向她："阿姌，你为何来法云寺？"

"我……"宋姌一时语塞，半晌后指了指外面，"我陪挽翠来的，她有了身孕，来求平安，我顺道也给娘亲求一个。"

卫凌垂了眸，宋姌看不见他的神色，只能听到他淡淡地说了一句："这样啊。"

随后他从一侧拿出一个小符，递给她："这是主持的签文，你拿着它，主持法师会为平安符开光。”

“不……”

宋灿只说了一个“不”字就被他打断：“阿灿，就当是我给你娘亲的小小心意。”

卫凌语气少有的低沉，宋灿心底暗暗一惊，手已主动接过那张签文。

“谢谢。”

大殿内进了人，宋灿不好一直站在香炉前，便移了移位置。卫凌以为她又要走了，一下着急，想要去拉她，可腿完全动不了，手伸到半空，什么都碰不着。

宋灿回过身子：“怎么了？”

卫凌扯起唇角：“没什么。”

“这会儿人多起来了，我先去拿个符。”宋灿说完向殿内另一侧走去。

卫凌看着她离开，脸色一点一点沉下来。

可不过片刻，他又笑开。

宋灿拿着符朝他走了过来。

“那我先去找主持了。”她看了看他的腿，“要不要帮你把白亦叫来？”

“白亦不在。”

“白泽呢？”

“白泽出门办事了。”

宋灿好奇地问：“你一个人来的？”

“嗯。”

殿外白亦立即隐了身子。

宋灿左右看看，好像还真没看见伺候他的人。她想了一会儿，最终还是道：“要不要我送你出去？”

刚说出口，她就后悔了，他既然有办法来那肯定有办法离开，她何苦操这个心。

而卫凌已经应下：“马车就停在外头。”

宋灿将平安符收到衣袖里，走到他身后，推起轮椅。

大殿门口是有门槛的，卫凌便引着她走了侧门。

宋灿低头，看着他宽阔的肩膀和那不能动弹的腿，其实心里还是惊讶的。

卫凌是什么人啊，翻手为云覆手为雨的，如今竟成了这副模样。而且整个人憔悴许多，眼下一片暗沉，一点不似她记忆中的样子。

可在安康镇时不是说没事吗？怎么如今还站不起来了？

其实他怎么样与她都没关系，只是……宋妁叹了口气，问："大夫怎么说？"

"大夫说好好养养，会好的。"他又骗了她，实际上能不能好他也不清楚。

"你该注意些的，要是往后都站不起来怎么办？"

卫凌有些愣了，她是在关心他？

卫凌好像忘了方才的事情，他想起在安康镇时她也是这般，虽话语平淡，但总归是没了以往那种拒人千里之外的淡漠。

他心里蓦然腾起些希望来。

然而下一刻宋妁即道："路还长着呢，将来这样还怎么娶妻生子？"

"既然腿伤了就不要随便出来走动，就算非得出来也带上白亦呀，他平时不是最护着你？以前我到书房去，他拦我拦得可紧了。"

过去的事她就这样顺口说了出来，卫凌心一点一点凉得彻底。

"阿妁，之前有些事你知道了只会徒增担忧，我当时……"

"所以你当时不想让我知道，我明白的，你不用怀有歉意。"

卫凌捏了捏虎口，不敢回头："你不介意？"

"那时候介意，现在不了。"

从大殿出来后有个下坡，不算陡，但宋妁还是问了句："还有没有其他路可以走？"

"没了，继续走，没事。"

宋妁便推着他向下走，放缓了速度。

她其实也没想到有朝一日自己竟然还能这般心平气和与他相处。

以前介意吗？当然，那些担忧的、难过的每个夜晚她都清楚记得。

也恨过，只是人不能囚禁住自己，总抱着那些恨意过日子。

宋妁微笑着，对他说："好了，到了。"

马车停在大雄宝殿一侧的小道上，宋妁看了两眼直通山脚的路："没想到法云寺还有这么一条隐秘的山路啊。"

卫凌没有声响，宋妁侧头，只见他双手握拳放在腿上，不知在想什么，神色凝重。

"你怎么了？不舒服吗？"

卫凌望向她，眼里没有一点光，他看了半晌，未说话。

宋妁被他看得有些莫名其妙，忙道："挽翠还在等我，我先走了。"

人一离开，卫凌紧握的拳头松开来，手心汇集起来的血色慢慢散开，变得苍白。

卫凌无奈苦笑，他盼了许久才盼得宋妁这样对他，他还有什么不满足的？

白亦从一旁出来，站在他身后汇报："郎君，那周则玺的身份查明了。"

"说。"

"就是在城南书院教书的先生，风评极好，家中只有个成了婚的弟弟，目前未发现什么不妥。"白亦略一停顿，"不过，这周先生几乎回回应试，但都未曾上榜。"

"为何？"

"还不清楚。"

"查一查。"

"是。"白亦看向宋妁离开的方向，"那郎君，我们要不要做些什么？"

卫凌低头看了一眼不能动弹的腿，缓缓道："不必了。"

他在扬州时曾说过，她若是想要往前走，他不会拦着。

今日种种，她都在告诉他，她一点都不在乎了，执着于过去的只有自己。

那人家中关系简单，长相尚可，又受人崇敬，想必会让她过得舒心。

卫凌收回眼："走吧。"

卫凌离开法云寺后直接回了将军府。

将军府如今清冷许多，卫舒两月前离了家去往边境，卫钰君也嫁了人，府里只剩端容郡主夫妇两人与陈箸、袖礼还有一个半岁的孩子。

彼时端容郡主正和陈箸在屋内说话，小孩子在陈箸怀里睡着了，袖礼在一旁乖乖练字。

端容郡主不似以往，脸上有了些细纹，眉间的傲气褪去不少。

"阿箸，你说我是不是做错了？"端容郡主突然说。

陈箸一下明白过来，她轻拍了拍孩子的背，并未答话。

"自从宋妁离开，这家反倒不像是个家了，域川不愿意回来，就连钰君那孩子也不闹了。"

陈箸斟酌一二，开口问道："母亲，您还在怪阿妁呢？"

一晃眼，宋妁离开已两年多快三年了，她们两人自那次在芳华巷撞见宋妁，便知道了这么久以来她过得一直很好，比在将军府时要畅意许多。

陈箬私心里是为宋妁开心的，宋妁在将军府三年过的什么日子她最清楚不过。

后来卫凌回来过一趟，听说是与端容郡主说了许多，不过说了什么她并不知晓。

此刻端容郡主眉目微敛，喝了口茶后才道："若是域川早些与我说那些，我也不必逼着她离开，也怪我，连自己孩子什么情况都不知。"

陈箬难得在端容郡主脸上看见这般忧伤神色："母亲……"

"域川还住在那巷子里吧？"

"是。"

"人家都搬走了，他还住着。"端容郡主"呵"了一声，"他从小锦衣玉食地养着，如今倒肯去吃那些苦。谁能想到呢，那样冷情冷意的一个孩子竟还有这一面。"

端容郡主忽然笑了笑："你说，若是我上门去，阿妁还愿不愿意回来？"

陈箬惊了惊，思虑片刻后还是劝道："域川叮嘱过让我们不要去寻阿妁，他们两人的事就让他们去解决，母亲，我们就不要从中掺和了。"

端容郡主长叹一声："罢了，我只愿他平平安安的就好，至于其他，能有便是福气。"

这会儿袖礼练完了字，朝两人道："祖母，娘亲，袖礼写完了。"

端容郡主终于有了些笑意："快拿来给祖母看看。"

袖礼跳下凳子，将宣纸拿了过去。端容郡主看完后喜笑颜开，对陈箬说："我瞧着这字还有几分域川的影子呢。"

"常思的字看都不能看，平日里袖礼都是拿着域川留下来的字帖、书信临摹，定然是有几分相似的。"

端容郡主将纸放置一旁，摸了摸他的头："将来咱们袖礼也跟叔叔一样，做个大官，留在盛京陪祖母好不好？"

袖礼乖巧应："好！"

这时秋嬷嬷突然进来，兴奋道："郡主，二郎回来了！"

端容郡主登时站了起来："回来了？"

"是呢，不过……"

卫凌已行至门前，两人都明白了秋嬷嬷口中那个"不过"。

"域川，这是怎么一回事？"端容郡主大惊失色。

卫凌耐着性子解释一番，依旧没有道出实情，不过端容郡主信了，抚着胸口直说："会痊愈就成。"

几人进到屋内，端容郡主高兴得一下不知道该说些什么，忙着让下人给他端茶倒水，又忽然瞥见桌上的宣纸，直接让人拿给他看："域川你瞧瞧，袖礼这字是不是有你当年风范？"

卫凌接过，看了几眼，朝袖礼招了招手。

袖礼怯生生走到跟前："叔叔。"

卫凌此刻坐着，比袖礼高不了多少，他轻轻拍了拍他的小肩膀："写得不错。"又指着纸上一个字说，"不过这儿笔力要重些，才显得有气势。"

袖礼重重点了点头："嗯，我知道了。"

卫凌示意袖礼靠近，随后在他耳旁低语几句，小人立马精神抖擞起来，拿着纸跑开。

而轮椅上的人望着离开的袖礼，唇角露出几分笑意。

一旁的陈箬两人看得呆了，卫凌上次回来也是这般，对袖礼的态度一改从前，温和得不行。

他们都以为卫凌是一时兴起，可今日依旧这样，端容郡主高兴极了，顺势道："域川，你如今腿脚不便，不若搬回将军府，也好有人照顾你。"

卫凌回过身来："母亲，我现在住的地方离皇宫近些，就不搬了。"

端容郡主眼见地失落起来，却不敢多说什么。

"母亲，这是给外祖母求的平安符。"卫凌从衣袖里拿出一枚符，递给秋嬷嬷，"我这模样就不去长公主府了，免得让外祖母担忧，还请母亲替儿子跑一趟。"

端容郡主连连应下来，收好平安符后问道："这快到晌午了，可要留下来吃饭？我让厨房去准备些你爱吃的菜。"

卫凌本想拒绝，可话到嘴边还是同意了。

"阿箬，你快让人去把钰君叫回来，咱们一家好好吃个饭。"端容郡主赶忙吩咐。

卫钰君嫁了卫海奉手底下一个年轻将军，性子收敛不少，日子虽不是大富大贵，但也没人能欺负得了她去。

陈箬离开，端容郡主拉着人关心了几句，卫凌一一答了。

末了，卫凌问："父亲可在？"

端容郡主怔了会儿才道："在书房里呢，我让人叫来。"

"不用，我过去一趟。"

等白亦推着人消失在视野里，一旁秋嬷嬷感慨道："没想到二郎竟变了这么多。"

端容郡主没出声，只抹了抹眼角的泪。

卫海奉见到卫凌的腿没多大反应，两人同在官场，早有有心巴结的人将卫凌近况告知他。

不过他倒是惊讶，卫凌居然会主动上门，这十几年来还是头一次。

父子俩关系早就僵持不下，卫海奉一生戎马傲惯了，他不会先低头。

此刻惊讶的神色很快掩起，他坐在书桌后，只瞅了卫凌一眼："你怎么来了？"

卫凌坐在书房中央，看着那个从小被他视为噩梦的人，心里笑了，兜兜转转，眼前人竟不是自己的亲生父亲，到底是命运捉弄。

其实所有事情早在他知道真相的那一刻起就释怀，他反而彻底松了口气。

据消息称，当年的事只有外祖母一人知晓，甚至他的父亲母亲都被瞒在其中，直至今日。

有关系也好，没有关系也好，都是过去的事了。

"父亲。"卫凌唤了一声。

卫海奉抬起头来，看了他好一会儿。

须臾，卫海奉语气缓下来："你交代的事情我都办好了。"随后自言自语，"这天下还有老子给儿子办事的。"

卫凌眉头舒展开："谢过父亲。"

"说吧，过来吩咐什么事。"

"确有一事。"

卫海奉怒目望去："还真有？"

卫凌没理会，推着轮椅上前几步："父亲，您也知晓宋瑜一事有蹊跷，而且他怎么说也是您手底下的人，总不能见死不救。"

说起这事，卫海奉立即正经起来，摇了摇头："宋瑜只是无辜被拉下水，若是我再做些什么，整个禁军，整个京畿军都会受牵连啊。"

卫海奉虽说平时爱喝些小酒，性子冲动，可还是能看得清形势，而镇国将军这名头也不是白来的。

"父亲，那背后之人无非是想搅乱盛京，好在其中浑水摸鱼，而京畿军是盛京命门，您若是按兵不动，由着别人摆弄，才是正中下怀。"

"这是何意？"

"如今那些人拿奸细一事做文章，目的明明白白对准了禁军，说不好，边境外的大哥不久后就要被牵连。若是里外乱起来，那届时得益的又是谁？"

卫海奉大吃一惊，说不出话来。

"父亲不必惊慌，如今那人暂时收手，便可说明其中受了阻力，他们定会另寻其道。"

"什么阻力？"

卫凌不说话了，卫海奉了然般"哼"一声："又是你？"

卫凌未直接答："眼下最重要的，不是宋瑜与奸细，而是南洋来使与我朝商贸洽谈一事，今夜宫内宴请，父亲可多加留意。"

"你想要我如何做？"

卫凌低声说了几句，卫海奉连连点头。

父子两人还是第一回如此融洽。

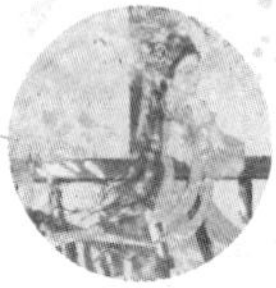

·第十章·

她就是他的软肋

宋灿到家时免不了一顿盘问，她知晓尤四娘是为她好，便将细节一一道出，满足尤四娘的好奇心。

“这么说，这个周先生还约了你过几日相见？”尤四娘兴奋道。

宋灿没什么情绪：“嗯，不是娘亲您说的吗，得多见几回。”

“是我说的，是我说的。那你现在觉得这人如何？”

宋灿回想着，首先想起来的却是那一片将要落的梨叶，然后才是那抹身影。

周则玺大概一心只读圣贤书去了，稍显木讷，除此以外一切都很好，谦逊有礼，进退有度。

至于人品如何还暂且看不出来。

“尚可。”宋灿仍旧只有两个字。

“没了？”

“没了。”

宋灿回家歇了这么一会儿，心里还记挂着作坊，匆忙喝完一杯茶水：“娘，大后日新铺子就要开了，我再去一趟作坊。”

“哎你！”尤四娘的声音都追不上她离开的脚步。

后面两天宋灿忙得脚不沾地，终于等来了新铺子开业。

铺子就开在正阳大街附近的东安街，左边是公侯府聚集的富人区，右侧则多为普通老百姓。

谢蓝与她说，毛毡这东西不止贵妇人们喜欢，在老百姓中亦是十分受欢迎。

而同一样东西能做出不同花样来，添些刺绣，样式奇特的就卖高价些，普普通通的就按照寻常价格卖，总会有受众。

宋灿虽还不似徐壬寅那般在商场游刃有余，可三年下来她也攒了许多经验，对于开店一事不再像第一回那样慌张。

官府那头、周围店铺以及与他们业务相同的铺子她都打过招呼，铺子顺利开张不成问题。

至于客人方面也不必担心，这两日她特地在两家绣坊放了些精美的毛毡制品，只展览不售卖，一些好奇的客人早已约了开张当日要来光顾。

不仅如此，她还想了许多招揽客人的办法，什么答谢老顾客、老带新，凡是能传扬出去的法子她都愿意试试。

她付出了这么多，一定要开个好头。

开张前一晚，宋妏一晚上没睡，有担忧也有兴奋。

天还未亮她就去敲了龙邦的门，两人一齐出门。

龙邦与龙泰不同，龙泰是憨厚老实，龙邦则是机灵多变，帮她处理事情来十分干脆利落。

她坐在马车里问他："龙邦，你如今年纪也不小了，可有心仪的姑娘？"

龙邦很快答："没呢。"

"你自己多上点心，别等龙泰孩子都出生了你还没着落，我这大礼可都提前备好了。"

龙邦朗声笑："不急不急，我就好好跟着二娘干，给未来媳妇挣份大聘礼。"

"你有这份心就好。"

到店铺时东边开始明亮起来，一片黛青中金光四射，寓意今日是个好日子。宋妏仰着脸，感受着秋日清晨清爽的空气，默默祈愿一帆风顺。

其实铺子里已经没什么可以做的了，她早已一遍遍检查过，此刻就等着开门，迎客。

辰时末，爆竹声震耳欲聋，宋妏揭下店铺匾额上的红绸，众人高呼。

曹娘子开始招呼客人，小二们各司其职，有相熟的老客人过来与她道喜："祝宋娘子生意兴隆、财源广进！"

"宋娘子生意越做越大了啊，自从进了你们家，我那一家老小就都用不惯别家的料子了。"

"可不是，宋娘子多多上新吧。"

"……"

宋妏一一回谢，门口热闹散去，她看一眼头顶上"宋氏绣坊"四字，唇角弯起弧度。

铺子里客人一拨接一拨，忙到午后众人才将将能喘口气。

曹娘子在柜台后算账，越算越精神。等算盘上最后一个珠子归位，曹娘子忙喊正在不远处休息的宋妁："二娘，快来！"

"怎么了？"

曹娘子格外兴奋，卖了个关子："二娘你猜，咱们这一上午卖了多少银子？"

宋妁配合她，说了个数："七百两？"

"七百二十五两！今日估计能破千！"

宋妁淡定许多，一千两对于她在作坊上的投入只能算是个零头，而且开张头一两日势头正盛，往后就不一定能有这个数字了，她想要收回本估计还得一两个月时日。

不过这个金额已格外可观，可以了，总得慢慢来。

"今日辛苦了。"宋妁朝她道，"傍晚客人许还会多起来，你先休息休息。"

"不辛苦不辛苦，挣银子的事怎么能叫辛苦呢。"曹娘子才说完就望向门口进来的人，边走边招呼，"客官看看，咱们家的东西可都是盛京城头一份呢。"

宋妁笑着摇头，走到柜台后对账。

账目又多又细，宋妁一条一条看下来，想要找出今日卖得比较好的分别是哪几样，不过才看了一会儿就眼花缭乱。

宋妁放下账册，松了松脖子，忽然间对上铺子里一名女客人的视线。

那夫人看着年纪不大，身材娇小，却已是盘着个妇人髻，身上衣着打扮精贵，一看就是大家出身。

她颔首微笑，但并未移开目光，而且打量之意明显。

宋妁走过去："夫人可需我介绍介绍？"

"劳烦。"声音清澈。

她手上拿的是一双没有绣样的普通男士鞋履，宋妁便道："夫人是要给家里人挑选？"

"正是。"

宋妁侧过身，拿起另一双："那夫人不若看看这双，材质舒软，刺绣精致，想必您家里人会更喜欢。"

对方只看了一眼："那就这个。"

宋妁怔了怔，这么干脆的客人倒是少见，不过她是老板，自然不会跟银子过不去。宋妁问了码数，挑出合适的递给身旁的小二："给夫人包起来。"

整个过程中对方不看鞋、不问价格，只盯着宋姗看，宋姗心里疑惑，她们难不成是相识？可眼前人实在是眼生得很，也不是她店里常光顾的客人。

宋姗直问道："夫人怎么称呼？咱们可是见过？"

沈如嫣然含笑："夫家姓萧，我们未曾见过。"

姓萧……宋姗脑子转了一圈，再次看向她时便想明白了。她按下心内讶异："勇毅侯府萧夫人？"

沈如脸上的笑意淡了淡："宋娘子果真聪慧。"

爹爹娘亲都道萧珩壹出身好、家教严，如今在大理寺风生水起，将来定会大有可为，她信了，然后偷偷跑到大理寺门外去见他，只一眼，她便认定他是她命中的良人。

一切顺顺利利，她穿着大红喜服，在一个风和日丽的日子里成了他的妻。

她满心欢喜想着，她总有一日会填满他的心，可洞房花烛夜当夜她才知晓，他心里早已有了人，里面根本没有她的位置。

沈如垂眸浅笑，他梦中唤的那个名叫"阿姗"的女子，她终于见着了。

刚开始知道宋姗是谁时，她是不敢相信的。对方与卫小郎君和离、被肃清府抛弃，一个女子行商，甚至比萧珩壹年纪还要大，对方凭什么？凭什么让萧珩壹心心念念？

后来她便想见一见她，可惜听说人家早下了江南，直至今日。

沈如再看过去，宋姗一身浅色衣裙，可领子、袖间、裙尾绣纹精美，比那颜色艳丽的衣裳更衬人，再往上是含春粉面、淡扫蛾眉，只简单勾勒便是一副好容颜。

再看那浑身气度，不卑不亢、怡然自得，竟是生生将许多高门贵女比了下去。

沈如心里刹那间酸涩起来，若是个寻常人也就罢了，可眼前人一点都不寻常，再加上两人那段过往，她还怎么去和人家争？

沈如这会儿没了刚来时的信心，自顾自说："是我唐突了。"

到底年纪不大，心里想什么脸上全都表现出来了，宋姗道："萧夫人与我上楼坐坐？"

她与沈如并不是仇人，而且芷安还是她嫂子，两人交恶只有坏处。

沈如今日给宋姗的感觉并未有什么不妥，眼神起码与宁国公主是不同的。而且她心底希望她能和萧珩壹好好过日子。

沈如犹豫了几下，最终还是轻点了点头。

二楼是专门给客人休息、贵客挑选商品的地方，两人坐定，小二送上茶水。

沈如有些局促，却还是先开了口："宋娘子，我并无恶意。"

"我知道。"宋妁看着她的小脸，突然想起秦奕娴来。秦奕娴性子也是讨人喜欢的，她总能把身边人哄得咯咯笑。

听芷安说，沈如亦是，不过照目前几句话下来，两人的乖巧讨喜却是不一样，沈如是温婉类型。而她今日能找到这里来，想必已是知晓了什么，心中存了芥蒂。

宋妁不知自己能否消除这份芥蒂，但试试吧。

"萧夫人可愿意听我说说我与萧公子之间的事？"

沈如抿唇，想听，却又不敢听。

宋妁看出她的心思，直接将这两三年发生的事娓娓道来。

她说了很多，说到楼下开始熙熙攘攘起来。

最后沈如走时像是松了口气，宋妁也松了口气。

宋妁亲自将人送出门，挽翠跟在她身后，略有些气愤："二娘，怎的如今像是你做错了什么一样。"

宋妁回过头，笑道："龙泰满心满眼都是你，你不懂。"

按这势头，今日怕是不能按时打烊了。

日落时分，铺子里来了个意料之外的客人，乌起隆。

乌起隆一副外邦人模样，不笑时看着还有几分吓人。宋妁不在铺子里，他便直接朝曹娘子大声道："你们老板呢！"

曹娘子大骇，心想怎的还有外邦人来闹事，她撸起袖子，气势一下起来："老板不在，这位客人有何贵干？"

"我找你们老板宋妁，你让她出来。"

"我说了，她不在！"曹娘子几乎是咬着牙道。

"哎你这儿……你们就是这么对待客人的？"

"那您说，哪个客人买东西直接找老板的？"

两人火药味十足，就要争辩起来。

好在有机灵的小二去后院禀了宋妁，宋妁匆忙赶过来，这才按下那剑拔弩张的气势。

"曹娘子，这是南洋使臣，我认识的。"

曹娘子只惊讶一瞬，又低头去她耳边，评价一句："怎么外邦人这般粗鲁。"

宋妣无奈地笑笑，让她先去忙。

"乌起大人怎么过来了？"

乌起隆立马换了副模样，和煦地笑道："我听说你今日店铺开张，过来瞧瞧。"随后让下人送上礼，"这是贺礼。"

宋妣大方让人收下："谢过乌起大人。"

乌起隆却不同意，"哎哎哎"拦下要拿过礼的小二，略微不满道："宋姑娘怎么也不打开瞧瞧。"

宋妣心想大概南洋人当面拆礼是礼节，她便接过那盒子，打开。

那是一棵用玉雕刻的元宝树，枝叶繁盛，通体圆润透亮，煞是好看。

宋妣当即合上："乌起大人，这个太贵重了，我不能收。"

乌起隆笑着挥手："宋姑娘莫要多想，这是假玉，贵重谈不上，只是图个吉祥。"

"当真？"宋妣有些不信。

"自然。"乌起隆转而去看店铺内装饰，又摸了摸他跟前的一顶帽子，赞道，"宋姑娘是个做生意的好料子。"

除却铺子位置、布置、商品这些外在因素，宋妣身上那股经商的灵气和韧劲是他走南闯北见过那么多的商人身上所没有的。

宋妣见他正经起来，让人收起那棵元宝树，道："乌起大人不单单是来送礼吧？"

"我在这儿站了许久，能不能跟宋姑娘讨杯茶水喝？"

两人同样上到二楼，等乌起隆喝完一杯茶，开始说起正事："今日来确实有一事想让宋姑娘帮忙。"

"何事？"

"这两日南洋与东夏的商贸合约已经拟定，两朝贸易量翻了两番，其中还增加了许多以前不曾交易过的商品，对我朝来说，意义重大。"

宋妣自然听说，这事不仅对南洋意义重大，对东夏亦是利国利民。

不过上有朝廷，下有皇商，宋妣一个小商人能帮上什么忙？

乌起隆接着道："今时不同往日，如今两朝贸易紧密相连，我们需要派驻人手留在盛京成立南洋商会，处理相应事项，但我们的人怎么说都是外人，很多事办起来十分受阻。"

宋妣隐约明白过来，他果然道："在下是想请宋姑娘站在我们这边，帮着在中间斡旋。"

宋�含笑："乌起大人是不是太看得起我了。"

她一没权二没势，怎么帮得了他们。

"商会若是涉政，难免会让有心人利用，若是让盛京大商户参与，其中难免掺杂私利，宋姑娘是我能想到的最好人选。"

"你有胆识有能力，而且最重要的是，听说你曾经拒了徐老板的邀请。"乌起隆看着她，"我相信宋姑娘为人。"

当然，这并不是全部原因，这盛京城里，没有人比宋姒更合适。

"宋姑娘，我虽不是正经商人，可也知道'无利不往'这个词，我选中你自然是因为你能助商会一臂之力。而你若是应下来，那今后莫说小小绣坊了，你想成为皇商也并无不可。"

宋姒迟疑了会儿，问："我需要做什么？"

"商会里交易商品数量众多，价格随时而变，我们需要宋姑娘协助我们盯着，换言之，不能让我们吃了亏去。"

宋姒点头，他接着道："还有就是一些文书、账目也需要宋姑娘帮我们把关，不过……"

乌起隆停顿片刻："有一事宋姑娘需要考虑清楚，这里面少不了与各官员打交道，但我们会尽量护着你，你不必担心太多。"

宋姒听懂了。

她捏着帕子，思考。

先前徐壬寅的提议已是让她左右摇摆，而拒绝他不过是害怕两件事左右顾不过来，如今作坊稳定下来，新铺子也一切顺利，曹娘子、钱娘子办事周到，这边无须她过多操心。

乌起隆说得很清楚，能获什么利他虽没明说，但宋姒怎么可能不懂。而市价账目这些她也不成问题，就是与官员打交道这一项是她从未接触过的。

她大概能猜到乌起隆的心思，但那些心思对于宋姒来说不是问题，她从不认为女子不可为官、经商。

东夏朝也有女官，不过大都是在宫中做些女子事务，女红、膳食之类。

若小店铺不计入其中，女子经商者则少之又少，扬州还有谢蓝，但盛京商户就几乎全是男人的天下，几家皇商亦是男人掌权。

宋姒隐隐有了些想法。

乌起隆再次劝："宋姑娘，我知你多有顾虑，你届时要是觉得不合适可随时退出，我们并不强求。"

宋妡道："乌起大人，我并不是那种会半路放弃的人，但我需要时间好好考虑。"

"好好好，宋姑娘认真想想，我等你的好消息。"乌起隆一下笑开，恢复此前路上那不正经模样，"今夜我们正好一块儿吃饭，宋姑娘要不要一起来，与他们正式打个招呼。"

之前回盛京时乌起隆身边是有不少商户官员，不过她大部分人都未曾见过。

宋妡想着，那就先见见，看看到底怎么一回事。

"好。"

宋妡交代了曹娘子几句，与乌起隆一道前往醉仙楼。

走的时候干净利索，可临到醉仙楼门口时宋妡却忽然紧张起来。

她到底只是做些小生意，这样的"大风大浪"哪是她经历过的，而且那会儿估计是脑子一热就答应了乌起隆，现在才反应过来，自己一点准备都没有。

好在今日新店开张，她换了身裙子，脸上也敷了些粉，不然这下当真是来丢人了。

乌起隆走了几步，发现人没跟上来，回过头："宋姑娘？"

宋妡扬起唇角，松开掌心，跟上去。

兵来将挡水来土掩，不必害怕。

楼上雅间坐了六七人，全是陌生面孔，有些大概在路上见过宋妡，有些则是一脸讶异。

乌起隆连忙道："这位是宋氏绣坊老板，宋姑娘。"

众人打探的视线更甚。

乌起隆为她介绍："这位是南洋商会会长邦卓，这位是户部蒋侍郎，专管商贸一事，这位是户部……"

宋妡诧异，不是说见商会的人？怎么还有户部官员？

不过这会儿进了门，想走已是来不及。

宋妡一一颔首示意，算作招呼。

寒暄完毕，乌起隆让人加了位置，宋妡坐下，旁边却是空着。

宋妡便问了一句："还有人没到？"

乌起隆点头，没说什么。

片刻后，宋妡知晓这空着的位置是留给谁的了。

446

白亦推着卫凌进门，雅间内瞬间安静下来，众人站起身恭敬相迎："卫大人。"

卫凌视线扫过众人，见到宋姌时一向冷漠的脸露出惊愕，花了好一会儿才掩下去。

卫凌显然是不知道这事的。

宋姌咬了咬唇，心里什么都明白了，她恨不得当场打乌起隆一顿。

那头卫凌瞪了一眼乌起隆，始作俑者丝毫不惧，上前来接替白亦的位置："卫大人可算来了，咱们开饭。"

乌起隆将人推到宋姌身旁，还对宋姌说了一句："卫大人身子不便，有劳宋姑娘照顾一二。"

宋姌腹诽，他是瘸了腿又不是断了手，吃饭还要人伺候？

她没理会，端坐一旁。

饭桌上重新热闹起来，在场除了户部两个官员都不怎么拘束，各自聊着天。

邦卓朝宋姌说："看不出来宋姑娘年纪轻轻竟自己当了老板，我看正是印证了你们东夏那句'巾帼不让须眉'。"

这六七人都是混迹官场、商场的老手，说起恭维话来毫不含糊，自邦卓开口，后面几人跟着接连夸赞。

宋姌想这些人怕是都不知道她做的什么生意，只是听了乌起隆一句话就侃侃而谈，死的都能被说活。

有些称赞听听就成，不必当真。

宋姌端庄微笑，道："邦大人之后是要留在盛京吧？"

"不错。"

"邦大人漂洋过海远离家乡，一心为了南洋子民，实为可敬。"

邦卓相当受用："不过是做些分内之事。"

"邦大人谦虚了，还有在座几位大人，特别是乌起大人、蒋侍郎，两朝交好多亏了诸位付出，小女应替老百姓们道声谢才对。"

"宋姑娘言重。"

随后又是一阵你来我往。

身侧忽然传来一阵低笑，像闷着却又不忍发出来。

宋姌转头，对上他带笑的双眸，眼底倒映出她的身影。

宋姌略微有些不自然，收回视线，语气不解："你笑什么？"

他靠过去，压低了声音："看不出阿姁还挺会给人戴高帽。"

她做得很好，没怯场，灵活应对，不用他帮忙。

宋姁听出他的戏谑之意，一时恼怒，又转过头去，这回直接对上他近在咫尺的脸庞，她的心顿时漏跳了一拍。

很久以前卫小郎君便为世人称颂，不只是因他出众的才华，更因他那绝世容颜。

少时是清风俊逸，淡雅如雾，如今长了年岁又大权在握，那脸虽添了风霜，却更显凌厉与矜贵，乌黑深邃的眼眸下是睥睨一切的傲气。

她想起在绣坊时那些贵妇人与贵家小姐对他的议论，这天下谁不想嫁他啊，这样的男人打着灯笼也再找不出一个来。

就算一辈子都瘸了也有人抢着要。

可她不要。

宋姁恢复神色，往凳子另一边挪了挪，离他远些。

她清了清嗓子："卫大人不要胡说，我说的都是实话。"

卫凌看见她的小耳朵变了颜色，却又一副强自镇定的模样，笑意更甚："嗯，是我想多了。"

菜肴陆续上齐，乌起隆招呼着用饭。

宋姁前面放着盘红焖羊肉，卫凌蹙了蹙眉，顺手将它移了个位置。

没人注意到这一角落里的小小动作。

"刚来盛京便有人给我推荐了醉仙楼，自第一回吃过我就恨不得住在这里头，蒋侍郎，你说我能不能把这儿的厨子也带回去？"

蒋侍郎哈哈笑："乌起大人若是能说服他们，我们自然无意见。"

"哈哈，那等会儿就去。"

开席已有一会儿，可大家好似都只顾着吃饭，南洋这边的商人官员都没有什么声响。

蒋侍郎踌躇一会儿，趁着热闹，给自己斟满了酒，又推了推旁边的小官，两人站起来，朝卫凌举杯："此次下官能全权负责两朝商贸，全靠卫大人支持，下官敬卫大人一杯。"

"这是蒋大人应得的。"卫凌只是点了点头，手中并没有动作。

蒋侍郎端着酒杯尴尬僵在原地，不知这杯酒该喝还是不喝。

乌起隆解围一事已做得极其熟练："卫大人从不沾酒的，蒋侍郎心意到了便可。"

"原是这样，那卫大人随意。"说罢，两人直接喝了那酒。

不过宋妁却迷惑了，卫凌从不沾酒？乌起隆是不是误会什么了？

他们和离前，他不知受了什么刺激，在长公主府可是把酒当作水来喝的，后来亦是借着酒劲才签下那张和离书，怎么到乌起隆那里就成了滴酒不沾了？

宋妁虽不想再去看他，可仍是偷偷瞥了眼，只见卫凌淡定地坐在轮椅上，对乌起隆的话丝毫没有辩驳之意。

真是奇怪……

乌起隆见她疑惑，他也茫然了，悄声问她："宋姑娘不知道？你们之前不是夫妻吗？"

宋妁摇头："他以前不这样的。"

"噢，那许是中间发生了什么事。"

"发生了什么事……"宋妁喃喃自语。

乌起隆以为在问他，热情答："卫大人在南洋时险些没命，大夫说酒会刺激脏腑，最好不碰，卫大人大概是惜命。"

宋妁又惊了惊，还来不及问就被身边一阵咳嗽阻止，卫凌越过宋妁给了乌起隆一个告诫眼神，乌起隆瞬间闭紧嘴巴。

饭桌上开始讨论起正事，宋妁第一回接触这些，便放下筷子认真去听。

邦卓问："卫大人，如今虽说合约已经拟下，可其中许多细节未定，我们何时再一起商议？"

商贸大体合约是卫凌、太子、乌起隆与户部尚书一起拟订的，细节上的确尚未完善。

卫凌道："邦大人与蒋侍郎商议便可。"

邦卓又问："蒋侍郎可否代表卫大人，代表东夏？"

"自然。"

邦卓放下心，朝蒋侍郎道："那便有劳蒋侍郎了。"

"不敢，此乃蒋某的荣幸。"

过了会儿，乌起隆开口："卫大人，我有个疑惑。"

"说。"

乌起隆觉着在场都是一个阵营的人，没什么顾忌："为何太子说要将铜矿纳为贸易商品时您同意了？"

卫凌看向他："我若没记错，南洋并不盛产矿石。"

"确实，不过南洋不若东夏地广，又并无外忧，我们的产量足够使用，是以未曾想过从东夏采进。"

　　而且矿石之物不似布匹茶叶轻盈，一艘船能装满满当当的茶叶，却装不了多少沉甸甸的矿石。

　　说实话，他当时是想要拒绝的，可卫凌没让他有说不的机会。

　　南洋与东夏的商贸是卫凌一手促成的，来之前王上便说了一切唯卫凌是从，他自然不敢多说什么。

　　"现在没有外忧不代表以后没有，南洋王历经多年才将许多小国合并在一起，未雨绸缪总没有错。"

　　卫凌望一眼侧耳听的蒋侍郎："太子是我朝储君，他如此行事是为国考虑，而此事对南洋并无坏处，我没有不同意的道理。"

　　当然，还有许多事不便道出。

　　比如以前他从未想到铜矿上去，现在太子主动露出这一手，让他很是意外，顺着查下去，说不定还能发现许多这样的意外。

　　乌起隆没了疑惑，却烦闷起来："我们的商船原本就没多少艘，现在贸易量剧增，本就不堪重负了，还要加上铜矿一物，连夜造船都来不及。"

　　邦卓道："卫大人，我记着东夏是有几艘大船的，我们能否借用？"

　　"商船是南清城商户所有，我没有调用之权。"卫凌答，"造船是时势所趋，早些造好则早些获利。"

　　乌起隆无奈叹一声："没想到一切顺利，现在反倒为了一艘船而着急。"

　　几人都没了先前轻松姿态，各有各的忧愁。

　　宋姒听了几句，默默在一边饮茶，这些已不是她能涉及的范围。

　　"不说公事了，吃饭吃饭。"乌起隆吃了口菜，"可不能浪费了醉仙楼的饭菜。"

　　"不错，若是那厨子不肯跟乌起大人回去，那这饭便是吃一顿少一顿了。"蒋侍郎附和道。

　　乌起隆问一句："蒋大人，你们东夏律法对我们可适用？"

　　"乌起大人何意？"

　　"我想着，他若不同意，那我就强行绑走，我一个外人你们应当处置不了吧？"

　　众人哈哈笑起来。

　　蒋侍郎知他在开玩笑，道："乌起大人还是莫要以身试险，不然到时卫大人都保不住您。"

“哈哈哈，那便算了，我不给卫大人添麻烦。”

气氛松快下来，乌起隆将宋灿介绍给邦卓：“邦卓，之后宋姑娘会在商会中帮你，商会里只有你们几个大男人我不放心。”

邦卓第一回听这事，不过他倒是没什么意见，笑道：“如此就有劳宋姑娘了。”

宋灿一时不知该说什么，她都没答应呢，这个乌起隆怎么还做这些先斩后奏的事情。

她脑子快速转了几圈，其实今日浅浅听他们说了这几句，她心中十分震撼，有些事情是她做一辈子小生意都碰不到的。

什么铜矿什么造船，离她都十万八千里。

可若是进了商会，那这些并不遥远了。

她以前只会刺绣，绣品让挽翠放在别的布坊中卖，一条帕子十几文，最多一二两，后来她自己开了铺子，慢慢开始接触各种商铺各种客人，一条帕子六七两。

再后来，她去了一趟扬州，开始见识到这世上各种买卖、各种优秀的人，她越来越明白眼界的重要。

你想做什么、能做什么很大程度上取决于你见识过什么。

她也不是没有顾虑，她明白，进了商会，那她就不是一个小小老板，如若将来两朝交恶、商贸中断，那她定然会受牵连。

但是，如今一切都是刚起步，谁又能预料未来如何，就算有万一，又是多少年后？

她不必瞻前顾后。

这些想法从绣坊离开时就盘旋在她脑海中，眼下想通了，宋灿就没拒绝乌起隆，朝邦卓道：“还望邦大人多加照顾。”

“哈哈，那是定然。”

这边几人聊得正欢，没人察觉卫凌冷着脸。

宋灿面向邦卓说话，只留给他一个背影，他碰了碰她的胳膊，喊了声：“阿灿。”

宋灿正专心听着邦卓说话，没听到他的声音，也没意识到他的触碰，手臂只是往里缩了缩。

卫凌深吸一口气，大声道：“乌起隆，你随我出来。”

饭桌上众人不再说话，同时朝他看过来，乌起隆则是吓了一哆嗦，叫全名可不是什么好预兆。

他站起身，安抚一句："大家先吃，我们就说个事。"

两人来到隔壁，卫凌怒气未消，一双眼睛仿佛要把乌起隆凌迟。

"为何要把她牵扯进来？我不过让你去送个礼，你还把人给我带过来了？"

乌起隆长长地呼一口气，他还以为是什么呢。

这事他早想好了说辞："我是为了宋姑娘好，她有能力，不应该只是开间小绣坊，而且她要是不同意，我怎么都说服不了的，更别说把人带到这里来。"

卫凌"哼"一声："别以为我不知道你打的什么主意。"

宋姎虽是女子，可能做的事不比男子少，而且最主要的是，乌起隆知晓两人的关系，他这是拿宋姎来巴结，或者说牵制自己呢。

乌起隆是个人精："卫大人，您真是误会我了，我不只为了宋姑娘，也是为了您啊，您想想……"

卫凌冷漠打断他："莫要在她面前说这些。"

"哎，是。"

"你们如今是在盛京，管好你手下的人。"卫凌警告。

乌起隆颤了颤，同时也舒了口气："是。"

等乌起隆推着人回到雅间时，邦卓几人正在往宋姎杯子里倒酒："宋姑娘，往后我们就是同僚了，来，我们敬你。"

宋姎不是不能喝，而且她既已决意走上这条路，这杯酒是逃不过的。

她正要举杯，突然被身旁一只骨节分明的手按下。

他掌心温热，还有些烫，宋姎手收了回去，酒水因这一动作而晃出来些。

宋姎还在怔愣，便见他拿过她的酒杯，看着邦卓，淡淡道："邦大人，跟姑娘喝算什么，这杯酒，以及她之后的酒，我都替她喝了。"

他一口饮尽。

当场几人都傻了，一时弄不清这是什么情况，还有，不是说卫大人从不碰酒吗？

卫凌扬了扬眉，示意邦卓继续倒酒。

邦卓没回过神，手里动作不听使唤，就要给他满上。乌起隆眼疾手快制止了："邦卓，咱们该学学卫大人的风度，商会里就一个姑娘，可不能让外人欺负去。"

"是是是，瞧我一时糊涂了。"邦卓反应过来，"宋姑娘莫要见怪。"

“无碍。”宋姗惊讶不比他们少。卫凌侧对着她，她看不清他此刻的神色。

乌起隆圆过场子，不久后饭局结束。

邦卓几人先后离开，乌起隆不敢再在雅间待着，说了句：“这个邦卓走这么快，我事情还没交代完呢，卫大人，我在外头等你哈。”说完即刻溜走。

屋子里只剩宋姗与卫凌两人。

宋姗先开口：“刚刚谢谢了。”

卫凌对上她的视线，问的却是：“乌起隆的意思，你都明白吗？你想清楚了？”

她多少知晓乌起隆与他的关系，可卫凌是首辅，他不会只盯着商贸一事，而且等乌起隆走后，他与商会定不会过多来往，她无须担心与他有什么接触。

“我明白，我也想清楚了。”宋姗说，“我想试试看。”

“阿姗，这条路没有那么好走，你若是进了商会，会有源源不断的困难等着你。”卫凌再次劝。

“方法总会比困难多，在东夏造船，或者直接在东夏提炼铜矿，不都是法子？”

宋姗将先前乌起隆等人烦闷的事情举了个例子，她从不害怕困难。

卫凌愣了一下，惊讶于她那么快就能想到这些：“方才为何没说？”

“只是一个设想，还不知可不可行。”

卫凌不说话了，就这样一个设想，乌起隆那些人不就没想出来？

他不该轻看她。

卫凌在对视中败下阵来：“那你小心些。”

“嗯，没什么事的话我先走了。”

“我送你。”

说是他送，实际上宋姗还得放慢脚步，等白亦小心推着他出门。

到了门口，宋姗与等着的乌起隆告别，乌起隆发出邀请：“宋姑娘，后日商会有项活动，你一道来吧。”

后日……后日她答应了周则玺去书院。

宋姗问：“什么时辰？我那天要去一趟城南书院，若是赶得及就过去。”

“晚上，来得及。”

“那行。”

乌起隆目送着人离开，回过头才发现轮椅上的人一脸阴霾，他顿时胆战心惊：“卫大人……那日要不要一起过来？”

这日，何太医按时来到芳华巷为卫凌看诊。

何太医揭开纱布，看一眼伤口，仍是摇了摇头。

"何太医，我家郎君还能不能站起来？"白亦忙问。

何太医没直接答，用手碰了碰伤口周围："卫大人，有没有感觉？"

卫凌点头，虽那感觉十分微弱，但已比在安康镇要好太多。

白亦眼中露出的欣喜很快被何太医一句话浇灭："伤口在慢慢恢复，可能不能站起来还是个问题。"

"何太医，您是太医院医正，您一定有办法的。"白亦就差拉着何太医的手哀求了。

"唉，都说伤筋动骨一百天，卫大人这伤就算能站起来，想要痊愈起码也要个一两年。"何太医收起箱子，"不过卫大人无须过多忧虑，事在人为，只要好好养着，会好的。"

"劳烦何太医跑一趟了。"卫凌终于开口，"白亦，送一送何太医。"

白亦回来时垂头丧气："郎君，怎么办啊，我听说民间有个偏方，我们要不……"

卫凌从一堆奏折中抬起头，声音平静："没事的话就去煎药。"

"噢，好。"白亦不再说了。

书房里安静下来，卫凌重新执笔，在奏折上批注，批了一本又一本。

东夏各地每日会递上来许多折子，这些折子不会直接呈给皇帝，而是先到通政司，通政司筛选过一轮后递到卫凌这里，一些卫凌可以处置的事就直接散发至各部处理执行，重要事务才会上奏皇帝。

重要事务不多，送到卫凌跟前的折子不过是些通政司把握不准的事项，要他同意。

二十多本奏折一一批完，卫凌后靠，捏了捏眉心。

不过片刻，他脑海里闪过什么，急忙抽出其中一个折子，认真细看："西南陈黄村一村染病身亡，无一幸免，死亡原因未明……报至户部删其户籍……"

通政司批注是死亡人数超两百，需首辅过目。

西南，两百人离奇身故。

"白泽！"卫凌喊了声。

白泽急忙进门："郎君，何事？"

卫凌将折子递给他："查一查这个案子。"

因是奏折，白泽多问了一句："可要知会大理寺？"

卫凌思忖几瞬，道："让萧珩壹来找我。"

"是。"

晴朗秋日，阳光和煦，院子里那棵香樟树上的鸟儿叽叽喳喳叫个不停，吵闹声传进静谧书房。

卫凌看着香炉袅袅升起的缕缕青烟，心绪放空。

外祖母派人来寻，说要见他。

惠妃来信，请他进宫一趟。

太子设宴宴请，他得去。

南部商贸万事俱备。

西北军情，胡人虎视眈眈。

还有，今日是宋姒去城南书院的日子。

卫凌尝试着去动右腿，几个来回，他额间渗出汗来，右腿仍是岿然不动。

轮椅上的人放弃了动作，合上双眸，唇角勾起，似笑非笑。

周则玺，不过一个什么都没有的教书先生，现下却是他比不过的人。

城南书院。

宋姒到时快至晌午，秋老虎凶猛，宋姒下了马车后就到一旁树荫底下等候。

陈芷安没一会儿也到了，一见宋姒就开起玩笑："没想到啊，咱们宋娘子居然还有今天。"

宋姒看她一眼，嗔道："你再说就不用你陪我了啊。"

"哈哈，不说不说，到底怎么回事？"

书院不似没有人的寺庙，今日又是开放日，人来人往的，撞见她与周则玺单独相见不大好，若是以后能成事还好，若是不成，那传闻指不定传成什么样。

而且……她一个人实在应付不来周则玺，她要是不说话，周则玺怕是也蹦不出来一个字。

如今两人刚相识，这种情况也算正常，要是往后都这样她可受不了，她是要找个丈夫，不是找个闷葫芦。

宋姒将事情始末告诉陈芷安，陈芷安了然，自信地拍了拍胸脯："这事包在我身上！"

"不用你做什么，你别胡说就行。"宋姒失笑。

"保证不胡说！"

两人说话的工夫，周则玺已从书院门口迎过来。

城南书院常日里不许外人进出，学生们休沐时才能回家一趟，管理甚是严格。

所谓开放日就是让外面的人以及学生父母进去参观，一是让那些达官贵族放心，二也是为了招揽生源。

此刻书院门口停了好几辆马车，不断有人进门去。

周则玺行至跟前，看着宋姗颇有些不好意思"我以为宋姑娘不会来了呢。"

宋姗说："早上有些事情，耽误了会儿。"

"无妨无妨，这会儿正赶上用饭呢。"

一旁陈芷安忍着笑，轻咳两声提示自己的存在。

周则玺仿佛才看到宋姗身边的人，移开黏在宋姗身上的视线，忙问："宋姑娘，这位是？"

"好朋友，陈芷安。"

"陈姑娘好。"周则玺立马作揖，又道，"那我们进去吧。"

两人跟在他身后，陈芷安低声笑"托你的福，我今日还能当一回姑娘呢。"

周则玺很是尽职尽责，领着两人转了一小圈，每到一处便介绍一处。

书院氛围浓厚，隐隐还有读书声传来，宋姗不由得想起小时候的事情。

她没在书院上过学，但宋璇与宋瑜是能到锦书房去的。

那会儿宋璇老爱带她到处玩，锦书房自是去过一两回。

她知道锦书房是什么地方，进去时是好奇又小心翼翼，宋璇倒不怕什么，拉着她四处转。

宋璇仿佛什么人都认识，一路上都在打招呼，宋姗跟在后头，许多次都被认作是她带的小丫头，每每这种情况下宋璇总会义正词严表明宋姗的身份。可次数多了，宋姗不免有些灰心，嫡庶到底有别。

想到这里，宋姗沉默下来，如今她是不在乎那些了，而同样不在乎的长姐已经过世多年。

其实她这会儿也顺带想起了另一件事来，她与卫凌，应当是见过的，只是当时种种心境下并未上心。

宋璇与卫凌几人交好，那时候特地要将她介绍给他们，她记起宋璇兴奋的话语："卫小郎君，竟轩，这是我妹妹，姗姗。"

宋姗还在为先前的事烦闷，仅是匆匆抬了眼，不敢多看，那俊朗容颜只在她心头一划而过。

她扯了扯宋璇的衣袖，轻声说："阿姐，我们走吧。"

宋璇便笑："怎么还羞起来了？"

宋妡顿时头更低了。

宋璇说："卫小郎君，我们要去藏书阁呢，要不要一起？"

随后一道清澈的嗓音传来，纯净温润，似冬日暖阳，又如山间清泉。他说："还有事。"

宋妡心一颤，想要抬头又不敢。

那是她听过的最好听的声音，人没看清声音倒是记下了。

后来发生了许多事，两人阴差阳错下走到一起，不过关于这些事却是从未提起过。

他大概同样不记得。

"妡妡，想什么呢？"陈芷安伸手在她面前晃了晃。

宋妡回过神，用笑意掩盖住莫名升起的情绪："没事，怎么了？"

"周先生问我们要不要在书院膳房用饭呢。"

宋妡朝周则玺看去，微笑颔首："好不容易来一趟，自然是要去的。"

膳房很大，大概可同时容纳一百多人用饭。

三人一进去就有目光聚集过来，宋妡与陈芷安十分淡然，倒是周则玺微微红了脸。

周则玺给两人选了位置："宋姑娘、陈姑娘，你们稍坐，我去打饭菜。"

"谢谢周先生。"陈芷安应。

等人一走，陈芷安话匣子就打开了："妡妡，我觉得这人不错。"

宋妡问："哪里不错？"

"有才华、有容貌、老实……"陈芷安一一数着他的优点，"重点是眼里只有你，看着你会脸红。"

陈芷安不说，宋妡也能察觉出来。这一回的周则玺比上回在梨花林大胆许多，看向她的目光里多了些东西。

"可是芷安，我们才见第二面。"宋妡冷静道。

"这古人还说什么'一见倾心'呢，若是喜欢，见两面也就够了。"

宋妡不说话了，握着手里的茶杯却没有要喝茶的意思。

周则玺很快回来，手里拿了几个菜，放下后又匆忙去打饭。

跑了两趟他才坐下来，宋妡道："麻烦周先生了。"

"不麻烦，快尝尝看，我们这的厨子以前是外面酒楼的，做的饭菜味道都还不错。"

宋姗吃了几口："确实不错。"

有好事的学生过来打招呼，十一二岁模样："周先生。"

几双眼睛直往宋姗与陈芷安身上瞟。

周则玺微红的脸佯装严肃，将人赶走："用完饭就去温习功课。"

学生嘻嘻哈哈跑开。

他朝两人解释："都是孩子，皮得很，宋姑娘、陈姑娘莫要见怪。"

陈芷安开起玩笑："这会儿看出周先生是个先生了。"

"啊？"周则玺略微不解，陈芷安未解释。

宋姗看着跑开的学生，想起一事，遂问道："此前曾听先生说过，从外地来应试的书生能在书院中借居？"

"正是，院长辟了两处院子出来，供明年春试的学子潜心备考。"

宋姗点了点头，琢磨着尤起跃到时不若到书院来，这儿环境氛围都比待在家中要好，能让他安心待考。

"可还有位置？"

周则玺犹豫起来，须臾后问："宋姑娘家中有人要参加明年春试？"

"还不知什么情况，若是没有位置那便算了。"

"现在陆陆续续还有人进来，不过宋姑娘若是需要可提前与我说，我留个位置出来。"

"好，那就先谢过先生。"

"宋姑娘不必客气，能帮到你是我的荣幸。"周则玺说完这句，心里想了想，还是将疑惑问出，"不知宋姑娘家中是何人要应试？"

据他所知，肃清侯府除了宋瑜并无男丁，宋瑜的身份自然不需要再参加春试，而如今宋姗母女俩离了宋家，哪还有什么亲戚？莫不是什么邻居？

宋姗没多想："是我扬州舅舅家的表哥，他应当会到盛京来。"

周则玺显而易见地惊讶了："宋姑娘在扬州还有舅舅？"

宋姗停顿片刻："不错。"

过了好一会儿，周则玺才道"原是如此，那届时宋姑娘直接来寻我就是。"

宋姗有些不愿了，不过既已开了这个口，也就没多说什么。

用过饭，周则玺还想请两人观摩午后的教学，宋姗以绣坊有事为由拒了。

路上，陈芷安问："怎么就走了，我还挺想看看人家是怎么教书的呢，这辈子都没进过学堂。”

“东安街的绣坊才刚开，事情多着呢。”

陈芷安信了，高兴道：“你这绣坊我还没去过，我同你一道去。”

“嗯。”宋妣想起沈如，也没瞒着她，“沈如来找过我。”

陈芷安瞬间张大嘴巴：“什么？”

宋妣简单说了一遍事情经过。

“我说呢，怎么这两日吃饭她那般开心，原来是这样啊。”

宋妣不由得笑：“两人如今怎么样？”

“好着呢。”陈芷安睨她，“你这还管起别人来了，多为你自己考虑考虑吧。”

宋妣的笑容瞬间消散。

萧珩壹走进芳华巷时是惊讶的，待进到那间小院子，震惊之意更甚。

他忍不住问白泽：“卫大人还住在这儿？”

白泽点头：“是。”

萧珩壹沉默下来，往事浮现脑海。

原来才不过大半年啊，怎的就像过了大半生。

他在院子里站了一会儿，稳定心神后才往书房走去。

书案前没人，萧珩壹探头找了找，才寻到坐在窗前的卫凌。

萧珩壹又是一惊，他知道卫凌受了伤不能站立，可如今亲眼见到仍是不免感叹。

直到现在，萧珩壹仍旧理不清自己对于卫凌的心绪。

那是他少时仰慕的人，他曾经研究过许多卫凌的策论，有关于卫凌的消息他一定不会错过，他总想着和卫凌比一比，一较高下。

后来知晓卫凌与宋妣的关系，他开始恼恨起这个人，恨对方的无情无义与辜负，让宋妣平白受那么多苦。

可偏偏是这样一个人，是他的伯乐，给了他机会，并且许多时候都是卫凌在护着他。

若是没有卫凌，哪有如今的萧珩壹?

到现在，命运弄人，他娶了妻，不得不逼着自己放下宋妣。

卫凌呢?

萧珩壹立在原地，看着他稍显落寞的背影，不由得想，如若当初追去扬州的是自己，那自己和宋妣是不是会有不一样的结局?

可惜没有如果。

他变了，卫凌却一点没变。

卫凌应是察觉到人，转过身，一声"你来了"打断他的思绪。

萧珩壹回神，拱手道："卫大人。"

卫凌自己转动轮椅，表情平淡道："坐吧。"

"可知我今日找你来是何事？"

"卫大人请说。"

卫凌先问："宋瑜一案是你在经手？"

"是。"

"查出什么来了？"大理寺查了什么卫凌早知道了，不过他仍是问道。

萧珩壹如实答："应是和太子有关，不过某日起线索全部中断，案件只能暂时悬着。"

"嗯，有没有什么方向？"

"我与宋大哥商议过，他愿意配合我们查出真相，伺机而动。"

卫凌掀了掀眼皮，似诧然又似漫不经心："把人放出来。"

"啊？"

"东夏律法，若一月未定罪，不可再拘。宋瑜在里面待久了，许会有危险。"

萧珩壹顿时明白过来，恭敬道："是。"

卫凌又丢给他一个折子，是早上那封："这个案子我派人去西南查了，盛京这边交给你，不要用大理寺的人手，用你自己的。"

萧珩壹如今是大理寺少卿，他上面还有个陈卿正，虽说卫凌如今是一人之下万人之上，但这样直接给他派任务好像总有哪里不妥。

不过萧珩壹只犹豫了一瞬就直接应下，他若是要站阵营，只能是卫凌这边。

说完了正事，书房里气氛变得微妙起来。

撇去官职，两人关系实为尴尬。

萧珩壹手里捏着折子，斟酌过后，终是开口："卫大人。"

卫凌不知在写什么，头也没抬："何事？"

"我成婚了。"

卫凌愣了一下，手下笔墨歪了歪。

"恭喜。"

萧珩壹不知为何笑了开来："没想到我们居然能如此平静地共处一室。"

卫凌没应话，继续提起笔。

"我前些日子偶然间见过一回阿姒，她好像变了些，又好像没变，可惜……"萧珩壹停了下来，过了一会儿才继续道，"卫大人，她原谅你了吗？"

卫凌说："没有。"

萧珩壹听见了意料中的答案，他知晓宋姒经历过什么，正是如此才格外心疼，但他已经没有资格再去做那个心疼她的人了。

卫凌是伤害她的人，可如今也是最能护着她的人。

他不能替宋姒说原谅，可他希望她往后余生，一帆风顺。

"卫大人，你不似我，你还有机会。"

卫凌放下手中制作精良的毛笔，看着外头缓缓暗下来的天色。

机会……

他早已配不上她了，哪还有什么机会。

南洋商会地址设于正阳大街，离绣坊不远。

宋姒这些日子不是在商会就是在铺子里，忙碌又充实。

南洋商会初初成立，就连规章都未拟订，宋姒既然答应了乌起隆，便也想尽一份心力，能做一些是一些。

为此尤四娘说她胳膊肘往外拐，说她一个东夏人还去帮南洋人想法子去赚自己人的钱。

宋姒不这样想，在乌起隆等人未到盛京前就有不少南洋人在这儿做些小生意，可他们常常因为人生地不熟而受欺负，如今商会的设立就像是娘家里来了人，终于有人为他们撑腰。

都是谋生的老百姓，只要不坑蒙拐骗、不作奸犯科，老老实实做生意的，东夏人与南洋人又有何异。

宋姒正在看昨日邦卓与蒋侍郎草拟的商贸合约，她不懂的东西太多了，其中一些条目不止单纯只是交易，背后许还蕴含着两朝之间的利益相悖，她须得从头学起。

孙娘子从侧门进来，手里端着碗甜汤。

"宋姑娘，先用点东西吧，你这一大早的过来到现在都没动过了。"

孙娘子是前几日才来的，平日里主要负责商会里大大小小的杂事，也是除宋姒外的唯一一名女子。

宋姒看了半日确实有些累了，她放下那几张密密麻麻写着字的纸，双手轻轻拍了拍脸颊，好让自己清醒清醒。

孙娘子将甜汤送到她跟前："填填肚子。"

"谢谢孙姨。"宋姗没用多少就放下了碗，"孙姨，您之后不用给我做这些，商会里的事情都有得您忙了。"

只要她在，孙娘子就会过来送东西，今日是甜汤，昨日是糕点，害得宋姗都有些不好意思。

"没多少事，我见你们常常忙得顾不上吃饭，这哪行啊，饿坏了身子可不划算，我刚刚还给几位大人送了过去。"

宋姗略略放下心，问："邦大人在吗？"

"乌起大人来过一趟，两人方才一起出门去了。"

"嗯。"

这合约中她有好几处疑惑，想着问一下邦卓，看来只能改日了。

宋姗说完又埋头研究，孙娘子默默退了出去。

刚出门就遇到个小厮，小厮与她一同走回厨房："孙姨又特地给宋姑娘送汤呢？"

孙娘子作势要敲他的头："什么特地，别乱说话。厨房还有，要喝自己去盛！"

小厮轻巧躲过，啧啧道："要我说，咱们是得好好紧着这位宋姑娘，那商约还没定下来呢就先给了她看，邦大人就不怕她泄出去？还有，我瞧着乌起大人对她比对邦大人还要上心，也不知什么身份来历。"

"什么身份来历也不是你能管的，做好你的事。"

两人渐渐走远。

这日晚上宋姗没怎么睡着，脑海里都是那些个条款。

第二天早上先是去了一趟东安街处理绣坊事务，随后直接到了商会。

商会正堂大门敞开着，里面有说话声传来，邦卓应是在里头，宋姗让人先禀了声，得到回允后才进门。

可刚迈过门槛她就愣了，卫凌也在。

他坐在上首，同乌起隆两人一样望过来，眼神平静。

卫凌既在，他们肯定是在说事的，宋姗收回脚："邦大人，我改日再过来。"

"宋姑娘来得正好，快来。"乌起隆赶忙道，就差起身亲自过来迎接。

宋姗只好进去，乖乖坐在一旁。

卫凌移开目光，邦卓继续问："卫大人，东夏造船术是否归属民间所有？"

"东夏的海外贸易一直掌握在一些大商户手里，这两年朝廷才逐渐收回，造船一事确实还不是我们能管的。"

"也就是说，只要有银子，这船就是谁都能造？"乌起隆道。

卫凌颔首。

邦卓笑了："东夏造船术比南洋好不知多少，那我们就趁这个机会多造几艘！"

卫凌提醒一句："这事早晚要掌控在朝廷手里，只是时日问题。"

"那我们就早些造！"

一旁宋姗默默听着，想了想，还是说出口："邦大人，我看过商会的账户，昨日也估算了咱们一趟船能挣多少银子，我觉得那些支撑不了我们造一艘船。"

堂里瞬间安静下来。

乌起隆与邦卓都皱着眉思考，若是在南洋，银子的事哪用担心，可这儿是东夏，他们确实一下拿不出那么多。

而上头的人不同，他看向宋姗，一副正经商量的语气："你是如何想的？"

宋姗对上他的视线，冷静地说出自己的想法："我曾想过能不能直接在港口设厂提炼矿石，可这样成本更大，而且东夏冶炼业历来属于官家，比造船更难实现。"

"昨日我看了那合约条款，上头说铜矿交易直接由官府运至码头，这样一来南洋确实省心省力。"宋姗停了下来，问卫凌，"卫大人，我让人问过，东夏最大的铜矿产地在西南，对不对？"

"不错。"

"西南距南清城约两千多里，而西南距南洋最北边的城池不过才一千八百里。"

三人瞬间什么都懂了，乌起隆立马让人去找舆图。

卫凌思考一会儿，说："陆路距离虽短，可东夏与南洋之间还隔着一个百越国。"

邦卓同时担忧："而且陆路最易出现盗匪，如今海盗已被清空，海路是最安全的一条商路了。"

这些问题宋姗也有考虑过："哪家盗匪会劫持一堆没有用的矿石？他们还会提炼不成？至于百越国，若是乌起大人肯费些心力，没有什么是银子办不下来的事。"

"这笔银子用不着我们出，既然东夏少走了那么一段路，那铜矿价钱方面我们自然要再压一压。"宋姍越说越兴奋，"如果这条道建起来了，那不止能用它来运铜矿。"

宋姍："邦大人，冒昧问一句，我见合约上还约定了粮食的贸易，可据我所知，海上湿气重，这些粮食到了南洋可会受潮长霉？"

邦卓还停留在陆路一事上没回过神，是卫凌答的她："会，粮食在海上走半月，基本上外面一层就不能食用了。"

"既如此，粮食走陆路是否会更好？"

"自然是陆路更好。"卫凌点头，问她，"粮食不同于矿石，盗匪如何处理？"

"盗匪对朝廷对老百姓来说总是祸害，无论是不是为了商贸都应根除。"宋姍停顿了一会儿，"因此要等专门的商道建起来后才好运输粮食等物，卫大人，此事不仅对南洋有利，对东夏，甚至对百越亦是有莫大的好处，三个地方贯穿流通，陆路海路同时运作，那定是造福子孙后代的大业。"

乌起隆与邦卓都没有说话，两人无声对视。

卫凌从她的眼神中看到了期盼。

宋姍见他只看着自己，表情不明，又感觉自己所言是不是有点多了，捏紧了手里的帕子："我，我只是这样想，要实现定然是有诸多困难的。"

卫凌捕捉到她眼里暗下去的光，道："此事我会与圣上商议。"

宋姍顿时呼了口长气。

卫凌勾了勾唇："你说你昨日看了那合约，可还看出什么来？"

"嗯……"宋姍犹豫了一下，有些事她只是疑惑或者说看不懂，她本来只想问问邦卓的，这场景下好似不好说这些，而且她刚刚才没头没脑地说了那么多……

谁知乌起隆也热情地看着她："宋姑娘但说无妨。"

宋姍斟酌了一下语句："我不大懂，一匹软烟罗锦在盛京要卖二两，为何卖到南洋就只需一两？这样商家不就会亏本？"

乌起隆正欲开口，却不及卫凌快："商家不会亏本，而且你看到的只是最低定价，届时具体成交价格如何还要视情况而定。"

"这样的话，若是官商勾结，低价从南洋进购，瞒而不报，高价卖给老百姓，那他们不是赚得盆满钵满？"

"你说的是漏舶。"卫凌答她。

宋姍第一回听见这个词："何为漏舶？"

"漏舶即为走私，商人为谋私利避开朝廷擅自买卖两国商品，此前东夏不甚注重商贸一事，下属官员对于漏舶都是睁一只眼闭一只眼，两年前重新整治，海上商贸立了规矩，凡是商品出入必有记项。"

"这还是多亏了卫大人呢。"乌起隆插一句。

卫凌继续道："如今时日尚短，待日后一一完善或可见成效。"

他解释得很清楚，宋妽一下明白过来。

过了会儿，他又问："还有吗？"

宋妽看向他："里面写了南洋所需商品由皇商提供，可如今盛京皇商不过吴家、金家与张家，他们虽家大业大，可又如何满足得了一国所求？"

"就算他们能吃得下，商品来源不过也是从各个零散商户中购买，多了这一层，价格又多抬了抬。"

细枝末节的事卫凌未曾参与，听她这么一说他也能想出对策，不过他还是问："你觉得怎样做更好？"

"我昨夜想了想，皇商既然是皇商，自是有他们的资质在，可别家商户难道就没有资质？虽然商户们始终会获利，可为何不能去掉中间这一层呢？"

"怎么去？"

"筛选符合条件的商家，给他们发放公凭，两朝商户直接交易。"

卫凌沉默一会儿，问乌起隆："你觉得如何？"

乌起隆想也没想："可行。"

后来宋妽又说了几条，卫凌都一一给她解释，她头一回觉得自己所知实在太少，一下没忍住，越问越多。

说着说着才发现屋子里只有她与卫凌两个人，宋妽反应过来："乌起大人与邦大人呢？"

卫凌双眸含笑："应当是用饭去了。"

宋妽一下有些不好意思，看了看外头天色："什么时辰了？"

"大概未时一二刻。"

那都过了晌午，宋妽咬了咬唇："对不住，我问得好像有些多了。"

"无妨，你说的都很有用，晚些邦卓会再与蒋侍郎商议。"

能有这么多问题，是个人都看得出她做了多少功课，细致到卫凌不得不佩服。

宋妽不再说合约的事："嗯，你也饿了吧，我让孙姨热些饭菜送过来。"

卫凌却道："不用，阿妽，你先帮我把白亦叫进来。"

宋妽连忙出门去，可找了一圈都没找到白亦，只好返回："没见着白亦。"

卫凌蹙了蹙眉，脸色看起来不是很好，她便问："你怎么了？不舒服吗？"

他倒也没藏着掩着："阿姒，我得去趟茅厕。"

宋姒霎时僵在原地，愣了好一会儿才断断续续说："啊，我，我推你去。"

茅厕在商会院子的角落里，这一路实在尴尬，她左看右看就盼望着能见到个小厮，可这会儿居然连个人影都没有。

卫凌好似察觉到她的紧张，低声笑了笑："阿姒，我能走，你别怕。"

"啊？你能走？"

"嗯，扶着东西我自己能走。"

他这样一说，宋姒确实放下心了。

"你这腿到底什么时候能好？"

卫凌想起法云寺她说的话，笑意瞬间没了："我不着急娶妻。"

娶妻？宋姒脑子转了一圈，明白过来后不由得笑道："我不是说那个，你好歹也是一国首辅，总不能一直坐在轮椅上办事吧？"

商会才刚搬进来不久，院子里什么都没有，光秃秃一片，宋姒虽对这院子还不是很熟，可茅厕她还是知道在哪里的，她推着他小心避过坎坷处，往茅厕去。

他许久后才说，又不似答她的话："我会站起来的。"

宋姒没听清，她只看见另一头有人走过，连忙出声把人叫了过来，把卫凌交给他后大大松了口气。

她没走，就站在院子里等，心绪有些复杂。

今天的卫凌说了许多，耐心且认真，让她那时几乎忘了他曾是她的枕边人。

她其实还是很佩服他的，这样的人做什么不成？

若是没有那些过往，她说不定也会像外面的小姑娘一样，心心念念要嫁给他。

卫凌出来时见她还在，脸上涌现了丝笑意："阿姒。"

宋姒回过身，走到他身后："我送你回去，先去吃些东西。"

"不用，我得去见外祖母了。"

宋姒一怔，问："长公主如今身体可好？"

"不大好。"

长公主以前待她不算亲近，不过也未曾苛待。她偶有听到些消息，说是长公主长久卧床，怕是大限将至。

她最看不得听不得这些事情，她难以想象一个人彻底离开人世间是什么滋味。

当初宋璇走时她花了好长时间才走出来，若是娘亲……她不敢再想了。

她再出口时声音有了些哀色："你也别太担心了，长公主自有她的福气。"

他应了声："嗯。"

话音刚落，白亦迎面走来，看见两人单独待在一起，堪堪停下脚步，道："郎君，我把马车赶过来了，现在走吗？"

"走吧。"他自己转了轮子，正对着宋姗，"阿姗，你若是还有什么不懂，可以随时来找……"那个"我"字被吞了回去，"来找乌起隆和邦卓。"

"好，我知道了。"

长公主府。

秦沛亲自出门相迎，正厅里秦公几人状态都不是很好。

卫凌问了几句，往长公主卧室去。

屋子里药味很重，长公主仿佛知晓了他会过来，靠在床上等着。

卫凌突然间害怕起来，停在门外没动。

长公主低声咳嗽，看着门口的人十分不满："怎么，不敢来见我这个老太婆了？"

卫凌这才鼓了勇气让白亦推进去。

"外祖母。"

"哼，你还知道我是你外祖母呢。"长公主脸色苍白，精神勉强撑着。

"您别气，身子要紧。"

"身子要紧？现在知道身子要紧了？"长公主瞥了眼他的腿，"你把那些个人参药材都拿回去，我用不着。"

"外祖母，我没事的。"

长公主又咳了咳，卫凌连忙端起一旁的水，长公主摆了摆手，掩着帕子好一阵才缓过来，微弱地朝下人们道："你们先出去。"

等屋子里其他人都走了，长公主才问："回过将军府了？"

"是，回过几趟。"

端容郡主前些日子把他求的平安符送了过来，长公主便知他没告诉将军府真相，也没和卫海奉两人闹掰。

她猜对了，这孩子就算知道了那些事，还是会藏着，只自己一个人默默承受。

长公主叹了口气："我没多少日子了，往后你好好的，不要闹性子，将军府和长公主府都会是你的庇护。

"端容如今变了许多，你想做什么便去做什么，不要等人生临到头了才后悔。

"还有，不要与宫里的人走太近，你官虽大但也不能胡作非为，凡事先保全自己。"

卫凌抿唇，低低"嗯"了声。

长公主俨然一副交代后事的模样，让他把来时想说的话都咽了下去，外祖母瞒了大半辈子，既然那样不想让他知道，那他继续装作不知道好了。

长公主望着他，突然笑了："你刚生下来时谁也不像，皱巴巴的，现在倒越长越像荷娘那个小丫头了，连性子也一样，执拗到不行，当初她真是说走就走，头也不回。"

"你别怪她，这个世上没有人比她希望你过得好，也没有人比她过得更苦。"长公主道，"域川，你可知你为何取单字一个'凌'？"

卫凌摇头。

长公主眼里好似有泪珠在打转："荷娘什么都没留下，我便自私了一回，将她的姓氏做了你的名。"

卫凌惊得说不出来话来，他能找到的所有关于荷娘的信息都未曾提到过她的姓氏，就连宫里二十多年前的名帖都只是"荷娘"两字。

怎么会……

过了许久，一道哀伤却又释然的声音传出："你如今好好活了下来，我下去跟她也算有了交代。"

"外祖母……"

"好了，回去吧，我累了。"

三日后，长公主与世长辞，举国哀恸。

深秋初冬之际，霜凝宵寒，宋姗一早醒来便觉一阵凉意飕飕，多添了件夹袄才敢出门。

饭桌上米粥还冒着热腾腾的香气，尤四娘给她舀了碗，宋姗焐在手里，感受瓷碗传过来的温暖。

"娘，我今日还得去一趟商会。"

往常尤四娘这时候总会念叨上一两句，今日却是安静得出奇。

宋灿以为她身子不舒服，连忙放下粥碗：“娘亲您怎么了？”

尤四娘低低叹气，告诉她：“昨儿夜里长公主去了。”

虽早料到了会有这一日，可听见消息时宋灿仍是颤了颤，怎么会这么快。

出门时才发觉街上空空荡荡，也不知是因今日突然冷下来还是因长公主的过世。

“二娘，我们还是先去绣坊？”龙邦问。

“嗯，绕一绕。”

这一绕就绕到了长公主府。

大门前白绫白灯笼都挂上了，前来吊唁的各府马车整齐排着，门口有人披着孝麻接待。

宋灿看见了秦奕娴，她扶着身边人才勉强站稳，眼眶通红，神情哀戚。

宋灿默默等了一会儿，她进不去，只能以这种方式表达哀思，但愿长公主来生顺遂。

到了绣坊，张叔告诉她今日休市，所有经营店铺一律关闭。

宋灿直接去了商会。

乌起隆与邦卓几人都在，都是一副神色凝重的模样。

“宋姑娘来了。”乌起隆提起几分精神招呼，“今日休朝休市，就连卫大人也告了三日假，咱们可是彻底闲下来了。”

当今圣上是长公主一手带大的，长公主辞世，盛京休朝休市，可见两人感情深厚。

卫凌自小是长公主最疼爱的外孙，告假三日并无意外。

宋灿在商会里坐了会儿，与邦卓几人说了几件事后便回了家。

小月倒是十分高兴：“趁这个机会二娘也好好休息休息吧，我瞧着您都连轴转了快半月了，这哪是人能吃得消的。”

极度疲劳过后，人一闲下来就什么都不想做，宋灿亦是如此。

天气虽寒，但还没到烧炭的地步，宋灿没有睡意，只裹着小毯子在贵妃榻上坐着，手边有杂书也放着刺绣的小篮子，但她就是不想动，这一坐就坐到了天色逐渐暗沉。

晚上曹娘子拿着账本来了一趟，笑容满面。

“二娘，我今日闲着就算了算咱们新绣坊的账目，您看看。”这回曹娘子没让她猜了，账册翻到最后一页，上面一串的数字让宋灿看花了眼，她终于有了些笑意。

宋姗问："作坊的出账呢？"

曹娘子立马报了个数字。

新绣坊开了大半月，就算减去作坊全部的投入，也剩下一些来，长此以往，这绣坊就像是个金蟾蜍，只会不断往外吐银子。

不过宋姗还是叮嘱了几句："曹娘子，咱们赚越多，外面眼热的人就越多，你切记让两边的人都小心些，多长个心眼。"

"哎，这道理二娘你不说我也懂得。"

"还有，月末的时候你拿出利润的两成五来给我，我存到谢家的银庄账头里。"

这事宋姗早跟曹娘子说过，她没说什么，就是觉得有些可惜："两成五呢，怎的要给这么多。"

"商人凭信用做事，当初说好的事情不可毁约。"

"行。"

日子一过，盛京城重新恢复了热闹，那日的寂静仿佛只是昙花一现。

初冬时节天总是黑得比夏日要快，眼见太阳沉了下去，宋姗合上那本记载了东夏历年来商贸纠纷的册子，回家。

早上出门前尤四娘说了晚上会亲自做饭，宋姗好久没吃过娘亲做的菜，下马车时心情愉悦。

刚走两步，小月拍了拍宋姗的肩膀，顺着她手指的方向，宋姗看见了隐在黑暗里的卫凌。

两人大概几丈远，宋姗依稀察觉到一丝沉重的氛围。

白亦着急开口解释："二娘您别误会，郎君说觉着屋里闷让我推他出来走走，芳华巷离这儿不远，我们只是刚好经过。"

卫凌没阻止白亦的话，只是静静看着自己。

以前在将军府时就知，卫凌性子固执，卫海奉与端容郡主的话很少听得进去，唯独长公能劝动他几分。

长公主过世三日，他告假了三日，此刻心里应当是不好受的。

宋姗抿了抿唇，开口："你用过饭了吗？"

卫凌摇头。

"那一起进来吧。"

尤四娘见到两人一起进门，整个人惊讶得不行，可见女儿脸上一片淡然，她便也没多说什么。

卫凌坐在轮椅上问候："夫人。"

尤四娘其实还是有些不舒服的，自己女儿受了那么多苦都是因他而起，虽过了这么些年，但若是宋姗心里的结放不下，那她自然也不会放下。

尤四娘不经意瞥了眼宋姗，只见女儿已经坐在了桌子旁，她只好应了声，朝小月道："去添双碗筷来。"

饭桌上尤四娘与卫凌两人气氛沉闷，宋姗却不同，吃得津津有味。

她一抬头，见两人都看着自己："你们怎么不吃？卫大人，这些都是我娘亲做的，你试试看。"

卫凌终于动了筷子，身后白亦顿时松口气。

这三日卫凌一直在长公主府灵堂守灵，每日的饭菜送进去是什么样，拿出来还是什么样，他一口未动。

卫凌慢条斯理用完了一碗饭，宋姗瞧见他碗空了，让小月再给他添了一碗。

他只是看了一眼宋姗，没说什么，继续用饭。

碗又空了，宋姗还想喊小月，卫凌轻笑着制止："阿姗，我饱了。"

"噢。"

身后白亦眼眶眶一下通红，他家郎君不止吃了饭，还笑了，这么多日来，第一回笑了。

他没忍住，背过身去擦泪。

一顿饭吃完，尤四娘趁着收拾碗筷的工夫将宋姗叫了出去。

刚才两人那些小动作她看得一清二楚，她不免有些担心，害怕女儿再次误入歧途。

"阿姗，你怎么还把人带回来了？"

宋姗知晓她想问什么，绕过那些拐弯抹角，直接道："娘您放心，我对卫凌并无其他感情，只是今日特殊，而且眼下商会里许多事都得靠他，我不能装作看不见。"

"当真？"尤四娘有些不信。

"我都答应您去相看了，还能有假？"

这样一说，尤四娘就放下心了，那周先生她十分满意，如今宋姗也见了两回，两人间应当有戏，卫凌现下大概是翻不起什么浪来。

宋姗重新回到屋子时，卫凌正拿着她放在榻上小几的小酒瓶把玩。

听到声响，卫凌回过身，酒瓶还在他手里，他道："今日打扰了。"

"没事，长公主后事都安排妥当了？"

"嗯，舅舅他们早有准备，一切都很顺利。"

屋子里没有其他人，窗户还开着，猛地灌进来一阵凉风，宋姃便走过去关上，再回来时手上多了件小毯子。

宋姃递给他："晚上凉，你盖腿上。"

卫凌接下毯子，她朝他伸手："酒瓶给我。"

她有时候晚间会睡不着，睡不着时喝两口热温酒会畅意许多，这小酒瓶就是昨夜留下来的。宋姃暗恼，怎的青姨也不收走。

卫凌低声浅笑："没想到阿姃还喜欢这个。"

"你别误会，我只是用它来助眠。"

宋姃这会儿想起了乌起隆所说的他滴酒不沾的事情，而卫凌想的却是与她和离时喝的那许多酒。

两人几乎异口同声："阿姃……"

"我有些……"

卫凌便道："你说。"

宋姃却不想说了，她其实大概能猜到一些。

宋姃这会儿坐到了桌子旁，她用指腹碰了碰茶壶的温度，随后洗杯，倒茶。她微微侧着脸，动作轻慢，神色柔和。

卫凌一瞬不瞬看着，心里感慨，阿姃到底心底良善，若不是外祖母过世，他哪能进得了她的家门，又哪能见到这幅温情的场景？

他本不该过多打搅，可那时心里却起了些贪念。

"阿姃。"他唤了一声。

宋姃停下动作，回眸："嗯？"

卫凌心脏仿佛停止了跳动，那一眼，直接刻进了心里。

过了好一会儿，他才缓缓道："当年是个误会，我没对奕娴做什么。"

"我知道。"他早解释过，而且那么明显的事情，谁会看不出来。

"我那时知晓了荷娘的存在，脑子有些不清醒，但总归是我的错，没能控制好自己。"

个中缘由自是不能与她细说，若是当时没有那么多事，他未必会签下那张和离书，放她走。

酒，不能再碰。

她沉默了会儿，卫凌虽没明说，但也印证了她心中所想。

宋妁不想再细谈下去，遂问道："荷娘是你亲生母亲吗？"

卫凌犹豫片刻，终是说出了口："不错。荷娘是外祖母身边自小跟着的小丫鬟，十分得宠，她常常跟着外祖母进宫面圣，直到一日，皇帝认错了人，临幸了这个小丫鬟。"

卫凌才说了一句，宋妁就惊得捂住嘴巴，连忙往外看去，好似还觉得不够，起身走到门口左右望望，随后将门关上。

卫凌看着她一连串的动作不由得笑开，继续道："我此前曾与你提过一回，她为了保全我，提前生产，外祖母将我抱给了生下死胎的端容郡主。荷娘随后离京，再也没有回来过。"

宋妁那时只知他不是端容郡主的儿子，如今怎的，他居然不姓卫，而是……皇子？

她想起仅有一面之缘的皇帝，那时就觉得两人眉眼间有些相似，原来竟是这样。

而卫将军常常念叨卫凌不配为卫家子孙，两人无论性格样貌都没有一点相像，他是不是也早知了这件事？

"你早就知道了？将军也知道？"

"没有，父亲不知。"卫凌摇头，"我亦是到了扬州才查出来。"

宋妁又惊了，在扬州时他跟个没事人似的，现在更是，稳稳当当坐着首辅之位。

这么大一件事，他为何能如此泰然？顺口就说出来？

她一时脑子混乱得很，想不明白。

"你告诉我这些，不怕我说出去吗？"

"阿妁，这个世上，我只信你。"

他言语真挚，宋妁知道他看着自己，可她不敢与他对视。

宋妁忽略了这句话，问："你打算怎么做？"

她虽不涉及政事，可身处盛京，总能听到些传闻。

太子亲政，很得圣上欢心，而太子一党明晃晃地与卫凌是敌对关系，只是这一两年来盛京十分安宁，甚至比之前要繁荣许多，老百姓们当然不会过多关注那些不相干的事。

但现在……卫凌想要那个位置，并无不可。

宋妁不免想得远了，要是两方斗起来，太子最终顺利登基，那与卫凌紧紧捆在一起的南洋商贸又该如何自处?

她不禁冷汗涔涔。

卫凌仿佛看出了她的担忧,安抚道:"他们若是不触及我的底线,自然是相安无事。"

他知晓真相的那一刻没觉得多少惊讶,反倒是理解了外祖母为何那样坚持瞒着他,至于什么父子关系、兄弟手足他更是不稀罕,缺失了二十六年的东西,一朝一夕间如何补得回来。

在外人看来,宣帝待他很好,他给了自己机会,甚至让自己坐上现在这个位置,可实际上呢,一个皇帝又能有多少真情实意?他说到底不过是个称手的工具。

宋姗定下半颗心,望向他,一时不知该说些什么。

他身上背负着的那些都是她不能想象的。

"阿姗,一切都不会变,商会那边的事你放心去做。乌起隆等人不日就要启程回南洋,届时商会全权交给邦卓,你们若是遇到困难,可以随时来寻我。"

他补充一句:"这些事事关两朝友好,不为私利。"

宋姗还蒙着先前说的事,他又一下扯远,她只能怔怔应了个"好"。

卫凌转了转轮子,靠近她一些:"今日多谢,你早些休息。"

"嗯。"

盛京下第一场雪的时候,宋姗的第四家铺子开了。

这一次的铺子规模比正阳大街那家还要大一圈,可里面卖的不只是绣品毛毡,用尤四娘的话来说,她是开了个南洋市集啊。

宋姗站在铺子里,看着接踵而来的客人,心想确实没错,她是开了个南洋市集。

在商会里待了两个月,她与南洋商人早已相熟,也明白他们分别做的是什么生意。

她渐渐有了些想法,盛京百姓此前很少接触南洋商品,一是当初两国商贸不像如今这般如火如荼,二也是因南洋商人各安生业,没有关联。

可生意本就是一脉相连的事,既如此为何不能聚集到一块儿卖?

她将这想法在商会里提了出来,连同邦卓在内的商人们都有些犹豫,把全部商品都放在一家店里卖?从未有人做过这事。

宋姗知道大家在担忧,一条没有人走过的路,谁也不知道前面是深坑还是康庄大道。

她认真想了许多日，将方方面面都考虑齐全。

宋姍承诺各商户，她独自开一间铺子，大家可以将各自售卖的商品放在她的铺子里，谁的东西卖出去了银子就是谁的，她只收取一些杂事费。

这样一来，南洋各商户没有不同意的道理。

开这样的铺子可要比开自己的绣坊容易多了，她只需提供一个场地即可，省心又省力。

可惜事情总不会一帆风顺，新铺子开张第三日就来了事。

店里一个小二离奇地死在了铺子后院，小二的家人在铺子里大闹特闹，无人敢再光顾。

宋姍当时不在，是在前往顺天府的路上才了解的事件经过。

曹娘子说："今日一早开工，大家都没有异常，该干吗干吗，晌午时铺子里人渐渐多了起来，小李抽了空过来跟我说好长一会儿没见小吴了，我便让人去寻，最后在后院花丛里发现的人。

"发现人时已经没了气息，身上也没有伤口。我当时整个人都蒙了，没想到有客人这时候突然进了后院，再也瞒不住，后来不久小吴的家人就寻过来，闹腾好一阵，我便让人报了官。"

宋姍："这个小吴是什么情况？"

"小吴是新找的，我亲自见过，平时还挺憨厚老实，铺子没开前干活也很麻利。"

宋姍又问："小吴的家人何时来的？"

"出事后不到一刻钟。"

"这么快？"

"是啊，我也纳闷着呢。"

平时后院都是堆放杂物的地方，客人轻易不会进去，怎么这回就有客人突然进去？而且这家人来得这么迅速，其中定有问题。

做生意这么久还是第一回遇到这种事，宋姍冷静了一会儿，对曹娘子说："曹姨，你随我去官府。"又对马车外的龙邦说，"龙邦，你回去将铺子关了，另外三家铺子若是有去闹的也直接关门，让小二们不要多说话，也不要慌，等我回来。"

两人同时应好。

另一边卫凌同样收到了消息，白泽问他如何处理。

卫凌思虑几瞬："去查，查清事由后先不要轻举妄动。"

"是。"

卫凌行至窗前，那厚厚的积雪已将原本的地面覆盖，只余一片白。

宋姗还未进衙门就听见了一个妇人哭天喊地的声音，等那妇人瞧见了她，立马指责："你这无良商家，我好好一个儿子就这么在你们铺子里没了，你赔我儿子！我儿自进了你们铺子就没能好好歇过一刻，你们是要钱不要人命啊！你个贱妇，恶毒心肠！"

她喊着喊着就要过来攀扯宋姗，曹娘子挡在宋姗身前，那妇人也被官差摁了下去。

宋姗原本还存着几丝怜悯，现下是荡然无存。

"大人，小女宋氏绣坊老板。"

头上是顺天府主簿，他向下看了两眼："小吴与你是何关系，在绣坊所做何事，如实招来。"

曹娘子便替她将前前后后的事如数禀告。

那妇人哭喊更甚。

宋姗在一片吵闹中问："请问大人，小吴是因何而死？"

主簿大概这些事见多了，今日目的达成后只道："来人，收押绣坊老板，待事件查明，仵作验尸结果出具后再升堂！"

曹娘子一下慌了："大人冤枉啊，此事与绣坊无关，与我们没有关系！"

那主簿哪会理，重重拍了拍桌子。宋姗立马拦下曹娘子，朝她摇头："曹姨，外面还需要你。"

曹娘子只能作罢，眼睁睁看着她被带走。

说是收押，其实宋姗就是被安排在一个小屋子里。

她来回踱步，有些担心。这件事绝无可能跟绣坊有关系，但若是被有心人利用，那最后影响的不只是她一家铺子，还有南洋商会。

到底是谁？宋姗敲了敲脑袋，以前都没有这种事，在新铺子开了之后才有的动作，她是触及了谁的利益？

南洋商贸……皇商……太子……

宋姗在小屋子里只待了半个时辰那主簿就亲自过来，与之前态度截然不同："宋姑娘，之前多有冒昧，您切勿放在心上。"

宋姗："……我可以走了？"

476

主簿低头哈腰："可以，可以。"

"可是验尸结果出来了？"

"还没，有了结果我们一定通知您。"

宋姗直到出了府衙大门见到邦卓才明白，原是他的功劳。

邦卓："宋姑娘受苦了。"

"多谢邦大人。"

邦卓在她垂眸时往后看了一眼，很快收回来："无妨，本就是我们一起的事情，不能单单让宋姑娘忧心。"

两人一起回了商会，商会里许多人都在等着，见到她时都放下心。

宋姗看在眼里，在一旁坐下，开始与众人商议："邦大人，依你之见，这事可有不妥？"

邦卓没答，先问她："宋姑娘不妨说说你的看法。"

"现在这人是如何死的尚不得知，若是真是因劳累过度而死，那绣坊有不可推卸的责任，但此条不大可能。另有一种可能，这个小吴若是身子本就不好，而吴家人是早知晓了这回事，因而才能来得这样快。最后一种，这是针对咱们的一场计谋。"

邦卓赞同道："不错，此事明显是有人有意为之。"

"如果是有意为之，那背后之人定是做好了万全之策。"宋姗有些歉疚，"邦大人、商老板、姜老板，对不住，我此前没想到过这个。"

几位老板连连摆手："这不是宋姑娘的错。说实话，来了盛京这么些年，我们什么没见过，商场比官场还要黑呢，宋姑娘日后就见得多了。"

"是啊，宋姑娘不必过多忧虑，眼下先把这关过了再说。"

宋姗深吸口气："谢谢大家。"

"宋姑娘，你若是有需要，我们随时可提供帮助。"

邦卓问她："你有没有想到什么对策？"

"官府是不能依靠的，我们塞些银子也许可以快速结案，可真相一日不查明，那吴家说不定就会日日过来闹，那咱们的铺子就不必开下去了。"

"我们不能干等着，先查查这个吴家，店里的人也要一一盘问过，还有那突然闯进后院的客人，总之，处处都是疑问。"宋姗沉静道，"邦大人，我确实需要你帮忙。"

"宋姑娘请说。"

"三家皇商想请邦大人多留意一下。"

邦卓有些惊讶："你怀疑……"

"但愿是我多虑了，毕竟是个小店铺，用不着他们大动干戈。"

邦卓几人若有所思地点头，若真是这样，那就不是宋姗一个人的事了。

宋姗派人回家报了平安，离开商会后直接去新铺子。

铺子里安静得很，和第一日开业时的热闹迥然不同。

曹娘子正挨个问话，宋姗在一旁听着。

结果并无意外，所有人都不知小吴为何会突然死亡，只小李提了一句，早上他曾喊了小吴两声，但小吴好似都没听见，神情恍惚。

新招的小二帮手有二十人，曹娘子一一问过。

龙邦那头回来禀了消息，说是小吴身体健康，而那吴家人也是出了事后才匆忙赶过来的，之前并未有异常。

宋姗问："是谁去送的消息？"

"吴家人只说是好心人，他们并不认识。"

"找找这人。"

龙邦又领命而去。

这来来往往的一天很快过去，铺子归于宁静。

曹娘子连叹几声："出了这事咱们生意都做不下去了，这才新开业啊。"

宋姗心里也没底，但她不能慌，反过来劝道："好事多磨，你别担心。"

"唉。"曹娘子站起来，"二娘今日也累了，回去歇着吧。"

龙邦去办事，陪着宋姗的只有小月，曹娘子不放心，想要同他们一起回去。

今日是不下雪了，但街道两边融化的雪渣子被踩得脏兮兮，宋姗扫一眼，裹紧了身上的小袄子。

"曹姨，这天太冷，你回吧，我没事。"

曹娘子没多坚持，在铺子找了个小厮送他们回去。

这会儿天快黑了，街上冷冷清清，马车嘎吱嘎吱地走着。

宋姗靠在板子上，摁了摁太阳穴。

小月瞧见："二娘不舒服吗？"

"有些累。"宋姗朝她招了招手，"你过来。"

小月才一靠近，宋姗就靠在她肩上："小月，等会儿回去娘亲还有一顿盘问呢，我先眯会儿，到家了你再叫我。"

"嗯，二娘你睡。"

话音刚落，肩上的人就沉沉睡了过去，呼吸绵长。

可没多久，马车"吁"一声急促停下，有刀剑摩擦声，外面小厮语气颤抖："你们，你们是谁？"

小月身子立时紧绷，急忙唤："二娘，不好了！"

她叫了两声，宋妁没醒，而外头已然打斗起来。

小月将宋妁放在位置上，大着胆子撩开车帘，小厮还在，瑟瑟躲在一旁，再往前看去，六七个黑衣人缠斗在一起，场面激烈。

"走，我们往后走！"小月迅速朝那小厮道。

小厮醒过神，控了缰绳去掉头。忽然一人瞥见马车动静，脱离了打斗，执剑袭来，小月心内一凛，暗道不好。

却不想又从哪里跳下来几人，直接将那人拦下。

小月推了推吓得屁滚尿流的小厮："快走！"

一路有惊无险，待到了家门口时小月才缓过神来，抚着胸口大喘气。

身旁人还在睡着，小月到底没叫醒她。

他们应是运气不好遇着什么坏人打架了，好在没出事。

芳华巷。

暗卫捂着肩口的伤，半跪在书房。

"郎君，一共四人，已全部咬舌自尽，这是他们用的武器。"

白亦接过那带血的剑，呈到卫凌跟前。

剑柄末尾有个鹰状图腾，别人许不知，但卫凌前面十年做了那么多事，他不会不明白。

那是太子手下人的印记。

卫凌盯着那剑，压下心底的愤怒与无力："在宋家周围多派一圈人手，时刻盯着，有异常迅速禀报。"

暗卫领命退下。

轮椅一侧的软垫此刻在卫凌手下几乎成了碎片，他眼睛盯着某处，不说话，但白亦知晓，这一次比以往任何时候都要严重。

他不敢说话，只默默站在一旁。

不久后，白泽匆匆进门，卫凌转正身子："说。"

"今日那小二是因欠下巨额赌债而被威胁服毒身亡的，我们在他屋内找到了剩余的毒药。但突然闯进后院的人与那去报信的人都已消失不见，我们后来是在郊外破庙找到的人，皆被一剑封喉夺了命。"

白泽递上一把剑柄："这是破庙角落里找到的。"

那剑柄上赫然刻着个鹰图腾。

"郎君，可要继续再查太子？"

"不是太子。"卫凌捏着拳头，沉声道，"明日进宫。"

触及底线，就不必善了。

勤政殿。

宣帝年纪渐增，白发隐约可见，此刻坐在龙椅上，精神大不如前。宣帝一生，中规中矩，无业无过。

"这人啊，不能不服老，这两年多亏了你和太子帮朕，朕才能喘口气。"宣帝感慨，看向下面的人，"域川，如今北边胡人紧紧盯着东夏，这战事不知何时会起，你得赶紧好起来。"

卫舒带军驻扎在北境，抵挡胡人时不时地骚扰，而卫凌把控朝政，东夏大小事都要经他手。

将军府一个儿子在外，一个儿子在内，不得不让人忌惮。

但宣帝不那样想，卫舒性子似卫海奉，只懂得带兵打仗，没那么多心眼，而卫凌是他一手扶持起来的，这孩子有没有谋逆之心他最清楚，卫家一家他很放心。

宣帝又道："太子经事太少，不稳重，朕想着等年前祭祀一事了了就将北边军务交予他，望他能有所成长，域川你觉得如何？"

轮椅上的人终于动了动眼皮："此事圣上决定便可。"

"等太子能接手朝政，朕便搬到宝峰山去，当个撒手不管的太上皇。"宣帝露出笑意，"域川啊，届时你们可要相互扶持，好好护着这东夏万里江山。"

卫凌没有声音，只低下头，唇边划起若有若无的弧度。

宣帝以为他应下，又自顾畅想了一番太平盛世。卫凌默默听完，临走前将自己的行踪禀报："惠妃娘娘之前请了臣去给六皇子教导功课，臣既进了宫就顺道去一趟。"

"去吧去吧，老六也是个皮的，你好好教教。"

白泽推着人出去，见他轻笑，忍不住问："郎君为何如此开心？"

卫凌身边那么多人，只有白泽知晓卫凌的身世，他刚刚虽然没有进殿，但里头的话还是听清楚了，那皇帝分明就是想让郎君去扶持太子上位，怎么郎君还这般高兴？

卫凌敛了笑意，嗤道："这皇位，不如让我坐了算。"

白泽一凛，立马看向四周，好在无人经过，没听到这要掉脑袋的话。

惠妃寝殿在皇宫西南侧，名叫丽坤宫。

六皇子沈元吉现年十四，而当年太子十三岁立的储。

沈元吉很少与卫凌接触，不过宫宴、狩猎祭祀这等大场合才会见上一两面，因而在丽坤宫见到卫凌时十分惊讶。

不过他自是听过卫凌事迹，也知晓宣帝对他的宠信，不得不畏忌，待卫凌简单问礼后恭敬回："卫大人。"

惠妃发话："吉儿，你先下去。"

沈元吉离开，惠妃屏退无关人等，一个老嬷嬷给卫凌上完茶后站在她身后。

"卫大人刚从圣上那儿过来？先喝口茶罢。"

卫凌没动那茶，抬眼望向雍容华贵的惠妃，能在宫里生存下来的女人都不容小觑。

惠妃如今不仅稳坐四妃之首，还生了皇子，与宁国公主、皇后甚是亲密，其手段不可不谓高明。

"娘娘这般千辛万苦让我过来，就不必浪费时间了。"

惠妃饮了口茶，又用帕子按了按唇角，缓缓道："卫大人不好请，可不得花些手段。"

她原本不着急，可圣上已好几回明里暗里透出想要退位的心思，若是太子即位，那她的吉儿是一点胜算都没有了，潜心布置这么多年，不能落空。

自卫凌从扬州回来她就频频给他去信，可惜他都恍若不见，她不能不想些办法。

"长公主过世时听闻卫大人告假三日守在灵前，长公主泉下有知定然欣慰。"惠妃慨然，"长公主儿孙满堂，个个皆是人中龙凤，但她偏偏最是疼爱你这个外孙，卫大人可知为何？"

卫凌听了这一番话不动声色，惠妃有些急了，斟酌一二后道："先前宁国常来我这儿玩，后来才知她从我这儿拿走了一封信……"

卫凌垂眸冷笑，看了一眼白泽，白泽随即从怀里拿出那封已经泛黄的信笺"娘娘说的可是这个？"

惠妃一见那信，气势弱了几分。

她一时不知该气沈娥不中用还是卫凌太过厉害。

当年宣帝临幸荷娘一事无人知晓，荷娘与自己身形相仿，面容也有两分相似，醉醺醺的宣帝那夜便是认错了人。

事后某夜宣帝突然与她提起那一晚，她完全没印象，心道怕不是哪个小宫女，这一查就查到了荷娘身上。

可那时长公主与荷娘都想要竭力瞒下此事，她便有心威胁荷娘为自己做事，毕竟皇帝最是听长公主的话。只是后来荷娘不知所终，她怎么也联系不上。

辗转多年，才知当年荷娘隐秘生下一个孩子，而那孩子如今好好地养在将军府。

那是皇子，一旦揭露真相，吉儿就多了个与他竞争的兄长，她不会干这种蠢事。

但谁曾想，卫凌越长越大，势力眼看着就要越过太子，她不能再坐以待毙。

信是她主动露给沈娥的，本就没有什么信笺，全是伪造，上面只透露了大致经过与荷娘这个人的存在，未曾言明皇帝与卫凌的关系。

若是沈娥争气些，如今他们两兄妹许会成就一段佳话。

可惜，沈娥靠不住。

"娘娘真是藏得深啊。"卫凌嘲讽，"怎么，娘娘眼下不怕了？不怕我抢了皇位？"

卫凌太过直接，惠妃面色一凛，盯着他不放，好一会儿才镇静下来："卫大人莫要胡言乱语才好。"

"好一个胡言乱语。"卫凌勾唇，"娘娘想要什么，不妨直说。"

事已至此，惠妃一副不再藏着掖着的模样："我与吉儿只求安稳度过一生，可如今外邦虎视眈眈，圣上又有意将皇位交给太子，太子……"惠妃忧愁，"那太子怎堪重用，他眼中最是容不下一颗钉子，他若即位，还不等胡人入侵，我们母子俩就要没命。"

惠妃："长公主一过世，这世上只有我知晓这件事的始末，我会如实与圣上言明当年真相，卫大人尽可去做你想做的事情。我手里捏着这个消息，又想方设法寻你过来，不过是想为吉儿求个活下去的机会。"

"鹬蚌相争，渔翁得利。娘娘计谋高深，臣不得不佩服。"

"卫大人能力出众，他日荣登高位，我与吉儿只想求一庇护。"

卫凌一点不信，冷眼望去："我若说，不呢？"

丽坤宫里银丝炭噼啪作响，话语停下，但两人间依旧暗流涌动。

惠妃知道他不会轻易应下，将手里的汤婆子递给身后嬷嬷，胸有成竹般道"卫大人，人一旦有了软肋，那便脆弱得不堪一击。"

482

卫凌神色瞬间凛若冰霜，厉声道："你敢！"

"我有何不敢，一个女人而已，与吉儿相比算得了什么？"惠妃几近疯魔，"噢对了，我不妨直言，若是吉儿少一根毫毛，那她不会好过。"

"你对她做了什么！"卫凌愤怒与害怕交织，无人发觉他紧握的拳头微微颤抖。

"不过让她吃了些药。"惠妃看一眼那嬷嬷。

嬷嬷拿出一个小瓷瓶，放在卫凌桌前："卫大人，这是鬼督邮，服用后心智渐失，直至暴亡，至于解药……"

…………

卫凌身影在视野内消失，身后嬷嬷上前来："娘娘，若是卫大人最后发现您是骗他……"

"不骗他我还能有什么法子，那女人我们的人连身都不能靠近，昨日派了四个死士才能换他主动来一趟。"惠妃眼光闪烁，"呵"一声，"不过，倒是未曾想，他竟没有一丝怀疑。"

宋姗第二日醒过来时脑袋昏昏沉沉的，一会儿像是被塞进千斤铁，头重得不行，一会儿又似塞满了棉花，飘忽忽的。

等意识逐渐清醒，她想起身下床，可身子怎么都动不了。

挽翠挺着肚子进门："二娘你醒了。"

"我……"宋姗张了张嘴，听到嘶哑的声音从自己嘴里发出，"我怎么了？"

挽翠连忙给她倒了杯水，喂到嘴边。

宋姗喝了水仍是觉得不好受，但心里记起昨日发生的事，忍着头痛说："挽翠，我得起来了，你让小月进来。"

"二娘，您都病倒了，还起什么起。"挽翠轻易将她身子按下，又给她盖好被子，"昨夜回来就一直睡到现在，早上青姨过来时才发现二娘您发着烧，后来请了大夫又喂了药，夫人一直在旁边照顾着，刚刚才去歇息。"

宋姗有些迷糊，从被子里伸手往额头探了探，果然还热着。

外头天色朦胧阴沉，她原还以为是早晨："现在是傍晚？"

"嗯，二娘你睡了一天一夜了。"

宋姗登时直起身子："绣坊怎么样了？不行，我得去看看。"

挽翠急忙道："绣坊的事有曹娘子、邦大人他们处理着呢，二娘别担心，没事。"

宋姒下床找鞋子，那事拖得越久对绣坊和商会越不利。

可瞬间的起身让她又是一阵眩晕，鞋子没找着，反而倒在了挽翠身上。

"二娘，你再这样我就去叫夫人了。"挽翠半是威胁半是不忍，扶着她重新躺下。

宋姒缓过一阵，再次问："绣坊怎么样了？"

"曹姨午后来过，说小二是服毒死的，在他家中找着了那药，又查出他欠了一屁股债，跟咱们绣坊一点关系也没有。"

宋姒稍稍放心，不过这事发生得蹊跷，那突然进门的客人和报信的人解释不通，她不能掉以轻心。

"挽翠，你让曹姨再来一趟。"

"行，我让龙泰去叫。"

屋子里已经燃上炭，窗户开了条缝，宋姒透过那缝隙看见簌簌飘落的雪花。

又下起雪来了。

她觉得身上闷热得紧，微微将被子扯开一些，双手放在上面。

宋姒静静躺了一会儿，回想着这段时间发生的事。

以前开个小绣坊，安居一隅，什么事都没有发生，现在牵扯了商会，她不再是一个人，有了许多人站在她身后，可前路亦是充满了未知的凶险。

宋姒脑子隐隐有些疼，闭上了双眼。

今日那小二是自尽而死，虽有缘由，但她心里总觉得不安，若是真有人成心搅局，那他的目的是什么，她身边这些人是否还能如现在般平静生活？

她得好好理理。

曹娘子刚走，周则玺就来了。

尤四娘进门后先摸了摸她的额头："可算是退下去了。"

"娘，让您担心了。"

尤四娘这回没唠叨，反而是一脸心疼地握着她的手："娘也不劝你了，但这三天，你听娘的，别出门了好不好，就在家里歇息。"

"娘……"

尤四娘脸一沉，宋姒赶紧改口："好，我不出门了还不行。"

尤四娘满意了，这才告诉她："周先生来了，在外面等呢，你要不要见？"

宋姒收敛了神色，这两个月里她在尤四娘的劝说下见过几回周则玺，她说不清自己对他是什么感情，没有很亲近也没有很讨厌，但总有股说不出的别扭。

周则玺各方面条件都很好，是外人眼中的良配，宋姐明白，他很适合过日子，如若两人成为夫妻，他会带给自己安稳的生活。

可……他们之间缺少了什么，她也很清楚。

尤四娘还在说："昨天就来过一趟了，说是听闻绣坊发生了事，担心你，可昨夜你睡了，这不，今日一下学又匆匆来了，还带着礼呢。"

宋姐心想，那姑且再试试吧。

"让他进来吧。"

尤四娘立即染上笑意："好嘞。"

周则玺大概是第一回进女子闺房，站在门口稍显局促。尤四娘招呼："阿姐身子不便，周先生进来就是。"

"哎。"周则玺进门，眼睛都不知道往哪儿瞟了，"宋姑娘，你还好吗？"

"多谢先生关心，我没事，只是太累了，休息几天就好。"

"嗯，宋姑娘身为女子，还是莫要在外面太操劳，能让下人做的就让下人去做。"

宋姐眉眼轻蹙，没有反驳，随口应下："是。"

"我带了些药材来，都是在山上采的，对宋姑娘身子康复有益。"

"谢过先生。"

尤四娘见两人气氛尴尬，便朝周则玺问道："先生刚下学吧？"

"不错，今日是冬假前最后一日课，书院会休学半月，等过了年再复学。"

"先生辛苦，这快过年了，你们也能好好歇歇。"

周则玺点头，偷偷往床上瞥了眼，见宋姐垂着头不知在想什么，一副神不在焉的模样，又移回眼，去答尤四娘的问话："春试在即，明年开春我便不在书院授课了。"

"哎呀对，先生是要下场的，那就预祝先生能金榜题名。"

尤四娘就站在床头，她伸手去碰宋姐的肩膀，想让宋姐开口说两句话。

宋姐回过神："我们等先生的好消息。"

周则玺看着她的笑颜，鼓起勇气，说："宋姑娘，若是我高中，我们能不能……"

宋姐有些害怕他即将要说出口的话，急忙打断："先生定会高中的。"

这话在周则玺听来就是莫大的鼓励："嗯，我会努力！"

宋姐抿唇笑了笑，对尤四娘说："娘，我有些累了。"

周则玺立马道："那宋姑娘好好休息，我改日再来。"

"嗯，先生慢走。"

尤四娘喜滋滋送走了人，屋子里只剩宋妱。

她这会儿整个人清醒多了，没了刚醒时的浑浑噩噩。

只是屋子里依旧闷热，她受不住，起身去开窗。

窗户不能开太多，透个风即可。

可刚拉了一小半，宋妱心里就觉得有些不对劲，再一拉，窗户外果然出现了一人。

此刻雪已经停了，窗户外的草丛里积了雪，他背对着宋妱，察觉到身后动静才转过身，陷进雪里的轮子在雪地里划了个半圆。

廊上点了灯，宋妱只能模糊看清他脸上的表情，似是自疚又似悲痛，是无法描述的复杂。

"你什么时候来的？"

他没答，可宋妱看到了他肩头上的雪。

她醒来时还是下着雪的。

"你都听到了？"她明知道答案，还是问出了口。

卫凌颔首，他都听到了。

那人的意思很明白，而宋妱，没有拒绝。

这天再冷，又如何冷得过他的心。

卫凌不再去想："你好些了吗？"

宋妱脸颊不知是因闷热还是身子发热，有些潮红，但精神尚可，他微微放下心。

"好多了。"

"嗯，新绣坊的案子需不需要我帮你？"他问。

宋妱知晓他的能力，有他帮忙定能快速查出真相。

可是……

宋妱默默叹口气，与她身边那么多人的性命安危比起来，她那点小小心思又算得了什么。

"方才曹姨说顺天府已经结案，小吴之死与绣坊无关，可是我不明白，常日里三催四请都请不动的官府为何这次办事如此迅速？"

卫凌当然知道是为何，等着她下文。

"卫大人，这事跟你有没有关系？"

宋妧突然盯着他，虽是疑问但又隐含坚定。卫凌定了定心神，沉静道："许是邦卓。"

也有可能，商会惯会用钱来办事，宋妧按下疑惑。

两人一里一外，一个站着一个坐着，就这么对话，谁也没觉得不妥。

宋妧将窗户彻底拉上，再道："虽说是结案了，但我还是觉得不简单。"

他问："怎么不简单？"

"其实自从商会成立、盛京一些大的商户拿到对南洋贸易的公凭后，我们总会遇到一些大大小小的问题，但都没有这次这么严重。我方才仔细想了想，这些事情并不是没有关联。"

"你觉得，是几家皇商？"

宋妧双眼顿时一亮，但又很快暗淡下去："我没有证据，不能胡乱指责。"

"阿妧，你有没有想过，是陷害？"

"陷害？"

"嗯，你既然能轻易想到皇商，那为何他们还要明目张胆地去做这些事情？"

宋妧凝眉思考，陷害……

须臾，宋妧恍然大悟："背后之人的目的是让我们不得安宁，又让我们与皇商内斗，然后坐享其成。"

卫凌点了点头。

"可是是谁呢？"宋妧又不看他了，自己扶着窗户琢磨。

有美一人，倚栏忧思。

卫凌静静看着，没去打扰。

宋妧一下没想出来，这事她还是得和邦卓他们好好再商量，她抬起头："卫大人……"

视线猝不及防对上，卫凌浅浅一笑："嗯。"

忽有微风拂过，头顶宫灯摇曳，烛光一下晃了宋妧的眼。

宋妧轻咳两声才再次开口："若是卫大人得空，能否帮忙查查，我怕他们再有动作，伤及无辜。"

他应："好。"

雪又开始下了，雪花顺着风飘到宋妧脸上，冰冰凉凉。

宋妧仿佛这才想起他既然不能走动，又是如何悄无声息地进了她的小院子，正欲开口，忽地听见他低沉又微弱的声音："阿妧，你希望他高中吗？"

宋妁听得清晰，她下意识避开他灼热的视线："周先生学识渊博，我相信他会高中。"

"这样啊。"他语义不明地低语一句。

宋妁转头，一下望进他深邃的眼眸里，什么都看不见，她捏着窗角，忽然感受到了一阵寒意。

卫凌位高权重，改一改春试上榜名单于他而言轻而易举。

而周则玺苦读二十年，他说了这是他最后一次参加春试，她不知卫凌会不会对周则玺有所动作，但总不能让他因自己而前功尽弃。

宋妁咬唇，说："周先生在书院中享有盛名，学生们都很喜欢他，可惜他出身寒门，屡次应试都被盛京高门子弟挤下来，这是他最后一次机会，卫大人，你不要……"

宋妁只说了一半，可卫凌知道她要说什么，正是如此他才更加难受。

她为了一个男人，来求自己不要插手。

字句清晰，随着漫天大雪落下，扎进他心里。

周则玺这人他早就查得一清二楚，他看过周则玺历年策论文章，全是泛泛而谈，也就在书院中广受追捧。

不仅徒有庸才还自视甚高，每一年的文章都没有进步，这样一个人就算他不掺和也过不了初试。

卫凌大可以答应她，可他不愿。

他凭什么？

当初萧珩壹可得她一句维护？

她当真这样喜欢那人？

卫凌再望过去，神情不属。

宋妁看得一惊，当真有些害怕起来："他不过是想要个功名，往后在书院教书能更加顺畅，周先生志不在官场，你不用担……"

"我知道了。"卫凌冷淡打断她，"绣坊的事我会帮你看着，你这几天好好休息，哪里也不要去。"

卫凌说完就直接转了轮子往门口去，白泽突然出现在院门，莫名朝她看一眼，随后站在卫凌身后，推着他离开。

宋妁还有些蒙，他这是生气了？

她好久没见过他生气了，最近一次是什么时候来着，是了，是她提和离

488

那晚，他眼红脖子热得像头狮子，气得摔门而去。

后来再也没有，他脸上有难过有内疚有不安，但就是没有过生气。

所以，她说错了什么？

是因为周则玺？还是因为她为周则玺说了两句话？

宋姒看着那道深深的车辙，不由得笑了，一边缓缓将窗户拉下。

而刚出了宋家的卫凌再也忍不住，一口心血涌出，洒在新铺的雪上，红白交织，颜色鲜艳夺目。

白泽惊呼："郎君！"

卫凌抚着心口，看着那鲜血，脑海却闪过宋姒的影子，她这会儿是在想自己，还是在想那书生？

他闭上眼，深吸一口气。

过了许久，他撑着把手颤颤巍巍地站了起来，白泽赶忙去扶。

卫凌轻轻推开，一步一步艰难往前走。

宋姒乖乖在家待了三日，三日里补品汤药源源不断，她都觉得自己脸圆润了不少。

绣坊事件渐渐平息，一切恢复如常，曹娘子与张叔每日都会过来一趟汇报绣坊进出账，除此之外宋姒完全没了事做，晚上喝完药能一觉到天亮。

不过倒是有一事比较稀奇，第二日时门外来了个老人乞讨，尤四娘给了几个馒头和十几文钱，那老人说是为报恩，从尤四娘的面色看出她这一两年的身体状况，让她多注意。尤四娘一听，每一处都对得上，就想着让他给宋姒看看。

宋姒当然不信会有这么玄的事，那老人给她看过，说的都是她这个门外汉能说出来的病症，她就没放心上，开的药方也随手放在一旁。

后来周大夫看过那张药方，大加赞赏，当场给宋姒换了药。

宋姒便想，那老人大概是哪个落魄的老大夫，也算可怜之人。

等尤四娘肯放她出门已是第四日，宋姒直接去了商会，商会老板重新见到她都十分高兴。

她将先前与卫凌的讨论一一道出，在商会里一待就是大半日。

回到绣坊已是午后，经历这事后宋姒谨慎许多，让曹娘子对每个小二小厮的身家都摸了一遍底，避免可能出事的一切隐患。

好在铺子里客人不受影响，反而有越来越多的迹象。

宋妘在柜台后对账，外面客人闲聊声传过来。

"听说这次祭祀大典出事了，天子震怒，处置了好些人呢。"

"出了什么事？"

"说是圣上在祭拜时香炉倒了，火星子溅到龙袍上，烧了好几个大洞，圣上一下惊慌，众目睽睽下脱了衣裳，丢了好大一个脸，能不生气吗？"

那人倒吸一口凉气。

"谁不知道，祭祀一事是太子全程操办，听闻太子在宫里跪了一日一夜圣上才让人进门，好一顿斥责。"

"就只是斥责？"

"不然呢，你还想罢了太子？"

那人连连说不敢，两人哈哈笑了一阵，又转去说其他话。

临近年关，每年宫里都会办祭祀大典，往年也没听说犯过这种错误，怎么今年太子一接手就出事？

宋妘在后面唏嘘一阵，心想这也不是她能关心的事，她还是好好对她的账。

等店里客人换过几批，门口一声兴致高昂的"阿妘"让柜台后的人抬头。

这么一会儿，谭锦玉已经跑到跟前，宋妘越过她，看到边摇头边无奈跟进来的徐壬寅。

"阿妘，我来盛京找你了！"

宋妘走出来，脸上也染上笑意，玩笑道："就只是来找我的？"

谭锦玉不管不顾，给了她一个拥抱，好一会儿才松开："你走以后我可想你了，想着趁过年来找你，顺道回家。"

"宋姑娘别不信，我们的行李马车就在外面，连安伯侯府都还没去呢。"徐壬寅笑道。

宋妘"呀"一声："那看来我得好好尽一番地主之谊了。"

谭锦玉嘿嘿笑："可不嘛，你就等着我日日过来寻你。"

"没问题。"宋妘大方应下。

两人只是过来打个招呼，很快离开去往安伯侯府。

第二日，谭锦玉却没有依约去找宋妘，反而是和安伯侯夫人先去了肃清侯府。

谭慧之对于这个外甥女的到来很是意外，连忙把人迎进门。

坐定后，谭慧之感慨："玉儿这一走就是三年，你娘想你都快想出病来了。"她说完好似想起了什么，神色一下黯淡下去。

如今宋瑜的两个妾室都生了孩子，就连姜氏也有了身孕，再加上两个未出阁的庶女，肃清侯府也算热闹。

不过谭慧之仍旧常常感觉怅然若失，宋璇始终是她心里的一根刺。

谭锦玉看得清楚，道："姑姑是想表姐了吧？"

安伯侯夫人拉了拉谭锦玉，这孩子怎么这么不懂事，哪壶不开提哪壶。

谭锦玉今日本就是有备而来："姑姑，我记着原先表姐常常是与另一个阿姒表姐一块儿玩的，后来表姐去后她还替表姐嫁到了将军府，如今她还可在您跟前孝敬？"

关于宋姒经历的一切，她后来都知晓了，那时就心疼得不行，宋姒并未做错什么为何要受那么多苦？

这次回来，她也想为宋姒做些什么，姑姑性子是狭隘了些，但愿自己能劝得动。

谭慧之愣了愣，不明白谭锦玉为何会突然提起宋姒。

"我以前见过阿姒表姐几回，记忆中她与表姐不仅长相相似，性格也都是同样的温婉娴静，要是两人站在我面前，我怕是都认不出来呢。表姐突然离世，若是她能在您跟前伺候，也算安慰。"谭锦玉假装不知，"母亲，这位表姐在将军府过得可好？"

谭慧之脸色阴暗不明，安伯侯夫人低声告诉自己女儿："你莫不是忘了，你这表姐在你离开时就与卫小郎君和离，那会儿就搬了出去住。"

谭锦玉适时捂住嘴巴："怎么会这样，那她为何搬出去？"

这话安伯侯夫人自然答不出来，只能用眼神警告她不要问了。

谭锦玉看不见这个眼神，又朝谭慧之道："姑姑，我记得表姐在世时最是喜欢这个阿姒表姐，她若是知道她与夫家和离居然不能回肃清侯府，定然会很难过的，说不定还会怪……"

谭慧之猛然抬头，似有顿悟，吓得谭锦玉不敢再说。

她确实常常做梦，梦里宋璇都只是给她留一个背影，任凭她怎么追怎么喊，宋璇都不愿意回头看自己一眼。

是这样吗？宋璇在怪自己将宋姒赶走？

谭慧之眼中渐渐湿润，谭锦玉便知她找对方向了。

"姑姑，你们都是表姐最亲的人，她定然是希望你们过得好好的，那阿姒表姐想来也是个心善的，您若是好好待她，她未必不能像表姐一样孝敬您啊。"

安伯侯夫人眼见场面越来越不对劲，连忙道："玉儿，莫要说了。慧之啊，你别听这小孩胡言乱语，阿璇怎么会怪你呢？你做的都是为她好。"

"娘！"

"好了，你今日成心来气你姑姑的不成！"

谭慧之擦了擦眼角的泪，挤出笑容："大嫂，别骂玉儿。"

谭锦玉还要说什么，宋瑜、徐壬寅正好过来，宋瑜道："娘，舅母，我们可到前院用饭了。"

一行人随即往前院走去。

谭锦玉心知不能一下逼太紧，直至离开都识相地没有再提起宋姗。

可晚间谭慧之却是叫来了宋瑜。

"母亲，可是有事？"

"两个孩子睡下了？"

"刚哄睡着呢。"

谭慧之点了点头，终是开口："瑜儿，你年前抽个空去找一下宋姗那孩子，问问她除夕愿不愿意回家来吃饭。"

一旁的宋恩与宋瑜都僵在了原地。

过去三年两人不是没有劝过，可谭慧之怎么都不肯松口，宋瑜不敢违逆母亲，而宋恩去找过一趟尤四娘，知晓她们过得不错也就没再提起过这件事。

"母亲，您说什么？"宋瑜不敢置信。

其实宋瑜听了这话是高兴的。

这三年他们虽然和将军府断了姻亲，可卫将军仍旧一直很照顾自己。几个月前他被牵连入狱，父亲母亲求遍进城相熟之人都没人敢伸出援手，最后是卫将军挺身而出，亲自在圣上面前保下了自己。

就连安伯侯府都不敢插手的事情，最后却是已与他们没有关系的将军侯府出的面。

若是那时还不能确定，后来顺利出狱，宋瑜终于可以确认，这里面前前后后都是卫凌的手笔。

卫凌又是为何？

无非是因为宋姗。

退一万步，就算不是这个缘由，宋姗也是他们宋家的女儿，一直在外头住又算什么。

而那头谭慧之刚说出口就有丝后悔，可她不好再收回，找补道："人家现在生意做得大，手里银子多，还不一定愿意看得上我们。"

宋恩格外高兴，自动忽略这句话，对宋瑜说："对对，去问问，问一下阿姐和四娘愿不愿意回来，咱们一家一起吃个饭。"

谭慧之只松口了宋姃，可没提到尤四娘，宋恩自己加了上去，她不由得瞪一眼，宋恩缩了缩头："四娘若是不回来，阿姐怎么可能会回来。"

谭慧之最终没再说什么。

一年前卫凌来找过宋恩，她虽不知两人说了什么，可那天他是亲自到了那母女俩家去的，而那时候他是硬气了一回，警告她不要去动两人，她觉得格外可笑，她哪有那闲心去操心她们。

如今不光是因为宋璇，宋瑜能想到的那些事情她怎么会想不明白，而且为着宋瑜那事，肃清侯府家底都快要被搬空了。

当时宋姃带走的可是他们肃清侯府给出的嫁妆，如今她是用那嫁妆起的家……

第三日，宋瑜与姜氏一齐上门，姜氏大着个肚子，而且之前也来过两三趟，尤四娘没说什么就把人请进了门。

宋姃今日正巧在家，见到宋瑜时是有些惊讶的。

先前宋瑜入狱，她还担心了一阵，可后来又莫名听闻没了事，她也就没怎么再管："大哥大嫂怎么来了？"

宋瑜开口："二妹妹可好？"

"谢大哥关心，我与娘亲一切都好。"

宋瑜第一回来宋姃这儿，不由得多打量了几眼，这个小家虽不似侯府那样宽敞豪华，可该有的东西都有，用的东西不名贵却精致。

他一时竟不敢开口了，肃清侯里宋姃母女住的小院与这儿相比实在是差太多。

尤四娘与姜氏有几分熟稔，已经问道："什么时候生产？日子越近越得小心些，不好在外面乱跑。"

姜氏含笑道："还有两个月呢，不碍事的。"

"嗯，我们家挽翠也快了，说不得能撞一起去。"

两人就着这话题聊了起来，宋瑜和宋姃插不上话。

宋瑜看了几眼宋姃，小心道："二妹妹，其实我今日是受了母亲的嘱托过来的。"

宋姗抬了抬眼，表示不解。

"这不是快过年了，咱们一家好久没一起吃过饭，便想着趁团圆之夜一起聚聚，栖院也都给你们打扫好了。"

宋瑜说完不敢与宋姗对视，只看向姜氏。

而那头说话的两人不知何时已停了下来，姜氏跟着劝："是啊，阿姗，你要不要回来看看？"

宋姗脸色不豫，沉默片刻后问："是夫人让大哥你们过来的？"

"是，母亲特地让我们来的。"

"那夫人为何不亲自来？"宋姗反问。

当年她们是怎么离开的宋家？那时宋恳亲自来了，她们都没有回去，现在派个宋瑜过来就想粉饰太平，阖家大团圆？

两人都听出了这话里面的不适与质问，宋瑜一个大男人拉不下脸回她，姜氏开口："阿姗，母亲也是为难，咱们不妨都各退一步。"

宋姗只笑了一下。

宋瑜被这笑声激起了丝怒气，沉声道："二妹妹，你们母女俩在外面有多不容易你应该深有体会，你那绣坊亦是不断有人来惹事，人家不过看你一个女人好欺负罢了。你要是早日回到肃清侯府，哪还要再吃这些苦？肃清侯府怎么说也是你们的依靠。"

宋姗简直就像听了个天大的笑话。

她敛了笑，无悲无喜，徐徐道："我们如今已不需要什么依靠。"

最后宋瑜、姜氏两人走时不太愉快，尤四娘有些担忧："阿姗，你这，何必跟他们撕破脸。"

宋姗觉着屋子里冷得厉害，让小月加了些炭。

她紧了紧身上的披肩："娘，人家都说柿子要挑软的捏，可我们如今不是柿子了，为何还要任由他们挑挑拣拣，捏圆搓扁。"

尤四娘叹了几声，不再辩驳。

宋姗在炭炉前坐了会儿，想起白日的信，拿给她："舅舅来信，说表哥和佳佳表妹年前就会过来，信送到了，人应该不日就能抵达盛京。"

尤四娘看完信，眉头越皱越深："怎么也不过完年再来？而且这个佳佳不过才十三四岁，跟过来做什么？"

换以前宋姗也想不通，不过活了这么多年，再加上多少与她那舅母打过交道，再看不清她就白活了。

宋妣今日下午的郁结突然就消散，事情一件接一件地来，她哪有时间浪费心力在那些事上。

她笑着问：“娘，您说呢？”

“过来玩？”尤四娘试探一句。

“也许吧。”宋妣指着信上角落的一句话，念了出来，“佳佳明年及笄，嫁人前想要出去外面看看……”

尤四娘有些懂了，惊道：“他们这是想让佳佳在盛京找个人家？”

“还不知，且先看看那孩子的想法，若是她真想留下来，那娘亲您又得去拜托赵婶了。”宋妣颔首，藏着笑。

尤四娘听出她话语中的调笑之意，拿信去打她：“你倒是给我上点心，别十四岁的表妹都许了人家，你还悬着。”

宋妣轻巧躲过，哈哈笑：“知道啦！”

临近年关，宋妣愈加忙碌起来，小吴那事查着查着她与商会一致决定不再查下去，其实很顺利，就像有人拿着线索送上门来，宋妣大概能猜到是卫凌所为，她与他说过这件事。

不过就是因太过顺利而让她不敢再查，那背后的人已不是他们所能撼动，他们只能小心行事，不被别人抓住错处。

尤起跃与尤佳佳是在除夕前一天到的，宋妣抽出空亲自到城门迎接。

尤起跃年纪与宋妣相仿，但一看就涉世未深，尚未娶妻，脸上稚气犹在，此刻却装作大人模样，一只手背在身后，道：“表妹。”

尤佳佳胆怯地隐在他身后，偷偷用余光来瞄宋妣。

这么一看，两人倒是像舅舅多一点。

宋妣恬静一笑：“表哥与佳佳一路辛苦，快随我进城吧，娘亲早等着了。”

扬州虽富庶但到底没有盛京的规模与繁华，尤佳佳趴在车窗上，眼中不断掠过惊艳，她好几次回头想要跟尤起跃说话，但一对上宋妣的视线又闭了嘴，继续默默看着窗外。

宋妣心里不由得纳闷，自己就这么让人害怕？

直到回了家，尤佳佳亲昵地喊着第一回见的尤四娘小姑，脸上现出几分舅母的模样，宋妣终于明白，这个孩子真的是怕她。

用过饭后，宋妣将城南书院的事告诉了尤起跃：“表哥，你若是觉得可以，那我便问问那儿的先生，有位置的话就年后过去。"

尤起跃从小在扬州长大，就算尤家让他在最好的书院上学也比不过盛京，而且那儿现在住的都是天南海北来应试的学子，大家能在一块儿触碰交流，再者而言，就算最后不能考取功名，也能结识一帮有志之士，对往后总是有用的。

尤起跃想也没想就答应下来。

宋妣转向尤佳佳："那佳佳呢，来之前可有打算？"

尤佳佳原本低着头，骤然听到宋妣问话，有些不安地看了一眼尤起跃，尤起跃便替她答："娘亲说佳佳平日里太皮，没有一点大家闺秀的模样，这才特地让她一起过来，想让她跟着表妹好好学学。"

宋妣看向尤四娘，尤四娘则是耸了耸肩，表示让她做决定。

宋妣认真想了想："那佳佳过完年就跟着我去绣坊吧，等表哥考完试再看看情况，这样可好？"

尤佳佳只点头，没说话。

这事就这么定下来了。

除夕这日，几家店铺都歇了业，大家伙都好好在家过年。

今年宋家添了两个人，挽翠肚子里还有一个，尤四娘别提多开心了，早早就开始准备年夜饭，一家人布置的布置，打下手的打下手，唯独宋妣一个人躲在屋子里不知在干吗。

晌午的时候，挽翠过来敲了敲她的门："二娘，徐夫人来找您了。"

怎么这时候过来了？

谭锦玉那天说是说了要日日过来找她，可实打实也就来过一回，小夫妻俩好不容易回一趟盛京，那肯定被缠着出不了门。

不过这一年最后一天过来，她倒是没想到。

宋妣刚出门便都明白了，堂屋里满满当当地堆着礼物，谭锦玉见她出来，笑道："我明后日应是没时间过来，就趁今日来给你送礼。"

"锦玉，你太客气了。"

哪客气，她还觉得对不起她呢。她后来知道姑姑让表哥来找过宋妣，她听见消息时还高兴了一阵，可最后才知两人闹得有些不愉快，她愧疚得不行。

"哎呀阿妣，夫君可有钱了，这点不算什么。"

没跟过来的徐壬寅脑门一凉……

宋妣不再推拒："我可没徐公子银子多，那就只能祝徐夫人岁岁平安、阖家幸福，来年生个大胖小子和漂亮姑娘。"

谭锦玉高兴得不行："够了够了，你这祝福我承受不住。"

今日除夕，谭锦玉说了几句话就离开了。

人一走，宋姒立马回屋去，挽翠与青姨十分好奇，这一整日的她到底在捣鼓些什么。

整个盛京都笼罩在一片喜乐的节日氛围中，唯独芳华巷一处院子诡异的寂静。

白亦早已让人前前后后布置了，红灯笼、红窗花到处都是，可院子里太安静了，反倒衬得这些吉祥物事有些瘆人。

白亦与白泽两人猜了拳，败方白亦轻轻敲了敲书房门，没人应，但他还是推开了，桌前那人不知在看什么，白亦上前几步："郎君，郡主那边又来催了。"

卫凌头也没抬："备马，回将军府。"

白亦长长地呼了口气，今年终于不用他们三个人孤零零过年了！

他甚至应都没应，直接跑出门去告诉白泽这个好消息。

不止白亦，端容郡主更是高兴得不行，将军府真真热闹了起来。

用过饭，端容郡主留着人说了好一会儿话，卫凌没有不耐，认真答话。

端容郡主如今算是彻底摸清了这个儿子的脾性，那些什么娶妻延续香火的话再也不说，只闲聊家常趣事。

末了，端容郡主小心翼翼地问："琉璎轩给你打扫好了，今夜留下来？"

卫凌听见"琉璎轩"三字时眼里明显有了变化，他没有拒绝，接而道："母亲，我有些事想与父亲商议。"

"哎好，你们谈。"端容郡主哪会不同意，主动离开把屋子留给两人。

卫海奉与卫凌的关系早已没有以往那样僵持，但他嘴上还是没什么好话："说吧，又有什么事。"

嫌弃对峙了二十多年的状态突然间消失，卫海奉一时还不能接受，但他不得不承认，这个儿子脑子灵光得不似他们卫家的种。

想到这儿，卫海奉直起腰板，呵，是谁说卫家只能出武将的？这不就出了个首辅？还是他卫海奉的儿子！

"父亲，大哥现在在北境可还好？"

卫海奉脸上那抹骄傲神色瞬间转换为忧愁："这两日军情来报，胡人骚扰频繁，没有什么大事，但很是耗费精力，常思也烦得很，几次想让我禀明圣上，一举将那胡人办了。"

"信呢？"

卫海奉让人将北边送来的信拿给他。卫凌认真看过一遍，将信捏在手中："父亲，卫家军如今有多少，分别都在何处？"

卫凌何时关心过这些？卫海奉虽疑惑但还是详细告诉他："卫家军总共一百三十万，遍布东夏东南西北，不过现今只有北边有骚乱，你大哥之前调了五十万兵力过去，现在其他地方分别有个二三十万，都是咱们的老将领带着。"

"盛京呢？京畿军与禁军有多少？"

"驻扎在城外的京畿军约有十万，城内禁军一万。"

卫凌又问："京畿军何人统领？"

卫海奉跟着严肃起来："我接手京畿军不过几年，为防着将士们不满，领军之人一直没换，一直是祁将军。"

卫凌听完陷入沉思，卫海奉就在一边默默等着。

好一会儿，他道："我会让人去查查这个祁将军。父亲，京畿军是盛京城外最重要的防线，您得拿在手中。"

"这……"卫海奉好不容易卸了甲，就打算在盛京当个闲散将军，正是如此宣帝才放心将京畿军与禁军名义上拨给他，平时哪有什么事，就操练操练、巡视巡视，日子潇洒得不行。

他还犹豫着呢，卫凌又道："父亲，您去信，把东南边的士兵调一半到西南去，让他们警惕起来，随时等候命令。还有，大哥那边让他不要松懈，我等会儿拟封信，您让人秘密递给他。"

卫凌神态严峻，卫海奉惊了惊，莫不是要出什么事？

"为何要做这些？出事了？"

"恐有异动，早些准备。"

他既说了恐有异动，那多半是了，卫海奉不得不正视："行，那我明日就出城一趟。"

他镇国大将军的名号也不是白来的！

等卫凌离开，卫海奉饮下一口完全冷掉的茶，渐渐清醒，骂了一句："啐，又给这个小兔崽子办事，这回主意还打到卫家军头上去了！"

琉璎轩没有什么变化，离开时是什么样现在还是什么样。

卫凌在书房门口待了一会儿，白亦问他："郎君，我们要回后院安置吗？"

他却问："那边怎么样了？"

那边……那边白亦哪知道啊，支支吾吾猜测："这除夕嘛，大家定是要聚在一块儿守岁的，昨日二娘家扬州不是来了人，现在应当热闹着呢。"

"去看看。"

卫凌此刻已能离了轮椅走路，就是走得不太利索。

白亦看着他的背影，心想，啧，去了人还不一定给开门呢。

宋姒一家确实热闹，吃过饭后大家都聚在一起，足足有七八人。

等人都坐定，宋姒从卧房里拿出个盒子，挽翠凑过来，"哇"了几声，那里面是各式各样的毛毡小动物，分外精巧。

"我让作坊给大家按照生肖属性做了个小礼物，都有。"

不仅每人都有，就连胖得不行的元宝儿也被戴了个在脖子上。

那小动物用坠绳挂着，有个口子可以从中间打开，里面能放些平安符之类的小东西，而外头不显眼的地方还绣上了各自的名字。

这就是宋姒一整日在屋子里捣鼓的事了，绣名字颇费了些心神。

尤四娘道："阿姒有心了。"

尤起跃也表达了谢意："表妹当真是心灵手巧。"

几人都拿着礼物在手里把玩，这时门口突然响起了敲门声，龙邦正要起身，被宋姒按下："我去，我快坐了一天了，正好走动走动。"

今日除夕，想来是哪家邻居过来串门了，宋姒抱着元宝儿出去。

不料门外竟然是卫凌与白亦主仆两人。

宋姒一时疑惑，这过年过节的他不在将军府过来做什么？不过她更惊奇，第一句话问的是："你能站起来了？"

卫凌没想到是宋姒亲自出来开的门，见到她那一刻唇边漾出笑意："嗯。"

白亦想，可不嘛，每日天没亮郎君就起来在院子里扶着拐杖走，那天寒地冻的竟一日不落。他一开始跟着起了两日，后来实在受不住了就没再起来过，他不得不佩服郎君的毅力。

不过郎君这会儿也只是站着看不出什么，实际上那腿还没全好，坚持不了多久。

卫凌视线移到她怀里的元宝儿脖子上，那个挂着的小玩意异常晃眼。

方才院子里声音不小，他听得清楚，这是她亲手做的，每个人都有。

他眼里闪过一丝说不清的情绪。

而宋姗见他只盯着元宝儿，双手不由得将小猫往里拢了拢，挂件也随之藏了起来。

"卫大人这么晚过来是有什么事吗？"

卫凌站在门口一边，离她有些距离，不过他没上前，而是让白亦给了她一个小盒子。

宋姗腾出手来打开，里面是一支簪子。

她一下想起，就在隔壁巷子，自己亲手摔碎了他想要送的一支白玉簪。

宋姗低头认真看了几眼，这根不是上次那支了，这次的瞧着大了一些，式样也更复杂。

这人除了送簪子还会送什么？

噢不对，他那时哪是想送簪子，分明是要送猫，如今那只猫正好好地窝在她怀里。宋姗心里咬牙，恨不得将元宝儿扔出去。

"卫大人可知送簪子意味着什么？"宋姗看着他，"我不能收。"

卫凌早知道她会拒绝："这不是簪子，你按一下簪头那朵桃花。"

宋姗思考两瞬，依言照做，桃花藏在中间，轻易不会触碰到，她按了下去，簪尾倏然滑落，露出似针又似匕首一样锋利的一头。

"这？"宋姗一下惊了，外面看完完全全是一支别致的簪子，没想到里头居然还设计了这么精妙的机关。

他解释道："就是一个防身的东西，趁手又不易被发现，紧急情况下能用得上。"

宋姗盖上了盖子，没有再拒，她确实需要这么一个小武器。

她想了想，将盒子放到地上，然后去摘元宝儿脖子上挂着的小动物，递给他："这个就当作回礼。"

卫凌笑了。

白亦傻了，待从宋姗手中接过，看清那是什么动物，更傻了。

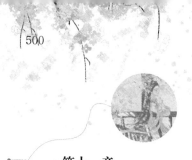

·第十一章·

我们重新开始好不好？

　　小动物做工很精美，精美到分不清它是青蛙还是蟾蜍，抑或是蛤蟆。白亦心情复杂地将它拿给卫凌。

　　卫凌只看一眼，喜悦之意毫不掩饰："谢谢阿姗。"

　　宋姗眼神闪避了一下："卫大人若是没什么事就早些回去歇着吧。"

　　他今日过来不只是为了送簪子，可站了许久，右腿已经有些撑不住。

　　"我有事与你说，你哪日得空可派人到芳华巷寻我。"卫凌伸手扶了扶墙壁，同时看了几眼白亦。

　　白亦心里也正着急呢，不断往后看。

　　宋姗没察觉两人的异常，道："卫大人不妨现在说。"

　　话说到一半，两人头顶陡然升起了绚烂夺目的烟花，璀璨了整个星空。

　　伴随着一声一声脆响，各家院子纷纷热闹起来，大概都被这烟花给引了出来，小孩欢呼声、跳跃声不停。

　　卫凌回头，眼前人微微抬着头，也被这烟花吸引了，烟花照亮了她白皙的脸庞，卫凌从她眼里看见了不断绽放的光彩。

　　一瞬间里，分不清是烟花灿烂还是她更耀眼。

　　流星般的烟火从半空中坠落，还未来得及感叹，又一朵五彩斑斓的烟花爆开，重新吸引人们的视线。

　　宋姗脸上现出惊叹，目不转睛，却还不忘去安抚吓得惊慌失措的元宝儿。

　　她在认真看烟花，他在认真看她。

　　半刻钟后，夜空归于沉寂，宋姗有些遗憾，放开了捂着元宝儿耳朵的手，对它说："好了，没了。"

　　宋姗朝卫凌看去，他慌张地移开了眼。

她接着之前的话："若是不方便，那就改日吧。"

宋姒说完转身，突然听得背后传来一句："阿姒，新禧吉意。"

她顿了顿，没应，抬步进门。

余光里瞥见一道小身影匆匆跑开，估计是尤佳佳，宋姒回首看一眼合上的大门，也不知她看没看见卫凌。

而外头门一关上，卫凌就站不住了，白亦连忙冲过去扶着他，打手势让人推来轮椅。

靠得近了，白亦才发现他额头上满是细密的汗，唇色一下苍白，右腿仿佛还在不断地颤抖。

白亦心里叹了声，又是何必呢。

回将军府的路上，卫凌手里拿着那只小青蛙，唇角一直没弯下来过。

白亦分不清宋姒是有意还是无意，可他知道，自家郎君肯定是高兴的，就如此刻，他推着他在身后接连叫了两声他都没听见。

他不得不大了点声音："郎君！"

卫凌即刻收起笑容，将那小青蛙握在手心，手掌贴近胸口的位置"何事？"

刚刚赶过来的白泽禀告："郎君，对不住，那烟花不好买，我们跑了几家才买了这么些。"

"无妨。"够了，能换她开心那么半刻钟，足够了。

不过，卫凌补充："明日开始，直至上元节，每日都放。"

"……是。"

卫凌又拿出小青蛙仔细看，指腹摩挲着"元宝"两个字，嘴角再次扬起。

这是她亲手绣的，她送给他的。

许是太过高兴，卫凌心口一颤，他急忙扯了帕子。

一阵咳嗽过后，那帕子已被鲜血染红。

为着尤起跃的事，宋姒约了周则玺在城南书院见面。

这日一大早，宋姒与尤家两兄妹抵达书院，周则玺亲自迎了出来。

"周先生，这便是我与你说过的扬州表哥，尤起跃，这是佳佳表妹。"宋姒分别介绍。

"尤兄，佳佳表妹。"周则玺作揖。

一番招呼过后，几人一齐进门。

周则玺边走边说："早就听闻扬州人杰地灵，今日一见尤兄，果真是名副其实。"

"先生过誉了，盛京才是潜龙伏虎之地。"

"尤兄此前可来过盛京？"

"未曾。"

"若是高中，我看尤兄也不必回去了。"周则玺笑道，"咱们书院里拢共三十余名应试的学子，等尤兄搬进来后可好好认识认识。"

"多谢先生。"尤起跃诚恳致谢。

两人在前头说着话，宋姃与尤佳佳跟在后面。

两兄妹来了四五日，尤佳佳除了跟尤四娘待在一起，就是黏着尤起跃，跟自己说的话不超过五句。

宋姃也不至于跟一个孩子生分，这会儿便问道："佳佳，明日我们就要去绣坊了，你不必紧张，就跟着小月，她会带你的。"

尤佳佳好似没听见，宋姃朝她看去，只见她盯着周则玺的背影出神，不知在想什么。

宋姃心内一惊，连忙再唤了一声："佳佳？"

"啊……表姐。"尤佳佳如梦初醒，低着头答她的话。

宋姃将方才的话复述一遍，尤佳佳只回了个字："嗯。"她一下也没了再说些什么的欲望。

春试要二月底才开始，几轮下来怎么的也得四月，但愿这个表妹能好好地待着，到时候是留是去看缘分。

四人已进了书院中央，眼下正是冬假，书院里偶有一两个借居的书生经过，十分安静。

周则玺回过头："宋姑娘，我和尤兄去一趟后院，你们在此等候片刻。"

"好。"

他们一走，宋姃与尤佳佳两人间更显尴尬。

尤佳佳滴溜着眼珠子偷偷看宋姃。第一眼见宋姃时，她几乎不敢信，他们家居然还有这样一个表姐？表姐长得太好看了，尤佳佳没见过公主，可她想公主大概也没有她的表姐好看！

那时候表姐一个眼神扫过来，她一颗小心脏怦怦跳，看都不敢看表姐。

表姐不仅容貌上乘，说话温柔，还对他们特别好，送的礼物她一直好好带在身边呢。

可惜表姐只来了两回，就说要回盛京了，她还难过了好几日呢。

因此当娘亲问她愿不愿意和阿兄一起去盛京时，她立即应下，她想见表姐！

表姐一如既往，可她还是没有勇气和表姐说话。

尤佳佳再次偷偷去瞧宋姌，这回被抓了个正着，宋姌嫣然一笑："怎么了吗？可是我今天妆容不妥？"

尤佳佳连忙摆手："没有没有，表姐很好看，最好看。"

宋姌又是一笑："那佳佳怎么这般怕我？"

不是怕……是不敢。

尤佳佳又低下头不说话了。

经过好一番挣扎，尤佳佳大着胆开口，找到个话题："表姐，除夕那夜，门外那个人是不是那时来扬州帮我们的钦差大人？"

宋姌心沉了沉，她果然还是看到了，这个年纪的小姑娘最是容易被外貌迷惑，她方才就盯着周则玺不放，宋姌不免多想起来，她若是在扬州就见过卫凌，暗生了什么不好的情愫这事就不好办了。

宋姌揣摩一阵："不错，佳佳见过？"

"嗯，在扬州时他来过我们家。"尤佳佳笑着答。

宋姌一时纠结起来，舅母意图明显，可眼前的孩子她还弄不懂，她试探问一句："你觉得他如何？"

"钦差大人心地善良，比扬州那些大官好多了。"尤佳佳心里还有一句，那钦差大人英俊得很，是她见过那么多人里面唯一配得上表姐的。

尤佳佳想着想着不由得嘿嘿笑起来，那晚上她虽没听清他们说话，可她也懂！

可这笑在宋姌看来就格外不妙了，佳佳还小，她得及时扼杀那些不合适的小苗苗。

"佳佳，你还小，不要轻易被表面事物蒙蔽了双眼，那钦差大人只是看起来不错，在盛京他实则是个人人见着都会绕道走的黑心官员，手段凶狠毒辣，就连三岁小孩都不放过，你轻易不要接近。"

"啊？"是这样吗……

"还有，他如今是个瘸子，出门还得靠人服侍，他年纪又大，比你兄长还要长个好几岁呢，再过几年就老得不成模样了。"宋姌啧啧两声，"这样一个人实在让人嫌弃。"

尤佳佳凌乱了，不过既然表姐都这样说，她肯定是信表姐的："那表姐你离他远些。"

"对，我们都离他远些。"

尤佳佳坐在宋姁身旁，闻着她身上好闻的花香味，心里开心得不行，她好像和表姐亲近了些呢，真好。

尤佳佳好似不是个话多的人，这会儿又静了下来，自个儿在一边笑，宋姁更不懂了……她记得尤起跃说她闹腾？这哪像是闹腾？

还没等宋姁理出个所以然，周则玺两人回来了。

尤起跃不知怎的一下子志气满满："阿姁表妹，我明日就搬过来！"

"没有问题。"宋姁转向周则玺，微微福身，"有劳先生了。"

"宋姑娘的事就是我的事，这些都是我应该做的。"周则玺道，"尤兄，我能否单独与宋姑娘说两句话？"

"自然，我们在门口等你们。"

尤佳佳盯着周则玺，嘟了嘟嘴，她不喜欢这个周先生。

周则玺掠过尤佳佳，微微一笑："那尤兄与佳佳表妹稍等片刻。"

尤起跃拉着尤佳佳离开，等出了院门，尤佳佳重重甩开他的手："阿兄，你怎么能让表姐一个人跟一个男子待在一起！表姐还没嫁人呢！"

尤起跃笑开，对她说："佳佳，你还小，有些事你不懂。"

"我不小了，我十四了！明年就要及笄，你们别老拿我当小孩！"

"行行行，你不小了，那我便告诉你，这个周先生将来是要与你表姐成婚的人，人家单独说个话正常得很。"

尤佳佳一下愣在原地，怎么……表姐要嫁那人？

她不信："你从哪儿听说的，怎么小姑没和我说，表姐也没提起过。"

"自然是周先生说的。人家姑娘要面子，怎么会和你这小屁孩说这些。"

尤佳佳一下气愤极了："都没定下来的事，这个周先生怎么还胡乱说话呢，表姐的名声还要不要了？"

"板上钉钉，迟早的事了。"

"不行，我得回去。"尤佳佳越想越气。

尤起跃连忙拉住她，刚刚这么一会儿下来，周先生一言一行都让他佩服得不行，而且书院里其他学子对周先生亦是十分恭敬，他之后一路都还得靠他呢，可不能让佳佳给搅了局。

"你就别捣乱了，她又不是被逼着留下来的，人家你情我愿的事情，你这样过去平白惹得你表姐生气。"

“可是……”

“不会有事的，书院里那么多人。”

周则玺将人带到书院一个凉亭内。

宋如坐下后问：“周先生要与我说什么？”

周则玺清了清嗓子，先道：“尤兄虽出身扬州，可见闻广博，今年春试应该没太大问题。”

“未到最后一切尚不好说，表哥尽力即可。”

“是，可宋姑娘你也知晓，盛京百官云集，每年有多少官家子弟想要投身官场，他们只需动动嘴皮子就能榜上有名，可这就苦了这些从各地过来的学子，勤学苦读十几年，最后只落得一场空。”

宋如皱眉，这话她已是第二次从他口中听见了，上一回是苦了自己，这一次是苦了各地学子。

“宋姑娘，你当为尤兄多考虑一些。”

“怎么考虑？”

宋如完全不转弯的问话让周则玺一窒，他看过去，宋如好似真的不懂，他便再解释两句：“肃清侯府如今只宋瑜一个男丁，但宋瑜是个武将，我想，若是尤兄能在盛京谋个一官半职，对肃清侯府也有益处。”

宋如听明白了，沉默着不说话。

他继续道：“宋姑娘，如若将来我能与尤兄一起相互扶持，那你就不需再像如今这般在外面奔波，我们好好过日子。”

“我们”两个字在宋如听来异常刺耳，她何时答应了要与他有以后？

“但……”周则玺忽然担忧起来，看向宋如，“宋姑娘，你与首辅大人可还有联系？”

宋如心底已经笑了，面上仍镇定：“周先生想问什么？”

“虽说那事已过去好几年，可若是首辅大人心里还记恨于你，那我与尤兄估计连初试都进不去，宋姑娘你看……”

宋如问：“周先生如何得知卫大人记恨于我？”

“这……和离一事对两家名声总归有损，而且听闻卫大人至今未再娶，想来心中郁结还未放下。”

“所以周先生是想让我去找卫大人？”

周则玺一颗心落地，她终于明白了。

黎婶刚找上他时说宋姗和离过，他直接拒绝，哪家清白女子会和离，大多是被夫家抛弃而找的掩饰借口。

可黎婶又说，这宋姗是与卫小郎君和的离，而卫小郎君如今已是首辅，权力之大是他万分不可及，他便答应下来，见一见也无妨。

见到人之后，他完全没了疑虑，和离过就和离过了，谁又能保证不会再和离一次？

周则玺面有愧色："宋姑娘，我知此事为难，可我也是没有办法，今年我做足了准备，不能因为这些原因而再落榜。"

宋姗闭了闭眼，忍下心里那股不断冒出来的怒气。

她居然真信了他而与卫凌提了那要求，她可怜他的遭遇，却不想人家到头来还怪到她头上来了。

还有那什么身为女子，不用在外面奔波，怎么，靠他当先生养吗？

宋姗简直想笑，他到底是哪里来的自信说出这些话，怎么就笃定了她非他不可？还好好过日子？

宋姗脑子多转了两圈，他既知道她已和离，又怎会不知她与肃清侯府的关系？难不成，一开始就抱着目的接近她？

呵，不是看中了她啊，是看中她的过往。

相通之后宋姗也松了口气，既然这样，那些再试一试的想法也不必了，她不用勉强自己。

不过尤起跃这事才刚定下来，她没必要和他闹什么不愉快。

"我知晓了，周先生放心便是。"

周则玺十分满意："宋姑娘不愧是肃清侯出来的姑娘。"

"我先回了。"宋姗站起身。

周则玺也跟着站起来，靠近她："我送你。"

宋姗一下后退两步，语气冷下来："周先生留步。"

宋姗一出书院尤佳佳就上前来："表姐，你没事吧？"

"我没事。"宋姗看向尤起跃，"表哥，你当真要明日搬过来？"

"嗯，早些开始温习功课也好。"

那周则玺心术不正，她有些担心，但眼下也没有其他办法，只能走一步看一步。她叮嘱一句："表哥，盛京什么人都有，你莫要轻信别人，多长个心眼。"

"表妹放心就是。"

宋姁点头，往马车走去。

尤佳佳看着她挺直的背影，对着尤起跃嗤了一声："表姐比阿兄你还小呢，现在就跟咱们娘一样，还得处处照顾你。"

"你！"

尤佳佳早已跟上宋姁。

回家时尚早，周大夫过来了，宋姁让小月送礼，周大夫笑着接下："二娘，我可不是来收礼的啊。"

"我知道，今日初五，您每月来给我们母女俩瞧病的日子。"

"哈哈，正是。"周大夫已摆好阵仗，宋姁只能走过去，露出手腕给他把脉。

不知何时起，周大夫每月来一趟成了惯例，她和尤四娘的身体早已没了什么大碍，可他坚持要过来，宋姁也没有法子。不过如今不缺那点银子，每月看看、按时调理身子并无不可。

"周大夫，您给我们用的药为何我都没见过？"不止没见过，有些好像还名贵得很，她今日正好有时间，就问出了口。

周大夫隔着一层纱布的手指微微僵了僵，随后道："二娘你又不识药理，没见过多正常。"

她虽不识药理，但姑且也能辨一辨好坏，朝小月道："小月，往后给周大夫的银子每月多加五两。"

周大夫连忙拒绝："二娘万万使不得，你给的银子已经够多了，不然我哪能给你们找那些个药去？再说了，我从小看着二娘你长大，可是比我亲女儿还亲，我不得盼着你好啊。"

周大夫连连解释，宋姁便不再坚持。

把完了脉，宋姁整理衣袖："如何？"

"没什么事，不过二娘还是要注意些，不可太过劳累，不然又似上回。"

刚进门的尤四娘听了，附和："我看就得让她病一病才知好歹。"

"就是，这样哪成，银子怎么赚得完。"

两人眼看着就要轮番上阵，宋姁急忙转话题"周大夫，您快给娘亲看吧。"

宋姁趁两人看诊的间隙溜了出去，被要进门的挽翠逮到，立马嘘了两声："娘亲问起就说我回房睡了。"

挽翠探头看一眼屋内，一下明白为何，不由得笑："二娘去吧，我来挡着。"

不过宋姁回屋躺了一会儿，当真渐渐睡着了，晚上被烟花声吵醒。

自除夕那晚起，这烟花每晚都放，从她的窗户看去能看到每一朵烟花的肆意盛开，格外壮观。

元宝儿又被吓到，跳上床。

宋姗半梦半醒，捞过元宝儿，喃喃自语："哪家的银子不想要了，不若送我。"

第二日，芳华巷。

大理寺卿正陈霄与几个大臣坐在不那么宽敞的书房里，待翻阅完卫凌给他们看的案卷，又惊又怒："所以，奸细一事是太子一党捏造出来的？就为了从卫将军手里抢走禁军与京畿军？"

那案卷上写得明明白白，这个问题已不用答。

有人不解："如今皇帝如此重用太子，他还有什么想不开的？这东夏不迟早都是他的。"

陈霄应他："就算即位又如何，若是兵力不掌握在自己手里，怎么都是威胁。"

"呵呵，想来太子也知自己不被朝臣信服，这还没即位呢就想着夺权了。"

"太子上位之日就是老夫告老之日。"

几人你一句我一句地商讨着，唯独卫凌坐在书案前一动不动。

陈霄问："域川，此事你如何看？我们要不要禀明圣上？"

几人纷纷望过去，等他开口。

卫凌仍旧把玩着手上那只小青蛙，把问题抛回给众人："诸位觉得呢？"

"上回祭祀时太子才挨了骂，若是跟着这事，圣上指不定会龙颜大怒。"

"可奸细一事最后也搁置下来了，说到底不算什么大事，太子有理由推脱开。"

这时年纪较长的靖国公开口了："大家有没有想过，若是太子真的下台，咱们东夏还有何人能接任太子之位？二皇子早已被太子打压得不成人形，接下来便是十来岁的六皇子，再有个七八岁的八皇子，也就两位皇子年龄小些才没遭了太子毒手。"

众人纷纷忧愁起来，靖国公的话不是没有道理，这也是圣上既忌惮可又耐太子没有办法的原因之一。

皇帝渐渐力不从心，若太子一去，年幼的皇子又还不足以接手朝政。

"卫大人，太子并非全无可取之处，若是我们好好辅佐，说不定能成一代名君。"

卫凌轻声笑了一下，从手边拿了份卷宗出来，那人接过，边看边念："太子一党自东夏二十年起卖官鬻爵百余起，范围自盛京到北境皆有涉及……太子一党把控西南铜矿，过度采伐及提炼，所炼废水私自排入庄稼地，致一村覆灭……太子一党一面将铜矿明面上卖予南洋，一面私自售卖给胡人……"

那人越念越小声，直到最后整个书房鸦雀无声。

片刻后，陈霄直接拍桌而起："我这就去禀了圣上！"

这回没人敢再劝，只有卫凌淡淡说了句："陈大人且慢。"

卫凌严肃道："其实今日叫大家过来不过是想让大家心里有个底，太子一事固然重要，可最重要的还是东夏安稳，老百姓得以安宁。"

有人跟着道："是啊，东夏若是乱起来，那北边的胡人就会乘虚而入，内忧外患，受苦的还是百姓。"

"可我们也不能眼睁睁看着东夏落入此等小人之手！东夏还没到他手上就要被扒个底朝天。"

"这样一人怎么堪为一国储君！我就不信圣上这回还是睁一只眼闭一只眼！"

几位大臣俱是怒极。

等众人一番慷慨激昂的言论过后，卫凌淡淡开口："此事我会亲自禀明圣上，圣上多疑必会寻各位问话，大家如实而言即可。六皇子年龄不小了，好好培养着，也能成材。"

"不错，我赞成卫大人之见！"

亦有人提出质疑："卫大人为何会选中六皇子？"

卫凌没有过多解释："八皇子还太小。"

书房里正议着事，白亦轻敲了敲门，小心禀："郎君，二娘来了。"

几人皱眉，一时不知该怪这随侍不懂事还是那个"二娘"没眼力见。

不过陈霄一转头，却见桌前那人方才肃穆冷淡的神色全部不见，此刻已换上了令人惊讶的温暖和煦的笑颜。

陈霄：……这？

他立马起身，说："诸位大人稍等。"

随后脚步急促地离开，一屋子人莫名其妙。

今日一早宋姗将尤起跃送去了书院，本要直接回绣坊，可刚走一半就让龙邦换了方向。

除夕那夜卫凌说有事与她说，后来几日她几乎忘了这回事，这会儿才突然想起。

他不会无缘无故说有事，应当是与商会有关，她得去一趟。

她快有一年没回芳华巷，这儿好似没怎么变，她们原先住的那家院子后来是有人买走了，不过现在看不出里头是否住了人。

至于隔壁，依旧是那扇如意门。

宋姁交代尤佳佳一句，下了马车，敲门。

过来开门的白亦见到她时愣了好一会儿："二，二娘您怎么来了？"

"你家郎君不是说有事？"

"噢噢噢，对，二娘快进来。"

白亦把人带到屋子里后去了书房叫人，宋姁没坐下，走到廊下看了会儿。

院子不大，种了些花草，皆被前些日子的大雪压弯了腰。

明明是一样的院子，但这里只让她感受到一阵冷清，微一抬眼还能看见那堵还带着木栅栏的墙壁。

他怎么还留着。

她轻轻叹气，不再看。

卫凌很快从一侧过来："阿姁。"

两人一起进屋，宋姁单刀直入："卫大人那日要与我说什么？"

白亦正好上了茶，他道："不急，先喝口茶。"

等宋姁喝完茶，他又问："今日可是要去绣坊？"

"卫大人，你究竟想说什么？"

卫凌那晚是撑不住了，想着改日再去寻她，没想她竟然亲自过来了，他自然盼望和她多说会儿话。

不过瞧着她一副想离开的模样，他便正色道："阿姁，近来盛京城不安宁，你若是能在家里待着就在家里待着，一定要去绣坊或者商会的话就多带几人。"

他会派人暗中保护，可若是她知晓其中厉害，便能少几分风险。

阿姁不能再出事了。

卫凌说得严重，宋姁也提起心来："商会出事了？"

"倒也不是，只是商会或多或少会受牵连。你如今作为商会里的话事人，也提醒邦卓两句，这段时日内大事化小，小事化了，不要强出头。"

如今商会除了邦卓，确实数宋姁最大，各个南洋老板有事甚至不找邦卓，只认宋妁。一是他们都能看到宋妁为商会的付出，二来也是宋妁总能帮他们想出解决问题的方法，比邦卓好多了。

宋妁还在思考呢，他接着说："阿妁，朝政上的事势必会影响商业，有人兴有人衰，你多看看，在保护自己的同时也不必害怕迈出脚步。"

卫凌这段话说得隐晦，宋妁想了好一会儿才明白，有些道理她以前不懂，直到小吴那事查到了宫里，她才知晓，商与政本就是一层绕一层，脱不开干系。

他在告诉她，时势或可造英雄。

她朝他望去，害怕别人听见似的低了声音："你要夺权？"

卫凌和自己说过他的身世，虽然两人如今没有什么关系，可宋妁知道，他有这个本事，或者说，只有他有这个本事，那个位置，他有资格也有能力坐。

宋妁与太子不熟，但她也听过许多传闻，而若是卫凌上位，更能护东夏长治久安。

他这样严肃地提醒，想来是最近一段时日要发生大事，她不得不猜测他是要动手。

卫凌听了这话却辗然一笑，眉眼松快下来："你希望我夺权吗？"

这话从他口中说出随便得就像"我晚饭吃了糖醋鱼"，宋妁避开他的视线，她可不傻，才不会回答这个问题。

卫凌注视着她，好一会儿才移开眼："夺不夺权不在于我。"

"不在于你在于谁？"宋妁好奇道。

卫凌只是勾唇，未答。

他笑得莫名，宋妁有些尴尬，他夺不夺权关她何事啊。

她起身欲离开："今日谢卫大人提醒，我会告知邦大人的。"

这才刚来怎么就要走，卫凌急忙再问"阿妁，你们昨日是不是去书院了？"

"不错，表哥打算住到书院去。"

卫凌当然知道尤起跃这回事，他小心翼翼道："阿妁，你若是愿意，我可以让他进锦书房，那儿的先生是整个东夏最好的，对他有帮助。"

锦书房啊……锦书房怎么能是城南书院可比的。

可那里都是什么人，皇子公主皇亲国戚，尤起跃进去许会一跃龙门，但也可能被欺负得渣都不剩，她不能冒这种险。

宋妁直接拒绝："多谢卫大人好意，锦书房就算了，表哥若是有能力，在哪儿都是一样的。"

她走了。

卫凌无奈笑了笑，头一回觉得做个首辅还不如去做先生。

东宫内，炉子里银丝炭青烟袅袅，整间屋子温暖如春。

沈娥捻起下人端上来的荔枝，边吃边道："皇兄这儿好东西真多。"

斜斜躺着的沈谢晋眼都没睁："跟你那儿比起来又算得了什么，父皇母后疼爱你，什么好的不都给你了？"

"哟，我怎么闻着好一股醋味。"

"别闻了，就你皇兄我身上发出来的。"

沈娥直接笑倒，笑过一阵，沈娥开始说正事："皇兄，驸马一事安排好了？"

"都安排好了，你挑的那个什么祁将军的儿子会顺利进殿试。"

"父皇那边呢？"

"届时我会同几名大臣与父皇说，拿个状元不成问题。"沈谢晋嗤笑，"没想到你倒是不执着于卫凌了。"

沈娥手中还拿着刚剥了皮的荔枝，听得此话，那荔枝瞬间在她手里捏出了水，下人忙过来擦拭。

"哼，谁稀罕。"

沈谢晋立即坐正："这事当真可信？"

"惠妃藏了二十几年的信，有什么不可信的，原先还想着以此要挟。"沈娥想到这儿不甘咬牙，谁知那卫凌手里还有那么多证据，她若是将这事公之于世，那她一切苦心经营都没了。

她叮嘱："皇兄，卫凌不好惹，你莫要冲动。"

沈谢晋眯了眯眼，含糊一句："知道了。"

"我今日过来是想告诉你，惠妃不小心说漏了嘴，父皇已有退位的想法，我私下探过魏公公，确实如此。皇兄，有些事就不要做了，安安心心等着就成。"

等驸马定下来，她就与他一同回西南，届时山高皇帝远，有钱有权还有十万兵马，她想做什么就做什么，谁还能管她？

沈娥想想就觉得满足，仿佛一切尽握掌中。

可沈谢晋不这样想，说："宁国，听说最近卫凌动作频频，你说他会不会发现……"

"皇兄放心便是，我们做得隐秘，而且就算发现又怎样，那些哪一项能定你的罪？父皇还在呢，父子连心，他不会对你如何的。"

"可是……"

"皇兄何时这般胆怯了？"

沈娥一激，沈谢晋顿时不再言语。

宋妁记着卫凌的话，可她不能每日都待在家中，只好出门时多带两个小厮。

这日照常来商会处理事情，徐壬寅也在。

宋妁开玩笑道："怎么咱们这商会倒比安伯侯府待得舒适？徐公子日日过来。"

"宋姑娘莫要取笑我了，今日府里事情多，我想帮忙来着，可岳母又不让，只好寻着借口出来转转。"

宋妁当然知道徐壬寅不是出来转转，他说是陪着谭锦玉回京省亲，可得了空便到商会，已经打算将铺子开到盛京来。

宋妁十分愿意与他合作，这些日子两人正商讨着个中明细。

末了，徐壬寅道："宋姑娘，等我们这事敲定下来，我与玉儿也差不多该回扬州了，这边的事情还得多拜托你。"

"这么快？"

"嗯，这一来一回的也两三月，扬州那边离不了人。"

宋妁虽觉可惜，但也是没有办法的事，只是这次一别就不知何时能再相见了。

因这事，一个上午宋妁心情都有些沉重。

晌午过后，宋妁先回了绣坊，与尤佳佳一道回家，今日是上元节，尤起跃会从书院回来。

尤佳佳学东西很快，也很勤快，比宋妁预料的要好太多。

她好像很喜欢在绣坊待着，每天早上宋妁才醒，她就在门口乖乖等着了，害得宋妁不得不早起，到了绣坊就四处跟着张叔找活干，一刻都停不下来。

两人的相处也亲昵许多，她不再怕宋妁，反而有点黏人。

尤佳佳一上马车就似个孩子般大喊："阿姐！"她冲过来，兴奋得比出四个手指，"张叔说今日绣坊进账四百两呢，好多啊。"

宋妁终于明白尤起跃说的"闹腾"，她微笑着给她让个位置："知道了，你好好跟张叔学学算账看账册，往后就能自己看了。"

尤佳佳重重点头："嗯！我要学。不过阿姐，我想问你。"

"什么？"

"咱们绣坊每日赚那么多钱,你就不怕张叔和小二他们私下昧银子吗?"

宋姗耐心给她解释:"首先,咱们绣坊每一件商品从给我们供货的商户到卖到客人手里都有出入账明细,要想作假必须耗费很大的力气,而且这么多年了,每月绣坊进了多少货,卖出多少银子我心里都有数。

"还有一点,用人不疑疑人不用,张叔与曹娘子都是一开始就跟着我的老人,他们什么人品我很清楚。只有我给予了信任,他们才会信任我。"

尤佳佳大概听懂了:"阿姐你好厉害。"

"我不厉害,绣坊能有今日,靠的都是大家的功劳。"

尤佳佳才不管,她的表姐最棒!

"阿姐,我将来也要像你一样,挣好多好多的银子!"

宋姗失笑,想起舅母送她过来的目的,状似无意般说了句:"你可别学我,等明年,不对,等今年冬天过了生日,及笄过后定个好郎君就可以嫁了。"

"我才不要。"尤佳佳扬起头,"嫁人有什么好,我不嫁!"

"你不想留下来吗?"

尤佳佳瞬间眼巴巴地挽住她的胳膊:"想,我想留下来跟着阿姐挣钱!"

……怎么情况好像有些不对?是不是带坏小孩?宋姗不禁想着。

罢了,佳佳年纪还小,那些事还远,不必着急考虑。

两人刚到家就跟门口的周则玺与尤起跃碰上。

尤佳佳挺开心:"阿兄你回来啦!"可待看到他身后的周则玺,小姑娘脸一下拉下来,躲到宋姗身后。

周则玺眼神不明,很快恢复,愉快地朝宋姗打招呼:"宋姑娘。"

宋姗没让他难堪:"劳烦先生亲自送表哥回来。今日上元佳节,先生快些回去过节吧,我们就不耽误先生了。"

这……尤起跃与周则玺对视,皆有些莫名。今日两人一个有意邀请,一个有意前往,一拍即合后一齐回的宋家。

可眼下宋姗这赶客意味明显的话让两人都傻了。

须臾,周则玺讪讪道:"我未与家中兄弟住一处。"

谁料宋姗好似完全没听懂,直接回一句:"那周先生更得快些回去了,咱们这儿离书院还有些距离。"

话说到了这份上,周则玺没有再留的道理,告辞离开。

尤起跃挽留:"先生……"

周则玺拉下他的手,眼里的难过没有掩饰:"尤兄,我们书院见。"

尤起跃隐隐有些怒气，却不敢直言，人离开后跟着宋姗两人身后进屋。

消尽寒光，晴舒柳眼，春日渐近。

卫凌从勤政殿出来时天光正好。

有宫人从一侧走出，站在他身后："卫大人，惠妃娘娘有请。"

卫凌表情没什么变化，抬步往丽坤宫走去。

惠妃正指点沈元吉课业，见卫凌过来，无事人般笑道："卫大人快来看看吉儿新作的诗如何。"

桌上摆着几张纸，卫凌随意扫过："六皇子天资聪颖，将来必成大器。"

惠妃一下开心得不行，拍了拍沈元吉的肩膀："吉儿，你先回去。"

沈元吉一离开，惠妃脸上笑意浅了些，慢悠悠回到主位上坐着。

"听说，卫大人在圣上面前举荐了吉儿？"

"这不是娘娘想要的吗？"卫凌反问。

"卫大人好计策。"将本要作壁上观的他们拉下水，不得不与他绑在同一条船上，不过这样也好，东夏越乱对他们越有利。

"娘娘才是好胆量，微臣才从勤政殿出来就被光明正大请到了这儿来，全然不惧背后那么多双眼睛。"

"卫大人都不怕，我怕什么？"惠妃饮了口茶，仍旧是先前的说辞，"我既找上卫大人，那便是将我们娘俩的小命全部交到了你手上，卫大人莫要让我们失望才好。"

这两日他在勤政殿内与皇帝说的话一字不落地入了她的耳，卫凌倒是比想象中的要听话，让做什么做什么。

太子如今就是那热锅上的蚂蚁，急得团团转，皇帝更是因此愁眉不展，昨日甚至还连夜叫了太医。

卫凌轻笑："娘娘多虑了，圣上如今倚靠杨守将镇守西南，不会轻易动六皇子的。"

惠妃听见他骤然提起西南一事，眼神闪了闪，他莫不是知晓了什么？

她试探一句："西南如今是宁国公主的属地，而且父亲年纪大了，就算想护着我们也是心有余而力不足。"

卫凌没接话了，惠妃看不出什么异常，渐渐放下心。

"卫大人，这是太子与宁国这些年做的事，或对你有益。"一旁的嬷嬷将几册卷宗放到卫凌眼前的桌子上。

卫凌没有惊奇与疑问，甚至没看那卷宗："谢过娘娘。"

惠妃看他几眼，忽然笑着问："卫大人身子可还好？"

"尚可。"

"那便好，不过卫大人须得抓紧些了，咱们时日不多。"

卫凌来得快去得也快，半个时辰后，下人来传："娘娘，宁国公主来了。"

刚通报完，沈娥就急匆匆进来，惠妃敛了神色，微微斥道："你这孩子老这么毛毛糙糙的，一点公主模样都没有。"

她能不急吗，这几日卫凌频繁进出勤政殿，早有暗里消息传出，卫凌是要对太子动手了，只是父皇一时还犹疑不决。

今日一早卫凌又进宫了，议完事后直接来的丽坤宫。

沈娥像回了自己宫殿一样自顾坐下，连忙问："娘娘，卫凌来过了？他都说了什么？"

惠妃早知她会过来，没什么惊讶："来过了，他的确是想要说服我站在他那一头。"随而露出些担忧，"今日听闻圣上龙颜大怒，太子殿下不会真受波及吧？吉儿就这样被他牵扯进来，实在可恨！"

"不会的，父皇明面上说着皇兄不是，可哪次真正罚过。"沈娥亦是担心，但面上仍镇定，"娘娘，你答应他了？"

"你这孩子胡乱猜测什么，我既然能告诉你这些怎还会答应他？咱们早已是一根绳上的蚂蚱，只要你好好的，我与吉儿才有依靠。"

沈娥点了点头，没有怀疑。

"宁国，为何卫大人会突然发难，前阵子不都还好好的吗？"惠妃装作不解地问。

是啊，为什么？沈娥想破头都想不明白，他好好地当他的首辅不成吗，偏要搅和这些？

她前些日子还信誓旦旦地跟皇兄说放心，转眼就来了这事。

而且卫凌手里证据充足，朝内原本中立的大臣不断倒戈，现在局势已是十分不利。

"宁国，你要回不回西南去，先去避避风头，也给我父亲兄长带个消息，我这实在害怕，万一那卫凌见成不了事要害吉儿怎么办。"惠妃说着还用帕子按了按眼角。

当初沈娥能获西南封地离不开惠妃的助力，这也是如今沈娥为何如此信任惠妃的原因。而且几年相处下来，惠妃的性子她也差不多摸透，起不了什么事。

西南确实是她最后的退路。

沈娥冷静一会儿，道："我要留下来。"

皇兄真要出事，那她不会好到哪里去，万不得已……她得撇清自己。

盛京城局势暗涌，普通老百姓纷纷猜测这天怕是要变了。

先是皇帝病了一回，接着是太子一党接连被爆出许多不堪之事，从强抢妇女到勾结胡人，每一项俱是重创，可就算太子如此行事，每日早朝吵得不可开交，龙椅上的人还是迟迟未做决定。

皇后与沈娥天天轮番到勤政殿求情，宣帝一概不见，东宫里日日议事，从早到晚不停歇。

宫里人人自危，生怕主子一个不爽就被牵连。

外头也好不到哪里去，太子一党牵连甚广，有关系的大臣小臣都在想方设法自保。

百姓们嗅到这些不妙的苗头，街上的人较平常少了不少，绣坊自然也受到影响，客人寥寥无几。

宋姗每日听着各处传来的消息，终于明白卫凌跟自己说的话，大概真的是要乱一阵了。

即使如此，人们还是要生活，春试依旧迫近。

尤起跃抽空回来了一趟，说是周先生想要请宋姗一家吃饭，已在醉仙楼等着了。

宋姗以绣坊有事推托。宋姗不去，尤四娘自然也不会跟着去凑热闹。尤佳佳见自家兄长可怜，只好答应他去一趟，反正免费的饭不吃白不吃。

宋姗没来，周则玺眼见地失落起来，沉默一会儿，换了计策。

这一个多月来，尤起跃已将尤家与宋家的底细全部告诉了他，尤家送这个小姑娘来盛京的目的他再清楚不过。

而前面两回她见了他都移不开目光，他一看过去就羞涩躲起来，小姑娘心思一眼能看明白。

既如此，那便从她着手。

周则玺将尤起跃支走，雅间内只剩尤佳佳。

他站起身，坐到她旁边的位置上，小姑娘果然羞得躲了一下。

"佳佳今后可想留在盛京？"

518

尤佳佳忍着嫌恶点头。

"盛京自是比扬州热闹，将来若是尤兄高中留了下来，我们便可一同照顾佳佳。"

尤佳佳："……"

"听闻佳佳跟着宋姑娘在绣坊学习？"周则玺含笑问。

尤佳佳瞧见他就不舒服，但她也想看看他葫芦里卖的是什么药，便应了句："不错。"

"宋姑娘生意做得大，是可以跟着学学，不过……"周则玺突然叹气，"你表姐虽然赚得多，可她这样每日忙碌也不是个事啊，忙坏了身子怎么办？再过几日便是春试，我还想着趁今天见一见她呢。"

"佳佳，你能否帮我传一声，明日酉时末，我在天茗茶馆等她。"周则玺从怀里掏出两个小香囊，"一个是送你的，一个是给你表姐的。"

尤佳佳没接，警惕道："你要与我表姐说什么？"

"说些体己话而已，佳佳不必担忧。"

"什么话非得天黑了才能说？"

周则玺皱眉，这小孩怎么这样难搞，吃个醋吃成这样？

他再次解释道："近来局势多变，卫大人恐要失势，我担心她受此事波及，有些话想要提醒她。"

尤佳佳好歹也来了盛京月余，她虽懵懵懂懂可也知盛京形势严峻，他这样一说，尤佳佳犹豫了起来，要是他真的有事与表姐说呢？

周则玺见她松动，直接将那香囊塞到尤佳佳手里："佳佳，你是个好姑娘，你会帮我的对不对？"

尤佳佳还没答应，尤起跃从外面进来，打断了两人的谈话，周则玺不好再说，回了原位。

三人一顿饭吃得不是滋味，很快散席。

周则玺没着急走，独自坐在雅间内，用只有自己听到的话说："宋姌，我原本也不想这样对你，是你逼我的。"

不久，有个黑衣人进门来，周则玺立即恭敬拱手："今日出了些小问题，请大人告诉殿下，明日必定事成。"

第二日傍晚，绣坊即将打烊，一小二拍了拍尤佳佳的后背："佳佳，想什么呢，快收拾东西了。"

尤佳佳从宋妠身上收回视线，小眉毛皱到一起。

那周先生说的也不知是真是假，她到底要不要跟表姐说啊，她实在不想让表姐去见她，可不见会不会出什么事？

一直到上了马车，尤佳佳还是有些心不在焉。

宋妠以为她是碰着什么困难了，问："怎么了，张叔给你派任务了？"

其实张叔私底下跟她提过两三回，说尤佳佳是个好苗子，将来培养培养能成事。

宋妠为此特地观察了好几回，尤佳佳确实机灵，再加上她曾与自己说的那些话，宋妠想着不若带带她，将来也能多个人帮自己。

不过今日倒是奇怪，佳佳整个人看起来有些快快不乐，还总盯着自己看。

"佳佳，张叔对你要求是严了些，可你看他还对谁这样？你莫要放在心上，他是看重你呢。"宋妠劝。

"表姐……我不是……"尤佳佳欲言又止。

"嗯？"

尤佳佳一咬牙，从怀里拿出两个小香囊"表姐，昨日那周先生给了我这个，让我带给你。"

宋妠接过，左右翻了翻，一股有些刺鼻的香味溢出，她忙拿远一些，这才道"你就是为了这个闷了一天啊？"

尤佳佳耷拉着脑袋："也不是，他让我给你传话，想见你，可我，我不想表姐你去见这个人。他太讨厌了，离我那样近，说的话也莫名其妙的。"尤佳佳突然拉着宋妠的衣袖，"表姐，阿兄说你们将来会成婚，你能不能不要嫁给他啊？"

宋妠听完这些话，神色一凛："我不会嫁给他。他都对你说什么了？"

尤佳佳便将昨日经过全数说出："他说什么将来会和阿兄一起照顾我，还说我是个好孩子，他还想碰我！被我躲开了。"

佳佳还是个孩子，周则玺是要做什么？利用？蛊惑？这是一个先生能做出来的事？宋妠越听脸越冷。

她沉声问："还有吗？"

"他说今日酉时在天茗茶馆等你，说什么卫大人恐会失势，有事要提醒。"

"卫大人要失势？"

"嗯，他是这样说的。"

如今盛京虽乱，但一切尚在可控范围内，任由上面怎么闹，老百姓生活都没受多少影响。

宋姗隔一两日就会去一趟商会，消息比寻常人要知晓得多些。邦卓说现下朝廷分割成两派，明争暗斗，但近日来已是卫凌把控了局面，朝中大臣倒戈，太子被置于针尖上，又怎么会是卫凌失势呢？

而且就算是这样，他一个书生怎么会知晓这些？是猜测？还是害怕卫凌出了事会牵扯到自己，眼下连忙要避开？

宋姗皱着眉，思考这件事的可能性。或是他从哪里听到了什么消息，有人要对卫凌不利？不利……有什么能是对他不利的？眼下其实不止朝廷一边倒，就连老百姓也喊着让太子下台，支持辅佐新的皇子上位，卫凌深得民心。

太子谋反用兵？

不对不对，卫家军百来万人，京畿军也牢牢握在将军手中，太子哪有什么兵。

还有什么……

电光石火间，宋姗猛然想起什么。

卫凌的身世！

如今卫凌得以获众多支持，是因为太子的作茧自缚，是因为卫凌的能力，也是因为将军府世代忠孝。但卫凌身世一旦暴露，那这就不仅仅是为东夏铲除奸党，而是储君之争，兄弟相斗。

宋姗顿时冷汗涔涔。

要真是这样，那卫凌确实会失势。宋姗让自己冷静下来，一切都是她的猜测，周则玺只是个先生，他应当不会知晓这些。

但……周则玺此人心术不正，如若他背后有人……

"他说什么时候要见我？"宋姗再问了一遍。

"酉时，在天茗茶馆。"

宋姗往车窗外看了看，现在已是将近酉时。

这么一会儿马车行至家门口，宋姗将她的猜测告诉龙邦，同时吩咐："龙邦，你去芳华巷找一下白抑或白泽。"

龙邦走后，宋姗叫上龙泰与几个小厮，前往天茗茶馆。

不单为着卫凌那事，宋姗也需要找个时机与他说清楚，不能由着他与佳佳胡乱说话。

只是这里头还牵扯了尤起跃，她须得注意措辞，不能把关系搞得太僵。

到了门口，宋姗突然站定，犹豫一会儿后，朝龙泰道："去将周先生叫出来，我在醉仙楼等他。”

“是。”

正是饭点，醉仙楼人很多，宋姗找小二要了个包间。

周则玺很快过来，一进门就觍着笑脸：“宋姑娘。”

宋姗掩下不耐神色：“佳佳说周先生寻我有事？”

“宋姑娘不必如此客气。”周则玺坐下来，“我让佳佳送你的香囊收到了吗？那是我亲自上山采的草药，佩戴着对身子有益。”

宋姗将那香囊放置桌上，淡淡道：“周先生，这个我不能收。”

周则玺僵了僵：“……为何？”

“大夫说我天生体质差，闻不得有些草药的味道。而且这香囊乃是亲密之人互表心意的物件，我拿着不合适，周先生不若将来送与有缘之人。”

周则玺拿过香囊，苦涩般笑了笑：“所以，我与宋姑娘不是有缘之人？”

宋姗回想着，自去年法云寺第一面，他们两人也不过见了四五面，这其中还包括去书院的两回，她并未说过什么逾越的话和留给他有什么不切实际的幻想。

但到底是她行错了一步，通过他将尤起跃送到书院去，才导致现在有了牵扯。

“周先生，你学识渊博，如若将来用在正道上，一定能千古流芳，到时会有贴心之人陪伴在你身边的。”

话已至此，宋姗不打算再解释太多，也不打算再纠缠这个话题。

“先生与佳佳说要提醒我几句话，是什么？”

周则玺忽然笑了，宋姗直觉一阵阴森，他几乎咬着牙：“所以，你是为了卫大人来的？”

殿下说得果然不错，两人都和离了还行那苟且之事，是他周则玺看错了人，枉他还以为这宋姗是什么清贵之人，原来也不过是见人家得了权势而攀附上去。

他看向宋姗，见她没应话，嘲讽开口：“我说怎么轻易答应我去找卫凌，原来你们还一直联系着呢。”

宋姗直蹙眉：“周先生莫要妄言，我与卫大人并无关系。”

“呵，好一个没有关系。”周则玺起身走到窗边，“一个私生子将好好一个东夏搅成一团浑水，他有什么资格当首辅？”

宋姗一惊，他果然知道了。

还未来得及问，周则玺就靠近，宋姌连忙站起，与他隔着距离："你如何知晓的？"

周则玺此刻已脱下了方才那副和善面皮，露出恐怖的嘴脸，哈哈大笑："我如何知晓不重要，重要的是宋姑娘你也知道啊，那卫凌这么重要的事都告诉你？真是郎情妾意的一对呢。"

"你背后之人是谁，你们要做什么？"宋姌厉声问。

"要做什么……"周则玺忽然停了下来，再抬头时又是一副深情款款的模样，"宋姑娘，我曾经也想过与你共度一生的，我不嫌弃你和离，不嫌弃你被肃清侯府赶出家门，可怎的，你嫌弃我起来了？三番五次地拒绝，怎么，我配不上你一个没人要的女人？"

宋姌知晓他大概是魔怔了，朝门外看了几眼，说话的同时悄悄挪动脚步："周先生，你冷静些，我未曾嫌弃你，只是道不同不相为谋，我们不合适。"

"合不合适不是你说了算，今天我怎么也得把你办了！"

一时间周则玺面目狰狞，朝她冲了过来。宋姌暗道不好，急忙往门外跑。

可他还未来得及靠近，龙泰就从门外进来，挡在宋姌跟前，剩下几人一下将人按住。

周则玺挣扎个不停，眼中终于露出惊慌，大喊："来人，殿下！快来人！"

宋姌惊魂未定，站在龙泰身后喘了好几口气才缓过来。龙泰将门关起来，与外头的热闹气氛隔绝，周则玺仍在大喊，但无人理会。

龙泰简单将外头的事告诉她："二娘，我们方才就觉得不对劲，有好几人乔装打扮想要引我们离开，我们没走他们便直接动起手来，后来不知哪里来了人，轻轻松松就把人给制伏，随后将那几人带走了。"

"不知哪里来的人帮我们的？"宋姌疑惑。

"不错。"

"宋姌，你个恶妇，放了我！"

宋姌忽然觉得一阵头晕，许是屋子门窗都关着，她觉着有些闷。不过周则玺还在叫喊，她分散些精神。今日他怕不是只找自己说事，他整个人跟疯了一样想要对自己行不轨之事，外面还带了人，这里面不简单。

宋姌走到他面前，低下头："周先生，到底是何人指使你做这些？你还有大好前途，为何如此想不开？"

"宋姌，都是你逼我的！卫凌把控朝政，若不是他我怎会连连落败，他不会有好结果的！"

“你说是他害得你？”

“不是他还有谁，我要告到圣上面前，他不配为首辅！”周则玺又突然哈哈大笑起来，“不对，他没有多少好日子了，你们这对奸夫淫妇没有多少好日子了！”

这话龙泰也听不下去了，怒斥：“你胡说什么！”

“我没有胡说，放开我，我要报官！我要报官！”

宋姒又是一阵头疼，她忍了忍：“周则玺，到底是谁在你背后？”

当初他既然为了春试为了权势想着利用肃清侯府利用自己，那别人也可以反过来为此教唆他做事。

当真是愚蠢。

而另一边，周则玺看着宋姒逐渐潮红的脸庞，突然不知哪里来的力气，挣脱了小厮们的钳制，就要朝宋姒冲去。

宋姒一下头晕得厉害，后退时绊到了椅子，身子直往后倒。

龙泰大喊：“二娘！”

可同时，“嘭”一声，有人踹开了房门，下一瞬，宋姒落入一个温暖的怀抱中。

那人用了十分力气，像是要把她揉进身体里。宋姒身上热得厉害，意识渐渐模糊，眼皮似有千斤重。

“阿姒，阿姒。”声声呼唤让她打了个哆嗦，更热了，衣服太多了。

她低吟了声：“唔。”

接着耳边传来一句：“阿姒，我再也不会把你让给别人了。”

他抱得更紧了，她快要呼吸不过来，他不断重复着那句话，语气低沉坚定又透露着恐惧：“再也不会把你让给别人。”

可她好热啊，他的身体好烫，快要把她烧着了，浑身哪里都难受，大脑已经不会思考。

宋姒绯红色的脸庞靠在他肩头，双手撑在他胸膛，绵软无力地拒绝热源的靠近，声音软塌塌地染上了媚色：“卫凌，你……你松开我。”

卫凌终于察觉怀中人的异常，他松了松，可宋姒身子一点力气都没有，他一放手她就往下滑，卫凌伸出一只手搂着她的腰肢，另一只手探了一下她额头的温度，太烫了。

卫凌连忙喊一声：“阿姒，你能听到我说话吗？”

"唔，卫凌，我好难受……好热，你走开。"宋姌断断续续的话从口中溢出。

明明嘴里说着拒绝的话，身体却越靠越近。

卫凌已然明白发生了什么，眸色暗了暗，直接将人横抱起来。宋姌下意识抱住他的脖颈，头埋在他的心口位置，呢喃不停："不舒服……"

卫凌低头看她一眼，随后一脚踢开不断呼喊求饶的周则玺，大步往外走："白亦，叫齐老！"

还没到家，宋姌就彻底晕了过去。卫凌将人放在床上，急忙给早等着的齐大夫让位置。

齐大夫边看边说："怎么回事？"

匆匆跟过来的龙泰将当时的状况复述。

须臾，齐大夫转头："小子，我要用针。"

卫凌一下听懂，将屋内几个大男人赶了出去，只留下小月。

一刻钟后，房门打开，等在门口的卫凌立即问："齐老，怎么样了？"

齐大夫是千玄的好友，年过半百、医术了得，之前因长公主的病来过盛京，最近又被请了回来。

"没什么大碍，吃些药休息一阵就好。"齐大夫看着他一副焦急模样，不由得笑，"亏千玄还夸你沉稳，我就没见你哪回沉稳过。"

"上次让我扮什么叫花子，也就你能想得出来。关心姑娘倒是关心得紧。"齐大夫已往正厅走，"早知我就不答应千玄了，这真是给自己找了个大麻烦。"

卫凌回头看一眼屋内，跟上。

宋姌再次醒来时脑子还有些胀胀的，好在身上那股莫名的燥热褪了下去，没了先前的不适。

她抬眼四处看了看屋子，典雅冷清，不是她的房间，再拉开被子，衣物完整，她暗暗松口气。昏过去前的景象历历在目，那周则玺好大的胆，竟然对她用药！今日若是她一个人去赴会，那自己一身清白不就没了？

宋姌叹了两声，人心怎可如此险恶，为着权势做这些丧心病狂之事。

最后……是卫凌吧？她没看清人，只闻到了那熟悉的冷冽淡香。

当时头昏得厉害，整个人都不清醒，宋姌想着想着打了个颤，阻止自己往下想。

"小月。"喊出声才发觉声音沙哑得不行，喉咙干涩涩的。

话音刚落卫凌就推了门进来，宋姌一下怀疑他是不是就守在门外。他两步走到跟前："阿姌，你醒了。"

宋妡点了点头，不敢看他，只瞄向他背后，喑哑着问："小月呢？"

她想喝水，可她身上一点力气都没有。

卫凌没答她小月在哪儿，直接转身倒了水，顺带着将茶壶拎了过来。

"来，先喝口水。"

他直接将茶杯放在了她唇边，语气柔得不行。宋妡一时不习惯，抬头看了一眼，对上视线后又急速收回。

他双眼好像一汪泉水，里面摇曳着她的倒影。

宋妡不想让他喂，这动作太亲密了。

她伸手握住茶杯另一侧，声音低得掩盖住了那丝沙哑："我自己来。"

两人手指不免碰到，却谁也没松开，各有各的坚持。

宋妡只好轻咳一声，再次道："我自己来。"

他浅浅笑了一下，松了手："好。"

等喝完一杯，宋妡还未解渴，侧了侧身想要自己续上，卫凌不由分说按了她的身子："我来。"

三杯过后，宋妡终于好了些，她问："这里是哪里？"

"芳华巷。"

"什么时候了？"屋子里灯火通明，想来已是入了夜。

"亥时。"

"这么晚，我得回去了。"

"你现在动不了。我同夫人说过，你不用担心，小月在外面呢。"

宋妡沉默下来，她尝试着动了动，确实使不上力气。

芳华巷……她住他家算怎么个事……

过了会儿，宋妡继续问："先前是怎么回事，我为何会被下药？"

卫凌解释："大夫说周则玺给你的香囊里有毒，那毒碰上他身上带着的另一种毒便会让人产生不适。"

产生不适，那哪里是不适，分明就是下三烂的药物，太歹毒了。

"周则玺呢？"

卫凌一听这个名字就冷下脸来，他没什么情绪地问："你心里还惦记着他？"

"我何时惦记他了？就算惦记我也惦记着把他送到官府里去。"

卫凌一下愣了，道："你不喜欢他？"

"谁跟你说的我喜欢他？"

喜悦来得太突然，卫凌一下没控制好自己的神情，咧开嘴无声笑，甚至激动得站了起来，在屋子里转了两圈。

她没有喜欢那人，她没有喜欢那人，她没有喜欢那人！

自从知晓周则玺此人的存在，他多少个夜晚曾因此而不能入睡。

他不害怕那人多强大，怕的只是宋妁对他的情意，他光想象着她有一天会与另一人相爱相守，心就疼得不行。

他曾说过自己不会拦着她往前走，可当宋妁真要往前走时才明白自己有多难过，五脏六腑都仿佛被拆分开来，每日只是一具行尸走肉在活着。

只是没了她，活着又有什么意义。

这几日白泽禀报说太子曾和周则玺见过面，他还在查，没想到今日白亦就匆忙进宫寻他，说周则玺预谋不轨。

那一刻，这个人已经被判了凌迟之刑。

什么不会拦着，他反悔了。

他曾经做错的事他会慢慢赎罪，可是，再也不会把她推给别人了。

卫凌心中百转千回，自己给了自己希望。

宋妁却茫然了，他转来转去，一会儿露出笑意，一会儿愁眉紧锁。

"……你怎么了？"

卫凌重新回到床前，所有兴奋化为轻描淡写一句话："周则玺交给我。"

"嗯，若是顺天府需要我去做证，我随时可去。"宋妁顿了片刻，"只是，这个人不应再为人师。"

"我知道，我来处理。"

宋妁想了想，还是提醒他："周则玺不知从哪里得知了你的身世，这个事许会被人拿来做文章。"

可卫凌听完完全没有想象中的紧张，反而靠近了些，含笑问："所以，你今天是为了我去见周则玺？阿妁，你在关心我吗？"

宋妁无言，怎么还扯到关心上去了，若不是她知道了那些事，她才懒得多说一句。

"没有，我是去还香囊的。"

"去还香囊的。"卫凌重复她的话，实则心里是雀跃不已，就当她是为了自己，就一回。

"郎君，药好了。"门外白亦敲了敲门，站在门口不敢动。

"端进来。"

"齐大夫之前用针压制住了你体内的毒性，但药还是要喝。"卫凌从他手里接过药碗，手掌碰了碰碗外缘，确认温度。

宋姗从醒来就想避开这件事，那时候虽迷糊，但她总觉得自己状态不是很妥，说不定还真对他做了什么。

她偷偷移眼去看他，只见他端着碗蹙眉，大概是还烫着，他轻轻吹了几下。

宋姗心底又打了个寒战，这样的卫凌太可怕了……

不过她回想着刚刚两人对话，一切都很正常，他没有提及那个事，也没什么多余的反应，看来是没有发生什么。

宋姗渐渐放下心，出声："给我吧。"

喝完药，宋姗身体畅快一些，身子也没有那么软："你把小月叫进来，我要回去了。"

"好。"卫凌丝毫没察觉她那"吩咐"的语气，反倒眼见地有些失落，但还是乖乖出去叫人。

等送她离开的马车消失在芳华巷尽头，卫凌才不舍地收回视线。

白泽终于得空上前："郎君，周则玺如何处置？"

"打入监牢，让他自己死。"卫凌语气阴狠，一前一后，好像完全换了个人。

周则玺还没死，盛京各处就开始流传出一则"谣言"，说卫凌不是端容郡主亲生，卫凌生母是个丫鬟。

起初没什么人信，谁不知道已经故去的长公主最是疼爱卫小郎君，他怎么可能不是端容郡主的儿子。

甚至有人为卫凌喊冤，道太子一党不择手段，采用如此低端的手法来蛊惑人心，局势又偏向了卫凌。

东宫内，沈谢晋发了好大的脾气："怎么回事！"

底下谋士瑟瑟发抖，有人谏言："殿下，要打我们就打一剂猛药。"

于是"证据"越来越多，大街小巷、茶馆酒肆到处都在传，那说书的编造了个卫将军与丫鬟暗通款曲的故事，一时广为流传。

不过这传言倒是十分奇怪，只传了一半，另一半最重要的没传出来。

宋姗心想，难不成是卫凌故意为之？

可也不对，这事实打实地对他造成了影响。

经过两日的发酵，原先支持卫凌的那拨人已经完全换了说法，认为卫凌欺上瞒下，利用长公主上位，不配为首辅，庶子夺权，手段不干净。

总之，太子扳回一局，真正是坐收渔翁之利。

宋姍这几日没出门，可挡不住四方消息朝她涌来，尤四娘与青姨最甚，这日用饭前，尤四娘坐在她身旁："阿姍，你之前在将军府就没发现什么异常？"

"啧啧，我觉得也是荒唐，怎么大将军还和长公主身边的丫鬟好上了，这么一看端容郡主甚是可怜，如今好不容易儿子出息了，却突然被告知真相，白白替人家养了这么久的儿子。"

"娘……"宋姍不知道该说什么，这时候两人好像成了局外人，还会心疼起端容郡主。

陈芷安过来了一趟，也想着跟她探消息，这事在盛京城谁不好奇。

宋姍搪塞了几句，而且她还在将军府时是真的什么都不知，按卫凌的说法，他亦是下了扬州才查明这些事情，哪有外界传的那般居心叵测。

此次事变来势汹汹，但望他能好好处理。

在盛京风起云涌之际，龙邦给她带回来一条消息，周则玺因虐待学生、巴结权贵等事而臭名昭著，昨日晚间在牢内自缢身亡。

宋姍听了只感叹，一个人不是突然变坏的，而是早已从根子里腐烂，他选择了这条路早该想到这个结果。

第三日时，老百姓们议论的声音淡了许多，各自忙着过活，但偏偏有人想继续搅弄局势，不知又从哪里传出，卫凌不姓卫，而应当姓沈，是真真正正的皇室子孙。

至此，将军府再次彻夜难眠，宫里人人惊惧，盛京百姓合不上嘴巴。

勤政殿。

殿内谁也不说话，气氛压抑得可怕，一旁伺候的宫人大气都不敢出。

这两日发生的事实在玄幻，那传言其实没有根，所谓"证据"大多是伪造，当年知情人又都已不在世，辨不出真假。

突如其来的这桩事让宣帝头疼得厉害，他刚听见这个消息时只觉荒唐，这如何可能，二十多年前的事，他哪记得自己临幸过长公主身边的小婢女，更遑论那婢女还生下皇子。

宣帝抬头看向底下静静站着的人，混乱的思绪逐渐清醒。

卫凌十几岁开始就在他身边做事，他信任他比太子更甚，卫凌是他欣赏的年轻人、重用的臣子，可一夜过去，他们说他是他儿子。

卫凌眉眼锋利，似长公主多一些，可如今再仔细看看，依稀可以看出些许自己的影子。

这时候的卫凌不就是当年未即位的自己？孤身一人汲汲营营闯出一条路。

那传言，宣帝信了七八分。

没一会儿，宣帝又眯起眼睛，卫凌是何时知晓的？是未入宫前？或是眼下也同他一样迷茫，又或是……近来他的所作所为都像外面传言般，为了扳倒太子上位？

朝内重臣纷纷将太子视作弃子，就连他也犹豫着要不要废太子，这种时候，卫凌放出这个消息，其意不言而喻。

太子是正正经经的嫡长子，行事是冲动了些，可到底是他看着长大的孩子，能不能继承他的皇位也该由他说了算，什么时候轮到别人来"抢"？

宣帝面色冷了几分，开口问："域川，你对此事有何看法，外面这些传言是真是假？"

卫凌面色苍白，好似站得有些累了，他动了动右腿："圣上，臣这腿还没好全，能否跟圣上讨张椅子坐？"

宣帝咬牙："来人，赐座！"

等卫凌坐下来，这才悠悠答话："圣上，若臣说，传言是真的，您当如何？"

卫凌字句清晰，那句"是真的"铿锵有力，让宣帝怔了好一会儿。

他果然早知晓！

宣帝仿佛吃了颗定心丸，在龙椅上找了个舒服的位置，慢慢回忆着："域川，你可知先帝是如何过世的？"

他自问自答："朕当年尚年少，关于先帝的事大多是长公主告予朕的，她说朕有两个皇叔，他们不满先帝统治东夏，私下联合了起来，造谣污蔑、给先帝下药，结党营私，东夏江山岌岌可危。先帝被害过世，朕与长公主小心苟活。"

"皇位只有一个，两个人怎么分，最后自然又是一番争斗，争到最后两败俱伤。好在当时有忠心耿耿的卫老将军，有将东夏安稳视为己任的一众朝臣，他们在一片混乱中站了出来，扶持朕与长公主，这才有了今日。"宣帝盯着下面的人，"域川，你如今所为与朕那两个皇叔又有何异？"

一句话，将卫凌的罪定死。

"朕在谢晋十三岁时将他立为储君，防的就是兄弟阋墙，这么些年他是做了许多错事，朕也不盼着东夏在他手上能多强盛，只望他能护住这万千老百姓。"宣帝叹气，眼中露出失望，"原先有你在，朕很放心。"

偌大宫殿静得只剩呼吸声与宣帝的叹气声。

卫凌沉默了许久，微垂的脸颊缓缓勾起一抹若有若无的苦笑，没人看得见。

消息不是他放的，可他并没有阻止，就等着这一天的到来，和预料中的相差无几。

那么多证据忽然都成为一场阴谋，成为皇帝护着沈谢晋的借口。

他从未渴望从皇帝身上获得什么父子亲情，但对方今日这一番话仍是刺得他心内一痛。

他就算再好也比不过太子在对方心目中的地位，他只有忧，没有喜。

卫凌突然想起了外祖母，她经历了那么多，最能看清皇宫内的这些争斗，除却其他原因，她是真正怜惜他，不想让他卷入那些争斗中。

幸而未生在皇家。

卫凌掩着帕咳了两声，随后缓缓开口："圣上依旧可以放心，臣不会与太子夺位，亦未曾想过进皇室族谱。"

"什么？"宣帝一番忧虑被他这一句话截断，惊道，"那你……"

"太子之事圣上自有论断，臣不再多言。"卫凌顿了顿，"臣会自请退位，只求一物。"

"何物？"

"免死金牌。"

宣帝认真想了会儿，片刻后先问道："当下情况如何解决？"

"臣自有办法。"

在宣帝眼里，一块免死金牌换东夏安稳，没有什么比这更值："朕允了。"

卫凌微微笑了，按承诺说出他的办法："圣上，一切流言皆是有人蓄意为之。"说完朝殿外喊了一声，"白泽。"

白泽立即带了个人进殿。

那人跟跟跄跄跪下来，头也不抬就喊着："大人饶命大人饶命，小的说的都是真的，绝无欺瞒。"

卫凌说："将你做的那些事如实告知圣上。"

"是。"那人重重磕头，"小的姓杨，是盛京一茶馆的小老板，亦是丽坤宫娘娘的亲信。三日前娘娘派人递了消息，说要将卫大人的身世散布出去，同时还给了小的许多物件，都能证明卫大人是皇家子嗣。"

卫凌明知故问了一句："此前的传言也是你们放出去的？"

"不是不是，娘娘是先前的消息传出后才找的我们，说是火上浇油。"

宣帝一下又愣了，这事怎么还跟惠妃扯上关系了？但若是有人故意传播，这事到底是真是假？

卫凌仿佛看出他所想，直言道："此事不难查明，若是圣上不信，不如亲自回去问问惠妃。不过在此之前，微臣有事要禀。"

随后白泽接连递上几卷案宗，宣帝一一翻开来，上头所述骇人听闻。

"微臣这段时日所做完全是受了惠妃胁迫，不过与此同时也查明了惠妃与西南杨家的惊天秘密。"

那案宗上详细记载了这些年惠妃的谋划，她不费吹灰之力，掌控了太子与沈娥，为西南杨家谋利。

什么封地，把西南交给一个容易操控的人不就相当于牢牢握在自己手里；什么倒卖铜矿，那铜矿本就是杨家的，卖给南洋是赚银子，而卖给胡人就不是那么简单了。

杨家野心勃勃，私下招兵买马，又与胡人勾结起来，眼中盯的就是东夏这块肥肉。

卫凌继续解释："臣派人去了一趟西南，这才发觉杨家是曾被先祖消灭的羌国遗孤，他们处心积虑，一心为着复国，从将惠妃送进宫时就开始筹谋。"

宣帝越听越惊，翻阅案宗的手不可抑制地颤抖着。

"惠妃娘娘曾以身世之谜要挟微臣为她做事，看着是为了打压太子，加上如今爆出种种传言，实则目的是让圣上分心，让朝中大臣分派内斗。"

说话间宣帝已完全明白："他们是想让东夏乱起来，好勾结胡人一举进攻东夏！"

"不错。"

宣帝气极，站了起来："他们真是好大的胆！"

"北部战况应该不日就能送达京城。"卫凌不理会他的气愤，"圣上，至此，关于微臣身份一事完全可以推究到惠妃身上，而惠妃与杨家的罪状会掩盖近日来发生的一切，圣上不必担忧。"

卫凌该说的说了，该呈上去的也都呈上去了，最后道："至于免死金牌还望圣上一言九鼎，微臣等会儿便到吏部辞官。"

宣帝还气着，好像没听到他这两句话："域川，你马上把几位将军叫过来，还有国公尚书统统叫过来，议事！"

532

"是，微臣告退。"

只是卫凌这一走，就再也没有回去。

人到齐后，宣帝往下扫了几眼，问："域川呢？"

殿内静默无声，魏公公顶着压力提醒："圣上，卫大人已往吏部递了辞官的折子。"

卫凌离宫之后直接回了将军府。

将军府稍显冷清，卫凌等了一会儿陈箐才急急赶过来。

"大嫂，父亲母亲呢？"

外面那事闹得那么大，传得有眉有眼的，将军府又怎么会不知，陈箐此刻心里有些复杂。

卫凌身世一事太突然了，谁都没有准备。

陈箐将将军与端容郡主的吩咐告诉他："将军早去了城外京畿大营，母亲好几天前也去了城外寺庙祈福。"

卫凌有些惊讶："一直没回来过？"

"是，一直在外头。"

陈箐想着想着心里苦涩起来，父亲与母亲这自欺欺人的做法也就骗得了他们自己。

昨日两人离开前千叮咛万嘱咐，让她、让整个将军府守口如瓶，他们走了，那盛京这些事就可当作完全不知，再回来，卫凌还是他们的儿子。

其实流言刚开始出来时将军府闹得不行，端容郡主眼里哪容得下一粒沙子，这么多年卫海奉连个妾室都没有，如今竟被告知卫凌是他与一个奴婢生的，她的儿子是别人的，她如何受得了，大闹特闹。

闹完之后端容郡主也想得明白，不是她亲生的就不是了，反正母亲身边那个荷娘早过世，卫凌不会因为这个与她生分。

好好一个儿子还能没了去？

可很快，又有传言说，卫凌甚至不是卫家的孩子，是正正经经的皇子，夫妇俩彻底傻眼。

这下是真没了。

皇子，按照皇帝对卫凌的器重，那他铁定是要改姓沈的，哪还轮得到他们将军府什么事。

两人一时竟没想着去求证，没想着找卫凌问一问，就这样逃开。

陈箬理解，这件事对两人的打击实在太大，不忍面对失去。

"域川……你……"

卫凌："大嫂，一切都不会变，他们要是回来了你让人知会我一声。"

"哎，好。"陈箬心里一块大石头落到实处，有他这句话比外面什么传言都管用，"域川，你这几日去哪里了？一切还好？"

要是他第一日就回家来，父亲母亲哪用得着出城去。

卫凌犹豫了会儿："太忙了。"

一旁白泽听完，眼神微垂，低低叹了几声气。

陈箬却想，出了这么大的事，他肯定比他们更加惊讶和烦躁，他要处理的事多，现在看着确实憔悴了不少，脸上没有血色。她安慰："你注意些身子，事情一件件来，莫要急。"

"我知道了，多谢大嫂。"卫凌应下。

出门时，卫凌瞧见躲在门一旁的袖礼，停了下来。

袖礼仍是有些害怕，后退了一步，不过还是鼓起勇气问："叔叔，你还是我叔叔吗？"

卫凌今日第一回笑了，半蹲下身子，摸摸他的头："我永远是袖礼的叔叔。"

这会儿将近傍晚，天空阴沉沉的，整个盛京笼罩在一片灰暗中。

才走出将军府，那雨簌簌洒了下来，不大，却足以将人打湿，将一切蒙盖。

明明是生机盎然的春日，为何让人如此疲倦。

沈娥与沈谢晋已经两日没怎么用过饭，郭皇后亦是愁眉不展，几人怎么也没料到事情竟是这样的发展。

沈谢晋越想越气："宁国，你到底怎么得的消息，那卫凌怎么会是皇子？"

沈娥坐在一旁，手中的茶杯都快要被捏碎，听见他这质问的话，不由得气起来："皇兄，我早说了不要去惹卫凌，你为何不信！若不是你散布那消息，又怎会有后面这一连串的事。"

"你在怪我？人家都打到门上来了，我就坐以待毙？我看这事我们都是被卫凌给骗了，他就等着这一天呢。"

方才宫人已来禀，说是卫凌一早进了勤政殿，现在还没出来。沈谢晋一日比一日绝望，但他始终想不明白自己到底错在了哪儿。

一旁的郭皇后头疼得不行："好了，都别吵了。"这一双儿女就没让她省过心，"宁国，你先回西南去。"

沈娥却不知在想什么，骤然听到"西南"两个字，醍醐灌顶般，怔怔道："母后，是惠妃。"

她开始自言自语："这一切都是惠妃与卫凌的阴谋，是她给我的信，是她想要将皇兄拉下太子之位好让六弟接手，可是我偏偏都信了……"

郭皇后道："可是你西南的封地是她帮你争取的，而且爆出卫凌身世对他们并没有好处。"

对……那又是为何？

几人各自胡乱猜测，沈谢晋断言："一定是卫凌，惠妃是被卫凌利用的！他的目的就是夺权，不行，我得去告诉父皇！"

还没等沈谢晋走到门口，宫人又急忙进门，气都没喘匀："娘娘，卫大人辞官了！"

三人大惊："什么？"

那宫人便将打探来的消息一一道出，到最后，谁都说不出来话。

好一会儿，沈谢晋兴奋道："父皇没认他！甚至罢了卫凌首辅之位！"

沈娥在意的却不是这个，她咬着牙："好一个惠妃。"

她原以为自己机关算尽，名号、封地、银子都是靠自己努力争取得来的，却没想一切都是惠妃的手笔，她像颗棋子，任人拿捏，到最后，人财权三空。

沈娥受不了这份气，急匆匆往丽坤宫去。

丽坤宫好不到哪里去，皇后那边能得到消息，丽坤宫自然知道得更加详尽。

惠妃有些慌了，问："张嬷嬷，父亲那边来信了吗？"

"没呢，娘娘莫急，将军不是说了他们一切都准备好，届时西南与北境一齐进攻，定会打东夏一个措手不及。"

是，计划是这样，她也正等着盛京这边再乱一两日就给父亲去信，可是，可是怎么会，卫凌怎么会知道，他竟还查到了羌族！

惠妃微微颤抖，若是查到了羌族，那所有事情都已不言而喻。

"拿笔纸来，不能再等。"

正要落笔，沈娥来了。

"杨惠，你个毒妇！"沈娥冲过来就想要抓惠妃的衣领子，被身后嬷嬷迅速拦下。

惠妃镇定几瞬："宁国这会儿来找的不应是我。"

"不找你找谁，亏我那般信任你，你竟然骗得我团团转。"沈娥气极。

"怎么能是骗，公主与太子哪一项不是真真正正得到了好处？"

这话是真的，可怜两兄妹脑子都不够，只看得到眼前利益，不怪别人。

惠妃不欲与她多费口舌："宁国，是卫凌，他为了权势不择手段，不惜捏造谎话来欺骗圣上，他之前所做一切都是为了陷害太子殿下啊。"

"我不会再信你，你与外戚勾结想夺我东夏江山，罪大恶极，我这就去告诉父皇，告诉他都是你欺骗了我与皇兄！我们是无辜的！"

沈娥匆匆而来又匆匆而去，是她一贯的作风，不过这次倒是灵光了一回。

惠妃收回视线，继续提笔写信。

现在事情败露，她不怕圣上对她做什么，她手里还有他的儿子，而卫凌也翻不起什么浪，一个将死之人有何可惧。

重要的是家族大计，这时候父亲得赶紧行事，不然一切都来不及。

宋妧已好些天没出门，今日曹娘子说作坊里有批货出了问题，她不得不去一趟，等忙完出来才发觉外面下起了小雨。

天街小雨润如酥，宋妧站在檐下，伸出手，感受春雨的温润。

街上行人行色匆匆，心里许在厌恶这场雨来得不是时候，又或者家中有至亲和热腾腾的饭在等着，各怀心思。

宋妧一回头，看见雨幕中正朝她走来的人，隐在人群中却又无比显眼。

卫凌撑着纸扇，在她面前站定，宋妧问："怎么过来了？"

"想见见你。"他看着自己，眼神与这天气一样，朦朦胧胧让人看不清。

他这回直白得很，没用什么路过、有事之类的借口。

宋妧眸子闪了闪，看一眼外面渐渐急促的雨势，对他说："进来吧。"

卫凌第一回进她这里，不免好奇上下打量，十分宽敞，各种他第一次见的器具、半成品整齐有序排列着。

这会儿工人们都走得差不多，屋子里很安静。

宋妧见他四处张望，笑道："要给你介绍介绍吗？"

"好。"

宋妧一噎，她就随口一问，他还真想听啊。

卫凌已走到前头，宋妧不得已跟上，站在他身旁："这些都是谢家从南洋学回来的，他们根据东夏人的习惯进行改良，可我觉得还可以更好，就又改了改，你现在看到的……"

卫凌听着听着，视线就从那各式各样的工具中移到她身上，徐徐笑开。

她很认真，说起这些的时候眼里都是光，旁若无人。

这样的宋婳，他不是第一回见了，却每回都感觉惊艳。

她不适合皇宫、不适合高门大院，外头万千世界才是她尽情施展的地方，若是可以，他想带她去南洋去百越去北边，去任何她想去的地方。

他想看她高兴的、专注的，甚至忧愁的各种模样。

只是单单这样想着，心就一抽一抽地疼，他还有这个机会吗?

宋婳不知何时停了下来，回头看他两眼，然后不再介绍，领着人往隔壁厢房走，又吩咐："小月，你去泡壶茶来。"

待坐定，宋婳问："你今日过来是有话想跟我说吗？"

"没有。"

死鸭子嘴硬，他这副心不在焉的样子哪里是没话。

"没有那我走了。"宋婳作势起身。

右手忽地被他拉住，他的手指摩挲着她的手心，语带恳求："阿婳……你别走……"

宋婳轻轻挣脱开，重新坐回原位。

"我今日辞官了。"

"辞官？"宋婳有些惊讶。他的身世泄露出来，再次轰动了整个盛京，部分人仍旧觉得是一场阴谋，不过也有百姓支持他上位，宋婳也觉得如此，到底是皇家子孙，认祖归宗是必然。

"嗯。"卫凌笑了，"辞了官反倒是一身轻松。"

一身轻松……宋婳明白过来，望向他。

卫凌给她解释："过两日那传言就会被正言，我依旧是将军府的人。"

宋婳怔了怔："那你今后是什么打算？"

"我跟着阿婳做生意可好？"卫凌唇角微扬，"朝内还有我一些人，市舶司的筹办也即将完成，至于西南的陆路，等过了这一阵就能启用，我就跟着你，咱们赚许多许多的银子。"

"你别说胡话。"他的能力用来做生意实在是大材小用，东夏朝廷、黎民百姓更需要他。

"我认真的。"

卫凌说这话时真带了两分"认真"的样子，宋婳沉默下来。

他明明是那样的身份，却不得承认，还要无辜遭受骂名，明明为东夏做了许多，却只落得一个辞官的结局。

他又说："阿婳，你觉得累吗？"

宋妡认真想了一会儿，说道："累，很累，常常一沾床就能睡着，可我很满足，我看着娘亲脸上没了忧愁，看着身边人过得越来越好，我觉得一切都是值得的。以后若是做得大了，那盛京百姓许会因我而受益，我一个人的累又算得了什么？"

"要是百姓们骂你是奸商呢？"

"百姓们懂什么，他们只活在自己的小小圈子里，骂完这个骂那个，永远不会停的。我先忠于自己，然后才是别人，总会有人理解的。"

卫凌低下头，没什么精神，身上散发着孤寂与脆弱。

宋妡暗地一惊，她很少见他这样。

孤寂……说起这个，宋妡好像从没有见过他有什么朋友，成婚时就未曾见有人来找过他，也没听说他要去寻哪位友人，向来是独来独往。

这两三年他入了官场，身边形形色色的人多了起来，却还是没看他与谁格外交好。

过年时徐壬寅来过一趟，徐壬寅向她打探过卫凌的消息，不过两人好似也没见几面。

宋妡无声叹息："你……"

"我想要歇一歇。"卫凌第一回说出这句话，二十多年来第一回与人说出这句话。

不知何时起，这世间只剩她，也只有她。

"那便歇一歇，只是不能歇太久了。"盛京这会儿还乱着呢，宋妡不知他的辞官意味着什么，许是他为了百姓而放弃了那个位置，不过她仍旧隐隐觉得有些可惜。

"好。"卫凌看着她笑了笑，仿佛她说什么他都会答应。

小月进来送茶，等人离开，卫凌开口："阿妡，市舶司的事情邦卓有没有跟你提过？"

宋妡颔首，若商会是南洋商人在盛京落脚的组织，那市舶司则是东夏专门设立的管理东夏商贸的机构，独立于户部，更加专业。

市舶司要是真正建立起来并发挥作用，那对于东夏商人无疑是重大举措，意义非凡。

"你想进去吗？"卫凌问，虽然猜到她应不会感兴趣，可若是她想，他可以为她铺路。

宋妡意料之中地摇了摇头："不想。"

"嗯，市舶司的章大人是个正直之人，今后他还会负责西南商路一事，你们有事可尽管去找他。"

宋姗没有多想，卫凌做事从不是为了自己，当然也不会单纯为她，他对于南洋商贸付出的心血不比任何人少。

"我知道了。"

"我的人你也可以用，要是有想查的人或事，直接找白抑或白泽即可。"卫凌一一交代着，"还有萧珩壹，他如今是大理寺少卿，不久后卿正的位置应该能坐上去，若是遇到麻烦可与他说一声。"

宋姗越听眉越皱："你没事吧？"

卫凌顿了顿，很快染上笑意："我没事，就是不当官了怕有些事顾及不到。"

"既然都辞了官，那就好好休息一阵。"

"嗯。"

外头早已暗下来，雨似是不再下，宋姗说："不早了，我得回去了。"

两人出了作坊，卫凌目送她离开。

等人消失在街角，卫凌完全换了个人，方才的神态全部消失，还是那个生人勿近的卫凌。

"去探探，今日勤政殿都议了什么，还有大哥那边，告诉他，是时候了。"

"是。"

未到五日，北境战事起，盛京里一场没有硝烟的战争也无声敲响。

惠妃被打入冷宫，六皇子软禁，太子重获新生，引得众多朝臣不满。

当初杨家利用太子之便倒卖铜矿给胡人，让向来资源贫乏的胡人得以锻造兵器，此次战事有太子之功。

可眼下宣帝已是方寸大乱，哪还顾得上那么多。

当了两三年的撒手皇帝，现在遇着事了处处要他做决断，大臣们日日谏言，一下说先清内再攘外，一下又说从南边调人，而外头呢，战事初起，每日一份军报，皆是求助。

距离第一封军情送到盛京已过了三日，宣帝整整三日没睡，面色一下苍老。

起初还有人敢在殿内提起卫凌，可一提上头的人脸越臭，谁都不会为了这事而丢掉自己的乌纱帽。

至于卫凌身世，更是不可言说的一件事，那传言是压下去了，一切都是惠妃为杨家谋事而搅的局，可既如此，那卫凌何必在这危急时候辞官？

里头纷乱还是莫要过多探究，以免惹祸上身。

今日不止北境来了信，西南亦是岌岌可危，杨家私募的军队已占下三座城池。

勤政殿内吵吵闹闹，众人各执一词。

沈谢晋道："父皇，西南防线一旦失守，那杨家军势必势如破竹，直奔盛京而来。眼下北境兵马足够，不若从北边、东南、盛京各派援军助阵，定要守住西南防线啊！"

有人觉得不妥："盛京乃是一国之都，京畿军怎可随意调动。"

"臣也认为如此，眼下战事吃紧，不若立即就地征兵，能挡一时是一时。"

一旁的卫海奉冷着脸不说话。关于盛京的传言他自是一条不落，他虽在外头可一颗心都拴着，直到惠妃事件传出，他才松口气，可谁知刚回盛京就知晓卫凌辞官的消息，顿时又气得不行。

谁辞官他也不信卫凌会辞官！

关于西南与北境战事，他与卫凌早有布置，卫舒那边备战充足，从各个地方调动的卫家军以及其他兵力不日就会抵达，他一点也不担心，可他不会直接言明，一是这里头谁真谁假他不能确定，二来……

卫海奉抬头看了眼扶着额的皇帝，心里"哼"了声，竟敢这样对我儿子，就让你多着急两天！

宣帝许是察觉到卫海奉的视线，问："卫将军如何看？"

卫海奉先不屑地看了眼太子，随后阴恻恻地开口："动京畿军，太子是想把盛京拱手于人啊？还是早已胡人勾结好了？怎么，想快点即位？"

勤政殿内众人纷纷倒吸了一口凉气，有些人可能会这样想，但不会有人敢说出来。

镇国大将军，勇气相当。

沈谢晋早已气红了脸，指着卫海奉："卫将军莫要胡言乱语！"

"呵，胡言乱语。"卫海奉不理会他，面向宣帝，拱了拱手，"将在外，军令有所不受，再而言，本将已卸甲，卫家军并不在本将手中。"

这天下谁不知卫家军忠的是卫家人，大将军这是睁着眼睛说瞎话呢。

宣帝看下去，无奈道："朕是让你想想办法，不是让你出征调兵。"

卫海奉最终没有意气用事，若是他不管不顾，由着这帮人出什么原地征兵的傻主意，那他就成千古罪人了。

"杨家大多是私兵，军器训练都比不上正规军队，如今只是人数众多，而西南本就没有派兵驻守，因而才如此快失守，现下直接从东南调兵支援即可。"

宣帝想都没想就同意了："来人，拟旨。"

拟完圣旨，宣帝疲惫地挥手："今日先这样。"

"圣上，还有……"

宣帝已直接下了龙椅，往内殿走去。魏公公边走边劝："圣上，您好几日没歇过眼，不若休息会儿吧。"

宣帝站在空荡荡的内殿中，不知在看哪里，魏公公见他合上眼，低声说了一句："要是域川在就好了。"

魏公公心里叹了两声，默默退至一旁。

早知如此，何必当初呢，要他说，半路得这么一个儿子，他做梦都能笑醒。

过了好一会儿，宣帝往外走："随我去一趟冷宫。"

魏公公赶忙跟上。

冷宫破败，无人伺候，一直跟着惠妃的嬷嬷见了皇帝，连忙跪下行礼："参见圣上。"

"杨惠呢？"

话音刚落，惠妃出现在门口，见到宣帝露出丝惊讶，随而笑道："圣上来啦，要不要进来喝口茶？"

明明被打入冷宫，可惠妃除了服饰首饰朴素了些，脸上丝毫不见窘迫。

宣帝不由得恼怒，惠妃位列四妃之首，这么多年来一直盛宠不断，谁知道就是这样一个枕边人竟想要夺他东夏江山！

惠妃见他不动，主动走到他跟前："惠儿还以为圣上不愿见臣妾了呢。"

惠妃入冷宫那日，丽坤宫早被搜了个底朝天，那些她与西南杨家勾结的事已实锤。可关于卫凌身世一事找不到任何其他证据，有的只是一连串的证人，证实消息确是丽坤宫放出。

宣帝这几日不止为战事愁闷，更多的是为着卫凌这事，陷入一种信与不信、不想信与不敢信的境地中，纠结往复。

是以拖到今日才敢来寻她："朕问你，卫凌到底是不是朕的儿子！"

惠妃温婉一笑，到一旁的石椅上坐下："原来是为着这事啊，怎么，圣上不信？"

"朕问你到底是不是！"

"是，怎么不是。"惠妃看着他的眼睛，"二十六年前，臣妾刚入宫不久，圣上几乎夜夜宿在臣妾这里，长公主不满，派了个小丫头来训斥，那小丫头叫荷娘，有几分姿色。"

"圣上想起来了吗？"惠妃呵呵笑，"不对，圣上怎么会记得，圣上当时可是把人认成了臣妾，并告诉了臣妾，不然臣妾怎会知晓这件事？"

"可惜长公主疼爱那小丫头，不止为她瞒了下来，还将她生下来的孩子给了自己的女儿抚养，这一瞒就是二十六年，圣上，您日日见着的人是自己的亲儿子啊，亲儿子啊！"

惠妃看着他逐渐冷下来的脸，心里十分畅快，再度刺激道："圣上生了许多，好不容易有个机灵的，却认了别人做父亲，我听闻，卫大人辞官了？看来人家并不想认祖归宗呢，哈哈哈！"

宣帝怒气上涌，两步上前捏住她的脖颈："你个毒妇！"

惠妃呼吸不畅，却依旧哑着声音说："没错，我是个毒妇，我不好过，你们也别想好过！他再厉害又有什么用，还不是乖乖吃了我给他的药，算算日子，应该也没几天日子了，呵呵。"

"你说什么！"宣帝大惊。

惠妃咧了嘴，缓缓道："鬼督邮，无药可解。"

宣帝立马松了手，大步往外走去。

惠妃骤然得了呼吸，不断咳嗽着，咳着咳出泪来，随后那泪再也止不住，默默低语："吉儿，是母妃对不住你。"

卫凌回了琉璎轩住，端容郡主也早从城外回来，每日就想着法地伺候他。

夫妇俩谁也没跟他提起那件事，整个将军府下人都被警告了不许乱嚼舌根，于是任由外头怎么乱，将军府内都是一片平静。

这日端容郡主又来给卫凌送汤了，白亦将人拦下："郡主，郎君在书房议事呢。"

"这都不当官了还议什么事，闲操那么多心也没人说他一句好。"端容郡主十分不满，却仍是让下人将那汤递给了白亦，"你嘱咐着他好好喝了，我瞧着他这两日精神越发不好，我这心里总不安。"

白亦吸了吸鼻子，哑声道："是，小的一定看着郎君喝下。"

书房内是刚刚从宫里回来的卫海奉，还有一名卫家将军，兵部尚书与两位朝中大臣。

卫凌坐在上首，问："父亲，宫里今日都说了什么？"

卫海奉嗤道："能说什么，还不是我说怎么就怎么办，这皇位不若让我坐了算。"

兵部尚书笑道："卫将军小心隔墙有耳。"

"我家！我怕谁！"

卫凌又开始咳起来，用帕子捂了之后未曾细看，直接放至桌旁。

众人这几日都习惯了，只以为他是累着，简单劝道："域川注意些身子。"

"无妨。"卫凌应一句，开始说起正事，"北边胡人现已觉得自己胜券在握，大哥的反攻应当就在这两日，西南那边的援军也快抵达，两头不是问题。但惠妃在盛京谋划多年，不能排除她对盛京没有动作，父亲，调一半京畿军回来，以备不时之需。"

"行，还有什么要准备的？"

还有什么……杨家谋逆一事很快就可结束，趁此机会还能灭掉一直虎视眈眈的胡人，东夏重归和平安宁。

商会与市舶司的事安排好了，也已与白亦白泽交代清楚，未来将军府与她，性命、财富无忧。

没有什么了。

没等卫凌答，卫海奉严肃地问："域川，你说太子会不会有动作，我看他就不像个好人。"

卫凌撑着应了一句："没有，他还没这个胆。"

卫海奉又开始骂："我瞧圣上也是年纪大了想不明白事，如今竟然还护着太子那个蠢货。"

有人道："太子不得民心，优柔寡断，又做了那么多坏事，就算圣上容得下他，我们也容不下！"

"不错！"

兵部尚书转向卫凌："卫大人，你何时再回归朝廷，东夏没了你哪行啊！"

"是啊，现在不就是一团乱。"

"域川，我看圣上就是与你置气，你别任性。"

在一片支持声中，卫凌的咳嗽显得格外突兀，几人齐齐看过来，猝不及防间，卫凌一口鲜血喷出，将书桌上的案卷宣纸染成一片鲜红。

人随之倒了下去。

书房内顿时喊声不断。

　　将军府乱作一团，跟着住在琉璎轩的齐大夫立马赶了过来，待见到床上那个没有一丝血色的人，心里"咯噔"一跳。

　　齐大夫给他把脉、施针、按压，俱是无用，那呼吸微弱得都探不到。

　　待喝下白亦早准备好的百年参汤，一口气堪堪吊着。

　　一无所知的端容郡主与卫海奉直接吓傻，端容郡主带着泪痕问："大夫，域川这是怎么了？"

　　齐大夫直摇头："怕是熬不过这两日了。"

　　那毒太凶，他给千玄去了信，可两人都想不出办法来，只能一直养着，能养到今日已是十分不易。

　　屋子里一下静了下来，白亦直接抽噎出声。

　　端容郡主当场晕了过去，卫海奉僵着脸问："到底怎么回事？"

　　白亦将卫凌早就交代好的说辞道出，只说了是惠妃用计，却没有明说是为何。

　　卫海奉一时气极，怒气冲冲往外走，他要去找惠妃算账！

　　可刚出门就碰上来府的魏公公，这才知晓惠妃与那嬷嬷已在冷宫中自缢，就见了皇帝之后发生的事。

　　卫海奉一股气生生憋了回去，无处散发，只能冲向魏公公："你来做什么！"

　　魏公公一脸莫名："咱家这是奉了圣上之命来请卫大人进宫。"

　　"请请请，你让他到地府去请！"卫海奉大声喝一句，匆匆返回。

　　魏公公大惊，抓过将军府一名下人了解事情始末后马不停蹄地往宫里跑。

　　出大事了！

　　端容郡主半夜醒来，一眼看到回了府的卫钰君，立即哭出声："钰君，你哥哥他……"

　　匆匆得知消息的卫钰君也不知如何安慰，哽咽道："母亲，二哥吉人自有天相，他会没事的。"

　　"我得去看看。"

　　琉璎轩内灯火通明，白亦、白泽在外守着，卫海奉在屋里沉沉坐着。

　　早先时候宫里太医院院正来了一趟，结论与齐大夫一致，怕是熬不了多少日子。

　　端容郡主、卫钰君连同刚哄睡了孩子的陈箬赶来时就见到这样一番场景，不仅躺着的人了无生机，就连活着的人也如同槁木死灰。

整个将军府被一股巨大的哀伤笼罩着。

端容郡主静静走到床前，见着那张苍白无比的脸，又忍不住低声啜泣起来。

怎么好好一个人成了这副模样。

“域川，娘亲第一眼见到你时你也是这样，瘦瘦弱弱的，大夫说你活不下去，那时候也是用参药吊着，可后来你自己好了，还长这么大，这回也会好的，对不对？”

端容郡主握着他的手，眼里都是祈盼：“我们能熬过去的，等你醒来，娘亲再也不逼你去做你不喜欢做的事情了，你醒来看看娘亲好不好？”

卫钰君和陈箬站在她身后，两人悄悄抬手抹了眼角的泪。

“域川，娘亲不管什么丫鬟、皇上，也不管什么流言蜚语，你永远都是娘亲的好儿子。你醒过来咱们一家好好过日子，成不成？”端容郡主小声压着自己的声音，就像是不想让那昏睡的人听出她的难过。

“域川，域川，我的域川。”

卫钰君不忍，上前去扶了端容郡主：“母亲，您别伤了自己身子。”

端容郡主回过头，脸上满是泪痕：“钰君，没了域川我可怎么活啊。”

忽然间，床上传来一个微弱的声音，端容郡主握着的手随之轻轻颤了颤。

“阿妯……”

三人都没听清他说的什么，端容郡主一下由悲转喜：“域川，你说什么？”

“阿妯……阿妯……”

端容郡主愣了半瞬，立即应：“好好，娘这就把人给你找来。”说完即刻朝陈箬吩咐，“阿箬，快，去把宋妯找来。”

彼时宋妯已经躺下，万籁俱寂中突地响起一阵急促的拍门声，宋妯当即起身。

片刻后，龙邦来到门前，敲了敲她的房门：“二娘，出事了，卫小郎君要没了。”

宋妯心顿时停了片刻，披了外衣去开门。

龙邦身后是白泽，宋妯一凛：“怎么回事，什么叫没了？”

这么一会儿里，宋妯想起上回在作坊中见到他时，他莫名其妙说的那些交代后事一样的话，心里的不安越来越强烈。

果然，白泽说：“郎君中了毒，大夫说熬不过两日。”

几人到将军府时，卫凌仍旧没有醒过来，端容郡主神色复杂地看了她一眼，最终还是把屋子留给了两人。

宋妱到现在还是不敢置信，怎么会这样……

来时白泽已将情况简单告诉她，他说他中了毒，那毒无药可救，起先毒性几日发作一次，后来两日一次，再后来是每日，上一回是传言传得最凶的时候，他昏了三日，后来挺过来，又挺了这么久，挺到所有事都安排好。

身后的门徐徐关上，她却挪不动脚步。

床上躺着的人悄无声息，甚至看不清是死是活。

宋妱在门口站了好一会儿才鼓起勇气走到床边，在一旁椅子上坐下。

他脸色比任何时候都要苍白，像很多年前宋璇离开她时的模样。

宋妱红了眼眶，伸手捂住嘴巴。

她仍是不能相信，那天还笑着同她告别的人为何突然成了这副模样。

"卫凌……"

没有回应，只有外面低低的哭泣声在提醒她，眼前这个人活不了多久了。

"卫凌……"她又喊了声，声音带着轻微哽咽。

依旧没有回应，宋妱低了头，不敢再看，心里无法接受。

原来，这就是他所说的歇一歇吗？

有这样歇的吗？

不知过了多久，直到她放在床边的手被另一只冰凉的手碰了碰，宋妱霎时抬头，待对上他视线，一双含了水雾的眼睛瞬间露出欣喜："你醒了？"

卫凌很难受，五脏六腑疼得不行，可是快要睡过去时却听见了她的声音，他逼着自己醒过来。

是宋妱，真好啊，走之前还能再见她一面。

他用尽全身力气扯出个笑容，让自己看起来不那么惨："阿妱，你来了。"

极致的喜悦背后等着的是莫大的悲。

明明他做了决定要护她一辈子，明明她终于愿意回头看他，明明她肯对着自己笑，可惜他再没有守护她的机会。

她将来会是谁的妻子、谁的母亲，都与自己无关了。

他从未后悔吃下那药，再来一次，他依旧会毫不犹豫。

他始终相信老天是公平的，他愿意用自己换她下半生平安喜乐。

"阿妱……"卫凌又唤，仿佛此时多唤一声都是上天给他的恩赐。

他努力睁开双眼，盯着眼前人，妄想把她的模样刻进骨子里，那黄泉路上的孟婆汤他不想喝，他要下辈子再见到她。

这辈子不能再爱她，那就下辈子。

卫凌寻到她的手，握住，感受她传过来的温度："阿妕。"

"我在，我去叫大夫。"

"不用。"每说一个字都是撕心裂肺般疼痛，卫凌忍着，"我想再看看你。"

两人谁都不再说话，卫凌好似有些累，双眼合上又睁开。

最后一次睁开时，他问："阿妕，你以前爱过我吗？"

随着那两个字落下，卫凌扯了扯唇，再次闭上双眼，两行清泪从眼角滑落，染湿枕头。

她说，没有。

这一次，他双眼没有睁开。

宋妕走出将军府，天边泛起鱼肚白，新的一天来了。

跟着来的龙邦驾了马车过来，他小心问："二娘，我们回家吗？"

宋妕抬眼望向渐渐绽放光芒的东边天空，淡淡道："我想走回去。"

街道两旁的灯熄了，人们还沉浸在凌晨的美梦中，宋妕一步一步走着，过往悉数闪现。

出嫁拜别父母，小娘不在，刚失了嫡女的肃清侯府没有几人真心为她高兴，她羞怯怯站在堂屋，眼前只有盖头下一方天地，周遭热闹与她无半点关系，局促与不安充斥着她，未来等同于未知。

当他无声靠近，牵起她紧紧握着的手时，一颗心瞬间被填满，"扑通扑通"剧烈跳动起来。

从此，再也没有别人。

期待太满，得不到满足时的失望就越重。

失望吞噬了她的心，只剩空荡荡一个唤作"爱"的壳子，不足以再支撑她走下去。

他问她以前爱他吗？

那个渴求又绝望的眼神刺得宋妕心中一痛，但她依旧给了否定的答案。

卫凌，若是有下辈子，我们不要相遇了。

宋妕那一直忍着的泪再也忍不住，在无人处断了弦般落下来。

不会有那三年，也不会有这三年，我不爱你，你也不要再爱我。

这份爱太重了，压得人喘不过气。

你无须再派人护着我、为我铺路，无须再为我受伤，也无须走到今日，你有大好人生，不必执着留恋于我。

宋如走着走着蹲了下来，头埋在双膝上，起初仅是微微地颤动，声音压抑，后来再也控制不住，整个身子都在抖，呜咽声在凌晨的街道上飘荡。

可我没想过让你死啊，你怎么能死了呢。

宋如从来没觉得这么难受过，心脏一抽一抽地痛，全身像是被抽离了般，察觉不到存在的痕迹，和离时的那丝伤感与现在比起来又算得了什么。

她哭得累了，声音渐渐停息，只是仍蹲着不动。

清晨凉意一点一点入侵，宋如丝毫未觉。

走到家时盛京城已苏醒，人声、鸡鸣声、早市声交杂。

尤四娘与青姨一夜未睡，见人回来，忙问："阿如，怎么样了？"

宋如看了一眼，疲惫道："娘，我有些累了，想先睡会儿。"

"哎，好，快去睡吧。"

尤四娘与青姨一直跟在她身后，直到她上了床，盖上被子才轻轻离开她的屋子。

随后龙邦将卫凌的情况告知两人，尤四娘一阵唏嘘，看一眼关着的门，可怜了她的阿如……

也好，那人一去，阿如彻底没了念想，能真正开始新生活。

宋如一觉睡到太阳落山，醒来后意识尚未回笼，坐在床上呆了半晌，终于想起来什么，唤了一声："小月。"

小月正在桌前打着瞌睡，见身后传来声音，起身过去："二娘，怎么了？"

"他怎么样了？"宋如语气些许颤抖。

"午后来的消息，一直昏着，没醒。"

宋如一时不知是喜是悲。

偏偏是绝境，但又要给人不该有的希望。

"二娘……你要过去看看吗？"

"不了，给我打盆热水来。"宋如揉了揉双眼，今早哭了那么久，现在眼睛肿肿胀胀的。

等收拾好自己，宋如出了房门去吃饭。

尤四娘谨慎地没提起任何有关卫凌的话，就连一向爱缠着她的尤佳佳今日也格外安静。

尤四娘边给她夹菜边道："时逢多变，春试一事按了下来，你表哥应当还要在书院待一阵。"

"嗯，不碍事，让他多准备准备。"

周则玺那事后尤起跃对她应是有些歉意，不常回家了，见面时总避开自己的视线。

这样也不错，盛京给他上的第一堂课就是识别人心。

"你大嫂说是生了个小子，他们一家人高兴得不行，给我们递了满月酒的帖子，阿姒，你想不想去一趟？"尤四娘问。

"我就不去了，事还多着呢，娘您给备份礼，那天送过去就行。"

"行，挽翠日子也快了，咱们得准备起来。"

挽翠与龙泰单独搬了出去，就住在她们这条巷子里，屋子宋姒帮着出了一半的银子。

尤四娘跟她不断闲聊，说完自己家里的事又去说街坊邻居的，这么一会儿里，宋姒已知晓了隔壁大娘添了孙子，对街王婶家娶了儿媳，就连哪家的儿子在外面有了人她都告诉了她。

宋姒默默听着，默默吃饭，时不时点头。

等尤四娘说累了，尤佳佳接着上："阿姐，我现在会算账了，也记清了咱们绣坊每一项商品的价格，我能不能跟着你去新铺子啊？"

尤佳佳说的新铺子是南洋市集的新店，还在筹备中。

宋姒待吃完口中的饭，应她："你学得还不够，明天起不用跟着张叔了，去曹姨那边。至于新铺子，你若是忙完了绣坊里的事情可以过去看一看。"

"好耶。"尤佳佳十分开心，"小姑，我真想快点长大，长大就能帮阿姐做事了。"

尤四娘笑得不行，谁能想到当初跟着过来的小丫头如今是这番模样，干活学东西比谁都要积极。

"你还是趁你表姐没空管你好好先玩玩，再过个两年就有得你忙了。"

尤佳佳嘿嘿笑："忙我也乐意。"

就这样用完了晚饭，宋姒问尤四娘："娘，元宝儿呢？"

尤四娘怔了怔，那元宝儿是谁送的挽翠早告诉她们，她就怕她"睹物思人"，早早让人把元宝儿关了起来，现下只能扯个谎："病了，它病了，我怕它过病气给你，就让人先抱走。"

宋姒哪还不明白自己娘亲的心思，无奈"娘，我没事。"又朝一旁的青姨道，"青姨，你把元宝儿抱过来给我。"

两人皆叹了口气，最终乖乖将猫抱给她。

元宝儿大了一岁，现在被尤四娘养得白白胖胖，也没了刚来时生人勿近的那股劲。

宋妸抱着它坐在榻上，顺了顺它的毛，望向屋外越来越浓的春色，轻声说了一句："你倒是长得好。"

许是白天睡得太多，宋妸这会儿并没有什么困意，拿起手边一本杂书，然而看着看着就看不下去，脑子里总会想到些没有思绪的事情，她便放下书，拿起绣绷。

直到指头被针扎了五六回，宋妸终于作罢，躺回床上，天快亮时才有些睡意。

第二日醒得早，到新铺子时还没什么人。

这是第二家南洋集市。

南洋商人们通过上一家铺子吃到了甜头，这一回放心大胆地让宋妸去干，他们全力支持。

宋妸自然愿意，开这样的铺子虽然没有绣坊挣得多，可要出的心力少了不知多少，她只需提供个地方，然后坐等收银子。

尤四娘常常说，全盛京就她最机灵，躺着都能赚钱。

新掌柜还没定下来，这边暂由曹娘子管着。

曹娘子见宋妸过来，跟她汇报铺子筹备进展："二娘，眼下装潢什么的都差不多，这两日各个商铺老板的货都放到仓库，您给挑个吉日，咱们就可以开张了。"

宋妸点了点头："嗯，曹姨你随我去对对货。"

宋妸一忙起来就什么事都不记得，这一对就对到了晌午，曹娘子顶不住了："二娘，歇会儿吧，咱们先吃个午饭？"

"你们去吃吧，我不饿。"宋妸头也没回，继续点着各个老板送过来的货，价格数量一一核对。

"唉。"曹娘子摇头，走了出去，吩咐小月，"你去给你家主子带份饭过来，不吃饭怎么能行。"

等曹娘子用过饭，提着小月刚拿过来的食盒进仓库时却不见了人影，走了两圈，在架子后找到坐着的人。

无声无息，看不出悲喜，一双眼睛不知在看哪里，整个人被一层浅淡的忧伤裹着。

"二娘？"

她好似没听见，曹娘子只好悄悄退了出去。

卫凌被参药吊着的第五日，各方传来捷报，北境大胜，胡人连连溃败，西南杨家私军全数剿灭。

如此速度的大反转是任何人都想不到的，朝中上下沉浸在巨大的喜悦中，纷纷夸赞皇帝英明决断，太子一派甚至硬掰扯上沈谢晋，妄图争功。

卫海奉因着卫凌的事这几日都没来上朝，兵部尚书实在忍不住，出列："圣上，臣就算丢了这顶乌纱帽也要为卫大人说一句。"

殿内突然静默下来，谁都没出声。

"若是没有卫大人，哪有东夏如今盛况。卫大人未雨绸缪，早在一月前就部署了详细计划，调兵遣将等着敌犯自投罗网，圣上，您想想，东南到西南是五日能到的吗？二十多万狡诈的胡人是五日能击退的吗？"

兵部尚书铿锵有力的声音回荡在大殿内，敲得众人心头一响。

"可卫大人遭遇了什么，流言蜚语轮番攻击，且不论真假，卫大人做错了什么，太子之事他可有作假？为何要逼得非辞官不可？我们在庆贺胜利，卫大人却奄奄一息躺在床上，竟还有人上赶着抢功劳，荒谬啊！"

一番话说得沈谢晋面红耳赤，龙椅上的人脸越来越沉。

陈霄也出了列："圣上，尚书所言臣皆可做证，卫大人在此次战事中居首功不说，自他上位以来，修缮律法、整顿朝政、促进商贸等等，都是利国利民的良策，我们有目共睹，圣上，这位一个人怎么能因一两句传言就罢官，圣上，您三思。"

越来越多的人站了出来："圣上，请您三思！"

宣帝抚额："朕知道了，此事容后再议。"

捷报来得突然，他当时隐有猜测，不料还真是卫凌做的布置，此刻心中复杂，那孩子，是他亲手推出去的。

知道卫凌不醒人事那晚，宣帝几乎一夜未睡，明白到底是自己误会了他，可眼下却毫无办法，人都没了还谈什么补救，三思又有何用，只能每日派太医院里最好的太医过去给他瞧病，国库里什么千年人参、百年鹿茸都给他用上，但望能活一时是一时。

宣帝望向站着的太子，眼下人正窘迫得无所适从，当真是鼠目寸光又刚愎自用，枉费他多年培养。

他心里其实早已下决定，无论卫凌能不能活，无论他愿不愿意回来，太子，都不能再要。

底下朝臣还在不断为卫凌说话，宣帝疲累地捏了捏眉心，自己真的是年纪大了，办了这许多糊涂事。

待下了朝，宣帝问魏公公："将军府那边怎么样了？"

魏公公答："没醒，不过听闻扬州来了个厉害的人，正想办法呢。"

"厉害的人"——千玄马不停蹄赶到盛京，一个月的路程他只用了十天。

千玄不是正经学医出身，不过当年练武时熟知人体的结构，又识得各式毒药，二十几年下来，算得上个歪门邪道的大夫。

千玄尚来不及休整，直冲琉璎轩而去，遇见守在门外的卫海奉也没多看一眼，一把推开。

白亦赶紧安抚吹胡子瞪眼的人："将军，这是郎君的师父，特地过来给郎君瞧病的。"

卫海奉怒火一下熄了："他能治好域川？"

"小的不知，不过这几年郎君的身子都是千玄大师给看的，一直以来郎君吃的也都是他制的药，想来……"剩下的话白亦不敢说了。

齐大夫早给千玄去过信，要是有办法早想出来了，哪还用得着亲自过来。

不过卫海奉却听出了几分希望，连忙吩咐："快，快去给大师准备休息的屋子，饭菜多备些。"随后匆匆进屋，小心翼翼地站在一侧，不敢惊扰看病的千玄。

对于这个儿子，卫海奉知道自己是亏欠他的，活到这把年纪了才明白，当年若是能稍微怜惜些，这孩子也不至于和他这么生分，当年还偷偷跑了出去，几年不见踪影。

师父，他第一回知道卫凌在外头还有个师父，他吃的什么药、为何要吃药，他统统一无所知。卫海奉心里酸涩，他这父亲当得还不如人家师父呢。

若是卫凌能醒，他叫谁爹他都甘愿。

他正胡思乱想着，千玄冷不防回头："把齐老叫来。"

屋子里，白亦、白泽都不在，卫海奉直接出门去叫人。

等齐大夫进屋，大大松了口气："千玄，你可算来了！"

两人废话不多说，埋头一起商量。

得知消息的端容郡主也匆匆赶过来，与卫海奉同坐在外间等。

这一等，就等了大半日。

其间齐大夫出来了一趟，端容郡主抓着人焦急问："齐大夫，怎么样了，域川能醒吗？"

齐大夫道："夫人，将军，我与千玄会尽力，死马当作活马医吧。"

端容郡主夫妇俩这些日子已经接连受了不少打击，这一句无奈的"死马当作活马医"仿佛是他们的救命稻草，端容郡主连声道谢："谢过齐大夫，也谢谢千玄大师。"

"夫人先不必言谢，劳烦夫人备些饭菜，千玄这一日来还未进食呢。"

"好好好，早备着了。"

后面两人又在卧房待了一晚，第二天早上千玄出门，见着端容郡主，第一句话说的是："宋姝那丫头呢？"

端容郡主愣了会儿："宋姝？"

"瞧你们这父母当的，卫凌心心念念不就那个丫头。"千玄叹息，"我们再努力又有什么用，要是他不想活，谁也救不了他，那丫头才是他的药。"

千玄说完就进了屋，留端容郡主一人僵在原地，陈箬上前来："母亲，我派人去请阿姝过来吧。"

端容郡主如梦初醒："不用，我亲自去。"

端容郡主找白亦要了宋姝的住址，当即出发。

几人还在用早饭，听闻端容郡主来访，尤四娘走到门外。

两人从未见过，但尤四娘此前已多次从宋姝口中听过端容郡主，当下一眼认出来，想起过往那些事，尤四娘冷了脸："郡主到访有何贵干？"

端容郡主打量了尤四娘两眼，不禁叹：宋姝想来是继承了她的容貌。

她心中记挂着卫凌，来不及多想，也没去管尤四娘话里的嫌恶，直接道："夫人，请问阿姝可在家？"

"不在。"将军府的人上门能有什么好事。

端容郡主一噎，拉下脸面："我寻阿姝有事，还望夫人告予她一声。"

传闻中的端容郡主第一回这样低声下气，尤四娘本也不是刻薄之人，没有再为难她，但也没什么好声气："说了不在，她到绣坊去了，你自己去找。"

端容郡主又急匆匆赶到了绣坊，趁张叔去叫人这么一会儿，端容郡主认真看了看她这间铺子，心里惊讶万分。

她只听说她生意做得大，连开好几家店铺，却从未亲身到访过，今日一见确实明白了些缘由。

从铺子里的布置到小二们的服务、商品质量，可圈可点，比一般布坊绣坊都要精致上乘，又怎会生意不好。

端容郡主拿起一面绣帕，想起从前那些事来，宋姗刚进门时就送了她们一家人自己绣的这些小东西，什么帕子、香囊都有，可惜她眼里就没有这个人，又怎么会看上她送的那些个东西。

管家之事她也从不放心交到她手上，她想着，一个侯府出来的庶女就别到处出来给她添乱了。

可到底是她看走眼，这绣艺，盛京城还有哪个姑娘比得上，人家这铺子开得多好啊，离了肃清侯府还能养活这么大一家子，管个家算什么。

再说了，她那儿子多挑剔一个人，竟这样对她死心塌地。

端容郡主正想着，身后突然传来一道轻灵的嗓音："郡主寻我吗？"

她回过头，有些不自然："阿姗，你近来可好？"

"郡主有话不妨直说。"明明几日前才见过，两人倒也不用寒暄什么，也没那必要。

宋姗路上就在猜测她来这儿的目的，可是没想通。

卫凌若是出事抑或醒了，她哪还有这个闲心来找自己。如若还是像上回一样，那她也不必亲自过来。

端容郡主随后便道："阿姗，我来是想请你去照顾域川。"

是照顾，不是看一看。

端容郡主见她没应，立即补充："我知道这件事为难你了，只是域川他只想要你啊。阿姗，以前都是我对不住你，你要骂要恨都冲我来，别怪他行吗？"

"我以前做了许多错事，我不该那样对你，域川跟我说了孩子的事，是我错怪你了，是我糊涂非要将奕娴扯进来，千错万错都是我的错。"端容郡主几乎是红着眼睛说出这番话。

这回轮到宋姗惊了，端容郡主头回这样跟自己说话，放下她的所有骄傲。

"阿姗，就当我求求你，等域川醒过来，你们想怎么样就怎么样，我再也不管了。你要是生意忙，那就早晚去一趟。"

端容郡主声声恳求，但宋姗在意的却是："他会醒过来？"

"还不知，扬州来了个师父，他们在想法子呢。阿姗，千玄师父说，域川他不是活不了，是不想活了，只有你才能给他希望。"

宋姗听完怔愣住，不想活了……

是因为她那晚的答案吗？怎会这样？

宋灿心揪在一起，卫凌，你是不是傻啊。

端容郡主拉了她的手腕：“阿灿，你去看看他吧，我给你银子，将军府的银子都给你。”

“郡主，我去就是了，您无须这样。”

端容郡主抹了抹眼角的泪：“那我们现在就走好不好？”

“我还有些事要交代，郡主先回，我随后就到。”

端容郡主走时一步三回头，那模样生怕她失约。

宋灿交代完绣坊的事，又让人回家告诉尤四娘一声，直接去了将军府。

依旧是琉璎轩后院，端容郡主热情将她迎了进去，卫海奉、陈箬、卫钰君都在，几人目光注视下，宋灿有些头皮发麻。

简单打过招呼，宋灿进了内间。

上回来得急去得急没仔细看，现在才发觉这间屋子什么东西都没变，她走时是什么样，现在还是什么样。

这间屋子她太熟悉了，熟悉到过了三年多依旧能想起每个物品的摆放位置。

宋灿匆匆看一眼，往里走去，朝床边那人道：“千玄师父。”

可下一瞬，她直接愣住，站在千玄旁边的老者不就是许久前来他们家乞讨的老大夫？她上回来没见着他的，他是一直给卫凌看病的大夫？

宋灿刹那间想明白了许多事。

齐大夫见她这样，倒是笑了笑：“宋姑娘，咱们又见面了。”

“来了啊，过来。”千玄不知情况，主动给她让位置。

宋灿按下思绪，望向躺着的毫无生息的人，轻声问：“千玄师父，他怎么样了？”

千玄道：“我与齐老想了个法子，姑且先试一试，丫头，你能留下来吗？”

端容郡主几人也进了屋，都一脸期望地看着她。

宋灿没有犹豫：“嗯，我来照顾他。”

屋里众人纷纷放下心。

千玄继续吩咐：“你多跟他说说话，他虽昏过去，但仍旧有意识，能听见人说话。”

“好，我知晓了。”

千玄一副侠客模样，脸上没什么表情，说完话就盯着她，宋灿觉察到一股无形的压力，他仿佛在说——你说啊。

于是宋妧只好面向卫凌，柔声道："卫凌，我来了。"

"不行，多说点，握着他的手。"

宋妧："……"

许是千玄太过盛气凌人，宋妧乖乖照做，握住他冰凉的手，开口："卫凌，你不过二十六七，年纪正盛，将军府需要你，东夏百姓需要你，你还有好几十年可活。"

"你不是说要建市舶司吗？现在战事结束，市舶司可以好好做起来了，再过个五六年，老百姓丰衣足食，生活安定，你不想亲自看看那时候的东夏吗？"

宋妧说着说着就停不下来，握着他的手力气逐渐加重："我还想着亲自去一趟南洋呢，乌起隆说你当时下南洋时顺手把海盗给剿灭了，还受了好重的伤，南洋百姓应当很感激你的吧？你醒来后不妨跟我多说说南洋风土人情，好让我做做准备。"

"还有，你要是醒了，我……"

宋妧猛然停下，一回头，才发现屋子里已经没了人，千玄与将军府一家不知何时离开。

宋妧松了他的手，掖进被子里，继续说："你师父说你能听到我说话，卫凌，如若你真能听到，那就再努努力，我等你醒来。"

宋妧在床边静静坐了一会儿，白亦端着药碗进门："二娘，郎君该用药了。"

她接过药碗，白亦将人扶起来，待试过温度，一口一口给他喂下。

喂一次药十分不易，等药碗见空已是一刻钟后。

宋妧将碗递给下人，忽然间想起什么，说："白亦，你让人收拾收拾隔壁厢房。"

白亦一喜："二娘您要住下来？"

"嗯。"卫凌这个情况不知能坚持多久，能待几天就待几天吧。

白亦红了眼，真诚道："二娘，谢谢您能过来。"

他不知道自家郎君能不能活过来，可倘若郎君知晓最后这段日子是二娘一直在陪着他，他会很高兴吧。

他近来是越来越没用了，老是动不动情绪泛滥，郎君要是看见，又得骂他了。

白亦鼓起劲笑了笑："那二娘我去收拾屋子。"

"去吧。"

晚上来了个宋姀意料不到的人。

她按着齐大夫的嘱咐给他简单擦了擦身子，又说了一会儿话，正要回厢房去呢，卫钰君来了。

卫钰君已是二十出头，听闻是有了孩子，不过对于她近况宋姀知晓得不多。

如今看着，曾经那股娇纵气没了，看着自己甚至有些胆怯。

她喊了声："二嫂。"

宋姀没应："我不是你二嫂了。"

卫钰君有些窘迫，跟着她在桌子边坐下："……宋娘子，谢谢你愿意过来。"

这句话熟悉得很，这儿每个人都跟她道谢。

宋姀给自己倒了杯茶，等着她继续开口。

"我女儿今年一岁，离不开人，可二哥又出了这样的事，我实在放心不下他与母亲。"卫钰君低头苦笑，"以前年纪太小，什么都不懂，总想着自己过得舒畅就行，可这有了惦记的人才懂得自己不再属于自己。"

"宋娘子……还是二嫂叫得习惯些，你要不介意，我还能这样叫吗？"卫钰君没等她应，"二嫂，你可知当年我为何会针对你？"

她自问自答："你太好了，处处比我好，我羡慕又妒忌。重要的是，二哥平时在家里谁都不亲，却唯独对着你的时候有两分好颜色，我就想，我是他亲妹妹啊，这样不公平，我不服气，因而才有那么多事。"

"我后来多多少少看清了二哥对你的心意，他心里一直有你的，只是二哥那人，从小被父亲打压，母亲又是个强势的，平常也没什么朋友，许多事情他都只愿意藏在心里。"

卫钰君顿了顿，看着对面的人，终于说道："你们会走到今天，我有不可推卸的责任，是我让二嫂你对将军府失望了。还有那避子汤……当年二哥为了护着你，问过大夫有什么让女子不能受孕的方法，我听见了，我……当时鬼迷心窍，买通大夫让他骗了二哥，二哥一直以为避子汤对女子无害。"

卫钰君说着说着捂了脸，这件事她一直藏在心底，从未跟任何人提起过，她太害怕了。

特别是自卫凌关了她一个月禁闭后，她越发明白宋姀在二哥心中的地位，这事如果让他知道，她会没命的。

"二嫂，全是我的错，你不知道，当我偷偷去问给你看病的周大夫，知晓你身子无恙时我心里有多高兴，比我生了女儿还高兴，可我终究是铸成了大错。"卫钰君落下泪来，肩膀瑟瑟发抖。

成婚后她才明白一个孩子对于妇人来说有多重要，她为了一己私利不仅伤了宋姗的身体，还害得他们夫妻离心，害得二哥现在奄奄一息躺在床上。

她是罪人。

宋姗脸上平静，实则心底已经泛起波浪。

避子汤，是啊，卫凌那人整日早出晚归忙个不停，哪会知晓那么多，他自己后来怕是都忘了这回事。

她有过介怀，不过更加介怀的是他的不在乎。

今日以来，她知晓了太多，端容郡主说他曾经跟她说过孩子的事，而齐大夫更是让她确认了卫凌所做之事，还有周大夫每月一次的看诊与莫名昂贵的药材，都是他的手笔。

宋姗脑子蒙蒙的，她转头看一眼无声躺在床上的人，说不出话。

"二嫂，我不求你原谅，只求若二哥能醒过来，你再给他一次机会好不好？"

宋姗垂了眸，压着声音："我知道了。"

卫钰君离开，宋姗一个人在床边坐了许久。

第三日，千玄与齐大夫开始实行他们想的法子，说出来时吓了众人一跳，端容郡主连声说不可。

"换血"两字神乎其神，一个人的血若是换了还怎么活。

千玄知晓这事确实玄乎，耐着心给他们解释："换血一术并非没有，而它正是出自惠妃母族——西南羌族，与域川身上的毒同源，现如今只有换血才能彻底清除他身上的毒素。"

"不过，现有记载大多用在婴孩身上，我们尚不能确认对域川是否有用。"

端容郡主大慌："这哪行啊，连你都说没人用过，要是域川因此……"

与端容郡主相比，卫海奉冷静许多："千玄师父，你们可有把握？"

"我这几日与千玄翻阅了所有能翻阅的古籍医书，约有五成把握。"齐大夫道，"郡主，将军，现在不是我们有没有把握的问题，是域川撑不了多久了。"

屋子里静下来，宋姗站在人群后，想着：五成，他有五成机会会活过来，够了。

夫妇俩最终不再说什么，卫凌一日比一日憔悴，再这样下去只会等来坏消息，现在能有办法，怎么着也要试一试。

千玄与齐大夫备齐所用用具，当天午后进了屋子。

等待的时间格外漫长，太阳落下去，又升上来。

第二日日暮四合，盛京城渐渐宁息时，两人出来了。

所有人都在问情况，问怎么样，宋姗越过那些人，忽视一屋子的血腥味，直接走到了床前。

可走着走着她不敢走了。

要说前两日还能看出一丝"活"的状态，现在就是什么都没有，他一张脸死一样的苍白。

宋姗僵在原地，那五成把握，是失败了吗？

她心脏突然跳得极快，胸口闷得无所适从，她知道，那是恐惧和惊慌。

宋姗好似只站了一会儿，又像站了一辈子，周围静得可怕，仿佛整个世间只她一人。

直到肩膀被拍了拍，各种嘈杂声音轰然涌入，她听见千玄说："小丫头，还得劳烦你继续照顾这臭小子了。"

宋姗张了张嘴，发不出声音。

千玄了然，笑道："他再恢复一阵就能醒过来。"

宋姗听明白了。

他没事了。

她拼命按下跳得更厉害的那颗心，只说了一个字："嗯。"

齐大夫说他现在不宜被过多打扰，连同宋姗在内的所有人都被赶了出去："不急于这一时半刻，先让他好好歇歇。"

宋姗回头，看着那熟悉的眉眼，扬起了唇。

卫凌做了好长一个梦。

梦里昏昏沉沉的，好几个不同的声音拉扯着他。

一个说再等等吧，她会回来的；一个说别痴心妄想了，她走了；又一个说再加把劲，别放弃。

他不知该听谁的，来来回回往复，逼得他头痛欲裂。

后来，他睡得沉了，那些吵闹的声音都消逝不见，他想，是到时候了。

前面是一片苍茫的白，没有路亦没有尽头，他一步一步走着，脚下沉重万分。

他不敢回头看，身后是万丈深渊。

再后来，这片虚无里响起了一道声音，他起初没听清，却神奇地发现这片白渐渐有了颜色，他欣喜起来，竖起耳朵。

是阿姒！

卫凌不敢相信，直到那声音越来越多越来越响，他知道，她来接他了。

春末夏初，气候正宜。

齐大夫说屋子里要通风，是以门窗四敞，微风灌入，格外舒适。

白亦这几日没睡好，正在桌子边打盹。

"白亦。"

白亦朝空中挥了挥手："别吵，做梦呢。"

卫凌又喊了一声："白亦。"

白亦迷迷糊糊地想，这声音怎么听着这么熟悉？

一个"咯噔"，白亦猛然惊醒，朝后看，那人躺在床上侧了头，正盯着他。

郎君醒了！

白亦三步并作两步跑到床前，双手无所适从地不知道往哪里放，闷着声音说："郎君，您可算醒了。"

卫凌无声笑，问他："阿姒呢？"

"二娘她……"白亦说到一半，惊讶道，"郎君您怎么知道二娘在？"

他不能确定，但他相信她一直在。

"她在哪儿？"

"二娘不放心我们熬的药，她自己去厨房看着呢，这几天来都是这样，一日三回二娘回回不落……"

"嘭"一声，打断白亦的碎碎念，端着药的宋姒木在门口，药碗碎裂，药汤四溅。

卫凌视线越过白亦，迎着光，终于看见了梦里那个挥之不去的人。

那么久的煎熬都有了出路，偷活下来的又一世还能再看见她。

而宋姒却慌得不知该如何是好，那张每日每夜都在她眼前的脸现在不敢看了，她忙蹲下去，收拾残渣。

白亦过来，"二娘，我来收。"

宋姒僵住手，慌张说："我，我去叫大夫。"

说完她就急急往外走，留下纳闷的白亦，二娘这是怎么回事，平常不这样啊，等他一回头，看见扬着笑容的自家郎君，更想不通了。

千玄与齐大夫几人很快赶过来，一番折腾后，千玄大大松口气："终于能给冉冉交代了。"随后面向卫凌，训道，"再有下次，你看我还管不管你死活！"

卫凌还虚弱着，无力笑道："不会有下次了，多谢师父。"

"哼。"千玄再看他一眼，"我走了。"

"好。"

千玄说走就走，卫海奉匆匆跟上，声音渐远："千玄师父再多留两日，我们还未……"

屋子里，卫凌朝齐大夫道谢："齐老，辛苦您了。"

齐大夫摆摆手："医者仁心，我还能看着你死不成，我去送送你师父。"

齐大夫随之离开，端容郡主坐到床边，拿着帕子抹泪，嘴里念念有词："醒了就好醒了就好。"

"母亲、大嫂，让你们担忧了。"

端容郡主给他掖了掖被子："我们不碍事，重要的是你能好过来，还有没有觉得哪里不舒服？"

"没有，我很好。"卫凌说话时眼睛往外探了探，又收回来，"不必担心。"

"那就好，今后咱们好好养着，一切都会没事的。"

"嗯。"

"域川，今晚想吃什么，娘去给你做。"

"什么都行。"他又往门口看了一眼。

"齐大夫说你还不能吃太多大补的东西，那娘去给你熬碗粥好不好？"

"好。"卫凌终于忍不住，"母亲，阿姗呢？"

怎么去叫人自己反倒不见了，走了？卫凌想起彻底昏过去前她说的话，心里慌起来。

他再说了一句："母亲，您帮我去找找她。"

他太害怕她再次离开。

陈箬一旁说："我去吧，母亲您陪着域川。"

端容郡主见他和自己说着话，心却不知飘到了哪儿，叹了声气，她这辈子做得最对的一件事就是亲自去将宋姗请过来。

钰君走之前说，她要是想和域川好好的，那首先得对宋姗好，她让宋姗而这几日，宋姍所做之事她都看在眼里，那份情意不比她们少。

罢了，嫡庶礼教和儿子比起来又算得了什么。端容郡主开口："域川，你最该谢的是阿姍，你昏迷这些日子，是她衣不解带地照顾你，什么事都亲力亲为，付出了不少心血。"

猜测得到验证，卫凌心中骇然，惊异过后是惊喜，再次确认："她一直都在？"

"在的，就睡在隔壁。"端容郡主把握住卫凌的心态，开始跟他说着这几日发生的事。

而另一头，陈箬在厢房找到了宋姍，她怔怔坐在桌子边，不知在想什么。

待眼前光线被遮挡住，她抬起头来："大嫂。"

陈箬在她对面坐下，微微笑道："怎么，不敢过去？"

心思一下被戳中，宋姍有些不好意思。她确实不敢过去，甚至害怕，只是又说不清在害怕什么。

她是开心的，即使早知晓了他会醒过来，但真正看见他那一刻，还是抑制不住地高兴起来。

可是高兴过后她开始心慌。

这一年多来纠纠缠缠，到后面她已能用平稳的心态去面对他，乃至开开玩笑。她那时候想着，就这样吧，就这样相安无事地走下去。

谁料发生了这样的事情，仿佛要逼着她做个决断。

没醒和醒了之间差别太大，没醒之前她可以顺着心意、心安理得地照顾他，可醒了之后呢，她还有什么身份？

说到底两人是和离的关系，前面有个"照顾"的由头，眼下这由头不好用了。

宋姍这样想着，起身往里走："大嫂，我该回去了。"

陈箬哪能让她走啊，她过去，按下宋姍收拾东西的手："阿姍，你现在还没看清自己的心意吗？"

"我……"宋姍噎住。

"就算你看不清你自己，域川对你的心意你也看不懂吗？"陈箬劝，"阿姍，以前的事我都知晓，所以我格外心疼你，你们和离时我甚至为你高兴，可如今经历了那么多，何苦再这样熬下去，让两个人都不好过？"

"阿姍，原谅是一辈子的事情，你给他机会，让他好好补偿你。"

宋姍几乎是被陈箬半拉半扯地带到了卫凌跟前。

陈箬将人带到，说："母亲，您不是要去熬粥，咱们走吧。"

端容郡主明白，站起身，握住宋姗交叠在一起的双手，柔和道："阿姗，这些日子多亏了你。"

宋姗点了点头。

她们一走，卧房里就只剩两个人。气氛安静，两个人互相看着，谁也没说话。

跟每个人都道过谢的卫凌现在那声"谢谢"却说不出来。

他欠她的何止一句"谢谢。"

方才母亲跟他说了许多她的事情，从第一日说到最后一日，她寸步未离，就连绣坊铺子上的事都搬到了琉璎轩处理。

她亲自熬药、喂药，师父给他换药，她就在一边帮忙，通常白日里跟他说说话，有时候是念书，晚上给他擦身揉捏，擦完了身就静静坐着，等夜深了才回去歇息。

卫凌看着她有些暗沉的眼底，心里又愧疚又心疼。

他哑了声音："阿姗，你坐下来。"

宋姗依言照做，在床边坐下。

他突然伸了手，宋姗下意识往后躲，他的手臂停在半空，复又垂下，去握住她放在膝盖上的手，这回宋姗没躲了。

"阿姗，你骗我的，对不对？"他看着她问。

宋姗知道他在问什么，避开他的视线，低头去看他覆在自己手上青筋凸起的手背，他瘦了，骨节愈加明显。

卫凌等不到答案，可是他已经不需要知道答案了。

"阿姗，很早以前我就想明白了一件事，我娶你，不是因为两家老人家的约定，也不是因为你是宋璇的妹妹，是因为你就是你，我只想娶你。"

"阿姗，这么多年，我以前只有你，现在只有你，将来只有你，下辈子也只有你。"

"阿姗，我爱你。"

宋姗听着听着眼眶现出几丝灼热。

有些事已是心照不宣，然而如今听来，却依旧心头一震。

一路走来，伴着鲜花与荆棘，终于走到了尽头。

卫凌用了些力气，将她的手放至心口，语带恳求："阿姗，我们重新开始好不好？"

重新开始……这四个字不断在宋姗心里绞着，绞得她又酸又疼。

她抬起头来，如同他坚定看着自己那样看过去，说："卫凌，我需要想想。"

宋姝当天晚上就离开了琉璎轩，白亦拦了好一会儿，没拦住，回到屋里抱怨："郎君，您就这样眼睁睁看着二娘离开吗？"

卫凌靠在床头，眼里是从未有过的轻松。宋姝什么性子他很了解，她说想想，那就真的是好好想想，待想清楚，那个就是最终答案。

她松了口，已是给了他想要的答复。

"药呢？"他现在要做的就是快点康复。

白亦还想说什么，被他一个眼神制止，立马去端药。

宋姝一到家，尤四娘就来了句："你这孩子，怎么就这么死心眼。"

宋姝笑，扑到她怀中："娘，女儿都跟您学的，死心眼。"

这天晚上，宋姝睡了一月以来的第一个好觉。

第二日，宋姝还在用早饭时白亦来了一趟，只说一句："二娘，今日郎君身子好了很多，已经能用些饭菜了。"

第三日，宋姝在绣坊对账，白亦不知从哪里出来，说："二娘，今日郎君试着下床，在屋子里转了一圈，比昨日多吃了一碗饭。"

第四日……

第五日，宋姝新铺子开张，白亦提着贺礼，开心道："二娘，郎君今日面色红润了许多，不仅下了床，还在院子里和白泽比了好一会儿剑。"

第六日……

第七日……

第八日，宋姝正在教尤佳佳点货，白亦又突然出现："二娘，齐大夫说郎君恢复得很好，再过不久就能真正痊愈了！"

白亦日日都来汇报卫凌的状况，宋姝已经听习惯，回了两句就继续手头上的事。

尤佳佳好奇地问："阿姐，你都不担心钦差大人吗？"

关于宋姝与卫凌那点事，尤佳佳前前后后都清楚了，她早不知感叹了多少回，爱情这东西，轻易碰不得。

宋姝敲了敲她的脑袋："好好点你的货。"

第十日，宋姝依旧在绣坊里忙活，曹娘子突然匆匆跑进来，气都没喘匀："二娘，将军府来人了。"

又是白亦，宋妁一点不惊奇："不是每日都来，你这样震惊做什么。"

"不是，不是，这回不是……"

随后一道清润的声音突然闯入："阿妁。"

宋妁怔住，手里的账册随之掉在地上。

她转过身，落入一个温暖又熟悉的怀抱中。

卫凌将她按在怀里，下巴蹭着她的小耳朵，低低道："阿妁，我来要答案了。"

半年后。

东夏国泰民安，百业振兴，一派繁华。

勤政殿内，底下大臣正汇报政务，小皇帝坐在龙椅上，觉得乏味得很，双腿来回晃。

晃着晃着，瞥见左边位置上那人递过来的不善眼神，立马坐正，动都不敢动，心里嘀咕："好凶！"

卫凌这才收回眼，继续一边听一边看手上的折子。

"大人，西南商路已经筹建完毕，有了南洋商路的经验，我们该检查的该防备的都布置好了，不会出现问题。"市舶司章大人禀。

卫凌合上折子："派手下人去一趟，确保一切无虞。"

"是。"

礼部接着禀："卫大人，宁国公主出嫁的礼制都备齐了，再过两日即可出发。"

"知道了。"

朝会结束，小皇帝乖乖坐在龙椅上，紧张兮兮地等着挨骂。

卫凌见他撇着嘴，眼睛连看都不敢看自己，心里不由得好笑，面上却仍是冷着脸："好了，回去吧。"

小皇帝长长地呼了一口气，从龙椅下跳下来，恭敬地作揖："卫大人，明日见。"

东夏嘉禧元年，太子沈谢晋被贬为庶人，宣帝退位，七岁的八皇子即位，卫凌任摄政王，辅佐新帝。

宁国公主收回封地，赐予新科状元，远嫁西北。

卫凌走出殿外，深秋的日光煦煦，洒在身上一阵温暖。

路过的宫人半躬了身：“见过卫大人。”

卫凌挥了挥手，突然想起半年前的事来。

他醒后不久，宣帝亲自去了一趟将军府，话里话外都透露出想让他回归皇室、日后继承大统的意思。

他想都没想就直接拒了，他如今已不需要用权力证明什么，何况当皇帝有什么意思。

最重要的是，阿妙不会愿意待在宫里的。

宣帝没放弃，又来了一回，拿江山社稷作要挟，卫凌终是应下来，答应辅佐新帝直至亲政。

如今据新帝登基已过了两个月，政务什么的对他都不是问题，就是来回进宫格外麻烦，而且八皇子刚上位，事情多且杂，他还得耐心去教一个小屁孩，每日得晌午才能出宫。

他很烦躁，一日只能见阿妙半日。

这样想着，卫凌加快了脚下步伐，直往宫门去。

今日事情格外多，到绣坊时已近午后。

小二们见着这位几乎日日过来的摄政王仍旧有些害怕，能躲的能忙的纷纷各自散去。

宋妙抬眼又收回眼，继续看那册子，张叔说近来各个铺子的布料针线，还有羊毛都涨了价，几家铺子成本一下上去，她得好好核一下。

卫凌走到她身旁，自然拿过一本入库册子，问：“看什么呢？”

宋妙瞥他一眼，没理。

卫凌只好问张叔，张叔详细把情况与他说了。

“我来看看。”卫凌翻开册子，模样正经。

宋妙赶紧按下：“卫大人，你刚下朝，好好回去歇着不行吗，非得来这儿做什么？”

这话宋妙不知说了多少回了，回回说他回回不听，第二日仍是她在哪里他就出现在哪儿。

若是她在商会议事，那他就插一脚进来，强行说出他的想法，虽然每次都说得挺有道理……

若是她在毛毡作坊，她没空理他了，他就直接撸起袖子跟着工人们一起干，他一身矜贵样在作坊里是格格不入。

若是在绣坊，自己做什么他就硬要凑过来，实在没事做了就去一边坐着，等她忙完。

偏偏他沉浸其中乐此不疲，就如眼下，他厚着脸皮道："多一个人看，速度快些。"

卫凌已经不由分说拿起了纸笔记录，宋妧无奈，只好由他去。

他认真干起了活，宋妧却停下来，看着他轮廓完美的侧脸出神。

两人现在是什么关系她也说不清，不是夫妻也算不上什么相好，但要说是陌生人、正常的男女关系也不尽然，总归是朦朦胧胧隔着一层纱。

外人是有揣测，不过都传不到她耳朵里，就算传到了她也不甚在乎。

芷安问过她为何不直接应下来，两人成了婚好好过日子不舒服吗？

宋妧认真想过这个问题，她后来才隐隐想明白，她喜欢这种关系，有距离但是偶尔也会亲近，让她没有负担、很舒服。

起先卫凌追着问她要答案，可后来渐渐也不问了，坦然自若地与她这样相处着。

宋妧心底笑了笑，这样是为难他了。

两人站在柜台后，宋妧装作若无其事地去牵他垂在身侧的手。

卫凌整个身子都颤了颤，震惊地望着她，说不出话。

只见宋妧眼睛还是盯着册子，唇角却向上勾起，显然心情极好。

卫凌立即反握，与她十指交缠，心中已盛开了好大一场烟花。

前头是熙熙攘攘的人群，没人发现柜台后这个小秘密，人们只看见平常冷若冰霜的摄政王面容和煦，英俊不凡的脸上笑意藏都藏不住。

就这样过了一会儿，从后门进来的尤佳佳没看清人，走进柜台"阿姐……"很快，后半句话直接噎进了肚子里。

那两人慌忙松开手，各自错了错身子，皆有些手足无措。

宋妧轻咳了咳，强压着镇静道："怎么了？"

尤佳佳不是孩子了，哪还不懂两人间那丝暧昧的气氛。

她可不敢多说什么，这个姐夫听闻可怕得很，轻易惹不得。

"阿姐，你让我找的前几个月的进货本我都找出来了。"尤佳佳连忙将手里的几本账册放到柜台上，一溜烟跑了。

宋妧看她这模样，又看看自己与卫凌，不由得笑出了声，骂他："都怪你。"

卫凌也笑，这回大大方方牵起她的手，俯身在她耳边低声道："怪我？"

那热气一下吹进宋妧耳朵，又酥又麻，宋妧受不住，一把推开那人："好了，看账册，不然今日都看不完。"

卫凌正了身子，不再捉弄她。

可下一瞬，一声不合时宜的"咕噜"声悄然传出，宋妁垂眸看向声音来源，再次笑了："还没用饭呢？"

卫凌又尴尬又委屈："嗯，今日事多，没来得及吃。"

宋妁看了看外头，这会儿不是饭点，外面酒楼也不知开没开，总不能让他饿着。

她想了想后道："我去给你下碗面？"

卫凌开心了："嗯！"

两人直接去了绣坊后院，那儿有个小厨房，小二们平日里会自己做些吃的。

宋妁本想让他在外面等，可他偏偏要跟进厨房，于是她只好给他派了个烧火的活。

卫凌哪生过火，可碍不过他聪明，三下两下就生起来了，赶忙跟宋妁邀功："阿妁你看，着了！"

宋妁看一眼，心里只两个字：幼稚。

趁着水开这会儿，卫凌跟她说事："沈娥如愿嫁了新科状元，不日就要到西北去了。"

这事整个盛京城都知道，当年是她自己说要嫁状元的，当真是如愿。

不过……那状元人选怎么就落到西北来的学子身上，这事就十分玄妙了，也许人家真有几分才学。

宋妁不予置评，去西北也不差，免得让她再祸害人间。

"你表哥如今在翰林院做得还可以，将来要是踏踏实实的，也能谋一份好差事。"

尤起跃进了殿试，却没有能力拿下前三甲，不过那成绩做个翰林院侍诏也足矣，确如他所说，只要认真做事，将来不愁没有前途。

宋妁说："表哥年纪虽不小，但还需再成长成长，你可别做那揠苗助长之事。"

"我知道，都听你的。"

他目光太黏人，宋妁回过头，小声嘀咕："什么叫都听我的。"

水开了，宋妁下了面，又给他加了些青菜，最后调好味道，完成。

这两年宋妁不多亲自下厨，可她还是对自己的厨艺有自信的。

厨房外面是个四方桌，两人分别坐了两边，中间隔着一碗热腾腾的面条。

宋妁兴奋道："快尝尝味道。"

宋灿一张脸被方才厨房里的闷热烘得潮红，这会儿眉眼弯弯，眼睛里似乎有无数的星星，正朝他散发光芒，双唇是饱满的红润，实为诱人。

卫凌觉着自己不饿了，第一回明白“秀色可餐”这个词。

她又催了一遍：“怎么不吃啊？”

卫凌只好低头吃了一筷子，复又抬头望着她。

“怎么了？不好吃吗？”宋灿皱着眉探过来，拿过他的筷子，想要自己尝一尝味道，“不应该啊。”

那面条被她吸入唇中，她品尝过后神色一松，朝他笑“还可以嘛，你吓我。”

卫凌再也忍不住，微微上前，拉着她靠近自己，截获那抹红润。

筷子落入碗中，溅出几滴汤汁。

宋灿整个人傻了：“卫……”

他趁机而入，搅得她晕晕乎乎。

两人中间隔了半张桌子，这姿势不算舒服。

卫凌停下来，双眼迷蒙，然后着急忙慌地一手推开桌子，将人拉至怀中，宋灿只能坐到他腿上。

“卫凌你……”卫凌依旧没让她说完这句话，铺天盖地的吻再次落下，不放过任何一处。

宋灿没再挣扎，抱着他的脖子，小心回应。

之后，一发不可收拾。

不知过了多久，他渐渐察觉怀里的人喘不上气，这才松开，在她额头落下轻柔一吻。

宋灿羞涩起来，埋在他肩头，两人都不知该说些什么，静静享受这甜蜜又静谧的一刻。

平静过后，他说：“阿灿，以后你要是还想住在现在的家，那我就搬进去和你一起住，但咱们家应该会越来越多人，我觉着还是买个大点的房子比较好，这样方便些，你说呢？”

宋灿闷声笑，这人又打着囫囵地套她话呢。

不过……这次宋灿不打算再忽悠他：“好吧，那就再买个大点的房子。”

卫凌睁大了双眼，低头望去：“你说什么？”

她一字一句：“我说，好。”

很快，宋灿又喘不过气了。

·第十二章·
下辈子我也会找到你

今年冬日来得格外晚，已是十月底，盛京依旧云敛日晶，清光皓爽。

天茗茶馆一雅间内，孩子哭闹声不止，陈芷安按捺不住性子，想让奶娘直接将人带走。

宋妣看得摇头，将两岁多的萧楚然拉到身前，柔声哄：“楚然都成小花猫了，不哭了哈，姨姨让人把元宝儿送到你们家给你玩好不好？”

萧楚然果然停了下来，伸手抹了一把鼻涕，一双眼睛清亮无比，问：“真的吗？”

“真的，你要不信现在就可以跟小月姐姐回家去将元宝儿带走。”宋妣拿着帕子边给她擦脸边说。

萧楚然看了看自家母亲，见她没声才重新看向宋妣，先前难过的神色一下消失，咧开嘴笑：“还是姨姨对我好。”

宋妣拍了拍她的小肩膀：“去吧。”

萧楚然蹦蹦跳跳离开，陈芷安看着宋妣笑：“你就不怕她不还你？那磨人精最难缠了。”

“孩子而已，新鲜劲过后就不想要了。”宋妣将脏了的帕子放在桌上，“我看啊元宝儿和楚然谁比谁难缠还尚不知晓。”

“这倒是。”

陈芷安不知想到了什么，又看着她笑，笑得宋妣心里发毛，她问：“妣妣，我说你俩什么时候能成事？别到时候奉子成婚呀。不过这样也行，看来我们楚然很快就又能有个弟弟妹妹了。”

“胡说什么。”宋妣嗔她。

陈芷安撇撇嘴：“我胡说？如今这盛京谁不知摄政王不爱江山偏爱美人，

大家都等着喝你们的喜酒呢。"

宋姗微微红了脸，驳道："什么江山美人的，他又不是皇帝。再说，他日日看奏折看到深夜，哪里不爱江山了？"

陈芷安越笑越邪恶："你怎么知道他日日看奏折看到深夜？"

再说下去家底都要被眼前这人给倒出来，宋姗喝了口冷水，说："我们的事要暂时放一放，芷安，我想去一趟南洋。"

这是她一直想做的事，不止为了生意，她更想出去外面看看。邦卓说半月后正好有趟船从南清城出发，她要是想去可以趁此机会。

宋姗心动不已。

说起来，她多比盛京大多数姑娘要幸运，她不被囚在深宅大院中，她能做自己想做的事情，她去过扬州，现在还有机会去南洋，这样一看，竟比很多男子走的路都要远。

眼下陈芷安就羡慕得不行："姗姗，我和你去吧，你带上我。"

宋姗笑："行啊，你回去收拾行李，到时候一起走。"

"哼，就会欺负我。"陈芷安当然不能走，她如今管着勇毅侯府，家里有丈夫孩子，怎么可能走得开。

她又道："非得现在去吗？卫大人会同意？"

这正是今日约她出来的目的，娘亲那边好说，她软磨硬泡磨一阵就没多大问题，可卫凌……她把不准。

小皇帝还什么都不会，他每日要进宫辅佐，每件政务亲力亲为，眼下东夏哪里离得开他。

他断然是不能和自己一起走的，按照卫凌那性子，肯定也不愿她一个人去。

因而宋姗得想个法子搞定他。

宋姗左右看看，压低了声音："芷安，你平常怎么和萧家大郎相处的？"

陈芷安没听清："什么？"

"我是问，你平常是怎么和萧家大郎相处的？"

陈芷安又惊又愣，明白过来她想问什么，不解道"你与卫凌当了三年夫妻，你不知道怎么跟他相处吗？"

"现在哪能和以前比。"而且她想问的也不是这个，见陈芷安一脸迷惑，她只好直白道，"你平常都是怎么哄你家那位开心的？"

这事宋姗真是不知晓了，反正她没哄好过他。

陈芷安彻底懂了："所以，你想哄人，让他同意你去南洋？"

"没错。"

陈芷安"啧啧"两声，调笑几句后开始回忆。

"萧宁桓挺闷的，而且也不太敢跟我生气，不过也不是没有，只是我哄人的方法很简单。"

"什么方法？"

"男人都是好色之徒，床上能解决的事就不必放到床下解决。"陈芷安一本正经地说着。

宋妠呛了两声："陈芷安！"

"我说认真的，不过你大概不会用，让我好好想想。"陈芷安捏着下巴，一一说出那些宋妠能想到的办法，"送你亲自做的小礼物？做顿香喷喷的饭？与他一块儿上街？"

"我看依着卫凌对你的心思，你只坐在他旁边他都是高兴的，不用费那么些心思，好好说两句软话就成。"

宋妠认命地饮了口茶，就知道陈芷安是个不靠谱的。

"我再想想吧，还不急。"

两人说得差不多，陈芷安同她一起回家去接陈楚然。

只是没想到刚出门就遇到了萧珩壹夫妇。

沈如小腹凸显，想来是有了四五个月身孕，萧珩壹在一边贴心扶着，眼神温柔。

四人对上，各自有些尴尬，僵在原地。

萧珩壹很是局促，见到宋妠那刻下意识想要松开手，不过只移动半寸又放了回去。

沈如微微一笑，率先打破这份沉寂："宋娘子，大嫂。"

宋妠颔首，陈芷安道："弟妹今日怎么想着出门了？"

"秋日晴朗，就趁着我还能走动就多出来走走，不然哪还有机会。"沈如深情望向萧珩壹，"正好夫君休沐，我就央着他陪我一块儿出来。"

萧珩壹脸上的惊讶来不及掩下，只点了点头。沈如重新看着她们："走得累了，过来歇歇脚。大嫂与宋娘子这是要走了吗？"

"嗯，楚然还在妠妠家呢，我得去接她。"

"这样。"沈如遗憾地出声，"还想着请宋娘子喝杯茶呢，看来只能下回了。"

宋妠："二夫人客气，会有机会的。"

两人走后，萧珩壹挽着人在堂内坐下，随后拘谨地坐在她另一侧，小二上完茶水，他仍是没说话。

沈如见状笑道："夫君就不问问我为何识得宋娘子？"

萧珩壹诧异抬头，心中已完全明白，她全知道。

"阿如……我……"萧珩壹握住她放在桌子上的手，不知该如何开口。

沈如看着他这慌张得手足无措的样子，心底那一丝存了许久的失落荡然无存。

"你曾在梦中唤过她的名字。"说出口时仍是酸涩，唯一值得欣慰的是只洞房那晚，后来再没有过。

她这样一说，萧珩壹心里的愧疚满得都要溢出来，他吸了口气，道："阿如，对不起。我以前年轻时对宋姑娘确有过心慕，那时候她与卫大人刚和离，一个人孤身在外打拼，很是令人心疼，我便时常照顾一二，可宋姑娘对我并没有其他心思，我们之间清清白白。"

"阿如，我在与你成婚前就已断了对宋姑娘的心思，明白我们这辈子都不会再有可能，成婚后也从未再想起过她，现在我心里全是你，没有别人了。"

沈如看着他的眼睛，她相信的，他现在心里没有那人了。

她笑得温婉："我知道，宋姑娘那般优秀的人，谁见了不喜欢。"

如今摄政王毫不掩饰的行为，谁还看不懂，宋姌再好也无人敢碰。

"阿如，她是好，可她再好也不如你，你是我的妻子，是我孩子的母亲，你才是这个世界上最好的人。"

萧珩壹头回说这样的话，目光只盯着她不放。

"好了，我吓唬你呢，我若是介意今日也不会和你说这些，咱们喝口茶再出去逛逛，我许久都没出门了。"

沈如心满意足。

晚上临睡前小月来了一趟，边说边走到窗边："二娘，夫人说晚上已渐渐有些凉意，我帮您把窗户关上。"

宋姌正在妆奁前拆发，闻言看一眼敞开的窗户，淡淡说："不用，放着吧，我还嫌闷呢。"

"可是……"

"好了，无妨的，今日买的如意糕呢？"

小月指了指外间桌子上的食盒："那儿呢，不过二娘你留那么多做什么？这如意糕放久了就不好吃了，您要是什么时候想吃我再去买就是。"

宋妧抿唇笑了笑，没直接答她："不早了，回去歇着吧。"

小月离开，宋妧继续手上的动作，一头乌黑长发垂落，没有任何首饰装扮的脸颊仍旧惊艳。

宋妧再看了一眼窗外，犹豫几瞬最终还是决定先睡下。

可刚躺下不久，那人就来了。

这些日子他格外忙，白天常常见不到人，可每晚都会如此刻这般偷偷摸摸来一会儿，今夜来得还算早。

宋妧披了外衣，先去外间拿了食盒才往窗户边走："怎么今天这么早？"

"今日休沐，事情没那么多。"卫凌双眼跟着她动，突然有些委屈，"阿妧，我什么时候能来提亲啊？你上回说的过几天现在已经到了，聘礼什么的我都准备妥善，不然我让父亲明天过来？"

宋妧脚步顿了顿，是她说得没错，可那时候被他亲得神昏意乱才应下来，不过后面也没后悔，走到现在总会有那么一日的。

可……如若她真的要去南洋，这事确实还得再搁一搁。

宋妧换上温柔至极的笑脸，假装没听见他说的那句话："今日在街上买了如意糕，我给你留了些。"说完还贴心地打开盒子，亲自拿出一个来，喂到他唇边。

卫凌瞬间忘了自己的委屈，就着她的手咬了一口，赞道："好吃。"

等他吃完一个，宋妧将食盒整个给他，又问："我上回给你的小青蛙呢？"

宋妧以为他会不记着或者放在家中某处，谁知他在腰间摸了摸，居然真摸出一个有些损毁的小动物。

宋妧掩了嘴笑："你怎的还随身带着呢？"

"你送的自然要随身带着。"

他说这话时神色真诚，给宋妧弄得不好意思起来，朝他伸手："给我吧。"

卫凌立马收回去，整张脸都写着拒绝。

宋妧也没强求，从外衣袖袋拿出个崭新的小老虎，一侧绣着"域川"两字。

卫凌属虎，这是除夕那晚就绣好的。

他惊醒过来，双眸散发出光芒，高兴得忙将手里的食盒放置地上，拿给那个小老虎看了一圈又一圈，最后还走到廊下宫灯处照了照，喜悦之情溢于言表。

宋妧暗暗想：真是好哄。

等卫凌重新走到窗前，宋妧正准备开口，一个不防被他拉了拉，整个身子往窗外倾，他亲了上来。

好吧，再让他亲一亲。

……

"阿姗。"一道声音将旖旎氛围击破。

是尤四娘。

宋姗立马将人推开，水雾般的眼睛里盛满了慌乱，宋姗连忙擦了擦自己的唇，擦完还不忘去给他擦，随后压着声音说："你快去躲一躲。"

再一推一拉，卫凌被隔绝在窗户外。

"阿姗，睡下了？"

尤四娘已经推开了外间的门，而两步跑上床的宋姗假意揉了揉双眼："怎么了娘亲？"

尤四娘觉得这屋子有些不对，可一时又说不上哪里不对，皱着眉往窗户看一眼。

宋姗心里"咯噔"一下。

"小月说你觉得闷，我过来瞧瞧。"尤四娘已经往窗户走去，"闷就开些窗户，怎么关得这么严实。"

卫凌这人也不知有没有走，她可不想让娘亲见着他，这深更半夜的，说不清。宋姗立马下床，拉住尤四娘："娘，我又觉得不闷了，晚上确实冷，还是关着好，免得着凉。"

尤四娘再次瞥了两眼窗户，最终没说什么，拍了拍她的手："那行，早些安置。"

"嗯嗯，娘您也早点睡。"宋姗将尤四娘送到门口，看着她消失在小院门口才松了口气。

而回到自己屋的尤四娘终于后知后觉，谁睡了还披着外衣的？而且宋姗睡觉习惯熄灯，方才却是一片亮堂，再看她紧张窗户那劲，怕不是外面有人。

尤四娘摇头笑了笑，这孩子。

这头卫凌已经从窗户走到了门口，脸上亦是带着笑，跟在她后面进了屋子，顺手将门带上。

两人在桌子边坐下，宋姗倒了两杯水，自己喝完一杯。

经这么一吓，宋姗也没了那些哄他的小心思，开口说："我想跟你商量件事。"

"何事？"

"邦卓说半月后正好有艘船回南洋，我想着我眼下在商会里做事，开的铺子又都跟南洋商品有关，我要是亲自去一趟肯定对现在有助益。"

宋妪说完不看他也能察觉到四周逐渐冷下来的气氛。

果然，他咬牙切齿说了一句："你想去南洋？"

宋妪颤了颤，将椅子移到他身边，挽着他的胳膊，像跟尤四娘撒娇那样："好不容易有个机会嘛，我就去一趟，船回东夏我就回东夏，绝不逗留，好不好？"

他依旧冷着脸："方才送的东西都是别有意图？"

"哪能啊，如意糕是我觉着好吃，就想给你尝尝来着，那小老虎除夕就做了，本就是要给你的。"宋妪伸手摸了摸他僵硬的脸，"等我回来我们就成亲，行吗？"

卫凌侧头看一眼，心想自己真是被这个女人拿捏得死死的，她一句好话让他一颗心都软了。

宋妪小嘴一张一合："卫大人心系天下，为江山社稷付出了这么多，那我也不能闲着，我挣银子你成就一番事业，我们让别人羡慕去。最多半年，半年我就回来。你还在这儿呢，我怎么舍得离开那么久。"

宋妪仰起脸，一脸期盼。

卫凌狠心别过头："不行，我不放心。"

半年？一天不见都要了他的命。

"你派人跟我一块儿去不就行了，再说了，去南洋的船有几家我相熟的商户，我们路上能一起相互照顾，到了南洋还有乌起隆在，哪有什么不放心的？"

卫凌还是坚持："不行。"

宋妪实在没辙，吃的送了，自己做的东西送了，好听的话说了，他为什么还是一点都不松动？

忽然间，脑海里不知为何飘过陈芷安的主意。

宋妪浑身抖了抖，都怪陈芷安。

两人虽说亲密如斯，但卫凌很尊重她。

宋妪微微转头，看着那张挑不出毛病的脸，不自觉咽了咽口水，她其实也没那么拒绝……

三十六计，只剩美人计。

宋妪想了大概半刻钟，一咬牙，捧着他的脸，毫不犹豫吻了下去。

被亲的卫凌一怔，很快明白她的意图，心里笑出声，她还真是想去。

两个人都心知肚明，一点就着。

不知过了多久，宋灿隐约听见他朝外面叫了回水，后来又叫了一回。

她躺在床上，瞧见那人自然在她身边睡下，醒了些神，半眯着眼睛问了句："你不回去了吗？"

卫凌将她拢进怀里，把她散落的发丝别到耳后："明早再回。"

"好吧，那明天你早点起来，别被人发现了。"宋灿声音软软的、哑哑的，似刚睡醒。

宋灿抱着他的腰，窝在他胸口，他在笑。

卫凌低头在她发间亲了亲，问她："真那么想去？"

"嗯，想去。"

"那便去吧，我让人护着你。"

宋灿终于熬不住，闭上了眼睛。

心里想着，还是美人计好用。

宋灿第二天睡到将近中午，身旁早没了人，醒来后脑子里模模糊糊，能想起来的第一件事是去绣坊，可一翻身才察觉身上酸痛得很。

她原本只将那事看作是哄他的手段，不想最后是他反过来哄自己。

想着想着，床上的人抱着被子呵呵笑出声。

笑了一会儿，宋灿猛然停下，暗恼自己怎么还越活越回去了，像个刚经事的女孩一样。她清了两声嗓子，藏好笑意往外喊了一声："小月！"

小月过了一会儿才进门，迅速瞥她一眼又低下头。

宋灿纳闷："怎么了？"

"没，没怎么。"

宋灿直接下床，随口说着："怎么也不叫醒我，今日还有许多事呢。"

小月想起今早的情形，头直接往后缩了缩。

她按着习惯，每日辰时到厨房烧热水，可今日厨房奇怪得很，柴火少了不少，锅里还有一半的水，她明明记得昨晚是没有的。

大概是青姨半夜起过，小月没多想，烧好水往宋灿的屋子走去，可刚走到门口，门就从里面打开，她还以为是宋灿醒了呢，一抬头，直接吓得脸盆都要掉地上。她心里过于震惊，哆哆嗦嗦出声："卫大人……"

卫凌看起来心情甚是愉悦，全然没有常日在外人面前显露的冷漠，他轻声吩咐："别吵醒她，让她睡。"

她还愣着呢，等反应过来，人早没了。

这一大早的玄乎事可真多。

卫大人在二娘房中过夜了！

小月小声应她："卫大人吩咐的。"

宋姌刚拿起梳子的手顿了顿，心里骂了一百遍卫凌，不是让他早些走的吗？待一转眼，看见铜镜里朦朦胧胧映出来的痕迹，她瞬间恨不得将他千刀万剐，都是他干的好事！

宋姌在屋子里捣鼓了好一阵，出门时已错过了午饭。

宋姌去寻尤四娘与青姨，想着让青姨简单给她做些吃的。

昨晚……太累，又睡了这许久，早饿得不行。

谁知两人一看到自己就露出些打探的神色，看得宋姌心里一抖。

她懂了，小月根本就不是个能藏事的。

宋姌饭也不敢吃，边出门边说："娘，青姨，我去绣坊了。"

眼下卫凌松了口，那接下来就要准备去南洋的事宜，盛京离码头约需七八日路程，她没多少天了。

有了先前下扬州的经验，张叔与曹姨惊讶过后很快接受，跟着她的安排去做事。

绣坊快打烊时，宋姌差人去问了卫凌的行踪，知晓他在将军府后便先去了一趟醉仙楼。

日暮将近，宋姌提着食盒站在将军府后门，等着去通传的人回来。

白亦很快出来，接过她手中的食盒："二娘您下次过来直接去琉璎轩就是，不用这样麻烦。"

该麻烦的还是得麻烦，虽说端容郡主对她的态度一改从前，但她也不能嚣张到把这里当成自己家。

走到书房，白亦直接推开了门，里头的人抬起一张阴沉的脸，待看见宋姌立马缓和，起身两步靠近："怎么过来了？"

宋姌一整天思绪混乱，都没干多少活，他倒跟个没事人一样。她掩下那抹羞涩，柔声说："你别每晚去找我了，好不容易忙完，好好歇息。"何况昨晚的事被娘亲知晓了，她哪敢再让他过去。

白亦已将食盒放至桌上，悄无声息地出了门。

"先吃些东西。"宋姗将饭菜一一摆出来，连同自己那一份。

卫凌乖乖坐好，在她的注视下乖乖动筷，宋姗笑了笑，顺手给他夹了块肉，问："好吃吗？"

"不错。"

将军府每日都会给他准备饭菜，又多又精致，他有时也会去前院吃，一家人整整齐齐，可眼下这一刻他才真正有了些家的感觉。

家……卫凌悄悄扬起唇，他和阿姗很快就能有一个家了。

"那就多吃些，我瞧着你之前瘦的都还没补回来。"

宋姗丝毫不知自己说错话，抬头对上他意味不明的视线，察觉到一丝危险。

他放下筷子，松了松领口，眯起双眼，薄唇吐出一个字："瘦？"

她在嫌弃他瘦？

卫凌垂头看了自己一眼，再次盯着她，眼神玩味："我这样，瘦？"

她哪还不明白，忙堆起笑脸，伸手指了指他的脸："我说的是脸，是脸，不信你自己摸。"

宋姗刚要放下手就被他顺势牵过，反复揉捏，卫凌不经意说着："你才瘦呢。"

宋姗惊得赶紧从卫凌手里抽回自己的手，又去捂住他的嘴巴，又娇又狠道："不许说！"

卫凌沉着声笑，看着她越来越红的脸。

大概是意识到氛围变得朦胧暧昧，那人眼神越来越灼热，宋姗急急收回手，不敢再看他："还吃吗，不吃凉了。"

"不吃了，阿姗，我带你去个地方。"

卫凌直接站起身子，自然牵上人，宋姗追问："去哪儿呀？"

他一副神秘兮兮的样子，没应。

两人刚走到琉璎轩门口就迎面撞上匆匆赶过来的端容郡主。

宋姗下意识想要抽出手，无奈却被握得更紧，卫凌挪了脚步，站在她前侧。

这是自卫凌醒来后宋姗第二回见到端容郡主，上一回是她特地去了铺子里找自己，不过她当时在忙，只简单招呼了两句。

她能看出端容郡主的讨好之意，也明白她是为了卫凌。

宋姗其实尴尬得很，卫凌身世这事没人再提起和怀疑，端容郡主仍旧是他的母亲，这样一来，宋姗就不知该如何面对她了，要说放下所有心结和平相处目前的她还做不到，可要处得像个仇人，见面不说话，那为难的是卫凌。

　　宋姗微微抬了眼看向站在她面前的男人，心里没定下来。她知晓了他的心意，也明白过日子就是两个人过，可……他还会像以前一样维护端容郡主与卫钰君吗？

　　这半年多以来她过得很舒服，自己全心全意被爱着，感受到了许多以前未曾感受过的珍惜与呵护。

　　可那一切都是基于一直没有遇到眼下这种情况。

　　宋姗莫名有些紧张，与害怕。

　　卫凌依旧握着她的手，力气丝毫不减。

　　他挡在她前头，说："母亲怎么过来了？"

　　端容郡主瞄一眼宋姗，笑道："我听说阿姗过来了，想叫你们一块儿过去用晚饭来着，你们这是要出去了？"

　　"嗯，晚饭我们吃过了，母亲有事吗？"

　　卫凌一副生怕别人欺负了身后人的模样，端容郡主早已不惊奇，她越过卫凌，朝宋姗说："阿姗，过些日子府里要办个秋宴，你到时候一块儿来好不好？"

　　秋宴上许多公侯府家的夫人小姐都会来，虽说宋姗如今不是她的儿媳，可天下人都知道那是早晚的事，而且前头又有过那么一段，外人嘴里的话不知多少，她是想着给宋姗过条明路，好让那些个人知道，他们将军府是认这个儿媳的。

　　可卫凌没想那么多，他害怕阿姗再受到伤害，当下立即帮她应："阿姗这几日忙，应是无空，多谢母亲心意。"

　　端容郡主能感受到的宋姗自然也能体会，卫凌就跟母鸡护着小鸡崽似的把她护得严严实实，旁人不知道的还以为她多害怕端容郡主。

　　她抿唇笑了笑，上前两步，开口道："多谢郡主相邀，这几日确实忙，实在抱歉。"

　　端容郡主也不强求，明白宋姗一时半会儿不愿意是正常的："无妨，那阿姗什么时候得空，你与域川一块儿，我们一起吃个饭。"

　　这……宋姗倒是没什么意见，吃个饭而已，不至于处处拒绝人家。

　　宋姗捏了捏他的手心，卫凌回望过来，两人视线相对，宋姗看出他眼里的意思是让她自己做决定。

　　宋姗便道："那就明晚，郡主可方便？"

　　"方便方便，那我让厨房去备些你们喜欢吃的菜。"端容郡主立马应下，笑容和煦，"那就这样，要出门就快些去吧，我就不耽搁你们了。"

两人颔首离开。

卫凌不知要带她去哪儿，没坐马车，出了将军府后就在街上走着。

这会儿太阳已落山，晚霞将整片天空映照成绚烂的紫红色，煞是美丽。

走了一会儿，卫凌停下来，朝她郑重开口："阿妠，端容郡主虽不是我亲生母亲，可到底养了我二十多年，这份恩情无法完全割舍。我知道她与钰君以前因我而做了许多对不起你的事情，说到底都是我的错，我已经与她们说明白，往后再也不会有那样的事了，我也不允许。"

"之后我们会搬出来住，你无须应对她们，也无须守什么婆媳礼教，你继续做你的事情就好。"

宋妠微笑着应："好，我知道了。"

这样就足够。

"阿妠。"卫凌忽然沉沉望着她，"我觉得我一定是上辈子拯救了苍生，这辈子才会遇见你，老天待我不薄。"

宋妠笑得更开心了："你知道就好。"

眼前笑容太过明媚，卫凌低头在她额前亲了亲，随后将人拥进怀里。

宋妠愣了愣，尝试着去推他："做什么，还在街上呢，我要面子的。"

他低笑："别动，就抱一下。"

两个人在街上慢悠悠走了一会儿，走到一处气派的大门前。

这儿与将军府有两条街的距离，倒是离正阳大街近。

宋妠一见那宅门就知道他要做什么，脸上露出喜色，仰头问："买下来了？"

卫凌有意逗她，可怜巴巴地道："国库早空得差不多，我现如今还得倒贴钱进去，这么大个宅子我哪有银子买啊，往后少不得还得依仗宋老板过活。阿妠，你可不能抛弃我。"

她才不信他的鬼话，但仍是笑了一句："那好吧，勉为其难养着你。"

卫凌突然拱手，勾着唇："小的多谢宋老板关照，往后一定里里外外伺候得宋老板舒舒服服。"

话不知正不正经，宋妠却想歪了去，小脸腾一下烧红，随后毫无杀伤力地瞪他一眼，"乱说什么。"

她说完提起裙子往屋子里走，门开着，绕过照壁，其中布置映入眼帘。

宋妠没忍住，"哇"出了声。

从外头已能看到宅子大小，然而进门之后发现比起大小，里头才更让人惊艳。

纱幔低垂的抄手游廊尽头是雕栏玉砌的正房大院，这会儿处处点上了灯笼，明亮如堂。

饶是秋日，秀草繁花依旧旺盛在假山翠石中，再细看那碧瓦朱檐、窗扇圆柱，无一不是精雕细琢。

宋妠一眼沉浸其中，这儿比那富丽堂皇的皇宫不知好上多少。

可很快，她意识到什么，转回头对上看着自己那人："卫大人，你未免太高看我了，我就算银子再多也买不起这地方啊！"

卫凌低声笑，从背后抱住人，头低了搁在她肩膀上："我怎么真舍得让你花银子。"

"这儿原本是先帝赐给长公主的公主府，外祖母年轻的时候一直住在宫里，成婚后也都住的秦府，这里就一直空着。我瞧位置大小都合适，就想带你先过来看看，你若喜欢，那咱们将来就住在这儿。"

他指着前面几处屋子，开始规划："这里是前院，左边院子我们俩住，旁边住我们的女儿，后边角落的小院给儿子住。"

宋妠朝后微微转头，笑得不行："这么喜欢女儿啊？"

他突然深情，语气低缓："嗯，女儿像你。"

宋妠怔了一会儿，心跳渐渐加速。

过了许久，宋妠带着几分歉疚道："卫凌，对不住，我……要不我们成了婚我再走，反正不急于这一时。"

卫凌笑着蹭了蹭她的脖子，一点也不见难过："阿妠，我会永远支持你想做的事。"

后面几天两人一直都很忙，除了宋妠到将军府家吃饭那回，两人竟是一面未见。

日子很快，稍纵即逝。

宋妠第二日就要出发南清城，他知道的。

这天晚上她没睡着，坐在榻上边刺绣边心神不宁地等了会儿，终于将那人等来。

卫凌今晚很急，容不得她拒绝。

这一别，少说半年不能见。

她舍不得了。

卫凌却只是温柔地抚着她的背，轻声说：“阿灿，等我。”

南清城原本是个小渔村，因着通往南洋码头的建立才繁华起来，这儿的男人们渐渐抛弃原有的农作，纷纷投身于造船、跑船、卸货等来钱快的活计。

宋灿提前一天抵达南清城，休整一晚，第二日一早与约好的南洋商人钱老板会面，两人一齐登船。

这次跟她一起去的是小月和龙邦，还有卫凌派给她的人，约有二十个。

海上清雾未散，朦胧间可见一艘巨大的货船巍然矗立在平静的海面上，无比壮阔。

小月看着连连作叹，宋灿从未见过这般场景，亦是感慨万分。

这会儿货物早已搬上了船，现在上船的都是船员与来往两地的商人旅人，有人匆匆上船，也有人抱在一块儿依依惜别，妇人们轻声细语地叮嘱外出的丈夫。

宋灿明知身后无人，却仍是回头望了一眼。

人们一个一个从她身旁经过，偶尔透过来一两道打探的视线。

过了许久，小月在后头说：“二娘，船快开了，我们走吧。”

宋灿心里叹了声，最终转身，登船。船很大，分为上中下三层，宋灿与钱老板几人住在船中的桥楼。钱老板方才先她们一步登船，这会儿和谁在甲板上说着话。

下一瞬，站在通往甲板的阶梯上的宋灿完全愣了。

那道声音……

她意识到什么，两步并作一步走到甲板入口，那无比熟悉的背影就这样映入眼帘。

卫凌背对着她，对面的钱老板看见了自己，伸手拍了拍他。

卫凌随即回过身，看着她露出一个温暖的笑容。

宋灿顿时由悲转喜，高兴得不知如何动作。

她方才真的以为要半年后才能再次见到他了，一想到这件事她心里就难过得不行。

“阿灿。”卫凌张开双臂，等着她上前。

望不见尽头的海洋逐渐消逝在宋灿眼中，她歪了歪头，笑颜徐徐绽放。

等那清冷幽香落入鼻尖，一颗悬着的心终于定下来。

纵使心里百般强大，身边多少人相护，都比不过他一人在身旁。

宋妁私心里是想他能跟自己一起去的，她想和他看尽世间繁华，可她明白卫凌心中有大义，她不能在这个时候耽误他。

他们有一辈子，她先自己走一段路也无妨。

然而眼下他出现在了这里，放下所有，出现在了这里。

宋妁眼眶一热，脸埋进他胸口，环着他腰的手多用了两分力。

卫凌低声笑，朝尴尬站在一旁的钱老板扬了扬手，钱老板如释重负般离开。

小月与龙邦亦相继离去，甲板上只有两个人。

"轰隆"一声巨响，船缓缓驶动。

卫凌摸着她乌黑秀发，说："阿妁，我来了，我陪着你一起去。"

宋妁仰起头，眼里有些自责："朝里的事情都处理好了？"卫凌垂首，两人对视，"嗯，阿妁，我不是有意欺瞒你，只是要安排的事情太多，我怕最后有意外，给你一场空欢喜。"

当然，亦是想给她一个惊喜。

宋妁看着他眼下的乌青，心疼不已："什么时候到的？"

"前天出发，今早到的，我怕来不及，直接先登了船。"

"你……"宋妁说不出话。

半年的事情他用了不到半个月安排好，七八天的路他不眠不休用了两天。

宋妁松了手，牵着他往船舱走，边走边狠声道："你现在给我去睡觉！"

卫凌跟在后头，脸上的疲惫都被笑意赶走。

到了房间，卫凌乖乖按她的吩咐躺下，却在她转身时拉住人："阿妁，我睡不着，你陪我睡好不好？"

宋妁温柔应："我还有事要和钱老板说呢，你先睡，我说完了事就回来陪你。"

卫凌不肯："可这大早上的我哪有睡意，要不我同你一起去找钱老板？"他说完委屈撇了撇嘴，眼中似有泪光，"我这么辛苦赶过来，你陪我睡一会儿都不行吗？"

宋妁被他这眼神弄得心软下来，只好叫来小月去跟钱老板说一声，随后脱了外衣躺在他身旁。卫凌心满意足，抱着人找了个舒服位置，闭上眼睛道："阿妁，你不用自责，朝廷没有我照样能运转，再不济宣帝还在呢，正好有个机会给那小孩历练历练。还有你娘亲那边也无须担心，我派了人照看她们。"

宋灿低低应了声："嗯。"

船已驶离了码头，轰鸣声渐渐小了下去，透过小小窗户传进来的是海浪拍打船体的声音，清脆又伴着韵律。就这么几声里，头顶上的人已呼吸均匀，陷入沉睡。

再过了一会儿，宋灿轻手轻脚地从他怀里出来，又将他的手掖进被子里，深深看了几眼后才离开。

宋灿下到二楼用饭的地方，里头零零碎碎坐了几桌人，宋灿在钱老板对面落座。

钱老板是正正经经的南洋人，来东夏经商已有五六年，这次是第一回回家。

钱老板三十多岁，在商会里很是照顾宋灿，这会儿见她出来，开玩笑道："卫大人居然肯放人？"

宋灿也笑："他太累，现在睡着了。"

"卫大人有心了。"钱老板感慨，"这下他放心你也能安心。"

商会里谁不明白，就是因为宋姑娘，盛京城里的商户乃至皇商都不敢再轻易欺负他们南洋商人。不仅南洋，北疆百越等商户都抬头挺胸起来，真正只以商言事。

宋灿淡然抿了口茶，嘴角弯起的弧度却泄露了她的心思。

她开始说起正事："钱老板，这次回南洋您真的不打算再返东夏了吗？"

"不了。"钱老板看着外头一望无际的蓝，眼里满是遗憾，"我离开时女儿才十岁，可上回来信都说要嫁人了，嫁的是谁我毫无所知。时间过得太快，再不回去将来外孙都不认我了，银子挣再多又有何用。"

"两国相交融洽，越来越多南洋人来东夏捞金，可愿意去往南洋的东夏人却不多。我如今既然在东夏学了点东西，那就好好带回家去，为南洋商贸略尽绵薄之力。"

宋灿不断颔首："钱老板所作所为都是为了家人，为了南洋，终有一日会有人懂的。"

钱老板朗声大笑："我只是个小小商户，哪比得上你与卫大人，不过卫大人此行随我们一同前往，最开心的非乌起大人莫属。"

确实，卫凌一去，那就不只是像她一样去到处看看学习的，他背后是东夏朝廷，估计这回以后又得有什么大动作。

宋灿垂眸浅笑，说不定他还早就计划好了呢。

两人又说了些商贸之事，说着说着就到了午饭时分，龙邦说卫凌还在睡，跟着过来的白亦白泽也都在好好休息，宋妠便没让他叫醒他们，同时让船上的厨房备着饭，等他们醒来随时可以用。

海上日头猛烈，再加上船时不时撞上阵阵海浪，摇晃感强烈。

宋妠用过饭后觉得有些乏，与钱老板告别后打算回房间休息。

从南清城到南洋大概要在海上走一个月，好在每隔几天就会在沿岸小镇落脚，不然这在海上漂一个月她可受不住。

卫凌依旧睡得安稳，宋妠在他身边躺着，很快睡意袭来。

再次睁眼时身旁已没了人，夕阳余晖透过小窗户洒进来，铺在被子上，温暖美好。

这会儿日头该落了，这是宋妠第一回在海上看落日，她不能错过。

于是急忙下床，穿戴整齐后去寻卫凌。

她在三楼找了一圈没见人，又到了二楼厨房，依旧没见人。

她心里一时着急，他到底去哪儿了，再等等太阳该没了，只好叫小月两人去找，自己先到甲板上等。

可刚走到甲板上，她一下愣住，卫凌在和一个女人说话。

宋妠逆着光仔细看了看，那人与自己年纪相仿，模样清秀，眼里有些傲气，只身上衣着朴素些，看起来不似大家小姐。

他们不知在说些什么，只见那女人笑得弯了腰，再一看卫凌，他亦是淡淡的笑容，完全不再是平时对着外人那副生人勿近的样子。

宋妠站定，好一会儿才再次抬脚走过去。

卫凌先发现了自己，招了招手，宋妠便走到他身边，被他牵起手。

他还未开口，对面的人就放肆打量着宋妠，随后看向卫凌："这就是那姑娘吧？"

卫凌点头，给她介绍："嗯，这就是我说的阿妠。"

宋妠捏了捏裙摆，颔首微笑示意。那人一副"原来如此"的神色："果然是个娇贵的乖乖女。"

卫凌闻言笑了，反驳她："阿妠可不是乖乖女，对吧？"

他突然低下头询问她的意见，宋妠僵着点了点头，说不上话。

那人再次看了两眼宋妠，不再说什么："行了，我就不打搅你们小两口恩爱。"

卫凌目送人离开，这才回首，两人并肩而站，面对着夕阳。

他柔声问："什么时候醒的？"

宋妁声音有些闷闷："刚刚。"

他没察觉，继续道："海上生活其实特别乏味，不过好在景色不错，这样壮观的场景在城里绝无可能得见。"

宋妁顺着他手指的方向看去，眼前出现一幅海上落日的巨大画作，波光粼粼的海面尽头是一轮红日，一片金光四射，头顶上的云朵染上绚烂的颜色，与纯净的蓝交相辉映。

实属壮观，美得扣人心弦。

宋妁看得出神，直到他伸手在她面前挥了挥："想什么呢？"

她眼神忽然闪过方才女人离开的方向，卫凌后知后觉，调笑道："吃醋了？"

宋妁顿时有些不自然，心中不得不承认，她确实有些不舒服。

她第一次见他对其他人这样和颜悦色，还是她完全不认识的人，也许是那人的打探的目光太过露骨，竟让她紧张起来。

从前成婚时她没这个机会，也从未见过他与外人打交道，后来和离，以沈娥为首倒是有许多人爱慕他，她那时候听着只是一笑置之，一分多余的情感都没有。

可如今，她也不懂得这陌生的情绪从何而来，就像是属于自己的东西好像被人惦记上了，而自己的那件东西并不介意被人惦记，她心里酸酸的。

她从不怀疑他对自己的心，也明白他们两人不会有关系。

宋妁抬首望向他，心里敲打了自己一番，为自己陡然升起的卑劣心思自责。

"没有。"宋妁笑了笑。

而卫凌看着眼前人神色不断变幻，最后强挤着一抹笑容说没有，笑得更开心，不禁叹道："我为着阿妁每天都泡在醋坛子里，终于轮到你醋一回了。"

宋妁又气又无语，捶了捶他的胸口："我都说了没有了，而且我何时让你吃醋了？"

卫凌勾起唇："怎么没有，萧珩壹不是？还有那书生，你都打算跟人家谈婚论嫁了，再加上你那铺子里每日来往的男客，商会里那么多男老板，我还不是每日泡在醋坛子里？"

"胡扯，我和萧大人还有周则玺清清白白的，你别损坏我名声，再有什么男客人，我哪和他们说过一句话？老板们都有妻有儿，你莫要凭空污蔑。"

卫凌见她涨红了脸辩驳，可爱至极，一时周边美景都黯然失色。

他没说错，他每回见到萧珩壹都恨不得罢了萧珩壹的官，是吃醋亦是羡慕。宋妁对于萧珩壹虽没有爱意却有感恩，萧珩壹始终在她心里有一席之地。

至于那书生，他又是何德何能，能得她几次赴约，还有外面许许多多的与她打交道的人，他们多看一眼她，他都觉得难受。

他多想将阿妁关起来，只有自己能看，完完全全属于他一个人，而她的眼里只有自己。

可是不能，于是只好将自己每日泡进醋坛子里。

卫凌叹着声揽过她的腰肢，将人揉进怀里："阿妁，我该拿你怎么办啊。"

宋妁不明白他突如其来的这句话，仍旧为自己解释："总之我没有，你不要胡思乱想。"

卫凌宠溺地揉了揉她头顶，无声笑："阿妁，吃醋又不是什么丢脸的事，是你爱我的证明啊！"

只有爱，才会产生这些莫须有的醋意，想把对方独占的占有欲。

他一句话让她静了下来，一切不舒服都有了出口。

是啊，她爱他，所以她眼里心里都盼着他只看向自己。

过了会儿，宋妁看向大海，假装不经意地问："她是？"

卫凌解释："她是船长的女儿，我也是刚刚才发现这艘船掌舵的竟是上回与我一同去南洋的船长。"

"就是碰着海盗那次？"宋妁惊呼。

"不错，那时候船长的女儿也在，危急时刻还为我挡过一箭。"卫凌说到这儿小心去探她神色，宋妁果然蹙了蹙眉，他赶忙解释，"她没受伤，我也没事，你别多想。"

怎么没事，当时的事乌起隆都绘声绘色跟她说了，这人总是不惜命，死过一回又一回。

她暗暗瞪了他一眼，以后得好好跟他说教说教。

"苏姑娘并不是为了我，而是为了整艘船人的性命。"卫凌接而道，"苏姑娘自小跟着船长在海上漂泊，性子乖戾无常，许多人不喜欢她，不过听闻她以前不这样，大概是在她的丈夫永远丧生在这海底后才有了转变。"

宋妁越加惊讶得不行，暗自重复出声："她的丈夫……"

"好几年前的事了，也是因为海盗。苏姑娘曾说，她往后一辈子都只会在这海上漂泊。"

宋婵不知该说些什么："一辈子在海上漂泊"这句话背后的沉重是她无法想象，她一时暗恼，恼自己的浮想联翩。

她这回当真是大方问道："那你们方才是在说些什么？"

"真想知道？"

"……你也可不说。"

他哈哈笑起来，随后俯身在她耳边低沉道："我说，今晚让她见见我夫人。"

宋婵一下僵住，耳朵腾地变烫，想要推开他却推不动，只能咬着牙说了一句："什么夫人不夫人的，我们还没成婚呢，你别乱说。"

谁知他继续不要脸地回道："我们都这样那样了，阿婵你难不成还想嫁别人？"

什么这样那样，宋婵再次羞红了脸。

这会儿太阳已经完全落入海底，整个海面上只余一点光，月亮从另一头升起来，夜色越来越温柔。

卫凌亲了亲她额头："见不见？"

她还没应，他又说："不见也无妨，反正我们白日睡得多了，晚上正好找点其他愉快的事做。"

宋婵："……"

"阿婵，我有些等不及了，你快点嫁我好不好？"

"走之前我让户部修改了律令，如今东夏也认在南洋合法缔结婚约的夫妇，我们就在南洋完婚。"

人是见了，事也做了，不过就是不那么愉快。

船上一间房挨着一间房，小月与白亦等人就住在他们隔壁，他们走动的声音宋婵听得一清二楚，何况……

事后卫凌大言不惭："阿婵，你得谢谢我，只让你忍了一回。"

宋婵猛地踹了他一脚，把他搭在她腰窝的手甩开，背过身，不允许他再碰自己。

卫凌缓缓靠过去，使尽浑身力气哄："阿婵你别生气了，我明天就让他们搬走，整个三层只住我们两个，行不行？"

宋婵再忍不住，捂着被子坐起来，朝外面一指，狠声道："你现在就给我出去！"

卫凌立马认怂："好了好了，我不让他们搬还不成，以后都听你的，你说什么就是什么。"

他强势把人拉进怀中，宋姗哪里挣脱得过他，索性也就不浪费那力气，只是仍没给他什么好脸色。

第二天醒来，宋姗谨慎地看了眼小月。小月这孩子最藏不住事，现在见她神色如常，开开心心地拿着个大馒头啃，她渐渐放下一颗心。

小月高兴地说着："二娘，今早我和白亦起来看日出了呢。我原本想去叫你来着，可是白亦说你们还在睡，让我不要去打搅。好可惜，海上日出真的太好看了，二娘，明日你要不要和卫大人起来看？"

宋姗："……算了，我起不来。"

最终小月与白亦几人还是搬到了二楼，宋姗识趣地不再反对。海上航行的日子确如卫凌所说，十分无趣，每日除了看海还是看海，可这一路来又好似有什么不一样。

她和卫凌单独在一起的时间多了不知多少，十二个时辰几乎没有分开过，仿佛把以前缺失的都找了回来。

他跟自己说了许多事，小时候在将军府里的事，跟着师父在外面闯荡的事，以及成婚那几年在暗处帮皇帝做的事，还有这些年他的谋划和朝廷底下那些黑暗，他都一一叙说，一桩一件无一不让宋姗惊讶。

这天晚上，两人准备安置，苏姑娘派人来请，说是夜色温柔，适宜浅酌两杯。

卫凌倒是没什么意见，只看着宋姗，等她做决定。

长夜漫漫，找点事做也好，宋姗便应了下来，两人往甲板去。

夜风微凉，一轮圆月刚刚升起，挂在海的另一边，月光洒在海面上，温柔缱绻，当真是"海上明月同潮生。"

苏宜正在温酒，钱老板也在一旁，招呼着他们坐下。

这几日来宋姗与苏宜说过几回话，话语间能看出她是个豪爽之人，不拘一格。可这会儿温酒的动作却轻柔，一看就极为熟练。

两人坐定后，钱老板问："宋姑娘这几日还习惯？这海上的日子最是折磨人。"

"尚可，没有我想象中的难挨，许是还没遇上风浪。"

"是，这一路来都没见什么浪，但愿到南洋也这般顺利。"

苏宜温好了酒，在三人面前各递了一杯。

钱老板尝了尝，叹道："舒服！"

宋姗也抿了口，却唯独卫凌一动不动，只看着她，宋姗无奈笑道："喝

590

一点无妨，不会耽误事。"

卫凌这才抬起酒杯。

"想不到卫大人还是个怕媳妇的。"苏宜见状调笑。

卫凌就着月光慢条斯理地饮下酒，动作声音都变得温柔，又朝宋姗望了过去："怕媳妇有什么不好，我还想着她多管我些呢，可惜她眼里只有生意。"

宋姗好笑地觑了他一眼："尽说胡话。"

一阵凉风吹过，宋姗拢了拢衣袖，不多时，一件外衣披在她肩上，熟悉的味道沁人心脾，衣服上尚留存着几丝余温。

回过身，卫凌已经吩咐着小月："回去给你家姑娘再拿件厚实衣裳来。"

宋姗眉眼含笑，将外衣拢紧。

微一抬头，对上苏宜有些落寞的神色，宋姗低头看看卫凌的外衣，想着她许是触景生情想起了自己的丈夫，便主动问话："苏姑娘在海上许久可有遇到什么趣事？"

话题一开，苏宜没了伤感，开始从小时候回忆起，件件趣事逗得几人哈哈笑。

说说笑笑间酒壶都空了，苏宜喝得最多，说着说着倒在了桌子上。

钱老板与小月扶着人回去歇息。

宋姗也有些醉意，脸色异常酡红，眼神逐渐迷离。

卫凌站起身，坐到她身旁，将她晕乎乎的脑袋搁在自己肩膀上，握住她露在外面的小手。

"阿姗，你要不要也跟我说说你小时候的事？"

宋姗整个人都舒服了，双手缠住他的胳膊，身子往热源靠去。

随后乖乖跟他说起自己的小时候，说自己与娘亲怎么在肃清侯府里小心翼翼地生活，又说起自己和宋璇的姐妹情谊，这样一回忆，宋姗没忍住，流了泪。

"卫凌，我好想长姐啊……"

卫凌心疼得不行，正想给她擦泪呢，她就已主动往他肩膀衣服上蹭了蹭，完全是将他的衣物当成了帕子。

卫凌顿时哭笑不得，由着她去。

"卫凌，如果没有长姐，是不是我们两个就不会被绑在一起，你后来也不会喜欢我的，对不对？"宋姗突然直起身子，样子好似没醉般正经，"肯定是的，你喜欢她，她又那么喜欢你。长姐若是在世，你们两人就是天造地设的一对，哪还有我什么事？"

宋姒越想越难过，又靠回他的肩膀。

卫凌却越听越奇怪："宋璇何时喜欢我了？我又何时喜欢她了？你从哪儿听说的？"

"哼，还说不是，长姐要是不喜欢你，她怎么会时不时在我耳边提起你，谁不知道当年卫小郎君风姿俊逸是多少盛京贵女的心上人，长姐那样好的人，配你也是足够的。"

卫凌有些愣，宋璇经常在她面前提起自己？他怎么不知道？难不成……卫凌唇角徐徐上扬，继续问已经闭上双眼的人："那你又是如何看出我喜欢你长姐的？"

"坏人。"宋姒戳了戳他坚硬的胸膛，"你不记得了吧，你说长姐性格好，有什么说什么，你还让我多学学她。还有，你又去过几次肃清侯府，怎么知道长姐住哪个院子？你还盯着长姐的秋千看，睹物思人呢？"

"所以，这些都是你猜的？"

"我是有根据地推测，不是瞎猜的。"宋姒坚定道。

卫凌啼笑皆非，原来在她心底一直还存在着这样的想法，他心中愧疚，将她东倒西歪的身子扶正，认真说："阿姒，你能听到我说话吗？"

"能，你这声音我下辈子都不会忘。"

卫凌低笑，罢了，她要是明天不记得，那就再说一遍。

"阿姒，你长姐喜欢的不是我，是竟轩。"

宋姒迷迷糊糊："什么？"

"你知道竟轩吗？"

"知道。"就是他唯一的那个朋友，年纪轻轻因病丧了命，这两个字也常常从长姐口中说出，只是她从未在意。

宋姒用仅存的一点意识去理解这句话，他说，长姐喜欢的是那个叫竟轩的男孩……待明白过来，宋姒脑子里瞬间放起了烟花，长姐喜欢的不是卫凌！

卫凌继续说："那时候我与竟轩还在锦书房念书，竟轩家虽有些名号，不过家境却不怎么样，常常独来独往，而宋璇初入锦书房时亦受过公主们的欺负，两人算得上是惺惺相惜，交情更甚于我。"

"那时候尚年少，什么心思都不敢显露，竟轩身子不好，也知晓自己配不上宋璇，后来便常常主动与她保持距离，可宋璇什么性子你知道的……"

宋姒打断他："我知道，长姐不会放弃的！"

卫凌揉了揉她的头，笑道："不错，你长姐没有放弃，竟轩躲到哪儿她就去到哪儿，竟轩好几次恶语相向她都没在意，越挫越勇。"

"竟轩常常跟我说，他要是我就好了，他要是我长大后便可将宋璇明媒正娶迎回家。"卫凌声音突然沉下来，"可惜，没等得及他长大。"

宋妠听着听着渐渐酒醒。

她怔了会儿："我长姐……我怎么从来不知道……"

"也许是因为竟轩喜欢的永远是那个明媚张扬的宋璇，而且你还小，她自然不会与你说这些。"

"那她的病？"宋妠越想越惊。

卫凌以前不懂，可现在自己经历过一遭，终于能明白些宋璇的心情："阿妠，你长姐的病是不假，我不好说能不能救得回来，但那时候的宋璇大概是想去见一见竟轩的。"

宋妠已经完全醒了，眼眶里有泪水在打转。

卫凌停了下来，将她拥入怀中，手轻轻抚着她的背安慰。

"所以，你说的宋璇喜欢我，我喜欢宋璇是完全不合理的，我喜欢的从来只有你。"

宋妠吸了吸鼻子："那你为何会知道长姐住哪个院子？"

卫凌笑："你长姐既然常常跟你提我，那你怎么知道她不会常常在我面前提起你？"

宋妠又愣了，从他怀中抬起头，惊讶："啊？"

"那秋千，你坐的次数比你长姐还多吧？傻瓜，我确实是睹物思人，可是思的是眼前人啊！"卫凌感慨，"现在才明白宋璇的良苦用心，她何止是对你好，她是想把这世上最好的都给你。"

那些从前宋璇随口说出的话深深在他心底埋了根，现今长势茂盛，开出了最灿烂的花。

"她说你喜欢念书，你很聪明，那些课堂上夫子留的学业都是你帮她完成的；她还说你春日最喜欢到郊外去放风筝，她说你的愿望是长大后能到外面四处看看；她还说……"

卫凌一口气说了许多，宋妠惊得合不拢嘴。

"就算宋璇不过世，我跟她的婚约也是要解除的，我那时候原本也没想着娶妻，但因为是你……"卫凌说到一半顿住，眼里再次涌现出后悔，"阿妠……"

宋姒尚还愣着，震惊一个接着一个，长姐原来竟是想要撮合他们两人？

而卫凌，他当时是想娶自己的？

他不久前也说过这话，不过她现在才彻底懂得那句"从来只有你"的含义，一时间竟不知道该说些什么。

宋姒回望过去，视线相交，那双幽暗眸子里都是难过，她不由得伸手抱紧了人："没关系，我如今都知晓了。"

一月后，众人顺利抵达南洋。

卫凌第一晚就不知去了哪儿，只交代了让她早睡。

一个月的旅途疲惫终于到头，宋姒熬不住，没等他就上了床。

后半夜隐约有些动静，卫凌在被子里暖了暖身子才将人揽到怀中，宋姒没睁眼，似醒非醒问："你去哪儿了？"

卫凌亲了亲她的发心："去找乌起隆说了些事，睡吧。"

"……嗯。"宋姒再次沉沉睡去。

后面几天他依旧忙碌，只有晚上才能见到人，好在宋姒自己事情也多，也就没管他在做些什么。

钱老板介绍了许多商家给她认识，宋姒已与几家特色南洋商铺初步达成合作意向，同时钱老板还托夫人、女儿陪她在街上四处转了转，南洋街头与东夏完全不一样，宋姒到处转悠着，这几日过得十分充实。

这天回到乌起隆为两人安排的住处时尚早，宋姒用完饭便在屋子里等他。

他今夜没有很晚，进屋时脸上漾着笑意。

宋姒看向他："忙完了？"

卫凌在她身旁坐下来："嗯，阿姒，明天我带你去个地方。"

"什么地方？"

他神秘兮兮地没说，转头吩咐白亦去烧热水。

"好不容易来一趟南洋，你就歇歇。钱夫人说这附近有座西洋人留下来的庙堂，求平安特别灵验，你和我一起去好不好？"宋姒问。

卫凌眼里含笑："好，明天过后我就只陪着你。"

宋姒总觉得他有些奇怪，可又说不上哪里奇怪。

翌日一早，宋姒收拾好，跟着他上了马车。

一路上卫凌唇角都向上勾起，显然心情极好，宋姒隐隐有猜测，待见到眼前景象，彻底明白。

南洋多湖泊，现在两人就站在湖边上，脚下是一条用白色鲜花铺就的小桥，通往湖心一座小岛。

小岛亦是全部被鲜花装点着，温暖的日光下微风轻拂，水面荡起阵阵涟漪，白色纱幔迎风飘摇，美轮美奂。

所以，这几日他不是在忙政事，而是在精心给她准备这一场惊喜，完成他说的"在南洋完婚"。

乌起隆与钱老板、苏宜等人不知何时出现在他们身后，苏宜大声喊："还磨蹭什么呢，吉时不候！"跟着就与小月走过来，强行拉着宋姗去换衣服。

是南洋传统的婚服，和东夏一样是红色，不过样式却十分不一样，没有东夏那样繁复，只两层，还很紧，宋姗玲珑曲线一览无余。

宋姗哪穿过这样的衣服，哪里都不自然，钱夫人在一旁道："宋姑娘不必害羞，我们这的姑娘都是这样出嫁的，人生最重要的日子总要把最美的一面展现给夫君的。"

"卫大人真是把你放在了心尖上呢，去官府办了婚书，又亲自了解南洋风俗，就连那花都是他亲手一朵一朵插上去的，还特地嘱咐我们不能与你讲，这样的男子现如今打着灯笼都找不着了。"

宋姗来不及惊奇就被按着坐下，钱夫人开始给她上妆盘发。

半个时辰后，宋姗看着铜镜里那人，一下怔住。

不止她愣，小月与苏宜在一旁简直都看呆了，若说此前的宋姗是温婉的江南美人，现在换上南洋妆容，那一闪一闪的大眼配上红唇，活生生脱胎换骨，充满了异域风情。

钱夫人亦是十分满意，赞道："宋姑娘是我活了这大半辈子见过的最漂亮的女孩子。"

宋姗扬起笑，很快接受这样的自己："夫人，外面仪式是不是快要开始了？"

她心跳得很快，她想快些见到卫凌。

"再等会儿，等卫大人来接您。"钱夫人接着问，"宋姑娘，您身上有没有什么一直带着的东西？"

宋姗一时不解，钱夫人解释："我们这的风俗是正式完婚后，男方要到女方家迎接女方的'灵物'，并小心呵护着，直至死后随棺下葬，也叫'买姓'，今日过后，两人生生世世绑在一起。如今情况特殊，这灵物便由我们亲自交给卫大人。"

宋妁明白了，"灵物"与他们的定情信物相当，却又隆重许多。

她从随身带的荷包里拿出一枚玉饰，是个精致小巧的玉如意，尤四娘从小让她带着，很少离身。

钱夫人接过，用红布包裹起来，欢欢喜喜放进一个小盒子里，随后又同她说了今日一些风俗流程，好让她做个准备。

这儿的婚俗不似东夏那样意在获得父母长辈、天地的认同，而是重在彼此心意的相通，在亲朋好友的见证下定下相携一生的约定。

宋妁听完，眼眶一点一点红起来。

不多时，门外传来一阵嬉闹，卫凌到了。

宋妁赶紧问："钱夫人，盖头呢？"

"盖头？"钱夫人不知盖头为何物，等小月解释完才笑道，"没有没有，宋姑娘用不着羞怯，也无碍旁人看着，这是昭告天下的好事，不用藏着掖着。"

宋妁颔首，随着外面吵闹声越来越近，小手也越捏越紧，这时候她是真想蒙上红盖头，这样他就看不见自己的紧张。

门"吱呀"一声被推开，宋妁迎着光见到了卫凌，随后在他惊艳的目光中缓缓微笑。

他愣了许久，在众人的推搡下才迈开脚步，一步一步来到她跟前。

"阿……阿妁。"结结巴巴，可眼神里的爱意满得要溢出来。

两人对视着，目光黏在一块儿，分不开。

直到乌起隆轻咳了两声，卫凌清醒过来，随后一个躬身将人拦腰抱起，宋妁环住他的脖子，耳朵埋在他心口位置，在众人的欢闹声中离开。

湖泊边不知何时已站满了南洋老百姓，看见今日主人公登场，纷纷吆喝欢呼，于是宋妁将脸埋得更深了。

卫凌在桥一边将人放了下来，像是在完成今日的流程，可又极为认真地问："阿妁，你愿意跟我一起走下去吗？"

"愿意。"

"愿意。"

"愿意。"

旁边众人的声音很大，可卫凌依旧听见了从她红唇吐露出来的"愿意"两字。

一对璧人在花路中，祝福声中走着，一步一心安，缓缓走向他们的终点。

湖心岛里乌起隆早在等着了，他拿着个册子用南洋话庄严地说着什么，宋姗只听懂了最后一句："缔良缘，结同心。"

"卫大人，宋姑……"乌起隆及时打住，"卫夫人，你们可还有彼此要交代的话？"

两人相向而站，卫凌牵起她的双手，望着她，沉声道："阿姗，今日形式简单了些，等回了东夏，我会再给你一场隆重的婚礼。阿姗，这一路走来十分不容易，谢谢你还愿意再牵着我的手，感谢上天的怜悯，让我再拥有一次照顾你的机会。阿姗，我很高兴，从今往后，我们是夫妻，生生世世永不分离。"

宋姗忍了一天的泪终于掉了下来。

卫凌伸手擦过，将人拥进怀里："别哭，我会心疼的。"

乌起隆静静站在一旁，等两人缓过劲，将手中那册子交给宋姗："卫夫人，这是你们的婚书。"又将装了灵物盒子给卫凌，"卫大人，这是卫夫人的灵物。"

一声"礼成"，外头观礼的人们再次雀跃起来，小月高兴得眼睛眯成一条缝，而白亦则是又笑又哭。

又是一阵惊呼，白亦赶紧朝湖心岛看去，只见卫凌一只手揽着新娘子的腰，一只手捧着她的脸，众目睽睽下深深吻了下去，辗转斯磨。

后来，晚上的流水宴席上，喝得醉醺醺的乌起隆想要找新郎官贺喜，身旁人笑着告诉他："春宵一刻值千金，新郎官哪出现过，乌起大人您甭找了。"

第三天是个晴朗的日子，宋姗出门的时候下意识用手挡了挡阳光，她无奈笑了笑。

卫凌都这二十七八的年纪了，怎的还跟个刚开荤的少年一样不知节制，敢情以前的清冷都是装出来。

宋姗回头看了一眼，南洋人也喜爱红色，新房里红烛、红缦、红帐遍布，就连各个吉祥物事都被缠上一圈一圈的红丝带，所见皆是鲜艳欲滴的红。

要不是她闹了脾气，她怕是今天都不能走出这个新房。

她松了松筋骨，身上并无不适。想到这儿，宋姗垂眸浅笑，他也不知从哪学的技法，事后总是耐心帮她清理身子，又给她各处按摩揉捏，因而她此刻才能"重见天日"。

昨晚说好了，今日晌午过后两人要去西洋人的寺庙，宋姗方才醒过来时身旁就没了人，等整理好自己他还未回来，这会儿在门口四处望了望，一个人影都没见着，就连平时黏人的小月也不见踪影。

正欲转身回房，后院突地传来几声动静，宋如便转了方向，朝后院去。

后院是个小厨房，宋如远远就见着小月、白亦、龙邦几人围在外头，而里面时不时冒出来一阵青烟与锅铲碰撞的声音。

宋如瞬间明白了什么。

她走近去，龙邦察觉身后来人，赶忙给她让位：“夫人，您来了。”

小月与白亦齐齐回头，都喊了一声：“夫人。”

宋如心里好笑，这些人改口倒是改得快。

再往中间看去，只见卫凌一手拿着铲子一手给灶坑加柴火，神情专注，完全没有注意到宋如的到来。

他清俊的脸上蹭了些灰，衣袖往上撸起，面对着锅里已经煮烂的面条皱起眉头，与平日里人鬼勿近的模样一点不同，身上都是烟火气。

小月小声对宋如说：“卫大人今日起来就说要给夫人做饭吃，原先想炒个肉来着，最后炒了两回一回没熟，一回盐放多了，最后只好换成下面条，这都已经第二锅了，我们在一旁看得着急，但是卫大人不许我们帮忙，夫人看这……”

宋如抿唇，挥了挥手让他们悄声离开，自己则走入厨房，站在他身后，双手抱住他的腰身，将头靠在他宽厚的肩膀上。

卫凌僵了僵，转回头，温声问：“醒了？”

“嗯。”

随后他有些窘迫又有些尴尬地道：“阿如，我本来想亲手给你做顿饭……不过……要不我们还是出去吃？”

宋如摇头：“不要，我就想吃你做的。”

堂堂首辅大人洗手做羹汤，这天下唯独她有这个福分，不能错过。

卫凌用手肘碰了碰她的手：“那你出去等，我很快就好。”

“我就在这儿看着你。”

未免让自己等会儿要吃的东西难以下咽，宋如还是指导了两下：“你把坨的面捞出来，等水烧开再下面条，半刻钟左右就可以了，不用等太久。”

卫凌乖乖照做，最后又在她的指点下做了两道小菜，花了许久时间，两人终于能坐上桌。

宋如看着卖相极其不佳的一碗面条，又看看对面一脸期盼的人，终究是伸出了筷子。

一口过后，宋姒露出笑容："还行，不难吃。"

"当真？"卫凌高兴地夹了一口，随后脸色很快沉下去，"我们出去吃。"

他说着就要站起来，宋姒拉住他的手，含笑道："真的，你做的都好吃。"

卫凌当然不信，那碗面只能说是寡淡无味，跟"好吃"一点边都沾不上。

他在她身旁坐下来："阿姒，等我多练几回，以后你想吃什么我就给你做什么。"

以前在扬州时师父也常常亲自下厨，他那时候尚不懂，师父给他解释，说夫妻间要有来有往，不能总是一方面付出，可如今卫凌却觉得这不是简单的有来有往，他真心实意想给她更多，让她一辈子喜乐无忧。

"那我想吃翡翠鱼丁、红烧狮子头，还有地三鲜。"宋姒开始点单。

卫凌捏了捏她的掌心，眼神宠溺："好，我去学。"

最后宋姒给面地吃了个精光，当然也是因为她真的饿了……

两人收拾完出门已是申时，好在那寺庙不远，就在城里。

西洋人的寺庙跟中原截然不同，光外观就让宋姒看得惊叹连连，她第一回见这种拱状的白色屋子。

寺庙建在闹市区，门前就是繁华街道，不似东夏都是隐在山林中。

这会儿没什么人，宋姒好奇上前两步，看向立在门口的一块碑，可惜上头都是南洋文字。

如今的南洋话与中原话相近，她仔细听能听懂些许，但碑上歪歪扭扭的文字却是一个都认不出来。

她盯着看了一会儿，手往后招了招："卫凌，你来看看，这上面写的什么。"

身后人许久没有动静，宋姒回头，不料直接撞上一堵坚硬的胸膛，再往上是他一张似笑非笑的脸："不是答应过了，该叫我什么？"

宋姒脑海里猛然出现些旖旎画面，小脸悄悄爬上红润，装没听着，转回身继续研究那碑文。

卫凌哪里肯，一手将她扯进怀里，摩挲着她白皙的脸庞，语气低沉："啊？没长教训？"

宋姒心里了颤，午间那个温柔给她做饭的卫凌已经换成晚上那个强势索取的卫凌，他灼热的手掌所到之处激起一阵阵涟漪。

宋姒瞥了眼四周，小月几人站得远远，附近也没什么老百姓。

她一咬牙，主动攀上他的脖子，在他唇角迅速亲了亲，声若蚊蚋："夫君。"

卫凌双眼瞬间幽暗，就要低下头来，宋姒暗道不好，连忙伸手挡了他的唇，软软道："小月她们还在呢，别。"

他眼里的欲望犹存，气息渐渐加重，宋姗可不能让他在这做什么，只好跷起脚尖在他耳旁低语了一句。

卫凌轻声笑了笑："这可是你说的。"

"我说的，我说的。"卫凌松了力气，宋姗从他怀里出来，牵过他的手，温婉地笑，"这样行了吧？"

卫凌反握，十指交缠。

两人站在碑文前，卫凌扫过几眼，简单解释："这寺庙是百年前西洋一位旅居的信徒所建，那信徒过世后这里一直由当地百姓自愿轮流管理，世世代代都有人守护。"

宋姗有些惊讶："你能看懂？"

"嗯，以前研究过一阵南洋文字。"

宋姗了然点头，明白他说的以前是什么时候。

"钱夫人说这儿求平安特别灵验，我们进去瞧瞧。"当然，求别的也灵验，但她没好意思说出来。

穿过拱门，两人进入了一个类似灵堂的地方，只是比普通灵堂又宽敞许多，墙上烛火亮着，下面放着一排排椅子，最前面放的不是灵位，而是几座西洋人模样的雕像。

见有人进来，隔壁小门出来个老者，待见到卫凌后有些惊讶："卫大人？"

卫凌也仔细认了认，继而恭敬行了个礼："胡大夫。"

那唤作胡大夫的老者视线移至宋姗身上："这位是宋姑娘吧？"

"是，内子宋姗。"

胡大夫摸着他的山羊胡，慈祥地笑着："不错不错，卫大人怎么又到南洋来了？"

"内子未到过南洋，想来看看。"

"原是这样，卫大人有心了。"胡大夫颔首，随后指了指最前方的雕像，"这儿信奉'心诚则灵'，卫大人卫夫人只需虔诚与上天告出所愿，老天自会知晓，求子、求姻缘、求平安皆可。"

"是，多谢胡大夫。"卫凌说完藏着笑看了一眼宋姗。

胡大夫慢悠悠走回他的小屋，两人继续上前。

那"求子"两字烫得宋姗面色发红，她心底百口莫辩，偏偏卫凌一副了然于胸的模样。宋姗只好先发制人："这胡大夫为何会认得我？"

卫凌脸色沉下去一些，那段在南洋治伤的回忆涌出。

他并不打算跟她说太多，轻松道："我跟胡大夫提起过你。"

"为何要提起我？"

她凑上前来问，卫凌顺势亲了亲她的额头："因为想你。"

宋灿顿了顿，后退一步，双手无措地不懂该往哪儿放，僵僵"哦"了一声后逃跑般继续往前。

卫凌看着她的背影，唇边扬起一抹笑意。

雕像前没有跪地的蒲团，也没有香炉，更没有放香油钱的箱子，宋灿想着胡大夫说的"心诚则灵"，闭上双眼双掌合十，在心里默默许愿。

等她许完愿睁眼，卫凌问："许的什么愿？"

"求平安。"

卫凌低声笑："这样啊，那我来求子。"

宋灿瞪他，却不知该说什么，总不能让他不求吧？

"诸神在上，善男卫凌，所求内人宋灿一生顺遂、平安喜乐。若上天祈怜，得儿女一双，卫凌愿倾尽所有。"

一行人在南洋待了两月，宋灿能去的地方都去了，就连南洋皇宫都跟着卫凌进过两趟。

南洋王给予卫凌最高礼遇，宋灿蹭了他的光，见识到许多民间见不到的南洋宝物与传统技法，当真是大开眼界。

这天从皇宫出来，卫凌牵着她上了马车，柔声问："开心吗？"

"开心，你都不知道，他们王后给我找了南洋最有名的几个绣娘过来，当场刺绣，那针法和我们的都不一样，绣出来的图案栩栩如生，煞是好看。"

"王后还说了，接下来几天就让她们到我们家去，亲自教授，若是我能说得动她们，跟着我们回东夏也是没问题的。"

南洋气候与东夏不同，明明是冬日，一出太阳还是热得慌，这会儿宋灿额头上已经沁出一层薄汗，可她完全没察觉到热，兴奋说着话。

卫凌拿出帕子给她擦了擦汗，又拿过一旁的团扇给她扇风。

宋灿已经习惯了他这做法，仰着脸配合着让他擦完，继续道："可南洋又不是扬州，人家就算愿意我也不忍心，所以接下来几天我得好好学，争取全部学会。"

宋灿突然扯了他的衣袖，明亮的双眸里暗含歉疚："我们晚几天再回去好不好？"

回东夏的日子已经定下来，突然来了这事那就得再耽搁几天。

卫凌道："好，那就下一趟船再回去，正好在南洋这边过完他们的送冬节。"

宋姗即刻眼笑眉舒，在他脸颊边亲了亲："你真好。"

近来宋姗在他面前展现了多种姿态，妩媚风情、娇俏动人又张扬肆意，嬉笑怒骂皆因他起。

卫凌心动不已，她不止有与人谈生意时的冷静睿智，也不止有从前拒他千里外的淡漠清醒，如今的宋姗是完整的宋姗，只属于他一个人的宋姗。

卫凌此刻因她这句话心花怒放，再道："给你娘亲的礼已经随上艘船回去，你交代的绣坊事项也都让人亲自跟张叔他们嘱咐过了。"

宋姗更开心了，直接坐到他旁边挽着他的胳膊，甜甜笑道："谢谢。"

卫凌满意地勾起唇角。

就这样又待了几日，南洋送冬节来临。

南洋送冬节与东夏春节相仿，都是一年的尽头，是阖家团圆、迎接春意的盛大节日。

来时宋姗就已做好了今年不能与娘亲等人过节的准备，因此也没多伤感，反而有些期待。

这是她与卫凌的第一个年。

新一年的第一天，宋姗醒得特别早，卫凌还在睡，她微微侧躺着，目光掠过他远山似的眉峰、高挺的鼻梁，最后落在诱人的双唇上。

卫凌长得真好呀，有书生的秀气又兼含武将的英气，仿佛所有优点都集合在他身上，天下唯此一人。

将来他们的儿子女儿会继承他的容貌与才智吗？

宋姗想着想着就想到了那天在寺庙里他说的话，人家祈福都是默默在心底诉说，他偏偏要说出来，偏偏要让自己知道，铁定是故意的。

宋姗点了点他的鼻尖，坏人。

可不感动是假的。

她亦想要一双儿女，不多不少，两个就足够了。

走之前挽翠的儿子已经好几个月，那模样简直就是挽翠夫妻俩一个模子刻出来的。

他们的孩子也会跟他们一样的，宋姌无声笑着，手不自觉地放到小腹上，仿佛已经看到一个小卫凌、小宋姌站在眼前，可爱地叫着父亲母亲，一家人和和满满。

"笑什么呢？"突然的低沉嗓音吓了宋姌一跳，一抬眼，陷进他温柔的目光里。

宋姌主动挤到他怀中，道："新年吉祥。"

"阿姌，新一年，愿你如意吉祥，所得皆所愿。"

温情脉脉的气氛中，卫凌就要靠近去亲她，外面却不合时宜地响起一阵吵闹声，他那眉头立即皱得老高，动作只顿了一下又要继续。

宋姌笑得不行，推了推他："好了，今日初一，还有许多事等着我们呢，快些起来。"

她说完就下了床，待穿好衣服后才发觉那人坐在床边一脸幽怨地看着自己。

宋姌没法子，拿过他的中衣伺候到跟前，卫凌这才有了些笑意。

只是这衣服穿着穿着还是被他亲个正着，两人闹了好一会儿才出门。

南洋的初一倒也没什么寻常，就是这儿的人们会在这一天白天放孔明灯，祈求一年平安顺意。

宋姌凑热闹，也与卫凌放了两个。

到晌午时两人在热闹的街市上逛了逛，顺手又买了些给尤四娘等人的伴手礼。

晚上依约到乌起隆家用饭。

乌起隆渐有不舍，连敬了卫凌好几杯茶："卫大人，我原本以为一年前在东夏已是最后一次相见，没想到咱们一年后又续上缘了，可惜这一次你们当真是要离开，我这心里头啊全是不舍，下次再见不知是何年何月，卫大人卫夫人千万要保重！"

"一个大男人，这大好的日子你这样煽情做什么。"乌起隆表情动作夸张，乌起夫人假意训道。

乌起隆尴尬地笑笑，举起茶杯："来，卫大人，这杯我敬你。"

卫凌望了一眼宋姌，宋姌起初还不懂，后来明白过来，笑着点了点头。卫凌得到应允后亲自斟了两杯酒，递给乌起隆一杯，接而碰了碰他的杯，在他一脸茫然中一口饮尽。

乌起隆惊讶过后哪会放过卫凌，又连着好几杯。

最后回家时卫凌已有了些醉意，身子全靠着宋姗，一身酒气，嘴里断断续续说着话："……阿姗……我，我好喜欢你啊，你是这世上……最好的。阿姗你，你笑什么……我说真的，你不知道我多开心……"

一路上他就这样自言自语，宋姗唇角就没弯下来过，她很少看见他这样不清醒，像个孩子一样。

可惜这场景没维持多久，他一沾床就睡，宋姗费了好大劲才把他收拾好。

她暗自下了决心，这酒，她以后不会点头了，不然最后累的还是自己。

五日后，随着一声轰鸣，货船缓缓驶离南洋码头。

直到乌起隆、钱老板等人的身影逐渐变换成一个小圆点，宋姗终是意识到，这段旅程结束了。

没有遗憾，因为将来还有更多未知等着他们一同去探索。

幸运的是，这一趟船依旧是由苏宜父亲掌舵，这么一算，他们竟已是在东夏南洋间往返了一趟。宋姗十分开心，回去这一月多了个说话的人。

有了来时的经验，宋姗已渐渐能够适应海上生活，只是不知为何，上了船之后整个人格外疲惫，一睡就能睡大半日。

她想着这样也好，能少些无聊时光。

在海上的第六日，宋姗在傍晚时分醒过来，卫凌让白亦过来传话，让她在二楼等他用饭。

苏宜也在，见到宋姗便往她身后瞥了眼，调笑道："卫大人没跟着你？"

"他这几日忙着整理先前与南洋定下来的邦交条款，等会儿再过来。"宋姗在她对面落座，察觉到苏宜打探的视线，好奇地问，"这么看我做什么？"

苏宜摇头，"啧啧"两声："之前没发觉，现在凑近了看才发现你比来时要圆润许多，脸上多了圈肉，你们这些富贵人家生活果然滋润。"

宋姗一惊，忙转头看向小月，小月不得已道："夫人瞧着确实比之前丰润些，不过夫人本就瘦弱，小月觉得现如今的夫人才是最好看的。"

宋姗摸着自己的脸，这半月多她于吃食上确实没怎么控制，甚至比平常还要容易饿，一饿就吃得多，不知不觉间竟是胖了。

她以前从未觉得胖瘦有何区别，也从未去在意那些，可如今已然知晓了是因口舌贪欲，那是得克制一些。

一直到卫凌过来宋姗心情都不大好，晚饭也只用了几口。

然而吃得少的后果是，晚间安置时她肚子咕噜响的声音动静不小，卫凌含笑起身："饿了？我让人备些吃的。"

宋姗连忙拉住他，委屈道："我不吃。"

"为何？"卫凌想起她傍晚时的异常，顺手将人拢进怀里问，"怎么了？可是有人欺负你了？"

"没人欺负我。"宋姗叹了声，望着他，"如果我今后变丑了，你还会要我吗？"

卫凌明白过来，忍不住低声笑，原是为了这个啊。

"哼，你还笑。"宋姗捶了他两下，离开他的怀抱背对着人躺下。

卫凌先往外面吩咐了声，让他们去准备些吃的，然后才回过身去哄人："阿姗，别听他们胡言乱语，你有几斤几两肉我还不清楚？而且就算胖了也是我喂胖的，我怎么会不要你。"

宋姗咬了咬牙，气呼呼道："有你这样安慰人的吗？"

"好吧，那你转过身来让我看看。"

宋姗当真转过了身，用手指了指自己的脸："你天天跟我待在一起能发现什么，苏宜两月没见过我，她又不是个会说假话的，说的肯定没错，而且连小月那孩子都看出来了。"

卫凌伸手去捏了捏她的小脸，确实比之前有肉一点，他很满意。

但他不能说出来，只好装作生气："这帮人净胡说，眼神没一个好的。"

"总之我之后得少吃点，不能再由着性子。"

话音刚落，白亦敲响了房门："郎君，饭菜备好了。"

"端进来。"

船上的房间不似家里那样大，桌子离床不远，那饭菜的香味立即可闻。

宋姗肚子又叫了一声，顺带着不自觉咽了咽口水，但她身子依旧倔强，转过身，视线回撤："我不吃，你让人拿走。"

卫凌怎会如她意，直接下床，然后一个横抱，将人抱到桌前。

"阿姗，不吃不行，不能饿坏了自己。"

"可是……"

"你要实在担心，那就每日早起和我练剑，我正好教你些防身的功夫。"

宋姗扯了扯唇角，和他早起？他起床那时辰她都还沉沉做着梦呢。

宋姗直摇头，最后在他不容拒绝的目光下吃完了那份饭。

心里默默叹息，那便从明天起再少吃些好了。

前半程无风无浪，到了后半段，海上开始飘起雨来，一点微风都能让货船飘荡好一会儿。

卫凌怕她担忧，寸步不离："等过了这阵就好，苏船长经验丰富，不会有事的。"

宋妧倒不是担心这个，只是她从昨天起就有些不舒服，船有时候晃得厉害了，她就一阵恶心想吐，脑袋晕乎乎的。

她心里想着，原来海上航行这般辛苦，若是真遇到大风大浪那小小一艘船如何挡得住。

现在外头应当忙得很，宋妧道："我没事，卫凌，我想躺会儿，你去外面看看有什么需要帮忙的，无须陪着我。"

"无妨，你睡吧，等你睡着了我再走。"

卫凌坐在旁边，看着她渐渐入睡。

晚上风浪停了下来，宋妧还睡着，卫凌让厨房给她熬了汤，一直在炕上温着，等她醒来后就能喝。

宋妧半夜才醒过来，她一醒，身旁打瞌睡的卫凌也随之睁眼："醒了？吃点东西吗？"

"嗯，口渴。"宋妧哑着声音。

卫凌起身去给她倒水，等喝完一杯水，饭也送了进来。

一个汤两个菜，就地取材，鱼腥味很重，宋妧几乎一闻到那味就浑身不舒适，那股子恶心的感觉又冲了上来，连忙扯了帕子捂住嘴。

卫凌一张脸瞬间变了颜色，朝外喊："白亦，叫随行的大夫过来！"

宋妧无力阻止，只皱着眉让他把那份饭移开，问了一句："浪还大吗？"

"雨停了，现在很平稳。"

宋妧秀眉越皱越深，不应当啊，船不晃了怎么自己还晕着？而且之前吃了那么多回鱼也没见有如今这般反应的。

恍然间，宋妧想到了什么，惊得睁大了双眼，一脸不敢置信地看着卫凌。

她没生过孩子可她见别人生过！芷安那时候也是不舒服得很，跟她抱怨了许多，还说下辈子再也不要生孩子了。

如今……是轮到她了？

怪不得她总觉得困顿，怪不得食欲突然大增，竟都是因为这样……

脑子里涌出阵阵惊喜，让她说不出话来："卫凌，我……"

"郎君，大夫过来了。"白亦领着人进门，打断了她的话。

一旁不明所以的卫凌着急得不行，连忙给大夫让位。

宋妧心里有了揣测，但仍是得让大夫看过诊才能确认，眼下乖乖伸出手腕。

大夫细细把着脉，宋妧抬头，凝目看向那个慌张的男人，心里眼里都充满欣喜。

须臾，大夫道："大人，夫人这是有喜了啊！"

于是宋妧便瞧见他一张脸由焦急转为惊愕，呆在原地："……大夫，你说什么？"

"夫人有喜了！恭喜大人！"

卫凌重复了一遍："有喜，孩子……"

瞬间，那双黑眸迸发出巨大的喜悦，漫天烟火随之绽放。

他两步走到床前，激动地握住宋妧的手："阿妧，你听到了吗？我们有孩子了！"他双手轻微抖动着，眼眶湿润，全然没了平时的冷静沉着。

宋妧嫣然含笑："我听到了，我们的孩子。"

因着海上航行，宋妧反应强烈，一行人在下一个停靠点下了船，换陆路回去，多了半月路程。

消息自是早早传回了盛京，于是宋妧一下马车立即被眼前阵仗给弄蒙了。

他们家门口不止站着尤四娘、青姨等人，还有将军府一家，甚至连宋恳也在。

宋妧回头看了一眼卫凌，他耸了耸肩，表示不关他的事。

尤四娘迎上前来，激动地握着宋妧的手，眼中含泪，说："好孩子，可算回来了。"

"娘，我回来了。"

"孩子有没有欺负你？"

宋妧一顿，染上些羞涩："没有。"

自踏上陆地，离了那些海腥味，再加上卫凌无微不至的伺候，她已没了什么反应。

尤四娘放下心，拍着她的手："那便好，是个懂得心疼娘亲的好孩子。"

端容郡主也走过来，不过她没敢碰宋妧，脸上挂着笑，说："阿妧与域川回来了，那咱们两家亲事便可操持起来，阿妧，五日后正巧是个好日子，你看合不合适？"

宋妧大惊，五日后？

成亲起码也得走完纳采、问名、纳吉、纳征这些个流程，五日怎么能够？

宋妁又转回去，卫凌这次倒是笑了笑，颔首点头。

尤四娘给她解释："流程都走完了，现在只差迎亲，不过是从肃清侯府出嫁还是就在咱们家得问过你意见。"

"阿妁，肃清侯府依旧会以嫡女礼制送你出嫁，嫁妆都已备好，就等你回来。"宋恳立即道。

一时在场几人都望着她，等着她做决定。

卫凌上前两步，牵过她的手，没说话，只掌心温热相传。

宋妁只想了一瞬："娘亲，就在这儿出嫁。"

是她宋妁嫁给卫凌，不是肃清侯府的女儿嫁至将军府。

"好，那咱们准备准备开始布置新房。"尤四娘兴奋不已，宋恳虽猜到这个结果但仍是略有失望。

待进了屋，两家父母在厅堂商量着成亲细节，卫凌与宋妁两人只能在旁边听着，插不上什么话，由着他们去弄。

中间听到了"公主府"三字，宋妁问他："我们住到公主府？"

"嗯，那里什么都备好了，从这儿直接到公主府。"

宋妁默默浅笑，不再言语。

用过晚饭，卫凌没走，歇在宋妁屋里。

盛京气候不比南洋，二月份的天还冻得很。

卫凌给她倒了杯热水，顺手将重新灌满水的汤婆子放在她手边，又往炭炉里加了些炭，好一会儿才消停下来。

宋妁靠在床上看着他动作，哑然失笑："这些你让白亦他们去做就是。"

"小事而已，我做着安心。"卫凌接过她手里的杯子放在一边，随后褪了外衣躺在她身旁，将人圈入怀中。

宋妁知晓自己劝不动，转而问："你那些都是什么时候开始准备的？"

"那些"指的是成亲事项与公主府，距知晓她有孕到现在不过一个来月，从那时起送信到盛京铁定办不了这么多事，唯有更早。

卫凌大掌放在她小腹上，漫不经心地答："去南洋前，又或者醒过来后，记不清了。"

宋妁笑："早惦记上了？我要是不答应呢？"

"那我便等到你答应。"

"我一辈子不答应呢？"

608

"那就等一辈子。"

卫凌耐心感受着手掌传过来的动静，觉得有些不满，弯下腰，将耳朵贴在她小腹上。

宋妁还在怔着他前一句话，眼下瞧见他这动作，无奈又好笑："还早着呢。"

才三个月哪能听到什么。

"阿妁你别动，我听到了。"

"听到什么了？"

"听到他喊我父亲。"

"胡扯。"

"真的。"

"好了，你快起来，别压着。"

宋妁碰了碰他的头，他这才依依不舍地坐回原位，重新让她靠在他肩膀上。

"人家都说成婚前男女不能相见，你倒好，直接赖在女方家不走。"

卫凌含笑辩驳："阿妁，我们成过亲了，我现在做的都是合礼法之事，莫要污蔑我。"

"你就仗着你官大没人能说你什么。"

"他们是不能，可你能，你能可劲使唤我。"

宋妁轻声笑了两下，卫凌摸了摸她的头："笑什么？我说错了？"

没说错，自他醒来后，也可说在许久之前，卫凌伏低做小，倒真是事事顺着她，如今更甚，已经开始跟小月白亦抢活干。

卫凌突然叹气："往后不仅有你这个大祖宗，还有个小祖宗，看来我得跟皇帝讨讨价，多加些俸银才行。"

没等宋妁应话，他又自言自语："不对，再多的俸银也比不上阿妁你挣的银子多。"

卫凌好似认真想了一会儿，然后低头去亲她，打着旋地勾缠，亲得宋妁快要喘不过气才松开，无比严肃地说："阿妁，你们娘俩不能抛弃我。"

宋妁后知后觉，"扑哧"笑出来："这是用美色诱惑？"

"我如今剩下的也只有美色了。"卫凌一脸委屈，又蜻蜓点水般碰了碰她尚且嫣红的双唇。

宋妁深深明了卫凌这人要是闹起来能闹一晚，她只好赶紧打住，问道："你这刚回来又要弄成亲的事，朝廷里的政务怎么办？"

"老天知晓我要娶媳妇，没给我找事做，无外忧无内患，国泰民安。"他斜斜笑着，最后正经补了一句，"我明日进一趟宫，把该交代的都交代清楚就成，无碍。"

宋妁放下心，又突地想起另一事："卫凌，我娘亲……"

"给夫人的院子已经备好了，她点头同意的，以后就与我们一起住。"

宋妁惊呆："你这又是何时找的人？我怎么完全不知道？"

"忘记了。"卫凌低头看着她，"我要娶她女儿，怎么的也得给她个交代与保证吧？"

宋妁一时无话，他到底还做了多少她不知道的事啊。

成婚那日，迎亲的轿子、车队从城东绕到城西，整个盛京无人不知无人不晓，宋氏绣坊的老板、曾经的肃清侯府女儿宋妁再次嫁给了卫小郎君，只是这一次，从老百姓嘴中说出来的只有羡慕与祝福，就算提起那些过往也只是惋惜与感叹卫小郎君的多情。

骏马上的摄政王一身喜服，相貌堂堂、丰神俊朗，让人不忍想窥一窥新娘子容颜，可喜轿小窗遮得严严实实，老百姓们伸长了胳膊都见不到人。

未到半日，卫大人"护妻"名号传出。

卫凌在外头晃了一圈，回到公主府后直奔新房去，猛灌了好几杯茶水，差点呛到。

新娘子宋妁给他顺着背："让你直接回来，你偏偏还要逛一圈。"

不错，那喜轿里根本没人，卫凌舍不得让她受这份苦。

卫凌歇过一会儿："阿妁，等会儿的拜天地你若是不想，那咱们就不拜。"

再拜都第三回了，有何好拜，还让她又跪又奉茶的，平白折磨人。

宋妁抿唇微笑，看出他的心思，道："无妨的，我同你一起过去。"

都走到这一步，总不能连拜堂都省了去，而且她还没给娘亲奉过茶呢，今日也算如愿。

她这样说，卫凌自然同意，一套流程下来，公主府各处红烛红灯笼已高高亮起。

前院人声鼎沸，新房里陈芷安、秦奕娴几人凑到一起。

都是嫁了人的妇人，倒没什么好害羞，陈芷安道："这前几月尤为重要，阿妁你要当心些，不该去的地方别去，不该吃的别吃。"

"还有，这时候千万不能同房，你让卫大人忍着，非要也得六七月后。"

这话尤四娘先前已经与她说过，这会儿听完仍是稍许红了脸。

卫凌懂得比她多，有时候他招惹了人，自己来了反应都是默默到净室去解决，从未麻烦过她。

至于该吃什么该注意什么他都细细问过大夫，她每日的吃食都经他手，完全不用她担心。

"嗯，我知晓的。"

秦奕娴也道："是呢，得多注意些，不过我看表嫂你没什么不适症状，当真是羡慕。"

宋姗转向秦奕娴，当年跟着她的小姑娘如今已为人母，瞧着竟是比她还要老到两分。她与芷安见得多，却不能常常见到秦奕娴，现下便拉过秦奕娴的手："奕娴，你日子过得可好？"

秦奕娴当即红了眼眶，说："他们家没人敢欺负我，我好着呢，这一年多来最好，表哥和表嫂终于走到了一起，我比任何人都要开心。"

"傻姑娘。"过去的事不必再多说，宋姗只道，"往后你们可要多多来找我，卫凌这人大惊小怪，非得替我接管绣坊，不许我再日日出门，那我多无趣啊，都没个人说话。"

两人大笑，秦奕娴说："自是没问题，可就怕表哥到时候把我们也赶走。"

"他若是不想进这个房间那就大可试试。"

陈芷安啧啧道："瞧你这恃宠而骄的模样。"

三人说说闹闹，陪着宋姗度过了一段时间。

卫凌回来得早，两人纷纷告别离去。

宋姗接过他脱下来的喜服："客人都走了？"

"嗯，都打发走了。"卫凌懒懒应一句，坐在榻上捏了捏眉心，显然是疲惫至极。

宋姗便绕到他身后，轻轻柔柔地给他捏肩，眼眉含笑："什么打发，有你这么用词的吗？"

"不然呢，我的夫人孩子都在等着我，就他们一句又一句啰唆，胆子大的竟还想敬我酒，呵。"

宋姗靠近了些去闻，脱了外衣的他身上倒是没什么酒味，应是一杯也没碰。

果然，他下一句："我要是喝了酒今晚就不能和你睡，那我不是亏大了。"

宋姗："……"

冬日末，宋妁开始显怀，卫凌却已将接产婆子、奶娘以及一应用具准备齐全，就连齐大夫都被他亲自请了回来。

春日渐逝，孩子在母亲肚子里渐渐有了动静，卫凌每晚都得听上好几回，然后絮絮叨叨跟孩子说话，给他念故事，宋妁反倒被冷落至一旁。

夏日正盛，宋妁临盆在即，卫凌这一月没出过门，宫里的事都搬到家里处置，小皇帝若是有事请教那也得屈尊到公主府来，一个不慎还会被骂得狗血淋头。

整个公主府跟着卫凌都有些紧张与激动，宋妁数落他："多大点事，你放轻松些，孩子都被你吓到了。"

齐大夫说，这时候得让宋妁身心愉悦，不能惹她生气，卫凌谨遵医嘱，正欲逗她开心时宋妁已捂着肚子，攀着他胳膊："卫凌，快，叫产婆！"

饶是做足了准备的卫凌这一刻也慌了，急得不知该是先扶她还是先叫产婆。好在屋子里还有其他人，随后公主府一阵动作，有条不紊地开始接生。

这其中只一件事让人忧心，卫凌不顾尤四娘与端容郡主阻挠，硬是进了产房。

大汗淋漓的宋妁见到他时已经说不出话，唯有接收他手掌传过来的力量，满是安心。

"阿妁，别怕，我在你旁边。"卫凌心疼坏了，红着眼去给她擦汗。

他早听过妇人生产难，却不知是这样难。

不生了，再也不生了，不管是男是女都不生了。

床榻上宋妁艰难"嗯"了声，在产婆的助力下不断使劲。

宋妁胎位正，再加上产婆们经验丰富，接产过程顺利得不行，一个时辰后，产房里响起了孩子洪亮的啼哭声。

众人正高兴着，一产婆惊道："还有一个！"

于是一阵兵荒马乱后，又一道响亮的声音传出。

"恭喜夫人，恭喜大人，是双生，一个男孩一个女孩！"

宋妁亦是惊喜不已，苍白的脸露出笑容，看着孩子，拉了拉还紧紧攥着她手的男人，使了些力气说话："卫凌，是两个，你有儿子和女儿了。"

一侧的人许久没有动静，只是手上的力道越来越重，宋妁只好转头去看他，这么一看吓了她一跳，卫凌一瞬不瞬地望着自己，眼睛红得厉害，脸上隐有泪痕。

宋妁顿了顿，心中感慨，伸了另一只手去给他擦泪："我都没哭你哭什么，我没力气哄你啊。”

卫凌终于有了笑意，起身抱她：“阿鲋，谢谢你，我爱你。”

产房里吵闹得不行，宋鲋心却一下轻了。

好半晌，她才回过神，应：“我也爱你。”

产婆处理完宋鲋，又将产房打理好，小孩子清洗干净，问卫凌要不要看看孩子，谁知卫凌直接挥了挥手：“抱出去吧。”

宋鲋快要睡着，听得他这一句小声笑：“怎么还嫌弃起来了。”

“就他们会折磨人。”卫凌掖了掖被角，在她额上落下一吻，“阿鲋，你好好休息，我去教训他们。”

“嗯。”宋鲋实在太累了。

卫凌和儿子的“仇”大概是两人第一回见面时结下的。

那天出了门，其中一个奶娘将手里的孩子递给他，卫凌看着那张皱巴巴的小脸，心里开出了花，嘴上却不饶人：“真丑。”

端容郡主一旁道：“刚出生的孩子都这样，等长开就好了。”

而卫凌怀里的孩子似乎听到了父亲的嫌弃，“哇”一声哭出来，卫凌顿时手足无措：“好了，好了，别哭了，是我丑，我丑还不行。”

孩子还在哭，卫凌突然想起什么，问奶娘：“这个是儿子还是女儿？”

“这是小少爷，小小姐在那儿呢。”另一个孩子乖乖的，似是睡着了。

卫凌见自己哄不停人，忙把儿子丢还给奶娘，抱过女儿细细看。

这么一看，还是女儿好，又乖又漂亮。

后来，三岁的卫岫（xiu）不知从哪儿听了这回事，告状到宋鲋跟前。小人儿嘟着嘴：“娘亲，岫儿从今天开始不喜欢爹爹了。”

卫岫不知从哪儿跑回来的，额头上都是汗，宋鲋给他擦了擦，柔声问：“怎么了，爹爹欺负你了？”

“哼，爹爹天天欺负我。”

宋鲋知晓他在说什么：“当初是你选的想做大将军，你爹爹才日日盯着你锻炼，那不叫欺负。”

“不是的娘亲，他们说爹爹嫌弃我小时候长得丑！岫儿真生气了！”

宋鲋笑得不行，正要出口安慰，卫凌抱着卫姎（yang）进门来，卫凌不知说了什么，逗得卫姎咯咯笑个不停。

卫姎首先察觉了自己兄长的不对劲，从卫凌怀里下来后便走到卫岫身旁，软软道:"阿兄,你怎么了?"

卫岫小眼睛没有杀伤力地瞪了一眼卫凌,弄得卫凌一脸无辜。宋妞低声在他耳边解释了一番经过,最后正经道:"哄不好今晚别想进屋。"随后朝卫姈招了招手,"姈姈过来娘亲这边。"他们父子俩的事就让他们父子俩去解决。

卫岫性子直,委委屈屈地问了出来:"爹爹,岫儿长得不好看吗?"

两个孩子都继承了父母的容貌,才三岁就已能窥见将来长大定是不凡,跟不好看一点都不沾边。

卫凌将人抱起,让他坐在自己腿上,先问道:"岫儿觉得爹爹好看吗?"

小孩实诚,点了点头。

"岫儿是不是爹爹的儿子?"

卫岫又点头:"是。"

"那我们岫儿怎么会不好看呢,爹爹觉得岫儿是这世上最俊俏的,谁也比不过。"

"可是他们⋯⋯"

想来是哪个下人多嘴的调笑之言,却被孩子听进心里去了。

那下人自是要处理,不过眼下还是先得哄好这个小子,不然今晚不好过。

卫凌正经了几分:"岫儿,爹爹是不是教过你,他人之言不可尽信,凡事得有自己的判断,不能因外人的一句话自乱阵脚。"

卫岫似懂非懂,卫凌继续道:"爹爹喜爱岫儿与喜爱姈姈一样,你们都是爹爹的好孩子。"

"那娘亲呢?"

卫岫突然转个弯,卫凌一怔,看了眼正抱着女儿的妻子,唇边勾起笑,缓缓道:"爹爹最爱娘亲。"

卫姈听见这句话,高兴地举起双手:"姈姈也最爱娘亲!"

"好吧。"卫岫小人突然就不生气了,咧开嘴笑,"岫儿也最爱娘亲!"

卫凌:⋯⋯那我呢?

不被孩子喜爱的卫凌只好晚上缠着宋妞,一遍一遍地问:阿妞最爱谁?

宋妞红唇吐露出娇媚万分的话语:"最爱夫君。"

卫凌不满,又问:"夫君是谁?"

"是卫凌⋯⋯唔⋯⋯域川,域川⋯⋯"

两个孩子三岁生日的时候，卫凌给两人办了场小的生日宴，请的都是近亲好友。府里一下热闹得不行，陈箬的、宋瑜的，再加上陈芷安与秦奕娴的，七八个孩子叽叽喳喳，比菜市场还要闹哄。

萧楚然比卫姎卫岫大上两岁，格外爱黏着卫岫，就如此刻。

"岫儿，这是我娘亲给我做的糖糕，喏，给你吃。"

卫岫站得笔直，看了眼那糖糕，目露不屑，谁三岁了还吃糖啊。

再有，父亲、母亲、外祖母与祖母可以叫他"岫儿"，她不过大了两岁怎么能这样叫！

卫岫十分不满："我不要。"

"你吃嘛，很好吃的。"萧楚然凑近了两步，逼得卫岫后退三步。

"我说了，我不吃！"卫岫抿着唇，小脸皱着，那模样与卫叔叔有两分相似，很是吓人，萧楚然不敢动了，拿着糖糕的手僵在半空中。

一旁卫姎瞧见，主动接过糖糕，朝萧楚然萌萌一笑："楚然姐姐，阿兄不吃，我可以吃吗？我可喜欢吃糖了。"

"可以，可以，我这还有呢，都给你。"萧楚然立即把糖袋子都给她，逃似的跑开。

卫岫瞥见那满满一袋子糖，小大人般叮嘱妹妹："姎姎，娘亲说过，糖吃多了不好。"

"我知道。"卫姎看着自家兄长，"阿兄，你太凶了，楚然姐姐只是好意，你都把人吓跑了，娘亲要是知道肯定得训你。"

卫岫脸色裂开。

不远处亭子里几个大人瞧着这一幅景象，虽没听清说的话，但从三个小孩尚不懂得掩藏的表情上也大概知晓发生了些什么。

陈箬笑道："楚然年纪不大，眼光倒是挺好。"

秦奕娴附和："那可不是，那么多人，偏偏把糖给了岫儿。"

"我看呀，这知根知底的，你们两家不妨来个亲上加亲，成就一桩美事。"

陈芷安听了这话倒是有些意味深长地看了一眼宋姗，只见她盯着外头玩闹的孩子们，目光专注又温和。

"阿姗。"陈芷安唤了一声。

宋姗回眸："嗯？"

临到嘴边陈芷安倒是说不出口了，斟酌一会儿后装作开玩笑说："我倒是不介意与阿姗做亲家。"

宋姒早听见了她们的谈话，眼下笑道："两个孩子若是有缘分那是最好，没有也无妨，难不成做不成亲家，咱们就不来往了？"

"是是是，都看缘分，但望两个孩子有缘吧。"陈芷安应道。

府里闹了一天，傍晚时分回归宁静。

两个孩子累得不行，用完晚饭洗过澡就各自躺在了床上，夫妻俩一人哄一个。

宋姒坐在床边，温柔地给卫岫讲着故事哄睡，等讲完了卫岫却还没睡着，从被子里伸出手来，握着宋姒大拇指，软糯道："娘亲。"

"怎么了？"

"今天宋清表哥说，爹爹是这世上最厉害的人，我好开心啊。"

宋姒摸着他的小脸，眉眼弯弯："宋清表哥还说什么了？"

"他说不仅舅舅要听爹爹的话，皇帝叔叔要听爹爹的话，整个天下都要听爹爹的话，娘亲，表哥说的是真的吗？"

宋姒想了想，对他说："岫儿，没有谁听谁的话这一说法。你爹爹如今还在辅政，做的都是为国为民的好事，舅舅也是为了保护盛京百姓，他们的目的都是一样的。至于皇帝叔叔，等过两年皇帝叔叔长大了，你爹爹就会把天下还给他，到时候爹爹就能有很多时间陪着我们了。"

"真的吗？！"

"嗯，岫儿不是想做个大将军吗？那就好好跟着爹爹和祖父学，将来岫儿一样能保家卫国。"

卫岫捏了捏拳头，气势满满："岫儿要像爹爹一样！"

宋姒亲了亲他的额头："快睡吧，明日还要和爹爹练剑呢。"

"好，娘亲安安。"

宋姒哄睡了人回房，卫凌早坐在榻前，见了她则埋怨道："那小子怎么这么缠人。"

"跟你一个样。"宋姒觑他一眼，自顾喝了口茶，"你儿子夸你了，还以你为榜样呢。"

卫凌自小怎么过来的他自己最清楚，他不会让岫儿成为另一个卫凌。

听见她这么说，卫凌心底十分开心，看来那臭小子还是有些可取之处的。

卫凌放下折子走过来，从背后拥住她，将头埋在她肩膀上，趁机偷了个香才说："今日人多，辛苦你了。"

"不辛苦。"宋姒想起先前陈芷安没说出来的话，与他说，"我瞧着萧

616

家有想和我们家结亲的想法。"

卫凌想了好一会儿才明白"结亲"这两个字的含义，沉声问："你觉得呢？"

"我拒了，两个孩子还那么小，哪懂什么情情爱爱，我可不敢乱给岫儿和姎姎指婚事，不然他们将来得怨我。"

卫凌道："不错，但这事也不好说，说不定还真是一段好姻缘。"

"嗯？"宋姍没料到他居然会这样想，当下不解。

"若是没有当年祖父与老肃清侯的渊源，我又怎么能娶你。"

宋姍低声笑了，这样一说还真是。

他又说："不过，就算不是因那份约定，我最终也会找到你。"

这辈子、下辈子、下下辈子我都会找到你，和你生生世世。

· 番外一 ·

暖春

　　卫岫和卫姎五岁时，夫妻俩带他们去了趟扬州，同行的还有尤四娘。

　　尤佳佳跟着一起回去，当初胆怯躲在兄长身后的女孩已经长成大姑娘，也成为宋姁的左膀右臂，绣坊没她可不行。

　　可这孩子越长大越执拗，尤四娘与扬州舅母三番几次催着要与她说亲，她总有法子推托，因而时至今日亲事都未曾定下。

　　宋姁倒是看得开，夫婿还是要自己挑才能长久，左右不过二十，跟她当年比还小。

　　走走停停一个月路程抵达扬州，两个孩子闹一路，格外兴奋。

　　阳春三月，枝丫抽绿。

　　卫姎趴在车窗看扬州繁华街道，不自觉感慨："要是皇帝哥哥也能跟我们一起出来就好了。"

　　身旁另一个小人一脸严肃纠正她："不是跟你说过多次，那是皇帝叔叔，不是哥哥。"

　　卫姎回头撇撇嘴："知道啦！"

　　宋姁瞧着，眉心微皱。

　　皇帝今年不过十三，还算半个孩子，往常在卫凌管教下修身慎行，克己复礼，年纪轻轻的在朝堂上就令人发怵。

　　唯有遇上卫岫、卫姎时才露出些少年朝气，隔三岔五地就爱宣两兄妹进宫陪着。

　　卫姎活泼乖巧，长得又跟个瓷娃娃似的，若是他心思多些，未来闹上什么事可不好。

　　这事宋姁与卫凌说过，当今上策是分开两人，也早日给皇帝定下未来皇后人选，下策……实在不行只能告之两人关系，皇帝可是两个孩子血脉相连的亲叔叔。

但孩子们还小，未来情况不得而知，但愿只是她多想。

这回带卫岫、卫娤下扬州，宋妁也存了其他心思，外边各地辽阔，除盛京外不仅有扬州，还有充满异域风情的南洋诸国，她希望两个孩子眼界开阔些，不局限于盛京事物，见识多了，心胸也愈加开阔。

卫岫跟他多像，不过才五岁，说一句上知天文下知地理并不为过，从小练剑，真要与白泽白亦论起来许也能打过。

但说到卫娤……宋妁失笑摇头，拉了拉她快要窜出窗外的身子："娤娤，小心些。"

"娘亲不碍事的，父亲在外头呢。"小女孩巧笑嫣然，露出一口洁白牙齿。

卫娤活泼又古灵精怪，但学什么都没什么耐心，昨日还对画画感兴趣，明日就能丢了画笔学琴去，宋妁有些愁。她不要求女儿琴棋书画样样精通，但总得有一项傍身的本领。

今日将军府与她爹能护她，可等她出嫁，等自己与卫凌过世，谁又能护她？

宋妁正胡思乱想，卫岫已然用自己身体挡到窗前，呵斥妹妹："卫娤，危险！"

卫娤虽小但明事理，挪过来抱着宋妁小声抱怨："娘，阿兄好烦。"

宋妁摸摸她的头，温柔道："阿兄是保护你。"

"哼。"

罢了，他们不在还有岫儿，女儿这一生想怎么活就怎么活便是，等她长大自然会有她的归处。

她和卫凌的女儿，能差到哪儿去。

"吁"一声，马车在提前租下的院子门前停下。

卫凌过来撩开车帘，先望了眼宋妁，再看两个孩子，沉稳道："到了。"

"爹爹！"卫娤跑过去扑到卫凌怀中，宋妁便牵着卫岫下马车。

扬州已不是几年前宋妁所见的扬州，街上南洋商铺随处可见，人流如织，繁华程度翻了两番。

这一切得益于新朝新政。

或者说，全靠卫凌。

近年来天下平和，卫凌居安思危，对外勤于练兵护边，对内肃清朝政，眼下既无外患也无内忧，如此一来便有时机发展商贸，与周边许多国家纷纷建立贸易关系，百姓安居乐业，日子一天比一天好。

宋姗视线从热闹街道上收回，移至那抱着孩子的高大背影上。

卫凌这个摄政王一当五六年，每日忙忙碌碌，这会儿才终于得了空歇息，宋姗心疼得不行，但她没有办法，也无法阻止。

手里小人忽然拉了拉她的衣袖，宋姗垂眸："怎么了？"

卫岫软声："娘亲，我饿。"

宋姗失笑，忙吩咐小月让人备饭。

第一日舟车劳顿，孩子们用完晚饭后歇下，没一会儿就呼呼大睡。

宋姗从卫姎房间出来，轻手轻脚关门，一回身，撞上一个坚硬的胸膛。

卫凌把人揽住，低声问："睡下了？"

"嗯。"宋姗笑，"睡得可香，估计今晚不会半夜醒来找娘亲了。"

盛京家里卫姎的房间就在他们卧房附近，小些时候睡一半哭喊得整座院子都能听着，这两年不哭了，直接跑到他们屋子，睡眼蒙眬地爬上床挤到两人中间。

卫凌是敢怒不敢言，明明第二日板起脸来训孩子，可晚上软糯糯的女儿一靠近就什么魂都丢下。

眼下男人扬起笑脸，牵着她回屋："那最好不过，看来以后得让她与岫儿一同练剑，白天累点晚上才不会闹人。"

屋子里小月备好热水，卫凌伺候她更衣："你也累了，今夜好好休息。"

三月的扬州春意盎然，宋姗只穿了件烟霞紫绫罗裙，内里一件素色中衣，卫凌脱下罗裙轻搭在太师椅上，先给她拆发。

宋姗从铜镜里看他："你这一趟来没公务吧？"

身后男人动作一停，几瞬后继续，宋姗便明白了，怨道："不是与孩子说好来扬州是见见他们舅爷还有你师父，你倒好，带孩子只是顺道，怎么，朝廷离了你就运作不行了？"

卫凌手上动作放轻，耐心安抚："司天监测算江南一带今夏恐有水患，早先已下旨各地加固堤坝做好防涝，可这旨意一层层下来到底下还能剩几句，我既来了就四处看看。"

"不碍事，估摸花两日可以，你与孩子先休整两天，等我回来再与你们

620

一同去拜访舅舅、师父。"

宋姽仍是生气："这样的事监察司不会做？怎的非要你？你说说从盛京到扬州这一路你有哪几天歇过？不是剿匪就是升堂断案，姎姎几乎每隔一个时辰就问我她爹去哪儿，我都不知如何答。"

"阿姽……"

宋姽按住他的手，回过头斥："昨夜是不是又一宿没睡？我看以后出门不能让白泽、白亦跟着，都离了盛京还把折子拿过来，算个什么事。"

卫凌躬身，半抱着她的肩膀，哄道："我保证，再给我两日我一定好好陪你们。"

宋姽"哼"了声，自己拆下耳环："用不着，我们母子三人自己逛好了。"

"那可不行，一家四口得整整齐齐的。"

卫凌亲她耳朵，宋姽觉得痒，偏头躲开："走开，我要沐浴。"

"我伺候你。"

宋姽起身往后走，冷声："你要想洗让白亦给你备。"

卫凌看向内室宽大的浴桶，跟着进去，笑道："这时辰都累了，让他们好好休息。"

宋姽瞪一眼斜斜笑的男人，脱了中衣丢过去，不再说什么，随他去。

热水尚热，没一会儿，内室漫出水雾，身影朦胧。

卫凌将人伺候好，又抱上床榻，自己在身边躺下。

随后长臂一伸，将人抱入怀中。

"阿姽，不必担忧我，明年皇帝亲政我就再也不管这些，到时我们寻个隐世山林优哉游哉过日子。"

女人轻声笑："我才不信，这话你说了多少回了。"

"这回是真的。"卫凌低头亲她嫣红的唇瓣，"去不去？"

"不去，岫儿和姎姎还小。"

娘亲和青姨都在，而且绣坊如今越做越大，跟着她的伙计从十几个变成上千，她放不下。

隐世避世畅想得多美好，但还不是他们如今该享受的。

卫凌如今尚且年轻，他该有一番天地让他有所作为，宋姽只是不想他太过劳累，顾重身体才好。

当下说道："卫凌，你能不能应我件事？"

"什么？"

宋姗环上他腰身，耳朵贴着他胸口，强劲有力的心跳声传入耳中："以后每晚回家用饭睡觉，每旬抽个三日出来陪孩子，好不好？到家之后就莫操心差事，放一放不碍事的。"

不过犹豫几瞬，她便要撒手，卫凌立即应下："好，我答应你。"

第二日一早，卫凌陪着卫岫、卫姎用完早饭离开，人刚出客栈，卫姎脸垮了，抱着宋姗委屈兮兮："娘亲……爹爹又走了……"

宋姗安慰："爹爹明晚回来，到时让爹爹哄姎姎和阿兄睡觉。"

"好吧。"

因卫凌有公务，宋姗与尤四娘先带孩子去舅舅家。

尤起跃高中后回扬州当了个小官，而尤佳佳跟着她在盛京赚钱，舅舅与舅母这下算是有权有势，腰板子挺得直直。

这其中一切少不了宋姗与卫凌相助，舅母见到卫岫与卫姎时笑得双眼眯成条缝。

尤四娘与舅舅许久不见，叙旧直直叙了一上午。

午间简单用过饭，宋姗带孩子上街。

卫姎一出门就似脱缰的野马，拦都拦不住。

孩子总是对新事物好奇，见着每样都要摸摸碰碰，碰着不认识的东西就问宋姗，好几回把宋姗难倒。

逛完后到当地茶馆，谭锦玉带着儿子早已在等。

一到扬州，宋姗就让龙邦给谭锦玉去过信，因此才有今日一见。

最初的陌生过后，三个孩子玩到一块儿，宋姗与谭锦玉坐一边喝茶。

宋姗目光落在谭锦玉隆起的小腹上："恭喜你，锦玉。"

"恭喜什么，这又得遭一回罪，你不知我多羡慕你，一次解决两个。"谭锦玉手护在小腹上，好奇地问，"你与卫大人还打算再要吗？"

宋姗看着不远处玩闹的一双儿女，摇摇头："不要了，两个都足够我折腾。"

"端容郡主不催你？"

宋姗再次笑着摇头。

端容郡主这几年倒是变了性子，还有几分讨好她的意味，常日里要是想孙子孙女，还会来公主府住上几日，亲自下厨。

至于"催"这件事更是不可能，宋妠早不是先前那个唯唯诺诺的小媳妇，端容郡主婆母脾气全无。

谭锦玉感慨："你现如今可成了天下人人羡慕的女人，既有自己的事业，又有能干的夫婿，还有一双乖巧可爱的儿女，家宅安宁，往后啊这荣华富贵是享不尽了。"

宋妠笑笑，抬起茶盏抿了口。

如今外人看起来欣欣向荣的一切也不是天下掉下来的，她和卫凌重新走到一起前历经多少磨难，绣坊能有今日繁华，她私底下操过多少心，而卫凌呢，她昨晚差点与他吵起来。

"荣华富贵"四字说起来简单，做起来多难。

与谭锦玉聊到日暮，晚饭在外面酒楼用的。

尤四娘常给两个孩子做扬州菜，卫岫吃几口直拧眉，评价味道不如尤四娘的手艺。

累了一天的孩子回房后倒头就睡。

宋妠与尤四娘说了会儿话，娘亲三十年来第一回回来，说着说着眼眶红透，宋妠便与她约定明日去祭拜外祖父外祖母。

尤四娘一走，厅堂里安静下来，屋外虫鸣声响亮。宋妠坐了会儿，等到茶凉，唤来白亦，清口问："你家大人今晚在哪歇息？"

白亦恭敬回："夫人，大人今日去了隔壁武县，晚上在官驿留宿，第二日一早出发藤镇，下午赶回扬州。"

"没事吧？"

"夫人无须担心，当地官员皆按旨意办事，大人只是走个过场。"

宋妠颔首："知道了，回去歇下吧。"

"是。"

晚风清凉，宋妠没什么睡意。

临时布置的卧房也无她常看的本子和绣坊账册，无趣极了，若是卫凌在还能与他说说话，这会儿闲得实在没事做。

约莫凌晨睡去，第二日一早被卫姎闹醒，一家人收拾齐整去祭拜。

孩子们似是郊外出游，一路欢欣鼓舞，尤四娘沉重的心绪被孩子治愈，难过隐去些。

回来时路过一座寺庙，香火旺盛，一家人进去求了几个平安符。

晚上回家落日西斜，用完饭卫姎少见地与宋姄待在院子里，她还惦记着卫凌："娘亲，爹爹什么时候回来？"

宋姄一时没法回答这个问题："娘亲也不知晓，姎姎若是累了娘亲抱你去睡好不好？"

"不要，我要等爹爹。"说完，她去找乖乖一边看书的卫岫，"阿兄，你在看什么呀？"

卫岫瞥了她两眼，把手里的书合上给她看。卫姎念出来："《续玄怪录》，阿兄，这是什么？"

卫岫回答："志怪故事合集，要我跟你说说吗？"

卫姎表情变了变，害怕又好奇，卫岫耐心等她，等了会儿，卫姎小心翼翼问："阿兄，你讲，但是不能吓姎姎。"

"行。"

两个孩子便凑一起小声讲起故事来，宋姄与尤四娘看着，脸上笑意深深。

可不过才说一半，女孩被吓到，一下扑进宋姄怀里："呜呜，娘亲，阿兄故意的！"

宋姄含笑安抚："别怕，只是民间传说而已。"

卫岫一副看透妹妹的模样，继续看他的书去。

来这么一出，卫姎晚上不敢一个人睡了，洗完澡后直接爬上宋姄的床："娘亲，爹爹怎么还不回来啊？"

先前白亦已经来禀过，卫凌临时有事绊住，得晚些回来。

宋姄轻轻拍着她的背："爹爹还在忙，姎姎先睡。"

卫姎嘟着嘴巴："爹爹是大骗子，说好要回来给姎姎讲故事的！"

宋姄只好帮卫凌解释几句，不然他回来难办。

"娘亲给姎姎讲不行吗？"

"行的。"卫姎瘪嘴，"但姎姎想爹爹。"

"姎姎睡一觉起来就能见到爹爹了。"

"当真？"

"当真。"

"那好吧，姎姎睡了，娘亲安安。"

卫姎刚睡下，房门传来动静，男人披着寒风进屋。

宋姝正要起身，卫凌已经迎过来，轻声说："阿姝，我回来了。"

"你……"男人俯身即亲她额头，截断即将出口的话。

亲完，一转眼，看见宋姝身侧不知何时醒来的小女孩，滴溜着大眼睛望着两人。好半晌，卫姎咧开嘴："呀，爹爹和娘亲羞羞。"

卫凌温柔一笑，也弯腰亲了亲卫姎："这么晚还不睡？"

一说起这个，卫姎就生气："爹爹骗人！"

"爹爹的错，爹爹去洗洗再来陪姎姎睡好不好？"

"好吧，姎姎原谅爹爹。"

卫凌洗漱完回来，哄小女孩哄了小半个时辰才让人睡着。

哄完下床，换到外侧躺在宋姝身边，抱过人，悄声说话："这两日辛苦你，没什么事吧？"

"昨日去了趟舅舅家，午后又见了锦玉，今日去郊外看了看外祖父外祖母，无事，就是姎姎老念着你。"

男人唇角勾起："就姎姎念着我？你呢，想不想我？"

"才两日，不想。"

卫凌靠近她耳后，低语："可我想你。"

宋姝推开："别乱动，孩子还在呢。"

"无碍，睡着了。"

说完他又要亲过来，宋姝沉声："卫凌！"

卫凌浅浅笑，不再逗她，解释："本来今日应从藤镇回来，临走时查账发现几处漏洞，多待了会儿。"

"都处理好了？"

"嗯，当地知府贪公饷，就地革职，不日朝廷会派人清查。"

宋姝抚了抚他眉心："你让白泽留下处理不好了？"

"不放心。"

宋姝沉默，翻过身抱他："睡吧。"

"嗯。"

昨夜睡得不好，今夜他回来了，宋姝一觉到天亮，醒来时身边空无一人。

一到正厅，卫姎含笑跑过来："娘亲你醒啦。"

宋姝应了声，把人抱起。

"爹爹让我不要吵娘亲睡觉。"小姑娘对着她耳朵小声道，"娘亲羞羞，睡觉还要爹爹抱，姎姎这么大都不用爹爹抱了呢。"

宋妠脸一红，往院子里练功的父子俩看去。

朝日叠叠，光影逐树横斜，卫凌教导声伴着鸟鸣格外清晰。

没一会儿，对方似是注意到屋内，回首微笑："醒了？"

宋妠抱着女儿出去，走到旁边："岫儿吃早饭没？"

卫姎大声答："我们都吃过啦，只有娘亲大懒虫赖床。"

宋妠脸上红晕更甚，拍了拍卫姎的脑袋瓜："乱说。"

"嘿嘿嘿，娘亲就是大懒虫。"

卫凌则是看着脸色越发红润的妻子，唇边笑意愈浓："姎姎，不许打趣娘亲。"

卫姎做了个鬼脸，笑得开心，一脸蒙的卫岫站在卫凌身边，没明白当下状况："爹爹，发生什么事了？"

宋妠及时捂住女儿的嘴："……无事。"

卫姎嘻嘻笑起。

一家人吵吵闹闹，气氛宜然。

一阵春风吹过绽放的桃花，花瓣翩舞，飘落满地红。

几只雀儿不知是被孩子闹烦还是被春风惊扰，振翅飞翔。

"阿妠。"

"嗯？"

"来，我们陪你用早膳。"

扬州三月。

繁花似锦、年年今日。

·番外二·
梦境

清晨空气凉薄，微风轻拂，卫凌站在熟悉的院子里，脑子发蒙。

他在南洋受了重伤，昏了半个月最终没救过来。

他记得很清楚，彻底失去意识前耳边是胡大夫、乌起隆的沉沉叹息与没出息的白亦的啜泣声。

可再一睁眼，他重新站在了琉璎轩后院中，怎会如此？

卫凌抬眼看了看，四周皆被红灯笼、红幔装饰，他分不清这是什么时候，是过年还是……

他心里陡然升起些不该有的期盼。

是梦吧，梦里回到了与阿姒成婚那一日。

卫凌苦涩一笑，老天待他不薄，死之前竟还能再见一见阿姒。

他去过扬州，到了南洋，在暮暮朝朝的思念、日复一日的悔恨中，终于明白她在自己心中的分量。

可惜他再也回不去。

他死了的消息传回盛京，阿姒会为他难过吗？她会为自己掉泪吗？

风扬起的灰尘迷了双眼，卫凌眼眶通红。

不会的，她离开时头也没回，那封她亲自写的和离书字字决绝。

也好，用一场梦结束这一生。

"夫君。"

身后一声含娇带羞的"夫君"惊醒了卫凌。

是了，这是他们成婚的第一日，他要与阿姒一同去银安堂奉茶，那时候她还会唤自己"夫君"，连看他一眼都带着娇怯。

卫凌整理思绪，回过身，走到她身旁，忍下心中澎湃，自然地牵过她的小手，温和问："昨晚睡得好吗？琉璎轩住得可还习惯？"

宋姗想起昨晚，脸腾地烧红，他掌心同昨晚一样烫人，将她牵得紧紧。

她垂下头，小声道："我很好。"

"好，我们一起去银安堂。"

他配合着她的步伐，一步一步慢慢走着，宋姗望着他宽阔的肩膀，樱唇偷偷扬起。

长姐说得不错，卫小郎君是个可托付之人。

从院门便可瞥见银安堂黑压压坐了好些人，宋姗一个都不认识。小娘说将军府比肃清侯府要大，那镇国大将军与端容郡主甚至是父亲惹不起的人，小娘千叮咛万嘱咐让她行事谨慎些，不要惹了婆母不开心。

她越走越慢，最后在门口一侧停下了脚步。

卫凌察觉她的动作，手里握着的掌心沁出薄汗，往上看，她清艳的脸上虽强装着镇定，但眼底却依然泄露出来些许紧张。

卫凌心里顿时酸涩不已。

他上前两步，将人拥进怀中，手掌轻轻抚着她的后脑："莫怕，我在。"

宋姗仰起脸，有了勇气："嗯，我不怕。"

卫凌牵着她进门，堂里众人一见着两人纷纷安静下来。

没人见过宋姗，昨日迎亲时喜帕全程盖着，无人知晓宋家这个庶女竟如此绝艳，就连端容郡主都怔了好一会儿。

奉茶的礼尤四娘教过宋姗，因而这会儿她站定后眼睛没敢四处张望，只柔声朝主位问候："父亲，母亲。"

端容郡主身后的秋嬷嬷回过神，将早就备好的茶水送到小夫妻跟前，宋姗先接过茶："父亲，请用茶。"随后是端容郡主，"母亲，请用茶。"

端容郡主睨了一眼，接过茶水抿一口，冷淡说道："往后你便好好伺候着域川，莫要惹什么闲事，两口子好好过日子。"

宋姗心里颤了颤，这个端容郡主果然如外人所道般，不好相处。

她正欲说话，却突地听见旁边人开口："母亲不必担心，阿姗是我明媒正娶的妻子，我们自会好好的。"

端容郡主放茶碗的手顿住，诧异看向卫凌，她这儿子平日里冷心冷情的，怎么今日还会维护人了？难不成娶了媳妇就变了个性子？

卫钰君同样如此认为，自家兄长那张脸就跟别人欠了他几千两银子一样，今日倒是和颜悦色，看着身旁人的眼神温柔得能滴出水来，母亲不过轻轻说了一句，他就急不可耐地反驳，与常日一点都不一样。

卫钰君视线移至宋姗身上，同样身为女子，她不得不承认这嫂子……确实长得好。

她思忖一会儿，出声问："听闻二嫂嫂的小娘是扬州人士？"

宋姗身子一僵，看向说话之人，是个清清秀秀的小姑娘，想来是卫凌的妹妹，卫钰君。

她虽未觉得小娘身份有何不齿，可这个三妹妹在这样大庭广众下，问的第一句话竟是这个，是有为难之意。

宋姗还未来得及说话，卫凌抢先在她面前警告了一句："钰君！"

银安堂里瞬间寂静，气氛微妙，大家都发觉了今日卫凌的不对劲，卫钰君不敢再多说什么，恨恨收回眼。

他接而道："母亲，大嫂，今后有关儿子与琉璎轩的事直接寻阿姗便可，她全权做决定。"

陈箬还怔着："……好。"

宋姗心中被填满，前路好似也没那么难了。

她拉了拉他的衣袖，轻唤一声："夫君。"

卫凌回头："怎么了？"

"我备了些小礼物，想送给母亲与大嫂她们。"

得到他的应允后，宋姗喜上眉梢，连忙将挽翠叫进来，亲自拿过那香囊和帕子，甜甜笑道："母亲，这是我亲手绣的，喜鹊寓意吉祥，望您平安顺遂，吉祥如意。"

端容郡主仍是冷着脸，但她不会当场拂了宋姗的面子，应一声后让秋嬷嬷收下。

随后是卫钰君，宋姗走到她跟前："三妹妹，听说你喜爱兰花，我便在香囊上绣了几株翡翠兰。"说着牵过她的手，将小香囊放在她手心，"你看看喜不喜欢，若是不喜翡翠兰那嫂嫂再给你绣其他的。"

卫钰君脸红了一阵，快速将手收回，捏着那香囊："不，不用了，我不爱佩香囊。"

宋姗微笑："那下次换你喜欢的。"

"……嗯。"

将军府人不多，小辈也就一个刚出生不久的袖礼，宋姗每个人都照顾到，母亲和大嫂还给她回了礼，她很开心，最后离开银安堂时脚步轻快。

今日天气真好，阳光洒在身上暖暖的，未嫁前的阴霾都一消而散。

两人回了琉璎轩，宋姒停在书房门口，大着胆子问他："夫君你平日都做些什么，我能不能来找你呀？"

怕他不喜，宋姒又急忙道："我的意思是……你若不方便，那我还是在后院等你。"

眼前人一脸窘迫又着急解释的样子，卫凌摸了摸她的头，轻笑道："可以，你随时都可以来找我。"

"嗯！"宋姒开心了，"那夫君你去忙吧。"

后半日，宋姒休整一会儿，清点完从肃清侯府带来的嫁妆就没了什么事做。

一闲下来，卫凌就从她脑海中跳出，怎么都散不去。

她多少听过卫小郎君的名号，长姐亦是常常在她跟前提起，直到昨日她心底还是害怕的，怕他会不喜欢自己。

可今日发生的种种都在告诉自己，他在护着她。

宋姒一颗心怦怦跳，有只小鹿在乱撞。

这种情绪太陌生，宋姒坐不住，便到小厨房去捣鼓。

终于熬到傍晚，主仆俩带着甜汤出门。

而另一头，卫凌终于察觉不对，这个梦太真实，他在书房里待了半日，每一时刻都分外清晰。

他叫来白亦："白亦，你打我两下。"

"啊？"

卫凌厉眼扫去，白亦在一片战战兢兢中用力捶了他两下。

是痛的，如同先前抱着她一样，是温暖的。

他渐渐意识到，他大概不是在做梦，而是又活了一回。

白亦越看越傻："郎君，您没事吧？"

怎的突然让他打他，还自己笑出声呢？真是奇怪。

卫凌敛了神色，眼角却依旧藏着笑意："我没事，出去吧。"

没一会儿，白亦再次进来："郎君，夫人来了。"

"嗯，以后不必再通禀，直接让她进来。"

"是。"

宋姒第一回进他书房，小眼没忍住滴溜溜转了一圈，这里好大，比父亲的书房还要大，还带有内间和净室，可以直接在这里歇息，十分方便。

挽翠将提盒放在桌子上便退了出去，卫凌朝四处张望的人招了招手："阿姒，过来。"

宋姒走到了书案跟前，又听见他说："到我这里来。"

可书案后只有一张椅子，宋姒正琢磨是要站着还是坐回去，猝不及防被他一拉，身子一倾跌入他的怀抱中。

她一时尴尬，想要起身。

"别动。"卫凌按住了人。

卫凌身形高大，这样一坐，两人平行相对，宋姒耳朵渐渐泛粉，在他越来越烫的视线中败下阵，只好看向还放在外头桌子上的甜汤，轻声道："夫君，我给你备了甜汤，你要不先用些。"

"等会儿再用。"卫凌靠近去，伸手碰了碰她红得几乎透明的小耳朵，又热又软。

他再度确认，这不是梦，眼前人是鲜活的。

"夫君你怎么了？"宋姒感受到了他的轻微颤抖。

"我没事。"卫凌冷静下来，摩挲着她娇嫩的脸，忽然说了一句，"阿姒今日给母亲她们都备了礼。"

"嗯，都是我自己绣的。"宋姒不知想起什么，小心道，"我没什么贵重的东西，罗姨说我绣得很好，我便想着……"

卫凌打断她："很好，她们很喜欢。"

他也很喜欢。

宋姒立刻高兴起来："嗯，那我以后多绣一点。"

"绣给谁？"

"绣给娘亲、大嫂还有三妹妹呀。"

身后人许久没应话，宋姒转头去看，瞥见他俊朗的脸上好似有些失落，她只愣了一会儿就明白，扬起笑脸补充道："自然也少不了夫君的。"

"好，谢谢阿姒。"卫凌满意了，唇角勾起，指着书案前的几本册子，道，"你早上不是问我在做些什么吗？都在里面了。"

宋姒确实好奇，她问过人，可外人都不知卫小郎君在做些什么，就连父亲与大哥都说不出个所以然来，异常神秘。

可他现在愿意与她说，她有些惊喜，回过头，眼眸含笑："我能知道吗？"

"当然，我们是夫妻，我的事就是你的事，我不会再瞒着你。"他道。

宋姒便倾下身，拿过一本册子看，越看，心越惊。

"夫君，这……"上面记着的都是些刀口舐血的活，是宋姒从未触及过的地方。

"阿姒，我之前做的都不是什么好事，还要常常离开盛京，十天半月才能回来一趟。"卫凌语气沉了沉，"是我对不住你，以后不会了。"

宋姒蒙了，他哪有对不住她，她怎么有些听不懂？

不过她眼下在意的不是这个，这些事都太危险了，她想劝可又不知该以什么身份劝，这才是他们成婚第一天，她说太多会不会不好？

一番纠结，宋姒只垂眸道："你以后注意些，别受伤了。"

背后忽然传来一阵闷笑，接着她的腰肢被箍住，惊得她手里的册子掉在地上，"啪"一声回荡在寂静书房中。

"夫君……"宋姒声音小得不能再小，头越垂越下。

卫凌却不让，从她纤腰上抽出一只手，捏着她的下颌，让她看向自己，语气欣喜："阿姒，你在担心我吗？"

"嗯，你是我夫君，我不担心你……"

后半句直接被他吞入腹中。

两人分开时，宋姒一张脸红得不像样，只好埋在他肩膀上，不敢见人。

卫凌侧过头，似是早做了决定般道："阿姒，我有件事情与你说。"

"什么？"

"我身子不好，暂且不便有孩子，因而在未恢复前我不会再与你同房。"卫凌抱紧了人，"你莫要多想，母亲那边我自会去说。"

"不会很久，我明日陪你回门后进宫一趟，把能推的事都推了，好好休养一阵就好。"

不能再不怜惜自己，师父给的药好好吃，好不容易重来一回，他想要和阿姒好好的。

宋姒体贴地给他盛了甜汤："我下午做的，你尝尝看。"

卫凌刚坐下的身子一僵，端起碗很快吃完，又将提盒里剩下的都倒出来，宋姒拦下："等会儿还要用饭呢，别吃这么多。"

"无妨，好吃。"

再多他也能吃完。

宋姒说得没错，晚上在银安堂里卫凌没吃几口，端容郡主连着问了两遍："域川，可是胃口不好？"

"不是。"

"那是娘亲这里的饭不好吃？"

"不是。"

宋妧偷偷笑，都说了让他不要吃那么多了，他偏要吃。

卫凌瞄见她笑，从桌下探过去握住她放在膝上的一只手，狠狠捏了一下。

宋妧瞬间敛起笑容，趁着人不注意软软瞪他，人这么多做什么呢！

他装作没看见，全程没松开，直到用完饭还是紧紧攥着。

一顿饭还算愉快，端容郡主问了她几句，卫钰君也没再为难她。

离开前端容郡主对她说："阿妧，明日便是你们归宁的日子，给亲家的归宁礼阿箸已经备好，你们直接去库房领就行。"

"是，多谢母亲。"

出门时夜色已浓，月朗星稀，晚风舒爽，小夫妻手牵着手慢慢走着。

"阿妧，下午的事我还没说完，你想不想听个故事？"

宋妧轻轻点头。

卫凌说了许多，从小时候说到现在，那些从未说出过的话与埋在心底的事统统都告诉了她。

两人转了一圈又一圈，宋妧惊了一回又一回。

直到站在书房旁边那间上了锁的厢房里，看着一屋子的灯笼，宋妧忍不住捂上嘴巴："你……"

卫凌提起未做完的一只灯笼，像是对她说又像是自言自语："我如今已无须再进这间屋子，也不必再做这些。"

"为何？"宋妧不由得问。

卫凌望着她，语气坚定："因为我找到光了。"

宋妧还没听明白他这一句，又听得他说：

"阿妧，这就是我的全部，你还愿意要我吗？"

卫凌没有碰她，两人梳洗过后躺在床上，卫凌轻轻一拢，宋妧便小鸟依人般窝到他怀里。

今日听闻的事情实在太多，宋妧现在还没能缓过神。

他不仅说了他小时候，还告诉了她，他与长姐的事，让她不安的心定下来，彻底打消了她心底的顾虑。

只是宋妧一想到明日要回门，心里就闷得慌。

"夫君，你睡了吗？"

清澈的嗓音从头顶传来："还没，睡不着吗？"

"嗯。"

宋姈一抬眼，看见他上下滑动的喉结，她一时好奇，伸手摸了摸。

谁料拥着她的人一个轻颤，立马按下她不安分的小手，眼神暗了两分："不能乱碰。"

"为什么？这里怎么了吗？"

卫凌："……"

"总之现在不能碰。"卫凌声音嘶哑，将她的手放在腰间，"明日回门的事不必担忧，我在。"

"你怎么知道我在想这个？"

她确实有些担心，谭慧之因为长姐的事心里对她们母女俩有诸多埋怨，昨日出嫁时肃清侯府的气氛就不大好，明日是个什么状况真不好说。

不过，她更加挂虑的是小娘。父亲因着谭慧之的管教从不敢多去她们院子，连着下人都是诸般轻视。小娘这么多年好不容易拉扯着她长大，她如今嫁了出去，小娘却只身一人在侯府里，日子要如何过下去。

她好想小娘啊，往常这会儿她若是睡不着，都是小娘在她身边陪着哄着的。小娘现下睡了吗？她会不会也在想自己？

宋姈想着想着就红了眼眶，没忍住，吸了吸鼻子，金豆子随之掉落。

她这一番动作吓了卫凌一跳，他心里慌得不行，一边伸手给她擦泪一边焦急问："怎么了？"

"夫君，我好想小娘……"宋姈呜咽着应他，随后哭得更加厉害。她有了卫凌，可是小娘谁也没有。

卫凌轻轻拍着她的背部，无声安慰，直到怀里的人声音渐渐小下来，像只猫一样，香娇玉嫩惹人心疼。

宋姈哭过一阵，就着他送过来的衣袖擦了擦哭花的脸，含了春水般纯净的一双眼睛看向他，声音软糯："夫君，我好了。"

卫凌哑然失笑，他倒是从不知阿姈这样可爱，伤心完了还告诉自己一声。

他俯身亲她的眼角："你再哭我就不好了。"

宋姈破涕而笑，抱了抱他，有些遗憾道："母亲肯定不会让小娘到前院去的，明日也不知能不能见到她。"

"能的，我与你一同去。"

"当真？"宋姈眼里瞬间迸出光，一点也不见方才哭泣的楚楚可怜样。

卫凌沉默片刻，他原想将尤四娘单独接出来在外头住，可又想着现在的他还什么都没有，不能操之过急，便说："往后你若是想回去了就尽管回去，不用顾忌母亲与将军府，我得空也会陪着你。"

宋姒自然高兴，不过她还是担忧："夫君，你对我这样好，母亲那边会不会有意见，外人……"

"我在一日，你便不用去忧心那些。"卫凌接着道，"阿姒，你有没有想要做的事情？比如开个绣坊，你绣艺那样好，不该浪费。"

他希望她能做自己喜欢的事情，三年后那个宋姒有多恣意没人比他更清楚，她会有自己的一番天地，在他不在的时候也会有依靠。

宋姒哪想过这个问题，他这么一问让她愣了好一会儿。

开绣坊？她能做吗？

她不由得想起相熟的布坊老板的话，他说每回她的绣品一摆上去，不到一刻就会被抢空，为此还有妇人专门高价预订，很是畅销。

若是她自己开绣坊……白日里盘点嫁妆时她便发现肃清侯府还给了她几间铺子，其中一间就是布坊。

她心思飘得远了，然而不到一瞬又被拉回来，她活了十七年，哪经营过铺子啊，而且自己现在还是将军府的儿媳，端容郡主不会让她出去抛头露面的。

宋姒原本充满期待的双眼黯淡下来，手指绕着他胸前的襟带，默默不言。

卫凌察觉，温和开口："等明日回门过后，你去问问大嫂，咱们家中有些产业，你可以先接触接触，大嫂性子和顺，她不会为难你的，等你熟悉之后再做自己想做的事情。"

这样一想确实也可，先慢慢来。

宋姒笑意盈盈："嗯，那我后日去找大嫂！"

小姑娘一高兴就忘了事，凑上前去亲他下巴："谢谢夫君，你真好。"

他忍下亲她的冲动，只将人抱得更紧，低声道："睡吧。"

第二日一切准备妥当，抵达肃清侯府时尚早，与将军府的隆重回礼不同，肃清侯府门口冷清，只一个老嬷嬷守着，见到小夫妻后才慢悠悠进门去通报。

卫凌脸色眼见地沉下来："白亦！"

"郎君。"白亦上前。

卫凌语气凌厉："你去，将肃清侯请出来。"

"是。"

宋姗第一回见他这样，跟前两日那个温柔体贴的卫凌一点不一样，她心里又暖又害怕，轻拉了拉他的衣袖："夫君，父亲母亲许早就在里面等着了，我们进去吧。"

什么早等着，宋姗自己都不信，当初谭慧之就不赞成这门婚事，若不是老太太与父亲坚持，她哪会点头同意，今日怕是想给自己一些难堪。

宋姗早料到，而且这么多年都这样过来，倒也没什么失望。

她只担心……宋姗悄悄瞄了一眼身边人，他双唇紧抿，身上散发出些寒气，让她摸不透。

虽说卫凌这两日对她极好，可他会不会因此也同谭慧之她们那些人一样轻看她？外人嘴里的话难听得很，他会不会轻易相信？

卫凌没应她，宋姗只好又低声喊了句："夫君……"

卫凌侧过身，压下心底那些愤怒，缓和道："阿姗，你如今是将军府的二少夫人，是我卫凌的妻子，不再是肃清侯府的庶女，你要时刻记得这一点，知道没？"

宋姗怔怔点头，好半晌只应一句："知道了。"

没过多久，宋恳与宋瑜亲自迎出来，不见谭慧之。

宋恳对这个女婿是相当满意，这会儿没有谭慧之在，脸上和煦万分："域川与阿姗回来了，快快进来，老太太等着呢。"

卫凌冷着脸见礼："岳父，大哥。"

宋姗跟在他后面喊人："父亲，大哥。"

几人进了前厅，谭慧之依旧不在，只老太太与在她身后服侍的大嫂姜氏。

老太太因为宋璇这事忧心不少，一下子苍老许多。

宋姗走到跟前去，让挽翠拿出备好的回礼："祖母，郡主记挂您，特地让我给您带了小礼问候。"

老太太是个明事理的，虽说没有多喜欢宋姗，但也从不苛待，有时还会对谭慧之说两句，维护他们母女，宋姗很是感念这一份恩情。

卫凌也跟着她一起："老太太，母亲的心意就是孙婿的心意，愿您健康如意。"

"你们小两口有心了，先坐下来喝口茶歇歇。"

两人坐定，宋恳解释："阿姗，你母亲她这两日受了风寒，怕过病气给你们就没出门，你莫见怪，她心里一直惦记着你呢。"

宋姗如同以往一样恬静微笑："这两日风凉，母亲是得多加注意些，女儿一切都好，让母亲不必挂心。"

"哎，那便好。"宋恩也没多担心，阿姐与阿璇不同，从小没给自己惹过什么麻烦，最是乖巧听话。

卫凌却不满了，冷了冷脸："夫人病得可严重？正巧给长公主瞧病的大夫还在，不若让他来给夫人看看。"

宋恩一噎，这哪行啊，赶忙道："无碍无碍，就是小风寒，过两日就能好。"

"既如此，那我与阿姐还是得去拜见夫人，阿姐能在肃清侯府快乐无忧地长大，多亏了夫人相护，小婿十分感激。"

这……屋内几人脸色各异，也不知这卫小郎君的话是真心还是有意为之。

一片寂静中宋瑜先开了口："域川有这份心母亲定是开心的，只是这风寒易传人，母亲特地交代，等哪日身子好了再与阿姐好好叙话。"

"呵。"卫凌毫不掩饰地勾唇冷笑，一双眼睛阴暗不明，属实骇人，宋恩与宋瑜皆僵在原地，不知如何回话，就连老太太都深深叹了口气。

宋姐哪还看不懂，卫凌这是为她鸣不平呢，从小到大她哪见过父亲与大哥受过这份气。

她心里酸得不行，那是她亲生父亲啊，可竟比不过一个才嫁了两日的男人。

宋姐敛了神色，没让气氛再冷下去，凑近他小声说："夫君，你不是说要和我去看小娘吗？"

卫凌点头，然后在众目睽睽之下握住她的手，朝着几人道："往后阿姐就由我护着，断不能让人欺负了她去，岳父大人您说是吧？"

宋恩尴尬地笑笑："是是是，贤婿说得不错。"

"我先与阿姐去一趟栖院，晚些再过来。"卫凌牵着她站起身，不是问询而是直接说了那么一句，仿佛他们同不同意无关紧要。

"这……"宋恩犹豫几瞬，待对上卫凌让人不寒而栗的视线，顿时应和，"快去吧，四娘应也想见见阿姐的。"

两人告别离开，前厅里老太太重重杵了下拐杖，愤愤看向自个儿儿子："看你娶的什么媳妇！阿姐好歹也是咱们肃清侯府的女儿，她这嫡母回门之日避而不见是什么意思？这事要是传到将军府，伤了两家和气你说怎么办？"

宋恩早上被谭慧之好一阵数落，方才又被才弱冠的女婿压一头，眼下还得应付老母亲，实在头疼，却也没有办法，只能为谭慧之辩解两句。

安抚好老太太，宋恩亲自将人送出门口，屋子里只剩父子两人。

宋瑜实在不解，问："父亲，这卫小郎君到底是做什么的？怎么年纪轻轻却如此令人莫测？"

宋瑜已进了禁军，现在是个小统领，平日里做得最多的便是操练，有时还会审问犯人，可他自问，没有官职的卫凌比他，甚至比那些他见过的大臣还要气势凛人。

不仅宋瑜，宋恳亦是震惊不已，将军府家大业大，祖上几辈都是保家卫国的将士，如今卫海奉更是获封镇国大将军，不管那卫小郎君是个什么人，都是他们高攀。

他原以为卫小郎君只是如同外界传闻般自小聪慧、才貌双绝，谁料今日第一回交谈，直让人有所改观，哪止聪慧，他这女婿，竟比那凶神恶煞的大将军还要震慑人。

宋恳摇头又点头，望着门外叹道："不论他是个什么人，只要他能真心待阿妁就成。"

而另一头，宋妁拉着卫凌在栖院门口停下，嘴张了张，欲言又止。

卫凌早没了先前在前厅的气焰，温声问："怎么不走了？"

宋妁看着他，还是柔声叮嘱："夫君，你等会儿不能再那么凶了，我小娘会害怕的。"

卫凌笑得不行："吓到你了？"

"没有，我才不怕呢。"宋妁"哼"了一声。

卫凌兴起，捏着她肉嘟嘟的小脸："嗯，不怕，我又不会吃了你。"

宋妁不知想到什么，脸一下通红，拿掉他的手，转身跑进院子。

晌午时，卫凌提议在栖院用饭，宋妁与尤四娘都觉得异常不妥，可卫凌坚持，两人都没有办法。

用完饭后，夫妻俩陪着尤四娘说了会儿话，卫凌问："夫人，父亲可是扬州尤通判？"

尤四娘很是惊讶："是，为何突然提起这个？"

卫凌估摸着时间，这会儿那事应还没发生，倒也不必这时候着急提醒，眼下只道："听闻扬州风景绝佳，若是夫人便利，我们不若一同去一趟。"

宋妁和尤四娘惊呆，扬州哪是说去就能去的。

"一来一回也就小半年，届时我与岳父说一声便可。"

宋妁直到离开肃清侯府仍是惊讶，在马车上再次与他确认："你莫不是开玩笑？"

"不是，只是我后面估计要忙一阵，等来年春天我们就出发。"卫凌坚定道。

宋姁一时不知该说些什么了，眼眶微热。

去扬州是她们母女俩想都不敢想的事情。

"夫君……"宋姁正欲开口，马车"吁"一声急促停下，宋姁一个不慎就要往前摔去，好在卫凌眼疾手快扶住人。

他朝外厉喝："何事！"

白亦还未来得及回答，马车车帘被挑起，跳进来一个张扬少年，开口即道："叨扰贵人。"一边说着一边矮了身子，双眼滴溜往外探去。

卫凌只一眼，急忙将好奇探头的人往他怀里按，隔断她的视线，随后咬牙切齿："萧珩壹！"

这时候的萧珩壹十六七岁，正是任情恣性的时候，待听得马车里的人直接喊出他的名字，怔愣一瞬，往卫凌看去。

这一看是吓一跳，那人俊俏异常的脸上却眼神凶狠，直勾勾瞪着他，让他心里打了个寒战。

今日父亲又抓他练功，可他明明已经昼夜不歇地跟着家里的武夫子练了大半月，浑身哪儿哪儿都不得劲，今天是真的想躲会懒，谁料父亲还派家丁追了出来，他一时情急，躲进了别人的马车。

不过眼前人他并不识得，他怎会知晓自己叫什么名字？再瞧那人怀里还有个受了惊吓的小娇娘，萧珩壹自知理亏，偷偷瞥了眼外头才转向卫凌，拱手道歉："贵人见谅，实在是外头有人追杀，我这迫不得已才闯进来。"

卫凌伸手挑开车窗一角，外头果然十几人闪过，他轻声"哼"："萧二公子还有人追杀？"

十几个家丁的脚步声渐远，萧珩壹没注意听他这略带讽刺的一句话，大口呼气，可算是过去了。

他一转眼，对上卫凌仍旧凶狠与警惕的眼神，终于问："敢问阁下是？我们相识？"

相识，可不算相识吗？

卫凌没忘，就是眼前这个少年在他离开时陪在阿姁身旁，感激归感激，可他不敢想，若是他没死，回到东夏后是不是就瞧见一对璧人喜结连理？

他会疯。

卫凌眯起双眼，一瞬不瞬地盯着萧珩壹。

萧珩壹渐觉不妙，那双原本警惕的眼里竟然含了杀意，他不知为何，只知道先走为妙。

还未开口，只见他怀中的小娇娘撑着他胸膛柔柔唤了声：“夫君？”随后转过头，看清自己后露出笑容。

萧珩壹呆了，女子娇娇柔柔、笑意盎然，让他嘴里的话出不了口。

女子已重新看向那人：“夫君，既是你认识的人，那便让他躲一躲吧。”

卫凌一张脸跟先前在肃清侯府前厅时一模一样，而且瞧这公子不似坏人，宋如这才出声劝慰。

萧珩壹窝在马车一角，眼见着那人因这一句话松缓下来，眼里的杀意褪去，他心底又松了口气。

“多谢夫人，不过他们已走远，我这就离开。”

萧珩壹说走就走，轻轻一跃跳下马车，那个还没得到答案的问题也来不及去管了。

宋如看着萧珩壹来去匆匆，不由得笑出声：“这位公子身子倒是矫健。”

好一会儿没人应，宋如抬头，发现卫凌紧盯着萧珩壹离开的方向，薄唇微抿。

她好奇起来，那人显然是不认得卫凌的，怎么卫凌还一副同他有着深仇大恨的模样？

“他可是惹过夫君？”

卫凌收回眼，无比认真地与她说：“阿如，这人心思不纯净，你往后见了要绕道走。”

宋如迷糊了，她刚刚看了两眼，少年容貌清俊，而且有礼有节，她怎么看不出来心思不纯净？

但她不至于为个陌生人去反驳他，应了下来。

可是前一句才说了绕道走，两人不过拐个街角又遇上了人。

白亦在前头道：“郎君，前头有人寻事斗殴，拦了去路。”

卫凌沉声：“掉头。”

“哎。”

只是下一刻，外头拳打脚踢之声越加激烈，其间夹着熟悉的嗓音：“让你们欺负清白姑娘，小爷我打得你们满地找牙。”

是方才那少年。

宋如一惊，拉了卫凌衣袖：“夫君！”

卫凌无声叹气，今日萧珩壹是和他过不去了。

640

"阿妽，你在马车上等我，我下去看看。"

"嗯。"

卫凌没出手，让白泽带着人上前去制止，小混混们很快败下阵，只是萧珩壹没好到哪里去，鼻青脸肿，胳膊还脱了臼。

卫凌瞥一眼站在不远处瑟瑟发抖的小姑娘，吩咐："将人送到官府去。"

宋妽听见这一句，从马车上下去，看见了在地上号叫的几个混混与挂了彩的萧珩壹。

卫凌已大步走过来："我们回府。"

"可……"卫凌明显是不想再管，宋妽被他拉着，回头张望。

直到一道绵软声音叫停两人："夫人！"

宋妽顺着声音寻过去，这才在角落里看见个女孩，想必是少年口中的"清白姑娘"。

女孩深深看一眼萧珩壹，随后大着胆子跨过地上的混混走过来，朝宋妽道："夫人，您能不能好人做到底，送这位公子去医馆？"

沈如今日出街戴了面纱就没带护卫，不料在街上遇见这么几个混混，那混混还妄想动手动脚，孤立无援之际萧珩壹从天而降。

可他赤手空拳的哪打得过那么多人，沈如在一旁看着心都提了起来，慌乱中让婢女去报了官。

眼见着萧珩壹要落败，沈如紧张得不行，街角本就没什么人，经过的百姓都不想惹祸上身，一见就躲得远远。

她正着急呢，前头突然来了几个人帮忙，三下两下就把小混混打倒。

萧珩壹似是受了重伤，得赶紧医治。

她本想着上前去扶，可又记起家中教诲，不好单独与外男相处，因而只好将目光移到人群后那对夫妇。

女人果然停了下来，对那冷着脸的男人说了一两句，男人虽还皱着眉，但已下令让人将萧珩壹扶上马车。

"多谢夫人。"沈如上前来致谢，"夫人良善，定有福报。"

宋妽抿唇一笑："姑娘客气了，是这些混混作恶，萧公子才是良善之人。"

正好被扶着经过的萧珩壹大抵是觉得不好意思，脚步飞快上了马车。

沈如摘掉面纱："夫人的人可否同我们一起去医馆？"

宋妽自是看到了她身后无人，点头同意后朝卫凌道："夫君，我们也一起去吧。"

卫凌没有不答应的道理，于是马车里便挤了四个人。

气氛僵持，沈如时不时瞥一眼受了伤的萧珩壹，萧珩壹则是不说话，只往外看。

"萧公子，你的伤……无事吧？"

萧珩壹闷闷地说了声："死不了。"

"我记着这附近有医馆的，我们很快就能到了，你忍着些。"

眼前一男一女，一个俊朗，一个貌美，两人间气流涌动，这么一看还挺相配。再加上英雄救美这一出……

宋姌眼神在两人之间睃着，笑道："姑娘怎么称呼？"

沈如应："夫人直接唤我沈如便可。"

她一出口，萧珩壹倒是悄悄回过头看一眼，很快又扭过去。

"沈姑娘怎么一个人出门？像你这般模样的小姑娘还是得多带几个护卫。"

沈如脸上现出愧疚神色："墨宝斋新出了几款墨，我一时着急就没让他们跟着……我也没想到会这样，多亏了萧公子，我……"

小姑娘泫然欲泣，但萧珩壹仍是不为所动，沈如僵着脸不知该说什么。

宋姌没忍心，问卫凌："夫君，萧公子受了伤要不要派人去通知家人？"

两道声音同时响起：

"不必！"

"萧公子家住何处……"

沈如停顿一会儿，继续把话说完："萧公子家住何处，明日我让父亲登门拜谢。"

萧珩壹身子转过来，脱了臼的胳膊随之晃动，朝沈如瞪着又青又肿的眼睛"说了不必，我没事！"

"可是……"沈如还想坚持，然而少年神色坚定，她便不再多言。

宋姌也没说话了，挽着卫凌的手，饶有趣味地看着别扭的两人，心底笑出声。

一片寂静中，卫凌突然出声："萧公子乃勇毅侯府二公子，今年当是十六或十七，尚未定下亲事。萧公子才华盖世、风流偶傥，将来定大有可为，是个可托付之人。"

三人同时：？

沈如羞涩低头，萧珩壹不知是气还是羞也涨红了脸，指着卫凌："你胡说什么呢！"

宋姒也不解，一脸茫然地看着卫凌，他突然说这个是要做什么？

没等卫凌回应，马车停下，外头白亦道："郎君，医馆到了。"

萧珩壹几乎是迫不及待地下了马车，沈如急忙跟上。

宋姒走了两步，后知后觉，终于明白卫凌的意图："你是想撮合他们？"

先她一步落地的男人站在马车旁，伸出手来接她，不经意笑道："我还想直接将他们送入洞房。"

"啊？"

卫凌没解释，牵着她跟上那两人，只听见沈如小跑着喊："萧公子你等等我。"

卫凌与宋姒没进治伤的屋子，坐在医馆外面等，里头时不时传来萧珩壹的喊叫，随着痛彻心扉的一声呼号，动静终于消停下来。

宋姒望向卫凌，想起他给自己看的那些事，心疼起来："夫君，你是不是也常常受这样的伤？"

"没有，很少，他们打不过我。"

他一派正经地说着这话，让宋姒不知接什么了，好一会儿才道："你总归小心些，不然……"

"不然什么？"

宋姒声若蚊蚋："不然我会担心的……"

卫凌看着她侧脸，握紧她柔若无骨的小手，心底很满足。

萧珩壹，今日就放过你。

过了一会儿，医馆门外突然吵闹起来，很快进来一帮人，中间一人似是昏了过去，被几个护卫模样的人架着，身旁一女孩大声喊："大夫呢！大夫！"

医馆里的小医童连忙上前："郭大夫在看诊呢，这是？"

"看什么诊，这儿有人快死了还看诊，滚出来！"女孩声色俱厉，就差动手打人了。

医童被吓得不轻，只好卑躬屈膝道："姑娘先随我进来。"

护卫架着人进去，落后几步的卫钰君眼睛往里侧一瞄，瞬间打了个哆嗦，脚步停下，声音发抖："二，二哥。"

卫凌两人早看到了嚣张霸道的卫钰君，不出所料，卫凌脸色越来越沉。

"二哥，我不认识这人，路上碰见的，对，路上碰见的。"卫钰君后退两步，一点不见方才猖狂姿态。

卫凌哪能不知道自己这个妹妹什么德性，才十四五岁就野得跟只猴似的，仗着权势在外面惹是生非。

眼看着卫凌就要出声教训，一旁的宋姗先他一步开口，边说边走到卫钰君身旁："钰君莫怕，既是路上碰见的，那还是好事一桩呢。"顺手救人这事他们两兄妹倒是做得熟。

卫钰君看一眼宋姗又看向盛怒的卫凌，脑子快速转了两圈，随后拉起宋姗，似有些委屈和歉意："嗯，二嫂说得对，我方才就是一时着急没管好自己的嘴，下次再也不会了。"

宋姗垂眸望向她拉着自己的手，有些怔愣。她是有心想拉近自己与这三妹妹的关系的，因而才为她出头说了一句，可……怎么这么容易？

她没深思，展颜一笑，出口是长辈般的语气："不错，钰君长得好，温温柔柔的才讨人喜欢呢。"

也不知这句话哪里戳中了卫钰君，她呆了一会儿，然后不自然地笑了笑："嗯，那二嫂我先进去看看？"

"去吧，等会儿可还有事？没有的话我们便等你一同回家。"

"……好。"

卫钰君两步进了内间，宋姗回过身来，朝卫凌严肃道："夫君，你别老这样对三妹妹，你看三妹妹被你吓得话都说不齐整了。"

上回奉茶也是，虽说知晓他是为了自己，可宋姗也不想他们关系闹僵。

她这夫君什么都好，就是不会绕弯子，喜怒形于色。

这会儿他就没了先前的怒气，反而看着自己莫名微笑，让人实在不能理解。

"你还笑！"

卫凌将走近的人拉到怀里，这光天化日的医馆里还有人在，宋姗挣扎两下没挣开，低声道："快放开我。"

他自然不听，下巴蹭着她头顶，心中感慨，这样也好，不必他做些什么阿姗也能和钰君好好相处，不会再像上辈子一样。

"做什么呢？"

"别动，就抱一会儿。"

另一头医馆后院的房间内，郭大夫已经为萧珩壹处理好外伤，脱臼的胳膊也按了回去，再歇一阵就能离开。

医童急急忙忙将郭大夫叫走，屋子里只余沈如与萧珩壹两人。

萧珩壹半靠在床头，目光盯着床尾的床帐，仿佛没看到身边端坐着的女孩子。

沈如抿了抿唇："萧公子。"

"我没事，你不必跟着。"萧珩壹冷声道，"还有，千万别上什么门拜谢，不需要。"

"那好吧，萧公子，我叫沈如，如若的如，家住城东国公府，你往后若是有事可随时派人来寻我。"

"我不会有事的，你走吧。"萧珩壹目不斜视。

等了一会儿，沈如还是没走，只盯着他看，萧珩壹急了，他哪遇见过这种情况啊，被父亲追、被武夫子毒打、与小混混打架都比与眼前人相处自在，这人是听不懂话还是怎么的，一双眼睛看得他浑身发毛。

萧珩壹转回眼与她对视，心急道："我说了我没事，那种情况下谁见了都会出手相助的，不是为你。"

沈如轻声笑，萧珩壹心脏莫名被抽了一下，赶忙扭头。

她说："没有，大家都绕道走了，只有萧公子肯出手相救。"

沈如从荷包里拿出一个精巧的小玉佩，递过去："萧公子，你说不用我登门致谢，那就得收下我这个谢礼，这是我……"沈如话锋一转，"这是我方才随手在街上买的，不值什么钱，只是聊表心意。"

"我不要。"

"那我明日就与父亲大哥上门，勇毅侯府离国公府不远，一刻钟就能到。"沈如像是拿捏住萧珩壹的把柄，胜券在握。

萧珩壹果然伸手一扯，将她手上的玉佩扯在手里："这样你可以走了吧？"

"我的婢女去报官还没找到我，我走不了。"沈如异常冷静，"若是萧公子还能护我回家，那我们这就走，不然我还得在这儿等。"

萧珩壹狠狠看她一眼："你不走我走。"说着就下了床，朝门外走去。

沈如跟上，笑靥如花。

刚走到医馆前院，萧珩壹在门口处突然停下，沈如没注意，撞上他宽厚的后背。

萧珩壹受了惊吓般一个激灵弹开，不知该看沈如还是该看前面抱在一起的小夫妻。

动静不小，卫凌松了宋姌，不满地看向萧珩壹。

不知发生何事的沈如摸了摸额头，越过呆滞的人走到两人跟前，余光瞥见带人找过来的婢女，开口道："萧公子的伤无大碍，休养几天便可。"

宋妜应："那便好。"

"嗯，萧公子着急走，我家中人也寻了过来，正好能送萧公子回去。"
沈如说这话时看了两眼萧珩壹，萧珩壹心领神会，仰着脖子，"我不跟你走。"

沈如笑笑："也行，那我明日上门。"

"你！"萧珩壹气噎，瞪着沈如。

沈如却不再看他，朝向宋妜："今日多谢夫人和公子相助，不知夫人如
何称呼？"

"我名唤宋妜。"宋妜蛾眉宛转，嫣然而笑，"这是我夫君，卫凌。"